西安文理学院中国古代文学省级重点学科资助出版

盛唐名家诗论

SHENGTANGMINGJIASHILUN

魏耕原◎著

中国社会科学出版社

图书在版编目(CIP)数据

盛唐名家诗论/魏耕原著. —北京:中国社会科学出版社,2015.7
ISBN 978 - 7 - 5161 - 5402 - 1

Ⅰ.①盛… Ⅱ.①魏… Ⅲ.①唐诗—诗歌评论 Ⅳ.①I207.22

中国版本图书馆 CIP 数据核字(2014)第 308384 号

出 版 人	赵剑英	
责任编辑	郭晓鸿	
特约编辑	席建海	
责任校对	周 昊	
责任印制	戴 宽	

出 版	中国社会科学出版社	
社 址	北京鼓楼西大街甲 158 号	
邮 编	100720	
网 址	http://www.csspw.cn	
发 行 部	010 - 84083685	
门 市 部	010 - 84029450	
经 销	新华书店及其他书店	

印 刷	北京君升印刷有限公司	
装 订	廊坊市广阳区广增装订厂	
版 次	2015 年 7 月第 1 版	
印 次	2015 年 7 月第 1 次印刷	

开 本	710×1000 1/16	
印 张	35.75	
插 页	2	
字 数	568 千字	
定 价	118.00 元	

目　录

插图目录

自 序

唐诗的研究是永不衰竭的热点，盛唐诗尤其如此。先前只能看到域外的《盛唐诗》，让人纳闷！而初、中、晚唐诗的研究专著比比皆是，又让人困惑。起码这是我们要讨论的一个原因。

盛唐诗的阶段划分，至今仍有分歧，其中关键是把杜甫剥离到中唐还是仍旧归入"盛唐"。从玄宗即位的先天元年（712）到杜甫去世的大历五年（770）的界域还是可取的。杜甫和安史之乱联结在一起，安史之乱不是盛唐，这是从社会政治角度看。一般认为，开元、天宝属于盛唐，然而安史之乱的祸根是从张九龄被罢相与李林甫专权开始，中唐崔群就说过此时"治乱固已分矣"，盛衰如此划界。依此则天宝乃至开元二十四年（736）张九龄罢相之后，则均非盛唐。诗之盛唐与政治上的盛

清代 钱松
文章有神交有道

唐，既有联系又有区别。如果按后者看，李白、王维、高适在天宝元年只有 40 岁出头，在开元二十四年只有 35 岁上下，还有生年更晚的杜甫、岑参、张谓，都只能归入中唐。诗的盛唐不能以安史之乱为界，政治上的盛唐有"盛"也有"衰"。杜甫生于玄宗先天元年（712），政治与诗歌的盛唐的起始均由此发端，而诗歌的盛唐下限则晚得多。杜甫对前盛唐的留恋最为强烈，特别是他的诗反映了盛唐衰落的全过程，所以是诗之盛唐的终结者。

把盛唐诗 58 年划分为前后两期的说法是可取的，其中开元二十四年

（736）可以作为划分的界标。此前张说、苏颋去世，此后不久张九龄、王之涣去世。孟浩然已接近暮年，李颀将近老年。前盛唐诗是二张（张说、张九龄）、两王（王翰、王之涣）、祖咏、王湾、陶翰、崔国辅、綦毋潜的时代，以孟浩然、李颀、崔颢最称名家；后盛唐以高适、岑参、储光羲为大名家，刘眘虚、薛据、崔曙、卢象、张谓为小名家。生年甚晚的岑参比杜甫小了三岁，还有更晚的张谓。前盛唐以孟浩然、李颀、崔颢为中心，后盛唐以高适、岑参为重点。至于李白、王维、杜甫三大家，则另有专书讨论。

学风与习俗一样，时代的变数很大，观念和研究方法的趋新求异，似乎与姑娘的流行服饰一样，变化很快，这是追求新鲜的本能。文学研究之远离文学越走越远，泛文化研究愈演愈烈，以弃掷文本为时髦，甚至鄙夷文本成了风尚，几乎到了不知文学为何物的地步。俗文化的调侃，放风筝式的游走，竟成了"大家手笔"与时代话语的风范，趋时成了流行的世风。21世纪初的"回归文学"、"回归本位"被流行风气飘荡得几乎杳无踪影。秀才买驴，书纸三张，不见驴字，成了喧嚣的文风。跨学科研究成了"信天游"，还有其他别法也成了喧宾夺主的遁词。任何方法都有它的长短，观念的改换不意味理论的更新。有谁今日还抱住黑格尔、康德、格式塔、符号学，就等于"老化"、"陈腐"，甚至原型批评、巴赫金，都成了过时的旧货。研究唐诗不注目唐诗者，才是"皇帝的新衣"，否则就会沦落为"外人不见见应笑，天宝末年时世装"。从20世纪80年代后期伊始，就在方法论上不断地换装，不断地丢弃。从学理上讲，方法并没有新旧，得出的结论观点才有是非真伪之分。

我们的理念是立足文本，以文学分析为重心，其他方法均作为辅助，尽量在诗体、题材、风格上梳理出发展变化规律；无论大小名家，以探讨不同的艺术个性为目的。其次，框架与"盛唐诗史"互有异同，作为诗史，必须面面俱到，每家讨论的多寡，须与位置轻重一致。我们对于小家，包括至今尚未进入学界视野者，尽量面面俱到；对于大名家，人已言者则略之或不言，人未言之或言之不详者则详言，前盛唐名家的文字或许多于后盛唐名家，格局难免不大匀称，然于发现规律与问题有益，就在所不惜。金无足赤，人无完人，光焰万丈的盛唐诗也有严重的缺陷。中唐李肇所说的"天宝之风尚党"，向无人从后盛唐诗中予以检讨。由此通检其中的模式与自我模式，其中以岑参最巨，还有孟浩然、高适等。明人的"瞎盛唐诗"并不是一味地低能，而与宗法的偶像本身不足具有一定的联系。如此批罅捣隙，给盛唐诗泼了不少冷水。"锦上添花"式的赞美或许不如大暑中的清凉剂更为有益，而发现问题爽目清心，应是学术研究的喜悦。

清代　赵之琛
唐诗晋字汉文章

前盛唐的张说、张九龄不但是当时诗人的组织者，而且在文论诗论上对盛唐诗风的鼓荡具有强大的力量。王昌龄的七绝为什么那样厚重苍凉而富有层次的暗示，同样引发人的兴趣。所以用了较多的章节。李颀对后盛唐诗诸家有广泛影响，所以用了较多篇数。孟浩然向来被目为田园山水诗的主将，实际上纯净的田园诗少得可怜。孟浩然身在山野，心存魏阙，进取的欲望比王维要强烈得多。旧题王昌龄的《诗格》为今之文论家所肯定，然与其五古对勘验证，更具学术理路。高适是专门取法建安风骨的代表诗人，这一主张散见诗中，可以钩稽"高达夫体"诗学主张的面貌与特征。抒情性的议论又以跌宕慷慨的气势激荡人心，边塞诗笼括的写景主要用于营造苍凉气象与发抒悲壮的情怀。他的春天里的冬天与岑参冬天里的春天的写景趋向具有泾渭之别。岑参边塞诗第一人称的亲切感，一地一诗的日记式逼真感，再加上热烈渲染的铺叙，乃至奇异细节的选择，题材的扩大与新鲜，为盛唐气象平添了壮丽的异域风光。他在歌行体上承李颀、李白，题材嫁接与诗体押韵创新求变，与杜甫联袂发动了天宝后期尚奇的新变。岑参两次出塞诗的异同，以及山水诗与送别诗的种种模式，亦复如此。张谓这样的小家尚无人过问，诸如此类的诗人往往带有群体性，为盛唐诗风格多样的发展作出的贡献亦不可忽视。总之，以上问题值得深长思之，也是我们努力之所在。特别是对盛唐诗负面的观照，是与诗史类著作迥不相同之处，尤其是与时下不与文本着边的研究不相同的地方。

提出问题与解决问题是一篇论文的根基与关键，一本著作也应作如是观。此书每一章节，尽量以此理性运行。又注意到前后盛唐诗风的演变与诗体、题材等方面承前启后的规律。客观而实事求是地观照每一位诗人，梳理出各自不同的地方。目的与宗旨属于设想，可以心向往之，全力付之，倾出精神与力量。至与不至，我们谨期盼于具有发言权的读者。

　　盛唐诗是永远充满魅力与无限风光的高峰，而书法、绘画、舞蹈、音乐、风俗等与盛唐诗的互动，都是诱人的命题。严羽说："盛唐诸公之诗，如颜鲁公书，既笔力雄壮，又气象雄厚。"这是一个极具意义富有诱惑力的命题，也是个广阔的领域，极具审美价值。本书所讨论的或偶涉肤浅，至于深刻之论则有待于博学高明的大雅君子了。

　　谨为序。

第一章　张说对盛唐气象的奠基与诗歌特征

张说、张九龄两相先后从景云二年至开元二十四年（711—736）秉大政近30年，大致与开元时期相始终。开元盛世与盛唐诗歌所合构的盛唐气象，与他们息息相关。盛唐后期天宝时期诸大家、名家的林立，以及盛唐诗歌的繁荣、盛唐气象的拓展，都与他们有直接关系。

一　张说对盛唐气象的奠基

张说对盛唐气象的奠基，首先表现在初唐后期与盛唐前期对诗人的擢拔与组织上。

在安史之乱后的中唐诗人眼中，开元盛世是一尊辉煌的偶像。在平定淮西叛乱的元和十年（815），面对六七十年前这一盛世，元稹在《连昌宫词》里予以正反两方面的总结，以开元之末为界把盛唐分作前后两期："姚崇宋璟作相公，劝谏上皇言语切。燮理阴阳禾黍丰，调合中外无兵戎；长官清平太守好，拣选皆言由至公。开元之末姚崇死，朝廷渐渐由妃子。禄山宫里养作儿，虢国门前闹如市。弄权宰相不记名，依稀忆得杨与李。庙谟颠倒四海摇，五十年来作疮痏。"姚崇、宋璟分别卒于开元九年（721）、开元二十五年（737），这种总结代表着中唐人的共识。《旧唐书·姚崇、宋璟传论》说："履艰危则易见良臣，处平定则难彰贤相。故房、杜预创业之功，不可俦匹。而姚、宋经武、韦二后，政乱刑淫，颇涉履于中，克全声迹，抑无愧焉。"[①]《新唐书·张九龄传赞》："人之立事，无不

---

① 刘昫等：《旧唐书·姚崇、宋璟传论》第九册，中华书局1996年版，第3037页。

· 1 ·

锐始而工于初，至其半则稍怠，卒而漫澶不振也。观玄宗开元时，厉精求治，元老魁旧，动所尊惮，故姚元崇、宋璟言听计行，力不难而功已成。及太平久，左右大臣皆帝自识擢，狎而易之，志满意骄，而张九龄争愈切，言益不听。夫志满则忽其所谋，意骄则乐软熟、憎鲠切，较力虽多，课所效不及姚、宋远矣。"① 创业声响，房谋杜断，"不可俦匹"。升平暂久，姚、宋于武、韦内乱只能"克全声迹"。所以《新唐书·姚崇、宋璟传赞》说："姚崇以十事说天子而后辅政，……观开元初皆以施行，信不诬已。宋璟刚正又过于崇，玄宗素所尊惮，常屈意听纳。故唐史臣称崇善应变以成天下之务，璟善守文以持天下之正。二人道不同，同归于治，此天所以佐唐使中兴也。……然唐三百年，辅弼者不少，独前称房、杜，后称姚、宋，何哉？君臣之遇合，盖难矣夫！"② 此即元稹诗称姚、宋而不及二张之原因。然二张秉政亦有遇与不遇之别，张说当玄宗为相王时，关系密切。"开元文物彬彬，说力居多"（《新唐书》本传赞语）；张九龄于开元后期执政，李林甫已得势，在谗毁排挤中，凡所重大劝谏，均未汲纳。三年后即罢相。李林甫从开元二十四年独擅大权至死，为相16年，接着杨国忠专权，以致酿成安史大乱。玄宗"即位以来，所用之相，姚崇尚通，宋璟尚法，张嘉贞尚吏，张说尚文，李元纮、杜暹尚俭，韩休、张九龄尚直，各其所长也。九龄既得罪，自是朝廷之士，皆容身保位，无复直言"③。所以，张九龄的罢相是盛唐由盛转衰的重大标志④。盛唐诗歌50多年，前半是酝酿发展时期，后半为辉煌鼎盛时期。二张两相对盛唐诗歌的发展，不仅在执政期间为之奠定发展的趋向，而且对后盛唐大家与名家的崛起也起了极大的推动作用。

凡一代文学之发展，大约有不同因素的推动或刺激。《诗经》与汉乐府民歌都因了朝廷的采集，或者予以整编。宋词因了都市经济的刺激，汉

---

① 欧阳修、宋祁：《新唐书·张九龄传赞》第十四册，中华书局1987年版，第4440页。
② 《新唐书·姚崇、宋璟传赞》第十四册，第4394页。
③ 《资治通鉴》"玄宗开元二十四年"第十五册，中华书局2007年版，第6825页。
④ 唐宪宗元和年间，宪宗与中书侍郎崔群语及开元、天宝事，崔群说："安危在出令，存亡系所任。玄宗用姚崇、宋璟、张九龄、韩休、李元纮、杜暹则理，用林甫、杨国忠则乱。人皆以天宝十五年禄山自范阳起兵，是理乱分时，臣以为开元二十年罢贤相张九龄，专任奸臣李林甫，理乱自此已分矣。"语见《旧唐书》本传，第十三册，第4189页。

赋经过骚体赋 70 年的尝试，而终于有了枚乘与司马相如等大家的挺出，则与吴王与汉武帝的爱好有关，犹如有汉成帝的热心，方有扬雄的出现。建安文学属车百乘、七子云集，则与曹氏父子率先以诗见称与招揽人才相关。永明体的代表诗人谢朓、沈约、王融，正是在竟陵王的府邸切磋发展。宋诗经过北宋初的摸索，至欧阳修、梅圣俞、苏舜钦，才亮出了"宋调"，到苏轼与王安石、黄庭坚而大显光彩。他们每人身边也都有一大帮诗人。唐诗经历近百年之向齐梁诗歌传统单方面的摸索，尚有唐太宗与武后的倡导与科举极有效的推行。至盛唐前期，二张两相的文集是此前的最丰硕者，加上身居要职的号召与导向，其作用比文学成绩绝出的苏轼与黄庭坚似乎有过之而无不及，还有玄宗对文学艺术的爱好。张说处于初盛之际，张九龄的主要活动大约与开元时期相始终，他们正处在初盛唐诗转化的枢纽与发展阶段，对盛唐诗的发展具有极重要的作用。对于二张在初盛唐的作用，他们的诗歌对盛唐的影响，以及他们的审美趋向对盛唐的导向，学界虽有讨论，然仍有待于全面而深入地研究。

其一，张说推行礼乐治国政策，建立中央书院，引进文儒，编撰政书大典与文学大型类书，以及转化时代的观念上，对初唐后期与盛唐前期均具有极大的开创作用。张说从政 41 年，身历武后、中宗、睿宗、玄宗四朝，"前后三秉大政，掌文学之任凡三十年"[①]，"三登左右丞相，三作中书令，唐兴已来，朝右莫比"[②]，其间守正遭挫、见逐左迁者三，总戎临边者三。文武兼备，宦及南北，久居中枢；"四掌纶诰"，"五入西掖，七践南宫"[③]，出入中书与尚书两省，为开元宗臣，又是一代文儒宗师。张说为文俊丽精密，文诰撰述被称为"朝廷大手笔"。广引文儒之士，"其封泰山祠雍上，谒五陵，开集贤，修太宗之政，皆说为倡首"[④]。倡导礼乐，尊儒兴学，在开元学术中居于主导地位。又指斥虚无，强调"神合于我"、"化为我用"。[⑤] 认

---

①　刘肃：《大唐新语》卷一《匡赞》，中华书局 1984 年版，第 10 页。

②　张九龄：《故开府仪同三司行尚书左丞相燕国公赠太师张公墓志铭》，见熊飞《张九龄集校注》下册，中华书局 2008 年版，第 952 页。

③　分别见张说《让兵部尚书同平章事表》与《辞右丞相第二表》，张说《张燕公集》卷十三，上海古籍出版社 1992 年版，第 100、102 页。

④　《旧唐书》本传，第九册，中华书局 1996 年版，第 3057 页。

⑤　张说：《与郑驸马书》，《张燕公集》卷十七，第 128 页。

为有所作为于道德仁义即为圣哲,"驱散了初唐诗人普遍怀有的盈虚有数、好景不长的隐忧和怅惘情绪","对于盛唐文人形成明朗的人生目标和乐观精神面貌具有积极的影响"①。早在玄宗为太子时,张说就提出"博采文士,旌求硕学,表正九经,刊考三史","引进文儒,详观文典,商略前载,讨论得失"②。开元十一年(723)置丽正书院,十三年改为集贤殿书院,以徐坚、张说总其事。拜张说、徐坚、贺知章、韦述、吕向等人为十八学士。以此为著述阵营,先后主持编订了重要的通典《唐六典》,以及礼乐之制的《大唐开元礼》与《大唐乐》,都是关乎政体、经济与礼乐之治的巨制。还有继高僧一行终于完成的《开元大衍礼》,又编选了《唐文府》,即《文选》之后的"新文选",以及大型类书《初学记》。这些大典巨制都在开元十六年前先后完成。张说早在久视元年(700)就参与了300卷《三教珠英》的编撰,且与徐坚为主力,积累了大书编撰的经验,故在开元年间有一系列壮举。这些洋洋大典对唐代政教文治与文学的发展起了极重要的推动作用,促成了"开元文物彬彬"的兴盛格局。张说领导的集贤院起了决定作用,适应了盛世的需要,在政坛与文坛也逐渐形成中坚力量。

开元十九年(731),张说去世,生前曾荐张九龄"可堪"集贤院学士,次年张九龄以秘书少监兼集贤院副知院。"时属朋党,颇相排报,穷栖岁余,深不得意"③。"开元二十年后,元宗春秋高矣,以太平自致颇易,天下综核稍息,推纳寖广,君子小人摩肩于朝,直声遂寝,邪气始胜,中兴之业衰焉"④。张九龄于此时危言数谏唯恐不及,只能对贤者起到保护作用而已。

其二,大量引进文学才士,促成文儒与文士结合的人才网络,对盛唐前期的文学发展具有决定性的促进作用。开元十年(722),张说为中书令,与张九龄"叙为昭穆,尤亲重之,常谓人曰:'后来词人称首也'"⑤。当时张说56岁,长九龄11岁,实际上选定了将来总领文士的接班者。同

---

① 葛晓音:《盛唐"文儒"的形成和复古思潮的影响》,见所著《诗国高潮与盛唐文化》,北京大学出版社1998年版,第279页。

② 张说:《上东宫请讲学》,《张燕公集》卷十七,第127页。

③ 徐浩:《唐尚书右丞相中书令张公神道碑》,《全唐文》卷四四〇,第二册,上海古籍出版社1990年版,第1988页。

④ 吕温:《张荆州画赞序》,《全唐文》卷六二九,第三册,第2812页。

⑤ 《旧唐书·张九龄传》第九册,第3098页。

年为丽正殿修书史，荐引贺知章、徐坚、赵冬曦入院。与徐坚"好尚颇同，情契相得"①。赵冬曦今存诗几乎全是与张说唱和之作。张说与苏颋的父亲苏瓌为忘年交，有《五君咏·苏许公瓌》；又与苏颋交密，世称"燕许大手笔"；早年交往文儒马怀素、褚无量。十三年知集贤院事，引史学家韦述为集贤殿直学士。"（张）说重词学之士，述与张九龄、许景先、袁晖、赵冬曦、孙逖、王翰常游其门。赵冬曦兄冬日，弟和璧、居贞、安贞、颐贞等六人，述弟迪、遹、逈、起、巡亦六人，并词学登科。说曰：'赵、韦昆季，今之杞梓也。'"② 张说扶持过的文学之士徐坚之子徐浩及吕向、王湾、齐瀚、王丘、裴漼、尹知章、常敬忠、崔沔、康子元、敬会真，其中吕、尹、康、敬俱为集贤院学士。开元十年，张说赴朔方巡边，玄宗亲饯有《送张说巡边》诗，群僚和者有徐景先。张说曾称美许之制诰"词旨丰满，得中和之气"（《新唐书》许传）。张说与徐坚论当时文士，又谓许文"有如丰肌腻体，虽秾华可爱，而乏风骨"（《大唐新语》）。裴漼与张说早相友善，张说为相数荐，擢拔吏部尚书。崔又协助张说，率百官上《请封东岳表》。书法家徐浩，"以文学为张说所器重，调授鲁山主簿"，又荐为集贤校理，称许为"后来之英"。开元初，15 岁的常敬忠明经擢第，后上书自举，谓"一遍能诵千言"，张说亲试，果为佳士，拜东宫衔佑，仍直集贤院，百余日，三度改官③。开元十年与十一年，王丘有应制送张说巡边等诗，十三年张说举荐王丘、齐瀚为左右丞。即使张说开元三年外放岳州，亦有贬谪、流配文士赵冬曦、尹懋、梁知微、王琚，诗酒唱和者不少。

张说身处初盛唐之际，至盛唐伊始的先天元年（712）已 46 岁，自 24 岁解褐授太子校书，除两度使蜀、一次从武攸宜讨伐契丹，景龙中丁母忧去职外，其余均居京为右补阙、右史、内供奉、考功贡举事、凤阁舍人、兵部员外郎、工部侍郎、兵部侍郎、中书侍郎等。睿宗时为太子侍读，被李隆基"深见亲敬"。景云二年（711）同中书门下平章事，监修国史。次年即先天元年（712），因不附太平公主，转尚书左丞，罢知政事。首建诛除太平公主之谋，拜中书令，封燕国公。他在初唐 23 年间，身历高宗、武

①　刘肃：《大唐新语》卷八《文章》，中华书局 1984 年版，第 130 页。

②　《旧唐书·韦述传》第十册，第 3184 页。

③　封演：《封氏闻见记·颖悟》，辽宁教育出版社 1998 年版，第 55—56 页。

后、中宗、睿宗数朝，与当时京官和文士有广泛交往。初唐人曾说："有唐以来，无数才子，至于崔融、李峤、宋之问、沈佺期、富嘉谟、徐彦伯、杜审言、陈子昂者，与公连飞并驱，更唱迭和。"①长寿元年（692）杨炯为盈川令，张说有《赠别杨盈川炯箴》赠行，以"戒其苛"劝其为政从宽，曾赞其文"思如悬河注水，酌之不竭"②。万岁通天元年（696）讨契丹时，张说即与陈子昂为军中同僚。子昂知音卢藏用，书法诸体兼工，"士贵其多能"，而张说"尤长于碑文、墓志，当代无能及者"（《旧唐书》本传)》，两人经常合作，一文一书，珠联璧合，天下称为二美③，如苏瓌去世则分撰碑、铭。他们又共同与尹元凯、元希声、崔湜、宋之问、魏元忠、苏颋有交往，又同是范阳人。久视元年（700）预修《三教珠英》，三年成1300卷。珠英学士26人多为天下之选的年长名士，其时张说34岁，属于晚辈新进。总其事者李峤与徐彦伯为当时文伯，促成其事主要是徐坚、张说、崔融。崔融还把珠英学士酬唱诗结集为《珠英学士集》。张说还与其中大多数人交好，《五君咏》其三即咏李峤，二人均有不少奉制同题合作，同时参与了与狄仁杰抗表力保郭元振。长安二年（702）与崔融俱为凤阁舍人，同掌纶诰，又曾与之讨论过"初唐四杰"。神龙二年（706），崔融卒，《祭崔侍郎》即出张说之手。沈佺期与宋之问亦为珠英同事，长安二年张与沈同知贡举，与沈宋亦同有应制奉和之作。珠英学士徐彦伯居首，后亦与张说同侍游宴，有同题应制诗。属于珠英同事并有同样关系者，还有阎朝隐、富嘉谟、李适、魏知古、崔湜，以及刘知己。先天元年张说因太平公主排斥，罢知政事，分司东都，与韦嗣立、崔日知、崔泰之赋诗唱和，前后与韦均有同题应制与酬和诗甚多。崔日知与张在长安二年同为魏元忠朔方判官，俱"以健吏称"（《新唐书》崔传)。于洛阳有《冬日述怀》赠答，开元十七年，崔赴潞州之任，张说有赠别崔诗，交好至暮年不衰。张说曾为著名书画家薛稷作《为薛稷让官表》，因素来有旧，同为武后、中宗

---

① 王泠然：《论荐书》，《全唐文》卷二九四，第二册，上海古籍出版社1990年版，第1318页。
② 《旧唐书·文苑上》第十五册，第5003页。
③ 崔湜《故吏部侍郎元公碑》谓"张述铭，卢篆石，天下称是碑有二美焉"。《全唐文》卷二八〇，第二册，第1255页。其他如张撰文，卢隶书《唐陈州龙兴寺碑》；张撰铭，卢作序并书《故洛阳尉赠朝散大夫马府君碑》；张撰卢书《故太子少傅苏公碑铭》。详见《张说研究》，周睿博士论文未刊稿。

的文学侍臣，均有同题应制诗。史学大家刘知己为珠英同事，后在修国史亦为同僚，警示张说勿出魏元忠谋反之伪证。张说与珠英学士以及当时文儒的交往，"不仅标志着其渐为主流文学圈所认可和接纳，逐渐跻身一流文士之列，为将来以文儒自居，以文学之治为开元盛世贡献力量作了铺垫；而且也标志着其在对宫廷诗风的继承上有所成就，为日后促使初唐诗风向盛唐诗风转变奠定了基础"①。正如王维《上张令公》所说的"致君光尧典，荐士满公车"，张说为盛唐诗的发展在人才组织方面作了充分的准备。

张说在初唐有如此的声望与人缘，即为开元间秉大政时期逐渐建立人才网络打下了坚实的基础，也为组织集贤学士积累了政治经验，有"文之沧溟，间代宗师"②的声望地位。除了文学名士之外，文儒名士房琯、理财家刘晏、智囊谋士李泌，均与张说交好。张说所举荐者又提携了不少诗人与文士，贺知章发现李白，房琯重视杜甫，杜甫又称美李白与高适、郑虔，吏部侍郎王丘发现孙逖，擢拔王泠然、张晋明、张镜微，皆一时之秀。张说尤重孙逖，荐为集贤学士，后来孙逖为张说撰《挽词》。开元二十二、二十三年，孙逖选贡士多得才俊，有杜鸿渐、颜真卿、李华、萧颖士、赵骅、杨极、张茂之、柳芳、李琚、李崿、李颀、张阶、阎防、张南容、郄昂等，皆海内名士。

至于张说所特重之张九龄，又与孟浩然、王维、卢象、裴迪、万齐融交好，且对王昌龄、钱起、綦毋潜、包融等有过扶持关怀。徐安贞、王敬从、孙逖、韦陟，均在张九龄执政时为知制诰，而王维又与裴迪、孟浩然、綦毋潜、祖咏、崔兴宗、张谞、储光羲、王昌龄为诗友。孟浩然则与张子容、王昌龄、李白、裴迪交好，王昌龄又与崔国辅、王之涣联唱，崔国辅之子崔度则是李白的故人，崔国辅也曾入张说主持的集贤院为学士，又在诏试文章时为杜甫的试官。

总之，初唐后期与盛唐开元时期，绝大部分著名诗人受过二张两相的赏拔，或者在他们执政期间为所赏拔者知贡举时登第，形成以二张为首的文儒阶层与诗人群，对盛唐的政治与文学均有巨大的影响，开创了开元时代的新风气与新气象，甚至延续到开元末与天宝初期。

---

① 周睿：《张说研究》，博士论文未刊稿（是书已出，今一仍其旧）。以上与初唐文士交往，亦多见此稿。

② 张式：《大唐……东海徐公（浩）神道碑铭》，《全唐文》卷四四五，第二册，第2011页。

第三，二张两相分别出自河东（今山西永济）与韶州曲江（今广东韶关），联袂中枢且先后接替为相。他们本身又是诗人，他们的结合，在一定意义上显示了南北文化与诗风的结合，这必然给盛唐气象带来阔大恢宏的格局；张说之文刚健疏朗，重视风骨，意在扭转六朝以来的靡丽风气。他的诗开阔、宏丽、清健明畅，诸体兼备，歌行诗引人注目，绝句也有风采。除了大量的山水行役之作外，还有不少咏史诗、人物诗；张九龄诗重视比兴寄托，清雅深婉，雅正冲淡。二张继承建安以至陈子昂的优良传统，拨转了齐梁与初唐的靡丽诗风，为盛唐诗发展廓清了道路，促进了开元后期与天宝之风的康健发展。

第四，张说文论与散文、小说，影响亦甚巨，将在下章讨论，此处暂且不论。

二　张说的五律贬谪诗

张说对盛唐气象的引发，主要体现在审美导向与诗歌创作上。

张说去世，玄宗在悼词中对他的政治建树与文学功绩予以充分赞扬，对于后者则言："台衡轩鼎，垂黼藻于当年；徽策宠章，播芳蕤于后叶"，"释义探系表之微，英词鼓天下之动"[①]。主要是对张说的制诰之文而发，其诗虽不如文之声价，但对盛唐诗的影响却不逊于其文。

张说文武兼备，而且擅文能诗。今存诗350首，文、赋250篇，初唐以来，数量最丰。而且诸体兼备，题材多样，句式上二至七言均有，兴趣广泛。张说为政41年，身历武后、中宗、睿宗、玄宗朝，故应制诗多至70首，占其诗1/5。五律102首，五古67首（其中应制18首），七律12首，七绝16首，五绝36首，还有歌行体11首，数量可观。其中五七言律绝与歌行体，较为突出。

在数量最多的五律中，以送别诗见长，大多作于外放时期。《新唐书》本传言："既谪岳州，而诗益凄婉，人谓得江山之助云。"张说入仕后有三

---

① 见刘肃《大唐新语·匡赞》卷一所引，第10页。

次外放，一是长安三年（703）因保护魏元忠忤旨，流配钦州（今属广西），至中宗即位的神龙元年（705）召回为兵部员外郎；二是因与姚崇不和而被构陷，开元元年（713）底罢中书令贬相州（今河南安阳）刺史；三是至开元三年再贬岳州（今湖南岳阳）刺史，五年二月迁荆州（今湖北江陵）大都督府长吏，次年又迁幽州（今北京）都督河北节度使，八年（720）移镇并州（今山西太原），开元十年（722）还京任丽正书院修书使，次年复任中书令，十三年（725）首任右丞相。前后外任大约十年，写了不少贬谪诗，风格大都"悲凉"。在钦州有《岭南送使》与《钦州守岁》等诗，前者云：

> 秋雁逢春返，流人何日归？将余去国泪，洒子入乡衣。饥狖啼相聚，秋猿喘更飞。南中不可问，书此示京畿。

此诗打破了初唐以来五律中两联写景的惯势体制，采用"诉说形式"，故"平平浅浅说来"（钟惺《唐诗归》语），意在极力发抒南贬哀伤，置刻画南方异景于度外，亦不考虑中两联的凝练，一片清空，唯使伤悲之情绪回荡其间。诗写于朝使"春返"，一切春景均在不顾，打头即言"秋雁"，犹如书家落笔第一字以浓墨蘸水出之，具有"涨墨"韵律，哀恸情调透彻全诗。杜绝视觉景观，特意以"狖啼"、"猿喘"的悲哀听觉意象暗示"去国"的郁懑与煎熬。张说志向广远，具有强烈的参政意识，又以凤阁舍人清要职位南贬，因有"流人何日归"的渴盼，始终心怀"京畿"。如此"盼归望京"的意念，成为此后十年贬谪诗一再反复表达的愿望，积累成一种模式。就连续外贬而言似乎必要，就诗言未免失于拘限①。南中是南

---

① 如《南中别陈七李十》的"何时似春雁。双入上林中"，《南中送北使》其一"谁怜炎州曲，泪尽血沾衣"，其二"若道冯唐事，皇恩尚可收"，《钦州守岁》的"愁心随斗柄，东北望春回"；岳州诗亦有同样的愿望，如《岳州别梁六入朝》的"梦见长安陌，朝宗实盛哉"，《岳州作》的"正有江潭月，徘徊恋九华"，五排同题"唯有报恩字，刻意长不灭"，《岳州别赵国公王十一琚入朝》的"离魂似征帆，恒往帝乡飞"，《广州萧都督入朝过岳州宴饯……》的"窃羡能言鸟，衔恩向九重"。这种拘限，似乎对盛唐诗有正负两面的作用，渴望于京都建功立业，成为开元以后士人普遍的观念，此为正面；如李白反复表达志心向长安，岑参首次出塞的反复望乡，或者受张说模式的负面影响。

方的泛称，谢朓《酬王晋安》云"南中荣橘柚，宁知鸿雁飞"，即为其例。王勃《秋日登洪府滕王阁饯别序》有"雁阵惊寒，声断衡阳之浦"，旧来传说秋雁南飞至衡阳回雁峰而止。张说此诗当头即言"秋雁逢春返"，打破传说，言人不如雁之北返。王勃名句"与君离别意，同是宦游人"，把一句散文式的话变成五律的颔联，张说诗的颔联似乎取法于此，因"诉说"显得更平浅。所有这些都为哀伤而发，故前人谓此诗为"变风"。此诗体现了张说贬谪诗的审美趋向与基调，以后八九年间的外放诗大致呈现同样风格。

作于同时的《南中别蒋五岑向青州》就显得更为"凄婉"："老亲依北海，贱子弃南荒。有泪皆成血，无声不断肠。此中逢故友，彼地送还乡。愿作枫林叶，随君度洛阳。"依然不出现视觉景物，仍然采用"诉说"，信口道来。同样采用以古运律的作风，好像要特意打破五律与五古的界域；血泪、断肠不一定为实，然而情感却是真切的悲痛。张说早年丧父，南放前母亲寄居青州，在五绝《岭南送使》其二就说过"万里投荒裔，来时不见亲"。蒋岑北去青州，引发"老亲依北海"的血泪、断肠之痛。又由亲情转入友情，从"愿作枫林叶"看，诗当作于深秋，就时取材，然亦存乎建安诗的影子，曹植《吁嗟篇》结尾的企求："愿为中林草，秋随野火燔。糜灭岂不痛，愿与株荄连。""随君度洛阳"似含三意，一是对故友的关照，二是经洛阳可至青州，三是暗含返京。可谓"对此茫茫，百端交集"（黄周星《唐诗快》语），耸动人心，忽忽欲飞。李白名句"我寄愁心与明月，随君直到夜郎西"，以及《金乡送韦八至西京》的"狂风吹我心，西挂咸阳树"，即全由此引发。

《南中赠高六戬》则全发南放的哀怨："北极辞明代，南溟宅放臣。丹诚由义尽，白发带愁新。鸟坠炎洲气，花飞洛水春。平生歌舞席，谁忆不归人？"张说抗言张易之诬构魏元忠谋反，触怒武后而贬，故言"丹诚由义尽"；在《岭南送使》其一即言"狱中生白发，岭外罢红颜"，投放南荒，与囚徒无异，颜衰发白，此亦言"白发带愁新"，作此诗时还年未至不惑。颈联以时令作南北对比：当洛阳春花纷飞之时，而身处炎州，热气可烤死飞鸟。"坠"之用得生新狠重，以形容"愁新"之袭人。尾联则从"洛水春"生发，想到朝中正在观赏歌舞，没有谁会想到远方炎天的"不归人"。"诉说"的对象高戬，与魏元忠同被张易之诬陷，被贬岭外，南迁途中，二人曾在端州（今广州肇庆）驿相逢，高戬不久去世。张说又有《还至端州驿前与高六别处》，怀念这位同患难的亡友：

> 旧馆分江口①，凄然望落晖。相逢传旅食，临别换征衣。昔记山川是，今伤人代非。往来皆此路，生死不同归。

前半先回忆前年南放时相逢，后半更为伤痛。张说又有《端州别高六戬》："异壤同羁窜，途中喜共过。愁多时举酒，劳罢或长歌。南海风潮壮，西江瘴疠多。于焉复分手，此别伤如何。"就表达过对他的担忧。此番北还，当指中宗即位的神龙元年召为兵部员外郎，还京时作此诗。端州驿为来往必经之地，故言"旧馆"。当初分别时，始投南荒，心如落日，气息奄奄。患难中相互解衣推食，情意至为深厚。今来还至"旧馆"，山川依旧，其人已亡，物是人非。今昔往来皆经此路，昔日互相关照，今日死生异途，不能生还，"旧馆"低徊，不胜哀悼。此诗犹如对亡友的"诉说"，真情挚语，"气惨情伤，声泪俱下，字字从心坎中说出"（顾安《唐诗消夏录》语）。添入"往来皆此路"，便衬出"生死不同归"更为凄惨，悲怆不尽，使颈联的率易，亦融化为一片淋漓悲情。如同别蒋岑诗结尾对李白大有引发，此诗结尾亦感发杜甫，如《送郑十八虔贬台州司马……》结尾的"便与先生应永诀，九重泉路尽交期"，同是生离死别之惨情。张说此诗"结最惨，唐一代惟少陵往往有之，他人不多见也"（屈复《唐诗成法》语）。全以这种质直真率的口语表达深挚悲怆的感情，正是张说贬谪诗最为突出的"凄婉"风格，在当时如异军苍头特起，很难见到。

　　岳州贬谪诗写于开元三年，主要集中在五言排律与五律。岳州毕竟向北靠近了，且为一州之长的刺史，所作情绪趋于平和冲远，五律写景之制明显增多。《新唐书》本传所说的岳州诗"益凄婉，人谓得江山之助云"，后者言山水诗得湖光山色之助是对的，然"益凄婉"的说法似不妥当。如《岳州燕别潭州王熊》其二："缙云连省阁，沟水遽西东。然诺心犹在，容

---

① 《张燕公集》作"江口"，《全唐诗》作"江日"，不如前者义长。

华岁不同。孤城临楚塞，远树入秦宫。谁念三千里，江潭一老翁。"情绪就平和得多了，看不出有特别的"凄婉"。时年 49 岁，故自称江潭老翁。结末两句的跌进一层，叹息中蕴含自负，数字大小相形的对比对杜甫有若许开启①。其中的"然诺心犹在"与其一的"气将然诺重，心向友朋开"，都可看出对友情重视的豪爽。《旧唐书》本传说他"喜延纳后进"，"而又敦气义，重然诺，于君臣朋友之际，大义甚笃"，这在他的贬谪诗中尤为显见。岳州诗只有《岳州别子均》颇为"凄婉"：

> 离筵非燕喜，别酒正销魂。念汝犹童孺，嗟予隔远藩。津亭拔心草，江路断肠猿。他日将何见，愁来独倚门。

张均存诗七首，多作于岳州，颇长于描摹秋景。此诗"童孺"指未成年而已。"拔心草"又名宿莽，拔心不死。入诗最早见于骆宾王《艳情代郭氏赠卢照邻》的"此时别离那堪道，此日空床对芳沼。芳沼徒游比目鱼，幽径还剩拔心草"，以形离别之苦。张说诗中的"销魂"与"愁来"、"童孺"与"远藩"、"拔心"与"断肠"，宣泄异乡与幼子离别的哀恸。特别是末尾，似乎可见倚门望送的凄苦。

岳州与早期使蜀诗以山水之制为主，风格清健，气象阔朗，如见于上文的"孤城临楚塞，远树入秦宫"。它如《岳州别赵国公……》的"浦树悬秋影，江云烧落辉"，《巴丘春作》的"日出洞庭水，春山挂断霞。江渚相映发，卉木共纷华"，《和朱使欣》其二的"霜空极天净，寒月带江流"，《游洞庭湖》的"江寒天一色，日静水重纹"（见图1），《别潓湖》的"千峰出浪险，万木抱烟深"，《岳阳早霁南楼》的"夜来枝半红，雨后洲全绿"，《清远江峡山寺》的"云峰吐月白，石壁淡烟红"，描摹景物不乏才藻，气象清远，境界开阔。另外，也有清丽细密的一面，如《与赵冬曦尹懋子均登南楼》的

---

① 如杜诗结尾《释闷》的"江边老翁错料事，眼暗不见风尘清"，《天边行》的"九度附书向洛阳，十年骨肉无消息"，《旅夜抒怀》的"飘飘何所似？天地一沙鸥"，《白帝城最高楼》的"杖藜叹世者谁子，泣血迸空回白头"，《秋兴八首》其七"关塞极天惟鸟道，江湖满地一渔翁"，《怀潓上游》的"眼前今古意，江汉一归舟"，《江汉》的"江汉思归客，乾坤一腐儒"；用于中间的如《暮春题瀼西新赁草屋》其三"身世双蓬鬓，乾坤一草亭"，《秋日寄题郑监湖上亭》其一"磨灭余篇翰，平生一钓舟"，杜甫晚年此类感慨甚多，或用语，或措意，均受到张说此诗结尾的沾溉。

"山晴红蕊匝，洲晓绿苗铺"，大景带出小景，色彩鲜丽；《湘州北亭》的"山花迷径路，池水拂藤萝。萍散鱼时跃，林幽鸟任歌"，描写细腻，注意动静视听的组合，则与谢朓风格相近。善于发端，也是他的山水诗一大特点：

图1　元代　吴镇　洞庭渔隐图

张说南贬岳州，有不少描写山水之作，属于他的创作高峰。其地湖光山色引发了不少山水诗，洞庭湖的壮观，就使他留下了好几首诗。《游洞庭湖》的"江寒天一色，日静水重纹"，《游洞庭湖湘》的"缅邈洞庭岫，葱濛水雾色"等，善于从整体把握景观，能把情感融化在湖天浩渺一色的空间里。吴镇此图为其名作，结构分作三段，与倪云林一河两岸布局相似。下部两松挺拔，带有人格化的寄托与抒情意蕴。一杂树斜弯出其后，显得静中有动。辽阔的湖面把远近景观联系在一起，整体上下"流通"，一望浩然。松树又被湖水衬托愈加高耸而富有生机，有引人向上的一种意味。把以上二者合观起来，也给人一种诗情画意融通的馨享。

天明江雾歇，洲浦棹歌来。（《下江南向鄂州》）

孤城抱大江，节使往朝宗。（《广州萧都督入朝过岳州宴饯……》）

江势连山远，天涯此夜愁。（《和朱使欣》其二）

危楼泻洞湖，积水照城隅。（《与赵冬曦尹懋子均登南楼》）

湖上奇峰积，山中芳树春。（《游灉湖上寺》）

水国何辽旷，风波遂极天。（《岳州西城》）

东北春风至，飘飘带雨来。（《春雨早雷》）

缅邈洞庭岫，葱蒙水雾色。宛在太湖中，可望不可即。（《游洞庭湖湘》）

西泛平湖尽，参差入乱山。(《出湖寄赵冬曦》)

这些开头，大气轩举，气象开阔，或一句水一句山，或一句景一句叙，或前景而后情，大多取法善于发端的谢朓。如"东北"写雨两句，即与谢朓《观朝雨》的"朔风吹飞雨，萧条江上来"，就很相近。

张说五律，长于发抒友情，并多方取法前人。如《钱唐州高使君》："常时好闲独，朋旧少相过。及尔宣风去，方嗟别日多。淮流春晼晚，江海路蹉跎。百岁屡分散，欢言复几何?"平时不大来往，一旦分别却不胜惋惜，道出人生难免的遗憾。此诗与沈约五古《别范安成》的"生平少年日，分手易前期；及尔同衰暮，非复别离时"，在情调上就很相近。同时也看出把五古渗入五律的作风，也是对初唐五律过于藻丽的淡化。他的五律也有全为写景的，如《深度驿》："旅泊青山夜，荒庭白露秋。洞房悬月影，高枕听江流。猿响寒岩树，萤飞古驿楼。他乡对摇落，并觉起离忧。"清冷荒寂中同样流泻出浓郁落寞情绪。前六句无不渗透着"离忧"，一经结末两句醒透，"并"字回射全篇，通首则一片"摇落"。"悬"、"听"，虽然"犹有痕迹"(屈复语)，然杜甫《客夜》的"卷帘残月影，高枕远江声"，显然由此化出。此诗被前人称为"唐人正调"，于他却不多见。《幽州夜饮》是他的五律名作：

凉风吹夜雨，萧瑟动寒林。正有高堂宴，能忘迟暮心。军中宜舞剑，塞上重笳音。不作边城将，谁知恩遇深!(见图2)

第三句以"高堂宴"，带出以下五句议论，故用许多虚词盘旋，雄厚伟壮中蕴含萧瑟悲凉，尾联反话正说，措意深婉深厚，与他的《江路忆郡》结言"自非行役人，安知慕城阙"用意相同，"后唯老杜有之"(清胡本渊《唐诗近体》语)。徐增《而庵说唐诗》以为"说上说下，总是一个不乐幽州"，所言甚是。但言"此诗毕竟非忠厚和平之什，不免狭小汉家矣"，就失之迂腐。清人顾安说："边塞之地，迟暮之年，风雨之夜，如此苦境，强说恩遇，其心伪矣。"[①] 则失之苛。此诗沉厚苍劲，雄壮深婉。诗作于开元六年(718)

---

① 顾安：《唐诗消夏录》，乾隆二十七年刻本。

52 岁时，与《邺都引》相媲美，正预示着宏亮高亢的盛唐之音已经开始。

图 2　现代　乔玉川　醉里挑灯看剑

乔玉川先生为陕西人物画家，兼工山水。他画了不少古代诗人，风格苍凉雄健，构图运思，往往别出手眼。此图本为陆游《破阵子》词意画，人物虽为坐状，然头侧斜，仰目注视伸向画外之剑，大把的白须亦向上翘起，动态感极强，有豪气冲天之势。红色的灯焰与白袍对比鲜明，似乎暗示人物耿亮之心。张说《幽州夜饮》说在"萧瑟动寒林"的夜晚，发出"军中宜舞剑，塞上重笳音"的壮士强音。张说、陆游用世之心始终不衰，而且均文武兼备。诗与词的句意与此画亦很接近，实可诗、词、画合观。

张说岳州诗一变钦州"凄婉"之风，"声罄益隆，华要并存，清辉四运"（徐献忠《唐诗品》语）。胡震亨说："张燕公诗率意多拙，但生态不痴。律体变沈、宋典整前则，开高、岑清矫后规。"① 指出张说在初盛唐诗运转关上率先改革。清人丁仪亦言："初尚宫体，谪岳州后，颇为比兴，感物写怀，已入盛唐。"② 自岳州而后，张说诗确实可分前后两期，后期诗明显带有刚健畅朗的盛唐之音。胡应麟说："二张五言律，大概相似，于沈、宋、陈、杜景物藻绘中，稍加情致，剂以清空。学者间参，则无冗杂之嫌，有隽永之味。然气象便觉少隘，骨体便觉稍卑。品望之雌，职此故邪？"③ 张说五律清拔健朗，气象空阔，风骨内含；张九龄清婉深秀。他们的贬谪诗，"燕公惟切归阙之思，曲江已安止足之分，恬竞自别"④。燕公

---

① 胡震亨：《唐音癸签》卷五，吴文治《明诗话全编》第七册，江苏古籍出版社 1997 年版，第 6865 页。

② 丁仪：《诗学渊源》，1930 年铅印本。

③ 胡应麟：《诗薮》内编卷四，上海古籍出版社 1979 年版，第 68 页。

④ 贺裳：《载酒园诗话》又编，郭绍虞辑《清诗话续编》第一册，上海古籍出版社 1983 年版，第 304 页。

诗少了些刻画，凝练不足，属于五律中的别调，气隘骨卑之论，似与轩昂不受约束的风调不符。

三　歌行体与五七言绝句以及七律与咏物诗

最见张说艺术个性的，还是他的歌行体与五七言绝句，这是他所引导的盛唐诗风最为活跃的两种诗体。

他的歌行体题材多样，涉及怀古、边塞、咏物、山水、音乐、送别等。其中以《邺都引》最为著名：

> 君不见魏武草创争天禄，群雄睢眦相驰逐。昼携壮志破坚阵，夜接词人赋华屋。都邑缭绕西山阳，桑榆汗漫漳河曲。城郭为虚人代改，但有西园明月在。邺傍高冢多贵臣，娥媚曼睩共灰尘。试上铜台歌舞处，唯有秋风愁杀人。

这是以丞相歌咏丞相，以沉雄之诗慨叹风格沉雄的诗人，站在同一"幽燕老将"的位置与枭雄对话。虽然结尾并未彻底摆脱初唐以来卢、骆、李峤歌行体流行的世事沧桑、朝代易革之慨，基本骨架仍然以李峤《汾阴行》吊古伤今为主①，或者径直可视为对李诗的"减肥"与缩小，然而以大刀阔斧的手腕，俯瞰历史古今的胸襟，简老雄劲的语言，赋予了一种崭新面貌，新就新在刚劲而不柔靡，感慨而不衰飒，是矗立在历史陈迹中思考人生，所发抒的人事代谢的哲理思考，不是虚无否定性，而是肯定追求性。这不仅在"昼携"、"夜接"的追求功业中可见，而且在"都邑"、"桑榆"看似可有可无的两句散发出来，它所呈现的不是昔盛今衰，而召唤的是昔盛而今能更盛。"城郭为虚"促发如何超过昔日的繁荣，这也正是以发唱惊挺"君不见"急声呼告而出的原因。置于句首的"草创争天禄"，开辟

---

① 张说《五君咏·李赵公峤》说："李公实神敏，才华乃天授"，"故事遵台阁，新诗冠宇宙"，对李峤的诗歌才华，非常倾慕。

新时代的壮志似隐约其间，正如他在应制诗中所说的"往运感不追，清时惜难逢"，以及"礼乐逢明主，韬钤用老臣。……从来思博望，许国不谋身"①。正是出于建功立业的理想，所以尽量削减初唐歌行体的铺排描写，以示志"草创"为中心，风骨凛然。清人有云："燕公五排如幽燕老将，气韵沉雄，时于坚壁中作浑脱舞。"② 移观此诗，亦为的评。此诗作于开元初年，象征盛唐气象初露伟岸雄浑的光彩，导引大小盛唐诗人将来的诗风，召唤着盛唐歌行体龙腾虎跃地到来。高适悲慨淋漓的歌行体《邯郸少年行》、《古大梁行》、《古歌行》就是顺着张说的"草创"的道路奔来，雄逸豪宕之李杜，以及歌行体"铁中铮铮"者李颀之俊畅，王维之雅迈，岑参之豪丽，包括崔颢之流转，无不受其启发，得其鼓荡。《巡边在河北作》是歌行体的精悍之作：

> 去年六月西河西，今年六月北河北。沙场碛路何为尔，重气轻生知许国。人生在世能几时，壮年征战发如丝。会待安边报明主，作颂封山也未迟。

此诗犹如《邺都引》"画外音"的注脚，雄迈高亢，宏亮畅达，尽为示志的豪语，以议论为主，顿挫转折出一片喷薄之英气。他在《城南亭作》说过："汉家绛灌余兵气，晋代浮虚安足贵！"以西汉建功立业精神自许，先前的《岳州作》就有"发白思益壮"的豪语。此诗作于开元十年（722），已距"声律风骨始备"的开元十五年不远，56岁的人尚且英风烈气不减。轻生许国，安边报主，率先发出盛唐边塞诗主旋律，已彻底摆脱了早年的初唐诗风格。

早年所作《同赵侍御乾湖作》，以当时流行的铺排手法描写景物。观其开头"江南湖水咽山川，春江溢入共湖连"，步趋张若虚《春江花月夜》的发端，痕迹明显。其中的"一湾一浦怅邅回，千曲千溠恍迷哉。乍见灵妃含笑往，复闻游女怨歌来"，亦俨然初唐卢、骆风调。《安乐郡主花烛行》的"平台火树连上阳，紫炬红轮十二行。丹炉飞铁驰炎焰，炎霞烁电

---

① 分别见《奉和圣制过晋阳宫应制》与《将赴朔方军应制》。
② 李因培：《唐诗观澜集》，乾隆二十年刻本。

吐明光"，"五方观者聚中京，四合尘烟涨洛城。商女香车珠结网，天人宝马玉繁缨"，"别起芙蓉织成帐，金缕鸳鸯两相向。罽茵饰地承雕履，花烛分阶移锦帐"，分层逐节详尽描写，极尽渲染之能事。此诗作于长安初年①，时年三十五六岁，早年诗风由此可见。《离会曲》泛写离别，凡八句。起首言"何处送客洛桥头，洛水泛泛中行舟"，结末言"何人送客故人情，故人今夜何处客"，以反复形成回环往复，声情摇曳，亦是初唐歌行习见手段。

就艺术成就而言，张说的五七言绝句，颇值得重视。他的五绝洁净流利，情致感人。《蜀道后期》为早年使蜀之作：

> 客心争日月，来往预期程。秋风不相待，先至洛阳城。

诗言归心焦急，原本估计初秋可赶回京洛，结果蜀道上已起秋风，而有不果所期之感。人与日月相"争"，运思巧妙；秋风不待，则更见"巧心浚发"（沈德潜语）。后二句由蜀道秋风想到洛阳秋风，风"先至"而人"后期"，与"预期程"形成极大落差。从"先"反衬出"后"，好像时季和自己开了个绝大玩笑，秋风可待而不待，以拟人化把责备之意见于言外。前两句的"争"与"预"反衬出题中"后"字，气浑言简，炼字无痕，自然得好像不经意。作于贬所的《钦州守岁》说："故岁今宵尽，新年明旦看。愁心随斗柄，东北望春回。"斗柄与京洛都是北，"望春回"有两层意思，一是自然季节之春到来，一是盼望春天能召回洛阳，运意双关而含蓄。《广州江中作》则说："去国年方晏，愁心转不堪。离人与江水，终日向西南。"西南指贬所，江水向西南是自然趋势，人向西南则离京洛越来越远。《岭南送使》其一则写得凄婉动人：

> 狱中生白发，岭外罢红颜。古来相送处，凡得几人还？

---

① 《旧唐书·武崇训传》："长安中，尚安乐郡主，时（其父）三思用事于朝，欲宠其礼。……三思又令宰臣李峤、苏味道，词人沈佺期、宋之问、徐彦伯、张说、阎朝隐、崔融、崔湜、郑愔等赋《花烛行》以美之。"今存其诗只有张说、宋之问两家。宋诗24句，张诗多至42句。

初唐以降，贬谪且死于南方的诗人文士不少，如武后、中宗时的韦承庆，贬岭南，不久而卒。玄宗先天二年，郭元振流新州，旋改饶州司马，中途病逝。武后长寿元年（692），杨炯出令盈川（今浙江衢县），未几卒于任上。宋之问因附张易之等流放钦州，后赐死于贬所。玄宗即位，逐李峤出京，为庐州别驾而卒。卢象因受安史伪署，贬果州，再贬永州，移吉州，入京途中病故于武昌。储光羲亦因受伪署而贬谪岭南，卒于贬所。其中不少为张说及身所见。故觉贬岭外如投狱一样，发白颜衰，难得生还。其地正是宋之问贬死之所，故发如此哀凄之悲叹，其二亦有"一朝成白首"的连连喟叹。

我们之所以把张说诗以岳州分为前后两界，岳州虽为贬地，然职位为一州之长的刺史，故由钦州之地的"凄婉"一变而为明畅高朗。如果看他《岳州岁守》其一，即知情绪变化之大："夜风吹醉舞，庭户对酣歌。愁逐前年少，欢迎今岁多。"倘若与他的《钦州岁守》的"愁心随斗柄，东北望春回"对勘，哀乐之异则昭然若揭。《岳州看黄叶》则说：

> 白首看黄叶，徂颜复几何。空惭棠树下，不见政成歌。

明显亮出了步武西周初宗臣召公的大胸襟，去年他位居中书令，封国公，今虽为刺史，仍要作一番"政成"的大事业。"白首"而看"黄叶"，"徂颜"难驻，却翻转出一腔的大志向。

岳州洞庭湖的浩淼，使他勃发了不少华章，其中两首七绝，足可和后来盛唐大家相媲美。《和尹从事懋泛洞庭》云：

> 平湖一望上连天，林景千寻下洞泉。忽惊水上光华满，疑是乘舟到日边。（见图3）

此诗长久以来未为人注意①，然而本身的艺术张力与感召力，值得大

---

① 明人杨士弘的《唐音》、唐汝询的《唐诗解》、清人王尧衢的《古唐诗合解》，今人的《唐诗选》、《唐人绝句精华》、《千首唐人绝句》，均未入选。只有在大型选本高棅《唐诗品汇》中，才有了偶然机会。

图3 清代 袁江 岳阳楼图

自元代以后，山水画家作了不少岳阳楼与洞庭湖的画，有风平浪静者，也有风起浪涌者，还有以楼或以湖为中心者，影响所及，也成了当代画家的重要题材。此图与今日岳阳楼相较，显得更为雄伟。楼位于画面中心，人物自下而上，络绎不绝地登楼。上方则为波浪起伏的洞庭湖，把楼衬托得更为巍峨。远处连接小山，湖水溢出画面右上方之外，浩渺之状让人遐想。袁江是画史上著名的界画大师，加上金碧山水的富丽堂皇，很具有装饰意味。张说《泛洞庭》的"平湖一望上连天"的景象，于此图宛然可见。

笔金书，彰而出之。洞庭湖远望，上与天接，纵目则君山"林景"倒映湖中，"千寻"山林下入"洞泉"。洞庭湖有龙宫洞庭君的传说，后演绎出柳毅传书故事。俯仰间极言湖水之广而深。"忽惊"一振，浓墨重彩地挥洒出"水上光华满"璀璨四射的异样世界，顿有华彩溢目的热望与自信，犹如在光华灿烂中"乘舟到日边"。晨旭就在身边，构成零距离的最辉煌景观。沐浴着大自然特殊的耀眼光彩，显明地昭示出对美好前景的追求，构想一曲抢眼的"政成歌"——开创出开元盛世，以及让后代瞩目的政治与诗歌的高峰。他在《岳州作》即言："朝游洞庭上，缅望京华绝"，"冠剑日苔藓，琴书坐废撤。唯有报恩字，刻意长不灭"，时刻做好返京鹰扬的准备，这也是岳州诗反复表达迫切返京的原因。"日边"即指旭日，又指长安。《世说新语·夙惠》载，晋明帝幼时回答元帝"长安何如日远"，把长安与日的叠合特意分开，以抚慰东晋偏居江左引起父皇和他的朝臣的心里伤痕。一统的大唐又把分开的弥合起来，李白《永王东巡歌十一首》最后一首说的"试借君王玉马鞭，指挥戎虏坐琼筵。南风一扫胡尘静，西入长安到日边"，就是把长安看作"日边"的著例。还有《望天门山》的"两岸青山相对出，孤帆一片日边来"，无论此"日边"是专指太阳，还是融入长安，毋庸置疑，与张说"乘舟到日边"的关系则不言而喻。李白《行路难》名句"闲来垂钓碧溪上，忽复乘舟梦日边"，无论句式，无论措辞，无论用意，均脱胎于张说"乘舟到日边"的光华世界。要求回到政治中心长安，大展宏图和愿望，在这里也跳动着同样的脉搏。此前，张说做过知政事、中书令，李白也雄心万丈，迫切希望"奋其知能，愿为辅弼。使寰区大定，海县清一"，都是英雄的眼光，宰相或宰相式的胸襟。张说这首绝句作于开元三年，与他倡导的王湾"海日生残夜，江春入旧年"范式相较，王湾诗表达了对新时代的憧憬，张说在描绘未来的辉煌蓝图，他们共同召唤新时代的到来，共同描绘了盛唐气象的主题精神。李白诗就是迎着这一片"光华"，鹰扬虎视地奔了过来，还有王维、高适、杜甫、岑参等。

另一首写洞庭湖的《送梁六自洞庭山作》："巴陵一望洞庭秋，日见孤峰水上浮。闻道神仙不可接，心随湖水共悠悠。"（见图4）前两句先写实景，第三句就"洞庭为神仙窟宅"（沈德潜语），便使山水实境化为可望而不可即的缥缈之灵境，托兴友人"入朝神仙之不可迎接"（皎然《诗式》语），秋水伊人的凝望使心随其人与湖水便都一齐悠然不尽。此诗声情摇曳，泂为盛唐七绝正格，故每被选家看重。但从象征盛唐时代的恢弘气象，或者艺术的光彩照人，都比不上前首。《同赵侍御望归舟》则言盼归："山庭迥迥面长川，江树重重极远烟。形影相追高翥鸟，心肠并断北风船。"四句全成偶对，再用叠音词与两个准暗喻的修辞，反复渲染"长安不见使人愁"的黯然心绪，是首情绪化的诗，它像螺旋在同一位置反复旋转，或者犹如钻头朝着一个方向不停钻去，具有一定的穿透性与散发力。

张说绝句，题材比较多样，特别是对新鲜异样的事物，喜欢入诗。如自龟兹传入长安的乐舞"苏摩遮"，舞者骏马胡服，鼓舞跳跃，以水相泼，其乐曲亦称其名。他就其舞曲名，用组诗五首来写。其一云："摩遮本出海西胡，琉璃宝服紫髯胡。闻道皇恩遍宇宙，来将歌舞助欢娱。"其二云："绣装帕额宝花冠，夷歌骑舞借人看。自成激水成阴气，不虑今年寒不寒。"如此描写，不仅保存了少数民族舞蹈的原始资料，更重要的是展现了大唐一统的祥和兴盛的第一手文献。不仅显示出他尚异好奇的审美爱好，亦有润色鸿业的政治意义。此曲亦称"苏幕遮"，后来演变为词牌名，则与这组绝句的魅力是分不开的。他还有《舞马词六首》，属于六言绝句，体段与题材都很新鲜。七律《舞马千秋万岁乐府词三首》其二，则保留了驯马非同凡响的各种舞姿："腕足徐行拜两膝，繁骄不进踏千蹄"，此为跪拜舞；"髦鬣奋鬣时蹲踏，鼓怒骧身忽上跻"，此当为起立舞；"更有衔杯终宴曲，垂头掉尾醉如泥"，此是最后的醉酒舞。此诗开头说，"圣皇至德与天齐，天马来仪自海西"，同样出于"粉饰盛时"的政治目的，也见马舞与西域舞之关系，而且描写的技巧不能说不高。他还描写过大海、拔河、时乐鸟，由此可见，用七绝组诗描写"苏幕遮"，就不是偶然而为之。

图4　清代　石涛　**张说诗意图**

石涛为陶渊明、李白、杜甫、王维作了不少诗意画，其中为陶诗所作最多，还特意为张说《送梁六自洞庭山作》绘此图，看来对这首绝句特别喜爱。他的诗意画一般都作简笔处理，此图则简之更甚。岳阳城只占了画的下方一边，尚未有题款的面积大。城门、房屋、树木用短线粗粗勾勒。画的上方一道山峦，约略可见，呈"山色有无中"的效果，意在点明"日见孤峰水上逢"，中间留出大片空白，则为"湖水"，很成功地展现"心随湖水共悠悠"的意境。

　　张说的七律，均为应制、扈从、侍宴而作。这些诗绮丽鲜错，精藻逼人，敷华当世，张皇使大。但也显示出他一贯追求气象阔大的审美趋向，客观上也展现出盛唐长安的繁华与国力的强盛。《奉和圣制春日幸望春宫应制》："别馆芳菲上苑东，飞花漾荡御筵红。城临渭水天河静，阙对南山雨露通。绕殿流莺凡几树，当蹊乱蝶许多丛。春园既醉心和乐，共识皇恩造化同。"除去结末套语，几乎是一首都市山水诗。其他如叙写"春日出苑"的"雨洗亭皋千亩绿，风吹梅李一园香"，写"温泉宫"的"松间彩殿笼佳气，山上朱旗绕瑞云"，都见出景象阔大与辞藻华茂的特点，上承沈宋，下开王维应制之作。值得一观的，还是《幽州新岁作》：

> 去岁荆南梅似雪，今年蓟北雪如梅。共知人事何常定，且喜年华去复来。边镇戍歌连夜动，京城燎火彻明开。遥遥西向长安日，愿上南山寿一杯。

说到自家事，就回归到疏朗的自我的本色。发端以写景作叙述，句法回环往复，来自何逊《别诗》："洛阳城东西，长作经时别。昔去雪如花，今来花似雪。"无论叙述、议论与节令的描写，疏越磊落，而且感慨淋漓，平和蕴藉。情词流转，而不失浑厚高亮。带有应制意味的结尾，表示始终不忘向京情结，说得亲切而不肤泛。

他的《遥同蔡起居偃松篇》，是首七言排律咏物诗，很能体现出政治观念与个人气质：

> 清都众木总荣芬，传道孤松最出群。名接天庭长景色，气连宫阙借氛氲。悬池的的停华露，偃盖重重拂瑞云。不借流膏助仙鼎，愿将桢干捧明君。莫比冥灵楚南树，朽老江边代不闻。

此诗作于开元八年（720）为并州长史时，起居舍人蔡孚原作已佚。借树干倾斜的"偃松"，来象征峨冠博带的大臣，寄托了强烈的政治愿望，结尾仍然归结到返京的渴望。使人想起40多年后杜甫所作的《古柏行》，不仅其中"云来气接巫峡长，月出寒通雪山白"，似从张说"名接"、"气连"两句脱出，而且张说的偃松与杜甫古柏主题，分别带有不同时代的烙印，在一定意义上揭示着盛唐的兴盛与衰落。《山夜闻钟》是特殊的咏物诗，描写视之不见、听之萦回于心的钟声："夜卧闻夜钟，夜静山更响。霜风吹寒月，窈窕虚中上。前声既春容，后声复晃荡。听之如可见，寻之定无像。信知本际空，徒挂生灭想。"钟声无形无色无味，不是变化多端的"音乐语言"，也没有起伏的旋律，然而由强而弱的悠扬节奏，引人遐想，能传播出一种静穆的气氛，净化心灵的杂质。如果说音乐是诗化的，钟声则近于诗化的哲学。诗人喜欢描摹"音乐的语言"，也喜欢写钟声，前者人人都可尽其描写的才能，后者都只能简略到一句，或者一词半语。此则写了山中夜间回荡的钟声，显得"更响"，霜风使之"窈窕"，使它的声音拉得更为悠长，形成一种起伏不定的窈窕"曲线美"，这实际上把听觉意象已经转化为视觉形象，属于通感。特别是"前声既春容，后声复晃荡"，使钟声一个完整的宏远音段在我们耳边回响起来。这两句是实写，"听之"两句则是虚写，它可听而不可"寻"——即看不见，犹言月光可看却不可听一样，或者就像张九龄《望月怀远》所说的"灭烛怜光满"而"不堪盈手赠"那样。详细描写钟声是吃力不讨好的，此诗却写得成功。寺院歌手綦毋潜，好写钟声与音乐的常建，描绘过和尚诵经声的音乐诗名家李颀①，均受此影响，可能不会有何置疑的。

他的咏物诗触角伸得较长，题材多样，而且多有寄托，寓有深意，取法乎高。如《答李伯鱼桐竹》结言："竹有龙鸣管，桐留凤舞琴。奇声与高节，非吾谁赏心"，就蕴含尚奇的审美与追求高节的精神。《入海》其一从"万里无涯际，云何测广深"中，能体会出"潮波自盈缩，安得会虚心"，应有大海般的胸襟。《咏镜》简略的描写后，却推出臣为君用与不用的大理："常恐君不察，匣中委清量。积翳掩菱花，虚心蔽尘状。倘蒙罗袖拂，光生玉台上。"即使不为人留意的题材，亦咏之入诗。如《咏瓢》后半："雅色素而黄，虚心轻且劲。岂无雕刻者，贵此成天性。"（见图5）体现出真朴不雕、大音无声的人生取向与审美趣味。《戏题草树》前半言："忽惊石榴树，远出渡江来。戏问芭蕉叶，何愁心不开？"不无幽默之感；后半言："微霜拂宫桂，凄吹扫庭槐。荣盛更如此，惭君独见哀。"此诗杂咏诸树，庄谐并出，蕴涵宦海沉浮的感慨。《咏尘》起首连用仙浦生尘、京尘染衣典故。后半直说"夕伴龙媒合，朝游凤辇归。独怜范甑下，思绕画梁飞"，言不堪贫士的甑釜而思富家的画梁，把尘土拟人化，却流露出想往富贵的世俗观念。这些咏物诗继承了初唐伊始注重寄托的趋向，扩大

① 李颀的《宿莹公禅房闻梵》就从实虚两路描写诵经声音，张说本人就有《江中诵经》，但不如描写钟声出色。

了歌咏的对象，表现方式也比较多样。

图5　清代　吴昌硕　依样图

张说在题材上兴趣广泛，描写过舞马和竞渡，咏物则有黄叶、草树、镜，甚至瓢与尘都见于笔端。《咏瓢》前半写其形："美酒酌悬瓢，真淳好相映。蜗房卷堕首，鹤颈抽长柄。"说瓢首圆形如蜗房，柄则细长如鹤颈，实用而朴实无华，可称为"真淳相映"。后半说颜色雅素而黄，"轻坚"而"虚心"，不尚雕饰，看重天然本性。瓢很少上画，然葫芦却是画家的爱物，特别是赵之谦、吴昌硕所画，粗叶大实，黑与黄对比得很鲜亮，藤蔓缠绕，布局疏密相间，用笔、用墨、用色均泼辣豪放，浑拙中透出豪迈，同样展示了"真淳相映"的风采。其中缠绕藤蔓虽施以淡墨，但同样富有生机，又与浓墨勾勒的粗壮的中脉，相映成趣，带有一种金石"铁笔"意味。

总之，张说数量较多的歌行、五七绝、七律、咏物诗，有对初唐的承继如咏物、应制，更多的是对初唐大刀阔斧的更张，如歌行与五绝。就内容看，不够广阔，但风格还较多样，具有疏越、华茂、质朴、流利、坚苍、沉雄、高朗的不同特色。他的精品不及张九龄，但整体成就似不在其下。特别是对盛唐诗的影响，如果说张九龄"首创清澹一派"，影响见于王、孟、储、常建等，主要体现在山水诗与五古咏怀上，那么张说的影响应当是多方面的，李、杜、高、岑无不在内。其主要原因在于格局高迈，气象阔远，声韵朗利，风格多样。他是盛唐气象开拓者的主帅，与继承者张九龄合构开创了盛唐诗歌的基础，联袂拉开了中国诗歌史上最为恢弘的盛唐诗序幕。他们身后的大家、名家林立，异彩纷呈，永不衰竭，开天之际与以后之众多宏响的合奏，二张两相则是先驱导航者，其功绩是不可磨灭的。

第二章　张说的审美理想与对盛唐诗的导向

张说（667—730）自武后天授元年（690）24 岁入仕为太子校书，至 45 岁时景云二年（711）罢相，于初唐入仕凡 22 年；又从先天二年至开元十八年（713—730）去世前，于盛唐凡 19 年，为政前后凡 41 年。以初盛唐为界，前后分作两期。除去早年两度使蜀五年，流配钦州（今属广西）、丁母忧各 1 年；后期刺相州（今河南安阳）1 年、岳州（今湖南岳阳）2 年，迁荆州（今属湖北）长史 1 年，及短期巡边朔方，前后凡 11 年外任，在两京枢密则凡 30 年。武后久视元年（700）34 岁时即预修《三教珠英》，长安二年（702）兼知考功贡举，神龙元年（705）为兵部员外郎，睿宗景云二年（711）知政事。又于盛唐玄宗开元元年（713）任中书令，开元九年同中书门下三品，十一年为中书令，十三年为集贤书院知院事，十七年为右丞相、左丞相。经武后、中宗、睿宗、玄宗四朝，前后三秉大政，登左右丞相，三作中书令，三次总戎临边，三黜南北，四掌纶诰①，五入西掖，七践南宫②，掌文学之任 30 年。"又敦义气，重然诺，于君臣朋友之际，大义甚笃。"③张说以长期重要的政治地位，团结了初唐一大批文人，又擢拔培植了盛唐为数可观的诗人文士，起了极为特殊的承前开后的重大作用。而且文具盛名，诗亦兼长，不仅为"一代文伯"，并且是"间代宗师"（张式《徐（浩）公神道铭》语），在文学思想与审美趋向上具有重要

---

① 张说：《让兵部尚书平章事表》："臣早以书生射策，载笔圣朝。晚以军志典兵，秉旄乘塞。禄非授进，宠是宸衷。久侍玉阶，四掌纶诰，一心好直，三黜其宜。"见《张燕公集》卷十三，上海古籍出版社 1992 年版，《四库唐人文集丛刊》，第 100 页。

② 张说：《辞右丞相第二表》："臣少长儒门，垦凿坟史，才非高格，官不因人。徒以命偶龙兴，位阶鸿渐，五入西掖，七践南宫。"见《张燕公集》卷十三，第 102 页。

③ 《旧唐书》本传，第九册，中华书局 1996 年版，第 3057 页。

的导向作用，极有力地推动了盛唐诗的发展。

一　"文之辞义大矣"与对初唐文风的扬弃

张说在初唐从政 22 年中，从久视元年起预修《三教珠英》凡两年。当时珠英学士均为一时之选，广集文儒，据史载有 26 人之多：李峤、阎朝隐、徐彦伯、薛曜、员半千、魏知古、于季子、王无竞、沈佺期、李适、徐坚、马吉甫、元希声、李处正、高备、刘知几、房元阳、宋之问、崔湜、常元旦、杨齐哲、富嘉谟、蒋凤等①。张说名列其中，与之切磋商讨，自是平常日课。当时总其事者"张易之、昌宗目不识字，手不解书"，"所进《三教珠英》，乃崔融、张说辈之作，而易之窃名为首"②。可见张说不仅是后起之秀，且为当时编撰的实际领班之一。他们的赋诗唱和之作收入《珠英学士集》。此时距进入盛唐先天元年（712）仅 11 年，张说与他们的唱和，不仅对他们在诗艺上有影响，而且为他今后开展文学活动与宗领文坛打下基础，也是后来走向盛唐的一种准备。

先天元年盛唐伊始，因上官婉儿在景龙四年（710）韦氏政权败乱时被诛，"玄宗令收其诗笔，撰成文集二十卷，令张说为之序"③。他借机在序文开篇即提出文学的重大意义：

> 臣闻七声无主，律吕综其和；五彩无章，黼黻交其丽。是知气有壹郁，非巧辞莫之通；形有万变，非工文莫之写。先王以是经天地，究人神，开寂寞，鉴幽昧，文之辞义大矣哉！④（见图6）

这里所说的"先王"，当然指开创大唐与贞观之治的唐太宗李世民，其文治武功，为有唐代代瞻仰。上官婉儿在中宗时专掌制命，"多因事推

---

① 王溥：《唐会要·修撰》卷三六，中册，中华书局 1990 年版，第 657 页"大足元年"条。
② 张鷟：《朝野佥载》"补辑"，中华书局 1997 年版，第 172 页。
③ 《旧唐书·后妃上·上官昭容》卷十六，第七册，第 2175 页。
④ 张说：《唐昭容上官氏文集序》，《张燕公集》，第 122 页。

图6　明代　项圣谟　不朽盛事（上）

现代　赵鹤琴　得失寸心知（下）

张说认为文辞可发抒"气有壹郁"，表达事物的"形有万变"，可以"经天地、穷人神、开寂寞、鉴幽昧"，总之"文之辞义大矣"！上继曹丕"经国之大业，不朽之盛事"，下启杜甫"文章千古事，得失寸心知"，对盛唐开天文治影响巨大。杜甫诗圣名震，此又为名句，故布在人口。张说之说，反而不彰，然其张扬之功不可湮灭。两方篆刻布局丰满，具有向四面涨出之弹性；下方篆刻笔画丰腴，与布局相得益彰。五字右二左三，分成两半，然重心均衡，字与字配合默契。"失"字左上与"心"之左下，各有留空，在密不透风的整体布局中，各有"通气"之处，发挥了疏密相间的作用。

尊武氏而排抑皇家"。李隆基诛除韦氏政权后，即命整理政敌的文集，显示出盛唐伊始君臣宏通阔大的胸襟。张说在《序》中更把"巧辞"与"工文"提高到"经天地，究人神，开寂寞，鉴幽昧"的高度，这不仅是对开国之初文治的赞扬与继承，实际上也提出盛唐伊始治国之大纲。从渊源上看，是对曹丕"文章乃经国之大业，不朽之盛事"（《典论·论文》）的张扬。自武后、韦后以后，唐玄宗即位即面临太平公主之专横，未必对此予以重视。即使在歼灭太平公主集团以后，玄宗重用姚崇、宋璟，也未曾把文治提高到治国的大政上。但从开元九年（721）开始，内乱外患一经荡除，即重用张说为兵部尚书、同中书门下。次年张说又任丽正殿修书史，标志着盛唐开始走向文治道路。这从开元十一年张说任中书令，次年首建封禅之议，就像先天元年张说因便献佩刀首建诛除太平公主集团之谋，粉饰盛时的封禅同样被玄宗深相嘉纳，即为显证。十三年为集贤院知院事，改定《大唐乐》，封禅礼仪均出其手。十四年奏请制定大典《大唐开元礼》，十五年与徐坚、韦述等撰成《初学记》，次年他所领导的集贤学士撰成天文大典《开元大衍历》，直至十八年去世前，仍为丞相。玄宗采用他生前的建议，便以张九龄为集贤院副知事，二十一年又为中书侍郎、同中书门下事，次年迁中书令，至二十四年罢中书令，贬放荆州，前盛唐便告结束。二张在姚、宋稳定发展玄宗政权基础上，转向文治达 15 年之久，使盛唐的政治、经济、文化达到了顶峰。史家总结张说在盛唐的文武功绩说：

> 始玄宗在东宫，说已蒙礼遇，及太平用事，储位颇危，说独排其党，请太子监国，深谋密画，竟清内难，遂为开元宗臣。前后三秉大政，掌文学之任凡三十年。为文俊丽，用思精密，朝廷大手笔，皆特承中旨撰述，天下词人，咸讽诵之。尤长于碑文、墓志，当代无能及者。喜延纳后进，善用己长，引文儒之士，佐佑王化，当承平岁久，志在粉饰盛时。其封泰山，祠睢上，谒五陵，开集贤，修太宗之政，皆说为倡首。①

张说以政坛与文坛的双重身份，自初唐后期掌文学之任，"修太宗之政"，而赢得"开元文物彬彬，说力居多"（《新唐书》本传语）的盛誉，影响之大，无人能比。他自始至终，包括他的政治挚友与继承者张九龄，都以文治作为纲领，贯彻了"文之辞义大矣"的思想。

"文之辞义大矣"的提出，除了总结"太宗之政"的经验，他还总结了切身参与朝廷预修《三教珠英》十年来的效用。在《唐昭容上官氏文集序》中指出："自则天久视之后，中宗景隆之际，十数年间，六合清谧，内峻图书之府，外辟脩文之馆，搜英猎俊，野无遗才。右职以精学为先，大臣以无文为耻。每务游宫观，行幸河山，白云起而帝歌，翠华飞而臣赋。雅颂之盛与三代同风，岂惟圣后之好文，亦云奥主之协赞者也。"连同奉和应制诗在内，张说都从政治效应角度予以肯定。甚至认为上官婉儿的制诰与宫廷诗作，"惟窈窕柔曼，诱掖善心。忘味九德之衢，倾情六艺之圃"，可使君王"登昆巡海之意寝，剪胡刘越之威息，璿台珍服之态消，从禽嗜酒之端废。独使温柔之教渐于生人，风雅之声流于来叶"。正是从文学的讽谏作用来肯定宫廷之制作，而体现"文之辞义大矣"的观点。

所以，开元中中书舍人徐坚常以集贤学士待遇过于丰赡，以为"此辈于国家何益，如此虚废"，将建议罢之。张说则言："说闻自古帝王，功成

---

① 《旧唐书·张说传》第九册，第 3057 页。此段文字原本录于刘肃《大唐新语》卷一。

· 29 ·

则有奢纵之失，或兴造池台，或耽玩声色。圣上崇儒重德，亲自讲论，刊校图书，详延学者。今之丽正，即是圣主礼乐之司，永代规模不易之道。所费者细，所益者大。陆子之言，未为达也。"① 张说"文之辞义大矣"，还体现在使用人才上，包括两类，一是文儒之类，如集贤学士；一是诗人之类，如珠英学士。无论是礼乐之治，还是宫廷应制，在他看来都是"粉饰盛时"、"佐佑王化，粉泽典章，成一王之法"（《新唐书》本传语）的大事业。

因而，对于初唐著名文士与诗人都予以热情中肯的一分为二的评价，有肯定褒扬，也指斥摒弃的一面。张说与徐坚为集贤院学士十多年，好尚颇同。"时诸学士凋落者众，唯说、坚二人存焉"。在讨论到当时老一辈诗人孰为先后，张说心中有数，直截了当地有明确的评价：

> 李峤、崔融、薛稷、宋之问（之文），皆如良金美玉，无施不可。富嘉谟之文，如孤峰绝岸，壁立万仞，丛云郁兴，震雷俱发，诚可畏乎！若施于廊庙，则可骇矣。阎朝隐之文，则如丽色靓妆，衣之绮绣，燕赵歌舞，观者忘忧。然类之《风》、《雅》，则为俳矣。②

所论人物，过世最晚者为李峤（713）、阎朝隐、宋之问（同为712），其余诸人最早者为崔融、富嘉谟（同为706），还有未言及者如徐彦伯、沈佺期（同为714）、崔湜（713），以及陈子昂（702）、苏味道（705）、吴少微（706）、杜审言（708），也就是说从中宗神龙二年到开元二年（706—714）的七八年间，这些诗人文士纷纷谢世，为初唐画上了最后的句号。张说评论的时间约在开元二年或稍后，所论的"文"当包含诗与文，实际上是对初唐最后一批诗人文士的总结。对李、崔、薛、宋最为推重，喻扬为"良金美玉，无施不可"。在《五君咏·李赵公峤》中称其诗"李公实神敏，才华乃天授"，"故事遵台阁，新诗冠宇宙"。《崔（融）司业挽歌》其一："风流满天下，人物擅京师。疾起扬雄赋，魂游谢客诗。"对于"富吴体"与阎朝隐有所褒贬，既肯定他们奇险飞动，或者华美靓丽，又指出

---

① 刘肃：《大唐新语》卷一，中华书局1984年版，第11页。《旧唐书》本传作"徐坚"，误。《新唐书》本传与《通鉴》卷二一二"开元十一年"，均作"陆坚"。

② 刘肃：《大唐新语·文章》卷八，第130页。

过于骇惧，或者缺乏讽谕意义。特别是鉴于后者之不足，对于初唐宫体制作无疑指出了重要的弊端，带有普遍的意义。这和他的《羽林恩召观御书王太尉碑》在书法审美上赞美"鱼龙生意态，钩剑动芒辉"的趋向是一致的。对于沈佺期，也曾说过"沈三兄弟，直须还他第一"（刘餗《隋唐嘉话》录其语），非常明确地肯定他在文学上的贡献。

如同从讽喻肯定上官婉儿的诗文一样，对同样属于敌对派的崔湜的诗亦予以肯定。"湜执政时，年三十八，尝暮出端门，缓辔讽诗。张说见之，叹曰：'文与位固可致，其年不可及也。'"① 《太平广记·杂录二》引《翰林盛事》谓崔湜所吟诗为"春游上林苑，花满洛阳城"②。宋人张表臣把这段话录在《珊瑚钩诗话》里③。崔诗题为《酬杜麟台春思》，描写闺怨，此为发端两句。张说《奉和圣制途次陕州应制》的结尾"洛城与日近，佳气满山川"，就与崔湜这二句颇为相近。闻一多先生还说"张说的'雁飞江月冷，猿啸野风秋'，是模仿上官仪《入朝洛堤步月》中的两句，而他的身份官职，正好证明他是直接承继了初唐的风格"④。

对于前此历代文人，同样持以宏通的肯定观点："昔仲尼之后，世载文学，鲁有游夏，楚有屈宋。汉兴，有贾、马、王、扬，后汉有班、张、崔、蔡，魏有曹、王、徐、陈、应、刘，晋有潘、陆、张、左、孙、郭，宋、齐有颜、谢、江、鲍，梁、陈有任、王、何、刘、沈、谢、徐、庾，而北齐有温、邢、卢、薛，皆应世翰林之秀者也。吟咏性情，纪述事业，润色王道，发挥圣门，天下之人，谓之文伯。"⑤ 这种整体评价不仅符合文学发展的实际，而且比初唐王勃、杨炯、陈子昂的观念更为通达宏阔，基本上和卢照邻《南阳公集序》与《驸马都尉乔君集序》、骆宾王《和闺情诗启》对历代文人的肯定相近，然与王勃《上吏部裴侍郎启》就相反了。

---

① 《新唐书·崔湜传》第十三册，第3923页。

② 李昉：《太平广记》卷四九四，第十册，中华书局1961年版，第4054页。

③ 张表臣：《珊瑚钩诗话》卷三，何文焕辑《历代诗话》上册，中华书局1982年版，第471页。

④ 郑临川述评：《闻一多论古典文学》，重庆出版社1984年版，第119页。张说诗题是《和尹懋秋夜游灉湖》，上官仪那首名诗的两句是"鹊飞山月曙，蝉噪野风秋"。我们觉得张诗上句"雁飞江月冷"，也和初唐崔信明佚句"枫落吴江冷"，同样非常接近。

⑤ 张说：《齐黄门侍郎卢思道碑》，《张燕公集》卷二一，其中脱"梁、陈有任、王、何"，第182页。

王勃其文曰："自微言寄绝，斯文不振，屈、宋导浇源于前，枚、马张淫风于后。……故魏文用之而中国衰，宋武贵之而江东乱。虽沈、谢争骛，适先肇齐、梁之危；徐、庾并驰，不能免周、陈之祸。"这种文学否定论，明显建立在文学与政治的对立面上。杨炯《王勃集序》观点亦同："贾、马蔚兴，已亏于雅颂，曹、王杰起，更失于风骚。"对于西晋以下的潘、陆、孙、许、颜、谢、江、鲍等，以为"未尽力于丘坟"，"不寻源于礼乐"，予以全面否定。对于初唐，卢文又转述王勃看法："尝以龙朔初载，文场变体，争构纤微，竞为雕刻，糅之以金玉龙凤，乱之以朱紫青黄，影带以徇其功，假对以称其美，骨气都尽，刚健不闻。"提倡"壮而不虚，刚而能润，雕而不碎，按而弥坚"的文风，对高宗龙朔年间流行的"上官体"，确能击中"积年绮碎"的弊病。陈子昂著名的《与东方左史虬修竹篇序》认为，"文章道弊五百年矣！汉魏风骨，晋宋莫传"，"齐梁间诗，彩丽竞繁而兴寄都绝"，实际上是对杨炯否定论稍加缩小的继承。所倡导的"骨气端翔，音情顿挫，光英朗练，有金石声"的建安、正始风格，则与王勃相近。张说在对历代文士的肯定上比他们开放，他把晋、宋、齐、梁与建安、正始都放在传统的位置上予以全面肯定，后来的盛唐诗歌正是在这种观念的认同上，得到健康而蓬勃的发展。就是竭力否定晋、宋、齐、梁文学的陈子昂，他的诗作实质对己之所论阳违而阴奉①。就是高唱"自从建安来，绮丽不足珍"的李白，也对鲍照、谢朓的追踪不遗余力。王维《别綦毋潜》的"盛得江左风，弥工建安体"，杜甫《偶题》的"永怀江左逸，多病邺中奇"，既是对王勃、杨炯、陈子昂关于传统看法的纠正，也是对他们开创业绩的继承。

初唐理论与创作的错位，所引起对传统肯与否的偏差，先由张说予以全面的拨正。被他们共同否定的庾信，张说在《过庾信宅》则说："兰成追宋玉，旧宅偶词人。笔涌江山气，文骄云雨神。"则予以极高赞颂。杜甫《咏怀古迹五首》的"庾信平生最萧瑟，暮年诗赋动江关"，"摇落深知宋玉悲，风流儒雅亦吾师"，以及《戏为六绝句》的"庾信文章老更成，

---

① 魏耕原：《传统的双向抉择：陈子昂对齐梁诗的阳违阴奉》，见所著《谢朓诗论》，中国社会科学出版社 2004 年版，第 287—305 页。

凌云健笔意纵横"，还有《解闷》其七的"孰知二谢将能事，颇学阴何苦用心"，《苏端薛复筵……》的"何刘沈谢力未工，才兼鲍照愁绝倒"，《江上值水如海势聊短述》的"焉得思如陶谢手，令渠述作与同游"，并且对四杰、李白、王维、岑参、高适、元结等的赞扬，所持"不薄今人爱古人"、"转益多师是吾师"，正是对张说文学传统观念的全面继承，作为后盛唐最后过世的诗人，在一定意义上也是对盛唐鼎盛的开天之际以来的诗歌发展的总结。张说对盛唐诗的发展贡献，于此可以看得更为清楚。

二　尚情重气、壮丽飞动的审美导向

　　注重言情、崇尚风骨是张说文学理念与审美理路的重要趋向。《旧唐书》本传谓张说"敦义气、重然诺，于君臣朋友之际，大义甚笃"，是非常看重感情的，他不遗余力地赏拔团结了那么多的初盛唐文士与诗人，除了他的政治地位与文学眼光以外，对于同事朋友的异常热心，则赋予他特别的惜才魅力，他的热情形成了一个引人向心的磁场。如果说姚崇、宋璟以练达的政治才能，张九龄以耿介光明的人格与远见卓识，而成为盛唐名相，张说不仅以网络组织文士诗人为"间代宗师"，在文化建设上是不可比拟的一代名相。而且文武兼备，早年与陈子昂一起随军征讨契丹，55、56岁时又先守兵部尚书，后兼知朔方节度使巡边，在《将赴朔方应制》中就说过"从来思博望，许国不谋身"。在《邺都引》发出"昼携壮士破坚阵，夜接词人赋华屋"的高唱，隐然以豪言自许，与建功立业的曹操产生共鸣。(见图7)《巡边在河北作》说"重气轻生知许国"，"会待安边报明主"。玄宗为太子时，因张说与他的关系就非同一般，首建诛除太平公主之谋方会被采纳。开元初年贬相、外放岳州时，诗多迫切的返京情结。强烈的参政热情，也同样见于对朋友同僚的"敦气节"与"重然诺"上。他以诗言志，以言见心，反复地发抒笃厚的大义。《代书寄薛四》说："远见故人心，一言重千金"，"岁寒众木改，松柏心常在"，《杂诗》其二的"剖珠贵分明，琢玉思坚贞。要君意如此，终始莫相轻"，《岳州宴别潭州王熊》其一"气将然诺重，心向朋友开"，其二"然诺心犹在，荣华岁不同"。正因为如此尚气重义，始终充斥不衰的热情与壮怀，所以对诗之言情格外重视：

图 7　当代　乔玉川　观沧海

此画以曹操《观沧海》"秋风萧瑟，洪波涌起"为中心，其诗有"观海则情溢于海"的襟怀，此画亦有"欲平治天下，舍我其谁也"的英雄气概。张说《邺都引》以开元重臣来称美曹操"昼携壮志破坚阵，夜接词人赋华屋"，是以丞相来写丞相，颇以治天下为期许，这正是盛唐伊始所洋溢的英雄主义精神的典型体现。画之作者乔玉川先生，现为中央文史馆画院专职画家，陕西美术家协会顾问。其人物画风格雄健，气势苍凉，充斥阳刚之美。此画万层波涛，衬托出人物雄豪沸腾之壮心。马鬃披拂与人物的飘扬的披风向左摆动，层层波浪亦向左涌动，增加了画面的动态，人物神态高视远方。翻涌的海水气势磅礴起了极好的陪衬作用。

　　或称达性命者，齐生死之域；违忧吝者，一脩短之数，斯盖无心之论耳，焉足与议于情哉！何则？云虹灭影，词人于是咏谣；华秀从风，君子为之叹息。岂不以对仙丽之景，怀变化而遗恋；在韶蕊之节，悼零落而偏愤。吾见豆卢氏之子于其伉俪有焉。①

　　"齐生死"、"一修短"本属庄子哲学，指斥为"无心之论"。对于美好事物的消逝，"忧吝"、"叹息"而"遗恋"、"偏愤"，则是词人或君子的常情。看到事物的差异，引发不同的哀乐，才是"有心"之论。"有心"必然有情，故主张人应有情感，这是从豆卢氏之子丧其伉俪，其娇妻"总众美于脩婵，驰落晖于小年，此所以哀中又哀也"，又怎能不悲动于衷而叹惋呢？又谓"昔袁亡马氏，蔡笔斯奋；郑丧曹姬，潘文亦作"，则又指出哀悼文学所滋生的原因，即在于发抒怀念哀痛之情感。在《与郑驸马书》

---

①　张说：《延州豆卢使君万泉县主薛氏神道碑》，《张燕公集》卷二二，第197页。

里又认为老庄与儒家本为一源，都可归入孝慈仁义。而崇尚老庄的"晋朝贤士，乃祖尚浮虚，弛废礼乐，其所遗失，将诣真宗不愈远也。老称'归根曰静'，'复命知常'，复命近于无有，知常其有知见邪？斯故返照耳。孔（原作"非"，《全唐文》作"孔"，是）云：'穷神知化，德之盛者'，神不可穷而穷之，是神合于我；化不可知而知之，是化为我用。唯此二义，繁庄生亦未始尽言焉"①。这是说人有一定的主动性，可以掌握"神"与"化"，故"神合于我"，"化为我用"，庄子的乘运委化，带有被动性。哀悼文字以及其他诗文之制的感情发抒，即情为我用的理论基础就建立在"神合于我"与"化为我用"。无疑是对庄子的坐忘、心斋泯灭喜怒哀乐感情的悖论，故言"庄生亦未始尽言"。张说是重事功重感情的人，所以在《城南亭作》说"汉家绛灌余兵气，晋代虚浮安足贵"。在君臣朋友之际重然诺节气，在诗文创作上必然重视情感的作用与发抒，也包括被人称为"大手笔"的制诰，以及墓志、哀祭之文。

张说强调了发抒情感的必要性与重要性，而情感是通过语言来表达，表达过程必然遇到言不尽情的情况。对于自然的山峰嵯峨、烟云变化、深林冥濛、鸟啼猿鸣，他觉得言语难以描摹。至于四季变化引起感情的触动，离别带来的怅然，更认为"虽欲贯愁肠于巧笔，纺离梦于哀弦，是心也，非模放之所逮，将有言兮是然，将无言兮是然！"② 这种言不称物、词不达情、言不尽意的感喟，既是贬放岳州悲伤抑郁复杂感情的流露，也是对文学创作提出能够曲尽其妙的更高要求。所以又提出辞采华茂、气势飞动的主张：

> 夫言者志之所之，文者物之相杂。然则心不可蕴，故发挥以形容；辞不可陋，故错综以润色。万象鼓舞，入有名之地；五音繁杂，出无声之境。非穷神体妙，其孰能与乎？……昔尝摄戎幽、易，谪居邛巂，亭皋漫漫，兴去国之悲；旗鼓汹汹，助从军之乐。时复江莺迁树，陇鹰出云，梦上京之台沼，想故山之风月。发言而宫商应，摇笔

---

① 张说：《与郑驸马书》，《张燕公集》卷十六，第128页。
② 张说：《江上愁心赋寄赵子》，《张燕公集》卷一，第5页。

而绮绣飞。逸势标起，奇情新拔；灵仙变化，星汉昭回。感激精微，混韶武于金奏；天然壮丽，缛云霞于玉楼。①

无论情志的表抒，还是对事物的描写，张说认为要"发挥以形容"，即要求极尽描写，曲尽其妙。语言不能简陋，须"错综以润色"，绮绣飞扬，使情志与物色具有"万象鼓舞"感情饱和的动态美。特别是提出风格要有"逸势标起，奇情新拔"的飞动气势；情感要有感慨激昂的变化，深入到内心与物象的精微；语言要求"天然壮丽"，就像五色错综的云彩飘荡在玉楼琼台之上。总之，奇情逸势要新拔标起，感慨激昂而天然壮丽，从风格、情感、语言全面提出审美的标准。这正是对王勃"壮而不虚，刚而能润；雕而不碎，按而弥坚"、陈子昂"骨气端翔，音情顿挫，光英朗练，有金石声"的发扬，也是在此基础上强调尚情重奇、壮丽飞动的审美取向，以他的身份和地位对盛唐诗的发展必然具有直接的促进作用。

他曾经谓杨炯"文思如悬河注水，酌之不竭"（《旧唐书·文艺传》），就是从气势酣畅飞动着眼。认为郭元振"文章有逸气，为世所重"（《郭公行状》语），称赞庾信诗赋具有"江山气"，即从尚气出发。在《崔司业挽歌》其一称赞崔融的诗赋："海岱英灵气，胶庠礼乐资。风流满天下，人物擅京师。疾起扬雄赋，魂游谢客诗。从今好文主，遗恨不同时。"崔融为"文章四友"之一，张说为凤阁舍人时与之同掌纶诰，曾共同讨论过初唐四杰之排序。崔融过世，则有"古来埋玉树，流恨满山川"的遗憾惋惜。《右侍郎集贤院学士徐公挽词》其二称赞徐坚："叹息书林友，才华天下选。并赋三阳宫，集诗集贤殿。"张说与徐坚先为珠英学士的中坚，又奏请徐坚、贺知章、赵冬羲入丽正书院，《初学记》即为两人主持编撰。后又为集贤院知院事与副知院事，共事十余年，"好尚颇同，情契相得"。开元十七年两人均至暮年，时诸学士凋落者众，唯他两人存焉，他们共同讨论过当时的文学同僚，已见于上文。张说对徐坚的挽词，并非一般的泛美。他对初唐文士诗赋的华词婉丽，予以一定的重视，这与他对语言要求发挥形容与错综润色的看法也是一致的。

---

① 张说：《洛州张司马集序》，《张燕公集》卷十六，第123页。

　　张说"天然壮丽"的审美观，也包括质朴自然的一面。他的《咏瓢》曾言："美酒酌悬瓢，真淳好相映"，"雅色素而黄，虚心轻且劲。岂无雕刻者，贵此成天性"，表达了对天然真淳美的爱好。所以对为文"如悬河注水"的杨炯，在《赠别杨盈川炯箴》就提出："虽有韶夏，勿弃击辕。"这种对天然真朴豪迈壮丽的倡导，实质上即是对初唐一味追求婉丽的拨正。

三　对盛唐诗的导向

　　张说文学创作的尚情观，主要体现在五律与散文中。《旧唐书》本传称他"为文俊丽，用思精密"，为"朝廷大手笔"，而且"天下词人咸讽诵之。尤长于碑文、墓志，当代无能及者"。所作《为妓女祭故主之文》，当是早年寒微卖文时之作，虽则如此，文中同样充满情感，叙其主人逝去一节，情真意恻，非常感人："怀主君之异顾，愿徇命于九泉。迫夫人之严旨，遂投足于他门。生有十年之爱，殁无一日之恩。虽强容饰于新奉，心摧绝而不敢言。君子广德仁心，必遍畴昔；与君瑟樽欢宴，永怀蕙叹。"[①]短短一节文字，把怀恩故主而又不敢明言的难以为情的复杂尴尬的矛盾心理，表达得入情入理，由此可窥见其文尚情之一斑。至于五律的送别酬赠，也偶有刻画景物、锤炼句式的一面，如《岳州别赵国公王十一琚入朝》的"浦树悬秋影，江月烧落晖"，然而在他40多首这类诗中显得微乎其微。他主要运思于发抒情感，以情运文，组织篇章。如《南中别蒋五岑向青州》、《还至端州驿前与高六别处》、《端州别高六戬》、《岳州别子均》、《送薛植入景》、《岳州宴别潭州王熊》其一与《送越州李十从军桂州》等，均言不及景，全运以情。闻一多曾引《还至端州……》说：

　　　　整篇匀称，无句可摘，才是盛唐新调。孟浩然当时能享盛名，也该是这个缘故。张说的诗能高于这派（指追踪齐梁风格）的小家诗

---

　　①　张说：《为妓女祭故主之文》，《张燕公集》卷二十五，第232页。

人，这是重要的原因。他又以自己的地位把这种作风加以提倡，当时除了孟浩然、李白、杜甫等大家之外，一般想由科举出身的举子们谁不竞先响应。因此，我们有理由把张说说成是试帖诗典型的建立者，也就是他对唐诗所起的重大影响，而试帖诗的影响唐代诗坛，也就是张说影响的普遍化了。①

闻先生看到张说这类"整篇匀称，无句可摘"的诗，"才是盛唐新调"，确实把握了诗运转关的枢纽。而且指出对唐诗具有普遍化的重大影响，则更具敏锐的眼光。然把这类诗归入试帖诗，把张说看成"试帖诗典型的建立者"，把张说对唐诗的重大影响看作试帖诗所起的作用，似乎有重新观照的必要。徐松《登科记考》卷二高宗"永隆二年"条说，进士试中的考杂文"开元间始以赋居其一，或以诗居其一，亦有全用诗赋者，非定制也。杂文之专用诗赋，当在天宝之季"②。至于见于记载，开元十二年（724）才有试诗，试题即祖咏《终南望余雪》。直至二十二年第二次试诗《武库诗》，二十六年试即崔曙《奉试明堂火珠》。张说卒于开元十八年，在他生前，见于记载的只有一次试诗。而且这些试帖诗赋大多以咏物为主，祖咏所试山水试题亦是偶见，直到天宝十载方有钱起奉试的《湘灵鼓瑟》。这些试帖诗，只看刻画描写客观物象的才能，并不需要像张说五律那样专以发抒主观情感，以上三家试帖诗即是显例。我们可以说张说的"盛唐新调"，直接影响到的是张九龄、孟浩然；他在岳、荆州的山水诗亦对王维不无启发。而在朔、相州的边塞诗对王翰、王之涣、崔颢、王昌龄、高适的沾溉，亦不难发现。

所以，胡应麟说："二张五律，大概相似。于沈、宋、陈、杜景物藻绘中，稍加以情致，剂以清空。"又言："燕国如《岳州燕别》、《深度驿》、《还端州》，始兴（张九龄）如《初秋忆弟》、《旅宿淮阴》、《豫章南还》等作，皆冲远有味，而格调严整，未离沈、宋诸公，至浩然乃纵横自得。"③这还是主要就二张五律山水诗而言，若专从张说五律送别看，则以"情

① 郑临川述评：《闻一多论古代文学》，重庆出版社1984年版，第120页。
② 徐松：《登科记考》上册，中华书局1984年版，第70页。
③ 俱见胡应麟《诗薮》内编卷四，上海古籍出版社1979年版，第68页。

致"为主，故风格"清空"、"冲远"，就更为明显了。这二者实质上把建安诗的重情尚气的慷慨磊落，即"造怀指事，不求纤密之巧，驱辞逐貌，唯取昭晰之能"，与齐梁以至沈、宋的景物刻画结合在一起，张说更多了一层天然质朴。此即胡震亨所言："张燕公诗率意多拙，但生态不痴。律体变沈、宋典整前则，开高、岑清矫后规。"① 就看到天然质朴与以言情为主的特点。至于许学夷所说："张说五言律，才藻虽不及沈、宋，而声气犹有可取。至如'西楚茱萸节'一篇（即《湘洲九日城北亭子》），则宛似少陵。"② 贺裳则言："燕公大雅之才，虽轩昂不受羁继，终带声希味澹之致。"③ 两家正是从尚情重气的正负两方面各发一端。诗若言情太多，描摹过少，气象则会显得虚而不大，滋味则澹而不厚。感物写怀并见，情景兼融，才能浑厚阔大。但张说毕竟在齐梁、初唐诗以刻摹物象的基础上，以情致为主，附之以尚气，而且有沉雄壮丽的一面，给盛唐诗带来全面的影响。

正因为他的五律有"声希味澹"的一面，所以对王湾精思浩落的《次北固山下》的名句"海日生残夜，江春入旧年"特别倡导。"诗人以来少有此句。张燕公手题政事堂，每示能文，令为楷式"④。在年节将近辞旧迎新之时，因北人尚处于江南旅途，"海日"的新鲜特别敏感，"江春"的煦面愈加强烈。它展示了新年的莅临，然而焕发的意义似乎大于蕴含自然节气的转换。王湾开元元年（713）及进士第，此诗约作于次年底。这两句兴奋新鲜的心情，阔大奇迈的景象，昭示了一个光华灿烂的新时代的到来，预示蓬勃向上的前景，显示着人们的普遍期待。上一年，玄宗诛除太平公主一党，结束了自武则天、韦后以来的女主内乱时代，开始安定稳固而亟待发展的时代气氛，人人都会感受到的。张说正是从时代转换的角度，"手题政事堂"，鼓舞官员作出大事业。至于"每示能文，令为楷式"，还在其次。然而未尝不象征着盛唐早期诗歌春天的莅临。当祖咏作此诗时，张说已贬相州两年。作于开元三年的《岳州守岁》说"今年只如此，

---

① 胡震亨：《唐音癸签》卷五，上海古籍出版社 1981 年版，第 46 页。
② 许学夷：《诗源辩体》，人民文学出版社 1987 年版，第 151 页。
③ 贺裳：《载酒园诗话》又编，郭绍虞《清诗话续编》，上海古籍出版社 1983 年版，第 305 页。
④ 殷璠：《河岳英灵集》，见李珍华、傅璇琮《河岳英灵集研究》，中华书局 1992 年版，第 233 页。

来岁知如何",在仕宦坎壈中虽不无忧虑,然未免不存乎一定的期待。早年因力保魏元忠不反而流配钦州,在《钦州守岁》就说过"愁心随斗柄,东北望春回"。他是个功业心与时间观念很强的人,五绝《岳州守岁》的"愁逐前年少,欢迎今岁多",就对未来总抱有热烈的期望。开元六年所作《幽州新岁作》"去岁荆南梅似雪,今年蓟北雪如梅",在南北贬放中,仍然发出"共知人事何常定,且喜年华去复来"的欣盼。(见图8)开元初,远在零陵(今属湖南)的史青,入京自荐能诗,玄宗试以《除夕》、《上元》等诗,应口而出,得玄宗称赏,授左监门卫将军。今存诗一首,即《应诏赋得除夜》有云:"寒随一夜去,春逐五更来。"虽然专就除夕而言,但在那个辞旧迎新的时代,未尝不引发欣瞻未来的信心,玄宗之所以称赏而当即授官的原因也在于此。然而这些除夕诗都没有王湾这两句的色彩强烈、视野开阔,充满除旧布新、破残生早的蓬勃春意,展示出昂首远望迎接未来的自信、高朗与旷爽的心情。

图8 当代 乔玉川 觅句

张说《幽州新岁作》的"去年荆南梅似雪,今年蓟北雪如梅",虽就纪时而言,但未尝没有蕴含诗人的情趣于其中。张说咏物与写景,往往有寄托。此诗即直言"且喜年华去复来",并且说:"边镇戍歌连夜动,京城燎火彻明开。"洋溢着一种乐观雄迈的精神。此图人物矗立于雪树巨石之间,宽大的白袍与雪树衬托出诗人冰清玉洁的人格。石之大重,烘托诗人的坚毅。抚摸巨石的诗人在冰天雪地中推敲着诗句,与张说诗同看,使人神旺。

张说借助这两句的倡导,似乎超过文学理论的说教效力。直到晚唐郑谷《偶题》还说过"何如海日生残夜，一句能令万古传"。张说之所以如此推重，还在于审美追求上有壮丽沉雄趋向的一致性，主要体现在作于北方的边塞诗以及七律与歌行体上。他的《幽州夜饮》："凉风吹夜雨，萧瑟动寒林。正有高堂宴，能忘迟暮心。军中宜剑舞，塞上重笳音。"苍凉雄迈，胸襟开张，风骨凛然。名作《邺都引》的"昼携壮士破坚阵，夜接词人赋华屋"，壮丽沉雄，豪荡纵逸，英迈之气扑人。五古《巡边在河北作》："抚剑空余勇，弯弧遂无力。老去事如何，据鞍长叹息。故交索将尽，后进稀相识。独怜半死心，尚有寒松直。"直抒胸臆，悲凉劲直，如幽燕老将，气势不衰。唐诗很少描写大海，他的《入海》其一有："云山相出没，天地互浮沉。万里无涯际，云何测广深。潮波自盈缩，安得会虚心。"他在《登九里台樊姬墓》说过"登高形胜出，访古令名传"，可谓"登山则情满于山，观海则意溢于海"。应制七律则辞采丰美，壮丽宏亮。如《奉和圣制春日幸望春宫》、《奉和圣制春日出苑应制》、《扈从温泉宫献诗》、《三月三日诏宴定昆池宫庄赋得筵字》，莫不宏丽鲜错，精藻耀眼。《先天应令》言玄宗领众官春游，特别是中四句全用拟人写法："梅花百般障行路，垂柳千条暗回津。鸟惊直为飞风叶，鱼跃都由怯岸人。"花柳鱼鸟都因庞大的春游团引起不同的表现，从不同角度颂美恭维，内容虽无甚可取，运思则颇为精巧。由上可见张说诗的风格多样，其应制诗对张九龄、王维等也有一定的影响。

张说的审美趋向宏通、不拘一隅，与他的诗文风格相互为表里。除了前已言及的与徐坚对初唐诗人文士的评议，张说还论及盛唐早期"今之后进"的文风。

> 韩休之文，有如太羹玄酒，虽雅有典则，而薄于滋味。许景先之文，有如丰肌腻体，虽秾华可爱，而乏风骨。张九龄之文，有如轻缣素练，虽济时适用，而窘于边幅。王翰之文，有如琼林玉斝，虽烂然可珍，而多有玷缺。若能箴其所阙，济其所长，亦一时之秀也。①

---

① 刘肃：《大唐新语·文章》卷八，中华书局 1984 年版，第 130 页。

此节言语不见于《张燕公集》，当是口头评议，或属佚文。才思如此之敏捷，足可骇人；论断之确切，足见对当时诗文之熟悉。如此文坛宗领对当时精英得失之确论，其转移文风之力量，不难想见。他重滋味、尚风骨、崇气象，推扬辞采，既是对盛唐早期文风不足的修正，也是对以后诗歌的发展提出了明确要求，而且显示出主张多种风格兼容并蓄与共同发展的广阔的视野。张说所论之时，正是"开元十五年后，声律风骨始备矣"之当口，对于把盛唐诗进一步推向高潮，无疑具有重大意义。

四　张说诗对后盛唐诗人的影响

张说诗的影响，对前后盛唐是多方面的。他在南方钦、岳、荆州所写的山水诗，在北方的边塞诗，以及五七言律诗的影响前已言及。在题材的多种多样的开拓，影响之波及，也极为广泛。已为论者指出的《五君咏》上承颜延之同题诗，下开高适《三君咏》、杜甫《八哀诗》[①]。颜诗咏正始名士，属于古人。陶渊明《咏贫士七首》、《咏三良》、《咏二疏》亦属此类。高适所咏魏徵、郭元振、狄仁杰为初唐名臣，除郭元振外，因时代不同未能谋面。杜诗稍同。李世民《赐萧瑀》、《赐房玄龄》虽为五言绝句，是写给他的重臣的，这对张说的影响更为直接。不仅《五君咏》所咏均为已故的同僚，而且他的《赠崔公》、《赠赵公》、《赠赵侍御》亦均为同事，且为长篇，这三首诗在张集中相比邻，作于同时，实际上也是组诗。这些都对李顺、岑参的人物诗具有一定的启发。他的《杂诗四首》，上承建安王粲《杂诗四首》、曹植《杂诗六首》（晋宋作者甚众），下启崔辅国、王维、储光羲、王季友同题诗，以及李白《古风五十九首》。他的组诗甚多，且题材广泛，除庙祀乐章、挽歌、《五君咏》、《杂诗四首》外，还有五律《东都酺宴四首》，七律《舞马千秋万岁乐府词三首》，五绝《九日进茱萸山诗五首》、《伤妓人董氏四首》，六言绝句《舞马词六首》，七绝《苏摩遮五首》，这对李白、杜甫、王维及诸名家影响之广泛，自不待言。

---

① 丁放：《张说、张九龄集团与开元诗风》，《文学评论》2002 年第 2 期。

　　至于在刻画描写、修辞技巧、句式打锻上，杜甫对他多有取法，林林总总，颇为可观，前人对此曾指出不少。《幽州夜饮》尾联"不作边城将，谁知恩遇深"，沈德潜曾言"此种结，后惟老杜有之"①。张说这两句正话反说，同样的结尾还有《江路忆郡》"自非行役人，安知慕城阙"。杜诗如《去蜀》结言："安危大臣在，不必泪长流"，《春日江村》其三"岂知牙齿落，名姞荐贤中"。杜诗不仅用于结尾，更见于篇中，《乐游园歌》"圣朝已知贱士丑，一物自荷皇天慈"，《旅夜书怀》"名岂文章著，官应老病休"。把牢骚换作好听话，更能见出慨然不平的复杂心绪。对于张说《深度驿》的"洞房悬月影，高枕听江流"，清人又言："'悬'、'听'二字犹有痕迹，而杜之'卷帘残月影，高枕远江声'远矣。"② 杜虽高出一筹，然从规模中讨来出蓝之色。《湘洲九日城北亭子》的"宁知沉水上，复有菊花杯。亭帐凭高出，亲朋自远来"，语意跌宕，句脉顿挫，所以许学夷《诗源辩体》卷十四谓"宛似少陵"，正是从句法的起伏顿挫着眼。《游洞庭湖》"树坐参猿啸，沙行入鹭群"，"坐"字用得新奇。杨慎说："杜诗'枫树坐猿深'，又'黄莺并坐交愁湿'，'坐'字奇崛。"并指明源出张说此诗句③。《将赴朔方军应制》不用虚词，神旺气足，厚重端庄，"骨脉坚硬，气体雄厚，此工部之先鞭也"④。还有未被前人发现的《和尹懋秋夜游灉湖》"雁飞江月冷，猿啸野风秋"，上承上官仪《入朝洛堤步月》的"鹊飞山月曙，蝉噪野风秋"，以及《闻雨》的"断猿知屡别，嘶雁觉虚弹"，杜甫《寄刘峡州伯华使君四十韵》的"哀猿更起坐，落雁失飞腾"，不仅"坐"字已见于张说上面的诗，而且两家均以猿、雁对偶，发抒哀情，似乎其间也存乎一定的联系。《别灉湖》"千峰出浪险，万木抱烟深"，"抱"字的拟人化，源出谢灵运《过始宁墅》"白云抱幽石"，下启杜甫《西阁口号》"山木抱云稠"。《巡边在河北作》"去年六月西河西，今年六月北河北"（见图9），《苏摩遮》其五"往日霜前花委地，今年雪后树逢春"，还

_____

　　① 沈德潜：《唐诗别裁集》，中华书局1975年版，第135页。

　　② 胡本渊：《唐诗近体》，清光绪二年刻本。关于此二诗的联系，宋人吴开《优古堂诗话》虽已指出"杜子美用意"，但未作具体分析。

　　③ 杨慎：《升庵诗话》卷四"坐猿坐莺"条，丁福保辑《历代诗话续编》中册，中华书局1983年版，第713页。

　　④ 李因培：《唐诗观澜集》，清乾隆二十四年刻本。

有《幽州新岁作》"去年荆南梅似雪，今年蓟北雪如梅"，把反复、比喻、回环、对比、对偶融为一体，上承范云《别诗》"昔去雪如花，今来花似雪"，下启杜甫《岁宴行》"去年米贵阙军食，今年米贱大伤农"、《腊日》"腊日常年暖尚遥，今年腊日冻全消"，以及李绅《江南暮春寄家》"洛阳城见梅迎雪，鱼口桥逢雪送梅"。《岳州宴别潭州王熊》其二"谁念三千里，江潭一老翁"，杜甫《江汉》的"江汉思归客，乾坤一腐儒"，也极为近似。杜甫与张说对庾信都很推崇，杜甫又是"转益多师"的人，对张说诗多有取法，自是情理之必然。

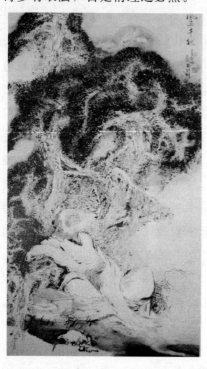

图 9 当代 乔玉川 风雨千秋

张说《巡边在河北作》说："抚剑空余勇，弯弧遂无力。老去事如何，据鞍长叹息。故交索将尽，后进稀相识。独怜半死心，尚有孤松直。"慷慨悲凉，孤耿多气。"据鞍"句直用刘琨《扶风歌》句入诗，诗中洋溢他所仰慕的曹操的"老骥伏枥，志在千里。烈士暮年，壮心不已"的精神。此图老年诗人白髯飘起，双眼微合，仰视远方，神情坚毅自信，"壮心不已"的英雄精神洋溢纸上。一领白袍与白须白发，把人物衬托得分外精神。特别是盘曲的数松，占据了画面大半部，把坐于其下的人物内心活动，又一次衬托得淋漓尽致。其中老松伸向左上画外，大有冲天凌霄之态。油然展现了"独怜半死心，尚有孤松直"的精神。

李白效法张说诗亦不为少。张说《湘州北亭》"悠悠白云意，乘兴抱琴过"，李白《山中与幽人对酌》"我醉欲眠卿且去，明朝有意抱琴来"，二者用语颇为相似。张说《下江南向夔州》"绿水透迤去，青山相向开"，《岳州别梁六人朝》"江树云间断，湘山水上来"，李白《望天门山》"两岸青山相对出，孤帆一片日边来"，舟行而人不知，却有"山来"的错位感，两家如出一辙。张说在结尾往往用比喻或拟人，表述迫切的心情，如《南中别蒋五岑向青州》的"愿作枫林树，随君度夕阳"，《南中别陈七李十》"何时似春雁，双入上林中"，《和朱使欣》其二"自怜如坠叶，泛泛侣仙舟"，《蜀道后期》"秋风不相待，先至洛阳城"，《桃花园马上应制》的"愿逐南风飞帝席，年年含笑舞青春"。而李白《拟古》其一"愿逢同心者，飞作紫鸳鸯"，《感兴》其六"安得配君子，共成双飞鸾"，《流夜郎闻酺不预》的"汉酺闻奏钧天乐，愿得风吹到夜郎"，《金乡送韦八之西京》的"秋风吹我心，西挂咸阳树"，均与张说有一定的联系。张说《和尹从事懋泛洞庭》的"忽惊水上光华满，疑是乘舟到日边"，李白《望天门山》的"孤帆一片日边来"，《行路难》其三"忽复乘舟梦日边"，《永王东巡歌》其十一"南风一扫胡尘静，西入长安到日边"，在表达对长安的思念上，两家用语，乃至句式，都有惊人的一致处。李白《温泉冯刘二监客舍观妓》的"秀色然红黛，娇音发绮罗"，《寄韦南凌冰……》的"月色醉远客，山花开欲燃"，虽直承沈约，然未必不受张说的启发。他的《夜下征房亭》"山花如绣颊"，受到张说的沾溉就更明显了。

　　总之，张说作为政坛与文坛领袖的双重身份，对盛唐诗人具有广泛的影响。从以上李杜两家对张说的追踪，就更为明显地了解到影响的广度与深度。至于张说在审美趋向上的倡导，其作用则是难以估量的！

第三章　张九龄的人格与风格

张九龄是继张说之后又一位开元名相，虽然不到三年而罢，但他从中宗神龙三年（707）30岁时为秘书省校书郎，协助张说，联袂共建盛唐极盛之世，且在张说去世次年——开元十九年（731），擢为秘书少监兼集贤院学士副知院事，又擢为尚书工部侍郎兼知制诰。开元二十一年拜中书侍郎同中书门下平章事，次年就任中书令，二十四年被罢相。前后身居中枢达21年，在国政大事上以才鉴见称，不仅具有远见的政治卓识，而且在开元名相姚崇、宋璟、张嘉贞、张说、李元纮、杜暹、韩休之中，以"尚直"著称。他政治上的进退，标志着盛唐由盛转衰的分水岭。他的诗歌以清澹著称，又继承张说文治精神，推动盛唐诗高潮的到来，开拓了盛唐气象的新风气，这也与他人格的魅力具有一定的关系。

一　张九龄人格的魅力

安史之乱突然爆发，唐玄宗仓皇逃至成都后，立即想起开元二十二年（734）宰相张九龄奏诛安禄山的谠言直谏，当时玄宗以为是"误害忠良"，更加官爵，放归本道。此时思其先觉，懊悔不及，不由潸然泪下，下诏褒赠：

> 正大厦者柱石之力，昌帝业者辅相之臣。生则保其荣名，殁乃称其盛德。……开元之际，寅亮成功。谠言定其社稷，先觉合于著策，永怀贤弼，可谓大臣。[1]

---

① 《旧唐书·张九龄传》第九册，中华书局1996年版，第3100页。

　　玄宗的褒赠诏，实际无异于"罪己诏"。事过22年，尝到自制的颠覆恶果后，方才醒悟，还算是有点事后之明。正因为张九龄在开元中屡进"谠言"，所以"开元后，天下称曰'曲江公'而不云名。建中元年，德宗贤其风烈，复赠司徒"①。甚至半世纪后，欲求中兴的唐宪宗，急于遏制藩镇，颇奖聚敛之臣。度支使皇甫镈言利得幸，又阴结权佞以求相位。崔群屡疏其奸，曾因面论，语及开元天宝中事。《全唐文》的编者撮合两《唐书》崔群之言：

　　　　安危在出令，存亡系所任。玄宗初，得姚崇、宋璟、卢怀慎、苏颋、韩休、张九龄则治；用宇文融、李林甫、杨国忠则乱。故用人得失，所系非轻。人皆以天宝十四载安禄山反为乱之始，臣独以为开元二十四年罢张九龄相，专用李林甫，此理乱之所分也。愿陛下以开元为法，以天宝为戒，则社稷之福也。②

　　罢张九龄而用李林甫为相，已被崔群看作盛唐转衰的分水岭。今日看来，而且是整个唐代走下坡路的转折点。张九龄一身系唐三百年兴衰大变之关键，从开元至元和近百年来人们还在怀念，他的政治作用以及政治人格的价值，带有持久不渝的魅力。

　　他的人格魅力，大致约有如下数端。首先，有才能而志向远大。幼年聪敏且善为文，13岁以书干谒广州刺史王方庆，王即大加嗟赏，言"此子必能致远"。善于谈论，与人论经旨，"滔滔不绝如下坂走丸也，时人服其俊辩"③。又常语人："学者常想胸次吞云梦泽，笔头涌若耶溪，量既并包，文亦浩瀚。"④ 自期远大，风范襟怀如此。武后神功元年（697）乡试第一，长安二年（702）试进士，考官沈佺期尤为激扬，一举高第。长安三年张说流配岭南，一见即厚遇器重，誉为"后出词人之冠"。中宗神龙三年

---

　　① 《新唐书·张九龄传》第十四册，中华书局1987年版，第4430页。
　　② 崔群：《论开元天宝讽皇甫镈疏》，《全唐文》卷六一二，第三册，上海古籍出版社1990年版，第3739—3740页。
　　③ 王仁裕：《开元天宝遗事》下"走丸之辩"条，丁如明辑《开元天宝遗事十种》，上海古籍出版社1985年版，第103页。
　　④ 冯贽：《云仙杂记》引《微文玉井》，《四部丛刊》本。

(707) 又经考选，擢秘书省校书郎。玄宗即位再经考选，迁左拾遗。十年间连登三第，而且胸襟宏远，后来参政与执政期间，"常以致君尧舜，齐衡管乐；行之在我，何必古人"①，以天下为己任，力图有所作为，悬标极高。开元十九年，"中书奏章不惬上意，命公改作，援笔立成，上甚嘉焉"。"扈从北巡，便祠后土，命公撰敕，对御为文，凡十三纸，初无稿草。"② 所作制草"明白切当，多得王言之体"（《四库提要》语）。无论文才政事，均为一时之选。

其次，有识人之鉴，远见卓识过人，且敢于直谏。为右拾遗时，吏部试选，命考其等第，前后多次，每称平允。开元二十一年（733），安禄山讨契丹败北，被执送京师，知其必反，奏请诛杀，以绝后患。此为一生大节，关乎大唐治乱兴亡。李林甫荐牛仙客知政事，则屡言劝阻，触帝怒而不止。《新唐书》本传赞曰："观玄宗开元时，励精求治，元老魁旧，动所尊惮，故姚元崇、宋璟言听计行，力不难而功已成。及太平久，左右大臣皆帝自识擢，狎而易之，志满意骄，而张九龄争愈切，言益不听。夫志满则忽其所谋，意骄则乐软熟、憎鲠切，较力虽多，课所效不及姚、宋远矣。"又说"若知古等皆宰相选，使当天宝时，庸能有救哉"③。魏知古为开元前期名相，这里意谓如果把开元前期任何名相移到后期，都不可能挽救玄宗之败政。中唐政治改革家吕温早就指出："开元初，天子新出艰难，久愤荒政，乐与群下励精致理，于是乎有否极之变。姚、宋坐而乘之，举为时要，动中上急，天光照身，宇宙在手，势若舟楫相得，当洪流而鼓迅风，崇朝万里，不足怪也。开元末，天子倦于勤而安其安，高视穆清，需然大满，于是乎有泰极之变。荆州起而扶之，举为时害，动咈上欲，日与谗党抗衡于交戟之中，势若微阳战阴，冲密云而吐丹气，欻耀而灭，又何难乎！所痛者，逢一时，事一圣，践其迹，执其柄，而有可有不可，有成有不成，况乎差池草茅，沉落光耀者，复何言哉，复何言哉！"④ 然而正是

---

① 徐浩：《唐尚书右丞相中书令张公神道碑》，《全唐文》第二册，上海古籍出版社1990年版，第1988页。

② 同上。

③ 《新唐书》本传赞，第4440页。

④ 吕温：《张荆州画像赞序》，《全唐文》第三册，第2812—2813页。

在时之不遇的悲剧中，愈显出人格的高亮坚贞。徐浩为其所撰碑文说："初，公作相也，奏差择元戎，皆取良吏，不许入请。罢赏战功，减诸军兵，省年支赐，谀臣儳议，事竟不行。""边将盖嘉运等上策，密发将士袭平西戎，公以为不可妄举，结后代雠，非皇王之化也，上又不纳。及羯胡乱常，犬戎逆命，元宗追叹曰：'自公殁后，不复闻忠谠言。'"① 开元二十四年（736），玄宗欲以李林甫为相，又直谏曰："宰相系国安危，陛下相林甫，臣恐异日为庙社之忧。"亦不听从。张九龄罢相后，"自是朝廷之士，皆安身保位，无复直言"②。张九龄为相于张说之后，上无玄宗全力支持，下无得力助手，奋力抗行于李林甫日思所以中伤之中，课其效又怎能及于姚、宋？吕温又言："开元二十年后，元宗春秋高矣，以太平自致，颇易天下，综核稍怠，推纳寖广，君子小人，摩肩于朝，直声遂寝，邪气始盛，中兴之业衰焉。公于是以生人为身，社稷自任，抗危言而无所避，秉大节而不可夺，小必谏，大必诤。攀帝槛，历天阶，犯雷霆之危，不霁不止。"时逢艰难，仍矢志不移，鲠亮坚直的人格，淘然炳耀青史。

再次，不阿党营私，不贪恋爵位，正如王维《献始兴公》所说的"所不卖公器，动为苍生谋"。开元十三年，张说粉饰王业，首建封禅，而且尽用亲近，超受品级，即劝阻说："官爵者，天下公器，德望为先，劳旧次焉，若颠倒衣裳，则讥谤起矣。"他本为张说赏拔，又结为同宗，并不为之回护，反对用人唯亲。武惠妃谋陷太子，欲代以己子，他坚执不可。武惠妃又使人密告他："废必有兴，公为援，宰相可长处。"（《新唐书》本传）则斥退。故他在相位，太子无患。以上两事，均可见其光明磊落之人格。

复次，"九龄风度"显示出为人钦敬的人格魅力。他虽然属于南海荒陬的单绪孤姓，然无所畏惧。玄宗虽不听九龄耿言直劝，但知其为正人君子，甚至在罢知政事后，宰执每荐引公卿，常必问："风度得如九龄否？"包括日常习惯，朝官均加模仿而流行。先前惯例，京客上朝都插笏于带，张九龄瘦弱，风度蕴藉，因设笏囊，常使人持之马前，一时仿效，形成

---

① 徐浩：《唐尚书右丞相中书令张公神道碑》，《全唐文》第二册，第 1988 页。
② 《资治通鉴》玄宗二十四年，第十五册，中华书局 2007 年版，第 6825 页。

风气。

最后，不逢迎人主，保持独立忠直之人格。审理刑案，执法公平，光明无偏。与人交始终如一，具有坦荡的君子风范。未为相时，玄宗生日，公卿并献珍奇异物。他以《千秋金鉴录》上"事鉴"十章，以示讽谏。玄宗在禁苑曲宴近臣，指示李林甫、张九龄说："槛前盆池中所养鱼数头，鲜活可爱。"林甫奉迎曰："赖陛下恩波所养。"他却说："盆池之鱼犹陛下任人，他但能装景致助儿女之戏耳。"①言语鲠切，惹得玄宗老大不欢。所交严挺之等正人，友善始终不渝，不以利害改变疏密。在京从政，累历刑狱之司，法吏未敢讯劾，"先取则于九龄。因于前，面分曲直，口撰案卷，囚无轻重咸乐其罪。时人谓之'张公口案'"②。

以上五端合构成张九龄完美的开元名相与人格魅力③，正因为如此，王维称美，杜甫《八哀》中有赞颂，画家为他画像，无论在当时还是50年后的中唐，都引起普遍的敬重，被认为是与盛唐休戚相关的大人物，这也是他能和张说共为盛唐奠基的原因。王维、孟浩然、卢象、綦毋潜、裴迪等山水诗人，以及王昌龄、钱起、包融等，其所以都能围绕在他的周围，不仅与他的人格相关，而且与他的山水诗清澹及开一代风气相关。辛文房名著《唐才子传》凡收398人，其中立专传者278人，然而却无张九龄的一席之地，大概觉得他作为一代名相，似乎比诗人的位置更为重要。

---

① 王仁裕：《开元天宝遗事》"盆景鱼"条，丁如明辑《开元天宝遗事十种》，上海古籍出版社1985年版，第77页。

② 同上书，第92页。

③ 明人丘濬《张文献公〈曲江集〉序》说："盖自三代，以至于唐，人材之先，盛在江北。开元、天宝以前，南士未有以科第显者，而公首以道侔伊吕科第；未有以词翰显者，而公首掌制诰内供奉；未有以相业显者，而公首相玄宗。……公之风度、先知见重于玄宗，气节、功业著在信史，播扬于天下后世。唐三百年先贤，前以房、杜，后称姚、宋。胡明仲谓姚未宋比，可与宋齐名者，公也。由是以观，公又非但超出江南，乃有唐一代第一流人物也。"见熊飞《张九龄集校注》第三册，中华书局2008年版，第1127页。

二 兴寄委婉的咏怀诗

张九龄存诗 218 首，数量仅次于盛唐前期的张说、孟浩然。大致可分四类：一是山水、行役；一是酬赠、送别；一是咏怀、咏物；一是奉和、应制。后者 31 首，均为五言，赶不上张说同类之作，可以不论。他的山水诗有 40 多首，而且和行役、感怀、酬赠、送别、应制结合在一起，这样数量会更多，成为盛唐前期最早大量描写山水的诗人，这是把比他小 11 岁的孟浩然除过而言。就主要内容看，可分山水与咏怀两大类，大致分属前后两期。开元二十四年（736）冬被李林甫排挤罢相，次年四月贬荆州。他的罢相是唐代由盛转衰的分水岭，贬荆州也是他政治上的最大挫折，亦是其诗歌创作前后分期的界线。山水诗在他手里得以刷新，同时开创盛唐一代山水诗的新风气；咏怀诗则继承了阮籍《咏怀》、陈子昂《感遇》的传统，以比兴寄托见长，艺术性亦高。

他的咏怀诗，以组诗为主，在体段上也是对阮籍、陈子昂咏怀、感遇的追踪。他的组诗声价最著者为《感遇十二首》《杂诗五首》；凡二首者，有《荆州作二首》、《在郡秋怀二首》、《叙怀二首》等，这也是不同于他的山水诗最为显明的外在特征。在诗体选择上，以五古与五律为主，对五言诗有特别的爱好，属于五言诗名家。七律在当时方兴未艾，则仅两首；初盛唐颇为流行的七言歌行，也只有两首。而且这四首诗都是奉和应制之作，七绝阙无，看来他对七言诗无甚兴趣。

张九龄（678—740）为韶州曲江（今广东韶关）人，出身寒门庶族。先天元年（712），玄宗即位时为左拾遗，进入中枢。开元十四年（726）封章言事不协，拂衣告归。六年还京，次年迁司勋员外郎，张说叙为本家。十三年（725），祭泰山，张说因擢用亲近次年被罢相，十五年张九龄也南放洪州都督，十八年转桂州都督。次年拜秘书少监兼集贤院学士副知院事，旋擢尚书工部侍郎兼知制诰。二十一年（733）丁母忧，十二月即拜中书侍郎同中书门下平章事，次年任中书令。二十四年（736）罢相，次年南贬荆州。二十八年（740）春病归而逝。他在玄宗的枢密机构，除去病归、丁忧，前后凡21年，基本上与开元盛世相始终。开元十八年张说去世，"时逢朋党颇相排挤，穷栖岁余，深不得意"（徐浩《张公神道碑》语），越三年任相，为时不到三年。这时玄宗荒怠，李林甫逐渐得势，他是在矛盾丛生中以谏诤度过，"日与谗党抗衡于交戟之中"，又缺乏像张说那样的鼎力支持者。此前，"同侪见嫉，内宠潜构"，"执宪者素公所用，劾奏权臣，矛冠得罪，借以为累，贬荆州长史。三岁为相，万邦底宁，而善恶太分，背憎者众，虞机密发，投杼生疑。百犬吠声，众狙皆怒。每读韩非《孤愤》，涕泣沾襟"①。开元二十四年，李林甫忌张九龄为玄宗所用，玄宗欲以范阳节度张守珪为尚书，被九龄劝止。又欲引凉州都督牛仙客为尚书，九龄以其人为"河湟一使典耳"，坚执不可。玄宗怒曰："岂以仙客寒士嫌之邪？卿固素有门阀哉？"九龄顿首曰："臣荒陬孤生，陛下过听，以文学用臣，仙客擢胥史，目不知书。韩信，淮阴一壮夫，羞与绛、灌同列。陛下必用仙客，臣实耻之。"② 不久，即被罢相。正因"荒陬孤生"，岭南单绪，张说早年便与他通谱系，意在解除这种精神枷锁。所以他勇于参政，诤谏大政，但心里未必没有一种压力。特别是当张说过世，即持以死谏的准备。正如罢相前所作《白羽扇赋》所说："伊昔皋泽之时，亦有云霄之志。苟效用之得所，虽杀生而何忌"，"纵秋风之移夺，终感恩于箧中"。张九龄咏怀诗也大多与这样复杂的政治环境相关。

《感遇十二首》是他的咏怀诗的代表作，前十首篇篇比兴，而且通篇莫不如此。然就托物言志的寓意看来，大概都涉及在京都长安从政期间的宦海风波与贬放的哀怨，不便明言罢了。论者认为："基本上是在抒写孤独寂寞的苦闷中透出清高自赏、怨愤不平的感情，有冲动，有矛盾，但是有所节制，带有几分拘谨，怨而不怒，没有激昂风发之势。"③ 情感与心理的把握大致不差。如果推敲出大致作年，就会进一步把握得更确切些。清人陈沆说："此及《杂诗》、《咏怀》等篇，皆罢相谪荆州长史后作也。"④

---

① 徐浩：《唐尚书右丞相中书令张公神道碑》，《全唐文》第二册，第1988页。

② 《新唐书》本传，第十四册，第4428页。

③ 罗宗强、郝世峰：《隋唐五代文学史》上册，高等教育出版社1990年版，第178页。

④ 陈沆：《诗比兴笺》，上海古籍出版社1981年版，第117页。

我们觉得不无道理，但未必全都如此。时下或谓非一时所作，当是后人收集命名，也有一定的道理。先看其一：

兰叶春葳蕤，桂花秋皎洁。欣欣此生意，自尔为佳节。谁知林栖者，闻风坐相悦。草木有本心，何求美人折！（见图10）

图10 明代 杜大绶 **幽兰图**

兰因花小，故视为"草"，然可称为草中之"王"。从《诗》、《骚》伊始，即进入歌咏。画兰大约从南宋开始，如赵孟坚、郑思肖皆为高手。至明清形成风气，文徵明、郑板桥则为巨匠。杜大绶善山水，有逸趣，此图亦为出色。画分两半，上半楷书杨炯《幽兰赋》，为大幅题款。下半四丛兰花生于两太湖石间，有藏有露，伸叶展腰，以石崛立衬出兰之"幽"与"清"来。同时，很能体现张九龄《感遇》其一"草木有本心，何求美人折"的幽洁情怀。"兰叶春葳蕤"的欣欣"生意"，显出勃然的动态。静然挺出的两石，一经配合，散发出特别的清幽，洗人胸间尘累。垂直整肃的书法又异常幽雅，上下默契地融合为一整体，悄然流动着一种诗情画意。

最要紧处在末两句。以春兰、秋桂自喻，言己高洁而多才，本是应有之人格，只宜与"林栖者"同类，"本心"并不求"美人"宠爱。"美人"或可能是指姚崇。开元四年（716）因"封章直言，不协时宰。方属辞满，拂衣告归"（徐浩《张公神道碑》）。本集中《上姚令公书》劝其远谄躁，进淳厚，用人有失，溺在缘情。加上张说与姚崇不合，因招姚崇不满，便愤然以病告归。故此诗表现不阿世不媚俗的独身自守的骨气，末两句的不平之气还是看得出来的。其二的"幽林归独卧，滞虑洗孤清"，"飞沉理自隔，何所慰吾诚"，则是回家后作。其三以鱼乐深池、鸟栖高枝为喻，最后终归大化，以之安慰心中郁懑。其四云：

> 孤鸿海上来，池潢不敢顾。侧见双翠鸟，巢在三珠树。矫矫珍木巅，得无金丸惧？美服患人指，高明逼神恶。今我游冥冥，弋者何所慕！

此诗的飞鸟世界，继承《诗》、《骚》比兴手法，与阮籍《咏怀》、陈子昂《感遇》亦有直接关系。开元二十四年因谏阻牛仙客为相、废太子事触怒玄宗，旋被罢相，次年贬放荆州大都督府长史，即作此诗。"孤鸿自喻，双翠鸟喻林甫、仙客"（陈沆语），"池潢"喻朝廷，"三珠树"喻相位，"金丸惧"喻官场倾轧，"游冥冥"指南放荆州，"弋者"复指李林甫等。飞鸟与金丸弹雀的连锁喻象，象征弱肉强食黑暗混乱的朝廷。末尾的退身远害的欣幸，取法谢朓名诗《暂使下都夜发新林至京邑赠西府同僚》结尾："常恐鹰隼集，时菊委严霜。寄言蹑罗者，寥廓已高翔。"其六的手法、喻意与此相类："西日下山隐，北风乘夕流。燕雀感昏旦，檐楹呼匹俦。鸿鹄虽自远，哀音非所求"，亦与上诗作于同时。其七是此组诗最有名的一首：

> 江南有丹橘，经冬犹绿林。岂伊地气暖？自有岁寒心。可以荐嘉客，奈何阻重深。运命唯所遇，循环不可寻。徒言树桃李，此木岂无阴？（见图 11）

此诗以屈子《橘颂》为法。作于开元十四年至十八年为洪、桂州刺史期间的《荔枝赋》就说过："夫其贵可以荐宗庙，其珍可以羞王公。亭十里而莫致，门九重兮曷通？"橘经冬犹绿喻己始终忠贞如一，所荐之"嘉客"喻玄宗，"桃李"喻李林甫等，就小小水果说出一番大道理。"岂伊"两句顿挫跌宕，翻折出凛然矗立的大气象、大境界，显示出坚贞公直的人格魅力，以及一代名相的精神风采。同时，也有对"树桃李"的玄宗昏妄的质问与怨望。其七与其八都以美人为喻，其八有言："永日徒离忧，临风怀寨修。美人何处所，孤客空悠悠。"此取《离骚》"三次求女"一节，发思君之叹惋。其九为同一哀叹："抱影吟中夜，谁闻此叹息。美人适异方，庭树含幽色。白云愁不见，沧海飞无翼。"其十求思汉上游女，其十一言思京而"人愿天岂从"，均同上旨。其十二"乃绝望而自宽之词"（陈沆语），表达"浩思极中夜，深嗟欲待谁"与"天壤一何异"的哀叹。

图 11　宋代　马麟　绿橘图

　　"橘生淮北则为枳"，橘树天生是南方人的专有象征，自屈原《橘颂》以后，却很少人写橘。如果寻求另一名作，则非张曲江《感遇》其七"江南有丹橘"一首莫属。其中"经冬犹绿林"与"岂伊地气暖，自有岁寒心"，道出了和松树俱有的抗寒本能，突出一股坚贞不屈的诤臣精神。大概出于同样的原因，画橘的也不多。宋画有逼真的写实感，此图即代表着宋画的风格。因时隔久远，橘实的"丹黄灿烂"已有消褪，可和此诗合观共赏。

　　这组诗主要集中在贬荆州时期所作，前后亦颇有次第。比兴绮密，体裁疏秀，寄意深远，哀怨而无怒张之色，感情节制既是风格的体现，亦是一种必要的防范。这组诗虽然对他来说不算是代表作，但对了解他的思想和古诗风格，有重要作用。胡震亨说："张曲江五言以兴寄为主，而结体简贵,选言清冷,如玉磬含风,晶盘盛露,故当于尘外置赏。"① 因其人胸襟高迈,冰清玉洁,故其诗绝尘独立,雅正深婉,孤劲清亮。至于与陈子昂《感遇》之区别,钟惺说:"正字(子昂)气运蕴含,曲江精神秀出;正字深奇,曲江淹密。各有至处,皆出前人之上。"② 沈德潜亦言:"正字古奥,曲江蕴藉,本原同出嗣宗,而精神面貌各别,所以千古。"③ 陈子昂本具纵横家风姿,上承建安、阮籍,故多慷慨激昂;九龄原本儒家,虽同法阮籍,然得屈骚沾溉者多,故哀怨而婉和。子昂放得开,故内容涉及广泛;九龄收得住,则专就忧国哀时与自家处境发抒;子昂粗朴,语多重复④;九龄深秀,运思则多一致⑤。二者自成模式,犹如张说的岳州诗每多思京望阙之语,虽缘处境所致,然未免手法单调,对盛唐后期不无负面作用。

组诗《杂诗五首》,亦属咏怀之作,比兴手法与《感遇》亦为相同,当为同时之作。其一说:"孤桐亦胡为,百尺傍无枝。疏阴不自覆,修干欲何施。高冈地复迥,弱植风屡吹。凡鸟已相噪,凤凰安得知?"同样以比兴咏物来咏怀,内容与《感遇》其七"江南有丹橘"一首相近。以"孤桐"自喻,迥地指贬所。"凡鸟"喻政敌,"凤凰"比玄宗。前人谓"收句言贤者在下"(方东树语),似欠当。言"亦胡为"、"傍无枝"、"不自覆"、"欲何施"、"地复迥"、"风屡吹"、"安得知",皆就贬所处境而忧及朝政的紊乱。其二以女罗有托,兰蕙与葵藿同流,言朝臣皆容身保位,无复直言,谏诤路绝。其三直言托微波而路远不达的苦闷,其四借湘妃、游女,言同心难见,佳期不逢。五首内容大致与《感遇》相同。

《荆州作二首》为到任之作。其一言:"众口金可铄,孤心丝共棼。意忠仗朋言,语勇同败军。"言为相三年,内外交困,孤独无援,虽"语勇"谏诤,然如"败军",不能挽回朝廷乱局。对于免相,则说:"高秩向所

————————

① 胡震亨:《唐音癸签》,上海古籍出版社 1981 年版,第 46 页。

② 钟惺、谭元春:《唐诗归》,吴文治主编《明诗话全编》第七册,江苏古籍出版社 1997 年版,第 7341 页。

③ 沈德潜:《唐诗别裁集》,中华书局 1975 年版,第 10 页。

④ 魏耕原:《传统的双向抉择:陈子昂对齐梁诗阳奉阴违》,见所著《谢朓诗论》,中国社会科学出版社 2004 年版,第 306—313 页。

⑤ 刘禹锡《读张曲江集作并引》:"自退相守荆门,有拘囚之思。托讽禽鸟,寄词草树,郁然与骚人同意。"(《刘禹锡集》卷二十一)则指出鸟与树的比兴模式。

忝，于义如浮云。"表示不恋栈贪位。其二曰："崇高自有配，孤陋何足干。遇恩一时来，窃位三岁寒。谁谓诚不尽，智穷力已殚。"回顾为相三年竭诚尽力，然被罢相，而"浩荡出江湖，翻覆如波澜"，犹如"独飞翰"之孤鸟，内外谗毁的摧残，而有"伤鸟畏虚弹"的惕息忧虑。两诗意在"内讼"，故多议论。《在郡秋怀二首》作于洪州任上，均以秋景发端，以下亦为"内讼"式的议论。其一发端说"秋风入前林，萧瑟鸣高枝"，苍凉的气氛笼罩全篇。中云"平生去外饰，直道如不羁"，其风范与追求可以想见。结云"兰艾若不分，安用馨香为"，被贬外放的郁懑不可扼止。其他如《叙怀二首》、《秋怀》等，议论过多，凝练不足，缺乏感人力量。

三　怀人、咏物之制的抒情与寄托

张九龄离别、怀人之作不多，但在艺术上却多为上乘，诗体多用五律或五绝，与咏怀之五古有别，《望月怀远》是他最负盛名之作：

> 海上生明月，天涯共此时。情人怨遥夜，竟夕起相思。灭烛怜光满，披衣觉露滋。不堪盈手赠，还寝梦佳期。（见图12）

无论"望月"，还是"怀远"，都是诗意化的，都带有抒情意味。只有颈联对偶整饬，然"情人"从室内至室外游动徘徊，表示同样"竟夕起相思"；同一夜晚，把远在"天涯"的不同空间，由同一明月连接起来，他在"此时"想到遥远的"情人"，"情人"也在这样的夜晚想起了他。"海上生明月"的清朗旷远境界，滋发了弥夜的思念。"光满"、"露滋"的月夜是那样的华润，双手掬起一片月光，真想奉赠给她，然可掬而"不堪盈手"。既不能相赠，还不如入寝做个好梦，梦中还可能有相见的欢娱。"共"字可顶数语，使月光溶溶遍洒，把异地置于眼前；逗起的"怨"字全从对方飞来，杜甫《月夜》"今夜鄜州月，闺中只独看"同此笔墨。月之神与"形"全见于"灭烛"三句，而且彷徨姿态亦从此而生。全诗清辉照人，浑融一片，情意脉脉如月光悄悄流泻。

图 12 明代 张路 赏月

张九龄五律《望月怀远》，是他不多的名诗之一。清远阔渺的艺术空间与境界，幽情单绪之深衷孤怀给人留下深刻印象。胡应麟谓他五言独造"清远"。胡震亨称誉为"玉磬含风，晶盘盛露"，都可在此诗中得到明显的感受。诗是时间艺术，故此诗流动；画是空间艺术，只能选择其中一个片段。此图为山中赏月，也可以作为读诗之一助。华山川先生有幅诗意图即撷取此诗发端两句，画面水气月光，淋漓透彻，极精到地刻画了人物冰清玉洁的精神世界。

回环往复，清省淡远，可思而不可言。谢庄《月赋》的"美人迈兮音尘绝，隔千里兮共明月"，似乎是此诗的底色，陆机《拟明月何皎皎》"照之有余辉，揽之不盈手"，谢瞻《答灵运》的"开轩灭华烛，月露浩已盈"，给此诗细节提供了营养。比起陈子昂《月夜有怀》显得更精密而有层次，相比杜审言《赠苏绾书记》"红粉楼中应纪日，燕支山下莫经年"，显得蕴藉而不动声色。

《秋夕望月》似乎是此诗的姊妹篇："清迥江城月，流光万里同。所思如梦里，相望在庭中。皎洁青苔露，萧条黄叶风。含情不得语，频使桂华空。"前首清幽，此则清响，并为望月怀人佳制。颔联上诗为流水对，此则为倒置句，均似对非对，颈联偶对工稳。"青苔露"见出次句的"流光"，"黄叶风"剔明题中"秋"字。后四句见出俯仰之间望而不见、思而不得语的情景，发抒了临风怀远的一片情思。九龄写月四篇，都与怀人相关。另篇《赋得自君之出矣》说：

自君之出矣，不复理残机。思君如满月，夜夜减清辉。

建安时徐干有《室思》五章，其第三章结尾曰："自君之出矣，明镜暗不治。思君如流水，无有穷已时。"刘宋孝武帝刘骏以首句为题，后两句亦出之比喻，积淀成"经典模式"，便成"有意味的艺术形式的五绝定型"。徐干诗源出《诗经·卫风·伯兮》："自伯之东，首如飞蓬。岂无膏沐？谁适为容。"自徐干诗再加出新，刘骏再加定型，便成为效法的典范。自刘宋至清光绪，同题之作不绝如缕。入唐则九龄为第一人，钟惺认为"此题古今作者，毕竟此首第一"（《唐诗归》语）。"如满月"是感情虚拟的前题，"减清辉"则是感情变化的动态结果。"满"与"减"呼应构成感情变化运动，形容因相思而瘦削，"纤而无痕"（贺裳语），借月写人，构思新颖巧妙。后来晚唐辛弘智，更改次句为"梁尘静不飞"，改末句"清辉"为"容辉"，便有鹦鹉学舌之嫌。

张九龄的咏物诗有 20 多首，除去两首喜雨、咏雪应制，五首题为"杂诗"、"感遇"，其余均为名正言顺的正规之制。他的五古长于比兴，寄意委婉，情思深远，风格清秀。咏物之制亦有同样特色，却往往为论者忽略。其五律《咏燕》为史家所重：

　　　海燕何微眇，乘春亦暂来。岂知泥滓贱！只见玉堂开。绣户时双入，华轩日几回？无心与物竞，鹰隼莫相猜。（见图 13）

图 13　清代　任伯年　燕子

张九龄人格，透出一种高风亮节的魅力，为两《唐书》所盛称。他的咏物诗往往渗透着一种人格精神，所咏橘、梅、竹、芍药，莫不如此。此首《咏燕》，写在身处李林甫日益得势、谗党挤压之时。他以咏物诗为政治斗争的工具，小小的燕子，在曲江公笔下发挥出特殊作用。说他参与机枢不过"暂来"而已，所以"无心与物竞"，"鹰隼"则指李林甫。海燕秋返之南海，正是他的故乡所在，故极巧妙得体。任伯年的燕子画得各具飞姿，喃喃叫声似乎都从画面飘过来。

中晚唐之际的郑处海曾言："因九龄连连谏阻李林甫荐牛仙客入相及实封，玄宗不悦。""他日林甫请见，屡陈九龄颇怀诽谤。于时方秋，帝命高力士持白羽扇以赐，将寄意焉。九龄惶恐，因作赋以献，又为《咏燕》诗以贻林甫。其诗曰：……林甫览之，知其必退，恚怒稍解。"① 据张九龄《白羽扇赋序》言，"开元二十四年夏，盛暑，奉敕大将军高力士赐宰臣白羽扇，某与焉"，盛暑赐扇，而非秋赐，并且通言"宰臣"，李林辅亦在其内，不独为九龄专设②。出入仅在细节微末，晚唐孟棨《本事诗·怨愤》所载此事亦为略同。曲江出自岭南，以海燕自喻最为得体。"微眇"如曲江所言"荒陬孤生"，比喻出身单门孤绪。"乘春亦暂来"言随众中进士及拔科只是暂时入仕。"泥滓"句喻不知宦海风波。"玉堂"、"绣户"、"华轩"喻处相位。末两句呼应"暂来"，言不久将如燕秋返，退归南海。《感遇》其四结末"今我游冥冥，弋者何所慕"，与此同一意旨，结构亦同，时仅略为先后。表明进退取舍与物无竞。故林甫览之，"知其必退，恚怒稍解"。此诗通篇为喻，虚词分布各句，有感慨，有说明，有顿挫，伸缩自如，委婉不迫。化沉重为宽舒，显得气象雍容，正如所言"胸次吞若云梦，笔头涌若耶溪，量既并包，文亦浩瀚"，观此诗之词高理妙，则雅量文翰并见。作于罢相南贬之《庭梅咏》与上诗相近，亦堪称姊妹篇："芳意何能早，孤荣亦自危。更怜花蒂弱，不受岁寒移。朝雪那相妒？阴风已屡吹。馨香虽尚尔，飘荡复谁知！"两诗用意手法相近，然此则忧谗畏讥，字字危栗。次句"孤荣"先占地步，"自危"笼罩全诗，"馨香"回应发端"芳意"，"飘荡"回应"自危"，颔联跌宕出危苦之意。雪妒与屡吹之"阴风"，犹如上诗的"鹰隼"，指意明显，赋梅咏怀兼备。每句均有虚词，很能把复杂深微的感情抒发得从心所欲，委婉幽深备至。

他的咏物诗另一种类型，非就某事而发，而仅就表示内心的精神境界与人格价值的选择而言。如《苏侍郎紫薇庭各赋一物得芍药》："仙禁生红药，微芳不自持。幸因清切地，还遇艳阳时。名见桐君箓，香闻郑国诗。孤根若可用，非直爱华滋。"此为开元初年与中书侍郎苏颋唱和之作。前

---

① 郑处海：《明皇杂录》卷下，丁如明辑《开元天宝遗事十种》，上海古籍出版社 1985 年版，第 22 页。

② 说见叶梦得《避暑录话》与《四库提要》"明皇杂录"条。

四句言处禁苑清切之地，可以直接向玄宗进言，这是就身为左拾遗而言。"名见"两句说芍药既见于药典，又见于经典。相传黄帝医师在浙江桐庐县东山桐树下结庐，故谓医书为"桐君箓"，《诗经·郑风·溱洧》又有"赠之以芍药"的记载。这是说其物来源甚早，其根可以入药，故末二句言其外华内实，寄意示志，表示要于国有用，不仅只作翰墨文臣而已。《和黄门卢侍御（今人或谓"御"应为郎）咏竹》："清切紫庭垂，葳蕤防露枝。色无玄月变，声有惠风吹。高节人相重，虚心世所知。凤皇佳可食，一去一来仪。"此亦开元初年唱和之作，卢侍御即卢怀慎。齐梁咏竹诗甚多，南齐虞羲《见江边竹》有"葳蕤防晓露"，萧梁江洪《和新浦侯斋前竹》的"愿抽一茎实，试看翔凤来"，刘孝先《竹》的"无人赏高节，徒自抱贞心"，都给此诗提供了一定营养。"紫庭"犹言紫府，仙人居所，此代指卢供职的门下省。诗言其人为中枢重臣，才能为朝廷遮雨防露，并始终保持不变的忠公风采，政声斐然如惠风拂面，高节虚心的人格为世仰望，更为玄宗所信重，仪望为人所瞻。卢怀慎为人清谨，开元三年与姚崇同掌枢密，"自以为吏道不及崇，每事皆推让之，时人谓之'伴食宰相'"，而且"清俭，不营产业"[1]，忠清直道，始终不亏，故此诗非一般应酬泛泛的虚美。其他如所咏之兰、荷、竹簪等，以及见于上文的竹橘梅桐都有一定的寄托寓意，体现了深于比兴的特色，而且也展现了自己清高孤洁的襟怀与高远峻拔的人格，以及独立于俗世之外的风采。

四 开一代风气的山水诗

张九龄的山水诗数量最多，又和行役、咏怀结合起来。他又是一个尽力追求创作主体性的诗人，胸襟高迈，识见敏达。其诗追求建功立业与人格独立的价值，同样体现为与政治行为相同的"九龄风度"。就必然要把汉魏风骨与齐梁描摹山水的两大传统在主观上融合起来。他的追求说明："重视诗歌内在气质乃是振作风力的关键，只有加强诗人的品格修养，才

---

[1] 《旧唐书·卢怀慎传》第九册，第3068页。

能提高山水诗的品位和格调。由于他将汉魏以来进步文人诗中追求建功立业的人生理想，坚持直道和清节的高尚情操，探求天道时运的深刻思考，对待穷达进退的处事原则引进了山水诗，从而使山水诗清丽的辞采和汉魏风骨相结合。"① 加上一代名相身份，具有开一代风气的作用。他是前盛唐山水诗最多的诗人，也是唐代大量描写山水的发轫者。加上久侍中枢，或者短期为州之都督，影响遍及京都与江南，故能开一代山水诗之风气。

他的山水诗大致可分五类，一是应制山水之作，二是纪行与山水的融合，三是咏怀与山水的结合，四是酬赠送别与山水的结合，五是纯粹的山水之作。大都作于开元十九年（731）53 岁以前，主要集中在开元十五年到十八年出守洪州与桂州期间②，这和他后期的荆州诗以咏怀为主形成鲜明对照。诗体以五古与五律为主。他的应制五古，显得冗长拖沓，而五律却大有可观。开元十二年冬，玄宗驾幸东都有《途次陕州作》诗，二张均有奉和。张说诗前半束于人文地理，后半差胜："郡带洪河侧，宫临大道边。洛城与日近，佳气满山川。"气局开张，然未免肤阔之嫌。九龄诗则有出蓝之色："驰道当河陕，陈诗问国风。川原三晋别，襟带两京同。后殿函关尽，前旌阙塞通。行看洛阳陌，光景丽天中。"不仅切合人文、政治地理特点，而且措思精密，气象壮丽，风骨内具，足以代表盛世之强音。《奉和圣制次琼岳韵③》中二联："岳馆逢朝霁，关门解宿阴。咸京天上近，清渭日边临。"琼岳宫即华阳宫，远望景象辽阔，清爽疏越，雅整雍容。《奉和圣制早渡蒲津关》的"长堤春树发，高掌曙云开"，《奉和应制早登太行山率尔言志》的"戈鋋林表出，组练雪间明"，写景或华滋高朗，或对比衬托显明。七律《奉和圣制早发三乡山行》后半议论无甚可观，前半写景："羽卫森森西向秦，山川历历在清晨。晴云稍卷寒岩树，宿雨能销御路尘。"晨景之清爽如在目前。这类应制诗虽然佳篇甚少，但毕竟显示出新时代的气象。

行役山水诗可分两类，一是以咏怀感发为主，写景居于次要。如《夏日奉使南海道中作》、《出为豫章郡途次庐山东岩下》、《巡属县道中作》

---

① 葛晓音：《山水田园诗派研究》，辽宁大学出版社 1993 年版，第 179 页。
② 乔象钟、陈铁民：《唐代文学史》上册，人民文学出版社 2000 年版，第 266 页。
③ 韵，《文苑英华》作"顿"。

等，对于了解其人思想有用，艺术价值不大。一是规模谢灵运，以纪行、写景、议论为结构，其中写景风格之凝重繁密亦为接近。如《巡按自漓水南行》前叙后议，中段写景："奇峰岌前转，茂树隈中积。猿鸟声自呼，风泉气相激。"视听分类对偶，景物密集，用词狠重，风格确实逼近大谢。《冬中至玉泉山寺……及仲春行县复往焉故有此作》亦是三段结构，中间写景："万木柔可结，千花敷欲然。松间鸣好鸟，竹下流清泉。"手法亦同上诗，前两句的富丽亦近大谢风神。这种"目因诡容逆，心与清晖涤"的心赏观，与追求视听觉的新鲜刺激及风格的凝重富丽，都与大谢诗相吻合。《奉使自蓝田玉山南行》中间同样为写景："水闻南涧险，烟望北林繁。远霭千岩合，幽声百籁喧。阴泉夏犹冻，阳景昼方暾。"还有《南还以诗代书赠京师旧僚》的"石濑相奔触，烟林更蔽亏。层崖夹洞浦，轻舸泛澄漪。松篆行皆傍，禽鱼动辄随"，这种一句山一句水的排列对偶，以及上诗方位、大数、阴阳的对偶景句，亦从步趋大谢而来。这种厚重的山水诗，主要见于五古与五言排律，特别是后者要求除却首尾，均需对偶，这就更有取法大谢的必要。但这不是他的山水诗的主体，而且多为早期之作。

对于大自然山水的描写刻画，他在《题画山水障》中主张"变化合群有，高深侔自然"，首先要把握景物整体，高山深林的描写要切合景物特征，此为对形似的追求；其次，要求"言象会自泯，意色聊自宣"，追求言外之意，象外之思，主观的"意"与客观的"色"要融合起来以发抒心中的情感。达到前者，宗法大谢的"巧似"即可；追求后者则须取法谢朓山水诗的抒情性，这主要体现在张九龄的酬赠送别的五律与纪行山水诗中。

纪行山水诗还有清拔简净的一面，主要见于五律。作于武后长安元年（701）24 岁时的《初发道中寄远》，是叙写赴京应试沿途观感：

> 日夜乡山远，秋风复此时。旧闻胡马思，今听楚猿悲。念别朝昏苦，怀归岁月迟。壮图空不息，常恐发如丝。

似乎无意于道中景观的刻摹，"秋风"与"猿悲"只是略略点缀，意在发抒离乡寄远之情愫。此与当时宫廷应制诗的写景的纤细相较，确属"雅咏"。纪昀评说："首句按题，次句又进一步，三句旁托一笔，四句合到本位。措词生动，变尽从前排解矣。"又说："此在当时为雅咏，在后世辗转相摹，已为习调。但当学其气韵，不可复袭其意思。读盛唐诗，须知此理，方不坠入空腔。"① 末尾两句言情示志，"曲江风度可想"（查慎行语）。就写景言，凌空驾虚，全凭情感充实支撑，与五古纪行山水诗的实写，则别为一种风格，二者相去甚远。《初入湘中有喜》则写于长安二年应试后返归，与上诗悲哀不同，却可视为姊妹篇：

> 征鞍穷郢路，归棹入湘流。望鸟唯贪疾，闻猿亦罢愁。两边枫作岸，数处橘为洲。却记从来意，翻疑梦里游。

以上两诗一往一返，喜哀迥异，手法亦别。此虽以实写景物为主，但不作具体刻画，只是作扫描式的叙述，然而近乡的一景一物无不焕发出急切喜悦的心情，鼓舞之状洋溢。笔笔驰骤，景物频频转换，不仅见出船行之速，也传出心中的欢快，而且以今归翻转出昔从此经过的喜哀相形，情事顿异，竟同梦幻一般。"不但写'喜'字得神，连前日'愁'字神理亦夹写出来，此等笔力，殊难意度。"② 这种今昔喜哀不同的对比，如同梦里的旋折写法，影响后人甚远③。《自豫章南还江上作》："归去南江水，磷磷见底清。转逢空阔处，聊洗滞留情。浦树遥如待，江鸥近若迎。津途别有趣，况乃濯吾缨。"此为开元十八年由洪州调往桂州所作，因离其家至近。故采用情景交叉结构，边写景边言情，山水树鸟皆绾合离去滞留洪州的轻松愉悦心情。他在《溪行寄王震》的"丛桂林间待，群鸥水上迎"，则与诗颔联用了同样的拟人手法。杜甫《后游》的"江山如有待，花柳自无

---

① 俱见李庆甲《瀛奎律髓汇评》中册，上海古籍出版社 1986 年版，第 1257 页。

② 顾安：《唐诗消夏录》，乾隆二十七年刻本。

③ 杜甫：《月夜》的"何时倚虚幌，双照泪痕干"，由现在想到将来，似乎把九龄诗由现在想到过去倒置了过来。而《羌村》其一的"夜阑更秉烛，相对如梦寐"，以及司空曙《云阳馆与韩绅宿别》的"乍见翻疑梦，相悲各问年"，则直法张诗，把故地重到转化到人之久别重逢上。李益《喜见外弟又言别》的"问姓惊初见，称名忆旧容"，把叙述与感慨，跳跃到细节与情节中去。而李商隐的《夜雨寄北》又把杜甫的意思深化了一层："何当共剪西窗烛，却话巴山夜雨时。"晏几道《鹧鸪天》的"今宵剩把银釭照，犹恐相逢是梦中"，则又把杜甫的意思重复了一遍。

私"，似从此化出，把描写变成议论。又在《八哀诗·故右仆射相国曲江张公九龄》称美其诗的结尾："诗罢有余地，篇终语清省。"观以上三诗结尾，虽运意各别，然均清爽简洁而发人深思。《使还湘水》则以前半写景而后半言情为主："归舟宛何处，正值楚江平。夕逗烟村宿，朝缘浦树行。于役已弥岁，言旋今惬情。乡郊尚千里，流目夏云生。"这种前景后情一分为二结构，具有楚河汉界之分明。开元十四年奉使祭南岳与南海，与家乡为近，故有"惬情"之欣慰。《旅宿淮阳亭口号》："日暮荒亭上，悠悠旅思多。故乡临桂水，今夜渺星河。暗草霜华发，空亭雁影过。兴来谁与晤，劳者自为歌。"星河、暗草、霜华、雁影全为夜景，衬托出孤寂的气氛。"故乡"两句见出跂足眺望之态，颈联凝练，亦见俯仰间对故乡的思念。起调以描写带出思乡之情，感发力甚强。结尾"谁与晤"与"自为歌"前后呼应。且回照"旅思多"，发抒出孤独寂寥无可奈何的情感。他本来不长于细致刻画景物的状貌动态与颜色光彩，而以情思委婉深远见长，在五古的咏怀与五律山水诗中，就显得运用自如了。

至于咏怀与山水的结合，论者有极高的评价："张九龄继陈子昂之后，将山水引入感遇类诗，创造出以感怀为主兼咏山水的五古体，充实并深化了山水诗的思想感情，使建安正始的风力在山水诗中得到体现，其实是他最重要的贡献。"[①] 这类诗主要集中在五古与五言排律中，一般较长，感怀部分用片段连缀，显得冗长，好的作品较少。五古如《九月九日登龙山》、《登郡城南楼》、《晨坐斋中偶尔成咏》等，一般分作两半，以前写景后议论为格局。山水景观的描写与感慨咏怀结合不够紧密，佳句无多，名篇更少。这和他的咏怀式的行役山水诗一样，缺乏艺术力量。《登郡城南楼》凡20句。前8句写景："闭阁幸无事，登楼聊永日。云霞千里开，洲渚万形出。澹澹澄江漫，飞飞度鸟疾。邑人半舻舰，津树多枫橘。"每两句一层，逐层写来，很有些"散点透视"或"寓目辄书"的感觉。后12句咏怀："感别时已屡，凭眺情非一。远怀不我同，孤兴与谁悉。平生本单绪，邂逅承优秩。谬忝为邦寄，多惭理人术。驽铅虽自勉，仓廪素非实。陈力傥无效，谢病从艺术。"议论分了两个片段，无论哪个片段都与前半景观

---

① 葛晓音：《山水田园诗派研究》，辽宁大学出版社 1993 年版，第 175 页。

的联系并不紧密。张说曾谓"张九龄之文，有如轻缣素练，虽济时适用，而窘于边幅"，其诗同样在长篇上显得窘促，在五古中尤为明显。

　　五言排律稍微见好，如《高斋闲望言怀》前半写景："高斋复晴景，延眺属清秋。风物动归思，烟林生远愁。纷吾自穷海，薄宦此中州。取路无高足，随波适下流。岁华空冉冉，心曲且悠悠。坐惜芳时歇，胡然久滞留。"篇幅虽不长，情景尚能融合。《登乐游园春望书怀》也是较好的一首："城隅有乐游，表里见皇州。策马既长远，云山亦悠悠。万壑清光满，千门喜气浮。花间直城路，草际曲江流。"展现了长安城的兴盛景象，此诗作于开元四年，带有时代的新气象。当时与时宰不协，故以下书怀有"奋翼笼中鸟，归心海上鸥"之语。以下两类诗中，偶有写景佳句，如《秋晚登楼望南江……》"思来归山外，望尽烟云生"的淡远，《晨坐斋中偶成咏》"寒露洁秋空，遥山纷在瞩"的清朗，《初发江陵有怀》"极望浔阳浦，江天渺不分"的浩渺，《侯使登石头驿楼作》"山槛凭南望，川途眇北流。远林天翠合，前浦日华浮"的鲜亮，《登临沮楼》"危楼入水倒，飞槛向空摩"的夸张，《彭蠡湖上》"一水云际飞，数峰湖心出"的动感，都可看出风格的清淡浑融，以及尚奇追险的一面。

　　酬赠送别与山水的结合，自齐梁以来就已成为传统的写法，谢朓、沈约、何逊、庾信都有不少名篇，特别是江淹诗化的《别赋》，既是对此类诗的总结，又具有精彩的描写，给后人提供了丰富的营养。初唐承此余绪，王勃、骆宾王、"沈宋"、陈子昂都有不少佳制。张九龄此类诗主要见于五律，他又长于短制与言情，可读之作不少。《送窦校书见饯得云中辨江树》，如题目所示，则以谢朓为法："江水天连色，无涯净野氛。微明岸傍树，凌乱渚前云。举棹形徐转，登舻意渐分。渺茫从此去，空复惜离群。"前四句所写"云中辨江树"微茫景致，与"离群"之"渺茫"心情融合一起，结构呈现二分法的山水加上离别。《送韦城李少府》："送客南昌尉，离亭西候春。野花看欲尽，林鸟听犹新。别酒青门路，归轩白马津。相知无远近，万里尚为邻。"首尾两联叙述言情，中两联写景兼带叙别。"青门"、"白马"为借对，于叙述中有惜别意，且具视觉上的色彩作用。首联对起，尾联脱胎于曹植《赠白马王彪》的"丈夫志四海，万里犹比邻"与王勃名句"海内存知己，天涯若比邻"。此诗属于初唐五律正格，而稍有变化。胡应麟说："作诗不过情、景二端，如五言律体，前后起结，中四句，二言景，二言情，此通例也。唐初多于首二句言景对起，止结二句言情，虽丰硕，往往失之繁杂。……俱非正体。"① 此诗即承初唐格局。《送杨府李功曹》则属标准的"通例"正格：

> 平生属良友，结绶望光辉。何知人事拙，相与宦情非。别路穿林尽，征帆际海归。居然已多意，况复两乡违。

此诗以言情为主，全凭题目交代分别事由。李功曹原本为京官，今作地方功曹而且是地属南方，与作者开元初的仕宦遭遇相近②，故有"相与宦情非"的同慨。"别路穿林尽"语简易而情味悠长，"征帆际海归"为想象之词。因此言情为主而虚词增多，显得清淡情深。《送广州周判官》则带来异地风情："海郡雄蛮落，津亭壮越台。城隅百雉映，水曲万家开。里树桄榔出，时禽翡翠来。观风犹未尽，早晚使东回。"中四句一大景一小景。五律"中二联多寓事意于景，然景有大小、远近、全略之分。若无分别，亦难称作手"③。布局之得法，还见于起联偶对，发调雄壮，笼括以下四句。第七句承上景句，末句表祝愿，两句呼应，关锁紧密。除"犹未"全为实词，故显得雄劲丰硕。由上可见，他的五律以清远为主，正如胡应麟所言："曲江之清远，浩然之简淡，苏州之闲婉，浪仙之幽奇，虽初盛中晚调迥不同，然皆五言独造。至七言，俱疲苶不振矣。"④ 这仅就大体言之，还有雄劲、清拔等特色。在结构布局中也随情事而变化多样。

至于酬赠山水诗，亦见于五律，风格与布局大致与送别山水诗相近。《酬王六霁后书怀见示》前半写景："云雨俱行罢，江天已洞开。炎氛霁后灭，边绪望中来。"后半言情："作骥君垂耳，为鱼我曝鳃。更怜湘水赋，还是洛阳才。"王六名履震，曾任曲江县尉，与九龄唱和甚多。此诗景观清朗，寓有振作之意，虽然"垂耳"、"曝鳃"喻宦途坎坷，但自信拥有贾

---

① 胡应麟：《诗薮》内编卷四，上海古籍出版社 1999 年版，第 63 页。
② 说见熊飞《张九龄集校注》，中华书局 2008 年版，第 204 页。
③ 冒春荣：《葚原诗说》卷一，《清诗话续编》第一册，上海古籍出版社 1983 年版，第 1574 页。
④ 胡应麟：《诗薮》内编卷四，第 59 页。

谊《吊屈原赋》之才，必会有天霁般的时来运转。《溪行寄王震》实际是首山水之作："山气朝来爽，溪流日向清。远心何处怅，闲棹此中行。丛桂林间待，群鸥水上迎。徒然适我愿，幽独为谁情。"王震即上诗之王六，他还有《与王六履震广州津亭晓望》，即早年诗友。诗当作于开元四年归乡之后。"远心"、"闲棹"正是乡居语，末尾有不甘于独善其身之意，正如《初发道中寄远》所说的"壮图空不息，常恐发如丝"。

张九龄的山水诗，最为人留意的，还是为某山某水专力描写的山水诗。这些诗虽无多少寄托，意亦不在言情，然注意力集中，精神弥满，可以看出风格多样的一面，且佳制同样以五律与五排为主。他有两首庐山诗，以刻画瀑布著名。五律《湖口望庐山瀑布泉》写道：

> 万丈洪泉落，迢迢半紫氛。奔飞流杂树，洒落出重云。日照虹蜺似，天清风雨闻。灵山多秀色，空水共氤氲。

《入庐山仰望瀑布水》则云：

> 绝顶有悬泉，喧喧出烟杪。不知几时岁，但见无昏晓。闪闪青崖落，鲜鲜白日皎。洒流湿行云，溅沫惊飞鸟。雷吼何喷薄，箭驰入窈窕。……

两诗均作于开元十五年（727）赴洪州仕途中，一为远望，一为近观。前者从高度、颜色、声音描写，通过"半紫氛"的渲染，下句"杂树"的衬托，"出重云"的夸张，以及"虹蜺似"与"风雨闻"的声色比喻，极力描摹出冲天跌落的气势。"落"、"奔飞下"、"出"的动态，再加上"日照"的色彩，如闻风雨的声响，写得神采飞动，没有节制，没有拘谨，有的只是激昂风发的精神。次首因近观仰看，以"喧喧"扩大声音，"闪闪"、"鲜鲜"的光彩与"青崖"对比强烈，"洒流"之飞沫飘"湿行云"，飞溅的水珠惊动水鸟。声如"雷吼"，"喷薄"而下，如箭飞驰冲击半山窈窕的山石。虽然两诗描写的角度大体相同，但声、光、色的强弱却明显有远近不同的差别，分呈横岭侧峰的异彩。次首还从"不知几时岁，但见无昏晓"的亘古长存，感发时间之永恒，显得愈加雄厚。可见曲江其人不一定全是清雅淡远，还有激情震发、豪气扑人的一面，其胸襟抱负之高远博大于此可见。后来的孟浩然诗之所以冲澹而有壮逸之气，当是受到他的启导。明四家之一的沈周以山水画雄震画坛，他的现存巨幅的山水画《庐山高图》（见图14）是中年所制的传世之作，画面树木繁茂，气势宏伟，中心景观瀑布飞流直下，庐山主峰耸立，山腰云蒸霞蔚，其上远山如林，喧荡的水声似从画中飘来。庐山从东晋进入记文，刘宋诗与赋方始予以描写。至于香炉峰的瀑布以李白《望庐山瀑布》为最著："日照香炉生紫烟，遥望瀑布挂前川。飞流直下三千尺，疑是银河落九天。"气象奇伟雄丽，亦见胸襟开张，宏伟不群。还有《庐山谣寄卢侍御虚舟》的"金阙前开二峰长，银河倒挂三石梁。香炉瀑布遥相望，回崖沓嶂凌苍苍"，气象亦为不凡。还有五古《望庐山瀑布》："西登香炉峰，南见瀑布水。挂流三百丈，喷壑数十里。欻如飞电来，隐若白虹起。初惊河汉落，半洒云天里。仰观势转雄，壮哉造化功。海风吹不断，江月照还空。空中乱潈射，左右洗青壁；飞珠散轻霞，流沫沸穹石。"就好像把他那著名的绝句重写了两回。被李白尊重的孟浩然，他的《彭蠡湖中望庐山》说："中流见匡阜，势压九江雄。黯黮凝黛色，峥嵘当曙空。香炉初上日，瀑水喷成虹。"笔力也够沉雄宏壮。《太平御览》引周景式《庐山记》："白水在黄龙南数里，即瀑布水也，土人谓之白水湖。其水出山腹，挂流三四百丈，飞湍于林峰之表，望之若悬素。"中唐徐凝《庐山瀑布》："虚空落泉千仞直，雷奔入江不暂息。今古长如白练飞，一条界破青山色。"苏轼激赏李白诗："帝遣银河一派垂，古来唯有谪仙词。"一边称美李白"海风"两句，一边又批评"不为徐凝洗恶诗"，其实徐诗并不坏。无论李白，还是徐凝，或者孟浩然，都是与张九龄感召和启发分不开的。孟曾作过张的幕僚，关系自不待言。李白也曾模拟过张说的诗①，他怎能对开元最后一位贤相张九龄的庐山诗不为心动呢？杜甫以《八哀诗》其八怀念赞美其诗"清省"；王维《献始兴公》称美他"所不卖公器，动为苍生谋"。胡应麟说："唐初承袭梁、隋，陈子昂独

---

① 李白《行路难》的"闲来垂钓碧溪上，忽复乘舟梦日边"，就取法张说《和尹从事懋泛洞庭》："忽惊水上光华满，疑是乘舟到日边。"

开古雅之派，张子寿首创清澹之派。盛唐继起、孟浩然、王维、储光羲、常建、韦应物，本曲江之清澹，而益以风神者也。"① 张九龄不仅在《感遇》诗与陈子昂相通，他还影响到后盛唐不少山水诗人。他的山水诗风格奇伟，加上他的政治地位，又怎能不影响李白？李白"飞电"、"白虹"之喻，"半洒云天"、"照还空"的夸张烘托，都有模拟张诗的痕迹。至于徐凝"今古长如白练飞"，更是从张诗"不知几时岁，但见无昏晓"所由出。

图 14 明代 沈周 庐山高图

依现在我们看到的庐山来看，此图是在写生的基础上创制的。远处林立的山峰被白云隔断，往下则山峦重叠，瀑布挂于中心偏左的位置，与右下角两高松遥相呼应。落下的流水冲激河床巨石，仿佛能听到水的轰鸣。此图以"庐山"为主，瀑布只是其中一道景观，所以采用了俯视性构图，以便展示全部景观。瀑布把山势衬托得特别高耸，远景诸峰林立，近景积水成河，向读者面流来。画面形成有开有合布局，颇为灵动。张曲江的两首瀑布诗的"奔飞流杂，"、"天清风雨闻"，以及"喧喧出烟杪""雷吼何喷薄，箭驰出窈窕"，都可在此图中或看或"听"得出来。

---

① 胡应麟：《诗薮》内编卷二，第 35 页。

　　风格奇伟的山水诗不仅见于庐山寺，作于开元十四年秋的五律《赴使泷峡》也同样具有雄伟的风采："溪路日幽深，寒空入两嶕。霜清百丈水，风落万重林。夕鸟联归翼，秋猿断去心。别离多远思，况乃岁方阴。"此诗前四句风格近于大谢的厚重峻险，后四句情深思远的风调与全诗的措辞与句式接壤小谢①，很显然要把大谢的古体与小谢的新体在风格上糅和起来。前人言："'归翼'以鸟言，'去心'以人言，六字工巧天然，至令人不觉于主客对待之累，'联'字更奇俊。"② 其实这些都是对"清省"的追求。不过，他的山水诗还是以清澹为主，就是描写春景也是如此。如《春江晚景》：

　　　　江林多秀发，云日复相鲜。征路那逢此，春心益渺然。兴来只自得，佳气莫能传。薄暮津亭下，余花满客船。

张集有《与王六履震广州津亭晓望》，则此诗当是开元五年家居时与王履震同游广州所作。心情恬澹，连诗也清澹极了。中四句全用虚笔，只言情而景亦在其中。发端笼括写景，虽有些气氛，毕竟还不够那么实在，然结末却推出意料不到的别一番境界——"余花满客船"，虽属小景，却是如此清雅鲜亮，顿起别有洞天之感。使"春心益渺然"即刻洋溢纸面。结构如此打破常规，也可见出对五律的驾轻路熟。《耒阳溪夜行》则又是别一番景致："乘夕棹归舟，缘源路转幽。月明看岭树，风静听溪流。岚气船间入，霜华衣上浮。猿声虽此夜，不是别家愁。"意象虽然密集，而清幽之气流贯其间，统摄了视、听觉与嗅觉。"岚气"二句清凉之气袭人，与余花满船相比，又是别一番情景。全诗确有"玉磬含风，晶盘盛露"的清滢美。他本是南人，性又高洁，审美追求清爽、清澹，乃至清冷，自是性情中的必然。

---

　　① 谢朓：《与江水曹至干滨戏》的"远山翠百重，回流映千丈"，《郡内高斋闲望答吕法曹》的"日出众鸟散，山暝孤猿吟"，《暂使下都夜发新林至京邑赠西府同僚》的"驰晖不可接，何况隔两乡"，《同谢谘议咏铜雀台》的"玉座犹寂寞，况乃妾身轻"，都与张九龄此诗具有一定的联系。

　　② 谭宗：《近体秋阳》，清刻本。

他还有不少登高临远的山水诗，气象清旷，胸襟开阔，爽朗高远，对后盛唐诗有很大的影响。其中景句往往清拔悠远，如《登城望西山作》的"檐际千峰出，云间一鸟闲"，《岁初巡属县登高安南楼言怀》的"归云纳前岭，去鸟投遥村。目尽有余意，心恻不可谖"，他这类诗常与串联片段的感怀结合，议论过多，艺术上完整者少，上文在咏怀式的山水诗中已有言及。《晚霁登王六东阁》是较好之作："试上江楼望，初逢山雨晴。连空青嶂合，向晚白云生。彼美要殊观，萧条见远情。情来不可极，日暮水流清。"他对雨后天霁的清爽景象，特感兴趣，每多吟咏。此诗采取叙述、言情与写景的参差交叉，结构为别一体段。山雨初晴，青嶂白云，日暮水流，飒沓而来，远情迢递，神思放旷。末尾"情"字顶针，在五律中颇为少见，且囊括中四句在内，而无偏承独顶之嫌，甚至被人视为"终唐之世所仅见者"（谭宗语）。

总之，张九龄的山水诗确实开了王、孟山水诗清澹之风，孟浩然诗尤其为近。人格之清拔与诗风之清澹，以及咏怀诗之情深，合构成多维度的"九龄风度"。他和张说既联袂又绍继地推动了后盛唐诗鼎盛的初步格局，二张两相感发与号召的力量，召唤后盛唐诗风起飙发，云生浪涌。开元二十八年（740）张九龄的去世，既标志前盛唐的将要结束，也显示繁花似锦、烈火烹油的后盛唐诗的即将莅临，这正是二张两相与他们率领的诗人们的巨大贡献。

第四章 盛唐早期王翰与王之涣合论

盛唐前期有不少名家，为开辟盛唐气象，都以不同风格作出不少贡献，由于存世作品不多，往往被人注意不够或略而不论。犹如散兵游勇一样，往往忽视了他们的存在，实际上淡漠了盛唐气象形成的前期基因，亦犹如群山逶迤的盛唐大景观，我们只注目于其间的主峰与名山，而看不到连绵起伏的大气象与整体景观。特别是盛唐前期的小名家，对于盛唐大家与大名家的到来，具有一定的召唤与影响，把这些大小名家联系起来，才能形成风光无限的盛唐风景线。

一 王翰出现的意义

王翰、王之涣都是开元前期诗人，又都是山西人，且生卒年大约略为前后。诗名在当时都甚著，诗风亦有相近之处，行事都有尚气任侠的作风，故可称之为"二王"。两人存诗均无多，然名篇甚著，对盛唐诗人都有一定影响。可以说"二王"与生年较早的孟浩然、李颀继二张（说、九龄）之后，联袂拉开了盛唐诗的大幕。初唐诗以齐梁采丽竞繁为主，虽经四杰的振作，以及陈子昂的呼吁，只是为盛唐诗做了到来的准备。初唐书法似乎略为先行，虽然英主李世民极为钟爱王羲之书法，然仍有险劲挺拔如戈戟森列的欧体，而与秀美含蓄如罗绮娇春的虞世南书对峙。草书则有俊拔刚断尚异好奇的孙过庭，与欧阳询的险劲呼应。据说欧阳询"初效王之书，后险劲过之，因自命其体"（《新唐书》本传语），实际上他吸纳了魏碑、隋碑的刚劲。初唐书法上的南北书风的结合，较初唐诗似乎先行了一步。所以，一到盛唐"书中仙手"李邕，点画皆如砖抛地；张旭大草"豪荡感激"，一变大王的"不激不厉"。书中大家，立即显露头角。而盛唐诗的大家如李、王、杜，要至盛唐之盛方能来到，才能"各去所短，合其两长，则文质彬彬，尽善尽美矣"（《隋书·文学传序》语）。（见图15）

图15　唐代　虞世南　**孔子庙堂碑**（右）
欧阳询　**九成宫**（左）

初唐书法四大家，称欧、虞、褚、薛。虽均受二王沐浴，如欧早习大王，然后尚险劲，必从北碑中求之，薛书瘦硬亦近于欧。故四家中欧薛为一派，偏重北碑；虞褚为一派，崇尚南帖，颇具对峙局面。虞书"如罗绮娇春，鹓鸿戏沼"（李嗣真语），欧书"如龙蛇振动，戈戟森然"（吕总语）。初唐书风多样，也在暗示诗风的多样性必将到来。

王翰，字子羽，并州晋阳（今山西太原）人，睿宗景云元年（710）进士及第。《旧唐书·文苑传》说他"少豪荡不羁，登进士第，日以蒱酒为事"。及第次年至长安赴吏部选，曾大闹吏部，轰动一时：

开元初，宋璟为尚书，李乂、卢从愿为侍郎，大革前弊，据阙留人，纪纲复振。时选人王翰颇攻篇什，而迹浮伪，乃窃定海内文士百有余人，分作九等，高自标置，与张说、李邕并居第一，自余皆被排斥，陵晨于吏部东街张之，甚于长名。观者万计，莫不切齿，从愿潜察获，欲奏处刑宪，为势门保持，乃止。①

　　其狂放不羁于此可见。虽为"势门保持"免受刑宪，然落选则无疑，但由此名震一时。开元五年（717）后，得到并州长史张嘉贞厚遇，于酒席间自唱自舞，神气轩举。八年张说镇并州，尤加礼遇，复举直言极谏，调昌乐尉，又举超拔群类。值张说于九年入为相，故召为秘书正字，擢为通事舍人，迁驾部员外郎。十四年张说被罢相，出为汝州（今河南临汝县）长史，改仙州别驾。《旧唐书·文苑传》："至郡，日聚英豪，从禽击鼓，恣为欢赏，文士祖咏、杜华常在座，于是贬道州司马，卒。"祖咏有《汝坟秋同并州王长史翰闻百舌鸟》与《寄王长史》，与史传可互证。杜甫《奉赠韦左丞丈二十二韵》曾说："李邕求识面，王翰愿卜邻。"论者据此言，当指开元二十三年（735）杜甫自吴越赴洛阳应进士试时所说。并说："杜诗此句如属实，则王翰开元二十三年当在洛阳，或已从贬所放还。"②然杜诗此段自荐语，带有夸饰性质，恐不可为据。然王翰生前有大名，则于此可知。

　　《唐才子传》卷一本传说："太史公恨布衣之侠湮没无闻，以其义出存亡生死之间，而不伐其德，千金驷马，不啻草芥，信哉命不虚立也。观王翰之气，其若人之俦乎！"王翰这种狂放行为，倒不是突然的。初唐名臣郭震早年亦复如此，《新唐书》本传载："任侠使气，拨去小节，尝盗铸及掠卖部中口千余，以饷遗宾客。百姓厌苦。武后知所为，召欲诘；既与语，奇之，索所为文章，上《宝剑篇》。后览嘉叹，诏示学士李峤等，即授右武卫铠曹参军，进奉宸监丞。"与郭元振同时的员半千在上给武则天的《陈情表》中要求与天下才子同试，如果"定一人在臣先者，陛下斩臣头，粉臣骨，悬于都市，以谢天下才子。望陛下收臣才，与臣官。……如弃臣微见，即烧诗书，焚笔砚，独坐幽岩，看陛下召得何人，举得何士！"③与王翰同时的薛据亦有要官行径。《封氏闻见记》卷三《铨曹》记载："开元中，河东薛据自恃才名，于吏部参选，请授万年县录事。吏曹

---

　　① 封演：《封氏闻见记》卷三《铨曹》，辽宁教育出版社1998年版，第12页。"开元初"，当为景云初，说见傅璇琮《唐才子传校笺》第一册，中华书局2002年版，第140—141页。
　　② 傅璇琮：《唐才子传校笺》第一册，中华书局2002年版，第146页。
　　③ 见《全唐文》卷一六五，第一册，上海古籍出版社1990年版，第741页。

不敢注,以咨执政,将许之矣。诸流外共见宰相诉云:……于是遂罢。"又同卷《制科》记载:"陈章甫制策登科,吏部榜放。章甫上书:'昨见榜云:"户部报无籍记者"……则知籍者所以计租赋耳。本防群小,不约贤路。若人有大才,不可以籍弃之。苟无其德,虽籍何为?今员外吹毛求瘕,务在驳放,则小人也却寻归路,策藜杖,著草衣,田园荒芜,锄犁尚在。'所司不能夺,特咨执政收之,天下称美焉。"① 开元五年进士及第的王泠然在《与御史高昌禹书》中公开要官,还要女人:"望御史今年为仆索一妇,明年为留心一官。……悦也贵人多忘,国士难期。使仆一朝出其不意,与君并肩台阁,侧眼相视,公始悔而谢仆,仆安能有色于君乎?"② 为了要官,进而要挟恫吓,比起王翰更显得卑俗不择手段。"这种急于仕进而迹近鄙俗的行迹,同那些积极入世而风神高迈的精神境界,虽然层次有别,却又都是人才解放所吹起的个人主动性、积极性的表现,它们分别从两极体现着盛唐的时代,甚至常常在一个士人身上就可以看到这二者的结合。"③王翰的高自标榜,亦是自初唐至此的风气使然。他入朝为驾部员外郎以后,《旧唐书·文苑传》说他"枥多名马,家有妓乐,瀚发言立意,自比王侯,颐指侪类,人多嫉之",以致外放,仍然恣为欢赏。王翰如此豪放任气,固然或因为其出身并州豪族,有力量结交地方乃至京都"势门",亦可看出时代风气对士人平日作风的影响之普遍与深刻。

二 王翰七言歌行的主题与七绝的意义

王翰今存诗十四首,并佚诗一首。主要成就见于七言歌行与七绝,而这两体,正是盛唐诗最为活跃、最具时代气息的形式。他的七言歌行凡五篇,多属洋洋大篇,其中四篇都是女性题材,其中《飞燕篇》颇值得注意:

---

① 封演:《封氏闻见记》卷三《铨曹》,辽宁教育出版社1998年版,第12页。
② 王泠然:《与御史高昌季书》,见《全唐文》卷二九四,第二册,上海古籍出版社1990年版,第1319页。
③ 罗宗强、郝世峰主编:《隋唐五代文学史》上卷,高等教育出版社1990年版,第153页。

> 孝成皇帝本骄奢，行幸平阳公主家。可怜女儿三五许，丰茸惜是一园花。歌舞向来人不贵，一旦逢君感君意。君心见赏不见忘，姊妹双飞入紫房。紫房彩女不得见，专荣固宠昭阳殿。红妆宝镜珊瑚台，青琐银簧云母扇。日夕风传歌舞声，只扰长信忧人情。长信忧人气欲绝，君王歌吹终不歇。朝弄琼箫下彩云，夜踏金梯上明月。

以赵飞燕姊妹得到汉成帝专宠的故事为题材，借助歌行体反复、顶真、对偶手法铺张渲染飞燕宠极一时，又以长信宫人之失宠反衬得宠者红极一时。以下揭示宠极祸生：

> 明月薄蚀阳精昏，娇妒倾城惑至尊。已见白虹横紫极，复闻飞燕啄皇孙。皇孙不死燕啄折，女弟一朝如火绝。

指出女祸引发宫廷内乱，危及皇家政权。最后总结出严肃的鉴戒：

> 明明天子咸戒之，赫赫宗周褒姒灭。古来贤圣叹狐裘，一国荒淫万国羞。安得上方断马剑，斩取朱门公子头。

唐自武则天伊始，女性专权连续发生。从高宗上元元年（674）武后与高宗并立为"二圣"，到玄宗开元元年（713）诛灭太平公主，前后40年经历了武则天、上官婉儿、韦后、安乐公主、太平公主专权与争权的内乱，初唐高宗、中宗、睿宗三朝基本上都处于女性专权的统治下，宫廷女性参政的意识始终燃烧在旺盛阶段。王翰此诗并非主要按照"女人是祸水"这一传统观念而发，而是针对40年的"女祸"血的现实提出警戒，也是对刚刚发生不久的内乱总结。像这样敏感的皇家因内宠引发的血腥暴乱斫杀，外人提出毕竟有许多不便。然玄宗平定太平公主之乱，深知其间厉害。加上王翰"发言立意，自比王侯"的无所畏惧的个性，所以在借汉言唐的习惯思维中勇于作此大篇章，敢为天下先。全诗30句，用了12句，轮番两次加深主题，希望"飞燕啄王孙"的内乱不再重演。在平定女乱后建立的玄宗政权，对这种指斥当然不会有什么反感。王翰的描写也比较成功，华丽而不繁腻，疏越而不柔弱。主题句超过了全诗 1/3 还多，鲜明有力，风骨凛然。特别是继卢、骆、李峤、郭震、张说、刘希夷七言歌行之后，推出针砭现实极敏感的大主题，对歌行体如何面对社会现实进一步发展，作出了令人瞩目的贡献。

长达 40 句的《古蛾眉怨》，似乎也是针对现实而发。全诗分作五层，转折异常分明。首先用"君不见"领起，言宫女的休闲无事。接写："忽闻天子忆蛾眉，宝凤衔花揲两螭。传声走马开金屋，夹路鸣环上玉墀。长乐彤庭宴华寝，三千美人曳花锦。灯前含笑更罗衣，帐里承恩荐瑶枕"，这样的描写，确如论者所言，带有齐梁宫体的余风。然而这种艳丽的描写在全诗只是作为一种陪衬，并非作者欣赏的目的：

> 不意君心半路回，求仙别作望仙台。琳琅禁闼遥相忆，紫翠岩房昼不开。欲向人间种桃实，先从海底觅蓬莱。蓬莱可求不可上，孤舟缥缈知何往。黄金作盘铜作茎，青天白露掌中擎。王母嫣然感君意，云车羽旆欲相迎。飞帘观前空怨慕，少君何事须相误。

此借汉武帝求仙企盼长生，把秦始皇东望蓬莱撮述进去，然后铸制金铜仙人承露盘，再加上与西王母的浪漫故事，以及李少君等术士的荒唐迷惑，到了如痴如醉至死不悔的地步。然后借宫车晏驾，宫女遭到遗弃，写出了一个绝大的历史悲剧："一朝埋没茂陵田，贱妾蛾眉不重顾。宫车晚出向南山，仙卫逶迤去不还。朝晡泣对麒麟树，树下苍苔日渐斑。人生百年夜将半，对酒长歌莫长叹，情知白日不可私，一死一生何足算"，这种历史悲剧的描述，也是一个绝大的讽刺。诗中用了 22 句的绝大篇幅，写了汉武求仙一直到死，宫女遭到遣放或空守陵墓的无限哀怨，意在讽刺天子求仙的荒唐，"无论就内容或文辞而言"，绝不是"齐梁宫体的余风"所能范围，至于《飞燕篇》等更不是"也是如此"①。此诗讽刺君王求仙，当是对唐玄宗倡导道教、热衷求仙而发，亦非泛泛而作。

《赋得明星玉女坛送廉察尉华阴》也是值得注意的女性题材诗。对于

---

① 乔象钟、陈铁民主编：《唐代文学史》上册，人民文学出版社 2000 年版，第 402 页。

送别诗这一传统而又带日常生活普泛性的题材，盛唐诗人纷纷予以创新，李颀以送别刻画了许多形形色色的人物，李白的送别诗如《蜀道难》、《梦游天姥吟留别》把山水诗、咏怀诗、游仙诗以及政治讽谕诗嫁接起来，写出了许多面貌迥异、焕然一新的送别诗。而王翰此诗，把民间传说《宝莲灯》或称《劈山救母》的人神恋爱的故事的母胎写进诗中。且因送人尉华阴，借助地理之便，联想到发生在华山的这一故事："上有明星玉女祠，祠坛高渺路逶迤。三十六梯入河汉。樵人往往见蛾眉。蛾眉蝉娟又宜笑，一见樵人下灵庙。仙车欲驾五云飞，香扇斜开九华照。含情迟伫惜韶年，愿侍君边复中旋。江妃玉佩留为念，嬴女银箫空自怜。仙俗途殊两情遽，感君无尽辞君去。遥见明星是妾家，风飘雨散不知处。"虽然这样的叙写没有演绎成叙事诗的规模，抒情诗的格局限制了故事情节滋生的空间，但毕竟从民间故事汲取了营养，使题材别具创新意义。此诗结尾言，所以人们欲求长生法，日夜烧香却没有结果，主题叉出，命意未免分散。虽则如此，毕竟仍与"齐梁宫体余风"迥然有别。

《春女行》凡 12 句，是王翰最短的一首歌行，采用一个华美的大宫殿里有个小女人的传统母题，属于宫怨诗。以"落花一度无再春，人生作乐须及辰。君不见楚王台上红颜子，今日皆成狐兔尘"，表示了对宫女的同情，是从鲍照《拟行路难》前三首发展而来。

王翰最为时人注目的歌行诗，是《饮马长城窟行》。此诗分作两节，前写长安少年血战沙场，顾恩而不顾身。后言长城道旁白骨为秦时筑城卒，"无罪见诛"。再言秦王强兵，筑怨兴徭，然祸起萧墙，咸阳不复再为首都。诗中带有浓厚的反战思想，在前后两节的联系中，显得不够紧密，其原因在于两节平均用力，有些平分秋色，主宾陪衬不够明显。风格悲壮感慨，然主题显得不够集中，艺术成就倒不如他的女性题材。

最为王翰赢得声誉的，不是以上的长篇歌行，而是短制七绝。他的七绝共四首，而以《凉州词》最为彪炳盛唐诗坛。其一云：

葡萄美酒夜光杯，欲饮琵琶马上催。醉卧沙场君莫笑，古来征战几人回！（见图 16）

图 16 当代 戴敦邦 王翰《凉州词》诗意图

在开元前期，浪漫情调与英雄精神弥漫于整个时代，游侠尚武亦为一种社会思潮，从军赴边也成为诗人的一条出路，王翰此诗即展现了这种时代精神。戴敦邦先生有不少唐宋诗意图的佳制，都非常精彩。此图抱琵琶者占据画面主体，右边一人高举酒杯，"醉卧沙场君莫笑"的豪迈之气洋溢画面。

命意似乎与《饮马长城窟行》接近，悲凉之中蕴含着一些反战情绪。然而"醉卧沙场"又带出多少豪迈，征战不回的悲凉忧伤，似乎被化解成一种慷慨与奋不顾身。由小小的酒杯，荡漾出"醉卧沙场"深沉含蓄的感情，于高亢爽朗中见出盛唐诗人的豪迈与浪漫。王翰歌行诗注重主题的深化，乃至不惜命意的又出旁行。而在这首小诗里，同样容纳了相反而又相成的复杂情感①，使他获得了巨大的成功，对后来的盛唐诗人的影响多了

———————————

① 朱之荆《增订唐诗摘抄》说："诗意在末句，而以饮酒引之，沉痛语也。若以豪解之，则人人所知，非古人意。"《唐诗别裁集》也说："故作豪放旷达之词，而悲感已极。"但施补华《岘佣说诗》却说："作悲伤语便浅，作谐谑语读便妙，在学人领悟。"沉痛，或者豪迈中的"谐谑"，亦即旷达豪迈，似乎都存乎其中，要在筋骨不露，以气为主，而非以意为主。这正是盛唐诗的高明处。

一个层面。其二同样用当事人的口气写道："秦中花鸟已应阑，塞外风沙
犹自寒。夜听胡笳折杨柳，教人意气忆长安。"把思念的秦中与长安分置
首尾，用"已应"与"忆"，表达出推测中的温馨怀念。中两句则以"塞
外风沙"与"胡笳"的《折杨柳》曲作为陪衬与对比，更突出按捺不住的
思归情绪。此首好像是对上首的补充，仗打起来什么都不想，死亦不惧。
然而战斗间隙，却不免想起家来。这两种情感构成前线士兵的英雄而又平
凡的情怀，所以同样也有一定的感人力量。此诗前两句对偶，而句中的
"已应"与"犹自"的两层跌宕，旋折出融注在景物中的感情。后两句似
对非对，全诗每一个环节都处在顿挫张弛之间。

还有一首颇值留意的七绝《春日归思》：

> 杨柳青青杏发花，年光误客转思家。不知湖上菱歌女，几个春舟
> 在若耶？（见图 17）

我们知道，王翰是晋州晋阳（今山西太原人），而这诗却全用江南人口气
写来。末句的"几个"与首句的"青青"为此诗平添了不少亲切温馨的情
思。然诗中分明点出"误客"，是用自己话说别人事的，见出善于学习江
南民歌，诗风有清丽的一面。还有首《子夜春歌》，仅从题目即可看出他
对江南民歌的留意。胡应麟《诗薮》说："初唐律有全作齐梁者，王翰
（《子夜春歌》）'春气满林香'是也。"另外佚诗《答客问》："龙跃汤泉龙
渐回，龙飞香殿气还来。龙潜龙见云皆应，天道常然何问哉！"[①] 三句中
"龙"字五见，这是用歌行手段作绝句，与前之沈诠期《龙池篇》具有一
定联系。末句爽朗如口语，显得非常幽默。王翰诗七言歌行宏丽中不乏怆
楚，如《古蛾眉怨》与《饮马长城窟行》，七绝则雄浑顿挫而不乏清丽。
他既吸纳建安风骨的慷慨悲凉，又注意学习齐梁诗歌的清新流丽。

他的五首绝句，有三首在第三句出现转折，如"君莫笑"、"不知"、

---

① 见宋敏求《长安志》卷十五"临潼"条："开元八年冬，乘舆自南入，行至半城，黑气自
城东北角起，倏忽满城，从官皆相失。上策马逾城赴官路下，至渭川，云气稍解。侍臣分散寻求
乘舆所在，既谒见，悲喜进涕，上亦怅然。自是还宫，数日不出。翰林学士通事舍人王翰作《答
客问》上之。"此九年事。

图 17　清代　任伯年　**采菱图**

王翰诗既有建安慷慨的一面，也有齐梁绮丽的一面，后者不仅见于七言歌行，而且见于七绝。如这首《春日归思》，颇具江左遗风。若耶溪在绍兴南，相传西施浣纱于此，它似乎是江南女性活动的胜地，故诗人有采菱女"几个春舟在若耶"之挂念。任伯年家本山阴，即今绍兴。熟悉家乡采莲劳动，故画来生动。采莲女子上身前倾，用力划桨，两眼注视水面，人物神态逼真。任氏擅长于狭长的大条幅中布景，此图上下分作三段，近与远两处芦苇均呈倾斜状态，显示出由远至近。船上人物居中，处于平稳，上下配合得灵活而默契。从人物眼神可以看出画外还有"画"。

"共惜不成"（《观蛮童为伎之作》），而以第四句顿挫发抒，已为盛唐绝句初步提供了一个经典有意味的结构形式。所以《唐诗别裁》在他的《凉州词》其一下说："杨仲弘论绝句，以第三句为主，而第四句发之，盛唐多与此合。"不仅如此，王维《别綦毋潜》期待的"盛得江左风，弥工建安体"，杜甫《偶题》所肯定的"永怀江左逸，多病邺中奇"，建安的刚健，江左的清逸，都已在王翰长短两体中相互出现。所以王翰的出现，不仅呼应了张说所说的"逸势标起，奇情新拔"，"感情精微"、"天然壮丽"，并且对张说诗《邺都引》的壮丽，或者《送梁六自洞庭山》的意兴缥缈，都有所继承和发展。而且陈子昂所说的"骨气端翔，音情顿挫，光英朗练，有金石声"，也可在王翰诗中见出端倪。王翰诗壮丽而不乏六朝锦色，诗中每多寄托，重视主题立意，并注意用顿挫组织结构与句式，宽广多变的艺术道路，都为盛唐诗发展奠定了一个良好的开端。可以说他是盛唐之音定型的关键人物，盛唐诗风与诗体的最活跃最为主体的一面，都可在他身上见出最早的光彩。

三　王之涣的绝句与盛唐气象

与王翰同时的王之涣（688—742），字季凌。祖籍晋阳，宦徙绛郡（今山西新绛县）。初因门荫补冀州衡水主簿，适逢有奔竞者交构诬告，便灭裂黄绶，拂衣而去，优游青山。家居15年，复补文安郡文安县尉，在职以清白公平称，卒于官舍，年55。其为人"慷慨有大略，倜傥有异才。尝或歌从军，吟出塞，曒兮极关山明月之思，萧兮得易水寒风之声，传乎乐章，布在人口。至夫雅颂发挥之作，诗骚兴喻之致，文在斯矣，代未知焉，惜乎"①。可见他倜傥慷慨，乐为边塞之作，亦有雅颂式的大篇，然今存仅绝句6首，更让人遗憾惋惜。他与王昌龄、崔国辅等在开元间"联唱迭和，名动一时"②。同时与高适亦有交往，高适《蓟门不遇王之涣郭密之因以留赠》说："才华仰清兴，功业嗟芳节。"唐人薛用弱《集异记》记他与王昌龄、高适"旗亭画壁"的传说，亦可见他的绝句"传乎乐章，布在人口"。王之涣夫人李氏，晚于其夫6年而卒，其墓志于天宝七载（748）由"大理丞王缙撰"，由此可"推知王之涣与王维、王缙兄弟亦有过从"。

王之涣存诗仅六首绝句，其中名声最著的是《登鹳雀楼》。然而这首著名小诗的作者归属权，争议甚大。在编于天宝三载的芮挺章《国秀集》中，题为"处士朱斌"所作，而此距王之涣去世仅隔两年，而《国秀集》收王之涣三首绝句，亦无此诗。另外范成大《吴志》卷二三引贞元中张著《翰林盛世》，又谓此为武后御史朱佐日作。其时距王之涣去世亦仅数十年。中唐李翰于德宗时所作《河中鹳雀楼集序》仅谓楼上有"前辈畅诸"题诗，未及之涣。以此诗为之涣作，始见于《文苑英华》卷三一二，以及计有功《唐诗纪事》、洪迈《万首唐人绝句》、司马光《温公续诗话》、沈

---

①　清末出土盛唐靳能所撰《唐故文安郡文安县太原王府君墓志铭并序》，收入《曲石藏志》，见傅璇琮主编《唐才子传校笺》卷三转录，中华书局2002年版，第447页。

②　见白居易《故除州刺史赠刑部尚书荥阳郑公墓志铭》，《白居易集》卷四二。

括《梦溪笔谈》卷十五、明高棅《唐诗品汇》作王之涣诗。以上三说出现的先后，朱斌最早，朱佐日次之，王之涣为最晚。因而论者谓"之涣作此诗为晚出之说，恐未可尽信"①。然朱斌、朱佐日，论者或疑为一人，他们未存其他任何诗作，占籍仕里均未详。而王之涣本为绛州人，距鹳鹊楼所在的永济县距离不足 200 里地，必为所到之所。又据《唐才子传》卷三本传："少有侠气，所从游皆五陵年少，击剑悲歌，从禽纵酒。中折节工文，十年名誉日振，耻困场屋，遂交谒名公。"五陵年少与名公多为京城人物，而且困于场屋，则必往返京城，而鹳鹊楼则为屡次必经之地；再则"少有侠气"，"交谒名公"，其志则非凡庸所限，亦与此诗欲穷千里之目而更上一层楼之抱负相符，故据现存无直接证明作者谁属的状况看，还是归属于王之涣为当，何况现存六诗，其余五首皆为绝句，亦可视作理由之一。

此诗先就登楼所见写起，白日依山，黄河入海，雄阔辽远，视野所及，气象宏阔雄浑，两句开出高山黄河之大境界。其楼"前瞻中条山，下瞰大河"（《梦溪笔谈》语），故此壮阔亦为实写。后二句推宕一层，以虚写出之，而置于其末，则于写景之后，更有所期待的未写的更大景观存在。将要看到预期景观，不仅比日落河流更壮阔，而且是一种大境界、大胸襟、大眼光、大气派。它预示盛唐伊始的宏阔高远的气质和豪迈向上的精神，它站在新时代的起点，也是这一时代的制高点。（见图 18）此诗虽通体对偶，似有所限。然其雄浑之气囊括所有，前两句的日尽河流，象征时间流逝而引发生命进程的人生的思考，此是由空间景物潜生暗发出时间的思考；而后两句从虚设向往的空间中迸发出人生当登高一望，当志存千里。这种大理想、大抱负，全由壮丽山河的宏阔生发出来。黄昏远眺荡漾出一种哲学的大思考，它似乎是陈子昂登上幽州台"前不见古人，后不见来者"的困惑的再思考，或者是在解答，同样都是在"念天地之悠悠"，然而"欲穷千里目，更上一层楼"，已经刷去任何的"独怆然而涕下"的疑虑与忧伤，而拥有的是对人生的迈进与追求，时代的鼓荡与对人生的自信，都在尺幅千里中回荡。它于自然的大景观中交织着人生的大理想，而

①　参见陈尚君《全唐诗补编》上册，中华书局 1992 年版，第 335 页，以及傅璇琮主编《唐才子传校笺》第五册，中华书局 2002 年版，第 85 页，陈尚君补证。

且从白日衔山中，似乎看到红日又将从黄河升起，蒸升的热望在诗人的期待中滚荡，这应当都是更上一层楼纵目千里所想到之繁花似锦之明日。它和王翰"醉卧沙场君莫笑"的豪迈与无所畏惧的笑对生死的精神是一致的，它是盛唐之音嘹亮而浑厚、高亢而深沉的起调，它预示着一个恢弘的诗国黄金时代的到来。而且与王湾的"海日生残夜，江春入旧年"一样，展示"欲穷千里目"的盛唐气象大景观将要光临。

图 18　当代　钱松喦　王之涣《登鹳雀楼》诗意图

钱先生为金陵画派大家，他的山水构图气势雄壮，而且千变万化。此即大开大合式结构，远近山连在一起，以浓淡显示空间距离，非常开阔，从右侧而来的大河，形成侧倒的△。画面中心偏于左侧中部，河流就△的一角放射到△的一边，强调了强烈的辐射性，充分展示穷尽千里目之意。画面色彩厚重而热烈，浓墨与赭石色烘染勾勒的山崖上，点出耀眼的红花与黄色树叶，对比得厚重而兴奋，热烈而激荡。河面远处，帆片络绎不绝，都似乎显示出盛唐诗国的高潮即将到来。细看，此画实由两直角△与等边△构成，稳定感亦很强。

《凉州词二首》其一是王之涣的又一首名作：

黄河远上白云间，一片孤城万仞山。羌笛何须怨杨柳，春风（一作光）不度玉门关。（见图19）

图19 当代 钱松嵒 古塞驼铃

此图无论纵横空间感都很雄强，画面山峰也不多，然"山从人面起"的突兀，占据画面五分之四空间，远处略加皴染，故能呈现重峦叠嶂的气象。构图以高远为主，而山顶的远处又结合以深远，故有雄健而苍茫无际之感。山的皴法用笔很别致，钱老能把书法"屋漏痕"施之画中，故有厚重凝练的岩石质感。用一种颤抖手法，似乎把许多点连接成凝重而阻涩的线条，表现出山石的棱角与层次，具有一种特殊的质感美，富有独特的个性，把折带皴、斧劈皴或披麻皴，用篆隶、魏碑笔法，画得斑斑点点，一眼可看得出来为钱老风格。观此，似可以对"一片孤城万仞山"有深刻而形象的体会。

人生有大理想大奋斗，就必然有大艰难大困苦！科场、交游、从军是盛唐士人三条道路，无不充满理想与挫折。正如李白所言："群才属休明，乘运共跃鳞。"然而现实却是"大道如青天，我独不得出"！前线亦复如此。这里的"孤城"，处于"万仞山"中，被拥压得像"一片"薄薄的树叶，失落在沙漠上。站在孤城看到的只是"黄河远上白云间"，此句前四字一作"黄沙直上"，"黄沙"为实景，"黄河"则为想象中的内视角所见。这里有的只是空阔，荒凉、杳无人烟，穷塞荒漠的寂凉，而又有一种雄阔壮采浑融其间，形成浑厚壮阔的气氛。一阵《折杨柳》笛曲，在驻守大漠孤城士兵的心中激荡：笛曲不要太哀怨了，不要呼唤春天到来与杨柳泛绿，因为春风压根儿不会莅临玉门关这儿！"春风"一语双关，亦借指皇恩浩荡。所以杨慎说："此诗言恩泽不及于边塞，所谓君门远于万里。"①李白《塞下曲》说："五月天山雪，无花只有寒。笛中闻折柳，春色未曾看。"这是直写。而此借边地异样酷寒，不见春色，"不言君恩之不及，而托言春风之不度"（李锳语），苦思妙想，尤见浑厚含蓄之风格。此诗犹如颜真卿的楷书，雄壮浑厚，而劲力逸气内敛，骨力全融，锋芒不露。后二句之深意苦情极尽吞吐之致，妙在以情为主，命意则含蓄深永而不直接说出。王昌龄的"更吹羌笛关山月，无那金闺万里愁"，李益的"不知何处吹芦管，一夜征人尽望乡"，均因笛声引起一片情思，与此同一用意，然上二诗则直接说出，而此则以"何须"旋折，略略见意，高明正在不直接说出，说出的只是自然物候，而人事的错迕尽在不言之中，有含蓄隽永之致，这正是盛唐诗风审美的重要一面。管世铭论到盛唐七绝时说："摩诘、少伯、太白三家，鼎足而立，美不胜收。王之涣独以'黄河远上'一篇当之，彼不厌其多，此不愧其少，可谓拔戟自成一队。"② 若打破横断平列，从纵向看，王之涣与王翰七绝的浑厚苍凉，正是异军苍头特起，属于导夫先路的一队。

另一首五绝《送别》亦用不直接说出的手法："杨柳东门树，青青夹御河。近来攀折苦，应为别离多。"唐人有折柳送别习俗，白居易《青门

---

① 杨慎：《升庵诗话》卷二"王之涣梁州歌"条，见《历代诗话续编》中册，中华书局1983年版，第672页。

② 管世铭：《读雪山房唐诗序例》，《清诗话续编》第三册，上海古籍出版社1983年版，第1561—1562页。

柳》说："青青一树伤心色，曾入几人离恨中。为近都门多送别，长条攀折减春风。"而李白《劳劳亭》："春风知别苦，不遣柳条青。"都可看作王之涣的"攀折苦"的生发演绎，或相成或相反而见意。此诗不言惜别之苦，却怜惜杨柳不胜攀折之"苦"，别离之不堪则不直言之，措语运思特见含蓄。而且因自己送别，想到世间多少离别，深情苦思全在不言之中。

正像王之涣《凉州词》的羌笛一样，不仅焕发出王昌龄"更吹羌笛关山月"，而且也引发了高适的《和王七玉门关听吹笛》那样的名作："雪净胡天牧马还，月明羌笛戍楼间。借问梅花何处落？风吹一夜满关山。"高适诗悲壮，很少有明亮色彩，"千里黄云白日曛，北风吹雁雪纷纷"，这是他的基本色调。王之涣诗的春风杨柳并未出现，充其量只是心底的一种呼唤，然而唤来了雪夜明月，引发出"风吹一夜满关山"，失望的呼唤，得到了期望的答复，爽朗的月明关山，亦正是盛唐之音的复调，宣示着小名家先驱的成功，带来了大家与名家丛集的辉煌时代的到来。

值得注意的是，《唐才子传》谓王之涣"每有作，乐工辄取以被声律"。他的《凉州词》原本或许就题作"玉门关听吹笛"，因高适的和诗用韵与王诗相同。大概经"乐工辄取以被声律"，而改作"凉州词"。更让人有兴趣的是，《唐才子传》本传还说王之涣诗"情致雅畅，得齐梁之风"，就是说他除了"歌从军，吟出塞"，"传乎乐章，布在人口"以外，还有流丽绮艳的一面，汲纳了江左的"齐梁之风"的特点，可惜今天从他存留的六首绝句中看不到具体的面貌，只能从《送别》短制多少能捕捉一点影子。还有以下两首也多少透露出一点信息：

> 长堤春水绿悠悠，畎入漳河一道流。莫听声声催去櫂，桃溪浅处不胜舟。（《宴词》）
> 蓟庭萧瑟故人稀，何处登高且送归。今日暂同芳菊酒，明日应作断蓬飞。（《九日送别》）

这种浅酌低唱的忧伤，来自饯别或节日的送别，还不像王翰《飞燕篇》、《春女行》、《古蛾眉怨》，以及《子夜春歌》、《赋得明星玉女坛送廉察尉华阴》、《春日归思》，是那样带着明显的"齐梁之风"，但辛文房看到的王之

涣诗肯定比现存的要多得多。他所说的"情致雅畅，得齐梁之风"，肯定
有一定的依据，不然在旗亭画壁时，他如何敢和王昌龄争锋取胜，而有
"子等当须列拜床下，奉吾为师"，而完全是一个前辈大诗人口气！虽然
"旗亭画壁"不一定属实，然亦非空穴来风，当是建立在一定事实基础上。

　　总之，二王生当盛唐前期，以刚健雄浑与清丽流畅融合的取向，与李
颀、孟浩然、王湾揭开了盛唐之音的大幕，预先初步展现了盛唐气象共同
审美的特征，召唤一个伟大时代的到来！

第五章 盛唐前期崔国辅、王湾、祖咏、綦毋潜及刘眘虚合论

盛唐早期的崔国辅、王湾，以及稍后的祖咏、綦毋潜、刘眘虚往往被视为"跑龙套"的人物，在文学史上，不是一掠而过，便是连面也不露出。崔国辅以五绝见长，题材单纯。王湾以"海日"、"江春"两句成为盛唐早期的"楷式"，小诗人暴得大名，成为著名的"王湾现象"，其实在呼唤着大家出现。祖咏以省试出名，他的诗运思精细，风调清奇。寺院与庄园的歌手则属于忽隐忽仕的綦毋潜，而赠别诗质朴，有豪语。刘眘虚善写方外之情，境界空灵超远。总之，这些小名家为盛唐中后期大名家的出现做了充分准备。可以说没有他们就没有李、杜、王，也没有盛唐气象。

如果说二王在七言歌行与七绝这长短两体上率先亮开了盛唐雄沉嘹亮的歌喉，那么崔国辅对五言绝句有长足发展，王湾、祖咏在律诗上有所开创，而与长于歌行的王翰与李颀，以及以绝句独进的王之涣，构成不同的阵营，为盛唐诗诸体并进，联袂作出努力。

一 偏锋独至的崔国辅

崔国辅大约生于高宗仪凤三年（678），可能与张九龄同龄，约卒于安史乱起的天宝十四载（755），此说见闻一多先生的《唐诗大系》，然不知何据，这只能是大概范围，要比盛唐早期的王之涣、孟浩然、李颀、綦毋

潜生年尚早。籍贯说法有吴郡、清河、山阴的分歧①。清河（今属山东）当为郡望，吴郡（今苏州）则为籍贯。开元十四年（726）与储光羲、綦毋潜同时及第。解褐山阴尉，后为许昌令，还到过辽东、淮北、江浙等地。开天之际已任左补阙，迁起居舍人。天宝十载与十一载为集贤直学士、礼部员外郎。因邢縡谋杀李林甫与杨国忠案，京兆尹王鉷被牵连赐死，他因与王为"近亲"贬竟陵（今湖北天门市）司马，与陆羽游处三年。此后不久，可能就去世了。

崔国辅诗今存 41 首，其集在北宋已无遗存，南宋陈振孙《直斋书录解题》仅录一卷。他和王昌龄、王之涣、郑昈等人"联唱迭和，名动一时"②。与储光羲、綦毋潜、严迪为同年，孟浩然游吴越，他有两首寄赠③，李白诗称他为"故人"，交情尤深。然在现存诗中，看不到与以上诸人交往的蛛丝马迹，可见他的诗遗失甚多。其诗五绝 23 首，七绝 4 首，合占总数大半以上。绝大多数都是乐府古体，并且绝大多数是女性题材。所独擅的五绝，犹如书法家以偏锋为主，以侧媚取胜，专书斗方、扇面一样。所以管世铭说："专工五言小诗，自崔国辅始，篇篇有乐府遗意。"④ 且"与（崔）颢并称艳手"（贺裳语）。

他的五绝，首先是以江南水乡的儿女爱情写得最为出色。对于江南，他生于斯、长于斯，又任职于斯，熟习她们的生活习惯与神态笑貌，诸如歌唱、划船、采莲、裁衣、幽会，都一一摄取入诗。加上他熟习南朝乐府民歌，注意从当地汲取新鲜语言，写得既明白如画，又含蓄隽永，活泼可爱，楚楚动人。或撷取一个片段，或抓一个细节，或捕捉一个快镜头，或刻

① 辛文房《唐才子传》谓为山阴人。万竞君《崔国辅诗注·前言》据李白《送崔度还吴》题下注："度，故人礼部员外国辅之子"，以为吴郡人。傅璇琮据唐人李轸《泗州刺史李君神道碑》的"今夫人清河人也，父讳惟明，累迁海、沂等州司马；兄镜邈，隐居太行，累辟不起，弟国辅，秀才擢第，制举登科，历补缺、起居、礼部员外郎"，以及《新唐书·宰相世系表》二下："有崔国辅，其父惟怦，海、沂等州司马；兄静邈，未载官职，即《碑》所云'隐居太行，累辟不起'者。据《新表》，崔国辅属青州房。清河崔氏为望族，此当指郡望。"说见《唐才子传笺》。

② 白居易：《故滁州刺史赠刑部尚书荥阳郑公墓志铭》，《白居易集》卷四二，第三册，中华书局 1979 年版，第 923 页。

③ 《孟浩然集》卷三《宿永嘉江寄山阴崔国辅少府》，又有《江上寄山阴崔国辅少府》，于开元十八九年游吴越时所作。王昌龄亦有《同从弟销南斋玩月忆山阴崔少府》。

④ 管世铭：《读雪山房唐诗序例》，见郭绍虞辑《清诗话续编》第三册，上海古籍出版社 1983 年版，第 1560 页。

画人物瞬间的心理活动，都非常接近民歌风味，给人留下深刻印象。

《湖南曲》叙写一女子送别情人："湖南送君去，湖北送君归。湖里鸳鸯鸟，双双他自飞。"借助民歌的反复，说明他们分住在湖之南北，姑娘一直送到对岸。后两句当是她独自返回时看到，以鸳鸯成双成对地双飞，形影不离，反衬己之独归，伤感孤寂之情与羡慕嫉妒的心理尽在不言之中。虽然明白如话，却含蓄隽永。从中见出他们水上往来，不同于北方的特点；又借水鸟写出一片心思，不着痕迹，巧妙聪慧。《中流曲》亦饶有情趣："归时日尚早，更欲向芳洲。渡口水流急，回船不自由。"她大概结束一天采摘劳作，归来时看看天气还早，却想去另一地"芳洲"，那长满鲜花的幽静小洲，一定是经常和情人会面的老地方。然而船行至水流湍急的渡口时，她用力掉转船头向前划去，船好像不听话，老在原地打转。全诗均用叙述，不加描写，不施粉黛，但小女子弯腰用力，甚至急红了脸的"不胜篙棹之态"（贺裳语）却极为酷肖，尽现眼前。论者或以为"中流水急比喻社会的喧阗争逐，描写了那种向往芳洲而不能如愿，身不由己的困难情景"[①]，未尝不是一种解释，但看起首"归时"与"芳洲"，均为特定时间与空间，渡口水急，回船不易，均江南情事，似当以本事看为妥。《王孙游》与《采莲曲》亦用女子口吻，前者云："自与王孙别，频看黄鸟飞。应由春草误，著处不成归。"此诗全以暗示组成，委宛曲折。首句简净，叙出事情的缘由，王孙是对一般青年人的敬称。黄鸟即黄鹂，每年初夏来临，"频看"犹言已历数年，此句则谓今年春天又过，尚不见归，此为一层暗示。第三句表面说可能是春草遮路耽误了回家，实指在外边拈花惹草被绊住了脚。此又一层暗示。末句"著处"犹言一旦碰上"野草"时[②]，就彻底回不来了，则又是一层暗示。全诗只有末了的"不成归"是明说，至于盼归的长久，不归的原因，猜想与判断，都不直接说出，经过层层暗示，犹如竹笋，一层一层剥出，方见笋心。这种写法对后来王昌龄的宫怨诗启迪甚大。"著处"谓碰上或撞上时，应为当时原汁原味的口语，

---

① 万竞君：《崔国辅诗注》，上海古籍出版社1982年版，第19页注1。

② 著处，在全诗中牵一发而动全身，张相《诗词曲语辞汇释》卷六释为"到处或随处"，则此诗不归的原因就肤浅得多了。不如《崔国辅诗注》释为"碰上，遇上"义长，全诗含义就丰富委曲了。

一经入诗便有种新鲜味。崔国辅率先撷取口语，启发王维、杜甫、陆龟蒙也用之于诗。《采莲曲》看题目像是劳动之歌，实际上也是一首情歌："玉溆花争发，金塘水乱流。相逢畏相失，并着采莲舟。"前两句说花发水涨，金玉修饰美称塘浦，"争"、"乱"言春光之骀荡，两句对起，极为妍练。后两句说邂逅相逢，便温存旖旎，两船依偎，流连不去。小儿女相见的温情热意，神态宛在目前。此诗前后雅俗对比鲜明，似在说明热烈春光中发生热烈的爱情，配合得非常协调。《小长干曲》好像是上诗的姊妹篇，亦为爱情诗：

月暗送湖风，相寻路不通。菱歌唱不彻，知在此塘中。（见图20）

图20　清代　钱慧安　采莲图

　　钱慧安是清末上海沪派人物画家，与任伯年均名重一时。他的画构图简洁，富有诗意，注意线条勾勒与用墨渲染的配合，衣纹用笔劲折紧峭。采莲、采菱是江南女子的习见劳作。在莲叶丛中，推出小舟，采摘女子于船头作闲息状。神态若有所思，或许在思念她的情人，身后置一竹篮，表示在塘中采摘。画面清朗且富有灵气，浓密硕大的莲叶把人物陪衬得极为明显。若与崔国辅《小长干曲》相互合观，可得读诗之一助。

前诗写邂逅相遇,此言偶然失散。月黑潮起,水路不通,一时找不见人未免着急。只听到塘里菱歌唱个不停,要找的人就在那边,不由得愁去喜来。李白《越女词》其三说:"耶溪采莲女,见客棹歌回。笑入荷花去,佯羞不出来。"王昌龄《采莲曲》其二:"荷叶罗裙一色裁,芙蓉向脸两边开。乱入池中看不见,闻歌始觉有人来。"三诗有异曲同工之妙,也有可能是大家与名家都在向这位小诗人汲取营养。此诗首句推出背景,然后叙出一连串生发的情节与故事。谭元春以为"'唱不彻'比'只在此山中,云深不知处'深得多"(《唐诗归》语),贾岛诗在否定后的遗憾中画了句号,此则在肯定句后,引人继续遐想,情致蕴藉,故"深得多"。崔国辅这类小诗共有的特征,就是生动活泼、委婉曲折,明白如话而又含蓄隽永,确有语简意长、词浅情深的艺术魅力。殷璠《河岳英灵集》说:"国辅诗,婉娈清楚,深宜讽味。乐府数章,古人不能过也。"恐怕主要针对此类小诗而发。

其次,崔国辅还用五绝小诗与宫怨题材结合来写咏史诗,或者说把三者结合在一起,以小见大,甚至还具有讽刺现实的作用,几乎要与七言歌行竞一时之长。如《魏宫词》:

朝日照红妆,拟上铜雀台。画眉犹未竟,魏帝使人催。

只点出画眉未毕的细节,加上魏帝使人来催的简略情节,就暗示了这样一个宫闱故事:"魏武帝崩,文帝悉取武帝宫人自侍。及帝病困,卞后出看疾。太后入户,见直侍并是昔所爱幸者。太后问:'何时来邪?'云:'正伏魄时过。'因不复前而叹曰:'狗鼠不食其余,死故应尔!'至山陵,亦竟不临。"《世说新语·贤媛》这则记载卞后斥魏文帝曹丕之詈语,谴责其所为,禽兽不如也。此诗据此史实构思细节,设置情节,用"铜雀台"和"魏帝"把曹氏父子连接,以显曹丕之劣迹。清人吴乔说:"称'帝'者,曹丕也。下一'帝'字,而其母'狗鼠不食其余'之语自见,严于斧钺矣。"[①]

---

① 吴乔:《围炉诗话》卷一,见郭绍虞辑《清诗话续编》第一册,上海古籍出版社1983年版,第498页。

近人高步瀛却说："此诗刘海峰以为刺曹丕，然丕已腐骨，又安足刺？其殆意感武才人之事，不能明言，而姑托于丕乎？"① 其实两说均是，只是有外延与内涵、词面与词内的区别罢了。因以魏宫喻唐宫，喻体与本体若只见一端，便有了横岭侧峰的区别。还有两首同题《王昭君》，分别为五绝与七绝，前者云：

汉使南还尽，胡中妾独存。紫台绵望绝，秋草不堪论。

从昭君晚年处境的孤独与南望汉使的希望彻底失望运思，最后只留下青冢一座，而有无尽遗恨。前三句用第一人称"妾"，结句却从作者角度发出同情的议论。诗中有两个人称，一是昭君之"我"，一是作者之"我"，把两种不同人称合构起来，这样就打破了诗人与所咏对象的悬隔，构成与历史人物零距离的"对话"。顺便看看另首同题七绝："一回望月一回悲，望月月移人不移。何时得见汉朝使，为妾传书斩画师。"全用昭君口气写来，先用句内与两句间的多次反复发抒思乡的悲痛，由此生发一个怨望：希望汉家天子斩杀以美为丑从中作梗的画师。葛洪《西京杂记》演绎了昭君和番的故事，滋生了宫中画工毛延寿得不到昭君贿赂，而把她画得很丑，后来被汉元帝发觉后处以弃市。诗人把这个情节"移位"成昭君的希望，希望的本身透出一种悲凉。此诗人称情事集中，显得明快。

　　另外还有两首宫怨诗，其中《长信草》说："长信宫中草，年年愁处生。时侵珠履迹，不使玉阶行。"汉成帝的班婕妤失宠，要求在长信宫侍奉太后，曾作《自悼赋》与《怨歌行》表抒苦闷与抑郁，长信宫便成了冷宫，也成为唐人歌咏的热题。此诗借汉言唐，写上层妇女的孤独生活。如题所示，以小草为中心，把"长信宫"与"金阶"分成冷暖迥异的两个世界。因无人来往，长信宫院长满了草，把来回行走的道路都"侵"没了。而且年年如此。"愁处生"把触草生愁时生，构思巧妙生情。末句点明原因，"不使"的主语即"草"，构思尤为巧妙。"玉阶"指得宠者所居的宫殿如昭阳宫。前三句与末句的对比在隐跃之间，表达了被弃置的郁懑与苦

---

① 　高步瀛：《唐宋诗举要》下册，上海古籍出版社 1986 年版，第 760 页。

衷。不言怨人，而处处怨草，小草在诗中起了绝大的衬托作用。另一首《古意》则以秋月为中心：

> 净扫黄金阶，飞霜皎如雪。下帘弹箜篌，不忍见秋月。

此诗简直成了李白《玉阶怨》的蓝本。李诗云："玉阶生白露，夜久侵罗袜。却下水晶帘，玲珑望秋月。"两诗环境都是"黄金阶"与"玉阶"的宫中，都是"飞霜"与"白露"的夜晚，宫女因冷都在"下帘"，她们的心情都与"秋月"有绝大关系——月圆而人缺。"不忍"者是言失望，"望"者则为希望。两诗只有"弹箜篌"与夜露"侵罗袜"的细节微异。然两细节暗示待人不至的用意仍然相同。由此可见，诸如崔国辅这样的小诗人，对于大诗人并非可有可无，盛唐气象是由大小诗人共同展现的。没有这些小诗人，大诗人未免有些孤独。合唱总比独唱要宏壮得多！《怨词二首》，一是宫怨，一是闺怨。其一云："妾有罗衣裳，秦王在时作。为舞春风多，秋来不堪著。"第二、三句说过去，末句言现在，而首句领起过去与现在。合在一起则说：我在"秦王在时"穿此罗衣而舞，曾春风得意于一时。现在受到冷落，即使秋天也不忍心穿上。宫女的昔宠今弃，全"从一罗衣上说来"（清吴敬夫语），语带过来人的矜贵，只是不说破，不言如何失宠，但言穿之不合时宜，所以显得委婉蕴藉，一波三折。在若许盛衰新故之感中，不无矜持自负与自怜情怀。

再次，他的闺怨诗也别有情味，显示这位五绝能手善于代人言情，而且具有简洁精致的艺术才能。如果说《怨词二首》其一体现了瞬间一片心思，那么其二则写一连串的遗憾："楼头桃李疏，池上芙蓉落。织锦犹未成，蛩声入罗幕。"春夏都先后在楼头与池上消失了，而即表达思念的"回文锦"尚未织好，此为跌进一层；而末句"蛩声"挟带秋凉进入罗幕，又跌进一层。前三句呈否定状态，末句的肯定，较前否定则带来更大的悲凉。描述与叙写全在心里构成降低反复排列，刻画了细致的心理活动，表现了女性的细致心绪。《古意二首》则显得别致，其一曰："玉笼薰绣裳，着罢眠洞房。不能春风里，吹却兰麝香。"精心薰衣，"着罢"欣然了一阵。然而不料被春风全然吹却香味，不由得懊恼起来。不同的两种心情却衬托出独居的寂寞无聊，前后对比，相映成趣。后两句还蕴涵青春短暂易逝的意味，便又是一番屈曲心思，全在春风吹拂中闪现。其二曰：

种棘遮蘼芜，畏人来采杀。比至狂夫还，看看几花发！

全用民歌语调，语气特别娇哂。意谓在家里坚决不与人来往，等到丈夫归来，要他好好看看如何冰清玉洁，而且美艳无比。嗔怪娇哂语气活现，爱与怒兼至，非常接近南朝乐府民歌的情调风神。如南朝乐府旧题的《子夜冬歌》，描写冬夜裁衣时"夜久频挑灯"，不由地感到"霜寒剪刀冷"，人之冷与凄苦则不言而喻，都以表现心理活动见长。《丽人曲》写美人照镜，花面相辉映，自矜自惜地对镜慨叹：绝代红艳却举世无侣。《今别离》说在岸边相送，眼看船行已远，忽然"船行欲映洲"——被小岛遮住了，惹得她"几度急摇手"，好像用快镜头捕捉出人物情态，细节抓得异常成功。《卫艳词》写春天的"淇上桑叶青，青楼含白日"，在白日辉映的高楼上，"比时遥望君，车马城中出"，不时地遥望，到底望见否，却全不说出，好像章回小说结尾：要知此事如何，且听下回分解。或者像书法中的"屋漏痕"，含蓄而耐人寻味。特别是用在诗之结尾，便特意让人思索一番，很有余味。

　　总之，以上三种题材，刻画了各种女性，性格神态与动作心理各异，在尺幅小境中，善于开辟出各自不同的新天地，或者别有洞天，或者意在言外，虽然人物多为女性，刻画手法还是多样的，在唐人五绝中尚能占一席之地。高棅论及五绝时说："开元后，独李白、王维尤胜诸人。次则崔国辅、孟浩然可以并肩。"[①] 李、王题材广泛，故成大家。若单从五绝女性题材比较，只有李白可与崔国辅并立。五绝在诸体中最不易见长，词少意深，格严味远，句短语促，不容修饰，要求小中有大，促中能缓。虽然头尾之间逼窄，而腰腹须尽量宽展。所谓"丈室不增"，还要"诸天不减"（王世贞语），即须有层次曲折，中间自然舒缓，风神方得摇曳。崔国辅五绝写女性见长，写少年男子则大为逊色，《襄阳曲》中的"美少年"、"轻

---

① 　高棅：《唐诗品汇·五言绝句叙目》卷三十八，上海古籍出版社 1982 年版，第 389 页。

薄子",《少年行》的"白马"少年，则意味无多；写送别的《渭水西别季仑》与《送韩十四……》，也显得直致无曲。至于五古，语言明快简捷，善于刻画物象情事，如《从军行》末四句："刀光照塞月，阵色明如昼。传闻贼满山，已共前锋斗。"《古意》末四句："时芳不待妾，玉珮无处夸。悔不盛年时，嫁与青楼家。"若截取下来，颇具五绝风味。描摹景观亦简劲生动，如《石头滩作》的"羽山数点青，海岸杂光碎"，"日暮千里帆，南飞落天外"，把远眺中景物能置于目前。五律《宿范浦》的"村烟和海雾，舟火乱江星"，用词洗练，传递出黄昏漠漠、星火点点的景观。但这些篇数既少，佳制完整者更少。总体看，他还是以五绝女性题材见长，在内容上未免是属于单调的偏至之才，缺乏山深林密气象。

二　王湾在律诗上的开掘

王湾为洛阳人，在盛唐发端的先天元年（712）进士及第。此年杜甫出生，王湾此时曾游过吴楚一带。开元初为荥阳主簿，曾在开元五年至九年参与秘阁编次群书。后任洛阳尉，又于开元十七年（729）曾在宫寓值，不详所任。其后行迹亦不详。与贺知章、武平一、裴光庭、张说有交往。今存诗十首。《河岳英灵集》卷下说："湾词翰早著，为天下所称最者，不过一二。游吴中，作《江南意》诗云：'海日生残夜，江春入旧年。'诗人以来，少有此句。张燕公手题政事堂，每示能文，令为楷式。又《捣衣篇》云：'月华照杵空随妾，风响传砧不到君。'所有众制，咸类若斯。非张、蔡之未曾见也，觉颜、谢之弥远。"王湾为人"志趣高远"（辛文房语），诗作不多，且为当时人所称最者，"不过一二"。因早年所作《次北固山下》（一作《江南意》），不久为张说激赏，故诗名早著，而对盛唐诗人有所影响。

王湾诗主要用力于五律与五古，均以写景为主。诗风清爽雅洁，情趣幽秀。五古如《奉使登终南山》的"虚洞策杖鸣，低云拂衣湿"，"烟色松上深，水流山下急"；《晚夏马嵬卿叔池亭即事寄京都一二知己》的"林静秋色多，潭深月光厚"，《晚春诣苏州敬赠武员外》的"烟和疏树满，雨续小溪长"，都能写得清幽雅洁，但他的五古边叙边议，显得有些冗长。最能见出本色的还是五律，殷璠所论"词翰早著，为天下所称最者不过一二"，是颇有些微词的。用今日话说，可称为"王湾现象"。他的诗总体水平并不见得高明，然五律《次北固山下》暴得大名，而被宰相与文坛领袖张说称为天下"楷式"，成为一种"新经典"：

　　　客路青山外，行舟绿水前。潮平两岸阔，风正一帆悬。海日生残夜，江春入旧年。乡书何由（一作处）达，归雁洛阳边。（见于《国秀集》）（见图21）

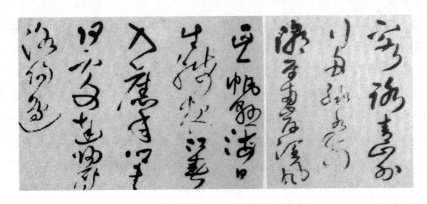

图21　清代　王铎　王湾《次北固山下》

　　明人喜唐诗，王铎就写了不少。此原为一长卷，凡书唐诗十首，此为其中之一。每行大多五字。首行起笔两字形体特大，"客"字末了的一撇，似乎与末尾"边"字的末笔斜提，遥相呼应，构成一段完整节奏。每行都有几字一笔写成，首行"青山外"连成一气，各自结构甚为清晰，而所占空间几与"客"字相等，但行气依然贯通。第三行"潮平两岸阔，风"，六字又为一笔书，按捺提顿极尽变化。用墨由浓至干，运笔迅疾，分成五个节奏。微显不足，没有把诗中的关键词突现出来，仅注意集中在强悍气势的追求上。

此诗《河岳英灵集》题作"江南意"，首尾两联为"南国多新意，东行伺早天"，"从来观气象，唯向此中偏"，且次联"一帆"作"数帆"，风格古朴。《国秀集》所载则风华清秀，或许颔联出名后，而经作者修润。此诗原本为除夕夜泊北固山下，为一般行旅诗题材。但作者为北方人，又在年节转换的特殊时间，故有一种特殊的敏感。前六句均为对偶，但很自然，措辞亦很清雅秀洁。"外"、"前"简净，而"阔"与"悬"见出构思之精微，景物如在目前。出句的因果关系，见出江行者感觉的异样，此与王维的"郡邑浮前浦"异曲同工，自然而无刻画之痕；"一帆悬"蕴含一种淡淡的旅途寂寞。"海日生残夜，江春入旧年"，为夜泊之感觉。一年最后的夜晚，过去时光的流逝却滋生了新的一天到来；而且江南早到的春意提前光临于旧年。时序新与旧的替换，带来的不是时光的惋惜，未与亲人团聚的感伤，而是对早春的发现，对新年新的一天的欢欣与兴奋。从残旧中看到新生，从现在发现未来。《河岳英灵集叙》说："景云中颇通远调。开元十五年后，声律风骨始备矣。"此诗约作于中进士后的吴楚之游，即开元初年，上距景云只有八九年。而开元元年玄宗诛除太平公主党系，标志着在高宗、中宗、睿宗时女性专权的时代结束，也预示着新时代的开始。王湾于先天元年进士及第，他对时代的重大转换，不能没有欣动。时代的更换与年光的更替，使他滋生一种特殊的敏感。所以此诗没有停留在一般除夕诗的年节氛围中，而是洋溢着时代的新气氛[①]，故既有"远调"，亦复备"风骨"。这里跳荡着时光运动的活力，显示了新时代的魅力，引发对未来的瞻望和乐观奋进的精神，也是一种富有朝气的壮阔情怀的流露。它展示了由初唐转入盛唐的新愿望与新气象，也体现了由纤弱走向壮阔的诗风的转换，这也正是具有宰相与文坛"宗匠"双重身份的张说"手题于政事堂"的原因，也显示了一个小诗人突得大名的缘由。同时也说明了"王湾现象"之所以成为盛唐气象"楷式"的原因。一直到晚唐，郑谷《偶题》的"何如海日生残夜，一句能令万古传"，还艳羡地思索"王湾现象"荣辉的原因。其实殷璠所说的"诗人以来，少有此句"，就是对"王湾现象"最明了而中肯的回答。

他的《奉和贺监林月清酌》也值得一观："华月当秋满，朝英假兴同。净林新霁入，窥院小凉通。碎影行筵里，摇花落酒中。清宵凝爽意，并此助文雄。"小园中的一次酒会，写得清新宜人。构思和用语精洁润雅，完

---

① 何焯《唐三体诗评》说："开元数纪，重见太平，五、六气象非常，落句正言更不假寄书也。"又说："不唯名句，而亦治象。武、韦继乱，忽睹开元之政，四海皆目明气苏也。"见《瀛奎律髓汇评》卷上，上册，上海古籍出版社1986年版，第320页。

全借助以小见大的手法，而颈联却明显带有齐梁风味。所以清人有言："琐细而风流，妍婉而浩落，两法两背，而二美相兼。"①浩落和琐细的结合，也意味高朗和秀美的融合趋向。而王湾诗的个性在于清爽秀朗，雅洁省净。正如清人谭宗《近体秋阳》所言："湾诗精思俊气，如极秀迈人，虽布袄芒靴，必剪制不同，迥出尘外。每读一作，使人志意由说，肘腋蹇然，未可以一时盛名诸君漫为匹拟者也。"

同样让我们感兴趣的是，王湾还有《捣衣篇》"月华照杵空随妾，风响传砧不到君"，六朝秀色和"海日生残夜"同样见于一人，就像王翰有"醉卧沙场君莫笑"，亦有不少女性题材；王之涣有"欲穷千里目"，亦有"齐梁余风"。所以殷璠谓王湾"所有众制，咸类若斯"，并言"非张、蔡之未曾见也，觉颜、谢之弥远"，就是说与六朝绮绣距离并不远。这也说明盛唐健美与秀美并臻的审美气度的广阔特征。春天是从小草和柳色中最先体现，一个伟大的诗国高潮，也是从小名家逐渐见出端倪。王维《别綦毋潜》所说的"盛得江左风，弥工建安体"，在前盛唐早期已发轫于兹，二王与王湾是这样，祖咏与崔曙也同样如此。

三　剪刻省净的祖咏论

祖咏与王湾同为洛阳人，开元十二年（724）进士。早年与王维为诗友，吟咏唱和。后流落不偶，移居汝坟（今河南汝阳、临汝间），出入于仙州别驾王翰幕中，相互酬唱。后以渔樵而终。他在《长乐驿留别卢象裴总》曾说"谪宦我难任"，可知有京官之任，但所任何职，贬至何地，事出何因，均难详知。从其诗看，曾游江南，亦北上蓟门，然行踪亦难确知。其过从友人有王维、王翰、卢象、丘为、储光羲、蔡希寂等，他和刘希夷、王昌龄、王之涣、李颀、孟浩然，都有诗名，然均仕途失意。

祖咏虽不像王翰、王之涣那样尚侠使气，然亦是不拘行迹者。《南部新书》卷乙说："祖咏试《雪霁望终南山诗》，限六十字，至四句，纳。主

---

① 谭宗：《近体秋阳》，清初刻本。

司诘之，对曰：'意尽。'"考进士是士人人生之大事，如此任性使兴，试场诗规定六韵 12 句，作了三分之一便交卷了事，看来他也有倜傥不群的锋芒。《唐诗纪事》说："开元中，进士唱第尚书省，落第者至省门散去。咏吟曰：'落去他两两三三戴帽子，日暮祖侯吟一声，长安竹柏皆枯死。'"①而《唐国史补》卷下言及风气所伊始，有云"轻薄自祖咏"，看来《唐诗纪事》所言不误。

祖咏存诗 36 首，主要以五律为主。其中除了三首赠给苗发的诗，时代不相及，当为他人所作。《河岳英灵集》卷下说："咏诗剪刻省净，用思尤苦，气虽不高，调颇凌俗。至如'雾日园林好，清明烟火新'，亦可称为才子。"他的《江南旅情》与王湾的《次北固山下》为同一题材："楚山不可极，归路但萧条。海色晴看雨，江声夜听潮。剑留南斗近，书寄北风遥。为报空潭橘，无媒寄洛桥。"其中"海色"、"江声"、"南斗"、"北风"，加上首尾的"楚山"、"洛桥"，运笔洒脱，气象辽阔，写景中不乏想象。"次联须亲历此景，方知佳趣"（杨慎语），壮阔中运思细致。此诗忽南忽北，如书法之八面出锋，然"剪刻省净"，而"调颇凌俗"，气韵亦不可谓"不高"。所以胡应麟把它与王湾《次北固山下》，以及李白、孟浩然、王维、岑参等名作相提并论："俱盛唐名作。视初唐格调如一，而神韵超玄，气概闳逸，时或过之。"②《苏氏别业》虽然神气内敛，依然视通辽阔："别业居幽处，到来生隐心。南山当户牖，沣水映园林。屋覆经冬雪，庭昏未夕阴。寥寥人境外，闲坐听春禽。"以次句"生隐心"为脉络，而以首句"幽"字为中心，以下俱写幽隐情景。颔联着眼空间方位，视野开通，景况雄浑；颈联句式有变，把庭屋置于句首，且全从时间写来，早春中写出冬景，以见其境之"幽"。"未夕阳"的"未"字显得剪刻而生新，偶对精工灵活。结联上句收束以上六句，而下句别开一静谧幽细境界："闲坐听春禽"，不仅由前之视觉转入听觉，且收视返听进入内心省察，更显出别有幽致，而生潇洒出尘之想，与王维《河北城楼》的"寂寥天地暮，心与广川平"，同一悠扬，然却无刻画之痕。此诗章法精密，景趣幽

① 计有功：《唐诗纪事》卷二十，上海古籍出版社 1987 年版，第 285 页。
② 胡应麟：《诗薮》卷四，上海古籍出版社 1979 年版，第 66 页。

绝，神思清旷，清拔幽奇，见出对五律一体运用娴熟而从心。

　　祖咏诗运思精细，风调清奇，还可从《泊扬子津》中看得出来："才入维扬郡，乡关此路遥。林藏初过雨，风退欲归潮。江火明沙岸，云帆碍浦桥。客衣今日薄，寒气近来饶。"（见图 22）颔联描绘景物微妙变化的纷纭之状，用笔省净之至，"藏"与"初过"，把林和雨的关系表达得极精妙，抵得上一幅"风雨寒林图"，显得雨意淋漓。其中所应包含的"风"字置下句之首，而又用"欲归"相互呼应①。这种紧密而又复杂的造句法，为后来杜甫开一大法门。而"火明"、"帆碍"又是别一番光景，对于五言第三字动词推敲，显得匠心别具，亦对杜甫、岑参会有启迪。首尾的"才入"与"此路遥"，"今日"与"近来"，呼应亦为紧密，亦见出省净明爽。他的《观华岳》可见出高华雄壮一面："西入秦关口，南瞻驿路连。彩云生阙下，松树到祠边。作镇当官道，雄都俯大川。莲峰径上处，仿佛有神仙。"全诗都从"观"字写出，风格壮丽雄健，气势轩昂，然缺少自家感情，且中两联动词都置于第三字，缺少变化。

　　祖咏五律善于刻画景物，无论是行旅，还是题咏，常能捕捉景物的变化特征。如《过郑曲》："路向荥川谷，晴来望尽通。细烟生水上，圆月在舟中。岸势迷行客，秋声乱草虫。旅怀劳自慰，淅淅有凉风。"就把舟行夜景的特征表现出来，四动词虽然同样居于句之中间，前二句自然，后二句见出夜行的迷惘。其他如《泗上冯使君南楼作》的"近海云偏出，兼秋雨更多"，《汝坟别业》的"鸟雀垂窗柳，虹霓出涧云"，《陆浑水亭》的"流水漫无声，浴鸟沿波聚"，《宿陈留李少府揆厅》的"风帘摇烛影，秋雨带虫声"，《晚泊金陵水亭》的"就田看鹤大，隔水见僧高"，都能把不同物候的景象，景物远近的不同特征，精确地描摹出来，而且注意景物间的因果、对比等关系所引起的变化。题咏诗《题韩少府水亭》凝练而有法度："梅福幽栖处，佳期不忘还。鸟吟当户竹，花绕傍池山。水气侵阶冷，松阴覆座闲。宁知武陵趣，宛在市朝间。"写庭园水亭就很有幽趣，首尾围绕中心，且呼应一气。

---

　　①　屈复《唐诗成法》说："三妙在'藏'字，四妙在'欲'字。雨唯'初过林'乃能'藏'，潮非'欲归风'不能退。五江夜远景，六津夜近景。"谭宗《近体秋阳》说："'明'、'碍'、两皆练字。'明'字人人解得，亦人人道得；'碍'字人人解得，却人人道不得。"

图 22 清代 戴熙 重峦密树图

祖咏诗写泊舟渡口，远望阵雨初过景象："林藏初过雨，风退欲归潮。"前句把远树湿淋淋景象描摹出来。戴熙此图近处树冠低垂，山腰云气朦胧，和此句景象接近。此图上题"北苑遗法，己未十月。"树干挺直与上半两山的披麻皴，均法董源，树叶以墨点攒簇，亦复如之。然全以浓淡不同的湿墨点染，笔墨兼顾，最见师法造化的功力，丰润华滋，亦具诗意。此图以中间横亘的白云一分为二，下半丛树两岸相对，长溪斜穿，坡石弯曲夹岸，屋舍掩映于丛竹之后；上半只从云中露出两座山顶，右边"藏"去了大半，两山间林木溪水流出，与下溪若断若连。总体是上简下繁，白云中树木若有若无，富有诗意。最下的坡石带有北派山石刚硬笔法，全画可称南北画法熔为一炉。

使他出名的，还是《望终南余雪》：

终南阴岭秀，积雪浮云端。林表明霁色，城中增暮寒。（见图 23）

前三句就"望"字写出，后两句则写出"余雪"的"余"，加上"明霁色"明写"余雪"，就成了雪后天晴而气候转寒，暗写"余雪"的威力。此诗森秀高浑，明爽肃穆，寒色凛凛袭人。尤其是写"余雪"以衬托出之，故见高浑。可以看出祖咏诗讲究技巧，注意脉络，推敲用字。风格有清幽与高浑两个方面。后者的代表作则是《望蓟门》：

燕台一望客心惊，箫鼓喧喧汉将营。万里寒光生积雪，三边曙色动危旌。沙场烽火连胡月，海畔云山拥蓟城。少小虽非投笔吏，论功

还欲请长缨。（见图 24）

图 23　清代　王翚　山庄雪霁图

　　山无皴，因皑皑白雪覆盖，寒林枝杈，枝枝朝天，山与石的点苔
与白雪对比分明，画面寒气逼人，可与祖咏诗"终南阴岭秀，积雪浮
云端"合而观之。

　　此诗较《观华岳》高明的是，把自己的身心投入其中。通首有声有色，气
盛调高，意健神旺，气象开朗雄阔，措语壮丽遒劲，峻整高亮，洵为代表
盛唐气象之佳构。起调凭空而突至高峻，声气夺人。开口即推出"燕台"，
立身便有着落；"望"与"惊"字囊括下文所有，尾联"特添'少小'二
字，便觉神采再加十倍"（金圣叹语），就在于顿挫生色，声气为之一振，
精神挺拔焕发。通首如黄钟大吕，声响铿锵。中四句铺叙正大雄丽，唯句
法略同，皆炼第五字，虽为小疵，然整体雄丽遒紧，读之使人壮怀激烈。
胡应麟以为可与"崔颢《华阴》、李白《送贺监》、贾至《早朝》、岑参
《和大明宫》、《西掖》、高适《送李少府》，皆可竞爽"①。他落第敢冲主司
说风凉话，而考试时亦不循规矩，脱落行迹，不拘小节，如此气盛神旺的

①　胡应麟：《诗薮》内编卷五，上海古籍出版社 1979 年版，第 85 页。

图24　清代　任伯年　**关河一望萧索**

任伯年对于同一题材予以不同构图，如苏武牧羊，就有多种，幅幅都很精彩。特别长于经营狭长的条幅，此图即是如此。画面中心偏右，一壮士依马而望，身立山石高处，远处树木略加点染，三只大雁掠空而过，与人都朝同一方向。画面上空，留有大片空白，与左边的空白相互呼应，使人能想象出远望处的光景，故画外有画，诗意浓厚。任伯年的画很少题写画题，此图则以"关河一望萧索"为题，如此画题，他有好几幅，而且幅幅构图变化极大。他的画长于经营空间，此图分作三段，下为巨石，中为人物，上为天空，显得非常寥廓，如果加上指示性的向左望去，"画面"就更辽阔！就更苍茫了。他的这类题材，真可谓"边塞画"，在前人画里极为少见！此与祖咏"燕台一望客心惊"一律配合起来，可谓天作地合。

壮健之作，出于其手，亦是意料中的事。

明人徐献忠说："殷璠评祖诗'剪刻省净，用思尤苦'，此当未知祖诗者也。唐自天宝以后，极工锁尾而略于发端，务谐声偶而劣于递送，祖诗殊脱此病。若谓'苦思'得之，则声响结滞，安得音调谐协乃尔？"[1] 许学

---

① 　徐献忠：《唐诗品》，明嘉靖十九年刻本。

夷则言："祖咏诗甚少，五言古仅数篇，俱不为工。五言律，声调既高，语亦甚丽。"其实祖咏在盛唐早期实为"苦思"型诗人，语言确实"剪刻省净"。但他非常注意结构布局与意脉的贯通，然像殷璠欣赏的《清明宴刘司勋刘郎中别业》的"霁日园林好，清明烟火新"，如此浑朴的句子却不多，倒是此诗中的"檐前花覆地，竹外鸟窥人"，这样清幽新奇的审美追求，才是他诗风的主体，而壮丽雄健则是他次要的一面。所以像《望蓟门》这样的诗，不过偶尔一见，而七律只有这么一首，雅洁的五律才是他最擅长的诗体。可以说雄健和清拔，是盛唐早期诗人共同的追求，在祖咏不过偏重后者而已。

四　寺院与禅房的歌手綦毋潜

在初唐，像王籍那样的隐者，分明带有对在隋代曾有过的仕宦经历的怀恋，出于不与新时代合作的政治观念。隋代荒唐而短命，像他这样的隐者，自然落落寡合而放诞狂怪。而在盛唐早期像孟浩然那样的名隐，实在是因偶然性挫折而失去机会，实际入世之心甚切。但有些出入官场，赶上开元后期张说、张九龄先后从政治舞台被迫退出，开天盛世开始滑坡。原本怀着热烈从仕的热情，遇到了无法扭转逆退的大局，往往或仕或隐，忽隐忽仕，希望徜徉山林，或优游寺庙庄院，便成为一部分从官场退下来或仕隐不定的诗人所向往的生活方式，綦毋潜与常建、李颀便是其中较突出的人物。

綦毋潜，字孝通，虔州（今江西赣县）人。开元十四年（726）与储光羲同登进士第，大约曾任过两任县尉。天宝初弃官还乡，约在十一载复入为右拾遗、集贤院待制、校书郎，十三载迁广文博士。天宝末为著作郎，其卒在安史乱起之后。与张九龄、储光羲、卢象、王昌龄、高适、岑参、韦应物有过从，而与王维、李颀唱酬尤多。有诗一卷，今存26首，其中6首分别与卢象、孟浩然、陶翰两见各一首，与薛据两见共3首。其中出入寺观僧房凡11首，游览题赠隐居庄院5首，送别诗8首，这些大都以写景为主，而以题寺观僧院最多，所以可称为寺院与禅房的歌手。善于描写寺院花木景观，经营明丽清新的景句，然短于谋篇，结构分散，完整而佳者甚少。《题灵隐寺山顶禅院》尚可一观："招提此山顶，下界不相闻。塔影挂清汉，钟声和白云。观空静室掩，行道众香焚。且驻西来驾，人天日未曛。"（见图25）前半写寺与塔之高，从仰望中见出塔伸入天空，却用一"挂"字，而山之高使高耸之塔更为缥缈，远望则见"塔影"，既然如"影"，就可轻轻地"挂"在晴空。"影"字生新，而"挂"更显得水到渠成般的自然。钟声从山顶荡漾飘下，仰视则见"白云"，听则钟声悠然在耳，听觉和视觉悄然融合，则"钟声"溶化于"白云"之中，"和"把视听觉交错对流的微妙关系表现得更为生动①。而且"挂"与"和"偶对不露刻痕，非常自然。观察景物之细致，特意捕捉景物之间的微妙关系，而句与句组合的推敲，于此均可见到艺术的匠心。后半言佛事活动，质木无味，缺乏审美意境，被宗教义理缚住了思维。其他如：

> 道林隐形胜，向背临层霄。松覆山殿冷，花藏谿路通。（《题鹤林寺》）
>
> 南山势回合，灵境依此住。殿转云崖阴，僧探石泉度。（《题栖霞寺》）
>
> 开士度人久，空岩花雾深。……兰若门对壑，田家路隔林。（《题招隐寺绚公房》）
>
> 香刹夜忘归，松青古殿扉。（《宿龙兴寺》）
>
> 郡有化城最，西穷叠嶂深。松门当洞口，石路在峰心。（《登天竺寺》）

寺院建筑曲折回转，所在位置与山崖或沟壑山涧石路的关系，以及花木松树如何围绕周遭，都刻画得清晰可见。非常精心地把握景物之间的种种微妙不同的影响。如"松覆山殿冷"，松之高与荫之浓以及山殿被遮覆笼罩景象，就简洁地描绘了出来，而"冷"传递出寺院的幽静与清凉。葱

---

① 周敬、周珽：《唐诗选脉会通评林》，周敬谓此二句："风骚句法。云'塔影'二语为雁阵惊寒，谓先见后闻也。"

图25　当代　钱松喦　惠山

　　高耸的建筑，特别是塔，给人巍峨感，也会有清空悠远感。綦毋潜
《题灵隐寺山顶禅院》的"塔影挂清汉，钟声和白云"，就给人后者的感
觉，钱老此画构图意境则给人前者的感觉，然这两种美感并非不可逾
越，故可与诗合观，诗画生发，会有更真切更丰富的感觉

　　郁的绿色给山殿染上了"冷"的感觉，与王维《过香积寺》的"日色冷青
松"有异曲同工之妙。而"石路在峰心"，弯曲的山道随山峰低处蜿蜒而
上，"峰心"亦很生新。但这些景物，只作为客观的描写，作者的感情却
没有与景物互动，未免让人遗憾。

　　另外，在写景诗或寺院诗以及送别诗喜用"花"作为点缀，所以他的
诗有花影摇曳零乱之感。如《春泛若耶溪》的"晚风吹行舟，花路入溪
口"，《题栖霞寺》的"天花飞不著，水月白成路"，《送贾恒明府兼寄温张
二司户》的"舟乘晚风便，月带上潮平。花路西施石，云峰句践城"，《送

郑务拜伯父》的"一川花送客,二月柳宜春",《宿太平观》的"滴沥花上露,清冷松下谿",《宿龙兴寺》的"天花落不尽,处处鸟衔飞",《登天竺寺》的"云向竹谿尽,月从花洞临",以及上文的"花藏溪路通"、"空岩花雾深",无不明丽清秀,显示出对江南风光的钟爱与对生活的热爱。

七绝《过融上人兰若》可算是他的绝句中最好的一首:"山头禅室挂僧衣,窗外无人溪鸟飞。黄昏半在下山路,却听钟声连翠微。"① 幽静清奥,"半在"状出山中黄昏特殊景象。末句言至半山回首仰望翠微中的兰若,唯有钟声从翠绿中缓缓传出,"连"字把钟声受山林阻隔的迟缓听觉写得很逼真。此与李白《下终南山……》"却顾所来径,苍苍横翠微",同样别出一境界。

他的寄赠与送别诗,往往有些质朴豪健的句子。如《冬夜寓别寄储太祝》:"自为洛阳客,夫子吾知音。尽义能下士,时人无此心。"《送章彝下第》:"三十名未立,君还惜寸阴。"《送宋秀才》:"长剑倚天外,短书盈万言。秋风一送别,江上黯消魂。"所以王维《别綦毋潜》称其诗"盛得江左风,弥工建安体"。他的诗以清丽峻洁为主,偶露浑朴之风,这也是盛唐山水诗人的共同趋向。《河岳英灵集》卷下说:"潜诗屹崒峭蒨足佳句,善写方外之情。……荆南分野,数百年来,独秀斯人。"《唐诗纪事》卷二十引殷璠语则说:"拾遗诗举体清秀,萧萧跨俗,桑门之说,于己独能。至如'松覆山殿冷',不可多得,又'钟声和白云',历代少有。借使若人加气质,减雕饰,则高视三百年之外也。"谓之清秀多佳句则可,谓之"举体"如此,似不妥。此可能出于殷氏未定之本。对于他写景清雅峻洁的一面,贺裳说:"綦毋潜似觉风气稍别,如'石路在峰心',非诸公所能道,大似王昌龄句法。"② 说得有一定道理。丁仪《诗学渊源》:"诗中近体,间入齐梁,清雅俊洁,绝类晋宋人语。盛唐以后拟齐梁者,当以此为最。"这是指出"盛得江左风"的一面,也是盛唐其所以为盛,其原因之一就在于吸纳前代精华的广泛性,而非仅仅停留在建安风骨一面。

---

① 《河岳英灵集》作孟浩然诗,而《文苑英华》卷二三四、《唐诗纪事》卷二○作綦毋潜诗。孟诗还有《题融公兰若》、《过景空寺融公兰若》,故有归孟者。然潜多佛寺诗,且耽于佛典,似可看作其诗。

② 贺裳:《载酒园诗话》又编,见《清诗话续编》,上海古籍出版社1983年版,第311页。

五　空明超远的刘眘虚

被殷璠称为善写方外之情的，除了綦毋潜，还有刘眘虚。刘眘虚，江东人，或云洪州（今江西南昌）人。与孟浩然、王昌龄、高适、阎防、司空曙有诗相酬寄。大约卒于天宝年间。存诗 15 首，有两首本为张谓、岑参所作[①]。

刘眘虚诗题材不广，主要是寄赠与送别之作，均以写山水为主。《暮秋扬子江寄孟浩然》可见出他的基本风格：

> 木叶纷纷下，东南日烟霜。林山相晚暮，天海空青苍。暝色况复久，秋声亦何长。孤舟兼微月，独夜仍越乡。寒笛对京口，故人在襄阳。咏思劳今夕，江海遥相望。（见图 26）

孟浩然诗对黄昏特别钟情，曾经说过"日暮客愁新"。刘眘虚与孟最为交好，亦多写秋天黄昏的景物。此诗只从"遥相望"中写秋景，在秋声、秋色的苍茫空阔中，展现对友人的怀念。善于发端，声色俱见。亦留意结尾，回应题目与开头，且情感深永。此诗风格清空，"'寒笛对京口'以上，一字不及孟浩然，读其诗已有一孟襄阳立其前矣"[②]，一篇之意只在末四句轻轻一点，翘首遥盼之情可见。全篇显得骨清神远，轻清深厚。而《阙题》当为他的佳构：

> 道由白云尽，春与青溪长。时有落花至，远随流水香。闲门向山路，深柳读书堂。幽映每白日，清辉照衣裳。

物象轻盈点来，气象一片空明，包孕深广，于盛唐诸家山水诗中独辟一

---

① 一是张谓《赠乔林》，一是岑参《茂葵花歌》。
② 《唐诗归》卷六钟惺语，见《四库全书存目丛书》第 338 册，齐鲁书社 1997 年版，第 148 页。

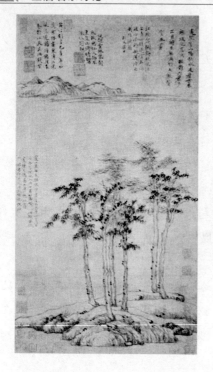

图26 元代 倪瓒 六君子图

刘眘虚诗所写秋景："木叶纷纷下，东南日烟霜，林山相晚暮，天海空青苍"，肃静、空明、超远，还有些荒疏。使我们想起倪云林的经典模式——一湖两岸的种种秋凉，可与此合观。倪云林是山水画里经典模式的单一追求者，存世五十多幅画，绝大多数的山水画全都采用了一湖两岸的布局来构图，几乎很少例外。他的画很省净，远山一抹或一堆，近处坡陀平缓，秋树数株，且干直而不曲，中间留白地带就是湖水了。读了他的画，心灵就好像得到清洗，俗念尽消，而无杂质。

径。幽细中有淡远的一面，字句外有灵逸之气，"用意狠处，全不在多"（钟惺语）。看似纯是写景，而徜徉行踪尽在其中："道由白云尽"是望见，"春与青溪长"则沿溪而来，"时有"句是春溪所见景致，"闲门向山路"是到来，"深柳读书堂"是乍到总观，"幽映"二句是徘徊其下之感。其中的"尽"、"长"、"时"、"至"、"远"、"香"、"深"、"照"，续续相连，回环照应，提缀勾勒，移步换景，一路引人而来。针线细密，却浑化无痕；淘洗净尽，而又包孕一切。特别是"落花"、"流水"二句，空明澄净，饶有理趣，称得上"情幽兴远，思苦语奇"（殷璠语）。

刘眘虚诗的写景追求清明澄空境界，具有一种如处其境的吸引力。这种魅力不激不厉，却有一种沁人心脾的艺术效果。如《登庐山峰顶寺》："孤峰临万象，秋气何高清。天际南郡出，林端西江明。"清空开阔，明爽之气袭人。平远的蕴藉与二维空间组合，均对王维有影响。《寻东溪还湖中作》："出山更回首，日暮清溪深。东岭新别处，数猿叫空林。"回首游处，不仅溪深林空，且哀猿的长鸣在深谷中荡漾回响，使人心神为之一动。他的诗中每有"深"、"空"、"明"等字，如给读书寺院的诗友的《寄阎防》："深路入古寺，乱花随暮春。纷纷对寂寞，往往落衣巾。松色空照水，经声时有人。"曲径通幽，清幽澄静，在乱花落巾、水涵松影中，逐渐经声入耳。《浔阳陶氏别业》："霁云明孤岭，秋水澄寒天。物象自清旷，野情何绵联。"境界清明，气象清旷，有一种孤耿傲逸之气蕴含其中。其中"深"等关键字所在句，都能给人留下较深印象。《海上诗送薛文学归海东》："何处归且远，送君东悠悠。沧溟千万里，日夜一孤舟。旷望绝国所，微茫天际愁。"在辽阔微茫中流淌着对友人的一片关怀。

南方的明润清新与澄净时时流泻在他的笔下，在非写景的诗里，同样具此风格。如《江南曲》："美人何荡漾，湖上风日长。玉手欲有赠，裴回双明珰。歌声随绿水，怨色起青阳。日暮还家望，云波横洞房。"同是写江南水乡少女，却与崔颢《长干曲》、王昌龄《采莲曲》不同，此意不在刻画人物，而在微微揭示人物的心境，"妙在只写态度，不甚铺张，得颦眉不语之致"（贺裳语）。这种欲言又止的吞吐似乎包含作者某种寄托。有时采撷鲜活的口语，显得清爽宜人，如《送韩平兼寄郭微》的后半说："余忆东州人，经年别来久。殷勤为传语，日夕念携手。兼问前寄书，书中复达否。"运笔如舌，亲切温馨，有原汁原味的活脱魅力。佚句"归梦如春水，悠悠绕故乡"，语清意远，清幽味长。五律《寄江滔求孟六遗文》："南望襄阳路，思君情转亲。偏知汉水广，应与孟家邻。在日贪为善，昨来闻更贫。相如有遗草，一为问家人。"运古入律，洗尽铅华，全用口语化的语言，如对面交谈，清气直达，甚至不觉是律诗，"已隐隐追张水部一派"（贺裳语）。

总之，刘眘虚作为南方诗人，把南方特有的清明空净体现在他的诗中，而与北方诗人崔颢、崔曙、李颀、高适豪壮健迈有着明显的地域差异。与南方诗人綦毋潜相较，也有自己独特的艺术价值。《河岳英灵集》卷下说："眘虚诗，情幽兴远，思苦语奇，忽有所得，便惊众听。顷东南高唱者十数人，然声律宛态，无出其右，唯气骨不逮诸公。自永明已还，可杰立江表。至如'松色空照水，经声时有人'，……并方外之言也。惜其不永，天碎国宝。"江南诗人之作多近于齐梁体段，也为盛唐诗歌平添了种种清新旷爽风气，虽然未成主调，但也或缺不得，否则盛唐之音只存乎

腔大调高的单纯，而不会那样的缤纷！（见图 27）

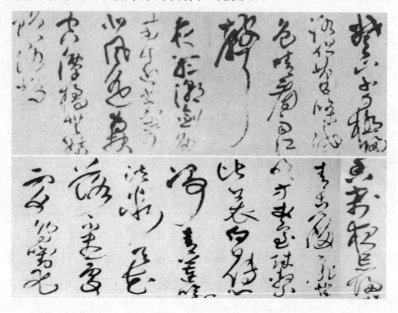

图 27　清代　王铎　　祖咏《江南旅情》　綦毋潜《宿龙兴寺》

　　上图为祖咏《江南旅情》："楚山不可极，归路但萧条。海色晴看雨，江声夜听潮。剑留南斗近，书寄北风遥。为报空潭橘，无媒寄洛桥。"下图为綦毋潜《宿龙兴寺》："香刹夜忘归，松青古殿扉。灯明方丈室，珠系比丘衣。白日传心静，青莲喻法微。天花落不尽，处处香衔飞。"此卷原本先书杜诗七首，与此二诗合共十首，为一长卷。书体为大草，兴致淋漓。每一行一至五字不等，基本上一行即书法上的一个"字群"。下图末行"处"与"香衔飞"前一字为断，然断而意连；后三字为连，但字字有独立之态。此所谓"状若断而还连"（李世民语），字已连而若断，极尽变化之能事。祖咏诗前三行或六字或五字，第四行的"声"占断整行。曲折飞白的一长竖占了四个字的位置，大有撑天立地之感。由于飞笔走墨，迅如飘飞急雨，有整行为渴笔，如祖咏诗次行"路但萧条海"，第六行的"南斗近书寄"，以及末行的"赠洛桥"，枯墨燥笔，若有若无，真所谓"裁成之妙，烟雾露结"（李世民语）。这一长卷有杜甫名诗《秦州杂诗》、《送远》、《旅夜书怀》、《登岳阳楼》等，又书写盛唐小名家王湾《次北固山下》与此二首，亦可见其审美眼光的宏阔，此三家在书者心目中的位置。

第六章 孟浩然的归属与主体风格

孟浩然是盛唐前期最负盛名的诗人，又是唐代最为著名的隐士诗人，而且他的人格与自成家数的诗风得到李白、王维、杜甫极大的赞誉。自 20 世纪 40 年代闻一多的研究伊始，至今无论经历、思想与艺术风格，以及作品的真伪，都有全面而深刻的讨论。我们无意于对他的诗风全面地继续考虑，只是对以往的研究误区与未涉及处加以讨论。

一 孟浩然是田园诗人吗？

在闻一多以前，孟浩然便有了山林诗人、田园诗人的称号。新中国成立后，孟浩然被定位为山水田园诗人或田园山水诗人，他和王维变成了这个流派的开创人。时下虽换上了"静逸明秀"的说法，然虽变而未离其宗。于是王孟等的山水田园诗，与高岑的边塞诗便成了盛唐的两大诗派，而且作为公认的学术常识，流行于各种各样的文学史中。

盛唐诗集《诗》、《骚》以及八代诗之大成，诸体具备，英华灿烂，门户大开。大小谢的山水诗与陶渊明开创的田园诗，必然进入盛唐诗人视野。王维《别綦毋潜》所说的"盛得江左风，弥工建安体"，应是对盛唐早期诗风趋向最为敏锐的发觉。杜甫晚年《偶成》所说的"永怀江左逸，多病邺中奇"[1]，似乎可看作对盛唐诗风的总结。就是说过"自从建

---

[1] 王嗣奭《杜臆》卷六释此六句："则永怀江左之逸，而不能无病于邺中之奇。病犹歉也。盖江左诸公犹之骁骥，无非良马；乃曹家父子，如麒麟又带好儿，此其独擅之奇也。"见上海古籍出版社 1983 年版，第 262 页。

安来，绮丽不足珍"的李白，他的《题东溪公幽居》也说："宅近青山同谢朓，门垂碧柳似陶潜。"当然包含着对以陶谢为代表的六朝诗的认同作为前提。不过，每个诗人的取法各有自己的偏重。如高适诗直抒胸臆，便看重建安风骨，岑参诗主景多取法六朝。孟浩然终身布衣，自然宗仰陶渊明。他在《李氏园卧疾》中说过："我爱陶家趣，林园无俗情。"这是从高尚其事的人格志趣而言；又在《仲夏归南园寄京邑旧游》中说："尝读《高士传》，最嘉陶征君，日耽田园趣，自谓羲皇人。"就把自己看作新的陶渊明。从诗作看，除陶外，还有大小谢，《途中九日怀襄阳》就不由自主地说："谁采篱下菊，应闲池上楼。"他的潜台词就是对陶诗的平淡自然与大谢诗清新的感发。谢朓《之宣城郡出新林浦向板桥》的"既欢怀禄情，复协沧州趣"，想把仕隐协调起来。"沧州趣"即以山水为隐居之趣，已成了小谢的标志。孟在《宿天台桐柏观》中说"缅寻沧州趣"，又在《奉先张明府休沐还乡……》中又说"沧州趣每怀"。孟浩然则想把陶与大小谢统一起来，即把山水诗与田园诗协调融合起来。如果就其趣向宗旨，把田园诗融注于山水则为其目的。他在《听郑五愔弹琴》中说过"余意在山水"，在《九日龙沙作寄刘大昚虚》中又说"湖山发兴多"，《和张明府登鹿门山》还说"山水思弥清"，便都是以山水诗为追求之明证。还有：

> 夕阳开晚照，中坐兴非一。（《登江中孤屿……》）
>
> 愁因薄暮起，兴是清秋发。（《秋登万山寄张五》）
>
> 款言忘景夕，清兴属清凉。（《西山寻辛谔》）
>
> 百里行春返，清流逸兴多。（《陪卢明府泛舟回岘山作》）
>
> 秋入诗人兴，巴歌和者稀。（《同曹三御史行泛湖归越》）
>
> 鸟归余兴满，周览更徘徊。（《登龙兴寺阁》）
>
> 逸气假毫翰，清风在竹林。（《洗然弟竹亭》）
>
> 逸思高秋发，欢情落景催。（《和贾主簿弁九日登岘山》）

以上提出的"兴"、"清兴"，或者"逸思"、"逸气"，或者由二者组合的"逸兴"，无不与自然山水有关。同时与盛唐气象重兴寄、尚风骨息息相关，彻底摆脱宫廷应制的拘囿①。它标志着盛唐前期诗人的创作进入凭"兴"出发的自由阶段，特别是"逸思"、"逸气"与"逸兴"、"清兴"的提出，得到李白、高适的热烈回响："俱怀逸兴壮思飞，欲上青天揽明月"、"才华仰清兴，功业嗟芳节"、"故交负灵奇，逸气抱塞谔"②（见图28）。所以，他不仅是"盛唐初期诗坛的清道者"（闻一多语），而且是盛唐气象的开创者。与之同时或稍后而有交往的张九龄、刘眘虚、张子容、崔国辅、綦毋潜、包融、郑愔、张谞、卢象、裴迪以及李白、王维、储光羲、王昌龄、陶翰，前者都以山水诗为主，都受到他的影响，而且他们绝大多数都是南方人（除了裴迪、王维、王昌龄），可以说盛唐诗的崛起，是由盛唐初期以孟浩然为代表的山水诗人崭露头角，而田园诗微乎其微，并没有起到多大作用。孟浩然的田园诗，就已有研究来看，元刻孟集分类刻本就有"田园"的标目③，对具体篇目的认定尚有出入，总其篇数不过十四五篇，其中有不少是把山水诗移充过来。如《采樵作》："采樵入深山，山深水重叠。桥崩卧槎拥，路险垂藤接。日落伴将稀，山风拂薜衣。长歌负轻策④，平野望烟归。"前四句以山水的幽深奇险为主，后四句点出樵夫负薪放歌而归，属于山水背景加采薪人物的写法，在层峦叠嶂中有樵夫负薪而归，这是山水画最常见的题材。就是放大看后四句，

---

① 时下论者指出："在开元诗人中，孟浩然最早在山水诗里强调'兴'的生发，此后高适、李白、杜甫更明确地提出了'诗兴'的说法。殷璠用'兴象'这一概念融合了'兴'在发展过程中产生的全部内涵，包含山水清兴、情兴及比兴等三方面的意义，准确地概括了盛唐诗歌的基本创作方法。"见傅璇琮、蒋寅主编《中国古代文学通论》隋唐五代卷的葛晓音《盛唐诗歌概述》，辽宁人民出版社2005年版，第42页。

② 后二例见高适《蓟门不遇王之涣郭密之因以留赠》与《淇上酬薛三据兼寄郭少府微》，刘开扬《高适诗集编年笺注》，中华书局1981年版，第25、53页。

③ 黄丕烈《宋蜀刻本本跋》谓"强分门类"。潘宗周《宝礼堂宋本书录》："陈氏《解题》亦有分为七类之说。杨守敬《日本访书志》有元禄庚午刻本，分游览、赠答、旅行、送别、宴乐、怀思、田园七类。明刊本又有以五古……分类者，其数亦为七，然余皆以为后人附会王序，勉强配合，而原本亦恐不尔也。"宋蜀刻本孟集王士源序言"别为士（当为'七'）类，陈振孙《直斋书录解题》言陶集三卷本就已"分为七类三卷"，然未详标目。元刻本刘须溪评点本，则分十类无山水而有田园十五首，还有"美人""时节"类。

④ 轻策：只能指轻便的手杖。然前却用一"负"字，故徐鹏注页78只好把"策"释为"树木细枝"，于诗意固不分散，然"策"向无树枝义，此亦无可奈何。佟培基注页330释"轻策"，则援湛方生《游园咏》："乘夕阳而含咏，杖轻策以行游。"然"负轻策"与"杖轻策"毕竟不同。于诗意却有些剥离。

此诗只是山林之歌，而非田园之作。《游精思观回，王白云在后》则属于纪游诗，首尾记叙始末，中四句言"回瞻下山路，但见牛羊群。樵子暗相失，草虫寒不闻"，牛羊、樵夫只作为"下山路"景观点缀，看作田园诗还是勉强得很，观其题，则作者意亦不在此。《田园作》该是田园诗了，却不尽其然：

图28　清代　赵之谦　**联语**

高适与孟浩然诗绝不类，合为一联，耐人寻味。相较高岑，喜岑诗之奇者多，看重高适之直抒胸臆者少。孟则未沾一仕，诗则"冲淡中有壮逸之气"，书者盖以此谓之"孤吟"；并因"壮逸"一面与高适相偶。同时也把前后盛唐山水诗与边塞诗两大名家，自然组合在一起。赵之谦集句联甚多，多为自撰。其书在晚清深厚的魏碑风气中，颇著声名。此联结体凝劲，多呈右敧。整体厚重，气势饱满。然对句末的"然"，出之草书，下边四点尤甚，似乎在整体中有些不协调。

　　弊庐隔尘喧，惟先养恬素。卜邻近三径，植果盈千树。粤余任推迁，三十犹未遇。书剑时将晚，丘园日已暮。晨兴自多怀，昼坐常寡悟。冲天羡鸿鹄，争食羞鸡鹜。望断金马门，劳歌采樵路。乡曲无知己，朝端乏亲故。谁能为扬雄，一荐《甘泉赋》？

诗分两截，构思用意全与《仲夏归南园寄京邑旧游》相同，前四句多用陶诗语词，然此处仅作发端而已。以下12句为全诗主体，故此诗实为示志咏怀之作，而且"望断金马门"、"乡曲无知己"，亦是对无闻于"朝端"而尚处田园的不满。他要作"冲天"的鸿鹄，岂是田园能再处下去，这正是盛唐士人共有的怀抱，与身处易代之际视官场如"樊笼"的陶渊明以及"陶家趣"不是大相径庭吗？

至于《宿业师山房待丁公不至》、《夏日南亭怀辛大》，均为孟之名作，以山水诗描写为主，应属于山水诗。前诗云："夕阳度西岭，群壑倏已暝。松月生夜凉，风泉满清听。樵人归欲尽，烟鸟栖初定。之子期宿来，孤琴候萝径。"（见图29）西岭、群壑、松月、风泉、烟鸟、萝径，均为山中风光，"樵人"只作为点缀以示时光"已暝"，我们怎能把这种"山水清音"（《唐诗别裁》评此诗语）而看成田园风光？次诗云："山光忽西落，池月渐东上。散发乘夜凉，开轩卧闲敞，荷风送香气，竹露滴清响。欲取鸣琴弹，恨无知音赏。感此怀古人，终宵劳梦想。"叙写山光夜月、荷风露响时的隐士，如何逍遥而又孤独，这是孟诗的一贯作风，始终以隐士的情怀出现在山光水色之中。既感"乡曲无知己"，又言"农夫安与言"，且在同类诗《山中逢道士云公》中说："奈何偶昌运，独见遗草泽。……物情趋势利，吾道贵闲寂。"甚至连做隐士也有些遗憾，他怎能把过多的兴趣投注到"田园"，还要写出其间的美来？《白云先生王迥见访》也被论者视为田园诗，这诗实是盛唐较早的"人物诗"，专写隐士生活方式与衣着，没有任何田园乡土气味。

图 29　明代　胡汝贞　篆刻　孟浩然"松月生夜凉"

　　孟浩然此句出自《宿业师山房待丁公不至》的"松月生夜凉，风泉满清听"。同样的描写还见于《裴司士员司户见寻》"落日池上酌，清风松下来"，《宿终南翠微寺》的"风泉有清音，何必苏门啸"，《寻香山湛上人》的"松泉多清响，苔壁饶古意"。篆刻选此句，可谓别具只眼。因布局随椭圆形安排，故"松"字变为上下结构，月字呈半圆形，以及"夜"字上部横画，与"松"的"公"的一撇，几乎连接成一条曲线，显示出圆转的浓意；然"松"、"生"、"凉"的长竖，又显得特别挺立。二者错综变化，颇能耐人寻味。

《夜归鹿门歌》与《春晓》则是描写黄昏与黎明的诗，前者的山寺鸣钟、渔梁渡头、沙岸江村、月照烟林、岩扉松径，均属山水画的常见题材，亦为山水诗而无疑。后者则写日常生活中的一个小片断，与李白《静夜思》内容有些仿佛，仅有惜时与思家之别，李清照曾把孟浩然此诗改写成《如梦令》"昨夜雨疏风骤"，然从来无人说此词为田园词。如把《春晓》看作田园诗，就等于把《静夜思》可以视为爱情诗一样的错位。《赠王九》："日暮田家远，山中忽久淹。归人须早去，稚子望陶潜。"此为纪游诗的片段，"田家远"与"稚子望"都是劝人早归语，诗的主意是劝归，而非写田园。《寻菊花潭主人不遇》："行至菊花潭，村西日已斜。主人登高去，鸡犬空在家。"此类访人不遇的诗，如归入田园诗，就好像把贾岛《寻隐者不遇》置入山水诗一样，同样都显得不妥。

以上梳理了被论者曾视作"田园诗"的十首诗，都存在着分类不当、指鹿为马之嫌。把孟浩然的田园诗细审起来，只有五首：《田家元日》、《涧南园即事贻皎上人》、《东陂遇雨率尔贻谢南池》、《过故人庄》、《南山下与老圃期种瓜》，其中以《过故人庄》最为著名。这首诗确实体现了孟诗以古运律与以口语为白描的冲淡闲远风格，乍看不仅不像律诗，因为"开筵面场圃，把酒话桑麻"压根儿看不出在对偶，只觉得是连续性的叙述。即就是"绿树村边合，青山郭外斜"，虽能觉察出对偶，但更多感知到的是那样自然流走。而如此流水对在孟诗中属于长项。他的五律中两联往往无声无息地流走，悄悄地充斥一种流动感，此诗即可视为这一特征的代表。全诗没有一句在停顿，每联的次句都好像从前句"流"出来一样。而且全诗就像一条清澈的小溪，不停地潺湲流动，全都处于动态之中。诗人好像与读者拉家常，为我们叙述了一次兴致勃勃的走访。"具鸡黍"的"具"与"邀"是那样的热情庄重，绿树之"合"与青山之"斜"又是那样的确切，还有《开筵》之热烈，"把酒话桑麻"之亲切，以及若不经思浑沦至极、家常口语的"就菊花"的"就"，乃至全诗语言全都是日常化的，而不需要任何装饰，是那样的原汁原味，是那样的平淡，感情又是那样的温和而浓郁！他"不是将诗紧紧的筑在一联或一句里，而是将它冲淡了，平均地分散在全篇中"，"甚至淡到令你疑心到底有诗没有"，"他只是谈话而已。甚至要紧的还不是那些话，而是谈话人的那副

'风神散朗'的姿态"①。这的确把握住了孟浩然这一类诗的风格。"俱以信口道出，笔尖儿不着点墨。浅之至而深，淡之至而浓，老之至而媚。火候至此，并烹炼之迹俱化矣"②，当然这只是孟诗风格的主体特征，他的诗还有锤炼的一面。

在他的田园诗里，《田家元日》显得很特殊，五言八句，对偶就占了四句。《四库提要》就认为此诗与《涧南园即事贻皎上人》均是五律，而误入五古。发端"昨夜斗回北，今朝岁起东"，只不过点明时至"元日"，似乎像"偷春格"，超前就对偶起来。接着"我年已强壮，无禄尚忧农"，轻轻的叹息也对偶了大半；再是"野老就耕去，荷锄随牧童"，本可成对偶句，却出之散句。于"耕"言"就"，模糊动词"就"用得亲切至极，在大年初一老农的耕作日课还不停息。接着"荷锄随牧童"，便合组成一幅"早春耕作图"。末尾"田家占气候，共说此年丰"，回收全诗，带来一股乡村泥土气息。《涧南园即事贻皎上人》也是五言八句，前六句说："弊庐在郭外，素业唯田园。左右林野旷，不闻城市喧。钓竿垂北涧，樵唱入南轩。"只是用隐士的眼光与情趣对自己庄园扫描式的叙述，正如结尾所说的"书取幽栖事，还寻静者言"，好像"幽栖"的隐士诗。另外两首与《过故人庄》一样均为五律，其中《东陂遇雨率尔贻谢南池》说："田家春事起，丁壮就东陂。殷殷雷声作，森森雨足垂。海虹晴始见，河柳润初移。余意在耕稼，因君问土宜。"除首尾四句言农事，中四句则为山水诗写法，充其量只能算半首田园诗。另首《南山下与老圃期种瓜》说："樵牧南山近，林间北郭赊。先人留素业，老圃作邻家。不种千株橘，唯资五色瓜。邵平能就我，开径剪蓬麻。"仍然很平淡，也很自然，然前六句都在对偶，但语言与句式却是一般古体句，像这样的诗可称古风式的律诗，是孟之五律最为常见的追求淡化律诗的律诗，犹如隶书中的古隶，或楷书带有隶意。

综上所论，被论者视作15首的"田园诗"，端详起来不过5首。而在这5首中还有两首准田园诗，实际上也仅3首之多。这在251首孟诗中的比例微乎其微。充其量在100首中有一首属于此。大概因为《过故人庄》

---

① 闻一多：《唐诗杂论·孟浩然》，上海古籍出版社1998年版，第30、31页。

② 黄生：《唐诗摘抄》，黄生等《唐诗评三种》，黄山书社1995年版，第24页。

的特别流行，确为唐诗的上乘，给人留下深刻的印记，所以就把"田园诗人"与孟浩然连接起来。这就像批评他"才短"的苏轼，因了一半首豪放词而被称为"豪放词的开创者"一样。不过东坡的《江城子》"老夫聊发少年狂"，比起以前刻红剪翠的"婉约词"确实有新人耳目、引人向上的一面。而孟诗之前却有陶诗的矗立，他只能是追踪者而已。何况初唐王绩的田园之作，要比孟诗多得多，然没有一首能赶上《过故人庄》，所以没有多少人称王绩为田园诗人。出于同样的原因，"田园"的桂冠却戴给了孟浩然，然这帽子太大，戴在他头上，确实有些不太合适！细审起来，未免有些滑稽，因为孟诗始终追求的是"风神散朗"的隐士姿态，虽然终其一生正像他在《泛舟经湖海》中所说"魏阙心常在，金门诏不忘"，他毕竟处于盛唐发轫的开端——当玄宗即位的先天元年（712）才24岁。到陶渊明三番五次出仕而后幡然醒悟的不惑之年刚过，孟浩然方开始了两番三次的入长安至洛阳的求仕活动，此距去世仅12年，他在《书怀贻京邑故人》有"安能守固穷"的感慨，田园的"固穷"，孟是不要的，他又怎么甘心去做什么"田园诗人"，我们又何必一定要把他看作"田园诗人"呢！

二　孟浩然诗的艺术追求

孟浩然的诗在艺术追求上极具个性化，风格冲淡闲远，浑然省净，幽静超然，清旷圆亮，豁朗之中时挟壮逸之气。所以在绮丽华美的初唐诗之后，孟诗带来一股新鲜空气。闻一多先生说："由初唐荒淫的宫体诗跳到杜甫严肃的人生描写，这中间必然有一段净化的过程，这就是孟浩然所代表的风格。"[①] 所言不无道理，意义在于看到了孟诗在盛唐前期的作用。孟浩然是个极具个性的人，自初唐至盛唐，士人流行自我夸诞标榜式的自荐风气，王泠然、员半千、陈子昂与稍后的李白、高适、崔颢、杜甫轻重不同地都参与其中，孟集中只有一首阿谀奉承的《上张吏部》，《河岳英灵集》题作《赠张均员外》，《文苑英华》、《唐诗纪事》、《全唐诗》均作卢象

---

① 郑临川述评：《闻一多论古典文学》，重庆出版社1984年版，第123页。

诗。以好扶持后进闻名的韩朝宗，被李白《与韩荆州书》称为"天下谈士相聚而言曰：'生不用万户侯，但愿一识韩荆州'"，"海内豪俊，奔走而归之，一登龙门，则声誉十倍"，与孟约好赴京以荐。他却以与友聚饮，轻易地回绝了，虽然他的功名心也很强。所以狂傲的李白《赠孟浩然》称为"孟夫子"，崇仰感叹："高山安可仰，徒此揖清芬。"他在诗艺追求上亦极具个性，初盛唐盛行七言歌行体与盛唐极为流行的七绝，他都没有多少兴趣，两体合共仅八首，七律也只有四首。按理应是五古的作手了，然而五律 126 首，五排多到 35 首，二者合占其诗 64%，而五古仅占 1/4。看来对五律兴致最浓，却采用古诗的手法，经常把中四联的偶对搞得让人感觉不出。五排大多是 12 句，长者也不过 20 韵上下。对诗体有明显选择，极少七律近于李白；喜爱五律，五绝亦 18 首，则近于王维。还有一个很特别的现象，251 首中连一首乐府诗也没有，足见艺术个性之特别了。这大概与他表抒感情不求强烈刺激，总持以平和有关。从此点看，又与李白大异其趣，而对王维影响最大。

孟浩然诗无论何体，都是不火不燥，不烈不爆，总是把感情调节到温和的水准。明人谢榛谓孟的"七言长篇，语平气缓，若曲涧流泉，而无风卷江河之势"[①]，这确是孟诗之不足，然这也正是他五律为别人所不能到的长处。与之交往的南方诗人张九龄、刘眘虚、綦毋潜、张子容、包融、崔国辅、卢象、储光羲莫不如此，这些诗友亦多以五律为主。他的诗浓郁的江南风味，表明他也是盛唐前期南方山水诗人的最恰当的而具权威的代表，与北方诗人王翰、王之涣的歌行与七绝，合共开辟盛唐诗的康庄大道。明人徐献忠说："襄阳气象清远，心惊孤寂，故其出语洒落，洗脱凡近，读之浑然省净，而采秀内发，虽悲感谢绝，而兴致有余。藻思不及李翰林，秀调不及王右丞，而闲澹疏豁，翛翛自得之趣，亦非二公之长也。"[②] 基本概括了孟诗的主要特点。如果以画之四品来论，李白为神品，孟则为逸品。清人方薰曾说："倪迂客画，正可匹陶靖节诗、褚登善字，

---

① 谢榛：《四溟诗话》卷二，人民文学出版社 2006 年版，第 38 页。

② 徐献忠：《唐诗品》，见吴文治主编《明诗话全编》第三册，江苏古籍出版社 1997 年版，第 3018—3019 页。

皆洗空凡格，独运天倪，不假造作而成者，可为艺林鼎足。"① 倪瓒山水画的近处树石无多，远山一抹，中间以空白为大片湖水，不多刻画。孟诗从陶诗一路来，名诗多集中在简洁的五律与五绝上，方之绘画，可称得上盛唐近体诗中的倪云林。以上是孟诗的主体风格，当代学者在接受明清两代诗论的基础，已大体讨论清楚。以下仅就未曾论及者言之。

孟诗在描写上，看似疏朗，很少精雕细刻，但在叙述上针线细密，在写景或叙述时或按时间流动，或突出事由的过程，前后呼应，首尾完整，这些都要在简短的诗里完成，而且不露声息。殷璠《河岳英灵集》所说的"经纬绵密"，许学夷《诗源辨体》所说的"浑然而就，而圆转超绝"，当就此发。孟诗的时间或过程与结构布局融合为一体，似在不知不觉不着墨痕中进行。书法中的转折有方圆之分，孟属于"圆转"，所以轻易觉察不出。如《过故人庄》以邀访——乍到村外——室内会谈——预请四个步骤，组合了一次访友的完整流程，每节不作叙述的详细交代，一切都在悄然而热情的过程中进行，每个切片都处于持续运动中，首尾又是如此的完整。这正是散淡的陶诗所缺乏，为孟诗所发展。《夏日南亭怀辛大》同样把时间的流程渗透在描写与叙述中：从日落到夜静，由夜静再到夜深。末尾的"中宵"呼应起首山光西落、池月东上。而中间边叙边描写，时间在夏景与怀人的清景幽情中悄悄流逝，不露痕迹，这也是孟诗自然流走的原因。《宿业师山房待丁公不至》时间只选择了黄昏时刻，而句句都是黄昏链条上的一个片断：因夕阳已落，故群壑昏暗；山沟暗而月从松间升起，且风来夜凉；而夜风来，则泉声清亮。然后是"樵人归欲尽"，由黄昏再运行便是"烟鸟栖初定"，最后为萝径待友"宿来"。全诗乍看都写黄昏，好像把凝固的黄昏切成很多断片，彼此在时间标志上没有什么区别，实际上这些断片连接成持续运动，每个切片都表示时间的流逝，全由清幽静谧景物本身体现出来，仔细看每联似呈前因后果的连续性关系。陆时雍说："孟浩然诗材虽浅窘，然语气清亮，诵之有泉流石上、风来松下之音。"② 这种对时间流动引起景物的微变的美感，尤其是对宁静黄昏的体味，是孟

---

① 方薰：《山静居论画》下卷，见沈子丞《历代论画名著汇编》，文物出版社1982年版，第594页。

② 陆时雍：《诗境总论》，见丁福保《历代诗话续编》下册，中华书局1983年版，第1413页。

之山水诗最具魅力的地方。但在他写来若不经思，冲淡超然，清旷中流泻出一种山水清音的雅趣。再如名诗《晚泊浔阳望香炉峰》，先言船行千里而未逢名山，次言泊舟时始遇佳境。接言不由地想起昔日对此山远公超然的向往，末言从东林寺传来的钟声划破了日暮的静空，使人身心为之一空。全诗不从"望"之生色，而全由发想生出。唯一的闻钟听觉意象，使此诗"结构别有生趣"。而揭示时间的也只有唯一的"日暮"，其余的句子都好像把"日暮"蒸发掉了，然而末句的"日暮空闻钟"的暮色又好像散发出来回笼全诗，黄昏好像在暮色中静静流逝，在诗人的缅怀遐想中默默流动，每句诗都似乎带有在黄昏中依次运行的感觉，笔尖不着一点墨色，而气象淡远，清空自在，一气浑成。只是乘兴而来，高处全不在刻画，而悠然神远，最称"逸品"。此诗的庐山与倪云林画中的一抹远山亦最为接近，诗与画都留有大片的空白，都同样使人净化得高洁超然。孟诗以时间组织结构，对时间不加明显勾勒，大多借助白描式的景物，各作暗示，加强了诗的抒情性。也正因为如此，他诗的感情才总是温和而平淡，以气氛的烘染与渗透方式轻轻地调动与感化读者。

三　描写的精密与疏朗

孟浩然的山水诗不作繁富刻画，是就一首诗的整体言之，这也是他的整体风格的主导方面。其实，他的诗也有精致的描写，细致而敏锐的观察，只是混融在轻描淡写中，不易觉察罢了。他这方面的本领，不刻意显露技巧，比喻、夸张、拟人等种种手法，在他则不轻易亦不乐意使用，不使细致的描写跳出诗来，吸引人的全靠烘托的气氛，显示一首诗整体浑厚的艺术力量。在京都秘省所作"微云淡河汉，疏雨滴梧桐"，其所以使群英"举坐叹其清绝，咸搁笔不复为继"（王士源孟集序语），描写细微，同样属于他清幽的主体风格。不仅对偶工整，俨然五律佳句，而且一句天一句地，并且视听兼俱，韵高调绝，一下子让人沉浸于异常宁静的夏夜氛围中，似乎体察出宇宙间乃至人生的清幽境界，故使长于五律的京都诗人称绝。其实，这类的描写在孟诗并非偶然一见，前引的"荷风送香气，竹露

滴清响"，同样写夏日夜景则从嗅觉与听觉双管齐下；均属于特定自然的
和弦韵律，而有同曲异工之妙。还有《齿坐呈山南诸隐》的"竹露闲夜
滴，松风清昼吹"同样是那样的幽静，又和后面的"从来抱微尚"融合无
间。可看出他好用"滴"字，一声"滴"能见出大自然夜间的多少微妙，
多少清超，多少清净！如果说《经七里潭》的"猿饮石下潭，鸟还日边
树"，正如诗人所说"观奇恨来晚，依棹惜将暮"，还带有好奇意味，那么
《秋宵月下有怀》就平淡得多了：

> 秋空明月悬，光彩露沾湿。惊鹊栖不定，飞萤卷帘入。庭槐寒影
> 疏，邻杵夜声急。佳期旷何许，望望空伫立。

秋夜习见的景物，无不缘情而发。望月怀人的心绪分散渗透在每个景象之
中。首两句一气流走，怀人的悬念隐然其中。三四句各有两动词，以动显出
秋夜的静，已和初唐应制五律每句只含一个动词的呆板迥然有别。而且衬托
出待人不至的内心波动。槐影之疏与杵声之急本身隐含一层因果关系：声音
无遮碍而故急。两动词分置句尾，既显出句式的变化，也暗含心绪由不安而
至于焦急。末两句感慨叙说使心绪回笼所有景物。此诗虽然没有张九龄《望
月怀远》纯就望月叙写得浑然清远，然较陈子昂《月夜有怀》只从怀人者的
举止单纯叙写，情景交融的手法就丰富得多了。其他如：

> 鱼行潭树下，猿挂岛藤间。（《万山潭》）
>
> 碧网交红树，清泉尽绿苔。（《来闍黎新亭作》）
>
> 竹闲窗里日，雨随阶下云。（《同王九题就师山房》）
>
> 鸟从烟雾宿，萤傍水轩飞。（《闲园怀苏子》）
>
> 水回青嶂合，云渡绿溪照。（《武陵泛舟》）
>
> 夕阳连雨足，空翠落庭阴。（《题大禹寺义公禅房》）
>
> 苔涧春泉满，萝轩夜月闲。（《宿立公房》）
>
> 涧影见藤竹，潭香闻芰荷。（《夏日浮舟过陈逸人别业》）
>
> 带雪梅初暖，含烟柳尚青。（《陪姚使君题惠上人房得青字》）
>
> 竹林新笋概，藤架引梢长。（《夏日辨玉法师茅斋》）

山暝听猿愁，沧江急夜流。(《宿桐庐江寄广陵旧游》)

阴崖常抱雪，松涧为生泉。(《陪李侍御谒聪禅上人》)(见图 30)

向夕槐烟起，葱笼池馆曛。(《初出关旅亭夜坐怀王大校书》)

图 30　清代　王翚　陡壑奔泉图

王原祈为清初山水画家"四王"之翘楚。此幅以近景为主，左上之一峰为中景，近、中山峰空缺处，略作云峰淡影。近景以五松为主，一条斜伸的山道通向左上右下的两边。近山之皴法非常讲究，气势迎面而来，显得构图非常紧凑。孟浩然的"落日池上酌，清风松下来"，以及"松月生夜凉，风泉满清听。樵人归欲尽，灯鸟栖初定，之子期宿来，孤琴候萝径"、"松涧为生泉，"观此图或可对读其诗有开拓思维的帮助。画中林树夹持的长道，会引起深长的遐想。

这些对山林泉石、花竹雪月的描写，多是泛舟行旅、或宿山寺、或行役，写自己家园倒不多。意象密集，风格清丽，从小谢一路走来①。从中可以看出，对夏天茂密景观比较喜爱，就好像他对黄昏的静景有着特殊的偏好一样。如此清词丽句，往往在一首中仅出现一联，很少有两联以上连续精细的描写，他似乎很注意写景的疏与密之关系，以此繁密与清疏相配合，

---

① 孟诗中多次出现过谢朓标志性的语词"沧州趣"：《宿天台山桐柏观》说："缅寻沧洲趣，近爱赤城好。"《奉先张明府……》又说："朱绂恩虽重，沧洲趣每怀。"他的《同独孤使君东斋作》"竹间残照入，池上夕阳浮"，就和小谢《和徐都曹出新亭渚》的"日华川上动，风光草际浮"，及《新治北窗和何从事》的"池北树如浮，竹外山犹影"，写法都极为接近。《早寒江上有怀》的"归帆天际看"，就直从小谢名句"天际识归舟"来。《送袁太祝尉豫章》的"江南佳丽地，山水旧难名"，前句就直用小谢的名句入诗。

显出笔下的变化。

再次，他的写景追求疏朗清旷，尽量营造一种整体的氛围，这是介于清空与繁密之间的写法。一是采用笼括性的镜头，一是洗却物象的繁富，从中选择富有代表性的镜头。或者前句出景，下句紧接言情。如言晨雾初开，《早发渔浦潭》则说："日出气象分，始知江路阔。"眼前顿为豁亮，"分"字之所以极具化繁为简的表现的力量，就在于次句的感慨。言行途的渺茫，《南阳北阻雪》说："旷野莽茫茫，乡山在何处？孤烟村际起，归雁天边去。"一望无际的景观，全从平远的空旷写出。孟集中有不少的登临诗，更注意从整体把握景观。《登望楚山最高顶》起首先衬托蓄势，次言平日间的仰望，然后写道："晴明试登陟，目极无端倪。云梦掌中小，武陵花处迷。"先从目尽四维大处着笔，复以大小对比与远景迷茫重笔抹出，阔远中的景物显得逼真，使人大有身临其境之感。《洞庭湖寄阎九》的"莫辨荆吴地，唯余水共天。渺弥江树没，合沓海湖连"，全是一片茫茫，水天湖海一际，物色不分，辽阔至极。《登总持寺浮屠》："半空跻宝塔，晴望尽京华。竹绕渭川遍，山连上苑斜。四门开帝宅，阡陌俯人家。"从"半空"中俯视出京华一片大气象，较岑参《登总持阁》的"高阁逼诸天，登临近日边。晴开万井树，愁看五陵烟。槛外低秦岭，窗中小渭川"，就很势均力敌。《早寒江上有怀》则采取夹叙夹写，景情交错的手法：

木落雁南度，北风江上寒。我家襄水曲，遥隔楚云端。乡泪客中尽，归帆天际看。迷津欲有问，平海夕漫漫。

发端的倒置，使感发的力量笼罩全诗。以下六句，特别是前四句全然不顾五律对偶的要求，在景句前都置以或叙述或言情的句子，把景句疏散起来，不仅突出强调了景物的描写，而且增强了诗的抒情性，显示了他的以情兴运转的创作宗旨与特色。他还常借流水对写景，增加诗的运转与疏朗。《裴司士员司户见寻》的"落日池上酌，清风松下来"，时间先后的连续性，带来艺术上"透气感"，显得清旷爽朗。或将景情分开，亦有同样的疏朗魅力，《宿桐庐江寄广陵旧游》"山暝听猿愁，沧江急夜流。风鸣两岸叶，月照一孤舟。建德非吾土，维扬忆旧游。还将数行泪，遥寄海西头"，前四句景而后四句情，由于突出景物的动态，使怀人意绪更为荡漾。

总之，孟浩然的山水诗有百篇左右，而且名作大都聚集于此，而他的田园诗充其量不过 5 首，仅占山水诗的 1/20。他描写山水有自己的艺术追求，距大谢远而与小谢稍近，而且手法要比大小谢更为多样。又以陶诗的潇散为主而合构成冲澹散朗的风格，不追求局部的精巧，特别注重整体美的营造，在平淡闲远中显示出若不经意的乘兴创作观念。风格清幽旷朗，风神超迈，而散发出格高调逸的韵味与魅力。不仅是盛唐前期江南山水诗人的出色代表，而且为盛唐诗提供了难以追踪的逸品魅力！

第七章　孟浩然诗的壮逸、女人、
模式与用语创新

孟浩然诗宗法陶渊明的冲澹，亦有壮逸的一面，这和陶诗依然接近。然而陶诗很少有女性露面，孟浩然却对女人有特殊的兴趣，成为他的重要题材；他的"才短"与偏好也促成了许多模式，似乎是后盛唐诗模式流行的始作俑者。还有在诗歌语言上，重视采用口语俗词。论者仅于前两者有涉及而未深入，后两者则罕为人注意。这些都值得进一步深入思考与讨论。

一　冲澹中的壮逸之气

胡震亨《唐音癸签·评汇一》引《吟谱》曰："孟浩然诗祖建安、宗渊明，冲澹中有壮逸之气。"[①] 说"祖建安"，大概指孟诗中有不少不忘功名的言论，然即就这些表达也不是那么慷慨激昂，所以"祖建安"者是高适，而非孟氏其人。至于说"宗渊明"，向来为论孟诗者的共识。说是"冲澹中有壮逸之气"，则确是孟诗中一个重要方面，而引起现代论者的普遍注意，然论者仅仅涉及下列的诗句：

气蒸云梦泽。波撼岳阳城。（《临洞庭湖赠张丞相》）（见图31）
中流见匡阜，势压九江雄。黯黮凝黛色，峥嵘当晓空。香炉初上

---

① 见吴文治主编《明诗话全编》第七册，江苏古籍出版社 1997 年版，第 6866 页。

日，瀑布喷成虹。(《彭蠡湖中望庐山》)

　　照日秋云迥，浮天渤澥宽。惊涛来似雪，一坐凛生寒。(《与颜钱塘登樟亭望潮作》)

图 31　清代　傅山

孟浩然《临洞庭湖赠张丞相》

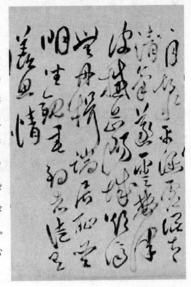

　　此为孟诗名作，不仅以气势磅礴见诸颔联，而用世求仕之心更显著于后四句，由此可见盛唐前期士人蓬勃旺盛的入世精神，孟浩然当然也不会例外。全诗纯以"壮逸"之气发之，这大概也是李白崇敬这位前辈的原因。傅山此书"宕逸浑脱"(马宗霍语)，首行以细画渴笔为主，至次行"蒸"字起，以浓墨重笔为主，间杂牵丝带线的渴笔。关键句"气蒸"两句十字，除过"气"为渴笔——是为过渡，其余均为突出。第四行的"无舟辑"为主题的关键词，位于中心抬头处，格外醒目，确与此诗风味相接近。

　　其他如《下赣石》的"赣石三百里，沿洄千嶂间"，《早发渔浦潭》的"日出气象分，始知江海阔"，《广陵别薛八》的"樯出江中树，波连海上山"。以上的洞庭湖、庐山与香炉瀑布、钱塘江潮与大江大河，本是山水中伟壮的大景观，非出于大笔重墨不可。说这些诗"壮逸"未尝不可，然"壮"是"壮"了，其间却毫无"逸"或者"逸气"，何况孟诗所谓的"壮逸"之诗远远不止于此，故有继续讨论之必要。

　　"壮逸"故可见于雄伟而激发浩然之气的大景观，亦可见于感慨百端的议论与壮怀激烈的抒情。《与诸子登岘山》当属此类：

　　人事有代谢，往来成古今。江山留胜迹，我辈复登临。水落鱼梁浅，天寒梦泽深。羊公碑尚在，读罢泪沾襟。(见图 32)

孟集中有不少登临之制，江山满目的大空间大视野，往往引发壮怀涌动，

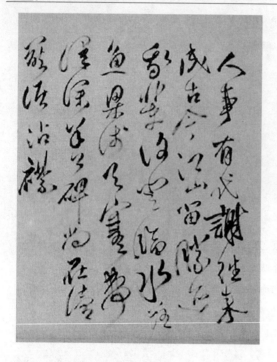

图 32　清代　傅山
孟浩然《与诸子登岘山》

　　清初大草书家傅山，对孟
浩然诗有特别的兴趣，有孟浩
然草书帖。此诗前四句泛言登
临，后四句不能移于他处。傅
山对学书曾提出："宁拙毋巧，
宁丑毋媚，宁支离毋轻滑，宁
真率毋安排"，从"真率"与
"拙"看，倒有些接近孟诗的
审美意味。他的草书生气郁
勃，雄奇宕逸，可与王铎相伯
仲。然咄咄逼人之气，却与孟
诗的冲和淡远有距离，但从中
毕竟可看出对孟诗的选择。

　　浩情激宕。此诗深秋初冬的萧瑟之景无多，而且"水落鱼梁浅"并不伟
壮，然却是孟浩然极为崇仰反复歌咏的庞德公居地。《晋书·习凿齿传》
说他既罢郡归，感慨地说："肆睇鱼梁，追二德之远，未尝不徘徊移日，
惆怅极多。"羊公碑同样有让人慨然的潜台词，《晋书·羊祜传》说："祜
乐山水，每风景必造岘山。……尝慨然叹息，顾谓从事中郎邹湛等曰：
'自有宇宙，便有此山，由来贤达胜士，登此远望，如我与卿者多矣！皆
湮灭无闻，使人悲伤。如百岁后有知，魂魄犹应登此山也。'湛曰：'公德
冠四海，道嗣前哲，令闻令望，必与此山俱传。至若湛辈，乃当如公言
耳。'"《方舆胜览》卷二一还记载："后人思念，递立羊公庙并碑。"此诗
第五、七句不仅用此两典，而且全诗全就羊祜悲慨而发，前四句即以羊公
所论而抒慨，作为登临诗则入题似乎过缓，而作登岘山诗，则神旺气逸，
含情抱感，浩气回旋，然移作他山登临便泛而不切，这正是此诗的高逸
处。且"我辈复登临"，在历来登临与羊公感泣的积淀下，又显得"浩然
何等自负"（徐增语），此亦为"壮逸"处。此诗旷达中有悲慨，苍凉中有
洒脱。俞陛云说："前四句俯仰今古，寄慨苍凉。凡登临怀古之作，无能

出其范围。句法一气挥洒，若鹰隼摩空而下，盘折中有劲疾之势。"① 所论极确，亦正是从"壮逸"角度着眼。刘禹锡《西塞山怀古》"人世几回伤往事，山形依旧枕寒流"，就不免有些伤感。同是登岘山，《卢明府九日岘山宴袁使君张郎中崔员外》前半则言："宇宙谁开辟？江山此郁盘！登临今古用，风俗岁时观。地理荆州分，天涯楚塞宽。百城今刺史，华省旧郎官。共美重阳节，俱怀落帽欢。"发端伟壮，"登临"句以下则洒脱朗逸。"分"、"宽"则显现所见远而清晰，且突出岘山气势而与"郁盘"呼应。以布衣介入群僚间，然壮逸之兴仍然焕发。而《岘山送萧员外之荆州》："岘山江岸曲，郢水郭门前。自古登临处，非今独黯然。亭楼明落日，井邑秀通川。涧竹生幽兴，林风入管弦。再飞鹏激水，一举鹤冲天。伫立三荆使，看君驷马旋。"萧员外即萧诚，曾任司勋员外郎，开元二十年任荆州大都督府兵曹②，此诗当作于是时。因是送别，便想到宋玉《九辩》的"登山临水兮，送将归"与江淹《别赋》的"黯然销魂者，唯别而已矣"，故有"自古"二句。而被送者是赴州任职，次二句仅点明送别而已，故诗无感伤意，写景反而明爽朗丽。后四句的祝愿，以"鹏激水"、"鹤冲天"喻其人前程无限而会大展宏图，"再飞"、"一举"、"伫立"、"看君"一气旋转，壮迈之中飞荡出飘逸的神采，"壮逸之气"宛然可见。

孟的登高诗约30首，多有"壮逸之气"。《与杭州薛司户登樟亭驿》一首一尾清拔高迈："水楼一登眺，半出青林高"，"今日观溟涨，垂纶欲钓鳌"。前引观钱塘江潮诗即在此亭，末两句大有"观海则情溢于海"的神采，读来使人气旺。中四句"帟幕英僚敞，芳筵下客叨。山藏伯禹穴，城压伍胥涛"，"壮逸之气"亦为不减！登高多在秋季，正如他在《和贾主簿弇九日登岘山》所说的"逸思高秋发"，前引为人称道的《临洞庭赠张丞相》、《与颜钱塘登樟亭望潮作》亦属此类。《秋登万山寄张五》亦是此类名作：

---

① 俞陛云：《诗境浅说》，上海书店 1984 年版，第 10 页。
② 说见佟培基《孟浩然集校注》，上海古籍出版社 2005 年版，第 407 页。

　　　　北山白云里，隐者自怡悦。相望试登高，心随雁飞灭。愁因薄暮
　　起，兴是清秋发。时见归村人，平沙渡头歇。天边树若荠，江畔舟洲
　　作如月。何当载酒来，共醉重阳节。

注家谓张五疑指张谭①，其人先隐后仕，"天宝中谢官，归故山偃仰"②，当
即孟浩然在洛阳时所结识。诗当作于其人初隐少室山时的开元年间，起
首二句即就此而言。此诗叙述议论与写景交错，雁飞天际，远树如荠，
江洲似月，渡头人歇，景致疏朗，逼真如画。特别是如荠似月之喻，道
尽远望之景象。宋人曾说："颜之推《家训》云：'《罗浮山记》：望平地
树如荠。故戴暠诗：长安树如荠。'"③ 杨慎谓"树如荠"为"俊语"，"后
人翻之益工，薛道衡诗：'遥原树若荠，远水舟如叶。'孟浩然诗：'天边
树若荠，江畔洲如月。'"④ 孟诗的"洲"，《文苑英华》、孟集天一阁藏明
铜活本、《全唐诗》等作"舟"。此二句是从薛诗化出，何况"洲"与
"江畔"，连接不通，故以"舟"字义长。此诗写景潇散冲淡，然以清秋
薄暮两层烘托，感发之"兴"，自有"逸思高秋发"的意味。"愁因"两
句前映后照，加上超然神往的远景陪衬，颇有一种"壮逸之气"回荡其
间。前人谓此诗，"超旷中独饶劲健"（清张文荪《唐贤清雅集》语），
"劲健"为壮，"超旷"近逸，实与"壮逸"为同义语。五绝名作《宿建
德江》："移舟泊烟渚，日暮客愁新。野旷天低树，江清月近人。"（见图
33）后三句犹如此诗的压缩，"低"之劲健，"近"之旷达而亲切，客愁
之中亦复饶有"壮逸之气"。《游凤林寺西岭》亦具有"壮逸之气"："共
喜年华好，来游水石间。烟容开远树，春色满幽山。壶酒朋情洽，琴歌
野兴闲。莫愁归路暝，招月伴人还。"颔联丰腴华滋，尾联准拟人式的高
致，以及朋情野兴的怡悦，特别是"开"、"满"、"洽"、"闲"与"招"、

---

　　① 说见徐鹏《孟浩然集校注》，人民文学出版社 1998 年版，第 25 页；佟培基《孟浩然诗集
笺注》，上海古籍出版社 2000 年版，第 136 页。
　　② 傅璇宗主编：《唐才子诗校笺》第一册，中华书局 2002 年版，第 360 页。
　　③ 胡仔：《苕溪渔隐丛话》后集卷九，人民文学出版社 1984 年版，第 65 页。
　　④ 杨慎：《升庵诗话》卷十三"树如荠"条、"孟浩然"条，丁福保辑《历代诗话续编》中
册，中华书局 1983 年版，第 899 页。戴暠诗为《度关山》，起首云："昔听陇头吟，未居已流涕。
今上关山望，长安树如荠。"薛道衡诗题为《敬酬杨仆射山斋独坐》。

"伴"，带来一连串的兴高采烈，其中不无蕴含"壮逸之气"。其他如《登龙兴寺》、《秋登张明府海亭》、《登岘山亭晋陵张少府》等登临诗，多具有同样的风格。

图33　当代　戴敦邦　孟浩然《宿建德江》诗意图

戴敦邦为《红楼梦》、《水浒传》所作的连续性画作，驰名于当代。同时也有不少唐宋诗词的诗意画，画面有气氛，有境界，有感情，可称得上"画中有诗"。往往撷取诗中重要片段，此图即取"江清月近人"作为构图。此句意或指倒映在清江中的月而言，故有"月近人"之感。画面上诗人伫立船头，仰望初升之月，也不失为一种阐释。

孟诗的"壮逸之气"不仅见于山水与登临两类，而且在议论中亦每见"壮逸"之神采。《和宋大使北楼新亭》先叙亭子新建，以及"返耕意未随"而"坐为符竹拘"的不快，末尾言："愿随江燕贺，羞逐府僚趋。欲识狂歌者，丘园一竖儒。"孟之暮年为张九龄之幕僚，虽然交好，然不乐于随人俯仰的拘束，不久辞去。论者多以为因病，实非其然。这里的孤傲之色就带"壮逸"的本色。他的示志咏怀之作，每见此种"壮逸之气"的豁露，《田园作》后半说：

> 粤余任推迁，三十犹未遇。书剑时将晚，丘园日空暮。晨兴自多怀，昼坐常寡悟。冲天羡鸿鹄，争食羞鸡鹜。望断金马门，劳歌采樵路。乡曲无知己，朝端乏亲故。谁能为扬雄，一荐《甘泉赋》？

愤闷抑郁之中包含孤傲不群，至于"冲天"两句与末尾的自喻扬雄，其间的"壮逸之气"，则扑人眉宇，是不难觉察的！

以议论发"壮逸之气"的作法，在他的送别、游侠等诗里亦每每可见。《送陈七赴西军》："吾观非常者，碌碌在目前。君负鸿鹄志，蹉跎书剑年。一闻边烽动，万里忽争先。余亦赴京国，何当献凯还！"这样的豪壮之制本应归入边塞诗中，观其首尾则"壮逸之气"不掩，那是不消说的。《送王宣从军》的"平生一匕首，感激赠夫君"，《送告八从军》的"男儿一片气，何必五车书"，都焕发出豪迈壮逸的风采。盛唐士人多有尚侠的英雄精神，王士源《孟浩然集序》说他"救患释纷以立义表，灌蔬艺竹以全高尚。交游之中，通脱倾盖，机警无匿"。观其因饮酒宁爽约于举荐的韩朝宗的"惶惶其他"的壮语，以及与王昌龄豪饮的"浪情宴谑"而致旧疾突发以终，这位有名的隐士，原本身上就时时显露出一股豪侠之气。所以不仅有以上的边塞诗，而且游侠诗亦见于笔下。如《送朱大入秦》："游人五陵去，宝剑直千金。分手脱相赠，平生一片心。"《醉后赠马四》："四海重然诺，吾尝闻白眉。秦城游侠客，相得半酣时。"还有《同储十二洛阳道中作》："珠弹繁华子，金羁游侠人。酒酣白日暮，走马入红尘。"盛唐诗人用七绝与歌行体作游侠诗，孟浩然却选择了五绝和议论与白描的结合表现这一题材，省净的手法仍然洋溢着"壮逸"的色彩。

还可借游览、送别、酬赠等题材，以发抒胸襟与理想，渗以"壮逸之气"。像《洗然弟竹亭》这样的题目，该是写景了，然而却这样写道："吾与二三子，平生结交深。俱怀鸿鹄志，昔有鹡鸰心。逸气假毫翰，清风在竹林。达是酒中趣，琴上偶然音。"只有第六句与题有关，余皆发之以议论。"逸气假毫翰"可视为这类诗的标志性宗旨，"鸿鹄志"也是其诗反复突出的话语①。豪迈、旷达于此都是为表达"壮逸"作"配角"。《送丁大凤进士赴举呈张九龄》："吾观《鹪鹩赋》，君负王佐才。惜无金张援，十上空归来。弃置乡园老，翻飞羽翼摧。故人今在位，岐路莫迟回。"晋人张华初未知名，阮籍见其示志自喻的《鹪鹩赋》，叹为"王佐之才"。当时张九龄任相，选拔人才不循资格，故勉励"羽翼摧"的友人，实际上也有自家"鸿鹄志"在内。在"空归"、"弃置"中翻出"莫迟回"的一片壮心和大议论。《送吴悦游韶阳》："五色怜凤雏，南飞适鹧鸪。楚人不相识，何处求椅梧？去去日千里，茫茫天一隅。安能与斥鷃，决起但枪榆！"观起末四句，可知孟浩然"鸿鹄志"原本源于胸中的大鹏情怀，这种带有浪漫精神的发抒，本来就是盛唐士人理想的共同意识，在他则最早发出高唱与"壮逸之气"！此诗前六句的叙写，意在凸现末两句的议论。至于说到自己，《京还赠张维》言："拂衣去何处，高枕南山南。欲徇五斗米，其如七不堪。早朝非晏起，束带异抽簪。因向智者说，游鱼思旧潭。"谢灵运《述祖德》的"高揖七州处，拂衣五湖里"与左思《咏史》其五的"振衣千仞岗，濯足万里流"，陶渊明的不为五斗米折腰与《归园田居》其一的"羁鸟恋旧林，池鱼思故渊"，还有嵇康《与山巨源绝交书》的"一行作吏"的种种不堪与甚不可，魏晋崇尚自由的风度，渗透于盛唐士人既要追求入世的理想，又要保持人格独立的双向选择中，孟浩然于此作了表率人物。此诗的飘逸原本来自壮迈理想之不能实现。《自洛之越》亦言："遑遑三十载，书剑两无成。山水寻吴越，风尘厌洛京。扁舟泛湖海，长揖谢公卿。且乐杯中物，谁论世上名！"陶渊明《归去来兮辞》的"不委心任去留，胡为乎遑遑兮欲何之"，项羽少时学书学剑均无所成，陆机《为顾彦先赠妇诗》其一"京洛多风尘，素衣化为缁"的名句，左思《咏史》其一"功成不受爵，长揖归田庐"，陶诗《责子》"天运苟如此，且进杯中

---

① 《山中逢道士云公》的"谓予搏扶桑，轻举振六翮"，就以高飞的大鸟期许，以及《田园作》"冲天羡鸿鹄，争食羞鸡鹜"，则是人生始终持之不懈的理想，《送莫氏甥兼诸昆弟从韩司马入西军》的"壮志吞鸿鹄"，前引《岘山送萧员外之荆州》的"再飞鹏激水，一举鹤冲天"亦属此类，还有《同曹三御史行泛湖归越》的"杳冥云海去，谁不羡鸿飞"，此虽就归隐言，然亦是另一理想的同样表达方式。

物"，《世说新语·任诞》张翰"使我有身后名，不如即时一杯酒"的名言，都成为这首看似极为疏朗的底色。魏晋旷达飘逸的风度，再次于此放出"壮逸"的异彩，这对稍后的李白的影响是很大的。

总之，孟浩然诗的情绪是温和的，风格是冲淡而闲远的，然而他也有高迈飘逸的一面，不然李白不会给予那么崇仰的赞颂。孟浩然宗法陶渊明的人格与诗风，陶之为人外和内刚，其诗外淡内奇①。钟嵘《诗品》谓陶诗朴淡，"又协左思风力"，内涵风骨，不仅只是"田家语"。孟浩然诗的"冲淡之中有壮逸之气"，同样得到盛唐高朗豪迈风气的激荡，虽然缺乏陶诗对仕隐认识的深度与诗风内外迥异而处理融合的高度，但他毕竟把陶与小谢的田园与山水合而为一，为盛唐诗发轫树一标帜，在山水诗中不仅以冲澹闲远自成一家，而且在冲澹中放出异彩。他在《与张折冲游耆阇寺》所说的"因君振嘉藻，江楚气雄哉"，亦可看作"壮逸之气"的文化基因。后者虽为人有所注意，但往往流于蜻蜓点水似的一掠而过，这正是我们继续讨论的原因之一。

二　孟浩然诗中的女人

孟浩然在审美艺术选择上，具有鲜明个性。他的诗风淡远，而集中的五律却是五古的将近3倍，而且七古与律诗合起来仅有9首，与他的161首五律几乎不成比例。五绝难作，盛唐七绝与七言歌行最为流行，而他仅有的3首七绝只占18首五绝的1/6。他追踪陶诗，却没有任何类似《咏荆轲》、《咏三良》、《咏三疏》的咏史诗。他敬仰陶之为人，也做了名声不小的隐士，然陶诗对女人罕见于笔下，他却连篇续牍地大放厥词。有夜观妓、美人分香、楼上女与春怨、春情、闺情、寒夜等名目，专写女人者有近10首，以咏物诗写女人，或者山水诗点缀女人者不少于20首，二者合共是他田园诗的6倍，占其诗总数251首的近1/8。在盛唐诗里数量可能

---

① 参见魏耕原《陶渊明论》第四章《外淡内奇：陶诗的审美追求》，北京大学出版社2011年版。

仅次于敬仰他的李白，可和崔国辅媲美，实在让人惊讶！

最早注意到这一问题的闻一多先生曾说："到孟浩然手里，对初唐的宫体诗产生了思想和文字两重净化作用，……孟浩然净化的痕迹，从宫体诗发展史来看，他对女人的观感犹如西洋人所谓'柏拉图式'的态度（精神恋爱），从他集里的宫体诗到他造诣最高的诗可看出这一思想净化的过程。"① 对于《春中喜王九见寻》的"当杯已入手，歌妓莫停声"，闻先生说："这里他欣赏的只是女人的歌声，而无色欲之念，比初唐算是进了一层。"对于《早发渔浦潭》："美人常晏起，照影弄流沫。饮水畏惊猿，祭鱼时见獭。舟行自无闷，况值晴景豁。"闻先生说："他把美人作为山水中的点缀，把她看成风景的一部分，此是六朝以来未有的新境界，也是孟氏的新创作。"对于《万山潭》的"游女昔解佩，传闻于此山。求之不可得，沿月棹歌回"，闻说："诗中表现对女性的闲淡态度，比王无竞具有引诱性的《巫山高》不同。……王诗使人想象渺茫的神女，如世俗女性可狎而近，而孟作则还她渺茫的本来面目，绝不缩短与她的距离。不只对神女，对一般女性也是如此，像《耶溪泛舟》所写：'白发垂钓翁，新妆浣纱女。相看不相识，黯然不得语。'老翁与少女相对，落落大方，全无脏气。"② 闻先生眼光是敏锐的，论析切当而有意义。然而这只仅就"把美人作为山水诗的点缀"来言，远非孟之美人诗的全部。闻的发现只是开了个头，惜此后 60 多年来无人再接此话题。正如闻先生所说："一般人论孟诗，往往只注意它的高雅古澹，而忽略它的媚处，媚而不及纤巧，正是他高于王维的地方。"③ 闻先生不仅切中他此前，而且不幸而言中于现在。

在元、明人刊刻的分类孟集中，就把"美人"专列为其中一类，不论分法当否，可见编者已充分意识到这一问题。然而明清诗话论孟诗者不少，对此却无人论及。我们先看他的观妓诗，此类有两首，一是《宴崔明府宅夜观妓》："画堂观妙妓，长夜正留宾。烛吐莲花艳，妆成桃李春。鬓鬟低舞席，衫袖掩歌唇。汗湿偏宜粉，罗轻讵著身？调移筝柱促，

---

①　郑临川述评：《闻一多论古典文学》，重庆出版社 1984 年版，第 123 页。

②　同上书，第 124 页。

③　同上书，第 124—125 页。

欢会酒杯频。倘使曹王见，应嫌洛浦神。"此诗连题目与内容以及描写，全然是齐梁至初唐宫体诗的再版。环式发型因舞姿仰翻而比舞席还低，舞袖时或遮住歌唇；微汗使粉脸更显得光彩，罗衣轻扬似乎没有穿在身上。这种由许多局部特写构成全方位镜头，曾经漫延于齐梁与初唐的宫体诗中，上层社会世俗性式的描写，绝对是"缩短她的距离"。特别是末二句的潜台词——倘若你看见了，就觉心中最美丽女性比她差得多了！这正是"可狎而近"的世俗性十足的诱惑。这次画堂长夜舞会，出现在崔县令家里，似乎比宫体诗更为"普及"。另一首还在这位县令的家里，《崔明府宅夜观妓》起首说"白日既云暮，朱颜亦已酡"，用《楚辞·招魂》"美人既醉，朱颜酡些"，王逸注谓"言美女饮啗醉饱，则面著赤色而鲜好也"。以下叙写画堂点烛，罗幌半垂的环境，长袖如何善舞，情歌如何时新。末尾言："从来惯留客，兹夕为谁多。"此诗措语华贵，偶对精美，虽然描写不着肌肤，然完全从欣赏的角度，置之于此前的宫体诗，亦不可分辨。结尾暗示出的诱惑，裸露得很！《早发渔浦潭》本为江上早行诗，"日出气象分，始知江路阔"的阔大景象中，忽然夹入"美人常晏起，照影弄流沫"两句，就和一般早行诗写山水景观很有些两样。《春初汉中漾舟》本是不错的山水诗，却又突然拦腰阑入——"波影摇妓钗"，以与"沙光逐人目"为偶，纤巧而香艳，似让人觉得在在"心中有妓"，然如一幅山水画中，不画高士，却着色女妓，总有些不伦不类。

孟浩然所居之襄阳距巫山不远，巫山神女和汉水女神，自然都会成为他诗中的材料。江南女子韩襄客，能诗而知名襄汉间。孟浩然赠诗曰"只为阳台梦里狂，降来叫作神仙客"，就其"襄客"名，以襄王梦见阳台女神故作发挥，意谓你本为巫山神女，只因楚襄王梦见，便春情狂荡，而被贬放人间[1]。对一个女性说这样的话，明显具有不尊重的意味。《送王十七尉松滋得阳台云》，虽为限题而咏，诗中就行云暮雨抒写，然末尾却说"愁君此去为仙尉，便逐行云去不回"，以男女之事调侃，显得就不那么庄重。《同张明府碧溪赠答》："自有阳台女，朝朝拾翠过。舞庭铺锦绣，妆艑闭藤萝。"巫山神女不仅每天到草地嬉游，而且还会出现在他们的舞庭

---

[1]　事见阮阅《诗话总龟》卷十三所引《诗史》，人民文学出版社 1987 年版，第 152 页。

上。接言："秩满休闲日，春余景色和。仙凫能作伴，罗袜共凌波。别岛寻花药，回潭折芰荷。"意谓当秩满休闲游春的时候，体态轻盈的神女，就会来作伴，一块趟行水边的浅滩，或者寻花折荷。最后说："更怜斜日照，红粉艳青娥。"作者的想象不能说不丰富，他把神女与世俗的舞女混合来写，换句话说，他以官员酒席宴间的歌女来写"阳台女"。闻先生所说"对女性的闲淡"在这里消退了，不仅可观可赏，且"可狎而近"。《碧溪赠答》可能原本属于民歌中的对歌，谢灵运《东阳溪中赠答》就属此类，即用民歌手法，然孟诗却似乎把民歌变得迹近宫体诗。如此变味，当然出自个人的嗜好。

孟浩然不仅在山水诗中点缀美女，而且在山水诗或送别或宴会中突发异想，遐想美女。《大堤行寄万七》写春日踏青的"王孙挟珠弹，游女矜罗袜"，言男女出游，本无可非议，然"矜罗袜"就不免纤巧而娇媚，香艳气过浓。《岘潭作》本应是摹山画水之制，却在写了石潭沙岸可以垂钓后，由此想到了——"美人骋金错，纤手脍红鲜"，美人如何持着厨刀，纤手又怎样做着鲜鱼，就题目说纯属节外生枝，亦与山水之美错位，全不协调。由"试垂竹竿钓，果得查头鳊"一下子就想到女人身上，且是漂亮女性挥舞金错刀，把小手弄得鲜红，不知这有多美！《鹦鹉洲送王九游江左》是送别的山水诗，前后都写景，中插两句："舟人牵锦缆，浣女结罗裳"，前者因行者坐船而言及，然浣女却与送别何涉？而且要把蹲着站起整拂衣裙抓拍出一个镜头，这又有什么美感！《送桓子之郢城过礼》是送别友人行婚姻聘礼的诗，在结尾却说："今夜神仙女，应来感梦情"，以楚王梦见神女"愿荐枕席，王因幸之"，暗示朋友新婚之夜的交媾，如此一行点缀，便流于庸俗不堪。这就像他的行旅诗《湖中旅泊寄阎九司户》在中间插入"夕望不见家，襄王梦行雨"，把思家变成了一味地做爱，堕入了低层次。

在酬和诗中，也同样突发如此奇想。《和张三自穰县还途中遇雪》："风吹沙海雪，来作柳园春。宛转随香骑，轻盈伴玉人。歌疑郢中客，态比洛川神。今日南归楚，双飞似入秦。"朋友携夫人回家，半道遇雪，他这和诗便由雪想到"香骑"和"玉人"，由此还想到她唱起歌来肯定是阳春白雪，婉转动人；她走路的风姿，必然如洛水女神那样："翩若惊鸿，婉若游龙。……飘摇兮若流风之回雪"——这都是由雪想到"玉人"的缘由。末尾两句谓他们夫妇"归楚",就像萧史、弄玉双双入秦一样。"途中遇雪"的不便,反而由此想出一连串女人的典故,由此再写朋友的夫人。我们想,那位张三接到如此描摹自己太太的诗,他可能觉得这样的颂美,会有些不那么自在——是不是对自己的夫人,作诗者情有独钟呢?《寒夜张明府宅宴》本来写诗酒文会,刻烛作诗,颔联却出之"香炭金炉暖,娇弦玉指清",平添入香艳气氛。《夏日与崔二十一同集卫明府宅》颔联写:"喜逢金马客,同饮玉人杯",与上诗则属同一写法,总得有女人在。《宴张记室宅》同是宴饮诗,同样在"甲第金张馆"里插入"妓堂花映发"与"玉指调筝柱,金泥饰舞罗",以增香艳气氛。《高阳池送朱二》本是送别诗,一入手写昔日襄阳雄盛后,就渗入"池边钓女自相随,妆成照影竞来窥",即与送别亦无有什么意义。《从张丞相游南纪城猎戏赠裴迪张参军》是写"飞刃争割鲜"的打猎,中间却带出一句"微声匝妓筵",在"行杀气"中,仍让歌姬露脸。

登高望远诗,所见者远,所思者深,由空间物象的辽远,引发人思绪沸腾,往往壮怀激烈,百感交集。孟之登临诗甚多,然情感大多保持在温和的主体风格中。对女性的嗜好,使他也把她们引渡到这一重型题材。七律《登安阳城楼》,前四句言所见景,后四句却推出一道风景线:

> 楼台晚映青山郭,罗绮晴娇绿水洲。向夕波摇明月动,更疑神女弄珠游。

态度较前还算庄重,但不是"闲淡"的,而是热切的,几乎占了诗的一半,不仅仅"作为山水中的点缀",而是作为主体,况且见诸登临题材中,就是好言女人的崔国辅、李白、崔颢,也未出现这种现象,真有些属于"破天荒",而且自此以后也未曾有过,这只能称作"孟浩然现象"。

孟集中只有三首咏物诗,每首诗都与女性有关。作为南方诗人,咏橘应是其中应有之义。他的《庭橘》也有"庭橘似悬金"出彩的描写,然而着笔更多的是:"女伴争攀摘,摘窥碍叶深。并生怜共蒂,相示感同心。骨刺红罗被,香粘翠羽簪",由橘的"共蒂"而想到男女间的"同心",又细致描写橘树上的刺扎到红罗披肩，熟橘的香味沾上了头上的翠翘，给橘树注入一定女性色彩。末尾的"擎来玉盘里，全胜在幽林"，本来是很有寄托性的，然前边女性化地注入，却淡化或者导入这样的内容：如果采橘的女性生活在拥有"金盘"的环境中，恐怕要比在橘林里高贵的多。这要比起屈原的《橘颂》，或者他的好友张九龄《感遇》的"江南有丹橘"那首，差异之大，就有霄壤之别！梅花凌寒而放，属于花中"君子"，而他的《早梅》却说："园中有早梅，年例犯寒开。少妇争攀折，将归插镜台。犹言看不足，更欲剪刀裁。"没有就"犯寒开"将早梅深化下去，却截头阑入少妇攀折云云，俨然把"犯寒开"的早梅同化为女性，不仅堕入花似女人、女人如花的陈套，而且把应有兴寄的题材，变得浅薄，甚至无聊，如此做派则与《庭橘》并无什么区别。《同张明府清镜叹》则直接出之女性口气，采用代言体："妾有盘龙镜，清光常昼发。自从生尘埃，有若雾中月。愁来试取照，坐叹生白发。寄语边塞人，如何久离别？"自徐干《室思》"自君之出矣，明镜暗不知。思君如流水，何有穷已时"以后，所形成以"自君之出矣"打头的五绝，此诗中"自从"四句实际上是对此模拟性的扩充。首二句点明题目，末二句言所怀之人，以及明镜生尘、早生白发之因，措语发露，也是孟之女性诗的特色。

以上是把女性作为点缀，当然包括喧宾夺主在内的诗，我们再看那些专写女性的诗。其中七律《春情》说："青楼晓日珠帘映，红粉春妆宝镜催。已厌交欢怜枕席，相将游戏绕池台。坐时衣带萦纤草，行即裙裾扫落梅。更道明朝不当作，相期共斗管弦来。"华美堂皇的大房子，她们待腻了，像小鸟从笼子飞出到花草池塘的景区，坐时长长的衣带萦落在草地上，走时逶迤的裙子拖在地上，把落地的梅花"扫"了起来。至于明天，得换个新玩法，相互约定进行音乐弹奏比赛。上层少妇的心理与生活方式于此得到细腻描绘，包括住居，上妆用品，举手投足的行坐风姿，特别是感到单调而寻求刺激的心态，甚至还有"交欢怜枕席"的"床上镜头"，虽冠上"已厌"：已经满足，但已经够裸露了，我们简直怀疑此诗出自偏居一隅的乡镇隐士手里！他的七律只有四首，除此尚有前引的《登安阳城楼》。七律句长，宜于装饰，故其女性渗透就占了近一半。孟浩然时代七律起步不久，像他这样处理，还是很少见的。

　　孟浩然专从女性角度来写"美人"的诗，还有五首五律。《赋得盈盈楼上女》为传统的思妇题材："夫婿久别离，青楼空望归。妆成卷帘坐，愁思懒缝衣。燕子家家入，杨花处处飞。空床独难守，谁为报金徽？"独居的无奈主要从心理写出，上妆后独坐的无聊，因怀人生愁而无心缝衣，看着燕子带来春天，又见杨花飘走了春天，无心弹琴解闷，所有寂寞凝聚成抑郁的感慨——"空床独难守"，此属《古诗十九首》《青青河畔草》的成句，便成为诗的主题，亦属题中必有之义，且与开头"空望归"前后呼应，这也是孟诗常用的手法。《春怨》则写春心荡漾的少女："佳人能画眉，妆罢出帘帷。照水空自爱，折花将遗谁？春情多艳逸，春意倍相思。愁心极杨柳，一种乱如丝。""能画眉"见年龄不大，妆后临池自照，为自己的美丽而惋惜；望着手中折来的花儿又能送给谁呢？爱情在心里艳发而荡漾，春天到来更加倍浓郁的相思。望着迎风摆拂的杨柳，心里的愁绪就像杨柳乱得如丝一样。此诗同样全从相思写出，前诗只用一联偶对，此则不避两"春"字相重，末了的比喻，从沈约《春咏》"杨柳乱如丝，绮罗不自持"化出，变含蓄为显豁，就像前诗用"空床独难守"，追求汉乐府的发露，而无拘束之态。写得最好的应是《闺情》：

　　　　一别隔炎凉，君衣忘短长。裁缝无处等，纵意忖情量。畏瘦疑伤窄，防寒更厚装。半啼封裹了，知欲寄谁将？

只写了裁衣的一个过程，怀人心思宛然可见。因别离经年，君衣的短长已拿不定主意，无法衡量长短宽窄，只能估量着去做。但拿起剪刀却考虑他在外受累瘦了，然又担心裁得过于窄了；还考虑外面的天气冷，就特意把棉絮装得厚些。带着伤心做好，到包裹完不由得流下泪来，他现在人在哪儿，寄到什么地方去才好。这些全从日常中取材。颔联为流水对，颈联为递进复句，一片曲折心思流动纸上。末尾的问句，又带着一片茫然，颇有余味。由此看来，孟诗不仅以古为律，而且把古诗流走渗透到停顿多的五律中两联。对偶易于片段性装饰，而流走性动态容易缺乏，此诗弥补了不足，由此可见孟浩然对五律的娴熟，这也是他的五律特多的原因。

　　《寒夜》亦属闺怨诗，起首"闺夕绮窗闭"，结尾"遮莫晓霜飞"把时间限定于一个夜晚。写她缝衣、弹琴、就寝，人物的情感没有上面三首明朗。《美人分香》实则写歌妓卖笑生涯，中四句"鬟鬟垂欲解，眉黛拂能轻。舞学平阳态，歌翻子夜声"，前二句言打扮并不精心，"垂欲解"显出下垂欲散之状，娥眉淡扫，因为拥有"艳色本倾城"的天生丽质；后二言能歌善舞，为时新的一流。末尾"春风狭斜道，含笑待逢迎"，点明卖笑生涯的生活方式。其中"平阳态"、"子夜声"以典为喻，在上引的《崔明府宅夜观妓》也有同样的用法，可见孟诗在重复上在所不避，缘此容易滋生自我模式，而不能超越自己。

　　总之，孟浩然似乎对女人有特殊的兴趣，不仅有专写女性的闺怨、思妇诗，而且在山水、送别、登临、酬赠、咏物中都要想到女人，点缀女人，甚至喧宾夺主，让女人放一异彩，然而内容较为单纯，缺乏深度，更谈不上有所比兴寄托。从艺术表现看，他专写女性的诗，刻画心理细致入微，在传统的闺怨思妇题材上，主要从心理变化的角度着眼，语言流动清朗，还是具有一定的个性特色。至于闻一多先生所说的："（孟诗）媚而不及纤巧，正是他高于王维的地方。摩诘诗虽无脂粉气息，可是跟孟氏比较起来，倒有些像宋人程明道（颢）和程伊川（颐）哥俩对待妓女不同的态度。孟如明道目中有妓，心中无妓；王如伊川是目中无妓，心中有妓。"如此比喻非常新鲜，充满智商。目无而心有，要用事实说话。王维妻丧而不续弦，整天焚香以琴书自误，谓之"心中有妓"未免与其行径，与"诗佛"都有些滑稽。孟以"山人"、"幽人"自称，却写了这么多的舞妓、玉人、美人诗，我们想不到他还会"目中有妓"，而且"脂粉气息"很浓。明乎此，也不会想到他会"心中无妓"，因他自己说过"翰墨缘情制，高深以意裁"的话。他的诗题材本不广泛，拉来女人作点缀，也是在情理之中。

三　孟浩然诗的模式

　　苏轼曾说："孟浩然之诗，韵高而才短，如造内法酒而无材料尔。"[①]

---

① 陈师道《后山诗话》转述苏轼语，见何文焕辑《历代诗话》，中华书局 1982 年版，第 308 页。

所谓"韵高"，恐怕是严羽《沧浪诗话·诗评》论孟诗的"一味妙悟"；如果从表现手法上看，可能就是所说的："色相俱空，正如羚羊挂角，无迹可求，画家所谓逸品是也。"① 至于"才短"似易解，七古只有五篇，而无一大篇，七律更不见出色；他足迹所至，并不见得少，数次到达长安与洛阳，却没有留下几篇，亦无佳制。在审美上追求清幽闲远，长安与洛阳的都市风光，以及北方高山大川无见于笔下他把自己仅仅置于南方清淡的山水之中，风格不免过于单纯，在于题材狭窄而不广泛。思想上虽不乏入世之心，而且未见终歇，然而诗中屡屡仰慕的是乡贤隐士庞德公，同时而高明的诸葛亮却极少提及，由此一端，即可见他的志趣。他想过入世进取，但他也想过做个隐士更为适意。如此定位，必然限定他的视野，题材的单纯就是不可避免的缺陷，山水诗必然成为他的大宗，前文讨论的"壮逸之气"也多出现在山水诗中。那么多的女人诗，或许就是对于单纯的弥补与调剂。这些大概为其"才短"主要方面。

孟浩然的"才短"还体现在艺术思维与表现手法的重复上，同样显示出单一的不足，而不能变化多方，无奈于趋己之同，不能超越自己，而形成不少模式。首先，他的山水诗在结尾，总采用颂美的措辞，以广告式的语言宣扬其地如何美好。上引名诗《秋登万山寄张五》末尾的"何当载酒来，共醉重阳节"，固然是剔明题目的"寄张五"，然而却与另一首名诗《过故人庄》"待到重阳日，还来就菊花"（见图 34）非常相似。这两句本身又是对万山与故人庄景观的赞扬。《春初汉中漾舟》的"良会难再逢，日入须秉烛"，言汉水可使人夜以继日游赏而流连忘返。《登龙兴寺》的"鸟归余兴满，周览更徘徊"，仍然是说日暮流连忘返。《经七里滩》的"观奇恨来晚，倚棹惜将暮。挥手弄潺湲，从此洗尘虑"，则与上属于同一模式。《西山寻辛谔》的"款言忘景夕，清兴属凉初。回也一瓢饮，贤者常晏如"，作意亦同，只是多了一层虚美其人，为了回头点题而已。以上结尾如此虚美写法，可以称为"流连忘返模式"。

其次，孟集中的寺观诗与访僧道诗不少，也用山水诗同样的结尾而形成模式。《寻香山湛上人》结尾写道："愿言投此山，身世两相弃。"后一句

① 王士禛：《带经堂诗话》卷三"入神类"，人民文学出版社 1982 年版，第 71 页。

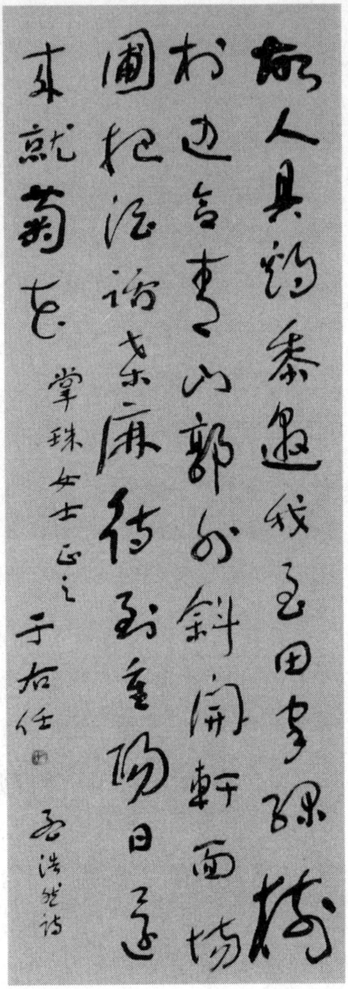

图34　当代　于右任

孟浩然《过故人庄》

于右任书以"简草"著名于世。书写过许多古人的诗歌，诸如曹植、陶渊明、杜甫等诗作均见诸笔下。甚至于还书写过《史记》中的大篇。对于陶诗曾书写过多首，而对于效法陶诗的孟浩然此诗，也非常看重。此幅多用圆转，而挟带拗折之气，行款端直豁然。一般说来，于书结体大小变化不大，然此幅次行"合"与第三行的"日"笔画少，故结体小。首字"故"笔重而体扁，结体较大。首行末的"树"特大其体，占据剩余的两字空间，而且用笔极具变化，与本行起首的"故"形成呼应。第四行的"就"的五点，左右上下形成呼应。"菊花"一行一草，一粗一细，对比强烈。以此简率的行草书此冲淡之诗，二者内在充斥一种和弦的韵律。

为鲍照成句，此言其山其僧吸引人。《宿立公房》的"能令许玄度，吟卧不知还"，借许询以美其僧。《云门寺西六七里，闻符公兰若最幽，与薛八同往》结尾说："愿承甘露润，喜得惠风洒。依止此山门，谁能效丘也。"言其僧其山均好，可以舍儒依佛，以美其寺。《山中逢道士云公》的"何时还清溪，从尔炼丹液"，表示向往，与上诗"愿言投此山"、"依止此山门"同一用意。也与《越中逢天台太一子》的"永愿从此游，何当济所届"所表示的愿望仍然没有两样。《腊月八日于剡县石城寺礼拜》的结尾："愿承功德水，从此濯尘机"，同样用了"愿"字，表达了相同的愿望。另外，言其寺观美好，具有吸引力，与山水诗结尾虚美手法如出一辙。《与王昌龄宴王道士房》的"酌霞复对此，宛似入蓬壶"，言其地美如蓬壶仙山。《游景空寺兰若》的"寥寥隔尘事，疑是入鸡山"，鸡足山为佛教的发祥地，借此以美其寺。《晚春题远上人南亭》的"花月北窗下，清风期再过"，言其寺大佳，下次再来。《登总持寺浮图》的"坐觉诸天近，空香送落花"，这是借佛教佛花献佛，于此诗登高临远所写的关中与京城景物全无关涉。《同王九题就师山房》的"归途未忍去，携手恋清芬"，用依依不舍以美其寺，表示受到佛法道力的感染。《题大禹寺义公禅》的"看取莲花净，方知不染心"，《夏日辨玉法师茅斋》的"物华皆可玩，花蕊四时芳"，言其地四季皆春，随时可往。《游精思题观主山房》的"渐通玄妙理，深得坐忘心"，言道力深妙，于此可得其要。《陪李侍御谒聪禅上人》的"出处虽云异，同欢在法筵"，无论仕隐，听此讲法，都会有"同欢"之感。《送元公之鄂渚寻观主张骖鸾》的"应是神仙辈，相期汗漫游"，其人如仙，请友人可与长久交往。如此种种虚美，而且一律置于结尾，实则与虚美山水的结尾并无两样，可以称为"寺观向往模式"。

襄阳之习家池为宴游胜地，池为东汉习郁所凿。西晋末山简镇守于此，每临其池，常大醉而归，尝言此是我高阳池。孟之山水诗往往以此典作为收束的结尾，成为"山简模式"，以示游乐之兴致。《高阳池送朱二》发端即言："当昔襄阳雄盛时，山公常醉习家池。"《晋书·山简传》："于时四方寇乱，天下分崩，王威不振，朝野畏惧。简优游卒，唯酒是酖。诸习氏荆土豪族有佳园池，简每出游，多之池上，置酒辄醉，名之曰高阳池。"把西晋末之襄阳谓之"雄盛"，似乎不妥，不过空言虚美其地而已。这种虚美所带有的山水之乐便成了孟浩然山水诗结尾的模式：

> 停杯问山简，何似习家池？（《冬至后过吴张二子檀溪别业》）
> 叔子神如在，山公兴未阑。常闻骑马醉，还向习池看。（《卢明府九日岘山宴袁使君张郎中崔员外》）
> 山公来取醉，时唱接䍦歌。（《宴荣山人池亭》）
> 谁道山公醉，犹能骑马回。（《裴司士员司户见寻》）
> 宜城多美酒，归与莫强游。（《途中九日怀襄阳》）

《世说新语·任诞》说山简守荆州，时出酣游，时人为之歌曰："山公时一醉，径造高阳池。日暮倒载归，酩酊无所知。复能乘骏马，倒著白接䍦。举手问葛彊，何如并州儿？"葛为其爱将，并州人。《晋书》、《世说新语》，还有《水经注·沔水》，都记载了山简醉游故事，便成了孟浩然山水与宴饮诗摇笔即来的结尾。这些同一话语的结尾，也说明同一意思，这些别业、池亭，或者专指襄阳风光，都是非常美好的，可以称之为"山公习池模式"。李白《襄阳歌》大篇，或许受了孟诗的影响，浓墨重彩地渲染了这一故事，以夸赞其地之美好。

以上几种模式，都带有虚美性质，出于同一思维趋向。还有一种类型人物的虚拟，以"AB 者"、"A 者"的形式出现，借此议论，以虚美其地山水之美，或以言其志趣，亦属套版模式。《彭蠡湖中望庐山》："寄言岩栖者，毕趣当来同。"是说庐山太美了，转告庐山的隐居者，我将来的兴趣所在必在庐山。"岩栖者"属于虚拟人物，以作发议论的由头。《与黄侍御北津泛舟》："自顾躬耕者，才非管乐俦。闻君荐草泽，从此泛沧洲。""躬耕者"则是对自己身份的虚拟，是说其地佳美，将来要隐居在这样的沧州之中。《与白明府游江》的"谁识躬耕者，年年梁甫吟"，这是以躬耕于陇亩之中的诸葛亮自喻，言说理想未得实现，希望能得到对方的援引。《陪卢明府泛舟回岘山作》的"犹怜不调者，白首未登科"，此把与世俗不能谐和的人称"不调者"，用来喻己，用意与上首相同。《宴张记室宅》的"谁知书剑者，年岁独蹉跎"，亦暗示得不到别人系援。《秦中苦雨思归赠袁左丞贺侍郎》："跃马非吾事，狎鸥真我心。寄言当路者，去矣北山岑。"四句说了一句话：我要隐居。"当路者"是对执政者的虚拟。此与上面的"寄言岩栖者，毕趣当来同"属于同一意思，因对象不同，只有欣悦与愤懑的情绪不同的区别。《从张丞相游南纪城猎戏赠裴迪张参军》的"何意狂歌者，从公亦在旃"，是说哪料到像我这样的"狂歌者"，居然也在张丞相麾下观看猎戏，表示不乐意于此。此诗开头即言："从禽非所乐，不好云梦田。岁晏临城望，只令乡思悬。"作者未沾一仕，却对入幕感到不那么自在，故以"狂歌者"自喻。在同时所作的《和宋大史北楼新亭》："愿随江燕贺，羞逐府僚趋。欲识狂歌者，丘园一竖儒。"此诗开头亦言"返耕意未遂"、"坐为符竹拘"，同样表露对幕僚处境的不满，故有"狂歌者"

同样的自喻。五律《都下送辛大之鄂》前半言辛氏"未逢调鼎用，徒有济川心"，将归"旧竹林"。后半则言："余亦忘机者，田园在汉阴。因君故乡去，遥寄式微吟。"表示虽在长安，也将归隐，故用"忘机者"自喻。《浙江西上留别裴刘二少府》："石浅流难溯，藤长险易跻。谁怜问津者，岁晏此中迷。"此以山水之险比喻入仕之难，希望两位少府能给自己"长藤"，予以攀系，使还处于"问津者"的自己能早日"相将济巨川"。另外，尚有"AB子"、"AB人"的虚拟，如《落日望乡》："可叹凄遑子，劳歌谁为媒？"此为思乡之作，故结言以"凄遑子"自喻。《和卢明府送郑十三还京兼寄之什》："寄语朝廷当世人，何时重见长安道。"此"当世人"与上诗"当路者"语近而意不同，前指因此类而有"亦为权势沉"的困境，此谓有可能提携自己的在朝者，但都出以同样的模式。把"AB者"稍加简便则为"A者"、"B者"的用法。《涧南园即事贻皎上人》："书取幽栖事，还寻静者言。"言南园幽静，值得给皎上人一说。《西山寻辛谔》："回也一瓢饮，贤者常晏如。"称美辛氏如同颜回那样的"贤者"。《京还赠张维》："因向智者说，游鱼思旧潭。"自京将回，实在不想投入像陶渊明厌弃的"束带"见督邮的生涯，而要像陶公"池鱼思故渊"那样地去归隐，所以只能"向智者说"。以上"AB者"、"AB子"、"AB人"、"A者"的几种模式，并非孟的发明，在陈子昂诗中就有大量的如此专有名词凡24类，而陈诗模式亦非新造，而是取法于阮籍《咏怀》，处于严酷白色恐怖中不得已出此虚拟的朦胧手法，陈子昂在武则天时期也有同感，这一模式引起他的共鸣①。然正如孟浩然在《秦中苦雨……》所说的"明扬逢圣代"，此句蜀刻本作"用贤遭圣日"，有的只是《山中逢道士云公》所言"奈何偶昌运，独见遗草泽"，只是感到《田园作》所指出的"乡曲无知己，朝端乏亲放"的遗憾。虽有"冲天羡鸿鹄"之志，然"争食羞鸡鹜"而不愿一般地屈就。故韩朝宗约期赴京荐举，他却以饮酒轻易爽约；张九龄请他入幕，却始终感到不自在，不久便辞去。说到底，他对隐士的人生方式，特有偏好。既然如此，他用"AB者"等方式，就不属于言不由己的苦衷，而是陈陈相因，这种虚拟的"专有名词"模式的再三使用，只能

---

① 魏耕原：《谢朓诗论》，中国社会科学出版社 2004 年版，第 307 页。

是"才短"的显露。

在对兄弟的送别寄赠之作中，他常常加班使用"鹡鸰比喻"模式，亦属于"才短"的表现。《诗经·小雅·唐棣》的"鹡鸰在原，兄弟急难"，比喻兄弟在急难中相救而不弃，后人常用来比喻兄弟间的亲密关系。孟诗则凡涉兄弟，即派用上此典：

> 吾与二三子，平生结交深。俱怀鸿鹄志，共有鹡鸰心。（《洗然弟竹亭》）
> 壮志吞鸿鹄，遥心伴鹡鸰。（《送莫氏甥兼诸昆弟从韩司马入西军》）
> 泪沾明月峡，心断鹡鸰原。（《入峡寄弟》）
> 平生急难意，遥仰鹡鸰飞。（《送王五昆季省觐》）
> 早闻牛渚咏，今见鹡鸰心。（《送袁十岭南寻弟》）

孟集涉及兄弟的诗凡七首，只有两首《送从弟下第》与《送洗然应试》未用此典，只能是这类考试事无法楔进罢了，否则他还是要见于其中。前两例用语极为相似，然其事却显然有别。末例即使是他人寻弟，他也会习惯地使上这一熟典。这种不厌其烦的作法，除了"才短"，似乎没有别的解释了。

总之，以苏东坡的敏捷与才大气粗，对孟诗"韵高而才短"的判定，必然有一定的依据，或许他的感知，我们还没有发现。他所解释的"如造内法酒而无材料尔"，可能是指其诗法高明而缺乏经典中的故实以供驱遣，至少这也是"无材料"的内容之一。孟之交游甚广，足迹所至，亦为广泛，然而志趣的单纯必然使审美选择趋于单纯①。诗的题材单纯以山水、送别为两大宗，其余寄赠、游览寺观与僧道的交往实则都包括在这两大类中，像王维那样的边塞诗、咏史诗，以及反映现实的歌行体如《老将行》等，均付阙如，这恐怕是最为重要的原因，也限制他不能与后之李杜相

---

① 比如对于乡贤庞德公与诸葛亮，前者作为隐士屡见于诗中，《登鹿门山怀古》的"昔闻庞德公，采药遂不返"。《夜归鹿门歌》："鹿门月照开烟树，忽到庞公栖隐处。"《题张野人园庐》："何必先贤传，唯称庞德公。"而涉及诸葛亮的只有一处，《与白明府游江》："谁识躬耕者，年年梁甫吟。"仅此一端，便可见出对仕隐的选择与审美趣味之所在。

较，连与之同好的王维也高出其上。他又是前盛唐诗人最早的唯一的大名家，他的模式也反映了"幸福家庭的幸福是相同的"规律，同时也给后盛唐诸大家、名家带来不良影响。高、岑寺观诗末尾言说得到佛道的启迪，王维田园山水诗末尾的虚美，诸如《山居秋暝》的"随意春芳歇，王孙自可留"，《汉江临泛》的"襄阳好风日，留醉与山翁"，均取法他的模式，至于李白受他影响那就更大了，需用专文讨论，否则不能济事。

四　孟浩然诗对语言的创新

孟浩然诗在语言的选材上也有窘迫"才短"处，对于不见生色的语词反复用在同一位置，思维与语汇似有枯竭之弊。如表示等待义的"迟"，他就把同样的含义同样地安排在不少诗的结尾。如《游云门寺寄越府包户曹徐起居》结尾说："迟尔同携手，何时方挂冠。"是说我等你们一同隐居。《和于判官登万山亭因赠洪府都督韩公》结尾又说："迟尔长江暮，澄清一片心。"说我等你们，这里可使人心境澄清爽朗。《洞庭湖寄阎九》结尾仍然说："迟尔为舟楫，相将济巨川。"我等待你，同游洞庭湖。《送袁十岭南寻弟》结尾同样说："万里独飞去，南风迟尔行。"以上用同样的"迟"说同样的话，又同样都见于结尾，虽然见出用语的雷同，但在孟浩然看来，或许"迟"带有陌生的新鲜感，较常用的"待"字而能出新，故"待"字偶尔一见，《游精思观回王白云在后》结尾："衡门犹未掩，伫立待夫君。"或者换成"候"，《宿业师山房待丁大不至》："之子期宿来，孤琴候萝径。"因题目用了"待"，故结尾换成"候"。他反复使用作等待义用的"迟"字，即不出彩，反成雷同，但可看出用语求新避熟的一面。

孟诗语言的求新，首先是采撷口头俗语入诗，以原汁原味的原生态口语，给他的诗带来一种新鲜空气。他本人重视民歌，在《陪卢明府泛舟回岘山作》说："文章推后辈，风雅激颓波。高岸迷陵谷，新声满棹歌。"认为学习经典与现实中的民歌，可使诗之"颓波"为之扭转，激发出一种"新声"，这种"新声"就在民间的"棹歌"中。他的发现代表着盛唐早期诗人，对齐梁以至初唐诗的拨转。孟诗冲淡的主体风格，本身也是对初唐诗绮缛的净化，虽然他有不少写女人的诗，其中好几首观妓诗，实际与宫体诗没有什么两样。闻一多先生说："初唐的宫体诗在盛唐还保留着它的影响，……到孟浩然手里，对初唐的宫体诗产生了思想和文字的两种净化作用，所以我们读孟的诗觉得文字干净极了。他在思想净化方面所起的作用，当与陈子昂平分秋色，而文字的净化，尤推盛唐第一人。"①孟的"文字的净化"与语言创新实际上是同一问题的两个方面。首先见于对下里巴人口语的汲取，重视在诗中如何使用它们。闺怨诗《寒夜》写佳人夜晚缝衣、理琴、就枕，末尾则说："锦衾重自暖，遮莫晓霜飞。""遮莫"本为六朝口语，最早见于干宝《搜神记》，以及《敦煌变文集》卷一《捉季布传文》②，表尽管、任凭义，于诗中罕见，孟则率先撷取入诗，扩大了用语的范畴。《闺情》叙写为游子裁衣而无法衡量长短宽窄，则言"裁缝无处等，以意忖情量"，"等"与对文"量"同义，都是衡量的意思③，一经入诗，异常新鲜，关中今日仍在口头流行。接着的"畏瘦疑伤窄，防寒更厚装"，"伤"作程度副词，其义谓过于或为大义。后来杜甫《曲江二首》其一"莫厌伤多酒入唇"，即受孟诗启发。此诗末尾说："半啼封裹了，知欲寄谁将。""了"字同样新鲜，而且有亲切感。《春怨》言少女的寂寞，末尾的比喻说："愁心极杨柳，一种乱如丝。"虽然化用了沈约《春咏》"杨柳乱如丝，绮罗不自持。春色复黄绿，客心伤此时"，不仅洗练，而且表好像的比喻动词"极"字用得很生新，这一创义后被中晚唐人所采用④。表示处处、到处义的"触处"，亦见于孟诗的《北涧浮舟》："北涧流恒满，浮舟触处通。"此"触处"非谓碰撞处而是处处义。至于"处处"，亦见《赋得盈盈楼上女》的"燕子家家入，杨花处处飞"，以及《春晓》的"春眠不觉晓，处处闻啼鸟。夜来风雨声，花落知多少"，其中的"夜来"，犹言夜时，指昨夜。以"来"表时态副词，附缀在名词与动词之处，构成新词，可能来自民间，孟亦敏捷地入诗。还见于《长乐宫》"秦城旧来称窈

---

①　郑临川述评：《闻一多论古典文学》，重庆出版社1984年版，第123页。

②　详见魏耕原《全唐诗语词通释》"遮莫"条，中国社会科学出版社2001年版，第353—354页。

③　徐鹏：《孟浩然集校注》谓为"以同样之物作为比较"，则不明此类俗词的特殊用义。

④　徐鹏注谓此句是说"愁心似杨柳而达于极点"，亦是不明俗词之殊义。"极"之似，如义，详见魏耕原《全唐诗语词通释》"极"字条，中国社会科学出版社2001年版，第163页。

窕"，"旧来"即旧时、过去。李白《行路难》"闲来垂钓碧溪上"的"闲来"，即谓闲时。白居易《琵琶行》"去来江口守空船"的"去来"，亦谓去后，当均受孟诗导夫先路的启发。《云门寺西六七里，闻符公兰若最幽，与薛八同往》："小溪劣容舟，怪石屡惊马。""劣"作限止程度副词，义为仅仅。沈约《宋书·刘怀慎传》："德愿善御车，尝立两柱，使其中劣通车轴，乃于百余步上振辔长驱，未至数尺，打牛奔从柱间直过，其精如此。""劣通"即谓仅通，当从口语而来。萧梁朱超《夜泊巴州》："淤泥不通挽，寒浦劣容舟。"孟诗则以之入诗而在盛中晚唐诗得到普遍流行①。

口语中的专有名词，限制较大，不能变通，只能直接使用，孟诗亦颇感兴趣，加以采纳。一旦入诗，则别有风味。《戏赠主人》："客醉眠未起，主人呼解酲：已言鸡黍熟，复道瓮头清。""瓮头清"专指初熟酒，才酿好的新酒。主人呼客进食，以酒解酲，故谓"戏赠"。唐人多称酒为"春"②，如今之剑南春。此诗着一"瓮头清"，与"客醉"、"解酲"连作一气，见出主人格外热情好客，显得非常亲切而有生活趣味，又可见出对口语词的热爱。"瓮头"是北方人口语③，孟浩然多次到过长安、洛阳，对北方地方词汇也留意于心。《岘潭作》的"试垂竹竿钓，果得查头鳊"，《冬至后过吴张二子檀溪别业》的"梅花残腊月，柳色半春天。鸟泊随阳雁，鱼藏缩项鳊"，查头鳊亦称缩项鳊。习凿齿《襄阳记》："岘山下汉水中出鳊鱼，味极肥而美。襄阳人采捕，遂以槎断水，因谓之槎头缩项鳊。"以此特种鱼名入诗，足以显示自然风物与地域风情。杜甫因孟诗对口语的看重而特感兴趣，他在《解闷十二首》其六说："复忆襄阳孟浩然，清诗句句尽堪传。即今耆旧无新语，漫钓槎头缩颈鳊。"认为生活中存在许多鲜活的"新语"，例举孟诗撷取的"查头鳊"、"缩项鳊"之类新词汇，而称颂"清诗句句尽堪传"。杜甫本来就对口语留意，入川以后，空闲一多，尤其如此，故对孟诗大胆使用如此新词极力称许。

---

① 详见《全唐诗语词通释》"劣"字条，第197—198页。
② 李白《哭宣城善酿纪叟》："纪叟黄泉里，还应酿老春。"王琦注："唐人名酒多带春字。"如杜甫《拨闷》："闻道云安麹米春，才倾一盏即醺人。"李肇《国史补》卷下："叙酒名者"，就有"荥阳之土窑春，富平之石冻春，剑南之烧春"。
③ 张彦远：《法书要录》卷三，唐何延之《兰亭记》："使留夜宿，设面、药酒、茶果等。江东云'面'，犹河北称'瓮头'，谓初熟酒也。"辽宁教育出版社1998年版，第60页。

其次，对习见的常用词，特别是不经人注意的语词，精心安排，选择一个词的不同意义，分别恰当使用。比如"就"作模糊动词用，外延非常宽泛，有时遇事不能说得太清，否则就失去应有的气氛或蕴含的意味，因而在孟诗具有特别的风味。《过故人庄》的"待到重阳日，还来就菊花"，如果说成"还来看菊花"，或者赏菊花，都缺乏这个"就"的亲切热情的意味。《张七及辛大见寻南亭醉作》："山公能饮酒，居士好弹琴。……纳凉风飒至，逃暑日将倾。便就南亭里，余樽惜解醒。""就"字于此而带有一定吸引力，而非"入"、"到"所能办。《田家元日》的"野老就耕去，荷锄随牧童"，"就耕"谓前往耕种，"就"犹言从事，自然而庄重，非他词所能替换。还有《东陂遇雨率尔贻谢南池》的"田家春事起，丁壮就东陂"，与上诗用法相同，如换成"到"，农忙的气氛就会遽然减淡。白居易《观刈麦》的"丁壮在南冈"，"在"与此"就"则有已然与将然之别，用得都有匆忙感。孟诗这些"就"字确实用得精到，特别以习见词施于日常生活劳作的诗，平添了许多亲切与生动。动词"滴"亦为平凡而习见，然对于特别爱好幽静的孟浩然，却发挥了极大的审美效果。著名的佚句"微云淡云汉，疏雨滴梧桐"（见图35），秋夜疏稀的几点漏雨，"滴"在硕茂的桐叶上，清亮的响声穿过静谧的夜空，使得夜晚更静。又和上句组合成视听动静的搭配，显示在静中最能体察任何微动，而微动衬托出异样的静谧，诗人用极敏感的心灵感知大自然的微动。这种技巧被后来的王维运用得最为娴熟。而在盛唐早期描写"秋月新霁"的景观，获得京都秘省群英才士"举坐叹其清绝，咸搁笔不复为继"的称美，就在于"滴"与"淡"用得异常有声有色，非常出彩。《齿坐呈山南诸隐》："竹露闲夜滴，松风清昼吹"，因"闲"而静才知"竹露"之"滴"，因"清"而凉方觉"松风"在"吹"，此属于轻重不同昼夜有别的两种不同声音，一经配合，山间昼夜之美便都跃然而出。《夏日南亭怀辛大》："散发乘夜凉，开轩卧闲敞。荷风送香气，竹露滴清响。""荷风送"来的"气"是那样的清香沁人心脾，只要用嗅觉就行了。而"竹露"之"响"又"滴"得如此"清响"，就非得打通听觉与视觉的关节，才能有所体味。"荷风"不仅传来香气，且使竹摇露"滴"。而"竹露"的"清响"似乎也"滴"入了荷风的香气中。这种雅洁精练的语言，可以滋生出种种审美效果，每个字眼都散发丰茸清润的芬芳。《初出关旅亭夜坐怀王大校书》的"烛至萤光灭，荷枯雨滴闻"，旅馆夜坐，枯闷无聊，黄昏的萤光在烛火中消失，而雨打枯荷的响声却"滴"入耳边。衬托离群无偶的寂寞与对友人的怀念。以上这些"滴"字用得自然而具个性，显示孟诗在日常习用词上的锤炼与精心，同时也展示对淡远清幽的诗风追求。

图35　当代　卫俊秀　孟浩然佚句

卫老为陕西师范大学原中文系的老先生，占籍山西，受其乡贤傅山影响甚大，晚年以行草著名，被论者称为当代四大草书家之一。性外和而内刚，书陶诗甚多。此幅布局整饬，以结体多变，给人视角极大的冲击力，强烈的动感，又因结体中心凝聚而滋生稳定感，似乎与"疏雨滴梧桐"的境界有些吻合。此书结体甚瘦，中心紧缩，虽然均向右倾斜，而行气稳定。起头两字的末笔取势一致，用笔稍缺变化；中两字的"淡"与"清"左边三点，亦缺少变化。出句"河"字末笔与对句"桐"字左边长竖取颜书结构法，但未置于一字，很耐人寻味。

再次，对于本来平常不起眼的语词，或借助修辞手法，或调动其中蕴含的弹性，挥发出特别的张力与异样光彩，把复杂的景物借此举重若轻地描摹得如在眼前，显得生动而具有磁性吸引力，由此构成艺术魅力的磁场，而引人注目。《春初汉中漾舟》说，雪罢冰开，春水上涨，在"千丈绿"的"春潭"上，"轻舟恣来往"，便把水深船轻可以尽意飘荡的形态极简洁而不费力地状出，"恣"字起了重要的作用。而"波影摇妓钗，沙光逐人目"，钗光水影的复杂的动态倒映，一个"摇"字就全都置于眼前。特别是"逐"，把春日照耀反射出的刺眼的"沙光"，好像在追逐眼球，而抓住不放，只能用今日影视镜头才能展现的各种光色光彩，却用既简略的"逐"与"摇"——闪动出来，其间生发的魅力，不能不称赏对语言的打锻艺术。《秋宵月下有怀》的"秋空明月悬，光彩露沾湿"，说月光被"露沾湿"，运用通感交叉描写，却使人不觉。李贺《梦天》名句"玉轮轧露湿团光"，或许受此启发。而"庭槐寒影疏，邻杵夜声急"，不言枝疏而言"影疏"，又因枝疏而杵"声急"，用语精确，传出"月下有怀"的视、听、感诸觉的感受，渗透浓郁的怀人心绪。《行出竹东山望汉川》的"万壑归于海，千峰划彼苍"，如此大景观以"归"与"划"总摄，特别后句给人印象极深。而接着的"猿声乱楚峡，人语带巴乡"，"乱"字具有极强的张力与弹性，"带"字又似乎不经意，两句合起来，让人久久回味。"石上攒椒树，藤间养蜜房"，"攒"字使整句如画，"养"别具意味而整句亦出人意料。《广陵别薛八》的"樯出江中树，波连海上山"，前句把不同空间在远望中叠合，同样难以料到①；中景偶对下句的远景，镜头在推拉中，都有异样感。王维的《汉江临泛》"郡邑浮前浦，波澜动远空"，当受此启发方具出蓝之色。《宿武陵即事》的"岭猿相叫啸，潭影似空虚"，同样为视听动静的交叉组合，听觉纷乱的动感，使潭光水影更显示出沁人心脾的静谧，而引人遐想。《宿建德江》的"野旷天低树，江清月近人"（见图36），全是静态的远近对比，却悄然散发出怀远思乡之情，"低"字如画，"近"则悠然渗入拟人的亲切意味。《宿桐庐江寄广陵旧游》："山暝听猿愁，沧江急夜流。风鸣两岸叶，月照一孤舟。"前三句三种声响由远至近，围笼起末句，使"一孤舟"更为孤独，心绪愈加苍凉，"听"、"急"、"流"、"鸣"、"照"起重要的烘托作用。《赴京途中遇雪》："迢递秦京道，苍茫岁暮天。穷阴连晦朔，积雪满山川。"两联各自都采用时空对偶，显得无限苍凉萧索。《题张野人园庐》："门无俗士驾，人有上皇风。"以"有"对"无"，便由凝固滋生出流动。《洞庭湖寄阎九》："莫辨荆吴地，唯余水共天。"《游凤林寺西岭》："烟容开远树，春色满幽山。"此类流水对是浩然

---

①　谢朓是这类描写的始发轫者，其《新治北窗和何从事》："池北树如浮，竹外山犹影。"孟诗用过小谢"江南佳丽地"的成句，小谢的"沧州趣"也反复见于诗中。对小谢山水诗的技法多有继承，这里空间移位叠合即一例。后来王维对此写法更是发扬光大。详见魏耕原《谢朓诗论》的《谢朓诗法对于王维的启迪》，中国社会科学出版社2004年版，第244—251页。

五律常用的最大法门。《陪李侍御谒聪禅上人》："阴崖常抱雪，松涧为生泉。""抱雪"谓积雪，却有拟人法在内，当从大谢"白云抱幽石"而来。

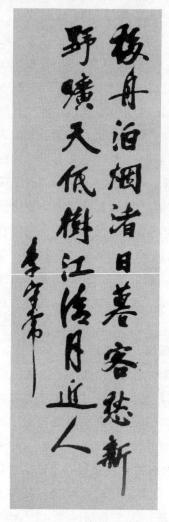

图 36 现代 李大钊

孟浩然《宿建德江》

此为孟诗五言名作，向来为人所重。后两句为平远景观，最能体现孟诗的淡远与平和的风格，王维便顺此路随后走来。"低"与"近"最习见的字眼，一作使动与拟人手法，便使素朴的白描景观，分外逼真与亲切，其中也淡淡散发出一种"新"的"客愁"。孟诗最长于描摹黄昏景观，"日暮客愁新"标志着一种审美发现，黄昏最为能感发人心。他的另首名诗《秋登万山寄张五》的"愁因薄暮起"，便是这种发现的强调；而且"天边树若荠，江畔舟如月"，便与此诗后两句很接近。李大钊不以书名，从首行"暮客"看，似有苏轼书的底气。整体布局大气，"新"的长竖与次行末"人"字的高低错位，显得布局非常自然。单字的结体上紧下松，增加了凝练的气息。李大钊是早期的革命家，却选此平淡而无烟火气的诗，看来他内心的感情是丰富的，还保持着学者的襟怀。

综上可见，孟浩然在语言与修辞上，抱着追求新鲜活泼的宗旨。他的诗看起来淡远，却淡而有味，远而韵高，与他在语言上的追求是分不开的。他的努力不仅赢得了杜甫的赞美，而且引起了后盛唐与中晚唐诗人更多的回响与效法。他为盛唐的发端，作了伊始时最佳的代表。他的出现，犹如黎明前的启明星，召唤李白、王维、高适、杜甫、岑参的早日到来，合共焕发出盛唐气象的光芒，他的启迪意义，似乎更大于诗作的本身！

第八章　李颀歌行体人物诗与盛唐气象

　　以往的文学史家，由于理路的扁平与叙述的方便，往往把李颀置于盛唐大家名家之后讨论，不仅把这位很有个性的诗人，淡化得模糊，而且存在盛唐前后期的倒置。李颀歌行体对初唐朝代易革、边塞、闺怨三大题材予以大刀阔斧的革新，而且与送别酬赠诗结合起来，成为新型的人物素描诗，刻画了形形色色的各色人物。这些人物本身多为时代精英，展现了盛唐朝气蓬勃的精神面貌。而七言歌行也在李颀手中放出新奇光彩，对以后的李白、王维、高适、杜甫、岑参都有绝大的影响，在盛唐气象中展示了异样的风采。

　　盛唐李颀，固然不能和李、杜、王三家相抗衡，比起孟、高、岑名家也有逊色，似乎只能在崔颢、储光羲、王之涣、常建、祖咏、卢象、张谓等小名家中露一下头角。然而李颀诗对盛唐大家与名家具有一定的影响。如果持以平面化观照，盛唐气象将减少一道璀璨亮丽的风景线，熄灭不少光辉。然而由于李颀生卒年缺少文献证明，加上他的诗绝大部分难以系年，使他在盛唐诗发展史上的定位，始终处于盛唐平面的观照，不论年月悬隔，往往湮没于大家、名家之间，就不可避免地处于冷漠的被隔离状态。其实他对盛唐气象的形成，所起的作用，不是任何大家所能取代的，反而是滋润了盛唐诸大家，而且他的一些成就，成了难以复现的绝响。

　　对李颀慢慢展开研究是从 20 世纪 80 年代开始，迄今已发论文 50 多篇。对于生卒，学界基本接受闻一多《唐诗大系》的说法，对其诗的评价，还仍然承袭明清诗话把盛唐平面化的定位分析上，只不过是提供了人物诗、音乐诗等说法，而没有放在盛唐的动态中去观照，缺乏诗史的动态发展眼光，总是以孤立的眼光打量一个被隔离或与之并列的对象，在大家与名家林立的盛唐，置李颀于同一起跑线上，这无疑淡化了诗史的本质，看到的只是研究对象的一个方面。

一　理路的扁平与时间的悬隔

论到唐人歌行，胡应麟有颇具眼光的论断："唐七言歌行，垂拱四子，词极藻艳，然未脱梁、陈也。张、李、沈、宋，稍汰浮华，渐趋平实，唐体肇矣，然而未畅也。高、岑、王、李，音节鲜明，情致委折，浓纤修短，得衷合度，畅乎，然而未大也。太白、少陵大而化矣，能事毕矣。"①把初盛唐各自分成两段，确实富有动态发展眼光。细审初盛不同变化，言之成理，然而却把"高、岑、王、李（颀）"，甚或包含李、杜，都放在一起"一锅煮"了。明人杨士弘的《唐音》就有了"盛唐王、岑、高、李最得正体，是为规矩"的说法，得到高棅《唐诗品汇》与胡震亨《唐音癸签》的回响。清人沈德潜《说诗晬语》、管世铭《读雪山房唐诗序例》等，均不出此范围。近现代所撰的文学史，虽然多了些新的学术理路，把盛唐诗划分为王孟山水田园诗派、高岑边塞诗派，以及李杜，分成三个平行块面。到了 20 世纪末 90 年代至今，对流派表示持疑，采用了风格论的区分，把名家分成"静逸明秀"、"雄健旷放"、"慷慨苍凉"、"奇峭俊逸"，以及大家李白等几个块面，前者则指王孟，后三者则指王昌龄、高适与岑参，只是把杜甫放在中唐②。在 21 世纪之初，文学史家划出盛唐早期的二张与文章四友。虽然在盛唐内的时段划分，较之过去更为明晰，除去李杜，然实质还是按照山水田园与边塞两分法处理，而把边塞诗人一分为三而已。面向 21 世纪的新文学史，亦蹈武于此，把边塞诗分为两端，一是王昌龄、崔颢等名家的"清刚劲健"；二是高岑的"慷慨奇伟"，对于王孟依然是"静逸明秀"的说法。从过去迄今，都异口同声地把李颀划入边塞诗人中，从来没有移位，这实际上是对李颀莫大的误解与淡化。

---

① 胡应麟：《诗薮》卷三，上海古籍出版社 1979 年版，第 50 页。
② 罗宗强、郝世峰主编：《隋唐五代文学史》上卷，高等教育出版社 1993 年版，第 90 页。

如今的唐诗论者，大多早年经过当代学术史的熏陶；投入研究，又很少不受明清诗论家的影响。所以已发表的 50 多篇研究李颀的论文，很难跳出平面化文学史的拘囿，潜移默化地在以上诸家的时空平行线上操作。其次，明清诗学理论对唐诗的分析，向来被作为绍承的最直接经典，很少跳出以往对盛唐诸大家名家评论的窠臼。再次，明清对歌行体的外延与内涵，始终没有划出明晰的界限，而李颀又以歌行体最为独特而峥嵘。复次，诗言情言志的观念自来根深蒂固，而李颀以七言歌行来作"人物诗"，自然有些不伦不类；他的最为擅长处，虽然现在得到一些注目，然终归就颀诗论颀诗，显示不出与盛唐气象以及与诸大家名家的关系。所以，李颀便成了"扁平人物"，对他的诗缺乏一种发展动态的观照；对李颀诗所显露的独特性，特别是在盛唐诗中的作用，也就被淡化，甚或趋于缩小与误解。

要理清李颀诗在盛唐的位置，首先要理清他的七言歌行体在初盛唐诗发展中，处于何种位置。而空间的位置与时间的先后休戚相关，李颀在名家如林的盛唐，属于哪一时段哪一系列，明乎此，才谈得上以发展的眼光去审视。其中最直接的问题是生卒年，它关系到在盛唐诸家中的先后位置。

李颀的生卒，因文献缺乏，学界一般以闻一多的推测为准，即公元690？—751 年，而盛唐一般以睿宗景云元年（710）至宝应元年（762）为起讫，下限或至代宗大历五年（770），以杜甫去世为终点。而上限又有开元元年（713）的说法，大致差别不大。这 50 多年的盛唐，主要是玄宗、肃宗两朝。而李颀进入盛唐，当在 20 岁开外或上下。七言歌行的作手刘希夷属于初唐，张说则跨入初盛之间。盛唐诗人王之涣年长李颀 2 岁，孟浩然长 1 岁，綦毋潜小 2 岁，王昌龄小 8 岁，王维、祖咏则小 9 岁，卢象小10 岁，李白小 11 岁，高适小 12 岁，常建、储光羲小 17 岁，杜甫小 22岁，岑参小 25 岁。由此可见，王之涣、孟浩然、綦毋潜，还有景云元年（710）登第的王翰，应当是盛唐前期开元年间诗人。约卒于天宝十三载（754）的崔颢，也应属于这一行列。而盛唐大家李、杜、王，名家高、岑、储，比李颀小到 9 至 25 岁。就拿比李颀仅年长 1 岁的孟浩然来说，只要看看李白《赠孟浩然》所说的"吾爱孟夫子，风流天下闻"，"高山安可仰，从此揖清芬"（见图 37），完全出于后辈的尊仰口气。明乎此，李颀在盛唐时段的位置就不言而喻了。我们可以明知处于盛唐高峰期的王维、李白、高适，乃至于杜甫、岑参，与李颀的悬隔了，也就爽然不误。所以，我们只有把李颀从盛唐高峰的诗人群中剥离出来，才能发现他的真正价值与艺术个性，以及对后盛唐李、杜、王与高岑的影响。

图 37　清代　上官周　孟浩然像

王维曾为孟浩然写真，着白衣，面容清癯，俨然雅洁高士。上官周为许多唐代诗人造形，他只能根据自己的想象了。他把孟当作一个纯粹的隐士，故面容古拙，造型奇特不凡。这当然是想象中的孟浩然。范曾先生曾用上官周构图，然在形貌上大有改观，似更接近诗人的淡雅。

二　歌行体的变革发展

在盛唐早期开元诗人中，王之涣以七绝边塞诗见长，且仅存诗六首，可以不论。其中孟浩然存诗最多，名声最大，以五古、五律、五绝为佳。七言无多，只有《夜归鹿门山歌》有生气，诗仅八句，第三、五句与偶数句协韵，是标准的歌行体。虽然气象清远，然窘于篇幅，就歌行体来说未免寒俭。其余七言，就更见不出起色。綦毋潜存诗 26 首，七言诗只有一首，名声不响，亦可不论。开元诗人的七言值得一提，除李颀外，只有王翰与崔颢。

王翰虽存诗 14 首，在歌行体上却很用气力。早年曾大闹科场，私定文士等级，以张说、李邕与己并居第一，张榜大街，轰动一时。可见狂放豪荡到无所顾忌。然而他的歌行体诗却沿袭初唐颓波，诸如《春女行》、《古娥眉怨》、《飞燕篇》等五首，几与宫体诗无别。而且"灯前含笑更罗衣，帐里承恩荐瑶枕"等类描写，带有浓厚的齐梁靡风，虽然诗的主题具有一定的现实意义。至于前首的"落花一度无再春，人生作乐须及辰。君不见楚王台上红颜子，今日皆成狐兔尘"，这种纵放的豪气，在初盛之际以及盛唐巅峰，极为流行，李白即是其中代表。初唐卢、骆歌行对朝代世事变迁的宏唱，拉开了歌行体的唐音序幕。少年人的感伤忧虑与对社会人生的关注的沸腾感情，都倾注于肆意铺张与跳荡的节奏里。我们看卢照邻《行路难》和《长安古意》，都是以昔日繁华反衬今日社会荒凉或寂寞，前诗言"人生贵贱无终始，倏忽须臾难久恃。谁家能驻西山日，谁家能堰东流水？汉家陵树满秦川，行来行去尽哀怜。自昔公卿二千石，咸拟荣华一万年。不见朱唇将白貌，唯闻青棘与黄泉"，而后诗又言"自言歌舞长千载，自谓骄奢凌五公。节物风光不相待，桑田碧海须臾改。昔时金阶白玉堂，即今惟见青松在"，这种以美辞丽藻所呼喊的刺激性的议论，似乎和大唐新时代不相吻合，然而与贞观之治所清醒意识的"水能载舟，亦能覆舟"，异曲同工，只是同一问题的两个方面，共同体现新时代最先行的政治意识；都是对魏晋南北朝政权更迭如走马换灯般的总结，特别是对殷鉴不远的短命隋朝的慎思。还有骆宾王《帝京篇》的"相顾百龄皆有待，居然万化咸应改。桂枝芳气已销亡，柏梁高宴今何在"，"莫矜一旦擅豪华，自言千载长骄奢。倏忽抟风生羽翼，须臾失浪委泥沙"，无论思想、语言、辞藻都很接近。他们对都市豪华的铺张描写，秉承齐梁的彩丽绮错，然而观念和情感，却显示了一个新时代的理智与热情。他们毫无节制地铺张扬厉与辞藻的缤纷，犹如西汉至武帝时的司马相如《子虚》、《上林》两赋，方才显示大汉帝国的强大雄风。卢、骆的长篇歌行，才真正亮开了大唐的自信、健美而无所畏惧的高亢唐音。每个强盛时代的伊始或稍后，都有代表自己时代的宏亮声响。左思的《三都赋》其所以引发洛阳纸贵的效应，不正是所谓的太康之治的体现吗？

汉大赋的夸饰，或西晋赋的征实，或许对卢、骆都有启迪，他们的帝京大篇，都采用赋体铺张的描写手段，而流美的辞藻则直接受到"彩丽竞繁"的齐梁诗风的浇灌。汉乐府诗《陌上桑》、《孔雀东南飞》、《十五从军征》同样采用了汉赋的铺叙描写。有意识的诗的赋化从魏晋即已发端，曹植的《白马篇》、《名都篇》、《美女篇》、《箜篌引》等，带有显明的赋化趋向。西晋诗绮缛铺排的偶对，刘宋大谢山水诗不加控制的精工排偶，无不与赋体相关。梁代刘孝威的《结客少年场行》，简文帝萧纲的《艳歌篇》、《妾薄命》、《倡妇怨》等无不如此。然后逐渐浸染至七言。七言句长，能容纳更多的美词，而歌行体的流荡与华藻，从曹丕的《燕歌行》以降，就互为一体。萧齐僧人宝月《行路难》宗法鲍照，以"君不见"发端，七言中杂有两句三言，内容为艳情闺怨。而名列竟陵八友的萧衍，所作《白纻辞》、《河中之水歌》、《东飞伯劳歌》，全为七言艳诗。萧梁吴均《行路难》七言五首，内容以闺怨、游侠、感叹时光流逝为主。梁元帝萧绎同题诗即反复铺写思妇心理，同时费昶《行路难》亦是如此。由南入北的王褒，他的《燕歌行》、《日出东南隅行》、《墙上难为趋行》都采用五七言杂言体的歌行。庾信《乌夜啼》、《燕歌行》、《杨柳歌》则全用七言，对偶更加整齐，而《夜听捣衣》为五言大篇，亦全凭铺写。陈代张正见的五言乐府诗亦以铺叙见长，五七杂言《神仙篇》则更为甚之。徐陵是骈文高手，他的《杂曲》亦极尽铺叙，特别是宫体作手江总，七言乐府歌行最多，同样以妇女题材为主。隋代卢思道《从军行》以七言写边塞，《听鸣蝉篇》则五七杂言，亦极尽铺叙之能事。薛道衡五言《昔昔盐》、七言《豫章行》，亦以铺叙擅长。以上五七言或杂言乐府诗，题材以女性为主，辅之于边塞，自晋以下唯有鲍照《拟行路难》18首，颇具风骨，而且介入了诗人的主观感情。关于京都诗，自魏晋以下，五言诗间或有之，多主铺陈豪华，无多深意。然而歌行体在乐府诗和七言体的双向融汇中逐渐成熟，而到了诸体大备的初唐，才显示出更为广阔而深刻的新面貌，篇幅宏大，气势饱满，使华美的辞彩流走奔涌，显示了初唐少年时代蓬勃昂扬的无限朝气。

初唐李峤的《汾阴行》，以七言歌行大篇开创了借汉指唐的手法。以王朝更换的大题材，可以直面对社会的思考。结尾言"昔时青楼对歌舞，今日黄埃聚荆棘。山川满目泪沾衣，富贵荣华能几时。不见只今汾水上，唯有年年秋雁飞"，刷汰六朝脂粉，视野深远，似乎是卢、骆先声。而刘希夷的《代悲白头翁》清新流丽，借青春易逝提出了新时代的人生思考，则显示初唐七言歌行另一流行主题。张若虚《春江花月夜》，以及上文所提及王翰的几篇歌行诗，言时光易逝，青春不再，亦是对人生的思考。以后可以减肥，由七言进入其他不一定必须铺叙的诗体，如五言古诗。因为群体性意识，原本就来自个性的感知，故可以有种种还原。而以京都题材体现昔盛今衰，原本以体物为主，且主要来自共性意识，容易形成模式与窠臼，所以只能有卢、骆之一两篇，而后人难以为继。（见图 38）它的发展又只能回到赋体中去，晚唐孙樵的《大明宫赋》便是一个明显的标志。在中唐以先的歌行体里流行的第三大题材，便是边塞诗，以想象为多，这就给盛唐留下了广阔天地。然而铺叙的赋化同样会在固定题材中形成模式，故边塞诗到了中唐，算是强弩之末。晚唐五代，乃至宋代，就很少看到七言歌行边塞诗人！

图 38　清代　上官周　**唐十八学士访道图**

　　初唐学术属于集成时期，唐太宗置文学馆，以杜如晦、房玄龄、姚思廉、陆德明、孔颖达、虞世南等为十八学士，讨论典籍，事见《旧唐书·褚亮传》。学术兴盛一时，史著有《晋书》等八史，经学有《五经正义》。初唐诗虽偏嗜齐梁绮丽，然亦为盛唐诗积累了发展的基础。上官周此图，在 S 状弯曲的山道上，从下至上，人物分成七组，每组顾盼呼应，各具姿态，把山水与人物组合得极为紧密与融合，构图精到，组织有序，气氛热烈，显示了一个新时代的新气象。上官周此图把人物与山水融合在一起，体现了作者的兼长，特别是这么多人物错落有致地分布在从山下到山上。他还画过许多唐代诗人，风格劲秀，能刻画出不同人物的心态。此图现藏于陕西师范大学图书馆。

七言歌行的三大题材所述如上，这就给盛唐早期开元诗人提供了开拓与创新的双重任务。诗学崇尚创新的李颀，有意识担负起两副担子。早期盛唐诗人的发现者与擢拔者——张说，他的《邺都引》的出现，具有里程碑的导向作用，对初唐铺张描写与辞藻的装饰，予以了大刀阔斧的削减，情调与措语雄劲悲壮，固然是题材的制约，然而同样可以用铺张扬厉的写法，但是简洁与章法转接的迅急，与其说是脱尽初唐七言歌行的绮艳作风，毋宁说是对宏丽铺张的"减肥"。其中"昼携壮士破坚阵，夜接词人赋华屋"，论者谓为"须眉皆动"，这种并非经意的简老概括的刻画，召唤着李颀的到来。

三　李颀歌行体琳琅满目的人物诗

诗风温和而单调的漫之长初唐，中经"四杰"的振作，后经陈子昂更为果断的高呼转向，终于到了盛唐高亢与流丽结合的新时代。初盛唐之际二张两相——张说、张九龄，对诗人才士搜罗，终于步入诗史上的黄金时代盛唐。诗至盛唐，诸体俱备，以后的诗人再也没有提供有影响的新诗体。开元以及后来盛唐诗人的任务，就是如何在已有的诗体上，树立自己的个性。个性的树立，亦即盛唐气象的趋成。殷璠《河岳英灵集叙》所说的"开元十五年后，声律风骨始备"，所谓"始备"，实际上是盛唐之盛的开始。如果盛唐从睿宗景云元年（710）算起，至开元十五年（727），凡18年，也就是二张主盟文坛诗坛时期，即王翰、王湾、王之涣、孟浩然、李颀、綦毋潜40岁上下的时代。这个时代只能是大小名家初露头角之时，为李、王、杜、高、岑诸大家、大名家的莅临起了前行的引导与呼唤。

自盛唐伊始，至开元十五年，正是以上盛唐之初的诗人们渐趋成熟的阶段，到开元末年以后，则是李、杜、王的鼎立时代。李颀等人创作的主要活动在开元十五年前后至天宝中期这20多年间。

李颀存诗128首，他的成就主要集中在歌行体与律诗。他的律诗仅7首，《唐诗品汇》列入"正宗"，后来的元明清论者往往王、李、高、岑并称，并且移位到歌行体诗上。如前所言，这种静止的平面并列，淡化了七言诗逐步的发展历程。李颀不仅比其他三位年长 9 至 25 岁，而且和他们风格迥然有别。他的歌行与七古共 35 首，加上七言律绝，占其诗总数的 1/3。在七古中，题目中有"歌"有"行"的共 13 首，还有乐府旧题如《行路难》等。胡应麟《诗薮》说"七言古诗，概曰歌行"，这个说法，大致是可取的。歌行诗源自汉乐府与民间七言歌谣，而汉乐府的歌行有不少是五言，如《长歌行》等，那么，我们认为歌行体也应当有五言诗的一席之地，如李白《长干行》、《短歌行》、《古朗月行》等便是。而李颀五古 40 多首，其中单数句押韵的亦可视为歌行诗①。这样看来，他的歌行诗约在 50 首。

李颀的歌行，不遵古法，不仅摆脱前此以往的题材与铺叙，以及流美的趋向，甚至连顶针、反复、双拟对，尽然摒弃。并且打破了诗体、题材的局限，把不同的诗体与题材嫁接起来，形成了一种新歌行体诗，而且施之于送别、酬赠、咏物、神话、音乐等方面。其中以所谓人物诗与音乐诗最为著名。

他的人物诗，实际上就是送别与酬赠诗。而送别与酬赠原本是五古、五律、七律、七绝常见的题材，不过用来写别景别情罢了。就是七古"燕歌行"，原来的一半用场也是这样。这些传统的题材与写法，在李颀五古、七律、七排、七绝中也有，然而在歌行体中大多摒弃。他把送别诗、酬赠诗、人物诗、咏物诗、音乐诗的"嫩芽""嫁接"在歌行体的"木本"上，形成新面貌新体制新气象。就人物诗而言，则把歌行体、送别诗、人物诗，还包括自传性咏怀诗，融为一体。其中最有名的《别梁锽》和《送陈章甫》，前者凡 30 句，只有结末言及别事别情。后者 18 句，只有结尾部分"长河浪头"四句言别。两诗其余部分，全力以赴刻画人物经历、面貌、气质、命运、精神境界，以及理想与人物心理情怀的抒发。带有全方位性质，却很少用铺叙。由于是多维度叙写描述人物，所以他的歌行体人物诗，写得形神兼备，须眉皆动，凛凛然而有生气。

他笔下的人物，出自他的尚奇的审美观，一个一个高才奇行，倜傥不

---

① 乐府诗原本与音乐关系至为密切，歌行体来自乐府，音乐失传，唯有押韵尚存。凡七言古诗换韵，或不换韵时，单数句押韵者，这应当是歌行体最为显著的标志。就歌行原生态而言，五言最为当行。七言后起，更宜于长言咏叹，便鸠占鹊巢，久而久之，七言歌行便成了当行，而五言歌行便被人们忽视，乃至于淡忘掉。

群，绝弃流俗，气象不凡。有当时一流的诗人，好言王霸之学，诗多直抒胸臆的高适；有所谓"不拘细行，谤议沸腾"，而七绝雄浑奇俊的王昌龄；有早年"属意浮艳"，后来"忽变常体，风骨凛然"的崔颢；有京华诗人王维和其友裴迪，还有"善写方外之情"的綦毋潜，以及刘方平、皇甫曾、乔林、卢象、万齐融等。《河岳英灵集》选了24人的诗，以盛唐为主，偶及初唐、中唐与盛唐之际者，见于李颀诗者9人。

另外，精心刻画的还有一流的理财家刘晏，一流的名士与显宦房琯，一流的书法家张旭，一流的音乐家安万善、董庭兰，一流的道士张果，一流的隐士卢鸿。著名画家除了王维，还有张谞。至于见于两《唐书》以及唐代名人还有不少。据论者统计，其诗涉及150人次，凡91人[①]，要知道他只有128首诗呀！其中刻画生动的，起码有十几人以上！这个长长的人物画廊，在耳目能及的范围内，基本把中下层身怀才艺的精英人物，搜罗得极为广泛，简直够得上盛唐前大半期一部"文苑传"和"艺术传"、"隐逸传"、"僧道传"综合总传记。它是那么厚重，又是那么光彩照人！

这些人物形形色色，趋向不同，而他们都体现了自信、自负、独立不群的入世与傲世精神；他们张扬自我，开放乐观，豪放不羁；他们显示了盛唐士风，体现了盛唐时代由初唐百年所凝聚而焕发的气象。李颀思想斑驳，儒释道均有地位，他所刻画的人物，儒释道各色人物琳琅满目，显示出盛唐汇融互补的大开放时代的思想面貌。强烈的入世和弘扬自我，在这些人物命运中并未得到圆满结果，就像李颀本人"惜其伟才，只到黄绶"（殷璠语）。他的诗虽有不平和遗憾，但却没有多少阴冷与灰暗。他并非没有发现世途的"行路难"，然而充斥的却是乐观与自信，人格的自尊与才能的自负。他的诗也曾裸露对功名富贵的艳羡，虽终归失望，但仍然不失时代所赋予士人的昂扬精神。他用自己的目光端详命运的未来，用自己的精神去感知这些人物。所以，他笔下的人物，既是活生生的每一个，又有李颀自己的影子，也同样展现盛唐的时代精神，在每个人物身上折射出时代的共性与各自的个性。从共性与个性合观，李白诗中的"大我"形象，虽然超越了李颀笔下所有的人物。但从反映盛唐气象更广阔的角度来看，李颀却不是李白

---

① 见罗琴、钟嗣坤《李颀及其诗歌研究》，巴蜀书社2009年版，第291页。

能比拟的。寸有所长，尺亦有短，在二李身上不是可看得出来吗？换句话说，没有李白，盛唐少了一个天才的大诗人，失去了一个张扬的李白之"我"；而没有李颀，盛唐少去一个长长的人物画廊，而且诗国高潮中，更失去一股澎湃的浪潮，一种崭新的艺术品种，那就是歌行体人物诗！

四　李颀歌行体人物诗的源流

　　盛唐气象，是以诗歌为主的包括绘画、书法、音乐、建筑等不同门类集合体的艺术精神体现。李颀诗多少不同地涉及这五个方面。特别在诗歌、音乐上尤为显著。而他的歌行体人物诗，用歌行体来刻画人物，也受到了人物画的感召与启发。盛唐人物画大师吴道子，造型精确，气势非凡，风格是豪爽的。山水画大家王维，《宣和画谱》著录其画作126幅，而菩提罗汉、僧人隐士、经师、诗人67幅，其中的《孟浩然像》气象不凡。美术史家腾固曾谓吴是"豪爽性"，王是"抒情性"，而初唐绘画大师李思训是"装饰性"的①。接过来可以说，初唐诗是"装饰性"的，盛唐诗是"豪放型"与"抒情性"的结合。李颀的歌行体本身就是时代艺术氛围的产物，豪放而富有抒情色彩，而以之所写的人物诗，必然受到人物画的启导②，更何况他本人在题画诗尚不多时，就有《李兵曹壁画山水各赋得桂水帆》、《崔五六图屏风各赋一物得乌孙佩刀》，以及《咏张諲山水》。初唐阎立德、阎立本都是著名的人物画家，范长寿、何长寿，并长于人物，特别是尉迟乙僧的宗教人物，名极一时。著名的《凌烟阁功臣图》就出自阎立本，一直影响到后来的杜甫对人物画的描写。比杜年长20多岁的李颀受到人物画的熏陶，自当是情理中的事。

　　言及诗中刻画人物，首先是蔡琰自传体《悲愤诗》，直接影响到杜甫《咏怀五百字》、《北征》、《壮游》等，而李颀的《放歌行答从弟墨卿》、

---

　　① 腾固：《唐宋绘画史》，见陈辅国主编《诸家中国美术史著选汇》，吉林美术出版社1992年版，第994页。

　　② 参见陶文鹏《传神肖貌，诗画交融——论唐诗对唐代人物画的借鉴吸收》，见所著《唐宋诗美学与艺术论》，南开大学出版社2003年版。

《缓歌行》亦为迹近，不过把翔实的叙事变为感慨的片段描述而已，实际与建安嗣音的左思《咏史》，同样都是取法建安诗的作法，左思不过采用组诗而已。左思善于开拓题材，他的《娇女诗》活泼可爱，对于人物诗有引发性。其次是咏史诗的影响更为直接，王粲、阮瑀、左思、陶渊明的咏荆轲，特别是陶作，更为出色。陶渊明还有《咏贫士》、《咏三良》、《咏二疏》，视野更为开阔。谢灵运《拟魏太子邺中集》八首、沈约《怀旧诗》九首意在称美人物，并非要刻画性格。复次为叙事诗，汉乐府一部分以对话叙述情节和刻画人物，为杜甫所汲取。而《孔雀东南飞》、《陌上桑》，包括《羽林郎》，着力铺叙描写故事，后来北朝乐府《木兰诗》亦属此类。第四类则是边塞诗与游侠诗，自曹植《白马篇》发轫而不绝如缕。此类人物多类型化，生动尚可，个性不足；而咏史诗涉及经历，然人物同样生动不足。前者多因想象，后者出于历史的影子。身之所历、目之所睹是铁门槛，写活人要比死人更逼真感人，这就是蔡琰之作与左氏娇女之篇有新鲜感而影响更大的原因。

时至初唐，王绩《晚年叙志示翟处士》历叙"弱龄"、"中年"、"晚岁"，是较有起色的自传诗。李世民赠给重臣房玄龄与萧瑀的诗，只是颂美功德的评语，并不想写活一个人。王珪与于季子咏史诗，对刘邦、韩信、项羽，只是复述史传的押韵文字而已。而陈子昂《感遇》写到鬼谷子、乐羊子、周穆子，以及以人物为题的燕昭王、燕太子、田光、邹衍、郭隗，仅借历史人物以发感慨而已，实则意不在人。另一位值得注意的则是对盛唐诗人颇具影响的张说，他的《赠崔公》、《赠赵公》、《赠赵侍御》，属于议论加叙述的一般酬赠诗。《五君咏》所称道的人物均为当代名臣，纯以议论评其功德，与李世民赠房、萧诗无别，谈不上对人物的描写。然而《邺都引》把古人写得虎虎生风别开生面的原因，全在开头四句，把概括笼写与具体描述结合，虽然"昼携壮士"与"夜接词人"仍然粗略简括，然而生动的可视性和气势的伟壮，却能使死人"活"起来。比较武后时郭震七言咏物《古剑篇》，张说这首名作更具有导向的昭示：其一，以七言歌行来怀古，在古事叙写的同时也写活了人物，从鲜活的人物中，见出历史的大变迁，既是对李峤《汾阴行》昔盛今衰感慨回溯的继承，而且也是一种大幅度的更新，怀古——人物——历史变迁与七言歌行结合在一起。其二，全诗12句，以气运文，以意运词，前后六句构成对比，减少了初唐以来四句至八句浓墨重彩的铺叙，使对比更强烈，主题更突出。如此大刀阔斧地"减肥"，和作者自己的浓腻的描写铺叙的七言大篇《安乐郡主花烛行》迥异，也和单纯叙写而无议论的简洁的七言歌行《离会曲》不同。其三，尽管刻画魏武帝只有四句，而注重人物的行为动作描写仅止二句，然简括中有活力，有生气。以上三端，它召唤李颀大量的歌行体人物诗的到来，也呼唤风骨辞彩兼备的盛唐诗的到来。可以说张说对七言歌行的引导作用，不低于他所推崇的"海日生残夜，江春入旧年"的效应。张说七言歌行体24首，题材涉及广泛，作了多方面实验性的努力，凡咏物、离别、山水、边塞、应制、酬赠，均出之七言，所以《邺都引》的成功，并非出于偶然。

李颀早年功名思想极为旺盛，对于身居中枢、三度为相的张说的诗，不能不予以特别的关注，像《邺都引》这样的诗，必然引发他特别健旺的兴趣。吸收了此诗的启发，转而专力大量写歌行体当代人物诗，如《送刘十》、《送王道士还山》、《别梁锽》、《放歌行答从弟墨卿》、《送刘方平》、《送刘四赴夏县》、《欲之新乡答崔颢綦毋潜》、《同张员外諲酬答之作》、《答高三十五留别便呈于十一》、《古行路难》、《古意》、《送康洽入京进乐府歌》、《送陈章甫》、《缓歌行》、《送山阴姚丞……》等；还有描写神仙志怪人物的，如《王母歌》、《鲛人歌》；五言歌行则有《送綦毋三谒房给事》、《送刘四》、《送裴腾》、《送司农崔丞》、《送崔侍御赴京》、《赠别高三十五》、《渔父歌》、《谒张果先生》、《寄万齐融》、《赠张旭》、《赠别穆元林》、《赠苏明府》等。他的这些人物诗，主要集中在送别和酬赠上，它们和一般的专写别情别景迥异，而以人物形貌、经历、精神境界为主。连缀几个简洁多彩的片段，而极少采用铺叙，带有浓厚的写意性，犹如南宋梁楷水墨淋漓的人物画。然描摹人物形貌却极为精确，往往形神兼备。又如当代蒋兆和先生的人物画，每个人物生气活现又都颇具个性特征。就其浓郁的抒情性，则似乎接近他的朋友张旭的大草书法。这个丰富多彩、形象各异的人物画廊，对开元后期崛起的诗人起着极为重要的影响。

当王维投入送别诗和他擅长的山水诗的时候，李白则以乐府震动诗坛。著名的《蜀道难》是乐府诗，也是七言歌行；是山水诗也是送别诗，

"一夫当关"八句又有显明的讽劝用意,论者谓"奇之又奇。然自骚人以还,鲜有此体调也"(殷璠语),把送别诗写成山水诗,而又携带神话描写,且出之七言歌行,乍看确奇。细想,这不正是李颀把送别诗写成人物诗,同样用的都是歌行体,同样都是送别,区别只在于人与山之不同,实则属于较为相似的一种"体调"。再看《梦游天姥吟留别》,又是送别,亦写山水,不过借梦境写来而已,结尾又带咏怀性质,亦用七言歌行,这和《蜀道难》如出一辙,亦与李颀歌行同为一法。《鸣皋歌送岑徵君》同样不以送别为主,而借山水险恶直斥政局的美恶颠倒,送别只是用来穿插的引子和线索而已。《西岳云台歌送丹丘子》实际主要写黄河与华山之险及其仙境,因送道士,故仙味浓,而送别意则微乎其微。《庐山谣寄卢侍御虚舟》纯粹一片山光水色,连寄赠的一句话也没有,全凭题目表示寄意。《峨眉山月歌送蜀僧晏入中京》写法略同《庐山谣》,中间略点"还送君"字样,而以"峨眉山月"为主。《早春寄王汉阳》、《望汉阳春色寄王宰》等亦同《庐山谣》。李白这类诗形成一种格局:送别或寄赠——山水——七言歌行,只是把李颀描写的"人物"换成"山水"而已。毋庸置疑,天才大诗人李白怎么会想起李颀,因为汪洋大海不会拒绝涓涓细流,凡成大家者莫不如此。否则太白就不会"一生低首谢宣城"了。

再看杜甫(见图39),著名的《饮中八仙歌》推出一组人物群雕,八个人物性格各异,活灵活现,生气勃勃,它是不是由李颀单篇单人描写所启迪?试看杜诗"宗之潇洒美少年,举觞白眼望青天,皎如玉树临风前",李颀《送刘四赴夏县》就有"九霄特立红鸾姿,万仞孤生玉树枝。刘侯置身能若此,天骨自然多叹美",同样用"玉树"喻人,神态又何等相似!杜诗"张旭三杯草圣传,脱帽露顶王孙前,挥毫落纸如云烟",李颀《赠张旭》则言"露顶据胡床,长叫三五声。兴来洒素壁,挥笔如流星",而《别梁锽》还有"朝朝饮酒黄公垆,脱帽露顶争叫呼",用词与神态又何等的逼肖!不用多加比较,只要把李颀同类人物诗稍加组合压缩,就成为杜甫的这种手法。特别是抓住人物最具个性的动作与神态上,如果把二者联系起来,就会更清楚了。杜诗最接近的还是另一名篇《丹青引》,它是赠给绘画家曹霸的,不亚于一篇"曹霸传",通过画功臣、画马等几个片段赞美曹霸画技。不同的是杜甫的片段全是通过铺叙手法——这是老杜看家本领之一。杜甫更重要的是通过人物的今昔遭遇对比，映衬安史之乱带来的全方位巨变，而体现在一个画师地位变迁身上，就像鲁迅通过男人辫子的有无，要写张勋复辟引发的"风波"一样。另外，《丽人行》，或者组诗《八哀诗》，或多或少的与李颀《王母歌》、《郑樱桃歌》等有一定的联系。

图 39 清代 伊秉绶 **杜诗联语**

此两句见于杜甫《赠王二十侍御契四十韵》，这是对朋友说的知心话，也是自己本性的流露。他在《彭衙行》里面说过"谁肯艰难际，豁达露心肝"，都是推心置腹语。伊氏隶书拙朴浑厚，"意"字稍大，"合"字略小。如果此二字大小倒置，或许更好些。伊秉绶之隶书劲秀古媚，取法汉隶，以拙见长，结体或扁或方或长，不拘一格，愈大愈壮，意态宽和。用墨黑墨，布局如简牍之法。

与李白略同时的高适，其《酬裴员外以诗代书》属于五古自传体。还有几首上陈希烈、李林甫、奉赠薛太守、韦使君、李太守、路太守，都是五言长篇，带有写人性质，不过都显得滞重。七言歌行《九日酬颜少府》、《赠别晋三处士》、《送蔡山人》比较接近李颀风调。《留别郑三韦九……》、《别韦参军》属自传体，亦与李颀自传诗相近。特别是《送浑将军出塞》，人物风神凛然，被清人赵熙誉为"胜于史篇一传"。李颀与高适气质接近，在诗上可称为同调。在写人物上李以生动出彩，高以气势擅长。

略后于高适的崔颢，他的五古《赠王威古》，比高适五古写人物生动高明，以描写神态刻画边将。崔颢还有长篇《赠怀一上人》，而李颀送僧道诗本来就多，五古《谒张果先生》、七古《送王道士还山》可能对此有影响，都是用力刻画方外之人。而崔颢《江畔老人愁》叙一老人经历和今昔变迁，把人物诗和昔盛今衰结合，显得有个性。《邯郸宫人怨》则与上篇写法相同，但与上篇存在同样不足，人物的生动显得不够。

还有岑参，这位盛唐最后一位大名家诗人，他的不少送别诗，特别是送边塞人物的诗，继承了李颀以片段性描绘的组合，刻画了不少形貌神情各具的人物，往往带有传记性质，数量在40篇左右，为李颀之亚，也是对李颀人物诗的全面继承与发展，同时说明了李颀的影响贯穿盛唐，乃至于中唐元白一派的叙事诗。

李白还有写人物的《赠孟浩然》，以及大量的自我形象刻画，故域外论者说："对于个性的爱好，经常是狂诞的个性，渗透于李颀的五言和七言古体诗。在这些素描中，李颀最接近于李白的作品。""初唐宫体诗人在其作品中消除了自我，他们所赞赏的对象，由这些人物的社会地位及附加于这一地位的权力所界定。到了开元末，对于个人的新兴趣在很大程度上取代了旧的社会价值观。从李颀和李白的人物素描，从试图描绘'个人'，到寻求成为'个人'的李白，仅是一步之差。"① 如果把"个人"改作"每个人"，把这段话移来评价李颀，就再合适不过了。还有一点，应特别指出，所谓"李颀最接近于李白的作品"，看来应颠倒过来：倒是李白最接近李颀。

作为盛唐早期诗人李颀，对盛唐开天之际大家，具有广泛的影响。至于中唐白居易的《琵琶行》、《长恨歌》，前者可见李颀人物诗与音乐诗的双向渗透。后者只要看李颀《王母歌》起首"武皇斋戒承华殿，端拱须臾王母见"，以及"顾谓侍女董双成，酒阑可奏云和笙"，《郑樱桃歌》"樱桃美颜香且泽，娥娥侍寝专宫掖。后庭卷衣三万人，翠眉清镜不得亲"，另外，《琴歌》（一作《琴歌送别》）的"主人有酒欢今夕，请奏鸣琴广陵客。……铜炉华烛烛增辉，初弹渌水后楚妃。一声已动物皆静，四座无言星欲稀"，还有《听董大弹胡笳声兼寄语房给事》的"先拂商弦后角

___
① 见宇文所安《盛唐诗》，生活·读书·新知三联书店2004年版，第127—129页。

羽，四郊秋叶惊摵摵"，"言迟更速皆应手，将往复旋更有情"，其间的相互联系就不言而喻了。总之，明清的诗论家，看重李颀歌行体的表现技巧，而现在的论者看重人物诗。或者置于盛唐的平面上观照，或者就诗本身单纯分析。如果从动态文学史以及题材的演变与开拓上审视，李颀的意义可能显示更重要的价值和地位。

第九章　李颀人物诗的独创性

　　盛唐早期诗人李颀，以五古与七言歌行体刻画了许多形形色色的人物，精心构筑了一个漫长的性格各异的人物画廊。他善于把几个精彩片段连缀起来刻画人物，或者切割一个横断面，做大特写的刻画。另外，把人物刻画与送别景物结合起来，或者借助咏史、怀古、咏仙、咏物描写人物。同时，也有自传式的自我形象。其语言雄浑高朗，响亮清畅，明秀雅洁，超凡精警。写人注意眼神、动姿、细节，由此揭示人物的内心世界，为盛唐诗提供了一种新型题材。

　　唐诗经过初唐近百年的酝酿发展，渐臻诗体大备，基本确定了对建安与齐梁诗歌的双向选择，也尝试了诗的赋化的成功欣悦，终于由张说、张九龄二相拉开了盛唐诗的大幕，第一批诗人孟浩然、李颀、王翰、王湾、王之涣、綦毋潜已活跃于开元时期，即盛唐前期，或可直称为前盛唐。在开天之际逐渐大展雄风的三大家李白、王维、杜甫，均视孟浩然为前辈，为典范性大诗人。其余三王（翰、湾、之涣）与綦毋潜，虽名闻一时，然诗作不丰，多以绝句或五律见长。只有王翰有几首绝句与歌行沿着建安风骨的慷慨与齐梁诗风的流丽，并行不悖地进行。其中对后盛唐影响最大的除了孟浩然外，便要算李颀了。李颀诗有 128 首，只占孟浩然 251 首的一半，而且题材和孟浩然一样不够广阔。然而他以擅长的七言歌行体，集中精力刻画了形形色色的人物，并且以敏悟的音乐感受，创制超越前代的音乐诗，以及思想深刻的边塞诗，加上向来为古今论者推重的七律，三足鼎立，既展示了新人耳目的独创性，又显示了盛唐风采的多样性，以及盛唐气象的璀璨亮丽。由于传统诗学对人物诗与音乐诗未进入视域，现代论者大多停留在一般层次的感受上，深入而多维的讨论，特别从诗的发展角度的观照，尚待努力。

一　风格特异的人物长廊

自《诗》、《骚》以降，诗以缘情为主，间或辅之叙事。《卫风·硕人》与汉乐府《陌上桑》以及《羽林郎》，主要以铺叙描摹人物形貌与衣着。《离骚》和《九歌》中的一些篇章，则以铺叙刻画心理见长，就像《大雅·生民》以叙事为终极目的一样。《孔雀东南飞》、《木兰诗》较其他汉乐府诗，除了对话与动作外，而铺叙尤为出彩。蔡琰的《悲愤诗》显示了对汉乐府的叙事与写人的发展。而汉乐府的叙事诗的对话与动作简洁有力，然未免粗略。自曹植至初唐，描写人物一直带有类型化的不足，即使曹植的《白马篇》、《美女篇》，亦属于此类。只有少数咏史诗，人物还较生动突出，如左思、陶渊明的咏荆轲。

初唐是歌咏身边人物和咏史诗较前代为多的时代。李世民和他的臣子王珪、虞世南、于季子，以及武周时的卢照邻与杨炯、陈子昂，所作不少①，然而不是对当世者的道德操行的评断，就是对史事的复述，人物"活"不起来。其中虞世南《应诏嘲司花女》异常生动："学画鸦黄半未成，垂肩孌袖太憨生。缘憨却得君王惜，长把花枝傍辇行。"虞世南绝句八首，除此全是五绝，以咏物为主。其人生性严肃，此诗风格亦不类其诗。再则"太A生"一类词，虽然在张鷟《游仙窟》中有"太难生"、"太能生"、"太贪生"三种，然而至于入诗则是宋代的事情了②。此诗见于伪书《隋遗录》，故论者亦以为是作伪者所作③。王绩诗的朴淡在当时很特别，他的《赠李徵君大寿》、《赠梁公》却和初唐君臣的咏人诗一样的扁平，而带有自传性的《晚年叙志示翟处士》，倒可一观。盛唐诗人的发现者、组织者张说，以文坛宗领的身份评论过当时文人的风格，他的名作

---

① 参见陶文鹏《传神肖貌，诗画交融——论唐诗对唐代人物画的借鉴吸收》，见所著《唐宋诗美学与艺术论》，南开大学出版社 2003 年版。

② 参见魏耕原《杨万里俗词殊义考释》，见所著《唐宋诗词语词考释》，商务印书馆 2006 年版，第 396—399 页。

③ 见吴企明《唐音质疑录》，上海古籍出版社 1985 年版，第 110 页。

《邺都引》宏壮简洁，把曹操的雄武概括得颇为生动。以他的身份地位，以此篇名作，对开元诗人的影响则是不言而喻的。其后的高适、崔颢、杜甫、王维等都有不少人物诗名篇，而呼声最高，人物诗最多，成绩最佳的则是李颀。张说的影响正是通过李颀波及以上诸家。

在蒸腾而上的开元时期，李颀和前盛唐诗人一样，富有宏壮的理想和强烈的进取心。虽然一生只作了几年县尉，且以后隐居终老，但始终保持着旺盛的生活热情，反复来往于长安与洛阳，大量交往了仕宦、诗人、僧道、隐士、狂士、书法家、音乐家等各种人物。所以，他的酬赠送别诗多达93首，为90多个同代人写过诗①。他的送别酬赠诗受到建安诗人刘桢《赠从弟》等人之作的影响，打破了旧题苏李诗、《古诗十九首》至六朝送别诗的流行常规，不以别景别情为主，而以不同人物作为"模特儿"，但不仅只是"肖像画"，而带有人物传记性质。这不仅和当时极为兴盛的人物画有关，而且和当时官方浓厚的修史风气相关。初唐作史八部，占24史1/3，只要看看唐人的《晋书》、《南史》好写人物轶事趣闻，就会明白二者之间的个中消息。《晋书》好缀拾小说家言②，若看其中《阮籍传》，可知把《世说新语》有关片段连缀起来。萧统《文选》对唐诗的影响，为人熟知。而张鷟《大唐新语》等笔记小说，取法《世说新语》亦可不言而喻。唐诗，特别是盛唐诗驱词用典，亦多取材于以上两种。李颀的人物诗对此最为热衷，他像《晋书》撰者一样，把他的人物的经历行事片段连缀起来，且以刻画人物的精神气度与风貌见长，所以《世说新语》往往在他诗中会派上大用场。

把几个片段连缀起来，写活一个人，必须经过选择，体现不同的维度，像雕塑家一样打凿。而雕塑只是一个动态，需要暗示包孕其他动作。而诗是时间的艺术，还需要连续性，要让人物的若干片段连接起来。而李颀和他的人物，无疑受到盛唐时代精神的鼓舞，充满昂扬进取、开朗自信

① 罗琴、胡嗣坤：《李颀及其诗歌研究》，巴蜀书社2009年版，第291页。
② 赵翼：《廿二史札记》卷七《晋书》二："论《晋书》者，谓当时修史诸人，皆文咏之史，好采诡谬碎事以广异闻，又史论竞为艳体，此其所短也。然当时史官如令狐德棻等，皆老于文学，其纪传叙事，皆爽洁老劲，非《魏》、《宋》二书可比。"所谓"诡谬碎事"，即小说家言；而"爽洁老劲"，则言其叙事简明生动而有文学性。

的理想精神与宏壮的建功立业思想，时时体现展翅欲飞之势，即使遭受挫
折与不幸，在沮丧中亦充斥着亢奋。如《别梁锽》切取了五个片段，采用
倒叙，打乱经历的次序，意在突出人物豪荡与蹭蹬碰发的矛盾，在矛盾中
见出倔强自信的精神："回头转盼似雕鹗，有志飞鸣人岂知。虽云四十无
禄位，曾与大军掌书记。"首先刻画形貌，而绘形图貌，只出之"转盼"，
这是简而不能再简的。从眼神散发出展翅欲飞的逼人的英气，然而却顿挫
出"人岂知"的遗憾，乃至四十无位，则为顿挫后的再顿挫，然"曾与大
军掌书记"，两番压抑而后转出一扬，不仅带出前线论兵第二片段，写出
失志英雄的无限感慨；"抗辞请刃诛部曲，作色论兵犯二帅"，则见敢于有
为、不为势屈的豪杰本性。"一言不合龙额侯，击剑拂衣从此去"，则更显
示"富贵不能淫"、"威武不能屈"的卓荦不群的精神。"击剑拂衣"与上
"抗辞请刃"、"作色论兵"呼应，写得志气凛然、须眉皆动，虎虎而有生
气。"拂衣去"则带出以下两个片段：

> 朝朝饮酒黄公炉，脱帽露顶争叫呼。庭中犊鼻昔尝挂，怀里琅玕
> 今在无？时人见子多落魄，共笑狂歌非远图。忽然遣跃紫骝马，还是
> 昂藏一丈夫。（见图 40）

前两句写"途穷"后的豪饮，气吞如虎，一切郁懑都化为豪荡不羁。后四
句欲扬先抑，英迈之气逼人，顿挫反振，呼应前"有志飞鸣"。"黄公炉"
句即用《世说新语·伤逝》的王戎与竹林名士饮酒黄公炉事。犊鼻挂庭
句，则出同书《放诞》：阮咸贫穷，在七月七日晒衣节，以"竿挂大布犊
鼻裈于中庭"，而阮氏富者盛晒"纱罗锦绮"之衣，然阮咸不以贫穷为耻，
反而说："未能免俗，聊复尔耳！"狂饮叫呼，见出英雄失意的苦闷，庭中
高挂粗布短裤之类不随流俗的举动，正见出狂士倜傥不群。《世说新语》
两典于此合构成狂放不羁的片段。而"怀里琅玕今在无"的反问，所有郁
懑押在这一反问中。而"今在无"又引出下一片段："时人"两句，言世
人只见到他的落魄、叫呼"狂歌"，却未看到他的"怀里琅玕"与远图，
而"忽然遣跃紫骝马，还是昂藏一丈夫"，又一更大顿挫，一大转折，英
风豪气扑面而来！然而豪荡中却蕴含着壮士失志、无途可骋的悲哀。故下

接第五片段则言洛阳白霜、满川结冰，此因送别诗而穿插的别景，更重要的暗示友人前景不大看好，此与李白《行路难》的"欲渡黄河冰塞川，将登太行雪满山"用意相同。然而这位"梁生"却是："但闻行路吟新诗，不叹举家无担石"，为我们留下最后一个昂首吟诗、忘怀得失的高士形象。

以上五个片段，从形貌、从军前线，弃置后饮酒、骏马奔驰、行吟大道，刻画出与时不偶的文武兼备的壮士。起首的"梁生倜傥心不羁，途穷气盖长安儿"，形成有才而不偶的两条线索，把五个片段连缀在一起，所刻画的人物是立体的，有感情，有意气，更重要的是突出不甘心挫败，始终持有昂扬的进取精神，这也是盛唐气象的时代精神的体现。

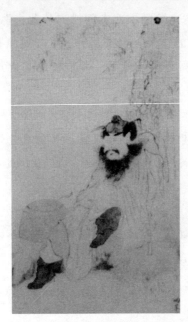

图40　清　任伯年　钟馗（右）华喦　钟馗醉酒（左）

钟馗是古代传说中的人物。据说他在玄宗时代应武举未中，死后决心消灭天下妖孽。玄宗曾梦见他，醒后命吴道子绘成图像。此说见沈括《梦溪笔谈》。钟馗是打鬼的壮士，深得民间喜爱，成为明清画家的重要题材，当代人物画更是热衷不衰。任伯年与华喦都画过不少。这两幅就都很有个性。使我们想到盛唐时代的狂士与壮士，李颀《别梁锽》所说的"回头转眄似雕鹗，有志飞鸣人岂知""朝朝饮酒黄公垆""时人见子多落魄"，就和这两幅画中的钟馗很相像。

再如《送刘四赴夏县》，凡写七个片段：一是风姿如玉树红鸾，天骨多美；二是虽名声早扬却脱略势利；三是早年以神童惊动人主；四是结交者多为高僧隐士；五是雍容闲雅处理县尉杂务；到了第六片段才说到出宰夏县，必会施惠一方；七是他的政绩肯定还会受到朝野的重视与赞美。后两片段采用预想式的描述，没有采用预祝式的议论，惟其如此，七个片段才可互为一气，已然和未然配合也就更为默契。然而更重要的是，对人物行事与未来前景，以刻画人物的视角来处理，所以此篇名为送别，实为叙写人物。李颀在写人时，特别注重人物的精神境界。如此诗谓刘晏早年得大名后，却未飞黄腾达，因为："举世皆亲丞相阁，我心独爱伊川水。脱略势利犹埃尘，啸傲时人而已矣。"就写得心境突现，神完气足，与另六片段合观，就更形神兼备了。其他如《送刘十》采用四个片段，言其风神："三十不官亦不娶，时人焉识道高下？房中唯有老氏经，枥上空余少游马。"言其生活态度与隐居："往来嵩华与函秦，放歌一曲前山春。西林独鹤引闲步，南涧飞泉清角巾。"仍关注社会，充满信心，隐居不过是养望待时而已。言其入世之受挫："前年上书不得意，归卧东窗兀然醉。诸兄相继掌青史，第五之名齐骠骑。"称其才能不弱于诸兄，然不能遇时。最后方推出其人之告别："烹葵摘果告我行，落日夏云纵复横。闻道谢安掩口笑，知君不免为苍生。""夏云纵横"，为别景，亦暗示刘十将有一番大作为。李颀送别诗如此双关式的写景，非常精心，也很特别，并且非偶然为之，亦为人物诗一大特点。"掩口笑"想见其人乐观自信的风采。以上五个片段，切取了不同时期横断面，用描写叙述的笔调，刻画出一个高人雅士不以进退为怀，而对未来始终充满希望。其他如《送刘方平》、《答高三十五留别便呈于十一》、《送康洽入京进乐府歌》、《送王道士还山》，均以七言歌行体与片段组合来刻画人物，不仅人物描写生动，而且性格各异。

他的五古里也有不少人物诗，同样采用片段描写的组合方式。如《送綦毋三谒房给事》、《送刘四》、《送裴腾》、《送司农崔丞》、《送崔侍御赴京》、《赠别高三十五》、《东京寄万楚》、《谒张果先生》、《寄万齐融》、《赠别穆元林》、《赠苏明府》等，都是专写人物的诗，或者可以说是新体送别诗。这些人物同样丰富多彩，和七言歌行中人物构成一道漫长的人物画廊，在盛唐气象乍露光芒时，显露出特别异样的新时代、新人物、新光彩!

特别值得一提的是五古《赠张旭》，全诗二十四句，每四句自成片段，除去起首四句写嗜酒和穷尽草书的笼括总叙外，以下五个片段，就像一个"连环画"的长卷，从各个不同方面展现人物风采。张旭草书，线条丰满，狂放奔走，最能体现盛唐人昂扬而又充满理想的精神。这也是此诗推出的第一片段：

露顶据胡床，长叫三五声。兴来洒素壁，挥笔如流星。（见图 41）

图 41　唐代　张旭　**古诗四帖（局部）**

《新唐书·张旭传》说："后人论书，欧、虞、褚、陆皆有异论，至旭无非短者。"窦臮《述书赋》说："张长史则酒酣不羁，逸轨神澄，回眸而壁无全粉，挥毫而气有余兴。"杜甫、高适以诗，韩愈以文都赞美过他的书法。黄庭坚最早提出："怀素草工瘦，而长史草工肥，瘦硬易作，肥劲难得也。"旭肥怀瘦，盛中唐草书的变化，正好体现盛中唐诗转化的轨迹。李颀《赠张旭》为其人立一大传，可与其书合观。其中的"瞪目视霄汉，不知醉与醒"，其境界，亦可与其书合观。此三行草书释文为："储官非不贵，岂若上登天。王子复清旷"。

如此醉后脱帽露顶、狂呼大叫的创作神态，充分显示盛唐艺术家的浪漫精神。而正是这种浪漫精神，才把从魏晋以至初唐的独体草书，至张旭一变而为连绵不断的大草和狂草。而只有狂草的奔放不断的线条才能"如流星"那样灿烂。然而这位天才大草书家生活处境却是："下舍风萧条，寒草满户庭。问家何所有？生事如浮萍。"这种大对比，大跌宕，大错位，大颠倒，不知蕴含多少大感慨！然而诗人能控制得住，不发议论，继续打锻他的人物，又指出生活状态和精神状况：

左手持蟹螯，右手执丹经。瞪目视霄汉，不知醉与醒！

这简直是大泼墨似的人物画，使我们想起南宋梁楷笔下的简笔人物李白等画像！纵放不羁的狂态，傲视一切的神态，形神毕现，如在目前。特别是白眼朝天的点睛之笔，使人物风神凛然，这和写梁生"回头转盻似雕鹗"一样，可使笔下人物呼之欲出。《世说新语·任诞》："毕卓曾说'一手持蟹蟳，一手持酒杯，拍浮酒池中，便足了一生'。"此处前两句出此。魏晋风度在盛唐名士身上焕发出种种进取精神，这也是盛唐气象与魏晋风度的不同处，在对魏晋风度取舍扬弃中，盛唐精神更为健旺蓬勃。其四的画面是："诸宾且方坐，旭日临东城。荷叶裹江鱼，白瓯贮香粳。"以渔夫般村朴的方式招待来宾，这就是盛唐乃至于书法史上一流大书家的经济状况。然而张旭本人却是："微禄心不屑，放神于八纮。时人不识者，即是安期生。"这四句可以看作"瞪目视霄汉"的注脚，言其人所蓄甚大，志在高远。不了解者，还以为他是道家一流者。唐诗写张旭者不少，多以描述草书惊异为主。而于此只用了一个片段，其余则叙写生活处境、生活方式、交游之贫困，以及所期甚远的精神境界，多维度刻画豁达而才高志大的艺术家，为他的人物画廊增添了光彩熠熠的一幅"画像"。

二　刻画人物的不同手法

李颀人物诗，以用横切片段组合刻画人物，运用得最为从心，这类诗大都带有人物传记性质，而且都纳入送别与酬赠题材。除此以外，他还借助送别时的特别场地，只在这一个空间，集中笔墨刻画人物，犹如肖像大特写，这些诗中的人物，不仅须眉皆动，而且在有限空间展示出人物的精神境界。

名篇《送陈章甫》就只采用一个横断面，以送别时令、场所作为刻画人物的背景，起首说："四月南风大麦黄，枣花未落桐阴长。青山朝别暮还见，嘶马出门思旧乡。"原本乡间习见的初夏光景，却写得视野开阔，景象高远，清朗宏畅，为以下人物出场作了最佳的背景铺垫。以高桐衬托高士，此可能最早。次二句点出送别"嘶马出门"的气氛。以下人物亮相：

> 陈侯立身何坦荡，虬须虎眉仍大颡。腹中贮书一万卷，不肯低头在草莽。

一个浓眉大额、长满络腮卷曲胡须的大汉，"坦荡"地矗立在我们面前，而且满腹经纶，准备做一番大事业，后两句带有"人物介绍"性质，或如画外音。至于行止举动，则接写：

> 东门酤酒饮我曹，心轻万事如鸿毛。醉卧不知白日暮，有时空望孤云高。

如此饯别，还不如说尽力在描写人物。描写其人，"心轻万事"则言其豪爽，末句言一怀壮志无法施展，这个动作富有雕塑感，或者又使我们想起蒋兆和先生的渊明举杯赏菊图！醉望孤云的心高气傲，云高日暮的陪衬，即一怀苦闷都能想而可见。全诗只简略勾勒出一个肖像和一个动姿，而一个坦荡磊落的人物已栩栩如生，全靠雅洁的描写与转接的迅速，如"东门"句叙饯别，次句即转到"心轻万事"，与上句实虚兼写，既叙事又带出人物的精神境界。虽然人物只处在同一场地，且受到送别诗的限制，把人物写得如此精神百倍，别开生面，真如丹青家写真高手，让人叹为观止。

五言排律《送乔琳》，也是就送别刻画出人物来。乔琳为太原人，开篇点名别地别因："草绿小平津，花开伊水滨。今君不得意，孤负帝乡春。"是说因落第而游江南，以下转到人物描写："口不言金帛，心常任屈伸。阮公惟饮酒，陶令肯羞贫？"虽仅着眼于品德人格判断性评述，然人物风范约略可见。接写想象漫游江南："青鸟迎孤棹，白云随一身。潮随秣陵上，月映石头新。"言虽为孤游，然青鸟却迎面欢迎，白云会随时跟随其后。"孤棹""一身"，虽微带寂寞，然这两句写出其人性高志雅，不以进退屈伸为意，确如陶令、阮公的风范。金陵一代山水会带来新的快意，会消解独游的寂寞。此四句写景，而景中有人。以此回衬以上四句论断性虚写，也就充实得多了。这和一般送别设想沿途景物，以示挂念，显然有别。李颀诗意在于刻画出一个人物，而一般送别仅在抒情言景而已。同是五排的《赠别张兵曹》先用十句叙写张垍出身相门，皇家贵婿，风姿美秀，下笔成章，俨然一篇人物小传。接言"不惮轩车远，仍寻薜荔幽"，方才转到张的造访与送别，同样是借送别来写人物。《送山阴姚丞携妓之任兼寄苏少府》前半五言八句，先写送别情景。以下十二句，前四句描写姚丞到任政简人闲，中四句言苏少府会喜爱上江南之物，后四句对两人合写双挽。这首送别诗，以设想两人为宦风范为主，也与一般送别诗有别。总之，他的送别诗不是专写人物，就是在送别场景中刻画人物，或者想象别者到达后的各种举措，无论如何，总要把这个人物的特征、风貌托显出来。即使穿插写景，也是为了烘托人物。如此诗的"落日花边剡溪水，晴烟竹里会稽峰"，徜徉山水，则就姚丞为政清简而言。

　　另外一种送别写人诗，就是把人物传记和眼前的分别情景结合起来，突出送别的人物。《送刘方平》一分为二，前八句五言，以叙写年少时刘方平的形貌、美名、品德；后十句为七言，开头两句"有才不偶"、"藏锋高卧"，是上下两节的枢纽。以下八句则是一首标准常规性的送别诗，可以独立成章，专写眼下惜别情景。从结构和写法看，是把人物诗和送别诗的内容结合起来，各自一半。这是一种试验性写法，唯其有如此改革，方才能出现用送别酬赠来专写人物的创新。另外也可看出李颀不仅是片段描写的高手，而且善于以各自不同内容构成独立片段，又把他们连接在一起。如《送刘昱》就用五、七言各自四句连缀，分开来可成为两首绝句，合在一起衔接也很自然。而《送郝判官》如一首五律和一首七绝的组合，《送从弟游江淮兼谒鄱阳刘太守》七言十二句，可看成三绝句之合成。其他如《古意》、《缓歌行》、《欲之新乡答崔颢綦毋潜》、《送康洽入京进乐府歌》、《送刘十》等，均采用了这种可拆可合的结构。

　　李颀除了在送别酬赠诗中刻画人物，还借助咏史、怀古、咏仙、咏物等题材来描写人物，它们分别和原本题材所表现的一般写法具有显明区别，就是把人物放在中心，事件从属人物。如《郑樱桃歌》，本为石季龙所宠幸的郑樱桃专擅宫掖而发，应为咏史诗，却以溢光流彩的语言，尽量铺张扬厉，极力描写如何恃势奢华："樱桃美颜香且泽，娥娥侍寝专宫掖。后庭卷衣三万人，翠眉清镜不得亲。官军女骑一千匹，繁花照耀漳河春。织成花映红纶巾，红旗掣曳卤簿新。鸣銮走马接飞鸟，铜驼瑟瑟随去尘。凤阳重门如意馆，百尺金梯倚银汉。自言富贵不可量，女为公主男为王。赤花双簟珊瑚床，盘龙斗帐琥珀光。"如此铺彩摛藻的秾丽写法，一反送别酬赠的人物诗不用铺排的作法，然用意则相同，目的都是表现出人物最本质的地方，也同样要求写活一个人。此诗似有所指，与杨贵妃事极为相似，当为杨妃而发。白居易《长恨歌》关于杨妃的描写，受此诗沾溉则不言而喻，亦可反证此诗的指向。其所以用咏史形式，以避时讳而已。出于同样用意的还有《古行路难》，描写东汉名臣杨德祖豪贵时，"世人逐势争奔走，沥胆隳肝惟恐后"，而谢病还乡后却门庭冷落。杨德祖名修，被曹操所杀。此诗以杨修为原型，改更行事，以显世态炎凉的主题，当是有为而发，"此借杨氏发论，为势利之徒言之"（沈德潜语），由此可以推论回证郑樱桃也是借以发论。前者借一人，可以推求，而后者就某一类人而言。

另外，《王母歌》虽属咏仙，然与《郑樱桃》则同一机杼，起首所言"武皇斋戒承华殿，端拱须臾王母见"，武皇之与王母，斋戒之与须臾，恐怕谁都会想到——"汉皇重色思倾国，御宇多年求不得"，以及"杨家有女初长成"，"一朝选在君王侧"！以下铺写王母仙人仪仗，汉武帝的酒宴交欢，"手指交梨遣帝食，可以长生临宇县"，"顾谓侍女董双成，酒阑可奏云和笙"，通过细节刻画王母。言其仙仗："霓旌照耀麒麟车，羽盖淋漓孔雀扇。"渲染仙乐动人："红霞白日俨不动，七龙五凤纷相迎。"夸张乐声响遏行云，龙凤为之舞蹈，然而王母稍不高兴，汉武就可忙乎了——"惜哉志骄神不悦，叹息马蹄与车辙"，"神不悦"颇具讽刺。所以歌舞昼暮不息："复道歌钟杳将暮，深宫桃李花成雪。"此诗改变送别人物诗的简洁刻画，而为渲染铺张，然而有所节制，改变了卢照邻、骆宾王动辄四句以至八句，李颀只用两句，显得富丽而不失整洁。遣事用词，错金铺彩，五色纷披，加上细节与情节刻画生动，王母豪奢纵欲的形象尚较突出。诗的主旨则针对杨妃与明皇，则不言可明。此类诗全借助想象，展开描写，也可见出李颀人物诗的另一面风采。

李颀还用咏物诗，借助比喻侧面描写人物。虽然人物不见形貌，然风姿神态仿佛可见。《双笋歌送李回兼呈刘四》只有八句，前六句咏物："并抽新笋色渐绿，迥出空林双碧玉。春风解箨雨润根，一枝半叶清露痕。为君当面拂云日，孤生四远何足论。"首二句谓李回与刘四如抽拔临空的"双碧玉"——当然是一对年轻人。中二句言李回在春风化雨中会蓬勃生长，后二句说无论何地竹子都能高拂云日，即就是孤处遐远也会有所作为，抚慰勿以外任为忧。此六句全用比喻，亦物亦人，喻其人才如碧玉而弃远郡，故祝以"拂云日"而喻以"生四远"。末尾两句才剖明送别李、刘正意。此诗借咏物送别两位有才能的年轻人，故喻以"迥出空林双碧玉"，希望他们能"拂云日"，有所作为。（见图42）

图42　清代　石涛　双笋图

李颀把咏物诗与人物诗可以"嫁接"起来，画家受到具体物象限制，缺乏语言的暗示性，却用诗配画，也达到同样的目的。看李颀的《双笋歌》与石涛的《双笋图》，也同样带有这种互补性。画面构图由两个直角三角形组成，画与诗可用对角线斜分为两半，两笋一直一斜，呼应有致，用墨浓至，拔地而出。小竹一枝，两丛肥叶，昭示"可上青天"之势。题诗亦佳，诗画配合默契。同一题材与不同形式，给予我们更丰富的想象。

值得一提的是，以"自我形象"为主的自传性质的人物诗，在李颀集中也有好几首，特别是《缓歌行》对了解他的经历和诗风具有多重作用。前半说："小来托身攀贵游，倾财破产无所忧。暮拟经过石渠署，朝将出入铜龙楼。结交杜陵轻薄子，谓言可生复可死。一沉一浮会有时，弃我翻然如脱屣。"如此广泛交游，其实盛唐诗人年轻时大多如此。对于沉浮引起的冷热刺激，激发出"男儿立身须自强，十年闭户颖水阳"。这时的心情就像他描写过陈章甫一样："腹中贮书一万卷，不肯低头在草莽"。或者更准确地说，就像后来李白的"仰天大笑出门去，我辈岂是蓬蒿人"。经过"十年闭户颖水阳"的李颀，充满了自信和想象，展示出彩虹般的未来：

> 业就功成见明主，击钟鼎食坐华堂。二八蛾眉梳堕马，美酒清歌曲房下。文昌宫中赐锦衣，长安陌上退朝归。五陵宾从莫敢视，三省官僚揖者稀。

憧憬美丽如此，而李颀后来仕宦仅止黄绶，如此这般幻想就无异于黄粱美梦！那么就又像李白《少年行》所说的"府县皆为门下客，王侯尽是平交人"，于此不过是举子们的狂想曲。这里的描写是赤裸裸的，犹如暴发户的富贵曲，也是毫无顾忌的世俗歌，常遭到后人讥议，然正体现出唐人在经济上升时期敢于进取的一面。此诗当由及第后的兴奋引发出来的激动，而《放歌行答从弟墨卿》则好像是上诗狂想曲的忏悔录，两诗对照起来，极为有趣：

> 小来好文耻学武，世上功名不解取。虽沾寸禄已后时，徒欲出身事明主。柏梁赋诗不及宴，长楸走马谁相数。敛迹俯眉心自甘，高歌击节声半苦。由是蹉跎一老夫，养鸡牧豕东城隅。空歌汉代萧相国，肯事霍家冯子都？徒尔当年声籍籍，滥作词林两京客！（见图43）

看末了两句，大有不堪回首之悲凉！李颀大约在距知命之年不远时，方才做了个新乡一尉，此即"寸禄后时"。数年风尘小吏，即"敛迹俯眉"、"歌声半苦"的生涯。过了数年，结果考课不调，由此弃职隐居，此时年届天命，固有"蹉跎一老夫"的浩叹，亦有"滥作词林两京客"的懊悔。此诗后少半言送别酬答，因从弟有诗留别。其中称其弟诗"五言破的"，有尚奇之逸气："兴来逸气如涛涌，千里长江归海时。"其实李颀在送别酬赠诗中，是刻画人物的高手，此诗借答别回顾大半生，为己写照，不胜感慨，确有逸气涛涌、大江归海的气势。故前人有云："从自叙说到从弟，一往

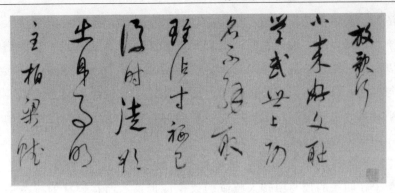

图 43　明代　董其昌　李颀《放歌行》

《放歌行》为送别诗与自传体诗的结合，在李颀集中是情绪最为
激烈的一首，使他从热衷功名的幻想中猛醒过来，故多愤懑之言。从
中可以看出他的审美倾向，属于他的名作。由于放纵酣畅的歌行体，
所以董其昌出之草书，但用笔太秀气了，显得清气有余，厚劲不足。

浩瀚之气，能磅礴于手眼前后左右。"① 前诗结尾说："早知今日读书是，
悔作从前任侠非。"而此诗结尾则言："举头遥望鲁阳山，木叶纷纷向人
落。"人生的懊恼、失望、忏悔尽在不言之中了。与此诗可以合观对看的
还有《欲之新乡答崔颢綦毋潜》，从首两句"数年作吏家屡空，谁道黑头
成老翁"，以及"自知寂寞无去时，敢望县人致牛酒"，可知作于任新乡尉
期间。另外，《不调归东川别业》则为弃职归隐时所作，似乎经过几年
"敛迹俯眉"，对社会的了解已非《缓歌行》那种浪漫不着边际可比，情绪
也没有《放歌行答从第墨卿》那么激烈，平和得多了。两诗虽都以见志言
意为主，不以刻画为意，但都能帮助我们了解李颀其人。

三　李颀人物诗的语言特征

初唐诗诗语言华缛流丽，经过"四杰"半因半革，再经陈子昂向刚劲苍
凉的单向复古，给予盛唐早期前行者以多维选择。张说、张九龄选择了疏

---

①　周敬、周珽：《唐诗选脉会通评林》"盛唐七古上"周颋评语，明崇祯八年刻本。

朗与清丽，感情都是温和的，他们的理智大于情感。至开元前期诗人孟浩然、李颀、綦毋潜，他们在感情上都是温和派，似乎始终能控制情绪的沸腾，以后的王维便从这一路走来。盛唐前期社会矛盾未见剧烈，诗人充满幻想与希望，没有巨大的外在刺激。影响于诗，感情热烈而有控制，对社会不平有批评也有节制，似乎形成一种倾向，这在少年时一度游侠的李颀诗中，同样体现了时代的审美趋向。

李颀人物诗的语言风格：雄浑高朗，响亮清畅，明秀雅洁，超凡精警。善于在明秀的描写中转入感慨的议论或抒情，而在顿挫的震荡中却能控勒自己感情。他的语言魅力，可以掀动感情的嘘唏、震荡，然不刺激人愤慨或者沮丧。似乎始终遵循"哀而不伤，乐而不淫"诗教古训，或者说在时代审美思潮中，逐步树立自己的风格。

李颀人物诗的名作主要见于七言歌行，而歌行本属铺叙与对偶驰骋的诗体。而李颀则极少用铺叙描述，且对偶只作为一种穿插而已。他最长于控制自己的感情，无论描述、议论，还是抒情，点到即止，不作铺排，故转换迅急，实写与虚写分属两句，二者之间有时来得非常奇横，但不觉得突猛，这虽然属于表现手法，但与语言操纵驾驭极有关系。《送康洽入京进乐府歌》开头即言："识子十年何不遇？只爱欢游两京路。"问得明快，答得响亮，然而有感慨、有诧异，有许多话虽没说出来，却似乎都包含进去，由此引发出对著名音乐家的传记式描写，就再简洁不过了！在《送王道士还山》结尾说："先生舍我欲何归？竹杖黄裳登翠微。当有岩前白蝙蝠，迎君日暮双来飞。"一问句唤出三句描写，"黄裳"在绿色的"翠微"中是那么耀眼，一个"登"字使颜色词"黄"似乎活动起来；而蝙蝠的"白"又是那么异样，它和道士的"黄裳"又陪衬得非常别致，见出诗人对于黄色的艺术敏感。《送刘四赴夏县》的"声名播扬二十年，足下长途几万里。举世皆亲丞相阁，我心独爱伊川水"，转接既奇横，而又自然流走。《送刘十》的"往来嵩华与函秦，放歌一曲前山春"，次句接隼让人意想不到，不官不娶的刘十，来往两京其意何在？反正眼前充满了理想的春天。《送綦毋三谒房给事》的"手执莲花经，目送孤飞鸿"，此虽用嵇康"手挥五弦，目送归鸿"句意，然接句亦为陡然。《送刘四赴夏县》的"朝持手版望飞鸟"，则在句内亦转接突然。《送从弟游江淮兼谒鄱阳刘太守》

起首："都门柳色朝朝新，念尔今为江上人。"本来不过是点明送别的时地与行者的去处，然朝朝新的都门柳色那样招人喜爱，而从弟却成为东南"江上人"，上句密而下句疏，其间的转接也是够快的，然而却是自然的。

李颀写人物，很注意刻画眼睛、动姿、细节，以此揭示和描写人物的内心世界。《别梁锽》下笔先写其眼神："回头转昐似雕鹗，有志飞鸣人岂知"，回头只是一个小动作，然"转昐"的神采，英锐之气逼人，从眼神进发出心底的"有志飞鸣"，抖擞出英迈之士的豪荡之志。他刻画的陈章甫不得志时："醉卧不知白日暮，有时空望孤云高。""望"只是一个眼神动作，而"空望"则传出内心的期待，所谓"传神写照，正在阿睹之中"。"空"字不仅传出眼神，且凸显了期望中的多少失意。而所望的"孤云高"曾是高士的象征，而"望"的眼神中还应包括傲视中的坦然，传出"心轻万事如鸿毛"的境界。其他如写张旭的"瞪目视霄汉，不知醉与醒"，《无尽上人东林禅居》的"所对但群木，终朝无一言"，《送綦毋三谒房给事》的"手执莲花经，目送孤飞鸿"，《送刘四赴夏县》的"朝驰手版望飞鸟"，都有传神写照之功能。写眼只是一两笔，即能揭示出人物的内心活动。描写动作亦复如此，写梁锽就用了不少的动作描写，展示人物的英风烈气。"抗辞请刃"与"作色论兵"，笼括性动作似乎与张说《邺中引》"昼携壮士"、"夜接词人"相近，而"一言不合龙额侯，击剑拂衣从此弃"，连续性的大动作容纳于一句，不为势屈的英雄本性，豁然展现。而弃职后朝朝饮酒的"脱帽露顶争叫呼"，人物都能恍然如在目前，可以称得上诗中有画，诗中有人物，可以呼之欲出。而传神写照最为精彩的还是——"忽然遣跃紫骝马，还是昂藏一丈夫"，这是在"时人见子多落魄"的眼中，推出大动作、大特写——风驰电掣般地向人奔来，真是须眉皆见！至于"但闻行路吟新诗，不叹举家无担石"，前句只是个模糊的叙述性细节，而非描写性，然而却显示他还是一位诗人，而且能得失忘怀。

李颀还用五古与五言排律刻画人物，这些诗的语言，因受句式的限制，就更为明净雅洁，而且高朗响亮。五排《送暨道士还玉清观》，称其道术精微："大道本无我，青春长与君。"当时人以为"足可唏嘘，震荡心神"（殷璠语）。《送司农崔丞》也是一首人物诗，起首言："黄鹂鸣官寺，香草色未已。同时皆省郎，而我独留此。"把转折连词一再置于句首，要有一定魄力。在大对比中为友人传出不平。无独有偶，《题少府监李丞山池》起首言："能向府亭内，置兹山与林。他人骑骢马，而我薜萝心。"同样把"而"字用得棱角分明。《送王昌龄》本来是写别情别景的一般送别诗，由于拥有长于刻画人物的艺术修养与爱好，就连通常想象的友人途经之景，也别有一番风味："前望数千里，中无蒲稗生。夕阳满舟楫，但爱微波清。"王昌龄遭诬被贬，一片冰心，故前望而无"蒲稗"，分明话中有话，只是不愿说明而已。而夕阳满船，却只爱赏江水的清澈。这四句一反一正，两层暗示了不容俗物的耿介孤高之性。《送崔侍御赴京》的"一从登甲科，三拜皆宪司。按俗又如此，为郎何太迟"，前三句顺流直下，至第四句硬是被卡住，语言虽简朴直白，其中却含有多少质疑与不平。而《赠别穆元林》前八句专叙写人物："丹墀策频献，白首官不迁。明主日徵士，吏曹何忽贤？空怀济世业，欲棹沧浪船。"在边叙边议中，句句跳跃腾转，写尽仕途坎坷。还有《送裴腾》的"放情白云外，爽气连虬须"，人物神情、气质、形貌，甚至眼神与精神抖擞的胡须，都能爽然而见，这不能不说其间存在一种语言魅力。除了他喜用颇具象征意义的"白云外"，"白云"所在而未出现于字面的青山，所荡漾的"爽气"，一经和那很有个性的"虬须"相"连"，宛然见出"森然此丈夫"的豪朗坦率的性格。

李颀诗的语言是丰富多样的，比如他的七律，明清诗论家一致认为"整肃响亮"；不管何体，他都善于经营开头，殷璠就说"发调既清，修辞亦秀"，清秀昭晰也是他的语言鲜明的特色，以上涉及的发端，大略都可以看得出来。

第十章　李颀七律及边塞与音乐诗合论

除了人物诗，李颀诗最出彩的还有三大类，分别是七律、边塞与音乐诗。盛唐七律大家为王、李、高、岑，李颀以整肃响亮的风格位于四大家之列。边塞诗则以思想见长。特别是音乐诗，想象奇宕，放出异样光彩，扩大了七言歌行的题材与描写手法，为盛唐气象增添了浓郁的风采。他的这三类诗，各具生面，迥不犹人，奠定了他在盛唐早期的突出地位，也对后来产生了深远影响。

从诗体看，七律与七言歌行，为李颀所擅长；从题材看，人物诗、边塞诗、音乐诗都有引人注目的名作。前人注重从诗体特征上分析他的个性，今人看重题材特征。人物诗主要见于七言歌行与五古、五排，我们已有讨论。此处只就他享有高名的七律和被时人看重的边塞诗和音乐诗，合而论之。

一　祥和安雅、清练沉厚的七律

七言律诗在中国诗体中是最后形成的，经过梁陈至初唐中宗景龙初年漫长的一个半世纪还多的时期，它才从七言歌行蜕化而来①。由于五律先期成熟勃兴，加上七律的酝酿准备，对偶和辞藻，就成为初唐诗人关注的焦点。所以聚集典故与辞藻的类书，以及研究诗法一类的诗格，都蓬勃竞相出现。初唐晚期，七律数量约 120 首。绝大部分出现在君臣或同僚聚会

---

① 参见赵昌平《初唐七律成熟及其风格溯源》，《赵昌平自选集》，广西师范大学出版社 1997 年版。

的场合，即使后者，亦为应制之作。所以七律成了高级官员在聚会场所应酬的工具，它需要的是对皇家或公主或显宦的歌功颂德与赞富夸丽，庄重与华美成了必不可少的作派与追求，装饰与应酬的得体，辞藻与对偶的讲究，都成了不可或缺的"硬件"。它不需要作者个人真实情感的介入，主要表示恭颂和客套就行了，这也是后来的律诗多用于应酬式的送别与酬赠的原因。

开元前期诗人，律诗数量不多。孟浩然 4 首，王翰、王之涣、王湾存诗不多，七律缺无。綦毋潜、常建、孙逖用力于五言，亦无七律。比李颀年少 8—12 岁的崔颢、王昌龄只有 2 首，祖咏和储光羲均仅 1 首，王维最多为 26 首，李白、高适和李颀均有 7 首，卢象只有 1 首。王维在京都时间最长，应制应酬多，故数量最高。其余数量少者，大多是地方官员与在野者。七律的发展同五律的发展一样，存在同样的历程："从宫廷走向市井"，"从台阁移至江山与塞漠"（闻一多语）。盛唐前期最著名的孟浩然诗数量亦多，然七言诗数量少，七律也没有给人留下什么印象。而盛唐老一辈诗人的七律，影响最大的只有李颀了。这在七律"英华乍启，门户未开"（沈德潜语）之时，就显得更为重要。

李颀七首七律，四首用于送别酬赠，两首题咏，一首咏物，题材比起初唐还较广泛，较之后来的崔颢、祖咏的边塞之声，王维的山水之作，高适、岑参的登高、咏怀之作，就显得略为单纯，所以李颀七律显示出初唐向盛唐过渡性的轨迹。如果说孟浩然是盛唐老一辈的大诗人，那么李颀便是昭示当时七律的第一座高峰。高棅最早注意于此，推李颀为七律"正宗"："盛唐作者不多，而声调最远，品格最高。若崔颢律非纯雅，太白首推其《黄鹤》之作，后至《凤凰》而仿佛焉。又如贾至、王维、岑参早朝唱和之作，当时各极其妙，王之众作尤盛诸人。至于李颀、高适，当与并驱，未论先后，是皆足为万世程法。"① 这是把王维、李颀、高适视为盛唐七律的射雕手，是最具代表性的人物。明人艳称盛唐诗的宏亮壮丽，后来加上盛唐后期的岑参，成为七律四大家，而把杜甫的七律，视为变风变雅。如胡应麟就说过："王、岑、高、李，世称正鹄。嘉州词胜意，句格

---

① 高棅：《唐诗品汇·七言律诗叙目》，上海古籍出版社 1982 年版，第 706 页。

壮丽而神韵未扬；常侍意胜词，情致缠绵而筋骨不逮。王李二家和平而不累气，深厚而不伤格，浓丽而不乏情，几于色相俱空，风雅备极。然制作不多，未足以尽其变。杜公才力既雄，涉猎复广，用能穷极笔端，范围今古，但变多正少，不善学者，类失粗豪。"① 加上李颀七言歌行的影响亦如七律，同样进入"一家眷属"的四大家，所以在盛唐的地位，就有了足够的分量。若单从诗体论上看，似骎骎乎超乎孟浩然之前，而成为不可或缺的"盛唐能手"。

李颀七律以四首送别最为出色，其中《送魏万之京》与《寄司勋卢员外》尤为翘楚。前者云：

> 朝闻游子唱离歌，昨夜微霜初渡河。鸿雁不堪愁里听，云山况是客中过。关城曙色催寒近，御苑砧声向晚多。莫见长安行乐处，空令岁月易蹉跎！

由初唐带有浓厚模式化的应制七律诗，至此我们终于听到诗人真正的心声。它由宫廷千人一腔的单调，终于走向诗人日常的生活。初唐人用五律写送别，盛唐先行者尝试改用七律，此首便属脍炙人口的先例。起句平平，不加粉饰，而接句炼意新警。两句倒装：意即昨夜微霜一降，游子今朝就向我告别。殷璠称李颀诗"发调既清，修辞亦秀"（《河岳英灵集》语），由此可窥一斑。李颀诗发端一般直奔题目，题前不作丝毫徘徊盘旋，故往往净亮清爽，此则更见清厉而已。以下四句，方东树说："情景交写，而语有次第。三、四送别之情，五、六渐次至京。"② 论者或谓"三、四句叙客况"（俞陛云语），似不妥。因"鸿雁"承"微霜"，"客中"接上"游子"，交错分承，中间不可断脉，而颈联方是"叙客况"。这两句在实景中嵌入"不堪"、"况是"，两层顿挫跌抑，婉转流利，情致生动。别时之雁声，远望之云山，一经虚词缭绕呼应，均成情语。实词原本坚实，虚词则有软化性。七古每用虚词，如宋之问《初宿淮口》："夜闻楚歌思欲断，况

---

① 胡应麟：《诗薮》内编卷五，上海古籍出版社1979年版，第83页。
② 方东树：《昭昧詹言》卷十六，人民文学出版社1981年版，第392页。

值淮南木落时。"七律用虚词多，容易失于缓弱。李颀律诗之所以平和，亦与此相关。此种句式大历以后为多①，盛唐诗不过偶尔及之。颈联言将近长安，"近"与"多"顺承呼应，天寒日甚，带出一片关照行者的心情。尾联"莫见"领下两句，全为宾语，语意舒缓庄重，推出叮咛用意。这是把王勃五律"无为在歧路，儿女共沾巾"化为七言，显得更为缓和，为此诗增添了不少的平和舒缓的风调。李颀七古转接奇横，每于不经意处忽出异想，远出常理之外。此诗的承接转换，老练稳到，流利婉转，亦不失律诗整肃庄严，故被视为盛唐正音。而《寄司勋卢员外》则高华宏畅，响亮温润，更能显示出盛唐律诗"正宗"的特色：

> 流澌腊月下河阳，草色新年发建章。秦地立春传太史，汉宫题柱忆仙郎。归鸿欲度千门雪，侍女新添五夜香。早晚荐雄文似者，故人今已赋长杨。

前六句皆对，建章、汉宫、千门、长杨，再加上太史、仙郎、侍女，组织其间，显得气象雍容高华，畅达明朗，施之求援之京官最为得体。起句言己，以下五句言卢，冷暖对照。尾联自然推出系援之意，而不失身份。出句虽然振作健拔，但稍失于涩。然起调雄浑，气象壮阔。全诗和平雅丽的风调与王维七律最为接近，所以王士祯每以王右丞与李东川并称②。翁方纲甚至说："东川七律，自杜公而外，有唐诗人，莫之与京。"又言："东川句法之妙，在高、岑二家上。""高之浑厚，岑之奇峭，虽各自成家，然俱在少陵笼罩之中。至李东川，则不尽尔也。学者欲从精密中推宕伸缩，其必问津于东川乎！"③虽然推崇太过，然看到句法的"推宕伸缩"，亦即转接关系，则有一定道理。

另外，《送李回》和《寄綦毋三》均出以粗毫大笔，显得声色宏壮，特别是后者，转接夭娇，开合振荡，颇值得注意："新加大邑绶仍黄，近

---

① 如刘长卿《登润州万岁楼》的"江客不堪频北望，塞鸿何事亦南飞"。
② 王士祯《然灯纪闻》说："七律宜读王右丞、李东川。"《师友师传录》又言："唐人七言律，以李东川、王右丞为正宗，杜工部为大家，刘文房为接武。"
③ 翁方纲：《石洲诗话》卷一，人民文学出版社1998年版，第32页。

与单车去洛阳。顾眄一过丞相府,风流三接令公香。南川粳稻花侵县,西岭云霞色满堂。共道进贤蒙上赏,看君几岁作台郎?"(见图44)李颀与綦毋潜关系密切,写给他的诗有七首之多。此言友人新近改任京畿大县宜寿(即今陕西周至)尉,然仍属县职,故离洛阳单车赴任,虽在中第及入仕时曾多次受过丞相、令公的看重。这次所任的"大邑"是稻香盈城、山霞照堂的好地方。丞相们都说,进贤纳士可受天子重赏,那么几年后,就可返京出任台郎显职——尚书郎。此诗风调高迈,意清词雅,虽然起笔如书法家的渴笔焦墨,然亢爽骏迈,声宏调响,而与《送李回》发端的"知君官属大农司,诏幸骊山职事雄",同具雄浑之气。中四句一疏一密,一声一色。颔联一经倒戟而入,便见十分风光;颈联则顺流直下,声色鲜亮,风调清雅。此四句的前两句为过去,后则为将来——到任之悬想。此四句看似整赡,实则颠倒,互不连接,叙述与描写互用,悄然跌出一番顿挫:为何丞相如此看重,而又为何仍然未换黄绶。这自然逼出末联的用意:提醒当政,早日重用其人!即代为友人鸣其不平。故论者有云:"题是《寄綦毋三》,却为綦毋三讽切当朝,此一最奇章法也。"[1]李颀长于七言歌行,转接奇横骏逸,往往于人不经意处总出异想,只觉奇逸,而不知所从来。此诗的回旋转折往复顿挫同样有异曲同工之妙[2]。而《送李回》结构亦与此相近,因李之官属大司农,故少些跌宕,多了些称美罢了!

以上三律,包括《送李回》,大获盛誉,向来被誉为可诵可法的盛唐"正宗"。而《题卢五旧居》却毁誉参半。其诗云:"物在人亡无见期,闲庭系马不胜悲。窗前绿竹生空地,门外青山如旧时。怅望秋天鸣坠叶,巑岏枯柳宿寒鸥。忆君泪落东流水,岁岁花开知为谁?"题咏亡友旧居,当然不用华词丽语,只能以真情朴语平平写来。与典雅高华的"朝为游子"、"流溯腊月"迥异。贬讥者谓此为"偶落晚唐者"(胡应麟语),甚至认为

---

① 《金圣叹评点唐诗六百首》,浙江古籍出版社1997年版,第89页。

② 方东树说:"此诗姚(莆)先生解最详,而曰:'往复顿挫,章法殊妙,当思其语,乃有得。'起二句叙事,已顿挫入妙。三四复绕回首句,更加顿挫。第四句含蓄不说出,更妙;五六大断离开,遥接第二句。七八又从题后绕出。大约有往必收,无垂不缩,句句接,句句断,一气旋转,而仍千回百折,所以谓之往复顿挫也。"见《昭昧詹言》卷十六,人民文学出版社1984年版,第391页。方氏好以"顿挫"论诗,细微处着眼较多。然此诗以顿挫组织结构的特点,让他解析的至为透辟。

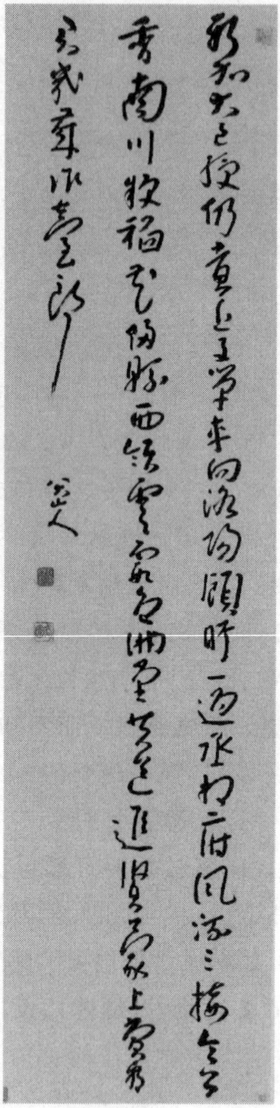

图44　清代　朱耷

李颀《寄綦毋三》

李颀此律粗笔大调，风格疏野。崔曙"汉文皇帝有高台"一律，杜甫"野老篱前江岸回"一律、"白帝城中云出门"一律，岑参"满树枇杷冬著花"一律，《诗薮》都列入疏野风格。对李颀来说，实际上"亦自有一种风致"，他率先对七律的改革，影响到后来。八大山人的书法就好像用了今日的"硬笔"，点画不求顿挫，只是在结构与圆转上有所追求，属于"疏野"一路，书李颀此诗亦甚合拍。他的书画都很"怪"，均能显露与人不同的丰采，而有别趣。此幅三行布局，行距宽绰而字距密，故行气畅达。落款居中，愈见显示空灵气流动其间，则与末行少半空白有关。行笔以草书为主、间杂行书，如首行"仍"、"上"、"向"、"顾"、"丞"，次行的"香"、"川"、"上"等。运笔取法晋书，追求笔断，点画减却连属牵带，纯出之中锋，故显厚实而不轻薄。

"通首平庸，无一豪味"①。其实，如有"豪味"，那就不是悼亡了！不同的题材需要不同的语言，一见素朴感伤，便视为"晚唐"，这倒也不见得。高适《东平别前卫县李寀少府》就很素朴，然仍为名作。对李颀诗，褒者称为有"真才情"，"此首好而人反不称"（钟惺语）。此诗发调清畅，不胜

① 屈复：《唐诗成法》卷七，光绪八年刻本。

悲楚。中四句写景，除"门外"句有"物在人亡"之感，其余三句并不分明，而且托意不远，景物粘着未能跳脱灵动。尤其以"巉岏"入律诗，生涩刺眼，犹如一幅行书中忽然跳出两个篆体字，极不协调。末联的"流水"无着落，"花开"与上"秋天"亦不吻合。但这诗毕竟显现了李颀律诗素淡的一面，在内容上更接近于现实生活。由兹而观，确对中晚唐有影响。而杜甫《又呈吴郎》，或可称作最切近的回响。

李颀好与方外来往，剩余两首律诗都与和尚有关，一是《宿莹公禅房闻梵》，一是《题璇公山池》。所谓"闻梵"，就是听和尚念经，一般把此诗看作咏物。诵唱声有节奏旋律，把它和音乐诗合看，最为方便，故留待下论。

总之，李颀七律结构跳宕，善于顿挫转折，然安顿自然，不留痕迹，章法明整。注意了首尾与中两联疏密与叙述、描写之区别。造句圆润雅洁，流畅高爽，重视句内句外倒装，也尝试以散文句入诗。风格爽朗整肃，高迈宏亮，题材也比较多样。特别是起调清朗高亢，健爽而有气势。高昂的气势，确实标志了与初唐迥别的盛唐气象的风采。

二　以思想见长的边塞诗

过去的文学史家，总喜欢把李颀安置在"边塞诗派"中。其实，李颀的边塞诗只有 5 篇，其中《古塞下曲》又与晚唐于鹄重见。《古从军行》每被现代选家看好，是因为明清人有过好评，甚至认为"高步盛唐，为千秋绝艺"（邢昉《唐风定》语），或者说"气格雄浑，盛唐人本色"（王士禛语），所以便把他视为边塞诗人。其实，他的不多的边塞诗，既远远比不上为数众多的七言歌行人物诗，亦和为数不多的七律与音乐诗的艺术境界，具有一定的距离。

《古从军行》最易引人注目的不是写景出色，而是主题深刻精警："年年战骨埋荒外，空见蒲桃入汉家"——巨大的错位反差，在明晰而至为简洁的对比中，表现得那么刿切深明，警动醒目。这不仅是民众不愿接受的现实，也是诗人对当时边事的深刻反省。这两句也体现了李颀七言歌行的转动速急，接句奇横的特色。翁方纲曾言："学者欲从精密中推宕伸缩，其必问津于东川乎!"① 所谓"推宕伸缩",就是抑扬顿挫,句与句的衔接多转折。而李颀的句子转接的奇横,常有使人意料不到的效果,然不觉突凸槎枒。这也和后来的王维一样,总喜欢把感情控制或调整到适当的范围之内,体现雍容不迫的温润,不褊急,不火不燥,不激不厉,追求以自然和煦的方式渗入感情。强调温柔敦厚诗教的沈德潜就说此诗:"以人命换塞外之物,失策甚矣。为开边者垂戒,故作此诗。"(《唐诗别裁集》语)沈氏又言:"诗篇结局为难,七言古尤难。前路层波叠浪而来,略无收应,成何章法?支离其词,亦嫌烦碎。作手于两言或四言中,层层照管,而又能作神龙掉尾之势,神乎技矣。"② 李颀此两句亦距此不远。此诗前八句分两节,战争给"汉家"与"胡儿"都带来巨灾。接言"闻道玉门犹被遮,应将性命逐轻车",胡汉军争又白热化起来,结果又能怎样呢?于是"战骨"与"蒲桃"的大对比,确如"神龙掉尾"层层回应"前路层波叠浪",此即结构与句法在"精密中推宕伸缩",这又怎能不让人大为深慨,深为反思呢?

　　此诗全从首句"白日登山望烽火"的"望"中写出,前两层胡汉"幽怨"的哀痛,尽从"望"中道来,既有现实的,也有穿过历史长空的,还有想象的。最后"闻道"四句,此为"望"中之想,末两句在俯仰之间发出历史与现实凝结的大浩叹。再则景象阔大辽远,无论是起首的"黄昏饮马傍交河",还是"行人刁斗风沙暗",都在辽阔的视野中展开。特别是"野云万里无城郭,雨雪纷纷连大漠",更是苍茫无际,且连接上下两层。而末节对比想到遥远的"玉门"。只有在这广袤的大空间、大视野,才能负载起大主题,展现大症结。其次,前辈学人已指出此诗由三首绝句组成,说得不错。可分可合,形式非常自由,这是南朝民歌原来就有的手法③。不仅七古有,而且在杂言诗多可见到。这种灵动组合,犹如分切镜

---

①　翁方纲:《石洲诗话》卷一,人民文学出版社1998年版,第32页。

②　沈德潜:《说诗晬语》卷上,人民文学出版社1979年版,第209页。

③　冯沅君、陆侃如《中国诗史》说:"李颀……的七言诗在形式方面有一个特点,全首差不多是几首七绝合成的。……如《古从军行》、《缓歌行》、《欲之新乡答崔颢、綦毋潜》、《送康洽入京进乐府歌》、《送刘十》、《送陈章甫》等都是。同时诗人之作,如高适的《古大梁行》、岑参的《卫节度赤骠马歌》、王维的《夷门歌》等,也都如此,只是没有李颀那么显著罢了。"另外还指出李颀《送从弟游江淮》前四句之后两句对仗,此四句押平韵。下四句换仄韵。中四句的后两句也是对偶。末四句又换平韵,而偶句则可不用。见山东大学出版社1996年版,第374页。

头，形成若干片段，而李颀又是片段描写的高手，故此诗在边塞诗中确能切中广大厚重的现实问现，在艺术上也达到了一定的高度。

《古意》也是由片段组成的边塞诗，以五言、七言各自六句合构。先唐文人作有六行诗者，范云三言一首，沈约四首，三、四杂言六首。萧子云三、四杂言六首，五言三首。庾肩吾二首，王筠、鲍泉各一首，萧绎八首，徐陵一首，庾信三首，陈叔宝十一首、七言一首，陆琼一首、六言一首，杨坚四言一首。其中有不少六行诗，主要以情诗为主，而无一首写边塞。至初唐，陈子昂有八首，其中《赠赵六贞固》其一为边塞诗。李颀《古意》或与陈子昂有些联系。前六句写一幽燕勇士，擅长弓马，"须如猬毛磔"，驰边报国，生死不顾，为壮士开一生面。后六句却出一"辽东小妇"演奏"出塞"乐曲，而"使我三军泪如雨"。前之壮勇与后之思家的哀伤，展示了内心的矛盾。诗的主旨，前六句如书法之中锋运笔，后六句则侧锋取势。前人以为前者为铺垫。我们看处于中间联系上下两节的"黄云陇底白雪飞，未得报恩不能归"，则为诗的主题。诗末四句，似对前六句的反衬。故此诗的主旨似与王昌龄"黄沙百战穿金甲，不破楼兰终不还"接近，只是表达得耐人寻味，言外可思，却不仅是慷慨激昂而已。

五律《塞下曲》直接写边塞健儿："少年学骑射，勇冠并州儿。直爱出身早，边功沙漠垂。戎鞭腰下插，羌笛雪中吹。膂力今应尽，将军犹未知。"前六句人物形象还较显明，然尤值得注意的是末两句突然一跌，引发出军中赏罚不明，将不知兵的问题。高适《燕歌行》所说的"战士军前半死生，美人帐下犹歌舞"，李白《古风》其六的"苦战功不赏，忠诚难可宣"，揭示显豁明了，而李颀只是说得委婉含蓄而已，但在边塞诗中比较早地提出了这一问题。时下论者以为"是唐边塞诗思想最深刻的一篇"。以上三诗，都可以看出，他的边塞诗在于发现揭示边事的重大问题，能反映种种矛盾，而且带有一定的普遍性，达到了一定的思想高度。同时亦可见出，基本都用委婉温和的语言表达，这和其他诗一样，是和他的性格与审美趋向相关。

另一首五古《塞下曲》描写军人紧张生活，亦为可观："黄云雁门郡，日暮风沙里。千骑黑貂裘，皆称羽林子。金笳吹朔雪，铁马嘶云水。帐下饮蒲萄，平生寸心是。""金笳"两句对偶工整，似乎有律句入古诗风味。"黄云"与"黑貂裘"，"金笳"与"朔雪"，颜色组织得苍凉斑驳，对比鲜明，豪壮气势亦为感人。而另一首《古塞下曲》比较松散，且过于整饬。《全唐诗》一作于鹄诗，似与李颀诗风格不类。

总之，李颀边塞诗不在于对边地风光的描写，而主要着眼对前线种种问题的思考，总体成就比起他的人物诗、七律甚至于音乐诗，艺术上有所逊色。

三　想象奇宕的音乐诗

唐代是文学艺术全面发展的时代，其中书法、绘画、音乐、建筑、雕塑，都有长足的大进展。唐太宗时的《秦王破阵乐》就展示一个新时代的大气象，唐玄宗本人就是个音乐家，会击鼓，能吹一手好笛。而且他们都对西域音乐非常感兴趣，包括他们下一代，也是如此。他们又都是书法家。这些都为开拓审美视野、扩大诗歌题材，起了重要作用。诸如题画诗的骤增，歌咏草书与大书法家，帝京篇之类的建筑描写，都呈现了与前不同的五彩缤纷的新面貌。音乐艺术亦不例外，同样得到诗人的青睐。描写的技巧，与抒写其他艺术的诗相较，想象更为丰富，更具有独立的审美价值，而且名篇甚多，影响亦大。

能唱的《诗经》，即音乐的诗，其文本本身亦与音乐有不少相关。而描写音乐最为用力的，还是以体物为己任的赋体文学。萧统《文选》开卷即赋，分为十类，音乐被列为第九类，有王褒《洞箫》、马融《长笛》、嵇康《琴》、潘岳《笙》、成公绥《啸》诸赋，足见音乐赋之重要。唐诗对《文选》之看重虽为人所熟知，然两汉以降的音乐赋，对唐人音乐诗的沾溉却久为人所忽略。《文选》收诗甚夥，分类更多，然却无音乐诗一席之地。可见就描写音乐来说，赋比起诗来就更具有优势。然到了唐代却扭转了这一局势，音乐诗的名篇佳制，不断出现，而音乐赋则进入式微。确切地讲，是从盛唐开始为之改观。其间最主要的原因，就是七言歌行，经唐初的勃兴，至盛唐更为蓬勃光大。七言歌行，句长篇大，且长短不受限制。流畅的音乐性，带着从乐府诗脱胎而来的本色。再加上它比七律有更大容量与装饰性的空间，流畅的节奏，华美的语言，跳荡的情感，也需要充满浪漫的想象，富有才情的比喻，具有气势的夸张，特别是铺张扬厉的铺叙与描写，都在最受欢迎之列。音乐诗对寄托与思想切入之深切并不重要，而在于如何把过耳即逝、如梦幻般的音乐，用眼睛"看"出来。如果目睹达到耳闻的效果，那就会具有一定的艺术效应。盛唐音乐、绘画、书法的高度发展，也给音乐诗提供了多方面营养。盛唐诗人大多具有浪漫昂扬的时代气质，所以多姿多彩的音乐诗便油然滋生。而拉开音乐诗精彩的序幕，展现盛唐音乐的丰富多变的最强烈感人的首席诗人，便是盛唐前期开元时的李颀。

李颀现有音乐诗虽然只有三首，然均采用七言歌行体。其中两首都是描写著名乐师的弹奏，一是《听董大弹胡笳声兼寄语房给事》[①]，一是《听安万善吹觱篥歌》。董大，即董庭兰，曾为宰相房琯的门客；安万善，凉州胡人。他们都是当时著名的音乐家。这两首诗都采用汉赋体物铺叙的手法，详细描写演奏的全过程，而且在结构上亦同汉赋。上文提及《洞箫》、《长笛》两赋，虽为管乐小乐器，而都铺张为经典长篇大赋。结构安排，均先叙写乐器材质的出产地与性能，再从各种角度描述乐声美妙，然后写听者的各种感受。这三大块面，赋家都极为用力。特别是中段对于审美主体的描摹，极尽铺张扬厉之能事。而音乐没有颜色、形状、轻重，最敏感的视角对它无能为力，而听觉捕捉的只能是声音，这种单纯性，对于音乐容易滋生纯洁的梦幻般的想象。音乐甚至是"从语言终结的地方开始的东西"，"但其中却有无限的气氛萦绕着"[②]。直接描写音乐，语言是无能为力的，只有采用间接的比喻，亦即用习见的声音或事物动态、颜色、形态，去比喻乐声，让它的美妙看得见，摸得着，从而表现出"无限的气氛"的审美特征，才能传递音乐的美妙。如《洞箫赋》就是以下面的比喻，让人感知乐律之美：

---

① 《河岳英灵集》、《唐诗纪事》等作"听董大弹胡笳声兼语弄寄房给事"，《李颀集》诸本及《全唐诗》作"听董大弹胡笳声兼寄语弄房给事"。程千帆认为前题"弄"字为衍文，见《闲堂诗学》，辽海出版社2011年版。

② ［日］神保常彦：《标准音乐辞典》，见何乾三等译《音乐美学》，中国文联出版公司1984年版，第5—6页。

故听其巨音，则周流泛滥，并包吐含，若慈父之畜子也。其妙声，则清静厌癔，顺叙卑达，若孝子之事父也。科条譬类，诚应义理，澎濞慷慨，一何壮士；优柔温润，又似君子。故其武声，则若雷霆辚辖，佚豫以沸悁；其仁声，则若凯风纷披，容与而施惠。或杂沓以聚敛兮，或拔擞以奋弃。悲怆恍以恻恓兮，时恬淡以绥肆。……

今天倘若如此描写音乐，不免有些隔膜，而在重视仁义伦理的汉代，可能要和我们的感受相反。作为喻体的父子、壮士、君子，是以想象的动作，意即从视觉的维度描写；雷霆、风，则属于听觉的维度。而无论视或听，都是从想象与联想，结撰许多比喻来描写音乐。正如《长笛赋》所说的"尔乃听声类形，状似流水，又象飞鸿"，"听声类形"是借视觉来描写听觉，而听声拟音，则以声写声。其实，描写音乐不外乎拟形与拟声，然想象的本身却是无限的。所以音乐诗，既是乐声感发的比喻的渊薮，又是作者想象能力的用武之地。

李颀爱好广泛，对书法、绘画、音乐都有特别的兴趣，并付诸诗。他的弹胡笳诗用了八种比喻：由高音转到角羽，则如"四郊秋叶惊摵摵"，音律"将往复旋"时，好像"空山百鸟散还合，万里浮云阴且晴"，又如"嘶酸雏雁失群夜，断绝胡儿恋母声"，前喻是一个听觉意象，然繁复得有"无限的气氛萦绕着"；后者则各自以两个视觉与听觉的意象，描写乐音运动的节奏韵律美。这是一种连续性乐律，由弱到强，从疏到密；又由朦胧到明亮，极尽乐律变化的美感，由几个比喻构成复合性比喻，视与听双管齐下。以上是两大乐段，最后由以上低沉的"幽音"，而"变调忽飘洒"时，其乐声则如"长风吹林雨堕瓦，迸泉飒飒飞木末，野鹿呦呦走堂下"，这三种声音不仅如在耳边，而且恍在目前，逼人眉宇，扑面而来，各种声音飘疾地扑过来，包裹起来。它的真切感、生动感，真能"足可歔欷，震荡心神"（殷璠语），而使人心潮澎湃。

以上喻体大多以大自然物象的动态与声响为主，其中只夹了一句"断绝胡儿恋母声"的人事比喻。胡笳声本为胡乐，为蔡文姬所创，故以此切题，并回应开头"蔡女昔造胡笳声"。就声音而言，有树叶声，百鸟聚散声，雁声，幼儿唤娘声，风吹树林声，雨打屋瓦声，泉水声，水珠溅树声，还有野鹿的叫声；就视角而言，有众鸟的聚和散，还有天气的阴和晴。想象之丰富，描写之有气氛，确能新人耳目。汉赋"听声类形"与拟音的明喻，于此全变为暗喻，更加显示出一种真切感。加上七言歌行的韵律，使各种声音更为响亮，更为生动。

与汉赋纯粹描写乐声有所不同的是，此诗还描写了演奏手势指法，穿插在各种音段的前后，如起始的"先拂商弦后角羽"，中间的"言迟更速皆应手，将往复旋如有情"，而把汉赋最后描述的乐感效果，亦交错在每个音段的间息处，如"董夫子，通神明，深山窃听来妖精"，以及夸张屏息静听的"川为静其波，鸟亦罢其鸣。乌孙部落家乡远，逻娑沙尘哀愁生"，听者的情绪随着乐声起伏变化，全诗也显得结构特别灵动，改变了汉赋的块状性布局。

而《听安万善吹觱篥歌》凡18句，每四句为一节，可分作四节，一言其歌之来历，二写听者之感受，三、四两节为描写歌声之主体。剩余末两句，点明演出时间与地点。其中描写歌声的三、四两节说：

> 枯桑老柏寒飕飗，九雏鸣凤乱啾啾。龙吟虎啸一时发，万籁百泉相与秋。忽然更作渔阳掺，黄云萧条白日暗。变调如闻杨柳春，上林繁花照眼新。（见图45）

前四句以声拟声，后四句"听声类形"，中间"忽然"句是前后两个音段的过渡，两段乐声，先用树声、凤鸣声、龙吟虎啸声、万籁百泉声，描绘音乐冷肃，细碎琐杂声中忽然变为高亢，震撼人心的吟啸，众声齐鸣与百泉涌动的交错纵横，展现一段旋律运动的全过程，其间的乐律节奏冷暖、高低、繁复描绘得历历分明，步步踏实，绝不空衍。"更作渔阳掺"以下，则转入以视写听的通感手法，以天色的昏黄喻乐声苍凉悲哀，以上林繁花杨柳春比喻嘹亮明丽的乐曲。其中"变调"句的"闻"与宾语"杨柳春"的施动关系，饶有意趣，而下句的"眼"与"闻"的呼应又在有无之间。以上两诗的描写，真如乐师迟速应手，往复有情那样，捕捉住乐声的种种变态，写得有声有色，有转折，有突起，有插入，有照应。乐声原委在起始，演出地点时间在结尾，而两诗结构又有灵动与整饬的变化。合观两诗，作者想象之丰富，联想之敏捷，比喻之生动与变化多端，则毋庸多言。然而李颀的人物诗、边塞诗，写景色却很少用比喻。不仅如此，这两诗最为精彩的铺叙，也很少见于其他题材。由此可见，他在诗艺上的精益求精与超越自我的创新精神确能超迈前人。

图45 元代 王冕 墨梅图（右）
现代 陈树人 岭南春色（左）

　　音乐的语言是无形的，它可以把我们带入种种境界，描绘只能以形类声，或以声拟声，而后者喻体的声音必须带有具象性。变调的飘洒，是从"长风吹林雨堕瓦"中拟出。王冕的墨梅与陈树人的红棉，千花怒放，百蕾待开，欢快热烈，春意盎然！我们从如此的视觉形象中，是否可以想到李颀的音乐诗的听声类形："变调如闻杨柳春，上林繁花照眼新"，从耀眼灿烂的梅花与木棉花"听到"热烈而欢快的音乐！

　　他的《琴歌》，题目一作"琴歌送别"，因属二元化题目，故具体音乐描写简略得只有两句："一声已动物皆静，四座无言星欲稀。"这充其量只是个开始，却戛然而止。然而就是这仅有两句，已把我们带入梦幻般的乐境，使人穆然深思，滋生遐想，从中可以领会音乐的美妙。值得一提的是，七律《宿莹公禅房闻梵》描写诵经声，从题材看是咏物，因为都是对声音的描摹，所以与音乐诗相差无几。中间四句写道："夜动霜林惊落叶，晓闻天籁发清机。萧条已入寒空静，飒沓仍随秋雨飞。"全然不直写诵经声的本身，而只写声音播散的"感觉"。而"感觉"不从听者直写，却从自然物体受到的触动写来；梵音在夜晚惊动霜林落叶，晨晓可触发自然万物发出清切的响声。散入寒空则萧条清寂，又随着秋风秋雨飘飞起来。这种间接的写法，把远听微微的诵经声的时闻时寂，若有若无，烘染得惟妙惟肖。所谓"悉不写梵，而梵之妙谛已尽"（金圣叹语），犹如绘画中背面敷粉或侧面取神，手法颇为巧妙。诵经单调而反复的节奏，直接拟声并不见佳，因非音乐那样变化多端。如果回头与以上三诗相较，那么此诗则别开生面，颇有"另一家眷属"的陌生美。

若把李颀音乐诗与韩愈、白居易、李贺同类佳制比勘，可以看出若许的相互联系。上表为弹胡筂诗，下为吹觱篥歌（李颀诗位于两表左栏）：

1. 先拂商弦后角羽	初为霓裳后绿腰（白居易《琵琶行》）	演奏次序
2. 深山窃听来妖精	梦入神山教神妪（李贺《李凭箜篌引》）	借神话夸张
3. 川为静其波，鸟亦罢其鸣。	空山凝云颓不流（同上）	以鸟鱼旁衬
	老鱼跳波瘦蛟舞（同上）	
4. 空山百鸟散还合	喧啾百鸟群（韩愈《听颖师弹琴》）	以鸟鸣声拟乐声
5. 万里浮云阴且晴	浮云柳絮无根蒂，天地阔远随风扬。（同上）	以浮云状音乐
6. 长安城连东掖垣，凤凰池对青琐门。	十二门前融冷光，二十三丝动紫皇。（李贺《李凭箜篌引》）	渲染演奏地点

1. 傍邻闻者多叹息，远客思乡皆泪垂。	座中泣下谁最多，江州司马青衫湿。（白居易《琵琶行》）	听者感受
	推手遽止之，湿衣泪滂滂。（韩愈《听颖师弹琴》）	
2. 九雏鸣凤乱啾啾	喧啾百鸟群，忽见孤凤凰（同上）	以鸟声拟乐声
3. 变调如闻杨柳春，上林繁花照眼新。	芙蓉泣露香兰笑（李贺《李凭箜篌引》）	以植物状乐声

从上面两表可见，李颀音乐诗对中唐诸家的影响，则显而易见。另外《琴歌》中"初弹渌水后楚妃"，与《琵琶行》中"初为霓裳后绿腰"简直仿佛无二。又如李颀此诗名句"一声已动物皆静，四座无言星欲稀"，而《琵琶行》"曲终收拨当心画，四弦一声如裂帛。东船西舫悄无言，唯见江心秋月白"，虽有弹奏的终始之别，然而机杼无二。

李颀《宿莹公禅房闻梵》以景物的动态声响烘托声音，这在盛唐常建音乐诗里成为主要手法。如常建《张山人弹琴》的"朝从山口还，出岭闻清音。了然云霞气，照见天地心。玄鹤下澄空，翩翩舞松林。改弦扣商声，又听飞龙吟"，再如《江上琴兴》的"江上调玉琴，一弦清一心。泠泠七弦遍，万木澄幽阴。能令江月白，又令江水深"，构思与表现手法与此诗如出一辙，常建比李颀约小17岁，二者之关系就不言而喻了。

《文苑英华》"音乐"类凡二卷，李颀之前的诗大多为五言短制，描写简单，无甚可观。音乐诗原本带咏物性质，其中不容易容纳重大主题，李颀的音乐诗亦复如此，这和他的边塞诗注意军国大事，在理路上有别。

总之，李颀七律、边塞、音乐诗各具特色，各有生面，迥不犹人，奠定了他在盛唐早期的地位。如果加上丰富多彩的歌行体人物诗，李颀的艺术个性，就显得在诗艺上的种种创新，已达到了很高的地位，不愧为一大名家。（见图46）他的诗中没有爱情诗、行旅诗、纯粹的山水诗，可见在题材上，更重要的是在艺术趋向上，有他特具眼光的取舍。

图 46 清代 王铎 李颀《晚归东园》

李颀《晚归东园》："荆扉带郊郭，稼穑满东菑。依杖寒山暮，鸣梭秋叶时。回云覆阴谷，返景照霜梨。澹泊真吾事，清风别自兹。"李颀还有一首同题五古，或许为同时之作，两首都写日暮乡景，淡泊情怀。"回云"两句，一远一近，远者云色漠漠，近者色彩鲜明丰富，诗中流露出一种萧散恬淡情怀。李颀为王铎的乡先贤，其人其诗，对他则有两种亲切感。王铎所书，其中竖画加长，且倾斜度大，然仍然无损于行气的流贯，用墨的节奏感显明，由浓至淡，历历分明，带有音乐般的起伏与悠扬。首行"带"、"东"、"倚"向左倾斜，位于其中的"稼"则右敧，带有"矫正"作用，故有上下端直的效果。而行末"杖寒山暮"四字忽然形体缩小，使右边留出较多的空白，似乎与左下角缩紧的落款，起到了一种调节。后两行首字"鸣"与"泊"大小变换悬殊，且斜而欲倒，然端直的行气，似乎把它们牢牢撑住。次行的"鸣"、"叶"、"阴"浓墨重书，分三次蘸笔濡墨，自然使此行形成三段节奏。其中形体最大的"阴"字，位于全帖中心，右邻"满"字亦为浓墨，恰好构成陪衬，而左邻正对全诗结束的空白处，而有"透气"之感。又与末行诗末的特小的"自兹"形成对比，显得中心突出。次行"梨"字，结体松懈，纯属败笔，以致影响末行上边九字，精神也不那么饱满！落款中的"故"为"东"的误笔。

第十一章 李颀诗艺与审美发掘

李颀并没有明显的诗学主张，但在诗中流露出对奇逸清朗的追求，主张气势要有起伏，在转折顿挫中刻画人物与发抒情感。他的诗发端清逸高朗，直奔题目。无论人物、音乐、边塞诗，也无论描写、叙述、抒情或议论，擅长构造抑扬顿挫的转接。而且转接奇横，震荡心神，使人感慨唏嘘。另外，虚词的大量介入，使句活而语缓，这与他温和的秉性亦极为吻合。从他所使用的关键词，也可见出他的艺术个性。

李颀性格豁达而温和，诗亦如其人。在诗的题材与开拓上具有独创精神，他的人物诗与音乐诗受到文学史家的看重，包括对七律发展也起有促进作用，而受到明清诗论家格外的青睐，这都与敢于创新的意识有关。然而时下依然注意到的，只是包括边塞诗在内的几篇名作，至于以上几类诗的开创意义，还缺乏辨章源流的发展观念。尤其是李颀诗在艺术上的技巧与个性，更无遑论及。似乎在盛唐不过是跑跑龙套，敲敲边鼓，可以匆匆而过的角色。所以，李颀在盛唐的意义，尚须进一步研究。特别在诗艺上的贡献，有待于发掘与揭示。

一 奇逸清朗的审美趋向

欲明李颀诗艺，需先明其诗的审美趋向。在他的诗中，极少涉及他的审美主张和倾向。包括他的三篇散文在内，也是片言只语，寥寥无多。我们只能在他的诗中爬梳，从点滴的流露中或许有所发现。

李颀在带有自传性的《放歌行答从弟墨卿》中，叙写自己经历以后，总结自己："徒尔当年声籍籍，滥作词林两京客。"至于在诗上有何爱好追求，却不说一句，然而在称美从弟的诗时，却流露出一点消息："吾家令弟才不羁，五言破的人共推。"也就是说和他同样"声籍籍"。对其诗风格则有明言：

兴来逸气如涛涌，千里长江归海时。别离短景何萧索，佳句相思能间作。（见图47）

图47　当代　徐义生　**黄河之水天上来（上）**
黄河秋韵（下）

坐在黄河壶口瀑布岸边的巨石上，观赏瀑布奔流，水沫喷飞天上，飞流直下，然后汹涌澎湃疾驰向前方。我们想，司马迁的《史记》不正像黄河浩荡奔流的精神，李白的诗亦复如此。我们作文，是否也能像这样，吸纳北方高山大河的伟壮与灵气！不料这种遐想，李颀已为先发："兴来逸气如涛涌，千里长江归海时"，这正是盛唐人的精神，也是盛唐诗的气象！这两幅图，一远一近，奔涌的气势与李颀的审美取向，就很合拍，如出一辙。

所谓"逸气涛涌"，就是说有尚奇而且追求气势波澜起伏的一面；而"长

江归海"似言感情热烈奔放，末句则谓善于构铸佳句。其从弟诗无存，风格不得而知。然从中透露出李颀诗艺审美的倾向，对于诗中充满逸气是赞赏的，主张要有波涛起伏之势，就像"长江归海"一样。而且在转折起伏中，能够名句间作，这大概就是他所说的"逸气"的具体范畴。虽然"逸气"一词在他的诗中很少出现，然而他的音乐诗就充满着尚奇的"逸气"，亦如涛涌之"长江归海"。特别是丰富多彩的人物诗，笔下的人物无不充斥着倜傥不群的逸气和奇气。如"手持莲华经，目送飞鸟余"的綦毋潜，"森然此丈夫"、"爽气连虬须"的裴腾，"清阴罗广庭，政事如流水"的崔司农，"千官大朝日，奏事临赤墀。肃肃仪仗里，风生鹰隼姿"的崔侍御，"心轻百万资"、"屠酤亦与群"的大诗人高适，"谈笑一州里，从容群吏先"的马录事，"得道凡百岁，烧丹惟一身"的焦炼师，"逢时舟不系"、"亲屈万乘尊"的大道士张果，"名高不择仕，委世随虚舟"的万齐融，"所对但群木，终朝无一言"的无尽上人，"兴来洒素壁，挥笔如流星"的大草书家张旭，"丹墀策频献，白首官不迁"的穆元林，"头白还更黑"、"泛然无所系，心与孤云同"的苏明府，"三十不官亦不娶，时人焉识道高下"的刘十，"口诵淮王万毕术"、"竹丈黄裳登翠微"的王道士，"回头转眄似雕鹗"、"不叹举家无担石"的狂士梁锽，"二十工词赋"、"佩德如瑶琼"的刘方平，"世人皆亲丞相阁，我心独爱伊川水"的大理财家刘晏，"手自灌园方带经"、"用笔能夸钟太尉"的书法家与丹青高手张諲，"杀人莫敢前，须如猬毛磔"的幽燕侠客，"识子十年何不遇？只爱欢游两京路"的好作乐府诗的康洽，"虬须虎眉仍大颡"、"心轻万事如鸿毛"的曾大闹科场的陈章甫，还有弹起胡笳如"长风吹林雨堕瓦"的著名乐师董庭兰，吹奏变调犹如"上林繁华照眼新"的西域乐师安万善，"汉家萧相国，功盖五诸侯"的张洎，"他人骑骢马，而我薜萝心"的少府监丞李某，"口不言金帛，心常任屈伸"的乔琳，还有著名诗人王维、卢象等，这些诗人、达官、书法家、画家、狂士、隐士、道士、和尚，无论身份如何，人人身怀才能，倜傥不群，或高出时流，或豪迈不羁，都各有自己的境界，充斥着不同的奇逸之气，李颀以饱浸豪兴的笔墨热情地刻画他们。于是人物诗在他的诗中占有举足轻重的位置，也充分展示了崇尚奇逸的审美趋向，这和他豁达而温和的性格是一致的。李颀诗风审美的另外一面则是追求清朗的风格。他的奇逸处在初唐温润诗风的结束之后，张说、张九龄疏朗、清丽诗风开启以来，再发展一步便是清朗高爽。这和开元之际的王维的高华、李白的飘逸、高适的悲凉、杜甫的沉郁、岑参的奇丽，还是有一定区别的。比李颀长一岁的孟浩然，同样不是以豪迈激荡、惊心动魄的面貌出现。王湾的"海日生残夜，江春入旧年"，蓬勃而温和的风调，确实能代表开元早期时代审美的共同气象。所以，如果说追求奇逸是李颀个性的审美取向，那么趋向清朗高爽便是时代赋予的审美的共性。

在《望鸣皋山白云寄洛阳卢主簿》中，李颀就明确地说过："故人吏京剧，每事多闲放。室画峨眉峰，心格洞庭浪。惜哉清兴里，不见予所尚。"认为卧游不如投入到大自然中，可获得更美更多的"清兴"，这才是"予所尚"。如果奇逸体现在创作方法上，那么"清朗"的"清"就大量见于他的诗句中。如"清阴润井华"、"清欢信可尚"、"暗雪清城阴"、"清切晚砧动"、"清阴罗广庭"、"渔歌江水清"、"清净本因心"、"只对清翠光"、"清洛云鸿度"、"平地流清通"、"夷犹傲清吏"、"主印清淮边"、"时候微清和"、"钓鱼清江边"、"清斋玉堂闲"、"夕阳满舟楫，但爱微波清"、"我心爱流水，此地临清源"、"清歌聊鼓楫"、"南涧飞泉清角巾"、"玉膏清冷瀑泉水"、"穆陵关带清风远"、"荀氏风流盛，胡家公子清"、"一枝半叶清露痕"、"清言只到卫家儿"、"清冷池水灌园蔬"、"气凛清风沙漠边"、"美酒清歌曲房下"、"清淮奉使千余里"、"知君练思本清新"、"清风别自兹"、"驿路清霜下"、"清溪入云木"、"闻道淮阳守，东南卧理清"、"一吊清川湄"、"心清物不杂"、"江日昼清和"、"门清河汉边"、"晓闻天籁发清机"、"清池白月照禅心"、"知尔弦歌汉水清"，诸如此类的"清"字，在他的诗里出现大约 50 次，是使用率最高的词。与"清"至为相关的"白"，论者统计为 45 次。与此相关而最具诗意的"白云"，则在 10 次以上。这些都可看出"尚清"的诗艺审美的倾向。特别是《杂兴》的"济水自清河自浊，周公大圣接舆狂"，曾被称为"韵高而体律，意古而词新"（白居易语），也反映人格价值选择，同时亦是审美倾向的显示。在《圣善阁送裴迪入京》甚至还说过"清吟可愈疾"，而在《题少府监李丞山池》则表示过"窗外王孙草，床头中散琴。清风多仰慕，吾亦尔知音"。至此，可见李颀对"清美"的钟爱。具体讲，他追求的清美，是属清朗高爽之美，这就要在诗艺上作进一步把握。

二　清逸高朗的发调

殷璠《河岳英灵集》卷上说："顾诗发调既清，修辞亦秀。杂歌咸善，玄理最长。"所谓"杂歌"，当指用歌行体所写的人物与边塞及音乐诗；所谓"玄理"，当指议论言理。顾诗议论从属于简洁的整体追求，但往往深刻过人，常有警醒之句。而其诗的发端，确实有清秀的一面，然未免以偏概全。像《送司农崔丞》起首"黄鹂鸣官寺，香草色未已。同时皆省郎，而我独留此"，《送崔侍御赴京》的"绿槐荫长路，骏马垂青丝"，《送山阴姚丞携妓之任兼寄苏少府》的"东风香草路，南客心容与"，《粲公院各赋一物得初荷》的"微风和众草，大叶长圆阴"（见图 48），《送乔琳》的"草绿小平津，花开伊水滨"，《送东阳王太守》的"江皋杜衡绿，芳草日迟迟"，这些以写景发端，多见于送别诗，或点明别地，或写明时节，确实有"发调既清，修辞亦秀"的特点。然反复详审顾集，如此发端者，不过五六首，余者盖不入此秀美范畴。或者说言其"清"者尚可，谓之"秀"者，则未免隔靴搔痒而已。

李颀诗绝大多数发端，直奔题目，题前不做回旋盘绕，简洁明了，措辞清朗畅达，风格高爽温润。即以写景发调者，亦可显见此与"清秀"有所区别。如《送刘昱》的"八月寒苇花，秋江浪头白。北风吹五两，谁是浔阳客"，同样点明别地别景与去地，然境界开阔飒爽，气充神旺，措语清爽精雅。《望鸣皋山白云寄洛阳卢主簿》的"饮马伊水中，白云鸣皋上。氛氲山绝顶，行子时一望"，用笔跳荡，神清气爽，高朗而又温和。《少室雪晴送王宁》"少室众峰几峰别，一峰晴见一峰雪"，则气势浩莽，高朗清亮。《送郝判官》"楚城木叶落，夏口青山遍。鸿雁向南时，君乘使者传"，同样写送别地，风格则飒爽清肃，境界高远。特别是名篇《送陈章甫》的"四月南风大麦黄，枣花未落桐叶长。青山朝别暮还见，嘶马出门思旧乡"（见图 49），粗毫劲笔，以别时情景奔入。乡间习见景观，一经淡墨烘染，

图 48 清代 任伯年 **花卉册页**

李颀诗善于发端，他的咏荷诗，发端即说："微风和众草，大叶
长圆阴。"梧桐的长叶，荷花的大叶，一入诗，丰腴硕大，这正是李
颀诗善于发端的名句，也是盛唐诗精神饱满之特征，这在李颀诗不仅
体现了殷璠所说的"发调既清，修辞亦秀"的特征。任伯年的荷花，
确实在视角形象有清秀之美，更见高朗爽畅的本色。

却显得异常宏阔警拔，突兀奇崛①，如在眼前。而且风骨超然，高畅流走，
最能见出李颀诗雅洁清朗与流畅高爽的本色。

以上就发端写景而见其清朗高爽。而李颀为数最多的人物素描诗，起
调的风格又如何呢？此类创作发端同样简洁，直入人物，措语畅达明捷，
风调超然奇拔。故虽一二语，人物风神可迎面而来。《送綦毋三谒房给事》
则开门见山地说"夫子大名下，家无钟石储。惜哉湖海上，曾校蓬莱书"，
语言简朴，转折顿挫处，见出惋惜之情。《送刘四》的"爱君少歧嶷，高
视白云乡。九岁能属文，谒帝游明光"，"爱君"与上诗的"夫子"都是直
赴题目中的人物，间不容发，此则神气悠然，充满景慕。而《送裴腾》

① 方东树《昭昧詹言》卷十二谓此诗："何等警拔，便似嘉州、达夫。起二句奇景涌出。"
人民文学出版社 1984 年版，第 246 页。

图 49 清代 任伯年 人物册页

桐树挺拔高直，经常和高士连在一起，任伯年就画了不少这样的题材，此即其中之一。李颀《送陈章甫》一开头就说："四月南风大麦黄，枣花未落桐叶长"，亦以初夏的清和茂盛"桐叶长"来暗示高士倜傥不凡。

"养德为众许，森然此丈夫。放情白云外，爽气连虬须"，先虚写一笔蓄势，然后立即以大速写、大写意的手法勾勒出形貌奇伟、气度森然的人物来。《赠别高三十五》一开头，真如打开窗子说亮话："五十无产业，心轻百万资。屠酤亦与群，不问君是谁"，一个豪迈不羁、卓尔不群的高适便矗立面前。而对于大书法家，《赠张旭》则这样发端："张公性嗜酒，豁达无所营。皓首穷草隶，时称太湖精"，张旭大草是用酒浇出来的，没有酒就没有他的书法①，而狂草大草也是他的艺术生命。他是吴人，故称之"太湖精"。开头如此简朴，然流露出奇崛之气。而《赠苏明府》开篇即道："苏君年几许，状貌如玉童。采药傍梁宋，共言随日翁。"则描写一得道隐者。另一首写人名篇《别梁锽》同样先以其姓领起："梁生倜傥心不羁，途穷气盖长安儿。回头转盼似雕鹗，有志飞鸣人岂知！"前两句虚写，

---

① 《旧唐书·文苑传·贺知章传》："旭善草书而好酒，每醉后，号呼狂走，索笔挥洒，变化无穷，若有神助。时人号张颠。"第十五册，中华书局 1996 年版，第 5034 页。

后二句实写，可谓"飒爽作色"（方东树语），形神兼备，志意飞动。而"人岂知"又催人深思而欲急观下文。而《送刘十》却呈别样风调，"三十不官亦不娶，时人焉识道高下。房中唯有老氏经，枥上空余少游马"，只就行事款缓道来，不见形貌，因所刻画的是不以进退为意的高人。《送刘四赴夏县》则从风姿状起，"九霄特立红鸾姿，万仞孤生玉树枝。刘侯致身能若此，天骨自然多叹美"，由高华整饬转入疏朗多姿。以两借喻振起全篇，显得雅润高朗。与此相关的《双笋歌送李回兼呈刘四》为咏物体送别诗，故言"并抽新笋色渐绿，迥出空林双碧玉"，清爽高拔，出语雅润新警。这两诗的起首以借喻发端，在李颀诗中不过一二见，然仍可见出均非"清秀"，而属清逸高拔一面。

李颀人物诗多以送别寄赠写出，最见独创性。至于一般的送别诗开端，或叙述或言情，或直接入题。如《春送从叔游襄阳》的"言别恨非一，弃置我宗英。向用五经笥，今为千里行"，无论叙事言情，语言简朴清朗。《崔五宅送刘跛入京》的"行人惜寸景，系马暂留欢。昨日辞小沛，何时到长安"，感慨中表达对行者的关照，简洁清切而又自然流走。《临别送张谞入蜀》的"出门便为客，惘然悲徒御。四海维一身，茫茫欲何去"，以言情发端，亦用简朴清净的本色语。《送王昌龄》："漕水东去远，送君多暮情。"王昌龄被贬江宁，故谓"东去远"。此开端至为简洁，一句叙，一句情，措语雅洁清爽，情景浑融。送给王维、卢象的《留别王卢二拾遗》说："此别不可道，此心当报谁？春风灞水上，饮马桃花时。"四句前后倒装，前二句言情清切，后二写景清丽。造句雅洁圆畅。总之，李颀诗的发端，风格清逸高朗，语言雅洁明净，爽然流走。特别是雅洁中见出素朴，清淡中见出高拔，温润中见出清朗。可谓长于发端。

李颀七律享有大名，发调与他的五、七古颇有不同。七律本要庄重富丽，需要反复修饰。李颀七律开头一般以叙述领起全篇，如《送魏万之京》的"朝闻游子唱离歌，昨夜微霜初渡河"，以倒置句发端，"炼句入妙"（方回语），把平衍的叙述变得圆润多姿，离别气氛更为浓郁。前人或谓"首二句平衍而已"（俞陛云语），实则"冠裳宏丽"（胡应麟语），且蕴含清逸之气。干谒诗《寄司勋卢员外》"流澌腊月下河阳，草色新年发建章"，虽顺叙分述两地景观，然已冷人热，寄感慨于温婉，不动声色，与上诗风格较近。《送李回》与《寄綦毋三》则是对朋友的关照，故声调响亮。前者云"知君官属大司农，诏幸骊山职事雄"，后者言"新加大邑绶仍黄，近与单车去洛阳"，都采用粗笔大毫，所以响亮肃穆，大声铿锵。胡应麟谓后者"意稍疏野，亦自有一种风致"①。洪亮而疏朴，高畅而流丽，是其七律发端之特色。

综上扫描式的略析，可知李颀是盛唐诗人第一位在发端上精心经营的诗人，殷璠以"清秀"概之，虽不尽当，但毕竟发现善于发端这一特征，这对以后李白、王维、岑参都有一定的影响。然而对此向来无人讨论，不曾有过留意。盖因对其诗则一掠而过，遑论推敲其开头佳美如何！

三　动人心神的转接

李颀人物诗、音乐诗、边塞诗，其所以成功的原因之一，就是无论描写、叙述、抒情或议论，在诗意运行的转折处，善于采用抑扬顿挫、开合伸缩的跌宕或对比手法，把感情表达得波澜起伏，动人心神，感慨不已。殷璠《河岳英灵集》卷上在一一指出李颀诗的几种特征（已见于上文所引）后，又揭示两例：一是《送暨道士》的"大道本无我，青春长与君"，这大概是回证"玄理"最长的说法；一是《听弹胡笳声》的"幽音变调忽飘洒，长风吹林雨堕瓦。迸泉飒飒飞木末，野鹿呦呦走堂下"，此当回证"杂歌咸善"。对如此议论与描写，殷璠说"足可歔欷，震荡心神"。实际上这两例已涉及转接问题，前例主要为转，后例主要是接。李颀每在转接处往往出人意料，显得矫健奇横。这正是他所称美的风格："兴来逸兴如涛涌，千里长江归海时。"这在转接处体现得最为显明，最具精神和力量。

近代论者谓李颀诗"七言变离开阖，转接奇横，沉郁之思，出以明秀"②。其实不仅七言"转接奇横"，五言亦复如此。如《赠别穆元林》前半篇：

① 胡应麟：《诗薮》内编卷五，上海古籍出版社1979年版，第81页。
② 宋育仁：《三唐诗品》卷二，上海广益书局1912年版。

丹墀策频献，白首官不迁。明主日征士，吏曹何忽贤？空怀济世业，欲棹沧浪船。

句与句之间，无不腾转，叙述始终处于跳荡转折的变化中，蕴含了多少感慨！前二句为对比性转折，开阖确实奇横。中二句意本一致，次句一变反诘，使两句振荡起来，造成意义上肯定与否定的伸缩推宕。后二句抑而又抑，采用两次跌宕的手法。六句不停起伏伸缩，句句转动，一片感慨，让人唏嘘不已！其他则如：

1．同时皆省郎，而我独留此！（《送司农崔丞》）

2．只合侍丹宸，翻令辞上京。（《春送从叔游襄阳》）

3．一从登甲科，三拜皆宪司。按俗又如此，为郎何太迟？（《送崔侍御赴京》）

4．毕命无怨色，成仁其若何？（《登首阳山谒夷齐庙》）

5．误作好文士，只令游宦迟。（《留别王卢二拾遗》）

6．颍水日夜流，故人相见稀。春山不可望，黄鸟东南飞。（《东京寄万楚》）

7．嗟君未得志，犹作辛苦行。（《送相里造入京》）

8．他人骑骢马，而我薜萝心。（《题少府监李丞山池》）

例1和例8属于对比性跌宕，例2、3、4、5为转折性顿挫，例7是抑而又抑的两层跌入。例6最为特殊，四句分作两层顿挫，实质上属于抑而又抑的顿挫，然"颍水"和"黄鸟"两句的抑意均不明显，只可意会，这种转接非常微妙，然让人感慨的功能则和对比性跌宕是一致的。

李颀诗还有一种非顿挫抑扬性的转接，然而同样都存乎变离开合的转接关系，而且往往耐人寻味，虽委婉含蓄，同样亦足感慨。如《送王昌龄》："前望数千里，中无蒲稗生。夕阳满舟楫，但爱微波清。"看似写景，实为代人咏怀，即赞美友人的人格与境界。前两句说王昌龄志趣远大，性格耿介，眼中不容"蒲稗"类的杂物；后二句"从凄凉中生出一段绝好情景"（钟惺语），言外之意似说其人冰清玉洁，一尘不染，他的被贬是被

"蒲稗"之类诬陷的。《无尽上人东林禅居》的"所对但群木，终朝无一言。我心爱流水，此地临清源"（见图50），言坐落于林间的东林寺很清静，上人面对的只有树林，寂寞极了，然而他注目群木，整天不说一句话。我爱清净的流水，而这寂静的地方正好面对清泉。两次转折的意味，都很微淡。然而细味，其人其地高旷就蕴含在这两次轻转之间。《送人尉闽中》的"客心君莫问，春草是王程"，因为在"可叹芳菲日，分为万里情"时离别，故"客心"之凄楚就不用问了。而且所去之闽中，遥远无际，就像春草伸向天边一样遥远，岂不是更让人苦闷了，特别是《塞下曲》的"膂力今应尽，将军犹未知"，士兵出尽了力，而将军却还没有任何知晓，此与高适《燕歌行》"战士军前半死生，美人帐下犹歌舞"用意相近，时下论者甚至认为李颀此诗是唐代边塞诗思想最深刻的一篇。而此诗的前六句叙写少年战士如何英勇作战，直到晚年。思想性体现在末尾这两句，它并没有高适那样显明，也没有尖锐地形成对比。李颀只是提出了问题，表示了遗憾，态度是委婉的，表现是含蓄的。从"犹未"中还露出多少温和来。而王维的《老将行》对此类问题反映得更为深刻全面。由此可见，李颀性格虽然有豪迈的一面，但温和似乎是他的主体，而且他所处的时代，要比王维、高适早约十年，社会正处于上升发展阶段，各种矛盾并没有发展到尖锐激化的程度，所以李颀，包括孟浩然、王之涣、王翰、綦毋潜在内，他们都不会像处于后来开天之际的李白、高适、杜甫那样激烈震荡。然而李颀毕竟较早地接触社会的重大问题，而每每用在顿挫抑扬的转接之处，感情明朗，故有"奇横"之感，同时也会产生"足可欷歔，震荡心神"的思想和艺术上的双重效果。

至于七言的转接就更让人感慨欷歔了！著名的《古从军行》的"年年战骨埋荒外，空见蒲桃入汉家"，触目惊心的巨大反差，确实是"足可欷歔，震荡心神"。这比起《塞下曲》更为警动深刻！七言歌行不受句数限制，且比五言古诗的空间更大，比起七律更经得起修饰，最适宜表达感情的大起伏、大奔涌，也最容易体现顿挫开合的复杂情感。李颀于此体亦最见自家本色与精神，其中的转接最为让人流连忘返。如《放歌行答从弟墨卿》的前半节为自传体，读来就让人感慨不已：

图 50 清代 任伯年 人物画稿

画中这位高士，依石远望，前方远处密林被云遮断，身后亦有
几株枯木。如此境界，似乎把李颀"所对但群木，终朝无一言"所
刻画人物的境界画了出来。

小来好文耻学武，世上功名不解取。虽沾寸禄已后时，徒欲出身
事明主。柏梁赋诗不及宴，长楸走马谁相数？敛迹俯眉心自甘，高歌
击节声半苦。由是蹉跎一老夫，养鸡牧豕东城隅。空歌汉代萧相国，
肯事霍家冯子都！徒尔当年声籍籍，滥作词林两京客。

这一段自叙，把大半生的奔波追求、挫折不遇以及满怀的理想与热情得不
到实现，浩浩荡荡、莽莽苍苍地奔涌出来，倾诉给从弟。一怀不合时宜的
感慨与郁闷，全在用抑扬顿挫、起伏开合的转接翻腾出来。边叙边议的写
法，使转接处，句句显明跌宕，处处伸缩慨然，大有"放歌破愁绝"的情
怀。如"沾寸禄"谓中第及作新乡尉，然"已后时"，言已年近半百，这
也是句句抑扬，但仍要"出身事明主"，上句为抑而此句为扬。然此句冠
以"徒欲"，又是未扬而先抑。正因知是白白努力，故无京官之遇，然
"长楸走马"，又有谁文武兼备者如此呢？真是一肚皮牢骚翻转不已，乃至
于形成"一往浩瀚之气，能磅礴于手眼之前后左右"（明人周颋语），亦确

如此诗所说的那样："兴来逸气如涛涌，千里长江归海时。"而读此诗，亦有望洋兴叹之感慨。

李颀歌行多写怀才不遇的各种高士奇才，感慨转折自然更多。《送刘四赴夏县》说："声名播扬二十年，足下长途几千里。举世皆亲丞相阁，我心独爱伊川水。"送的是早年就惊动过朝廷的"神童"刘晏，八九岁时"奉诏赤墀下，拜为童子郎"，然而"尔来屡迁易，三度洛阳尉"。已拥有二十年的大名，而且眼下又将赴几千里地的夏县，去做什么风尘小吏。其原因就在于举世亲近丞相，而刘晏想的是当好县尉，所以这次调任更偏远的夏县。四句两次转折，其人不以挫折为意，故重在突出志洁高尚，故虽有抑扬，而语意温和。在似有所指的《古行路难》里，谴责世态炎凉，言杨德祖在位时："宾客填街复满坐，片言出口生辉光。世人逐势争奔走，沥胆隳肝惟恐后。当时一顾登青云，自谓生死长随君。"前二句扬之又扬，中二句抑之又抑，都属抑扬顿挫的转折。末二句先扬后抑。在抑扬之间，极尽讽刺趋炎附势者之丑行恶态。然而其人"一朝谢病还乡里，穷巷苍苔绝知己。秋风落叶闭重门，昨日论交竟谁是"，门可罗雀的状况不仅与"宾客填街"形成冷热强烈对比，而且再把"绝知己"、"昨日论交"反复相形见意，又打锻了两番大起伏、大顿挫，而又怎能不使人滋发大感慨，长歔欷呢！

特别是在描写倜傥不群而又怀才不遇的人物时，转折与感慨就更为震荡心神。《别梁锽》言其人"回头转盻似雕鹗，有志飞鸣人岂知。虽云四十无禄位，曾与大军掌书记"，梁锽气度不凡，眼神似雕如鹗，英气逼人。次句顺流直下，紧接上句似"雕鹗"，而出以"有志飞鸣"，极见倜傥不羁风采，然忽接以"人岂知"，立即跌入"途穷"而不为人所看重。如一川激流，突被一坝拦住。"四十无禄位"说明"人岂知"的原因，然前冠以"虽云"，下句呼应"曾与"，又如一峰拔地而起，极见其人磊落不群。再叙掌书记时论事不合而去后的落魄："庭中犊鼻昔尝挂，怀里琅玕今在无？时人见子多落魄，共笑狂歌非远图。忽然遣跃紫骝马，还是昂藏一丈夫。"一个如雕似鹗的人物，如今只能用高挂犊鼻裤发泄郁懑，而"怀里琅玕"之问，真是啼笑乐悲难以为怀，表层先扬后抑，实则相反，属于皮里阳秋写法。诉尽英雄一怀酸楚。"时人"两句则抑之又抑，而"忽然"两句扬之又扬，真是大跌落对比大飞扬，转折顿挫得痛快淋漓之至，吐尽一时压抑。接着写到现在：

> 洛阳城头晓霜白，层冰峨峨满川泽。但闻行路吟新诗，不叹举家无担石。（见图51）

图 51　清代　任伯年　骑驴吟诗

李颀《别梁锽》写其人落魄时说"但闻行路吟新诗，不叹举家无担旦"，就像朱买臣担着柴担，还诵读《楚辞》，诗人与学人的呆劲——与人不同的举措与气质，这幅画，可算是表现了出来。

这里顿挫得更耐人寻味。如果冰霜为纯写景，则"但闻"失去着落。故冰霜两句赋而兼比，既点明别景，有暗比昂藏跃马的英雄，仍然面临如冰似霜的境遇，即行路之难的"途穷"。然对此以吟诗坦然处之，至于家贫更不以为怀。又在几番跌宕转折中，道出其人的精神境界。而此诗末尾议论"莫言贫贱长可欺，覆篑成山当有时"，这是对以上"时人""共笑"的反拨，又是一番顿挫。此诗充满同情与对其才气的发抒，全在顿挫转折写出种种不遇与不幸，反复抑扬，节节顿挫，处处对比，写出失志英雄的雄健磊落、豪放不羁的本色。在另一名篇《送陈章甫》中，写其人罢官之后，却言："陈侯立身何坦荡，虬须虎眉仍大颡。腹中贮书一万卷，不肯低头在草莽。东门酤酒饮我曹，心轻万事如鸿毛；醉卧不知白日暮，有时空望孤云高。"陈章甫锐意进取，年轻时曾大闹科场，深得士子之心，名响一时。前两句一虚一实，从为人与相貌上扬而又扬，而对他的罢官来说，则谓一顿挫。"腹中"两句，从才能与处境看是先扬后抑，而从精神气度看，是扬而又扬。"心轻万事"则是对"低头草莽"的反拨，而"空望孤云"又是对"不知日暮"的反拨，而抑扬顿挫与转折反拨，主要从刻画人物心理方面层层叙写，而与刻画梁锽的行为有别，但在顿挫扬抑手法上则是一致的。

在他的音乐诗里同样运用转接手法，推出种种比喻，以表现乐声高低缓急的变化。写弹胡笳的角羽之声的苍凉急促，则是"四郊秋叶惊摵摵"，由乐声立即转接到另一种惊耳骇目的声音。叙"言迟更速"与"将往复旋"时，则谓"空山百鸟散还合，万里浮云阴且晴"，迟速反复之乐声，则为喻众鸟散而复聚，天气的阴而又晴。描写"幽音变调"时紧接以"忽飘洒"，下句亟承之"长风吹林而堕瓦"，"忽飘洒"与下句配合得间不容发，且预先作势，下句则飞流直下，震荡心神。这两句和描写梁锽的"回头转盻似雕鹗，有志飞鸣人岂知"，机杼莫二，转接都异常奇横，为人始料而不及。以下接着出现两种声音："迸泉飒飒飞木末，野鹿呦呦走堂下"，先言大雨猛注，次言飞泉迸洒四溅，极言音乐变调的"飘洒"感，而末句言大雨逼得野鹿已到堂下，则属喻后生喻，以形容乐声真切，迎面而来。这三个比喻接踵而至，层出不穷，而且奇之又奇。在写吹觱篥歌时，先以声拟声，喻体为枯桑老柏、九雏鸣凤、龙吟虎啸、万籁百泉所发出的各种响声，想象极为丰富。而写到"忽然更作渔阳掺"时，由拟声变作拟物，"黄云萧条白日暗。变调如闻杨柳春，上林繁花照眼新"，乐声由如黄云暗日的低沉苍凉，忽然变得明丽欢快，就好像看到春风杨柳、繁花满眼的上林苑。由视觉感受传递出听觉的审美效果，即属视听的潜通暗转的"通感"手法。这末两句，亦同"回头转盻"两句。这种打锻精美有气势的造句，如此反复出现在他的名作里，即可称为李颀的"艺术模式"，或者"有意味的形式"。明人曾言："新乡七古，每于人不经意处忽出异想，令人心赏其奇思，而不知其所从来。"[1] 所谓出异想于不经意处，即指

---

① 周敬、周珽：《唐诗脉会通评林·盛唐七古上》，明崇祯乙亥刻本。

转接处忽出奇思异想。这种转接或奇逸或奇横，可包括两种现象：一是前后呈顿挫抑扬的转折形态，一是次句承上句顺流直下，然句意奇横。在上下句间或转接或直接，都能有奇横的异想。转接者让人唏嘘感慨，直接者让人不知奇逸之所从来。在李颀诗里，确实正如他自己所说的"佳句相思能间作"，成为李颀诗艺的重要特征。

四　虚词的介入与常用关键词的个性

虚词表意，实词体物；实词如人之骨骼，虚词犹血液筋脉。一般来说，诗之体物者实词多，而抒情议论者虚词多。虚词多则情意细微而语气灵动，句活而语缓；实词多则意明，句调劲健挺拔。写景者实词多，好议论者虚词多。前者如大谢、孟浩然，后者如陶渊明、陈子昂。好壮美者实词多，喜平和者虚词多，亦和才情有关。

李颀诗无论写人状物，边叙边议，不喜铺叙，擅长把几个片段组合起来，每个片段常用一二句即当一大段，这样不仅能多维度地刻画人物，而且使人物处于动态的变化中。另外，在片段的间隙插入议论，这样使用虚词自然增多。再则李颀有豪迈也有温和一面，在这一点上和王维极为相似。所以在审美上倾向豪宕而温润，虚词也自然就会多起来。如殷璠称赏的"大道本无我，青春长与君"，有了"本"和"长"，意思就更透彻圆润。此为议论故多虚词，而称赏的"幽音变调忽飘洒，长风吹林雨堕瓦"，属于状物，虚词自少。

虚词亦同样见于李颀诗的议论与抒情句，还包括带有感慨的叙述与描写之中。如《粲公院各赋一物得初荷》的"从来不着水，清净本因心"，言荷之清净不在环境，而在于原本的素质。"从来"与"本因"盘旋出否定与肯定的一番道理。《与诸公游济渎泛舟》的"我本家颍北，出门见维嵩。焉知松峰外，又（一作犹）有天坛东"，后二句句首两虚词转折而又递进，推出别一番光景。《临别送张谓入蜀》的"四海维一身，茫茫欲何去？经山复历水，百恨将千虑"，四句五个虚词，一层一层地表抒自己的种种关注。《登首阳山谒夷齐庙》起首"古人已不见，乔木竟谁过"，

"已"与"竟"呼应出多少遗憾。《题綦毋校书别业》"生事本渔钓，赏心随去留"，若去掉"本"与"随"，以隐为乐不以进退为怀的淡泊就稀薄得多了。

以上为五言诗的虚字，至于七言亦不少见。《送刘十》："三十不官亦不娶，时人焉识道高下。房中唯有老氏经，枥上空余少游马。""亦"跌入一层，"焉识"再跌入一层。"唯有"与"空余"限制副词又抑扬跌宕一番，见出境界与处境的对比。《古从军行》的"闻道玉门犹被遮，应将性命逐轻车"，"犹"见出战火连绵不息，"应"表示刻不容缓。《杂兴》的"济水自清河自浊，周公大圣接舆狂"，前句舒缓而后句挺劲，就在于虚词之有无的作用。《别梁锽》的"但闻行路吟新诗，不叹举家无担石"，若只言"行路吟新诗，不叹无担石"，则客观而平静，冠以转折连词，就跌宕顿挫起来，因为注入了诗人的感慨。接此二句的"莫言贫贱长可欺，覆篑成山当有时"，"长"与"当"的逆折腾转，情感就不能不动荡起来。《同张员外谔酬答之作》结末"闻道郎官问生事，肯令鬓发老柴门"，后句句首两虚词翻折出对友人前途看好的用意。《少室雪晴送王宁》的"过景斜临不可道，白云欲尽难为容"（见图52），虚词"欲"把转瞬即逝的景观微妙地描绘出来，可见虚词在一定的语境中还有具象的作用。《送康洽入京进乐府歌》结末"西上虽因长公主，终须一见曲阳侯"，"虽因"、"终须"不仅表达出转折回旋的一再叮咛，而且流畅接近日常口语。《琴歌》的"一声已动物皆静，四座无言星欲稀"，"已"与"欲"呼应得如影随形，传递出一种气氛与光景来。七律一般以实词支撑，但偶尔出之虚词，感情表达得会更细致摇曳。如《送魏万之京》的"鸿雁不堪愁里听，云山况是客中过"，写别景用加重一层手法，枢纽作用全在"不堪"与"况是"上，"遂见生动"（俞陛云语）。《宿莹公禅房闻梵》颈联"萧条已入寒空尽，飒沓仍随秋雨飞"，"已"与"仍"确能状出诵经声若有若无、断断续续的情景。虚词具有帮助补充实词不易表达的功能，此亦为一大特征。

对于虚词的艺术功能，论者曾说："靠着虚词的产生，语言才能清晰而且传神；有了虚词的插入，诗歌就更能传递细微感受；凭着虚字的铺垫，句子才能流动和舒缓。虚字在诗歌里的意义是，一能把感觉讲得很清

图 52　当代　徐义生　千古疑云

　　当夕阳给高山大河抹上最后一层余晖，光与色彩在此时对比变既柔和又分明，而且稍纵即逝。当白云飘飞将去之时，纷纭变化，亦过眼即去，语言难以表达，绘画可予以补充。陕西师范大学徐义生先生这幅画的群峰山顶，被夕阳染上一层红色，给我们留下了美好的印象，它由短暂变为永恒。李颀的"过景斜临不可道，白云欲尽难为容"，是说语言对表达自然景物变化所感到的不足。而绘画可以弥补，诗与画在互补中相得益彰。

楚，二是使意思有曲折，三是使诗歌节奏有变化。"[1] 其实，虚词不仅能达传之情意，而且在一定语境中还能状难写之景观。在以上李颀诗中，都可以看到这几种作用。总之，李颀诗有感慨，多转折，但风格以安和温润为主，而虚词有助于他在诗艺与风格上的追求与奠定。所以，他大概是杜甫之前使用虚词仅次于陈子昂的诗人。如转折连词"而"字，就每每用于句首，如《送司农崔丞》"同时皆省郎，而我独留此"，《渔父歌》"而笑独醒者，临流多苦辛"，《题少府监李丞山池》"他人骑骢马，而我薜萝心"，还有用于句腰者，《送暨道士还玉清观》"中州俄已到，至理得而闻"，这或许受到陶渊明诗散文化的影响[2]，陈子昂诗追踪建安的慷慨激昂，好发议论，用虚词极多，然"而"字并不多见，钱钟书先生《谈艺录》曾拈出《同宋参军梦赵六》："骖驭游青云，而我独蹭蹬。"引例有疏漏，其句应是："宋侯逢圣君，骖驭游青云。而我独蹭蹬，语默道犹懵。"另外还有熟知的"念天地之悠悠，独怆然而涕下"。而他的《春台引》为骚体诗，凡用五"而"字，则和此诗的用法有别。李颀诗"而"字用例如此之多，这

---

①　葛兆光：《汉字的魔方·论虚字》，辽宁教育出版社 1999 年版，第 164 页。
②　参见魏耕原《论陶渊明诗的散文美》，《文学遗产》2008 年第 6 期。

在盛唐诗里还是少见的，由此可见李颀对虚词的热爱与看重。

李颀诗常在前后两句中，各用一虚词，形成上下呼应，句意流走，语气圆润，或者感慨而跌宕生姿，如"只合侍丹宸，翻令辞上京"，"每闻楞伽经，只对清翠光"，此用于句首。"按俗又如此，为即何太迟"，"宗伯非徒尔，明时正可干"，此则用于句中。"焉知松峰处，又有天坛东"，"仍闻薄宦者，还事田家衣"，则表递进一层。"且有荐君表，当看携手归"，此为扬而又扬。"泄云岂知限，至道莫探元"，此为否定接着否定。其他如"只"与"反"，"应"与"必"，"又"与"何"，"非"与"正"，"复"与"将"（包括"又"），"已"与"竟"，"岂"与"复"，"本"与"随"，"始"与"不"，"但"与"维"（包括"不"），"自"与"于"，"忽"与"偶"，"尝"与"更"，"所"与"但"，"空"与"欲"，"可"与"当"（包括"还"），"请"与"为"，"堪"与"仍"，以上为单音虚词。复音虚词如，"散诞由来自不羁，低头授职尔何为"，"房中唯有老氏经，枥上空余少游马"，此用于句中。见于句首者，如"莫见长安行乐处，空令岁月易蹉跎"、"始觉浮生无住著，顿令心地欲皈依"。其他如"不堪"与"况是"，"不须"与"只应"，"何时"与"无令"，"未可"与"应须"，"由来"与"何为"，"不可"与"难为"等。另外有三字合成虚词，如"令下不徒尔，人和当在兹"，或者单音虚词与复音虚词呼应，如"重林华屋堪避暑，况乃烹鲜会佳客"，与之相反的则有"可即明时老，临川莫羡鱼"。观此可知，李颀似乎要和散文用虚词的句法，作一竞赛。而对虚词的偏爱如此，句法必然舒缓，语意更加滋润和畅，而这正是他在诗意审美上孜孜以求的目的和效果。

细读李颀集，又反复翻检爬梳，李颀有自己的用语习惯，形成反复使用的语汇，即可称常用关键词。谭元春曾在《寄焦炼师》开端两句"得道凡百岁，烧丹惟一身"中，发现悟出常用"一"字，以为"写出佛家清静简奥"。依此检得：《赠苏明府》的"一往东山东"、"出入虽一仗"，《裴尹东溪别业》的"十日一携手"。其他如"言别恨非一"、"一从登甲科"、"吾师居一床"、"谈笑一州里"、"一樽聊可依"、"千里一飞鸟"、"行子时一望"、"终朝无一言"、"放歌一曲前山春"、"善恶生死齐一贯"、"一言不合龙额侯"、"还是昂藏一丈夫"、"由是蹉跎一老夫"、"一枝半叶青露痕"、"一朝出宰汾河间"、"云山老对一床书"、"回头瞪目时一看"、"一朝谢病归乡里"、"当时一顾登青云"、"一峰晴见一峰雪"、"终须一见曲阳候"、"腹中贮书一万卷"、"一弹一十有八拍"、"一沉一浮会有时"、"一望云涛堪白首"、"一别常山道路遥"、"一声已动物皆静"、"龙吟虎啸一时发"、"美酒一杯声一曲"、"果却一军全社稷"、"宫军女骑一千匹"、"吾师一念深"、"一柱观苍苍"、"一吊清川眉"、"青山天一隅"、"顾眄一过丞相府"、"洛阳一别梨花新",这些带"一"的句子,绝大部分用在结尾。它和后边的名词或动词组合,或强调多,或强调孤独,或表时间的转瞬,表情作用确实很强烈。特别是"一身",频见其诗:"四海维一身","烧丹惟一身","一身轻寸禄","白云随一身"。或见孤独,或表寂寞,或示孤耿,或抒清旷,带有种种不同的感情色彩。李颀诗明畅清朗,与多用"一"字不无关系。从"一丈夫"、"一老夫"传出兀傲与孤独感,这对杜甫是有影响的①。

李颀诗风,殷璠以"清秀"称其发调,白居易谓为"韵高意古",高棅称之"超凡",王世贞《艺苑卮言》以为"有风调而不甚丽",沈德潜则言"比高、岑多和缓之响",鲍桂星《唐诗品》视为"浑成清澹","每发羽调","间出清秀"。管世铭指出"摘词典则,结响和平","无一俗料俗

---

① 杜甫诗好用"一"字,如《望岳》的"会当凌绝顶,一览众山小",《乐游园歌》的"圣朝亦知贱士丑,一物自荷皇天慈",《送灵州李判官》的"羯胡腥四海,回首一茫茫",《秦州杂诗》其四"万方声一概,吾道意何之",其五"烟尘一长望,衰飒正摧颜",《野望》的"海内风尘诸弟,天涯涕泪一身遥",《曲江二首》其一"一片花飞减却春,风飘万点正愁人",《无家别》的"近行止一身,远去终转迷",《空囊》的"囊空恐羞涩,留得一钱看",《送远》的"亲朋尽一空,鞍马去孤城",《成都府》的"我行山川异,忽在天一方",《狂夫》的"万里桥西一草堂,百花潭水即沧浪",《恨别》的"洛阳一别四千里,胡骑长驱五六年",《不见》的"敏捷诗千首,飘零酒一杯",《早花》的"西京安隐未?不见一人来",《发阆中》的"别家三月一得书,避地何时免愁苦",《旅夜抒怀》的"飘飘何所似?天地一沙鸥",《秋兴八首》其一"丛菊两开他日泪,孤舟一系故园心"、其五"一卧沧江惊岁晚,几回青琐点朝班"、其七"关塞极天惟鸟道,江湖满地一渔翁",《咏怀古迹五首》其二"怅望千秋一洒泪,萧条异代不同时"、其三"一去紫台连朔漠,独留青冢向黄昏",《遣怀》的"萧条益堪愧,独在天一涯",《暮春题瀼西新赁草屋》的"身世双蓬鬓,乾坤一草亭",《又呈吴郎》的"堂前扑枣任西邻,无食无儿一妇人",《冬至》的"心折此时无一寸,路迷何处望三秦",《江汉》的"江汉思归客,乾坤一腐儒",《蚕谷行》的"天下郡国向万城,无有一城无甲兵",《登岳阳楼》的"亲朋无一字,老病有孤舟",《逃难》的"已衰病方入,四海一涂炭"。杜甫早年不遇,中年遭乱,后半生漂泊,尝尽万方多难的流离之苦,故诗中"一"字每见于篇章。特别在安史之乱后,用"一"表示孤独、苦闷、孤高、自负等,言己言人,言尽国家不幸。同时还用"一"来讽刺,如《哀江头》的"翻身向天仰射云,一笑正坠双飞翼",含意非常丰富,以上不过是他佳作中的一部分。如此看来,远远超过李颀。然李颀对"一"的钟爱,似先发其端,影响所及,不能不涉及杜甫。

语"，方东树指出"情韵自然深至"、"意兴超远"。吴乔《围炉诗语》谓其五律"高澹"，王闿运《湘绮楼说诗》论为"格调迥超，不露筋骨"，宋育仁《三唐诗品》则言"明秀"而"浑脱"。综上所言，清朗高逸，隽爽明畅，温和超远，当是李颀诗风格的几个方面。这当然与李颀的审美倾向和表现手法以及时代思潮相关，亦和常用语汇与关键字有联系。自陶渊明诗给"白云"赋予雅洁、高远、淡泊等人格意义后，"白云"逐渐受到诗人重视。见于李颀诗的就不少：《送刘四》"爱君少岐疑，高视白云乡"；《送裴腾》"放情白云外，爽气连虹须"；《登首阳山谒夷齐庙》"寂寞首阳山，白云空复多"；《题綦毋校书别业》"万物我何有？白云空自幽"；《望鸣皋山白云寄洛阳卢主簿》"饮马伊水中，白云鸣皋上"；《送从弟游江淮兼谒鄱阳刘太守》"应见鄱阳虎符守，思归共指白云乡"；《送刘四赴夏县》"赤县繁词满剧曹，白云孤峰晖永日"；《少室雪晴送王宁》"过景斜临不可道，白云欲尽难为容"；《寄镜湖朱处士》"芳草日堪把，白云心所亲"；《送乔琳》"青鸟迎孤棹，白云随一身"；《送暨道士还玉清观》"明主降黄屋，时人看白云"。（见图53）另外，还有"孤云"、"幽云"，甚至还有"泄云"，如《裴尹东溪别业》的"幽云淡徘徊，白鹭飞左右"，《临别送张谞入蜀》的"孤云伤客心，落日感君深"，《赠苏明府》的"泛然无所系，心与孤云同"，《送陈章甫》的"醉卧不知白日暮，有时空望孤云高"，《无尽上人东林禅居》的"泄云岂知限？至道莫探元"。另外还有"楚云"、"朝云"、"黄云"，以及"白日"、"白水"、"白鸟"、"白雪"、"白鹤"、"白鹭"，如此多的"白"和"云"，这自然会给诗增加超远、雅洁、冲淡、安和的意味和色彩，对诗风的体现具有一定的作用。

李颀常用关键词除以上所言，还有在结尾或开头常表达感慨惋惜的"惜哉"。用于开头者，如《送綦毋三谒房给事》的"惜哉湖海上，曾校蓬莱书"。见于结尾者如《题綦毋校书田居》的"惜哉旷微月，欲寄无舟楫"，《望鸣皋山白云寄洛阳卢主簿》的"惜哉清兴里，不见予所尝"，《王母歌》的"惜哉志骄神不悦，叹息马蹄与车辙"。既强调了主题，又突出了抒情意味。方东树说："东川缠绵，情韵自然深至，然往往有痕。"① 所

---

① 方东树：《昭昧詹言》卷十二，人民文学出版社1984年版，第243页。

谓"往往有痕"，就直接体现在这些常用关键词上。"惜哉"反复用在开头
或结尾的位置，就是一显例。

图53　当代　徐义生　**西岳盛概**

　　白云在李颀的诗里反复出
现，如"万物我何有，白云空
自出"，"芳草日堪把，白云心
所亲"，"泛然无所系，心与孤
云同"，白云象征高洁、自由、
和平、自然。画家们笔下的白
云，也给我们同样的感觉。此
图上端大山为华山西峰，下端
为苍龙岭，一条山道爬在山领
顶端，白云在两山间遮断，然
两山走势仍连在一起，构成椭
圆形的弧线，由右下曲伸到右
上。右下角的直松挺立，加上
白云把山"切断"，构图便显得
曲中有直，直中有断。两山亦
有横岭侧峰的变化。

　　李颀处于盛唐早期，具有强烈的进取心。虽然官止黄绶，为时亦短，
弃官后，并未心灰意灭。故其诗中大量出现表示朝廷之类名词，诸如"丹
宸"、"金闺"、"阙庭"、"禁门"、"金殿"、"玉堂"，还有"九华殿"、"石
渠署"、"建章"、"铜龙楼"、"青锁闱"、"青锁闼"、"承明庐"、"蓬莱宫"、
"麒麟阁"、"柏梁台"、"五陵宾从"、"三省官僚"、"城阙"、"祥凤楼"、
"紫极殿"、"文昌宫"、"长安陌"、"两京路"，以及"汉宫柳"、"禁柳"、
"宫花"、"千门雪"、"丞相府"、"帝乡春"、"长安行乐处"，简直是功名眼
光的散点透视，金碧辉煌，富贵世界，在他的诗中熠熠发光。还有"赤
墀"与"丹墀"、"彤庭"出现过多次，如《送刘四》的"奉诏赤墀下，拜
为童子郎"，《送崔侍御赴京》的"千官大朝日，奏事临赤墀"，《赠别穆元
临》的"丹墀策频献，白首官不迁"，《赠别高三十五》的"忽然辟命下，

众谓趋丹墀",《送王道士还山》的"出入彤庭佩金印，承恩赫赫如王侯"，无不流泻出对功名富贵的艳羡、追求与赞美。无论是早年不无世俗的富贵曲《缓歌行》，还是离弃新乡尉后作的《放歌行答从弟墨卿》，即使带有"忏悔录"性质，但都表示了对争取功名的渴望，希望有"出身事明主"的机会。这在盛唐诗人原本都是人人心中已有的热望，李颀不过表达得热烈迫切而已。

第十二章　王昌龄七绝边塞诗与盛唐气象论

　　王昌龄以琳琅满目的七绝，而进入盛唐名家。他在七绝的功能与体制上，都对初盛唐之际有所开拓与创新，打破了此前以对偶为主的流行做法。七绝边塞诗为盛唐气象增添了浓厚的风采，境界雄阔，善于转接，使主题与言情融为一体。景物叠加，枢纽的否定和虚词的呼应，以及对时空的选择，都带有范式作用。多姿多彩地展现了高迈慷慨的盛唐气象。赢得了"七绝圣手"的称誉，而成为盛唐引人注目的大诗人。

　　王昌龄，字少白，京兆万年（今属西安市）人。诗共 181 首，绝句 88 首，接近其诗一半。其中七绝 64 首，占其诗 2/5。七绝中的边塞诗 9 首，宫怨诗 4 首，写江南妇女 3 首，送别寄赠 33 首，其余为行旅、宴会、题咏、音乐诗共 15 首。其中的边塞、宫怨与闺怨、送别寄赠，是他七绝的三大题材，艺术性也最高，赢得了可与李白七绝比肩的"七绝圣手"的盛誉。他又凭着这种小小的诗体取得了名家的地位，甚至获得"诗家夫子"的尊荣，这在盛唐诗坛与盛唐气象中，都是一种很特殊的现象。他的七绝必然有与众不同的卓绝不群之处，虽然论者不少，然从宏观和微观两方面考察，还需要进一步深刻思考与讨论。

一　七绝功能与体制的开拓与创新

　　王昌龄的五古 68 首，加上为数最多的 64 首七言绝句，共 132 首，占其诗近于 4/5，看来他对这两种诗体持有特别的爱好。殷璠《河岳英灵集》收录盛唐 24 位诗人，选了王昌龄 16 首，为诸家之冠。列举称赏王昌龄富有风骨的诗句也最多，并言："斯并惊耳骇目。今略举其数十句，则中兴高作可知矣。"所称赏诗句，除了两句七言外，其余均出于五言古诗，而且所选的 16 首诗中，只有 3 首七言绝句，可见他的五古在当时很受推崇。殷璠还把他与储光羲作了比较，认为"气同体变，而王稍声峻"，这都是以五古为出发点的。然在稍后的《国秀集》中，选其诗 5 首，而只有 1 首七绝。韦庄《又玄集》中，李白、王维各选 4 首，未有绝句，选王昌龄七绝 1 首。后蜀韦縠《才调集》选王昌龄 5 首，其中 3 首为七绝，选李白 28 首，只有 1 首五绝，可见中晚唐至五代人对他的绝句开始逐渐重视。《旧唐书》本传谓其诗"绪微而思清"，《新唐书》则更"绪微"为"绪密"，他的五古风格高峻疏越，故此都是从七绝为出发点的。唐人就已经称他为"诗夫子"①，宋代人对他的七绝就更为重视。所以明人说："少伯天才流丽，音唱疏越。七言绝句小诗几与李白比肩，当时乐府采录无出其右。五言古诗与储光羲不相上下，而稍逸致可采。"② 正是就先七绝后五古而论的。王昌龄诗，五绝 14 首，五律 13 首，五排 4 首，未见出彩。对于他仅有的 2 首七律，其中有《万岁楼》，胡应麟说："王昌龄、孟浩然俱有题万岁楼作，然皆拙弱可笑，则以二君非七言律手也。"③ 他的七言古诗 6 首，迥不犹人，风格奇崛，往往挟带奇数句，调急语紧，险韵奇句，硬语盘空，风格接近后之韩愈。五古则呈现多种风格，"或幽秀，或豪迈，或惨恻，或旷达，或刚正，或飘逸，不可物色"（《围炉诗话》语）。然王昌龄诗毕竟于七绝用力最多，艺术水准亦高，其次才是五古。他是凭着这两体成为盛唐的名家，犹如与之同时的名家李颀全仗七言歌行与七律。那么王昌龄七绝在盛唐诗坛有什么作用，而逐渐赢得极为响亮的盛誉，乃被看作"绝句圣手"，今日仍认为是"绝句大师"（宇文所安语）呢？

---

① 刘克庄《后村诗话新集》卷三："史称其诗句密而思清，唐人《琉璃堂图》以昌龄为诗天子，其尊之如此。集存者三卷，绝句高妙者已入诗选。"唐人《琉璃堂墨客图》残本收入《吟窗杂录》，有"王昌龄，诗夫子"，《唐才子传》据此说"时称'诗家夫子王昌龄'"。亦可见出对王之绝句的看重。

② 徐献忠：《唐诗品》卷五，明嘉庆十九年刻本。时下论者认为："王昌龄在有唐一代，即以五古驰誉诗坛。而他的七绝，却是到了明代才获得了褒扬。"见《唐代文学研究》第十辑《王昌龄五古与七绝风格之比较及其创作心态试析》，广西师范大学出版社 2004 年版，第 204 页，持论似乎可商。

③ 胡应麟：《诗薮》内编卷五，上海古籍出版社 1979 年版，第 93 页。

　　首先，王昌龄作为盛唐早期诗人①，开拓了七绝的表现空间，扩大了题材领域。初唐七绝共 128 首②，绝大多数为应制诗，诸如"幸韦嗣立山庄"，"人日玩雪"，"饯唐永昌"，"安乐公主宅夜宴"，"游苑遇雪"，"侍宴桃花园"，"被褉渭滨"等，主要以山庄宅园景观与送别为主，它与七律一样顺着应制同一轨道而发展成形③，都以歌颂富美与粉饰升平为务。其中偶有佳制，如徐坚《饯唐永昌》："郎官出宰赴伊瀍，征传骎骎灞水前。此时怅望新丰道，握手相看共黯然。"然其七绝仅此一首。至于登临、闺怨、行旅题材，初唐各有几首，为数有限。初盛唐之际的张敬忠《边词》："五原春色旧来迟，二月垂杨未挂丝。即今河畔冰开日，正是长安花落时。"算是唯一一首写边塞风光的诗。贺知章《回乡偶书》、《咏柳》与郭震六首咏物诗，算是对题材稍有开拓。沈佺期与郭震的七绝各八首，在初唐可谓多产。

　　进入盛唐，张说七绝一下子涨到 15 首，然以侍宴、应制为多。王翰只有 4 首，特别是《凉州词二首》，给盛唐绝句带来新气象，此与王之涣同题七绝与五绝《登鹳雀楼》，也可以说盛唐昂扬浪漫的气象，是由二王这 3 首小诗拉开了帷幕，以后七绝题材渐广。孟浩然 6 首七绝，也有《凉州词二首》，但赶不上他的行旅与送别之作。储光羲七绝 11 首，《明妃词四首》是最早用小诗来咏史的诗。高适 14 首，《除夜作》、《初至封丘》则以七绝写日常生活。《塞上听吹笛》、《营州歌》、《九曲词三首》，是这位边塞诗健将以七绝对王翰的回应。岑参绝句 31 首，绝大部分为边塞之作，是继王昌龄、高适之后，进一步对七绝边塞诗予以大力开拓，也是盛唐诗人以七绝写边塞数量最多的诗人。另外《春梦》、《秋夜闻笛》、《山房春事》等七绝，也显示了题材的多样性。王维七言绝句 19 首，《少年行四首》和《送元二使安西》、《送沈子福归江东》均属于盛唐气象的经典之作，他的五绝更为出彩，七言绝句则与王昌龄、李白是鼎足而立。张谓七绝 5 首，《题长

---

　　① 　王昌龄生年，无确考。闻一多《唐诗大系》谓约 698—765 年，傅璇琮《唐代诗人丛考·王昌龄事迹考略》谓生约 690 年，后与李珍华合作《王昌龄及事迹新探》，又改从闻一多生于 698 年说。另外又有 692 年、694 年、695 年几种说法。总之，他要比王维、李白、高适大些，而又比孟浩然、李颀小些。

　　② 　此据明赵宦光、黄习远编《万首唐人绝句》统计，以下诸家亦同。

　　③ 　初唐七绝共 128 首，而应制奉和则为 56 首，接近一半。

安主人壁》以高声响调专发议论，可谓别开生面，其余题材也较多样。常建 12 首，写景清冷，当是盛唐诗的别调。《塞下》与《塞下曲》反对战争、向往和平的主题突出。李颀七绝 5 首，寄赠送别都带有刻画人物性质，《野老曝背》就是描写扪虱眠篱的百岁老翁。其好友刘晏《咏王大娘戴竿》写一位杂技女演员，或许与李颀都受到唐玄宗《傀儡吟》的影响。李白七绝 92 首，题材显著较前扩大，似与其挚友王昌龄呼应。酬赠、闺情、边塞、怀古、宫词、赠内，都有涉及。特别是送别与写景两大类，最为出色。杜甫七绝 107 首，数量为盛唐诗人之冠。他用七绝写时事，如《绝句三首》、《承闻河北诸道节度入朝欢喜口号十二首》、《喜闻盗贼蕃寇总退口号五首》；又用七绝作诗学评论，如《戏为六绝句》；还可以讲一小故事，如《少年行》；或者刻画一人物，如《赠李白》。杜甫对七绝容量扩展最用力气，在题材上扩展也非常大。然以七律对偶手法写七绝，属于盛唐七绝的变调。

就题材开拓而言，王昌龄七绝不如比他年岁晚的李白与杜甫，但与前此诗人，如与张说、王翰、孟浩然、李颀相较，实绩则异常显著。诸如边塞、宫怨、闺情、宫词、行旅、怀古、送别、寄赠、题咏、宴会、观猎、音乐，无不付诸笔端，还描写了江南女性与河上老人等各式人物。题材如此广泛，前此任何诗人都与他不能同日而语。另外继承了汉魏乐府，而且较早地开拓到七绝。《出塞》与《从军行》在汉魏晋六朝以五古为多，较早的七绝是北周赵王《从军行》[①]，以写边塞的酷冷为主，王翰与王之涣同题《凉州词》各 2 首，篇数无多，王昌龄最早用 7 首构成组诗，全方面展示了军中的苦乐与豪迈。闺怨此前亦以五古与歌行为主，南朝乐府民歌，纯出五言小绝。初唐郭震《春江曲》、《春歌》（见图 54），苏颋《山鹧鸪词》，南北朝至初唐李康代、辛弘智，张九龄的同题《自君之出矣》，金昌绪《春怨》，均用五绝。至于以七绝写闺情闺怨，王昌龄当是第一人[②]。宫怨诗自齐梁以降，多用五古与五绝。初唐郭元震《冬歌》其二，萧意《长

---

① 参见周啸天《唐绝句史》，重庆出版社 2006 年版，第 112 页。

② 初唐张纮《怨诗》云："去年离别雁初归，今夜裁缝萤已飞。征客近来音信断，不知何处寄寒衣。"属于征妇题材。乔知之《折杨柳》："可怜濯濯春杨柳，攀折将来就纤手。妾容与此同盛衰，何必君恩独能久。"身份不甚明了。于初唐亦仅此一二见。

门失宠》，袁晖《三月闺怨》，崔国辅《魏宫词》、《金殿东》、《长信草》，均为五绝，且寥寥无几。王昌龄始创以七绝作宫怨诗，均自制新题《西宫春怨》、《西宫秋怨》、《春宫曲》以咏当世，且有《长信宫词》借旧事而发新咏，更广泛地抒写这一特殊群体的不幸，成为他的七绝三大题材之一，也是这一专题的经典诗人。还有对江南女性的描写，初唐涉及者有郭震《春江曲》、《秋歌》，崔国辅《采莲曲》、《襄阳曲》、《今别离》、《小长干曲》、《湖南曲》，崔为女性题材的高手。还有崔颢的《长干曲》四首，均承南朝乐府民歌遗意，出之五绝。而王昌龄《采莲曲二首》、《浣纱女》则发之于七绝，亦是用七绝写江南女性的率先发轫者。总之，王昌龄七绝三大题材，其中的边塞与女性题材，都带有开创性质。所以胡应麟说："五言绝，唐乐府多法齐梁，体制自别。七言亦有作乐府体者，如太白《横江词》、《少年行》等。至少伯《宫词》、《从军》、《出塞》虽乐府题，实唐人绝句。不涉六朝，然亦前无六朝矣。"[1] 正是就他的题材与诗体结合的创新方面而言的。这是就历时而论，即使从共时看，其创新与开拓意义，亦至为明显。

其次，最早采用了七绝组诗的形式，扩大了七绝表现的容量。王昌龄在开元十五年（727）进士及第前四五年间，曾盘桓潞州与并州，后又有西北之行，漫游西北边塞的泾州、萧关、临洮、玉门关一带，甚至远涉葱岭以西的碎叶[2]，——即李白的出生地。所以七绝《从军行七首》、《出塞二首》与五古《塞下曲四首》、《从军行二首》，当作于此时。同时，他又是京兆万年人，早年居家读书，熟悉京都，耳闻宫帏轶事，因而《长信秋词五首》、《青楼曲二首》、《殿前曲二首》，亦当作于此时。他的边塞与宫怨诗，均在开元十五年前。此前及初唐七绝组诗寥寥无多，崔液《上元夜六首》从初夜看灯写到月落人归，篇数算最多，余皆不丰。如王勃有《秋江送别二首》，卢照邻有《登封大酺歌四首》，沈佺期有《狱中闻驾幸长安二首》、《伤曹娘二首》。盛唐则有崔国辅《白纻辞二首》，贺知章《回乡偶书二首》。张说《十五夜御前口号踏歌词二首》与《苏摩遮五首》王翰与

---

① 胡应麟：《诗薮》内编卷六，上海古籍出版社 1979 年版，第 114 页。

② 参见李云逸《王昌龄诗注·前言》，上海古籍出版社 1984 年版，第 1 页。

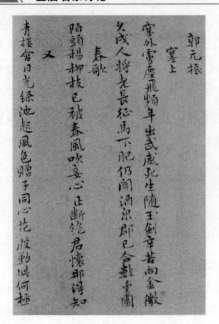

图54 明 黄道周 郭元振《塞上》《春歌》（局部）

老一代学者贺昌群曾言，初唐边塞诗总体成绩，要超过盛唐，这主要是从边塞诗的内容来看，是有一定道理的，虽然盛唐诗的艺术性远远胜过初唐。黄道周这幅行书锁定初唐郭元振五古《塞上》、《春歌》，前者所反映的内容就很沉重，也值得一读。他对盛唐的边塞诗当有一定的影响。黄道周草书自成一家，"行草笔意离奇超妙"（《桐阴论画》语），"楷格离奇，直逼钟王"（《雨堂跋》语）。

王之涣、孟浩然《凉州词》各二首，贾至有《春思二首》与《初至巴陵与李十二白裴九同泛洞庭湖三首》，储光羲有《明妃词四首》，高适有《别董大二首》、《玉真公主歌二首》与《九曲词三首》，王维有《少年行四首》、《秋夜曲二首》，常建有《塞下曲四首》，岑参有《封大夫破播仙凯歌六首》与《冀国夫人歌词七首》。盛唐组诗最多的是李杜，以下二首则不计。李白的诗如《送外甥郑灌从军三首》、《永王东巡歌十一首》、《横江词五首》、《陪族叔……游洞庭五首》、《清平调词三首》、《上皇西巡南京歌十首》、《别内三首》，凡六组40首；杜甫有《绝句三首》、《漫兴九首》、《江畔独步寻花七首》、《承闻河北诸道节度入朝欢喜口号十二首》、《喜闻盗贼蕃寇总退口号五首》、《解闷十二首》、《夔州歌十首》、《戏为六绝句》、《阙题三首》，凡九组69首。王昌龄七绝五组18首，为李杜之前绝句组诗最多、数量最大的诗人。王昌龄以前则为张说，由张说发展到王昌龄，复由王昌龄发展到李杜。其中王昌龄是个关键人物，如果没有王昌龄对七绝组诗的经营，就不会有李白大批量七绝组诗的出现，也不会有杜甫对七绝组诗的扩大与更新，至少可以说七绝组诗在50年间的盛唐发展不会如此迅速，或者缓慢而延长到中唐。

再次，王昌龄率先改变了初唐七绝的标格，使七绝艺术达到了与李白可以媲美的高度，为盛唐气象平添了璀璨亮丽的风采，成为唐人经典七绝代表性的大诗人。如前所言，七绝和七律都是应制诗中发展起来的，它们都是经过装饰性对偶滋润培育出来的。对偶是初唐绝句最显著的标格，这从下表可以看得出来：

作　者	七绝总数	全部对偶	前半对偶	后半对偶	全不对偶
刘　宪	6	3	0	2	1
李　峤	4	4	0	0	0
李　乂	5	4	0	1	0
崔　液	6	6	0	0	0
徐彦伯	5	2	2	0	1
苏　颋	4	0	0	2	2
王　勃	4	2	0	0	2
卢照邻	5	3	2	0	0
沈佺期	8	2	3	3	0
宋之问	5	1	0	3	1
贺知章	5	0	0	0	5
郭　震	8	0	0	3	5
王　翰	4	0	2	0	2
王之涣	4	0	0	1	3
张　说	15	4	2	6	3
孟浩然	6	0	0	1	5
王昌龄	74	0	4	7	63
高　适	14	3	0	6	5
储光羲	11	4	3	2	2

以有七绝四首为限，以上初唐12人，盛唐7人。从刘宪至宋之问，七绝共52首，全不对偶者仅5首，初盛唐之交的贺知章、郭震共有13首，全部对偶的竟有10首。贺知章性格浪漫，观其草书《孝经》飘逸奔放，即可想见其人。郭震则豪迈不羁而有大志，特别是他们两人绝句没有一首应制奉和之作，故不对偶者稍多。进入盛唐的王翰与王之涣的两句对偶者不及一半，孟浩然则更少。张说其所以对偶者为绝大部分，其中主要原因之

一就是应制奉和之作多。初唐及初盛唐之交对偶多的情况似乎已明，然而比王昌龄年岁要小的高适与储光羲，对偶依然占绝大部分，而且这两位都是崇尚古体诗，对近体诗并没有特别的兴趣，这只能说明他们受初唐对偶绝句影响甚深。就近距离而言，张说绝句追求对偶则起了重要的导向作用，而贺知章与郭震的新趋向尚未引起盛唐诗人的充分留意①。

在冲破绝句对偶上，王昌龄确实具有敢为天下先的创新性，他居然有63首全不对偶，超过此前所有诗人七绝总数的2倍还多，而他一半对偶的11首，就有7首出现于后两句，这或许与张说12首对偶绝句中后半对偶占了一半有关。就上表而言，王昌龄以前绝句94首，不对偶者28首，占不到1/3，而王则超过3/4。至此可以说明，初唐七绝对偶标格彻底被王昌龄打破，而王昌龄七绝不对偶的体式则成为盛唐的典范，这也是以后盛唐绝句最显著的特征之一。

二 王昌龄七绝边塞诗与盛唐气象

如果盛唐诗坛缺席王昌龄的七绝，不仅李白的七绝显得孤单，而且就像缺少杜甫七律那样，盛唐气象就会减却不少风光，而不会那样的琳琅满目与丰富多彩。七绝与七言歌行是盛唐最活跃、最富有生命力的两种诗体，最能体现盛唐昂扬奋进浪漫热烈的时代精神。王昌龄的整体成就只能属于名家，而他的七绝却赢得"圣手"殊荣，跨入了七绝小诗中的"大师"行列，而只有诗国高潮的巨星李白与他在伯仲之间。这在盛唐，乃至中国诗史上，都是一道亮丽而特殊的彩虹：一个缺少长篇大制的诗人，怎么会一跃而上，只有最大的诗人方可与之媲美。这本身说明他的七绝达到

---

① 周啸天《唐绝句史》说："到初盛唐之交，更有一些倾向于自由表达的诗人，摆脱当对律的支配，只取声律，而不管对仗不对仗。换句话说，也就是截取律诗的前后四句，从而写出了完全散行的近体七绝，一头闯进盛唐去了。"（重庆出版社2006年版，第49页）律诗与绝句在初唐都处于成形过程，相互影响自不可免，故周氏所言有一定道理。然律诗对偶后来成为法定形式，而绝句则无此约束。再则绝句原本起源于汉魏南北朝乐府民歌，即五言古绝句，至于初唐绝句和律诗刻意追求对偶，那是和律绝的大量应制分不开的。一旦离开宫廷应制，散行的七绝自然就会出现。贺知章与郭元震的七绝即是显例，还有在野诗人孟浩然也是如此。

了盛唐诗人应有的艺术高度，拥有丰巨的艺术魅力！

　　严羽《沧浪诗话·诗评》曾经说过："唐人好诗，多是征戍、迁谪、行旅、别离之作，往往能感动激发人意。"① 王昌龄七绝三大题材：边塞、宫怨与闺情、送别，正集中在唐诗辉煌三大焦点上，特别是边塞诗则更具有新人耳目的时代精神与艺术魅力，也最能体现昂扬奋发、浪漫热烈的盛唐气象。边塞为军国大事所在，原本是五古与七言歌行驰骋的领域，只有长篇大制所能驾御。而尺幅狭小如扇面的七绝，对于如此大题材，似乎先天性的"体重"带来明显的不足。所以当七绝还处在摸索发展阶段的初唐，只有李世民与沈宇两首稍为接近边塞诗，然都属于"擦边球"②。盛唐早期北方诗人王翰正是从七言歌行《饮马长城窟行》与七绝《凉州词》长短双管齐下，特别是后者，获得巨大的成功。"醉卧沙场君莫笑，古来征战几人回"的嘹亮歌声，代表着初唐至此的百年经济与文化的积累，王之涣同题的"羌笛何须怨杨柳，春风不度玉门关"，从苦与乐互补，展现了盛唐昂扬奋进的自信与不惧艰苦进取功名的大无畏精神。如前所言，盛唐气象最先是由这种小诗拉开激动人心的序幕，随之而起的王昌龄的七绝边塞诗，则发挥了举足轻重的大作用。

　　七绝边塞诗出现于王昌龄早年的读书漫游时代，他到过河北与大西北一带，年轻诗人的活力与北方诗人的苍凉，精心浇灌了这一小诗体大题材的蓬勃生长。所以王昌龄最早以七绝组诗的崭新形式，展现了边塞战斗的各种场面，以及慷慨悲壮与乐观的理想精神，可以与高岑长篇歌行边塞诗媲美。他的两组七绝边塞诗似乎与三组五古边塞诗相互呼应，自成风气。后者被殷璠称为风骨高峻、"惊耳骇目"，而前者更奠定了"七绝圣手"的位置。《从军行》本为乐府旧题，而七绝原本从乐府来，故可称"小乐府"，适宜抒发婀娜之绮思，而施之边塞，则很不适宜。所以摆在"七绝圣手"面前有两个问题急待解决：一是如何扩大七绝的容量，使之拥有与歌行体那样的宽绰裕余的艺术空间；二是金刀铁马的边塞诗与体制轻盈摇

---

　　① 严羽著，郭绍虞注：《沧浪诗话校释》，人民文学出版社1983年版，第198页。
　　② 李世民《破阵乐》："秋风四面是风沙，塞外征人暂别家。千里不辞行路远，时光早晚到天涯？"另首为沈宇《送别》："菊黄芦白雁初飞，羌笛胡笳泪满衣。送君肠断秋江水，一去东流何日归？"两首均送人赴边，并未直写边塞。

曳的七绝，二者方枘圆凿，如何把内容与诗体形式融合起来。对于前者，王昌龄采用组诗形式，用连接方法把小诗连缀成大篇，或者亦如折扇，折叠起来则小，展开起来则大，可分可合，容量自然加大。再则借助题材的重大，而在每首诗的空间上加大，通过边塞地理位置之辽阔，特意造成尺幅千里之势，增加空间的辽远无际，如此经营，小诗自然会厚重起来。对于后者内容与形式的矛盾，则采用大刀阔斧的创新，起调往往雄阔壮逸，力图写出边塞之"大"来，很有点像七律的开头，不，实际上是借助七律峨冠博带的手法，以壮军旅。对此，王夫之曾有批评："至若'秦时明月汉时关'，句非不炼，格非不高，但可作律诗起句，施之小诗，未免有头重之病。"① 敏锐的艺术辨察能力，使他发觉了此种发端的异样，但却没有再深入看到如何把律诗百炼钢的硬调，化为如七绝般的绕指柔的软调。金刀铁马的题材，自然需要长戟大戈般的发端。王昌龄七绝往往前两句写景，后两句言情，写景则壮其大，言情则见其深，大者是外在的，深者是内在的，以情熔化景物，内在返射外在的，外在现实的矛盾对立，由情感化为内在主旨的统一。或者由情感再扩大外在的矛盾，使之跌入进一层。情感在七绝这种小诗具有四两拨千斤的作用，或者说牵一发而动全身。前人之所以看重七绝的第三句，原由亦在这里②。由此他的绝句呈现出以下三个特征。

三　七绝边塞诗的特征

首先，起首二句的边塞环境，必须境界雄阔，多用粗重大笔烘染辽阔高远的荒寂酷冷，先行展开，以广远的空间解决了小诗容量小的缺失，一般来说先景观而后为人物之活动。《从军行》其一"烽火城西百尺楼，黄昏独坐海风秋"，起调壮逸高响，如此特殊空间处境，加之秋之黄昏，辽

---

① 王夫之著，钱鸿森注：《姜斋诗话笺注》卷二，人民文学出版社1981年版，第132页。
② 周弼《三体诗法》："绝句之法，大抵以第三句为主，首尾率直而无婉曲者，此异时所以不及唐也。……以实事寓意接，则转换有力，若断而续，外振起而内不失于平妥，前后相应，虽止四句，而涵蓄不尽之意焉。……虚接谓第三句以虚语接前两句也，亦有语虽实而意虚者。要于承接之间，略加转换，反与正相依，顺与逆相应，一呼一唤，宫商自谐。如用千钧之力，而不见形迹，绎而寻之，当有余味矣。"

阔苍凉之意顿生，而"独坐"于"百尺楼"上的"海风秋"中，面对"烽火城西"的茫茫无际，心情自然会被"海风"飘转起来。如此高腔大调，使人不由联想到登临七律的发端，如柳宗元登柳州城楼"城上高楼接大荒，海天愁思正茫茫"。小诗如此发端，确如声高调响的七律①。同题其四则说："青海长云暗雪山，孤城遥望玉门关"（见图 55），亦如七律起调。次句的"遥望"与前诗次句的"独坐"，都写人物活动。不过这里用"孤城"把广袤的空间连接起来：孤城—青海—雪山（祁连山）—玉门关，较之王之涣"黄河直上白云间，一片孤城万仞山"，更为辽远壮阔，而一望无际。空间直视无碍的阔远，对于边塞诗气氛乃至内容，至关重要。于此小诗展开了尺幅千里的效果，也扩大了它的容量。而其五的"大漠风尘日色昏，红旗半卷出辕门"，亦是浓墨重笔，次句"出辕门"亦复人物活动，前句"大漠风尘"虽非狭境，而毕竟为视力所限。然而后两句"前军夜战洮河北，已报生擒吐谷浑"，于是辕门—大漠—洮河北，空间拉到视野之外，雄阔境界顿出。其七"玉门山嶂几千里，山南山北总是烽"，是够辽远壮伟的了，然而"人依远戍须看火，马踏深山不见踪"，又把视线推向更辽远处。《出塞》其一"秦时明月汉时关，万里长征人未还"，秦汉关塞的雄伟与历史时间的绵远，可谓"横空盘硬语"，时空的张力加强到最理想的长度，"人未还"却提出了亘古至今不能解决的问题。

其次，借助后两句的转接，以言情为主，化刚为柔，使通首活通舒展，感情伸展摇荡，余味无穷。或者刚中出刚，碰撞出情感的火花，使感情与主题得到进一步深化。如《从军行》其一，从"百尺楼"与"海风秋"之壮阔，却转出"更吹羌笛关山月，无奈金闺万里愁"，小小的笛子，幽细的闺愁，全在于出之轻笔，便滋生无穷的余味。笛声于此却起了以小制大、以柔克刚的作用②。其所以不失缠绵悱恻之风调，全在于第三句出以轻笔。"海风"、"关山月"，甚至"烽火城"，都化为"金闺"绮愁，而

---

　　① 潘德舆《养一斋诗话》卷二说："此诗前二句，便全是笛声之神，不至'更吹羌笛'句矣。"这主要是"独坐"起了这种作用，倘若是"纵目"或"昂首"，就没有"笛声之神"的作用，由此亦可窥王诗"绪密"或"绪微"的特点。

　　② 施补华《岘佣说诗》："七绝亦切忌用刚笔，刚则不韵。即边塞之作，亦须敛刚于柔，使雄健之章，亦饶顿挫，亦不落粗豪。"见《清诗话》下册，上海古籍出版社 1982 年版，第 996 页。

余味无穷。然而"关山""万里"又绝无头重脚轻之病。其四的"黄沙百战穿金甲,不破楼兰终不还",于艰苦寂寥的环境出此壮语,即是硬中生硬,刚中出刚。前句战斗之艰苦卓绝,"百战"而"金甲"为"黄沙"所"穿",战时的连绵而无绝期,而末句两"不"字——否定之否定,跌宕出一番豪迈来。即使从"终"字看作"归期无日",或是激愤之词,亦"倍有意味"(沈德潜语)。《出塞》其一的"但使龙城飞将在,不教胡马度阴山",这里以假设命题发为议论与感慨,由防秋的胜负转接到人才不得其用,反跌所撞出的"火花",昭示主题的深度。措语由厚重转到雄健,意态由惨淡转到爽朗,盛气英风,出人意表,黄生《唐诗摘钞》卷四说:"中晚绝句涉议论便不佳,此诗亦涉议论,而未尝不佳。何以故?风度胜故,气味胜故。"所谓风度气味,就是体现出盛唐时代的自信,也显示盛唐气象的精神:"骨气端翔,音情顿挫,光英朗练,有金石声"——正如陈子昂所期待的那样。

图 55　当代　钱松喦　万里长城

少伯这首七绝雄浑悲壮,往往被推为唐人七绝第一,就因为其中具有厚重的历史积重难返之感,且又是面对现实的质疑。钱老此画确实画出了这种历史积淀的厚重,显示长城的雄伟与民族的自豪感。画中似乎把雨点皴作了极大的改革。又结合折带皴,把群山画得厚重至极。斑斑点点,好像凝结了秦汉以来历史厚重积淀感。万里长城则稍加勾勒,以白色为主,与青灰色的群山形成鲜明的对比。山下则白云缭绕,空间的万里感,异常强烈,使我们领略王昌龄的《出塞》,有了最为形象的视觉感受。

再次，景物环境的层层叠加，加强枢纽处的否定，与末两句虚词的盘旋呼应，形成了"绪密而思清"（《新唐书》语）与"襞积重重"（《诗镜总论》语）而含蓄不尽的特征。这在王昌龄女性题材中最见特色，而边塞诗亦具有这一特点。《唐诗镜》说："'烽火城西百尺楼'一绝，'黄昏独坐'一绝，'海风秋'一绝，'更吹羌笛关山月'一绝，'无那金闺万里愁'一绝，昌龄作绝句往往襞积其意，故觉其情之深长而辞之饱决也。法与众不同。"① 这是按表意的角度看，如果从写景与景中含情的层次看，则"绪密"更为显明，"烽火城"一层，"西"又一层②，"百尺楼"一层，"黄昏"一层，"独坐"一层，"海风"一层，"秋"又一层，每一层都含有一种愁绪，这很有点像杜甫律诗的那样层垒叠加法，如"万里悲秋常作客，百年多病独登台"那样，南宋人所说的有八九层愁绪③。诗的第三句的"更吹"，引出的战斗曲《关山月》，再加一层，至末句始逼出"无那金闺万里愁"，加上"更吹"与"无那"旋折，主旨自然十分清爽，此则谓之"思清"。"青海长云"一绝，前三句亦从地理位置的辽远与战斗频繁艰苦叠加，至末句方推出"不破楼兰终不还"，从"绪密"而到"思清"，至为清晰。《出塞》其一"秦时"、"汉时"各一层，"明月"与"关"各一层，"万里"、"长征"又各一层，"人未还"更跌一层，就像手风琴的折叠，压在一起看似不多，拉开来就显得长了。又如姑娘们的百褶裙，折叠层层，襞积重重，含量大而又凝缩度强，施入绝句，最为得体而经济。黑幽幽的长城上，惨白的月亮冷冷地照着，仰视中包含着历史与现实的凝结。而末两句的"但使"、"不教"虚词的伸缩张弛语气，就像高适《燕歌行》"君不见沙场征战苦，至今犹忆李将军"的命意。然高诗是直说，此则是暗示，而用意同样透析。仰思千载，俯察现实，然王诗内涵显得更为丰富，

---

　　① 陆时雍：《唐诗镜》。其《诗镜总论》又说："王龙标七言绝句，自是唐人骚语。深情苦恨，襞积重重，使人测之无端，玩之无尽。惜后人不善读。"见丁福保《历代诗话续编》下册，中华书局 1983 年版，第 1412 页。

　　② 西方象征萧条与肃杀，如若言"东"就无谓了，犹如"采菊东篱下"，若言北篱就失去所蕴含的文化与文学双层意义。

　　③ 罗大经《鹤林玉露》乙编卷五"一联八意"条谓杜甫这两句："盖万里，地之远也。秋，时之凄惨也。作客，羁旅也。常作客，久旅也。百年，齿暮也。多病，衰疾也。台，高迥处也。独登台，无亲朋也。十四字之间，含八意，而对偶又精确。"中华书局 1993 年版，第 215 页。

更为厚重含蓄①。再如《从军行》其二："琵琶起舞换新声，总是关山离别情。撩乱边愁听不尽，高高秋月照长城。"前两句层加"琵琶起舞"一层，"新声"、"别情"又两层，还有"关山"一层，逐层逼出也是暗示出主旨——"撩乱边愁听不尽"。而末句"秋月"一层，"高高"又一层，带出的"照长城"复一层，三层合起来，就更显得"边愁"之不堪，且无穷无尽。所以黄叔灿《唐诗笺注》卷八说："'撩乱边愁'而结之以'听不尽'三字，下无语可续，言情已到尽头处矣。'高高秋月照长城'，妙在即景以托之，思入微茫，似脱实粘，诗之最上乘也。"此诗以景结，回头返照，再补加叠层，属于暗加，且情味不尽。

最后，王昌龄七绝组诗在整体结构，看似若无章法，实则若有章法，各诗次序的脉络还是可以寻绎。《从军行七首》先从黄昏思家写起，其二则进入夜晚；而且其一言"羌笛"，其二则以"琵琶"而"换新声"，"跟上首来，故曰'换'，曰'总是关山离别情'，即指上笛中所吹曲说"（黄生《唐诗摘钞》）。其三所云"关城榆叶早疏黄，日暮云沙古战场。表请回军掩尘骨，莫教兵士哭龙荒"，亦是黄昏"百尺楼"上所见，亦复是'撩乱边愁听不尽'的原因之一。其四的"孤城遥望"，看似平时的戍守，亦可看作月夜听"琵琶新声"之次日，回味"黄沙百战"，而心思"破楼兰"。其五的"出辕门"与"夜战"擒敌，即承上首"破楼兰"而来。其六则顺流而下，言乘胜追击："胡瓶落膊紫薄汗，碎叶城西秋月团。明敕星驰封宝剑，辞君一夜取楼兰。"将士们背瓶带水骑着紫色薄汗胡马，月夜急奔碎叶。因为刚刚接到皇帝诏书与封赏，所以准备夜袭碎叶城的楼兰。其五言"生擒吐谷浑"，此则言"一夜取楼兰"，二者间不容发。其七则写如何驻守已获得的失地："玉门山嶂几千重，山北山南总是烽。人依远戍须看火，马踏深山不见踪。"（见图56）"看火"谓注视敌情的烽火，"马踏深山"则谓巡逻的将士，日复一日的驻防又要开始了，组诗于此便戛然而止。前人

① 论者有云："这不是对战争的消极诅咒，而是表现混合着多种感情意念的心理，既有英雄的豪气，也有对历史对民族的自豪，同时又有对人的生命的珍惜与悲悯。……既有诗人对现实的希望，也展现着他的用世胸怀，英雄抱负，同时又包含着雄才不得一用的愤懑。"说见罗宗强、郝世峰主编《隋唐五代文学史》上卷，高等教育出版社1990年版，第228—229页。

谓这组诗"静摹动勘，顺吐逆吸，真有脉可按、无迹可象者"①，言之不差。其一与其二，其五与其六，为顺序。其三为"顺吐"之后的"逆吸"，即带有补叙穿插性质。其四为组诗枢纽，既是对前三首戍边之艰苦的总结，又以"不破楼兰终不还"引发其五、六两次连续战斗。其七则是对全组诗的总结，也暗示"万里长征人未还"的结局。这一组诗犹如七幅连缀的图画册页，可分可合，每诗既可独立，又可以连合，结构灵活而又自由，而暗中又有意脉使之连贯一气，见出作者之经营用心。《出塞二首》亦有安排，其一对李将军的呼唤，是"万里长征人"的期望，其二则写如何不教胡马度阴山："骝马新跨白玉鞍，战罢沙场月色寒。城头铁鼓声犹震，匣里金刀血未干。"则以个案描写回应其一的概括性结论，犹如议论文的论据与论点之关系紧密。他的五言古诗《塞下曲四首》与《从军行二首》、《少年行二首》，因为容量大，叙写更见分明，因而在结构经营上愈见匠心，故其七绝组诗并非散漫无序。王昌龄非常重视诗法，与杜甫相近，所以这种小诗组合，对杜甫组诗可能也会产生一定的影响。

图 56　当代　钱松喦　塞上景物

　　古代山水画家很少画西域风光，烽火战地更为少见。钱老这幅万里长城，苍凉高远。似可与王昌龄《从军行》："玉门山嶂几千重，山北山南总是烽。人依远戍须看火，马踏深山不见踪。"二者合观，诗画交融，诗中有画，画中有诗，会有第三层审美效果。钱老的长城题材极多，构图变化亦极大，毫无雷同，但都体现雄壮的统一风格。此图下方右边，驼队由山下走至右下角画外，显示画外有画。近、中、远的绵延的大山占去画面 3/4 还多，右下留出空白，加上驼队的配合，灵动而有活气。

---

① 周敬、周珽辑：《唐诗选脉会通评林》，周敬评语，明崇祯八年谷采斋刻本。

第十三章　王昌龄七绝女性题材论

女性题材是王昌龄七绝三大类之一，其中宫怨与闺怨达到了盛唐同类题材的高峰。他相题制宜，采用"层层襞积"的手法，构铸了许多"绪密而思清"的精品。同一题材，同一诗体，然则千变万化。用陪衬、对比、暗示、以小见大、动态描写、心理刻画等手法，描写了各式各样、性格各异的女性，而且含蓄而意味深长。在尺幅小天地里展现别有洞天的不同世界，赢得了人们的特别注目，劈开了通往"七绝圣手"的通道。

一　宫怨诗的精密含蓄

崔国辅、崔颢和王昌龄、李白，在盛唐诗人中，对妇女题材抱有持续的关注，特别热情的王昌龄与李白为其中代表性诗人。少年诗人王昌龄对世间特殊事物抱有深切同情，他的边塞诗既有冲天的豪气，亦有漫天的悲悯。对于当时可看作弱势群体的宫女与民女，乃至于大家少妇，同样倾注了深切感人的关怀。

他能用七绝小诗刻画"黄沙百战穿金甲"的将士，在"战罢沙场月色寒"中，像"城头铁鼓声犹振"那样地"惊耳骇目"（殷璠语），也能用小诗深入到女性细微变化的内心世界。由于宫中闺中环境的狭小，则更适宜于七绝这种小诗的伸缩自由，似乎比起他的七绝边塞诗与送别诗，更具有艺术的魅力与出兰之色，同时也显示出他的七绝的多姿多彩，丰富多样。这类小诗共17首，几近于七绝边塞诗9首的两倍，而且篇篇佳构，进入选本者最多。《春宫曲》每被书法家所书写，是他的名作。

　　昨夜风开露井桃，未央前殿月轮高。平阳歌舞新承宠，帘外春寒赐锦袍。（见图 57）

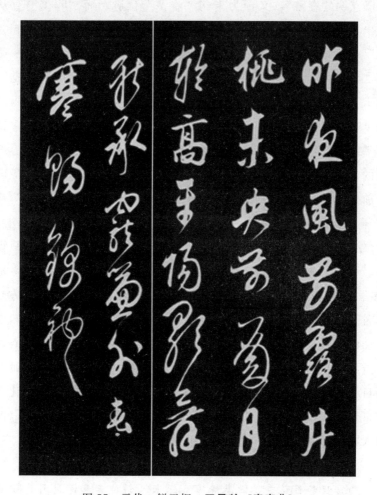

图 57　元代　鲜于枢　王昌龄《春宫曲》

　　从苏轼、黄庭坚伊始，书写唐诗成为书家创作的内容之一。鲜于枢书写过李、杜诗和唐人绝句。他的草书雄健流利，圆劲遒媚。明人盛时泰《苍润轩碑跋》："伯机绢书唐人诗，笔势如猿啸苍松。"喻其书风如"鹤鸣老桧"。他融汇了孙过庭、贺知章、张旭的风格，而又用来传播唐诗，可谓两得其用，相互生辉。特别是以流利之体书写摇曳的绝句，就更为合拍。首行"前"为"开"的误笔。

无论宫怨还是闺怨，题材均是——一个豪华的大房子里有个小女人，如此单一，若篇篇出彩，就得首首别出心裁。"风开露井桃"，言早春宫中景象，既点明"春宫"，又预为末句"春寒"伏脉。而"昨夜"直从宫女口中说出，且直贯到底。而"言桃生露井上，得春风而始开，兴起宫人之承宠者"（清人刘豹君语）。"未央前殿"则为所望，"平阳歌舞"则为所听，而"月轮高"，则"前殿"沐浴于明月光中，为以下"新承宠"预先作一暗示。说"帘外"不言而喻，失宠者在帘内听到前殿在"赐锦袍"，还有表示嘘寒问暖声——"春寒"，都一一在耳，都在说明刚才在露井旁听到"平阳歌舞"，所得出的"新承宠"的判断是正确的。帘外春寒，而未央殿的帘内未必生寒。而不寒却有锦袍的恩赐，而受宠之周备可以想见。如前人所言："忆写彼之恩幸，绝不道己愁思，只用'前殿'字，微为逗明耳。末七字刻画承宠精甚，然毒在一'新'字。"[1] 沈德潜亦云："王龙标绝句，深情幽怨，意旨微茫。'昨夜风开露井桃'一章，只说他人之承宠，而己之失宠，悠然可思，此求响于弦指外也。"[2] 宫怨诗是写像《红楼梦》中过来人贾元春所说的"见不得人的地方"，或者如西方戏剧的地点、时间、人物是同一的，或如老舍《茶馆》都在同一空间，然他们人物是穿插的，而这类小诗"上场"的人物只有一个，所以，刻画心理活动就至关重要。此诗则全凭一看（桃花开）一望，一听再听，写别人之得宠，而自己之失宠则又靠衬托暗示出来，如此人物心理的微妙变化，深情幽怨方可见出。如果说此诗借暗示出的人物动作刻画心理，那么《西宫春怨》的人物属于"雕塑型"的不动，心曲的深婉依然可见：

> 西宫夜静百花香，欲卷珠帘春恨长。斜抱云和深见月，朦胧树色隐昭阳。

"西宫"为冷宫的专名，"花香"则因"夜静"更显，而"夜静"见出"西宫"冷落无人，此一曲；卷帘欲去一观，然"春恨"使"欲卷"又停，此

---

① 朱之荆：《增订唐诗摘钞》，清乾隆十五年南屏草堂刻本。
② 沈德潜：《说诗晬语》，人民文学出版社 1979 年版，第 219—220 页。

为"襞积"一层，又一曲；以上全落在"春恨"上，然"春恨"何而又"长"，此又一折一曲；"抱云和"之琴在于遣愁，而"斜抱"见出心中倦累与无奈，此又一曲。既抱琴挥弦而放眼西宫外之月，望之长久即谓之"深"，见得分明亦谓之"深"，身在此而意在彼，此又是曲中含曲。在深望之中又看出别一番景象："朦胧树色隐昭阳"，昭阳当沐浴月光，属于得宠的温暖世界。此两句曰"深"，曰"隐"，又曰"朦胧"，全为从帘内见月之语，这和"西宫夜静"的凄寂冷落又形成多么强烈的对比！这又是曲中之曲，襞积后的襞积。总之此诗层层折叠，襞积重重，全围绕"春恨长"而来，而人物只是如姿态柔媚的雕塑，内心世界却波浪起伏，至为怨苦。对此前人有云："'斜抱云和'四字似冗，然是诗中装衬之法。三、四解明次句，言本欲卷帘望月，恐照见昭阳，转增春恨耳。语脉深曲，自是盛唐家数。"又言："琢句欲实不欲虚，用笔欲润不欲枯，蓄意欲厚不欲薄，如三句著'斜抱云和'四字，则句为之实，笔为之润，意为之厚。"[1]从人物静态却写出情感婉转曲折的若许动态，所凭借的是含蓄与暗示，这正是盛唐绝句不主张外露的"家数"，故能含意深厚，言情深曲。

《长信秋词》其三，则最为杰出：

奉帚平明秋殿开[2]，且将团扇暂徘徊。玉颜不及寒鸦色，犹带昭阳日影来。

此诗宫女犹如今日之清洁女工，写晨扫结束后之小憩，却推宕出一片大哀怨来。东汉班婕妤失宠，弃置长信宫供养太后，以洒扫粗活为事。此诗亦借汉指唐，写一失宠宫女罚作劳役。由于后两句比喻新奇，故论者多集思于此。天刚放亮，她便打开殿门劳作起来。"奉帚平明"见出勤谨，"且将团扇"则略为休息，虽时为"秋"，而扫地扫得发热。然"暂（一作共）徘徊"则大有意味，"暂"只表示一会儿的小憩，又与谁在"共"？既是劳作后的休息，又何必"徘徊"！与之能"共"者，唯有"团扇"而已，而"徘徊"者，则肯

① 黄生：《唐诗摘钞》，见《黄生全集》第三册，安徽大学出版社 2009 年版，第 346 页。
② 秋殿，《全唐诗》原作"金殿"，注谓"一作秋"。唐宋人选本均作"秋殿"。

定有许多心事在翻腾，故坐立不安，唯有"徘徊"而已。然而手中"团扇"遇秋风而见弃，她的命运则与此无异，故沦落为今日之"奉帚"。末两句是抬头所见，亦是心中所想：难道我的容颜还赶不上丑老鸦，它从东边昭阳宫上空飞来时，身上还映带着旭日的光彩。这种想法的新奇，就在于借助小鸟把两宫连接起来，对比出两种不同命运，属于以小见大的手法。刘禹锡《乌衣巷》"旧时王谢堂前燕，飞入寻常百姓家"，以燕子打通时间的悬隔，此则以寒鸦打通了空间的阻隔，且滋生出人不及鸟的奇想，故能引发论者特别留意："玉颜如何比到寒鸦，已是绝奇语，至更'不及'，益奇矣。看下句则真'不及'也，奇之又奇。而字字是女人眼底口头语，不烦钩索而出，怨而不怒，所以为绝调也。"① 又有论者云："夫王诗所以妙者，顾'玉颜'、'寒鸦'一人一物，初无交涉，乃借鸦之得入昭阳，虽寒犹带日光而飞，以反形人。……用意全在言外对面，寓人不如物之感，而措辞委婉，浑然不露，又出以摇曳之笔，神味不随词意俱尽，十四字中兼写赋比兴意，所以入妙，非但以风调见长也。"② 还有人说"想入牛角尖，却是面前语"（王闿运语）。王昌龄诗不论何体，均不大用比喻，此诗娇憨痴情之喻与"一片冰心在玉壶"之喻，后者尚有所本，而前者影响甚远③。

《长信秋词》其一写失宠宫女深夜寂寞无聊："金井梧桐秋叶黄，珠帘不卷夜来霜。熏笼玉枕无颜色，卧听南宫清漏长。"笼与枕之"无颜色"，实则陪衬人之失宠；卧听漏长，则清夜之寂凉与不眠之无奈以及失宠之凄凉，不仅均可俱见，而且余味无穷，启人想象，非止一端。其二则写忙碌之夜："高殿秋砧响夜阑，霜深犹忆御衣寒。银灯青琐裁缝歇，还向金城明主看。"此"霜深"承上诗"夜来霜"，"深"字细微见出秋来已久。"御衣寒"引发第三句的裁缝忙碌，末句言在缝衣间小歇时，时不时还向金殿

---

① 焦袁喜：《此木轩论诗汇编》，《此木轩全集》本。

② 朱庭珍：《筱园诗话》卷三，《清诗话续编》第四册，上海古籍出版社1983年版，第2386页。

③ 潘德舆《养一斋诗话》卷二说：此二句"与晚唐人《长信宫》'自恨身轻不如燕，春来犹绕御帘飞'，似一幅言语，然厚薄远近，大有殊观"。而施补华《岘佣说诗》："羡寒鸦羡得妙。（戴叔伦《湘南即事》）'沅湘日夜东流去，不为愁人住少时'，怨沅湘怨得妙，可悟含蓄之法。"而李白的《苏台览古》"只今惟有西江月，曾照吴王宫里人"，应当取法好友王昌龄此诗。至于冰心玉壶之喻，鲍照《代白头吟》喻己："直如青丝绳，清如玉壶冰。"比王昌龄要早的姚崇《冰壶诫》也说过："内怀冰清，外涵雨润，此君子冰壶之德也。"

看去，期盼之情可见。其三的"平明"承上"夜阑"。其四则又是一辗转反侧之夜："真成薄命久寻思，梦见君王觉后疑。火照西宫知夜饮，分明复道奉恩时。"（见图58）前两句倒置，先写梦觉后的追思与遗憾失望，次言"梦见君王"，"觉后疑"想见醒后之迟疑与诧异。沈德潜《唐诗别裁集》卷十九，以为末二句为梦境①，故言"下'分明'二字，写梦境入微"，属于追叙"梦见君王"的经过：先是冷落的西宫被灯光照亮，心中判断知道是君主来"夜饮"，自己迎往阁楼中的复道上，承谢奉恩光临。这一迷离之梦，醒后才一一"分明"，故首句有"久寻思"。"觉后疑"则见出一场空欢喜，"薄命"则为主旨。此诗曲折得如讲故事，有情节，有场面描写，有梦中梦后不同的心情，人物心理活动刻画得更为生动，因用宫女口气写来，故明白如话，然尚未引起更多的注意。《唐诗归》卷十一，谭元春谓此诗"细于毫发，不推为第一婉丽手不可"，可谓知言。其五则亦复是又一不眠之夜："长信宫中秋月明，昭阳殿下捣衣声。白露堂中细草迹，红罗帐里不胜情。"此诗四句似对非对，每句前四字对偶工稳，而后三字却很参差。每句第四字都是方位名词，且有两"中"字，第三句颇为费解，疑其"中"字或本作"外"字，此句当言在堂外小草中徘徊待君，因空等一场，故在"红罗帐里"的反侧不已。

"不胜情"，是此诗的收束，亦为整组诗的结束。全组诗除第四首外，每首都有"秋"字，如"秋叶黄"、"秋砧"、"秋殿"、"秋月明"，"宫"、"殿"字复如此："南宫"、"高殿"、"秋殿"、"西宫"，最后"长信宫"与"昭阳殿"双结全诗，都可见出精心之处。

王昌龄《西宫春怨》已见上文，还有首《西宫秋怨》，可能受南朝乐府民歌《子夜四时歌》影响，而从四时中取春秋命篇。其诗云："芙蓉不及美人妆，水殿风来珠翠香。谁分含啼掩秋扇，空悬明月待君王。"（见图59）构成两个片段，一是比芙蓉还娇艳的美人，漫步水殿，风来香至，只

---

①　《唐诗选脉会通评林》周敬说："因思而梦，既梦而疑，描写宫人心事尽无余思。'分明'二字妙。"此说为沈德潜所取。此诗亦可从另一角度去解："借西宫夜饮的火光照冷宫中人梦见君王的痴迷，暗示了今日他人承宠的现实还是自己昔日奉恩的旧梦。"此说见葛晓音《初盛唐绝句的发展》，《诗国高潮与盛唐文化》，北京大学出版社1998年版，第375页。赵昌平《盛唐北地土风与崔颢李颀王昌龄三家诗》，亦持如此看法。见《赵昌平自选集》，广西师范大学出版社1997年版，第109页。

图 58　清代　任伯年　**仕女图**

这幅仕女图，人物两眼微开，静静地坐在那儿，好像在想着什么。使我们想到王昌龄《长信秋词》其四所说"真成薄命久寻思，梦见君王觉后疑"的景况。

有"珠翠香"而无芙蓉香，花之不如人美，分明可见；一是长夜含啼空待君王的悲凄。前后分作两扇，两扇构成对比。前者娇矜极婉极丽，一片兴奋；后者哀怨空待，状态言情，极沉极响，一片失意。两扇前开后合，欲抑先扬，跌宕沉丽，把宫女自惜其貌化为乌有。"谁分（料）"转动轻疾，犹如小小"合页"把两扇合在一起。"含啼掩秋扇"，细节描写逼真，传出一片苦涩失意的心绪。"空悬明月"犹言空待君王[1]，"空"字具有暗示性，因为"君王不至，几同于'明月'之'空悬'"（《唐诗合选详解》之刘豹君评语），此句明知空待白等，还要厮守空等地"待君王"，她在失望甚或绝望中，还要痴盼出偶然的期望来。此"含啼掩扇"与《西宫春怨》的"斜抱云和"，均属雕塑性动态，对于刻画人物心理起了极重要的暗示作

---

[1]　杨慎《升庵诗话》卷二："司马相如《长门赋》：'悬明月以自照兮，徂清夜于洞房。'此用其意，如李光弼将子仪之师，精神十倍矣。"丁福保辑《历代诗话续编》中册，中华书局 1983 年版，第 671 页。

用，心情之懊恼与失意、哀怨与绝望俱在言外，确能"言情造极"①。

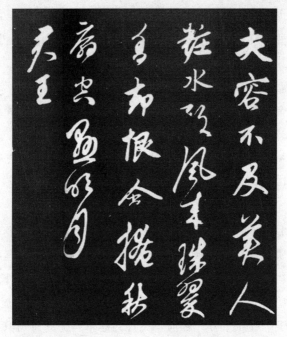

图 59　元代　鲜于枢　**王昌龄《西宫秋怨》**

　　鲜于枢草书，还汲取了李邕行书掷地有力的笔法，流丽中又见爽健劲挺。元诗宗法唐诗，元人书亦学唐人书，则为情理中事。从鲜于枢大量书写唐人诗文，亦可见宗唐之风气。此书首行"芙蓉"均少草字头，第二行的"殿"左下残缺，第三句的"谁分含啼"，一作"却恨含情"，第三行即用后者，然"含"字下夺一"情"字。第三行夺一"待"字。

二　千姿百态的闺怨诗

　　王昌龄的宫怨诗优柔婉丽，哀怨内含，意味浑雅，言情造微，而精芒

---

①　胡应麟《诗薮》内篇卷六说："太白《长门怨》：'天回北斗挂西楼，金屋无人萤火流。月光欲到长门殿，别作深宫一段愁。'江宁《西宫曲》：……李则意尽语中，王则意在言外。然二诗各有至处，不可执泥一端。大概李写景入神，王言情造极。王宫词乐府，李不能为；李览胜纪行，王不能作。"上海古籍出版社 1979 年版，第 119 页。

内隐，确为盛唐七绝之极品，而成为后世追踪之范型。相较而言，他的闺怨诗的杰构，更为千姿百态，无论是大家闺秀还是小家碧玉，更为活泼可爱，而富有多种多样的生活气息。著名的《青楼曲二首》，摄取深闺少妇生活中的两个片段：

白马金鞍随武皇，旌旗十万宿长杨。楼头少妇鸣筝坐，遥见飞尘入建章。（其一）

驰道杨花满御沟，红妆缦绾上青楼。金章紫绶千余骑，夫婿朝回初拜侯。（其二）

前人有囿于题目中的"青楼"以为所写为娼妇。观其次首"夫婿朝回"，其误则不言自明。两诗都写闺楼望婿的瞬间片段，情事如一，却翻转成两首，则全仗结构腾移变化。前诗先言夫婿从武皇游幸出猎长杨宫，"宿"字点明去了好些日子。次言闺中闲暇，楼头鸣筝，忽然"遥见"，夫婿白马金鞍，驰骤于"旌旗十万"之前，飞奔向建章宫。此诗写其夫者三句，言小妇仅一句，然却置于甚为关键的第三句，它承上启下的作用，使写夫三句全从小妇眼中看出。本是借夫写妇，以宾衬主，然写法上反宾为主铺叙三句，而实则以妇之眼中心中为主。前两句为夫去，末句为夫归，第三句则转到小妇，自成起承转合经典式的结构。然此诗无论内容和主题都有多种阐释。

王夫之谓此诗"想知少妇遥望之情，以自衿得意，此善于取影者也"①，把"飞尘入建章"看作"幻化镜头"，或者说把"遥见"视为"想见"，故谓之"取影"，属于虚写，而与上三句实写不同。又说《诗经·小雅·出车》末章的春天凯旋，不是"谓妇方采蘩而见归师"，因为"建旌旗，举矛戟，车喧阗，凯乐竞奏之下，仓庚何能不惊飞，而尚闻其喈喈？六师在道，虽曰勿扰，采蘩之妇，亦何事暴面于三军之侧耶？征人归矣，度其妇方采蘩，而闻归师之凯旋，故迟迟之日，萋萋之草，鸟鸣之和，皆为助喜；而南仲之功，震于闺阁。室家之欣幸，遥想其然，而征人之意得可知矣。乃以此而称'南仲'，又影中取影，曲尽人情之极至者也"。所谓

---

① 王夫之：《姜斋诗话》卷一，人民文学出版社1981年版，第12页。

"影中取影"，就是描写想象中的想象，即南仲想象其妇如何观看自己凯旋，是"遥想其然，而征人之意得可知矣"，故能曲折极尽人情。所以把"飞尘入建章"看作"遥想其然"，属于"取影"，写的是想象而非其实，惟其如此，方能见出少妇"自衿得意"的"遥望之情"。王氏此说新奇，好像给此诗"遥见"前预设了一个"仿佛"，不过倒也像回事。就其用意，唐汝询说："此刺娼乐之盛也。"① 王闿运《湘绮楼说诗》则言："此即事写情景，与太白'白马骄行'（《陌上赠美人》）篇同。彼云'美人一笑褰竹箔，遥指红楼是妾家'则不及鸣筝者之娇贵也。故诗须有品，艳体尤宜名贵。"潘德舆却说："此诗二首，极写富贵景色，绝无贬词，而均从楼头小妇眼中看出，则一种佻达之状，跃跃纸上，而彼时奢淫之失，武事之轻，田猎之荒，爵赏之滥，无不一一从言外会得，真绝调也。"② 而杨慎较早地还看出另一番命意："此诗咏游侠恩幸，有如此之夫，有如此之妇。含讽感时，意在言表。"③ 一首写实的小诗，被阐释的横岭侧峰。还是黄叔灿说得通达："白马金鞍，少年得意，鸣筝独坐，闺阁钟情，却联以'遥见'二字，正如迦叶拈花，世尊微笑，说破便不是。"④ 盛唐七绝追求含蓄美，要求不要过于直露，这也是盛唐气象雍容大度的审美需要。

其二前两句倒置，"驰道杨花"为少妇楼上所见，亦是夫婿朝回之所必经。"缦绾"谓之不经意打扮，言其匆忙间无暇装束，急见夫婿归来，因上篇已见其夫"入建章"，这个细节很有生活气息，传出急不可耐的欢欣。末两句则从已"上青楼"的少妇眼中写出，杨花满道，夫婿"金章紫绶"，随从千骑，显然从猎有功而"初拜侯"。则两诗由入宫朝回组成两个片段，以鸣筝、缦绾的情节与细节连为一组。两诗一切情景也都是由小妇眼中见出，而与《闺怨》之机杼仿佛："闺中少妇不知愁，春日凝妆上翠楼。忽见陌头杨柳色，悔教夫婿觅封侯。"（见图 60），此更是瞬间一瞥，掀起心中无限波澜！"凝妆"谓精心的盛妆，可知确"不知愁"：或许婿之

---

① 唐汝询：《唐诗解》卷二十六，河北大学出版社 2001 年版，第 646 页。
② 潘德舆：《养一斋诗话》卷二，《清诗话续编》第四册，上海古籍出版社 1983 年版，第 2025 页。
③ 杨慎：《升庵诗话》卷六，"青楼曲"条，《历代诗话续编》中册，中华书局 1983 年版，第 746 页。
④ 黄叔灿：《唐诗笺注》，清乾隆三十年刻本。

赴边曾经其同意。然凝妆上楼，触目柳色，反生悔心，忽念及夫婿，悔己虚度春光，遽然萌发"但令在家贫相对，不愿离家金缠身"一类的懊悔！"忽见"、"悔教"全在一瞬间发生，而此前的"不知愁"的欢乐，却被横生的波澜翻卷净尽，性格的天真活泼，全从瞬息转折间荡漾出来。此诗的"凝妆"与上诗的"缦绡"合观则相映成趣，分看则各为片段，生色不同。而另首《青楼怨》则写苦苦地相思："香帏风动花入楼，高调鸣筝缓夜愁。肠断关山不解说，依依残月下帘钩。"同是春思，此则在花香入楼的夜愁中煎熬，故意把筝弹得响亮，却挣脱不了"肠断关山"的思念，乃至"月下帘钩"心情还不能安宁。"依依"状残月之落，亦有依依不舍的思念在内。王昌龄七绝很少用叠音词，而施于此诗末句，却余音袅袅，其味无穷。

图60　清代　任伯年　仕女图

任伯年善于在同一题材经营千变万化的结构，他画的仕女也是这样。此帧构图含蓄凝练，好像个横断面，画外有画。人物依栏而望，一眼瞥见春风中荡漾的柳条。手支下巴，两肩微耸，仰面退想，掀起她心底一层浪花："悔教夫婿觅封侯。"王昌龄的《闺怨》诗意，好像被这幅含蓄的画同样展示出来。此图不仅人物神情出色，而且衣纹折叠处用笔流畅，轻罗的质感特强。

三　活泼可爱的江南女性

写江南女性的三首诗，当作于江宁尉期间，都带有江南民歌聪慧敏睿的风味，清新灵动，活泼可爱。《浣纱女》写道："钱塘江畔是谁家，江上女儿全胜花。吴王在时不得出，今日公然来浣纱。"借助历史与现实的时间错位叠合，不无悠然地和江边洗衣的姑娘开了个玩笑，实则夸赞个个美如曾经浣纱的西施①。"公然"不仅"似恨似幸"，而且寓谐于庄，滋生出若许的诙谐与幽默，见出活泼与水灵的交融，口语白描与设想奇特的结合。这种直中有曲不事藻饰的风格，可谓王昌龄七绝中的别调。《采莲曲二首》为乐府旧题，其一云："吴姬越艳楚王妃，争弄莲舟水湿衣。来时浦口花迎入，采罢江头月送归。"写采莲游戏。首句名词连缀成无谓语句，且成当句对，装饰得娇艳满眼。以下三句全是谓语施动性描写，写了三个场面：采莲场面，还有一入一归的两个花团锦簇的镜头，由开始乃至"月送归"。然先叙写采莲场面，而后倒叙"花迎入"，且又与"月送归"自成对结，亦是一种精心安排与特意的装饰，这原本是描写宫中姬妃的题中应有之手法。清人朱之荆说："首句叠的妙，次句顿的妙。结写花月呈妍，送迎媚艳，丽思新采，那不销魂！"② 这都是对偶的装饰所引发的审美效果，全靠画面感取得艺术的力量，王昌龄七绝很少对偶，特别是对结容易板滞，缺乏七绝的流动性。此作相题制宜，亦属于别调。其二则由宫女转入民女：

> 荷叶罗裙一色裁，芙蓉向脸两边开。乱入池中看不见，闻歌始觉有人来！（见图 61）

作者似如导游，关照读者不要用眼来看，眼睛于此全然无用：采莲女的裙

---

① 贺裳《载酒园诗话》说："直此以西施誉江上女儿，借吴王作波势耳。汉文帝语李广曰：'令子当高帝时，万户侯岂足道哉！'同一语意，用之诗，尤法奇而思折。"汉文帝开的是空头支票，完全可以不兑现。此则假戏真做，以虚作恫吓以表赞美，翻进一层，又加了一倍。

② 朱之荆：《增订唐诗摘钞》，乾隆十五年南屏草堂刻本。

图 61　清代　任伯年　**划舟**

李白《越女词》云："耶溪采莲女，见客棹歌回。笑入莲花去，佯羞不出来。"好像与王昌龄《采莲曲》其二，来了一次竞赛，同一题材，同一风格，一个见人而去，一个唱歌而来，各自显示出生活中的不同片断，我们分不出高下来。此图描写了江南女性的劳动生活，人物动态逼真。黄永玉先生有幅李白此诗的诗意画，似乎为两个诗人都画的，因为画中有"芙蓉向脸两边开"，还有"乱入池中看不见"。可与此图参看。

子与荷叶同绿，容貌与荷花同色，一旦"乱入池中"，怎么看也"看不见"，只能发挥听力的作用，一旦"闻歌"，就会发现"始觉有人来"的微妙之美感！前诗三个画面要人去看，此诗则要人来听，合为一组，相映成趣。前诗全靠对偶极尽装饰，此诗粉黛不施，天然清丽，自在流动，一片天籁！遇题相制，各施其宜。此诗寓巧慧于自然，融清丽于白描，大有"清水出芙蓉，天然去雕饰"之美感！视觉、听觉、感觉交错，替换为用，使人眼花缭乱，然美感却随声而来，沁人心脾！梁元帝萧衍《碧玉色》有"莲花乱脸色，荷叶杂衣香"，为此前三句所本。然此水上民女买不起熏香，而"乱入池中"则更为生动可爱；且"向脸两边开"的采莲劳动描写，船入莲中，莲花两边摇曳，更觉现实生活的原汁原味。

至此可以说，妇女题材在王昌龄的七绝中充满了千姿百态的魅力，宫女的郁闷沉丽，大家闺秀的聪慧机敏，小家碧玉的天然可爱，都得到了全方位的展现。或从环境描写来陪衬，或以动作来刻画心理，或对场景予以别致刻画，描写角度亦多种多样。人物动作、情节、细节、心理、场面的描写亦多种多样，人物性格各自有别。在尺幅的小天地里，展现各种不同的世界，然亦如国画的扇面，或如书法中的斗方，极尽变化之能事，为他在名家林立的盛唐诗坛，赢得了特别引人注目的重要地位。以小诗劈开通往"七绝圣手"的通道，这本身就是一道罕见的风景线。

第十四章　王昌龄七绝送别诗论

　　王昌龄七绝分三大类，女性题材、边塞与送别，后者有 28 首，有不少精品集中于此。他善于在狭小的天地里经营结构，发抒不同的心情，首先，前二句写景，后二句言情，或者反之。其次，打破两分法，叙述与写景交错为用，随叙随景，似不经意安排。在风格上，始终保持清刚峻拔、明快爽朗的风格，因而他的送别诗常沐浴着明亮莹澈的月光。可以说，他是披着月光的诗人，在这一点上，他和李白极为接近。

　　送别诗是唐诗最为常见的题材，漫游、从军、赴任、干谒的活跃，几使每个诗人都要付之诗中，稍短的五七言律诗和灵动的七绝为诗人所用。王昌龄较早地多用七绝而获得成功。他的五绝 14 首，一半为送别，而七绝多至 28 首，而除了边塞、女性题材的其他各体合共才有 11 首。总凡 53 首，占其诗将近 1/3，居于其他题材之首，可见对此类题材的重视与热衷。

一　七绝送别诗的结构

　　送别七绝也和他的边塞、女性题材一样，采用了多种结构与手法，发抒种种不同的心情。首先是把四句一分为二，前二句写景或挟带叙别，后二句言情。或者颠倒其用，亦如其法。名作《芙蓉楼送辛渐》其一，即是这一基本形式：

　　　寒雨连江（《唐人万首绝句》作天）夜入吴（一作湖），平明送客
　　楚山孤。洛阳亲友如相问，一片冰心在玉壶！（见图 62）

图62 当代 戴敦邦 《芙蓉楼送辛渐》诗意图（局部）

　　戴敦邦先生的大型人物画，为《水浒传》和《红楼梦》增加了引人注目的光彩，而且两种不同风格，对比异常鲜明，可以称得上前无古人。他又画了不少唐诗诗意画，他的画精心不苟，又充斥一种气氛，此画就王昌龄这首送别诗的前面两句构图敷色，画面感伤气氛浓郁，非常精当恰切地传出诗意。单就绘画只能提供一种画面，而一首小诗可以有几种画面。这样看来，这首诗的后面两句"洛阳亲友如相问，一片冰心在玉壶"，就非另补一幅图不可了。

　　芙蓉楼在今江苏镇江，开元二十八年，王昌龄再次被贬为江宁尉，次年初夏自洛阳赴任，一直到天宝六载（747）秋。此诗当作于江宁尉期间。被贬缘由，史书不见明载。《旧唐书·文苑传》只是说"不护细行，屡见贬斥"，《新唐书·文艺传》也说"不护细行，贬龙标尉"。时人殷璠《河岳英灵集》卷中说："余尝观王公《长平伏冤》文、《吊枳道赋》，仁有余也。奈何晚节不矜细行，谤议沸腾，再历遐荒，使知音叹惜！"《文镜秘府论》地卷《十七势》引其佚诗《见遣至伊水》断句有："得罪由己招，本性易然诺。"他由洛阳赴江宁前所作《东京府县诸公与綦毋潜李颀相送至白马寺宿》也说过"薄宦忘机栝"。李颀《送王昌龄》有云："前望数千里，中无蒲稗生。夕阳满舟楫，但爱微波清。"隐隐然为他志高性洁而被贬鸣不平。所以此诗的"洛阳亲友"，即指赴江宁时在洛阳停留所交往的綦毋潜、李颀与刘晏等人。辛渐为昌龄之挚友，故除此二诗外，还有《送辛渐》。此诗言辞凄苦而清刚。前两句固然为送别时情景，然观"寒雨连江"与"楚山孤"，其心情之孤苦凄凉则可知。后二句为寄托之言，亦为明志言性之语。自喻志行晶莹，冰清玉洁，一尘不染。这种心地无尘可滓的表白，或许针对"不护细心"、"谤议沸腾"所发，借送友以抒胸臆，自然别有一段深情。而末句熔化鲍照"清如玉壶冰"，清刚之气与高峻之格，更是显得丰骨凛然。其二言："丹阳城东秋海深，丹阳城北楚云阴。高楼送客不能醉，寂寂寒江明月心。"海深、云阴、寒江，其心境亦复可知，然心如明月可鉴，则与玉壶冰心同一用意。

《送狄宗亨》写法亦为前景后情："秋在水清山暮蝉，洛阳树色鸣皋烟。送君归去愁不尽，又惜空度凉风天。"明皋山在河南嵩县，此诗当作于逗留洛阳之时。前两句写景疏越清远，次句送归两地顺带交清，树色烟云中的惜别之情自在言外。下二句言情，虽全从己说，而己之惜别即是对友之怀恋。两句分作两层，由送时说到送后，跌进一层，则情意更为深厚。"凉风天"回应起句"秋在水清"，强调爽秋之难以为别，即就"多情自古伤离别，更那堪冷落清秋节"而言，此则相反见意。《送吴十九往沅陵》："沅江流水到辰阳，溪口逢君驿路长。远谪谁知望雷雨，明年春水共还乡。"（见图63）辰阳在今湖南辰溪县，为送别地，诗当作于尉龙标时。前两句言吴氏顺沅江来到辰阳，在辰溪江入沅江处相遇，他还要下行将至沅陵，故谓"驿路长"。在叙述吴氏行径中带出景观，也带出自己的关照："远谪"之一路辛苦。后两句直接表示对友人的祝盼，"雷雨"语意双关，一喻朝廷"恩泽"，一指明春。而"望雷雨"，则"逢君"时当在初冬之后。

图 63　清代　华喦　秋郊并辔图

严羽《沧浪诗话》曾说，唐人好诗多见于送别等类题材上，王昌龄的七绝送别诗，名篇佳作就很多。他是个志高而情致爽朗的诗人，他的送别诗总给人以鼓励的祝福与期盼，感情健旺高朗，这正是盛唐昂扬向上精神的体现。华喦此图本为秋郊游览，然看作郊外送别，则别有一番趣味。图中两人顾盼，颇有分别意味，故可以和王昌龄此诗合观共赏。华喦名列"扬州八怪"，花鸟、人物、山水皆精，诗与书亦为擅长。他的花鸟画空灵雅洁，简远冷逸，成就最高。此图把山水与人物结合在一起别有意趣。

自己亦是"远谪"中人，故末言"明年春水共还乡"，"春水"呼应"雷雨"，此为借水放船写法。"共还乡"，则连带自己在内，说来分外亲切。此与上诗，以情运文，不事藻饰，而此则借"春水"说出一片热望，而"唯知"又见出多少热切，故温馨感人。与此相同的还有《送崔参军往龙溪》："龙溪只在龙标上，秋月孤山两相向。遣谪离心是丈夫，鸿恩共待春江涨。"龙溪与龙标原本并属沅州，分别位于沅水的上游与下游，故此诗开口即言"龙溪只在龙标上"，即"我住长江头，君住长江尾"之意，故下句出之"秋月孤山两相向"，此不仅言其地理位置之近，也蕴涵孤胆冰心相照之意。王昌龄诗中每多言"明月"、"秋月"，往往为人格高亮、孤光自照的象征。所以说起"遣谪"与今日之"离心"，我们也应当"是丈夫"：穷且益坚，不以遣谪为意，亦不因离别而生伤感。我们只希望皇恩浩荡，就像明年春江涨满一样，好借"春水共还乡"。末句回应首句，亦为借水放船手法，只是较上诗愈见健旺。这种借水寓意还见于《送姚司法归吴》："吴掾留骹楚郡心，洞庭秋雨海门阴。但令意远扁舟近，不道沧江百丈深。"司法参军为州刺史属员，姚氏当官于楚郡而为吴人，故称"吴掾"。次句洞庭为别地，"海门"为吴掾将归吴地的长江入海处。所以"楚郡心"即吴掾心，"洞庭秋雨"与"海门阴"言吴楚悬隔遥远。接从"远"字生意，家远不如"意远"——有隐居的高情远志，此句言只要意高志远，扁舟一去，故乡自近。至于归去的"沧江百丈深"，就用不上考虑了。"不道"犹言不虑，不值得一说。这是借水深以形志趣的高远，也是借水放船的另一种手法。

还有前两句言情或挟带叙述，而后两句写景者。如《送高三之桂林》："留君夜饮对潇湘，从此归舟客梦长。岭上梅花侵雪暗，归时还拂桂花香。"桂林本秦郡名，此指唐之桂州临桂，即今广西东北。观首句"对潇湘"，当作于再贬龙标时。前两句言夜饮饯别，念友人一去，"客梦长"的辛苦。后两句写景，设想友人沿途所经：当你爬上桂阳郡的桂岭时会赶上冬天，白色的梅花被雪侵压得看不清。当你赶回家时，一定是桂花飘香的好日子。言外之意说，一路好辛苦，"客梦"如此之长，让人挂念。这两句言景不言情，而情含其中。《送柴侍御》："沅水通波接武冈，送君不觉有离伤。青山一道同云雨，明月何曾是两乡！"武冈即今湖南城步县，王昌龄所贬之龙标即今湖南黔阳县，两地相距不远，一水相通，故开篇即言"沅水通波接武冈"，因而次句接言无"离伤"。后两句写景好像是回证"不觉有离伤"：青山一道把我们两地相连在一起，连云雨天气都是一样的，至于明月一轮更不会分作两乡。这位柴侍御当是被贬往武冈，和王昌龄处境无异，故有"同云雨"非"两乡"的说法。后两句的青山一道相连，明月一轮同照，说得亲近熨帖，俨然"同乡人"语气，以健朗语抚慰，却以景语出之，显得爽快亲切，颇得送别风调。通篇借水借山借月光把己与人连在一起，说得心心相印，自然会"送君不觉有离伤"，即使此句，亦是安慰人语。《送万大归长沙》亦与此相同："桂阳秋水长沙县，楚竹离声为君变。青山隐隐孤舟微，白鹤双飞忽相见。"桂阳本隋代郡名，唐改为郴州，即今湖南郴县。此诗先言万大自桂阳启程，将乘舟由水路北归长沙。临别时风竹潇潇，好像为君变作离别之音。送与归两地与时令交代清楚，下两句纯出之以景。"青山隐隐孤舟微"即"孤帆远影碧空尽"意，言万大归舟去远，远山漠漠，孤帆一点，几乎看不见了，忽然江面一对白鹤迎面飞来。言下之意：说不定什么时候我们还会见面的，但愿一路顺风，不要带有过分的离别感伤。景中寄寓一往情深的关注与安慰，还有祝慰之意。末句让人眼前一亮，全诗为之爽朗起来。

二　自然流走的情景交错

其次，打破一分为二的结构，叙述与写景交错为用，自然流走，随叙随景，似乎不作经意安排，一任时间流走。如《别辛渐》："别馆萧条风雨寒，扁舟月色渡江看。酒酣不识关西道，却望春江云尚残。"此为留别，全顺着时间流动。天宝二年或三年春，王昌龄由江宁暂归长安，此为北归时所作。此诗三句写景，只有一句言情。首句为别时情景，次句与末句均为过江之景。从末句看时为春季，然"萧条风雨"见出心绪不佳，着一"寒"字，其意更明。次句言月夜过江。"不识关西道"，似言醉眼朦胧，前道不清，实寓前途未卜，可能命运不佳，见出心绪不宁。"却望春江"即回望江宁，"云尚残"即言江宁也不是好待的安宁之所，且呼应首句"风雨寒"。此诗全借别时离去萧条朦胧夜景，悄然抒发一怀忐忑不安心绪，随着时间流动安排结构。《卢溪别人》亦按时间顺序写来，却是三句叙述，一句写景："武陵溪口驻扁舟，溪水随君向北流。行到荆门上三峡，莫将孤月对猿愁。"卢溪即辰州卢溪郡，治所沅陵，今属湖南。武陵指卢溪郡治所沅陵，位于武溪注入沅江处。此诗为客中留别，首句主语当是作者自己，以下三句均从对方说来。友人将入蜀，故从武陵溪北顺流至荆门，再上三峡，第二、三句叙述其行程。末句结以景，谓到三峡，不要既看月又听猿鸣，那会引起连续的感伤，让人不快。次句"寓己相送之情与溪水共长也"（黄叔灿语），此为将来。第三句则为将来之将来，故末句"当镜又下'莫将'二字，其思愈远"（明人蒋一葵语），如此叮咛，如此预想，全从设想忆君方面，表示对友人的关注。此诗随眼前与将来的行程流走，如行云流水，非常自然。《送程六》边叙述边写景，也是顺时安排："冬夜筋离在五溪，青鱼雪落鲙橙齑。武冈前路看斜月，片片舟中云向西。"五溪即武陵五水之总名，武陵为朗州武陵郡治所，即今湖南常德市。

武冈在武陵之西南，故此诗末句说"片片舟中云向西"。首句言饯别，次句描写饮食：雪白的青鱼与橙子做得很精细。第三句说当你走到武冈时，一定是月斜夜深，那时一定会看到一种景观：片片夜云都会飘向西边，你必然会怀念我的。《送朱越》亦顺时叙写而结句稍变："远别舟中蒋山暮，君行举首燕城路。蓟门秋月隐黄云，期向金陵醉江树。"蒋山又名钟山，即今南京之紫金山，则此诗当作于江宁任内。前二句言明送别与所去之两地，朱越当是从军，则昂首奋进，故曰"举首"。燕城与蓟门同地而异称，"隐黄云"则设想赴边情景。末句则为预约：期待建功立业荣返金陵时，一定要在江边迎候畅饮，一醉方休。蓟门黄云与金陵江树，把将来与将来的将来，次第接至，隐含马到成功意。《重别李评事》好像只说眼前，细按亦由时间安排："莫道秋江离别难，舟船明日是长安。吴姬缓舞留君醉，随意青枫白露寒。"（见图64），先以抚慰语带出送别之时地。因为"明日"即可到达长安，所以"吴姬缓舞"希望慢慢地看；"留君醉"，慢慢地饮。至于秋江上的"青枫白露"，以及"露寒"之夜深，就统统不要在意了。顾璘说"此作不似盛唐"，而起结从相反见意，用意即在中间两句，健举豪奋，正是盛唐之音的高亢风调。王世贞说："'缓'字与'随意'照应，是句眼，甚佳。"[1] 此诗首尾两句冠以"莫道"、"随意"，中间高爽两句，与首尾错位配合而又置于中间。前两句为果，前因后果倒置，故起调轩举捷快，末尾却飘逸轻盈，正得绝句风调。

三 高朗轻松与月光诗人

王昌龄七绝送别与边塞、女性题材存在种种区别，后者除了写江南女性《采莲曲二首》与《浣溪女》作于贬所，其余多为早年漫游读书时所作，少年英气扑人见于边塞诗，艺术上的追求见于宫怨与闺怨，特别是女性题材的单纯使他在艺术上更加精益求精，积累了一定的创作经验。前者多写于入仕以后的屡遭贬斥，足迹之广，交游日多。盛唐诗人除了杜甫、高

---

[1] 王世贞：《艺苑卮言》卷四，《历代诗话续编》中册，中华书局1983年版，第1016页。

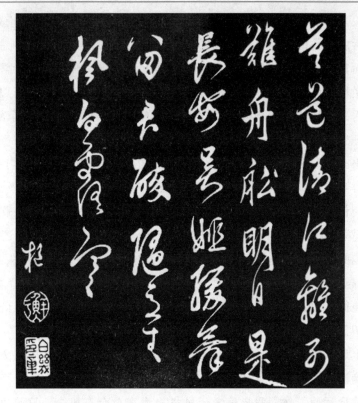

图 64　元代　鲜于枢　王昌龄《重别李评事》

王昌龄《重别李评事》："莫道秋江离别难，舟船明日是
长安。吴姬缓舞留君醉，随意青枫白露寒。"在他心目中，
长安就在明日可到，这不仅是对李评事所说，也是对自己的
期望。他眼前总充满着希望与光明，即使秋枫寒露，对他也
并不发生感伤。正如他爱写明月，无论白天或黑夜，他眼前
总是一片光明。首行的"清江"原作"秋江"。

适，几乎和他都有来往，如张九龄、崔国辅、孟浩然、李白、李邕、王
维、李颀、綦毋潜、刘眘虚、裴迪、王缙、常建、岑参等，而且多有诗歌
酬赠，这对诗艺切磋无疑有益。况且自入仕以后的二十多年间，三为县
尉，三遭南贬，终身只到黄绶，而且长期在"谤议沸腾"中挣扎，又不愿
如李颀一样，一届县尉期满便即退隐，最后终于死于非命，于唐代要算最
具悲剧性的诗人。他又是最具同情心的人，所以七绝三大题材充满了对各

种人的关爱。从他的经历看，又是充斥期待与理想的诗人，无论是宫女、将士或者所交往的风尘小吏，包括他自己，在他的精美的七绝中总是那样的坚毅而富有韧性。他热爱生活，时或笔下流溢出一种幽默与活泼。长期的贬斥逆境没有压倒他，始终保持一种高朗轻松的人生态度。所以他的大量七绝送别诗形成了清刚峻拔、明朗爽快的风格，显示出光明磊落、充满希望与理想的人格力量，为盛唐气象增添了富有生命魅力的风采。如《寄穆侍御出幽州》："一从恩谴度潇湘，塞北江南万里长。莫道蓟门书信少，雁飞犹得到衡阳。"自己遭到"恩谴"，还想念蓟北友人，没有丝毫哀叹，看不出任何沮丧，只有对别人的关注与生活的希望与毅力。《寄陶副使》："闻道将军破海门，如何远谪渡湘沅。春来明主封西岳，自有还君紫绶恩。"他和朋友都处于"远谪湘沅"的不幸中，却以将来的光明去鼓励人。《西江寄越弟》："南浦逢君岭外还，沅溪更远洞庭山。尧时恩泽如春雨，梦里相逢同入关。"这是否有些天真，然而总是对明天怀抱热烈的不可舍弃的切望。

以上属于寄赠，然送别亦复如此。《留别司马太守》："辰阳太守念王孙，远谪沅溪何可论。黄鹤青云当一举，明珠吐著抱君恩。"辰阳太守常挂念我蒙谗远谪，然而我自信青云可举，将来总会有机会。这是励己，也是勉人。《别陶副使归南海》："南越归人梦海楼，广陵新月海亭秋。宝刀留赠长相忆，当取戈船万户侯。"同样充斥着勉励与希望，未来总布满霞光。离别不免感伤，然而《留别郭八》却说："长亭驻马未能前，井邑苍茫含暮烟。醉别何须更惆怅，回头不语但垂鞭。"友人驻马垂鞭，黯然不语，却以"醉别何须更惆怅"，昂扬语予以鼓励。《送裴图南》则说："黄河渡头归问津，离家几日茱萸新。漫道闺中飞破镜，犹看陌上别行人。"重阳"茱萸新"时送别，别友带出离家之别，对两人是共同的，然而以世上今日有多少离别人，抚慰对方，自己并没有"客处不堪别，异乡应共愁"（崔曙《送薛据之宋州》）的伤感。"漫道"、"犹看"的盘旋，扫除了多少惆怅。《别皇甫五》："溆浦潭阳隔楚山，离尊不用起愁颜。明祠灵响期昭应，天泽俱从此路还。"溆浦、潭阳各属彼此贬地所辖郡名，仅楚山一隔，相距不远，故不用起愁；而且借神灵应验如响，天理昭昭，天泽亦不会远，我们还会从此路返回长安。这是同病相怜的患难人伤别，伤别有时仍是一片期盼的热怀。而对得志者之别，则更是英风烈烈。《送郑判官》说："东楚吴山驿树微，轺车衔命奉恩辉。英僚携出新丰酒，半道遥看骢马归。"这种英雄别，是豪迈的，激扬的，兴奋的，与感伤无缘！就是感伤别，也会荡漾出别一番情思。《送魏二》说："醉别江楼橘柚香，江风引雨入舟凉。忆君遥在潇湘月，愁听清猿梦里长。"虽然"凄绝之状使人萧然"（《唐贤三昧集笺注》），然而不言己之离怀，反叙人之别绪，代人设想，关怀友人之情深远。总之，王昌龄的送别诗，无论境之顺逆，事之否泰，情感和精神状态总是那样昂扬奋发，那样明朗清拔，那样乐观自信。这是盛唐时代精神的感发，也是他个人审美风格的趋向与追求。

　　正因为明朗清拔的审美追求，故其诗常沐浴在明亮莹澈的月光中。他的 74 首七绝，据统计，有 26 首诗月光照亮了 27 次①。又有统计说在 60 余首送别诗中，有近 40 首诗使用了"月亮"意象②。而在 181 首诗中共见 52 次。七绝中未见于上文者还有《送李五》："扁舟乘月暂来去，谁道沧江吴楚分。"《送窦七》："鄂渚轻帆须早发，江边明月为君留。"他笔下的月光总是明亮的，很少暗淡。正像他自己所说的"青山一道同云雨，明月何曾是两乡"，可以说他是被月光照亮的诗人，如同他的诗友李白一样，月亮倾注着他的情感与人格，也象征他的理想与未来的光明。最后值得一提的是，他的七绝送别诗的地理位置有重要作用，他也善于驱遣地名，抒发种种不同情感。如《送薛大赴安陆》："津头云雨暗湘山，迁客离忧楚地颜。遥送扁舟安陆郡，天边何处穆陵关。"湘山，一名君山，此指别地，安陆郡为去地，穆陵关为途中所经。加上"津头"、"楚地"的所指，则四句中五见地名，而这些地名在诗中起到了特殊抒情的效应，运用得又那么自然流走，这在上文所及的诗中，也能看到多处，这也是他的七绝送别诗不可忽视的显著特征。李白《峨眉山月歌》亦五用地名，"益见此老锤炼之妙"（王世贞语），王与李于此又为一相同处。

---

　　① 〔韩国〕姜昌求：《王昌龄诗浅论——以其七言绝句为中心》，见《唐代文学研究》第 10 辑，广西师范大学出版社 2004 年版，第 216 页。

　　② 毕士奎：《王昌龄诗歌与诗学研究》，江西人民出版社 2008 年版，第 239 页。

第十五章　王昌龄五古风格与《诗格》之关系

以"七绝圣手"彪炳于盛唐的王昌龄，凭借七绝这种小诗耸立于名家之列。在他181首诗里，七绝74首，为数最多。其他为：五古68首，五绝14首，五律13首，五排4首，七古6首，七律2首。盛唐最富有活力的是七言歌行与七绝，看来他顺应时代审美潮流，而又有自己的选择①，故七绝与五古的数量，高居其他各体之上，而成就亦为超出。旧题王昌龄的《诗格》，清人谓为伪作，今人仅从文论角度始持肯定之论。对他的七绝我们已有讨论，故此专就五古和他的《诗格》真伪合论，既可在学理上相互印证，亦可补学界之不足。

一　王昌龄五古与《诗格》之关系

殷璠《河岳英灵集》卷下选王昌龄诗16首，为入选诸家之冠。论其诗时列举42句，只有两句属于七言，且选诗中也只有三首七绝，一首杂言七古，余皆为五古。非常看重他的五古而超过七绝，并且把他与储光羲的五古看作"中兴高作"，即盛唐诗的代表："元嘉以还，四百年内，曹、刘、陆、谢，风骨顿尽，顷有太原王昌龄、鲁国储光羲颇从厥迹，且两贤气同体别。而王稍声峻。"② 所谓"颇从厥迹"，即从五古与风骨着眼，并谓他

---

① 在盛唐百首以上的名家中，王昌龄和储光羲颇为接近。储诗227首，七律一首，数量最少。王与储都注重五古。另外，李白七律7首，然五绝、七绝168首，而李白与王昌龄的七绝，亦在伯仲之间。

② 见李珍华、傅璇琮《河岳英灵集研究》，中华书局1992年版，第219页。

的五古"惊耳骇目"。七绝体小，本从乐府民歌的短制源起，以风调摇曳为主，不以风骨见长。所以殷璠选李白诗13首，只有一首七绝《答俗人问》（一作《山中问答》），选王维诗15首，也只有两首五绝，一首七绝。在盛唐七绝三大家中，看来对王昌龄的七绝还是比较重视的，只是赶不上他的五古而已。中唐芮挺章《国秀集》选王昌龄诗五首，绝句一首，比例大致与殷选相当。到了晚唐，顾云在昭宗景福元年（892）为杜荀鹤《唐风集》作序，引裴赞语谓陈子昂"出没《二雅》，驰骋建安，削苦涩僻碎，略淫靡浅切，破艳冶之坚阵，擒雕巧之酋帅。……然后戴容州、刘随州、王江宁率其徒，扬鞭按辔，相与呵乐，来朝于正道矣"①。顾陶《唐诗类选序》说："国朝以来，人多反古，德泽广被，诗之作者继出，则有杜、李挺生于时，群才莫得而并。其亚则昌龄、伯玉、云卿、千运、应物、益、适、建、况、鹄、当、光羲、郊、愈、籍合十数子，挺然颓波间，得苏、李、刘、谢之风骨，多为清德之所讽览，乃能抑退浮伪流艳之辞，宜矣。"② 所谓"反古"即摒弃齐梁之浮艳。司空图说："国初，上好文章，雅风特盛。沈、宋始兴之后，杰出于江宁，宏肆于李，杜，极矣。"③ 可见中晚唐一直重视王昌龄的五古。只有到了五代，七绝才提到更重要的位置。《旧唐书·文苑传》说："昌龄为文，绪微而思清。"《新唐书·文艺传》亦谓"昌龄工诗，绪密而思清"，显然与殷璠所称道的"惊耳骇目"不是一种风格，非同指疏越的五古，而应当是他的七绝。王安石《唐百家诗选》选王昌龄诗23首，其中七绝9首，占所选其诗的2/5，绝句篇数显著增加。南宋刘克庄说："史称其诗句密而思清，唐人《琉璃堂图》以昌龄为诗天子，其尊之如此。集存者三卷，绝句高妙者已入诗选。"④ 从这里可看出三点：一是接受了北宋史家"绪密而思清"的说法。二是所谓"绝句高妙者已入诗选"，也就是说从五代到南宋，认为王昌龄七绝最为出色，

---

① 顾云：《唐风集序》，见胡嗣坤、罗琴《杜荀鹤及其唐风集研究》，巴蜀书社2005年版，第11页。

② 顾陶：《唐诗类选序》，见陈伯海主编《历代唐诗论评选》，河北大学出版社2003年版，第151页。

③ 司空图：《与王驾评诗〔书〕》，见祖保泉、陶礼天《司空表圣诗文集笺校》卷二，安徽大学出版社2002年版，第189页。

④ 刘克庄：《后村诗话》新集卷三，中华书局1983年版，第199页。

越来越得到重视。三是其所以"绝句高妙"就在于"绪密而思清"的风格。到了明清,只是重在对他的七绝的进一步阐释,如何深化而已。至于五古,便退避三舍了。

那么王昌龄对此二体又如何看待呢?在他的诗里我们得不到具体答案,而在旧题其名的《诗格》,答案却异常明确。《诗格》最早见于《新唐书·艺文志》,著录为二卷,后来《崇文总目》记载亦同。南宋陈振孙《直斋书录解题》与《宋史·艺文志》著录一卷,另有《诗中密旨》一卷。今存宋陈应行重编的宋人蔡传《吟窗杂录》有收录,还有明人胡文焕《诗法统宗》与清人顾龙振《诗学指南》亦有收录。然《四库全书总目》卷195司空图《诗品》提要说:"唐人诗格传于世者,王昌龄、杜甫、贾岛诸书,率皆依托。"又卷197《吟窗杂录》提要:"李峤、王昌龄、皎然……诸家之书,率出依托,鄙俗如出一手。"嗣后似成定案。空海(即遍照金刚)《文镜秘府论》征引王氏"论文"之语有不少则,而且他的《性灵集》卷四收录空海于弘仁年(811)所作《书刘希夷集献纳表》,提到"王昌龄《诗格》一卷,此是在唐之日,于作者边偶得此书。古诗格等虽有数家,近代才子切爱此格"[1]。近五十多年来,断续有人怀疑四库馆臣之说,目前学界基本认为《文镜秘府论》的"王氏论文曰",即天卷《调声》,地卷《十七势》、《六义》,南卷《论文意》等各部分,确系出于王昌龄[2]。另外,"王氏论文曰"部分与王昌龄诗的审美趋向一致。而且"王昌龄是盛唐唯一有诗学著作遗存至今的诗人和理论家,他的《诗格》又写于盛唐诗歌创

---

① 空海:《献书表》,见《全唐文》所附《唐文续拾》卷一六,第五册,上海古籍出版社1990年版,第78页。

② 先是罗根泽《王昌龄诗格考证》,见1942年《文史杂志》第二卷第二期,以及所著《中国文学批评史》,指出《文镜秘府论》的"王氏论文曰",谓"王氏"即王昌龄,因此前研究诗法无姓王者;且举王维诗,姓名全称,举己诗则称名。刘开扬1963年所作《论王昌龄诗歌创作》,即引《文镜秘府论》王氏曰,以论昌龄诗。见其《唐诗论文集》,上海古籍出版社1979年版。台湾王梦鸥《王昌龄生平及其诗论》,见所著《古典文学论探索》;日本兴膳宏《王昌龄的创作论》,见所著《中国的文学理论》;以及李珍华、傅璇琮《谈王昌龄的诗歌》,载《文学遗产》1988年第6期,结论均同罗根泽氏。此外,王运熙《王昌龄的诗歌理论》,载《复旦学报》1989年第6期,以及与杨明合著《文学批评通史·隋唐五代卷》;李珍华《王昌龄研究》,太白文艺出版社1994年版;张伯伟《全唐五代诗格校考》,陕西人民教育出版社1996年版;陈良运《中国诗学批评史》,江西人民出版社2001年版,亦持同样的观点。卢盛江《文镜秘府论汇校汇考》,中华书局2006年版,更有详考。

作辉煌的时期，那么，其独特的理论总结与辉煌的创作实践两者之间的紧密相连的关系，亦未见论者全面而具体涉及"①，此即本文所作之缘起。

《文镜秘府论》"王氏论文曰"见于地卷的"十七势"与南卷的"论文意"，主要举示己作说明诗法，前者援举 29 例，后者为 4 例，皆为五言古诗，而无七绝及他体。而见于天卷的"声调"所引均为他人五七言律诗②，而无自己一首，而且这一部分文字无多，仅及"十七势"与"论文意"十分之一。由此可见，《诗格》主要是就五古而讲诗法的。那么何以不介入他最擅长的七绝？五绝体最小，然最难作。七言相较就容易些，故唐人七绝多于五绝。再则"小律诗虽末技，工之不造微，不足于名家。故唐人皆尽一生之业为之。至于字字皆炼，得之甚难，但患观者灭裂，则不见其工，故不唯为之难，知音亦鲜"③。这还从《河岳英灵集》选李白、王昌龄七绝为少，也可以看出"不足于名家"的趋向来。另外，七律非王氏所擅长，七古非大家、名家者莫办，他自己所作亦少，举己诗就不那么方便。故从自己所擅长的另一诗体五古设坛讲法，教授生徒。其所以把王昌龄的五古与《诗格》合论，一来明清至今格外看重他的七绝，对五古未免都有些忽视；二来五古风格与作法若与《诗格》相合，亦可为《诗格》作者的定谳为之一助；三来一个诗人的审美的趋向，不仅见于一种诗体，而对其他各体均有影响，如此则对他的七绝、七古、五律，也可以有些整体把握。

二 清峭峻拔的诗境与《诗格》创作论之对勘

明清论及王昌龄五古者无多。胡应麟说："唐初承袭梁、隋，陈子昂独开古雅之源，张子寿首创清淡之派。盛唐继起，孟浩然、王维、储光

---

① 见毕士奎《王昌龄诗歌与诗学研究》，江西人民出版社 2008 年版，第 322 页。
② 所引诗人有何逊、崔曙、张谓；还有大历间人钱起、皇甫冉，他们生于开元十年、十一年，而王昌龄作《诗格》被认为是在开元二十九年初夏以后六、七年间事。另外，还有大历间人陈润。此三人诗王昌龄均不可能见到。论者则谓所引《诗格》为语录体风格，故非亲撰，而出于门人笔录，难免掺入后人之诗。
③·见沈括《梦溪笔谈》卷一四，辽宁教育出版社 1997 年版，第 82 页。

羲、常建、韦应物，本曲江之清澹，而益以风神者也；高适、岑参、王昌龄、李颀、孟云卿，本子昂之古雅，而加以气骨者也。"① 这种粗略的划分，影响到现代文学史家把他排入边塞诗派中。然而胡氏又在同卷此则靠前处又说："四杰，梁、陈也；子昂，阮也；高、岑、沈、鲍也；曲江、鹿门、右丞、常尉、昌龄、光羲、宗元、应物，陶也。"又把他排入现代的文学史家所说的田园山水诗派中。二者看似矛盾，实则也有粗分细别之差异，也说明王诗风格之不易把握。清人吴乔曾把盛唐诸家五古风格均有明确的主色调定位，而独于王氏意见纷披："王昌龄五古，或幽秀，或豪迈，或惨恻，或旷达，或刚正，或飘逸，不可物色。"又谓"常建五古，可比王龙标"② 。王氏五古的主色调似乎不好拈出，这也说明了胡氏徘徊的苦衷。呼应胡氏近于陶渊明的说法，又有《唐诗归》卷十一钟惺云："人知王、孟出于陶，不知细读储光羲及王昌龄诗，浑厚处益见陶诗渊源脉络。善学陶者宁从二公入，莫从王、孟入。"而潘德舆亦云："盛唐中，常徵君、王龙标、刘眘虚五言古诗，亦有一段清趣古意，盖陶之支派也。"③ 王诗确有近陶处，然于五古中微乎其微，且绝然非其主调。以上大约所能看到的明清四家所论，虽有启示，而未能济事。我们还是回到《文镜秘府论》所引的论诗与他的五古中，或有发现。

王昌龄的五言古诗，常常流泻出一种清爽劲健之气，而形成清峭峻拔的境界与风格。他在《上李侍郎书》中说："夫夷吾穷困，乐毅羁旅，孔明躬耕，子房养志，此四贤未遇之时，则乃不遇，意固不能俯首局步，与众人争得失于吏曹之门。就使四贤生于明时，无所服用，则下士之不若也。"言语间一股抗脏之气盘郁其间，隐然以国士自比。所以又言"天生贤才，必有圣代用之"，这和李白"仰天大笑出门去，我辈岂是蓬蒿人"、"天生我材必有用"的气质与胸襟就没有多大的距离了。他说自己"久于贫贱，是以多知危苦之事。天下固有长吟悲歌，无所投足，天工或阙，何借补之。苟有人焉，有国焉，昌龄请攘袂先驱，为国士用。棼丝之务，最

---

① 胡应麟：《诗薮》内编卷二，上海古籍出版社 1979 年版，第 35 页。
② 均见吴乔《围炉诗话》卷二，见《清诗话续编》第一册，上海古籍出版社 1983 年版，第 517 页。
③ 潘德舆：《养一斋诗话》卷一，见《清诗话续编》第四册，第 2021 页。

急之治，实所甘心。昌龄岂不解置身青山，俯饮白水，饱于道义，然后谒
王公大人以希大遇哉？每思力养不给；则不觉独坐流涕，啜菽负米，惟明
公念之"①。如此披肝沥胆的言词，足可见出勇于自任、敢于进取的锐志，
这也是盛唐士人较为普遍的精神面貌。以如此清刚劲直之性投入官场，就
难免有些"疏慢"②。一旦入仕则言："儒有轻王侯，脱略当世务。"③ 他对
僚友说过："卷舒形性表，脱略贤哲议。"④ 又对族弟说"知我沧溟心，脱
略腐儒辈。"⑤ 锐劲如此，必然不为世所容，故有"不护细行"，乃至"谤
议沸腾"的不幸，然却促成其诗的清峭峻拔的境界与风格。

　　他的《东京府县诸公与綦毋潜李颀相送至白马寺宿》作于自洛赴江宁
尉时⑥：

　　　　鞍马上东门，裴回入孤舟。贤豪相追送，即棹千里流。赤岸落日
　　　在，空波微烟收。薄宦忘机括，醉来即淹留。月明见古寺，林外登高
　　　楼。南风开长廊，夏夜如凉秋。江月照吴县，西归梦中游。（见图65）

　　对于王昌龄为江宁尉，岑参很为之抱屈，在《送王大昌龄赴江宁》沉
重地说："对酒寂不语，怅然悲送君。明时未得用，白首徒攻文。泽国从一
官，沧波几千里。群公满天阙，独去过淮水。……潜虬且深蟠，黄鹄举未
晚。惜君青云器，努力加餐饭。"劝其"深蟠"，勿露锋芒。而王诗只淡淡

---

　　① 王昌龄：《上李侍御书》，见《全唐文》卷三三一，第二册，上海古籍出版社1990年版，
第1482页。
　　② 王昌龄早年在出仕前家居时所作《独游》里就说过："时从灞陵下，垂钓往南涧。手携双
鲤鱼，目送千里雁。悟彼飞有适，知此罹忧患。放之清冷泉，因得省疏慢。"
　　③ 见《郑县宿陶大公馆赠冯六元二》，此诗当作于为秘书省校书郎时，即开元十五年（727）
秋后。
　　④ 见《缑氏尉沈兴宗置酒南溪留赠》，缑氏县与汜水县同属河南府，故此诗当作于尉汜水时。
　　⑤ 见《宿灞上寄侍御玙弟》，作于江宁尉上暂至长安时，贬谪并未减少"疏慢"之气。
　　⑥ 江宁之任，史无明载。《唐才子传》只说"盖尝为江宁令"。自闻一多《岑嘉州系年考证》
说为县丞被学界普遍采用。然王昌龄《留别岑参兄弟》说"副职守兹县"，县丞是县令的辅佐，典
文书仓狱，而县尉掌军事，职重于丞。周晖《清波杂志》卷十："古治百里之地，令抚其俗，尉督
其奸。故令曰明府，尉曰少府。"唐人林宽《下第寄欧阳赞》："诗人道僻命多奇，更值干戈乱起
时。莫作江宁王少府，一生吟苦竟谁知。"如其官丞则当称王赞府。《文苑英华》卷二九五罗隐
《过江宁县》："县前水色细鳞鳞，一为夫君吊水滨。漫把文章矜后代，可知荣贵是他人。……"题
下注："王昌龄曾尉此县。"参见《唐才子传校笺》第五册陈尚君说。学界普遍采用。

地说了句"薄宦忘机括",只写黄昏与夜晚景色明净清爽,而无任何"怅然"。言及江宁只说"江月照吴县",还能有"西归梦中游"之便。全诗清爽中透出一种英风劲气,而丝毫不为逆境所动。而在闻知三贬龙标尉时的《别刘谞》更见出清刚峻洁的人格:

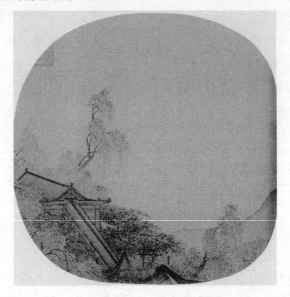

图 65　南宋　马麟　台榭月夜图

王昌龄诗云:"明月见古寺,林外登高楼。"其清旷静明之境界,似可从此图中的大片空白得到一种遐想与补充。画面静悄悄的,楼屋掩映的密树中,俨然可以感受到"南风开长廊,夏夜如凉秋"的感觉。

天地寒更雨,苍茫楚城阴。一尊广陵酒,十载衡阳心。倚仗(一作伏)不可料,悲欢岂易寻。相逢成远别,后会何如今。身在江海上,云连京国深。行当务功业,策马何骎骎。

前后三为县尉,一斥南荒,挫折重重,荆榛满道,而仅引起倚伏祸福难以把握的感慨,却仍然心系京国。并还要以功业为务,骎骎然疾奔理想的大道,就像岑参所希望的黄鹄,然不待时而即飞。贤才必为世用的观念,使他始终对未来充满热望。此诗在微淡的不欢中,转折出不屈不挠的英风烈气，清峭峻拔的境界与风格颇为鲜明。就好像他的名句"一片冰心在玉壶"那样，感人深刻。《斋心》属于明心见志之篇："女萝覆石壁，溪水幽濛胧。紫葛蔓黄花，娟娟寒露中。朝饮花上露，夜卧松下风。云英化为水，光采与我同。日月荡精魄，寥寥天宇空。"此诗如清夜扪胸自问，我心离尘绝俗，纤翳不生，光明朗澈，犹如溪水清莹，澄净得似云英化成，或如经日月光辉荡涤，心境与天地同样寥廓无际，空净无尘。风格清劲幽奇，"光怪竦峙"（谭元春语），展现了峻洁孤高的人格，同样体现了清峭峻拔的精神境界，只见光霞之人格，不见道家之云雾，道家的妙悟于此只有陪衬的作用。

对于文学的起源与发展，《诗格·论文意》认为："自古文章，起于无作，兴于自然，感激而成，都无饰练，发言以当，应物便是。"[1] 可以看出反对"饰练"，只求恰当表现事物，也透露出尚清弃繁的眼光。认为文学的发展自从毛诗以后"夫子传于游、夏，游、夏传于荀卿、孟轲，方有四言，五言效古而作。荀、孟传于司马迁，迁传于贾谊。宜谪居长沙，遂不得志，风土既殊，迁逐怨上，属物比兴，少于《风》、《雅》。复有骚人之作，皆有怨刺，失于本宗。乃知司马迁为北宗，贾生为南宗，从此分焉。汉魏有曹植、刘桢，皆气高出于天纵，不傍经史，卓然为文。从此之后，递相祖述，经论百代，识人虚薄，属文于花草，失其古焉。中有鲍照、谢康乐，纵逸相继，成败兼行。至晋、宋、齐、梁，皆悉颓毁。"（第137—138页）此节诗文混一，作家前后倒置。因《诗格》原属口授，门人整理，纰漏难免，可不论。值得注意者有三：一是不满意"骚人"即屈原与贾谊的不得志，而"皆有怨刺"。二是推崇北宗曹、刘气高为文。三是看重鲍、谢"纵逸"，虽属南宗而"成败兼行"。就第一点看，他不赞成因贬谪不得志而怨刺。所以王昌龄长期贬谪的诗作，看不到显明的"怨刺"，这当然不包括不涉及自己处境，而对弊政的抨击。如对边塞种种弊端的揭露，或者宫怨诗的代人之怨。至于后者，还可从下列话中看出："诗者，书身心之行李，序当时之愤气。气来不适，心事不达，或以刺上，或以化下，或

---

① 王昌龄：《诗格》，见张伯伟《全唐五代诗格校考》，陕西人民教育出版社1996年版，第137页。以下凡引《诗格》均见此书，随文附清页码，不再出注。

以申心，或以序事，皆为中心不决，众不我知。由是言之，方识古人之本也"（第141页）。上文涉及的几次贬谪之作，其所以没有怨刺，即与此处诗学主张有关。从后两点看，推崇"气高"，而且看重"纵逸"，这和他尚"清"与"奇逸"是一致的。

这种清峭孤洁的人格和境界，使他在创作时总要求精神处于神清气爽，才能进入兴发意生的状态。他的《诗格》对此反复强调"凡诗人，夜间床头，明置一盏灯。若睡来任睡，睡觉即起，兴发意生，精神清爽，了了明白，皆须身在意中"。（第141页）又说："凡神不安，令人不畅无兴。无兴即任睡，睡大养神。常须夜停灯任自觉，不须强起。强起即惛迷，所览无益。纸笔墨常须随身，兴来即录。若无纸笔，羁旅之间，意多草草。舟行之后，即须安眠。眠足之后，固多清景。江山满怀，合而生兴，须屏绝事务，专任情兴。因此，若有制作，皆奇逸。看兴稍歇，且如诗未成，待后有兴成，却必不得强伤神。"（第147页）此论作诗必须兴发意生，而发兴生意必须保持精神的安静与清爽。只有精神饱满清爽后，心中"固多清景"，这时"江山满怀"，就会"合而生兴"，进入创作的最佳状态。从中也可以看到对"清景"的追求，所以他的诗学审美的基调是尚清。而且"皆须身在意中"，就是"清景"中必须包含自己的感情，这样的"清景"才能"皆奇逸"。所以清奇与清逸是他所崇尚的最高境界。

在言到诗的格调时，《诗格》说："凡作诗之体，意是格，声是律，意高则格高，声辨则律清，格律全，然后始有调。用意于古人之上，则天地之境，洞然可观。"（第138页）认为意高律清，才算是有格调。对"清高"的强调，与清奇、清逸，都属于同一倾向。

王昌龄诗学尚清，追求意高律清，推重"奇逸"，包含清奇、清逸在内，总体诗学审美主张大端可以概见。所以"清"字便成了他的关键词，68首五古中用了居然近50多次。如果除了不宜于施用"清"的边塞诗和游侠诗，频率就够高的了：

> 山月出华阴，开此河渚雾。清光比故人，豁达展心晤。（《郑县宿陶太公馆中赠冯六元二》）
> 商风入我弦，夜竹深有露。弦悲与林寂，清景不可度。（《听弹风

入松阁赠杨补阙》）

山尊在渔舟，棹月情已醉。始穷清源口，壑绝人境异。（《缑氏尉
沈兴宗置酒南溪留赠》）

高卧南斋时，开帷月初吐。清辉澹水木，演漾在窗户。（《同从弟
销南斋玩月忆山阴崔少府》）

孟阳蓬山旧，仙馆留清才。（《留别伊阙张少府郭大都尉》）

会寻名山去，岂复望清辉！（《送东林廉上人归庐山》）

静坐山斋月，清溪闻远流。（《宿裴氏山庄》）

僚友同一心，清光遣谁取。（《诸官游招隐寺》）

轩冕无枉顾，清川照我门。（《灞上闲居》）

闲堂闭空阴，竹木但清响。（《裴六书堂》）

客来舒长簟，开阁延清风。（《赵十四兄见访》）

手携双鲤鱼，……放之清冷泉，因得省疏慢。（《独游》）

这些带"清"字的复音词，无论写景写人，大多带有清爽与清逸之气，如
后边六例，尚有清峭意味。

五古中的写景，往往描写得清峭峻拔，隐约透出一种人格化的境界。
如《过华阴》："云起太华山，云山互明灭。东峰始含景，了了见松雪。羁
人感幽栖，窅映转奇绝。"（见图66）清峭之气逼人，奇绝之中透出孤襟独
怀的峻拔。《郑县宿陶太公馆中赠冯六元二》："京门望西岳，百里见郊树。
飞雨祠上来，霭然关中暮。"[1] 境界开阔，气势飞动，清拔之气挟风带雨飘
来。《宿灞上寄侍御玙弟》末言："孤城海门月，万里流光带。不应百尺
松，空老钟山霭。"这是想象中的景物，借此求族弟荐举，风格同样清劲
孤拔，其中倾注光明磊落的高洁人格，则不言而喻。而用在长诗的结尾，
借景言志，表达了久居龙标尉以求调迁的心情。《次汝中寄河南陈赞府》
末尾说："明湖春草遍，秋桂白花发。岂惟长思君，日夕在魏阙。"王昌龄
论诗要情意相兼，陈赞府属于京畿县尉，天子脚下的人，故言无论春秋，

---

[1] 岑参《与高适薛据同登慈恩寺浮图》的"秋色从西来，苍然满关中"，当受王昌龄"飞
雨"二句的启发。

图 66 当代 石鲁 华山之雄

占籍长安的王昌龄曾多次写到华山，其中《过华阴》云："云起太华山，云山互明灭。东峰始含景，了了见松雪。"清拔高远的华山如在眼前。石鲁这幅画，似乎也具有这种清峭之气，而且清雄的风姿逼人。长安画派与长安诗人，可以越过古今，相互对话，融合为一起，会更有真切感。

不仅常思念这位朋友，而且羡慕"日夕在魏阙"。这是从汜水尉谪赴岭南至汝中（今属河南临汝一带）所写。也就是说他离"魏阙"越来越远，所以羡慕陈赞府。这里的"春草遍"与"白花发"的明丽，都似乎都染上了一种企求不已的渴望心理。正像他的《诗格》所说的有"安身"处:若处处写景,"并是物色,无安身处,不知何事如此也"(第146页)。或者说:"若诗中无身,即诗从何有?若不书身心,何以为诗?"(第141页)他多次强调过情景相兼:"诗贵销题目中意尽。然看当所见景物与意惬者相兼道。若一向言意,诗中不妙及无味。景语若多,与意相兼不紧,虽理通亦无味。"(第146页)在他的"三思"创作论中还主张在景物中"取思":"搜求于象,心入于境,神会于物,因心而得。"(第150页)又说:"凡诗,物色兼意下为好。若有物色,无意兴,虽巧亦无处用之。如'竹声先知秋',此名兼也。"(第143页)"晋宋齐梁皆悉颓毁"的原因,意只在物色描写得精细巧妙,而缺乏自己身家性命所在。初唐沿波逐流,那些为数众多的应制诗,无不以描花摹月、模山范水为能事,缺乏性情,显得千人一腔,百诗一意。所以王昌龄的这一系列情景相兼的主张,对于盛唐诗在理论和意念上的拨正具有重大意义。《文心雕龙》与《诗品》注重于自然物色的描绘,《诗格》的景与情相兼,景中要有安身,提出情景交融的命题,既是对初唐诗的修正,也是对盛唐以清朗高昂的精神对外界事物把握的启示。

王昌龄五古无论是看画听笛,都能写出一番景象。清爽或清峭的境界中,都有一种峻拔的目光与审美的注视。《观江淮名胜图》说:"淡扫荆门烟,明标赤城烧。青葱林间岭,隐见淮海徼。但指香炉顶,无闻白猿啸。"名胜图犹如今日的旅游图,这从"淡扫"、"明标"尚能看出来。"烟"与"烧"都是想象出来的。"青葱"四句,更是想象中的想象,把地图看作图画,又把图画当作身之所历。"隐见"与"但指"仿佛是在远望与近观之中。这种逼真的写法,见出对生活的热爱。《江上闻笛》:"横笛怨江月,扁舟何处寻?声长楚山外,曲绕胡关深。相去万余里,遥传此夜心。寥寥浦溆寒,响尽惟幽林。不知谁家子,复奏邯郸音。"笛声是看不见的,借方位的移动,视角的转换,把笛声传播之悠远写出来。幽怨的笛声渗透在清幽的夜景中,似乎在深情绵渺地思念远戍之人;复奏的边塞之声,使人"空霜遂盈襟",凄凉满怀,或有迁客旅居之悲。然而诗人想到的却是——"何当边草白,旌节陇城阴":若得朝廷授命,奉持旌节,奔赴白草边疆,守戍陇右,将立功前线!就像他在《上李侍御书》中说的:"请攘袂先驱,为国士用。棼丝之务,最急之治,实所甘心。"小小的一阵夜笛,引起情绪是如此激动，清幽的境界如此清切、奋发！足见他用世之心的迫切。
《九江口作》也是触景生情，心潮澎湃不已：

> 潦潦江势阔，雨开浔阳秋。驿门是高岸，望尽黄芦洲。水与五溪
> 合，心期万里游。明时无弃才，谪去随孤舟。鸷鸟立寒木，丈夫佩吴
> 钩。何当报君恩，却系单于头。（见图67）

图67　现代　徐悲鸿　双鹫

王昌龄《九江口作》，眼前是"望尽黄芦洲，水与五溪合"的萧条苍茫，身处"谪去随孤舟"的逆境，却想到的却是"鸷鸟立寒木，丈夫佩吴钩。何当报君恩，却系单于头"，这正是王昌龄的冰心在玉壶的精神。徐悲鸿先生于新中国成立前处境孤寂，而英气不减，故其画总渗透着进取精神。他喜画的奔马、雄鸡、雄鹰，此幅两鹫雄峙于巨石之上，注视前方。似乎能传出一种英风烈气，与王之诗意不谋而合。

此为贬龙标尉溯江赴贬所经浔阳所作。李白闻讯有《闻王昌龄左迁龙标遥有此寄》："杨花落尽子规啼，闻道龙标过五溪。我寄愁心与明月，随君直到夜郎西。"对他的贬谪特别抱有深切的同情挂念。而王昌龄本人心境是开阔的，莽莽的江面使他涌起澎湃的心潮；茫茫无际的黄芦，使他想起万里之外的贬所。"明时无弃才"，与孟浩然"不才明主弃，多病故人疏"相较，似乎并没有多少牢骚，而"谪去随孤舟"，淡淡地也无什么"怨刺"。然接着却推出别一番胸襟与理想："鸷鸟立寒木，丈夫佩吴钩。何当报君恩，却系单于头！"这真有些南辕北辙！明明看到的是江南无尽的黄芦，却想的是边塞茫茫的白草，希望的是严霜雕鹗，鸷鸟一击；秋风骏马，丈夫吴钩，必致单于头于手中，使边疆安宁，以报君恩！诗写得悲壮，在清峭苦凉中却滚动一腔之热血！身处南国而心系北疆，所见景物与触发的意兴，前者开阔苍凉，后者用意伟壮而悲凉。

　　王昌龄诗不但追求情景相兼，而且更重视诗人对景物的选择、体味、

把握。他的《诗格》亦有相同主张："夫置意作诗，即须凝心，便以心击之，深穿其境。如登高山绝顶，下临万象，如在掌中。以此见象，心中了见，当此即用。……犹如水中见日月，文章是景，物色是本，照之须了见其想象也。"（第139—140页）又言："所说景物，必须好似四时者，春夏秋冬气色，随时生意。取用之意，用之时，必须安神净虑。目睹其物，即入于心。心通其物，物通即言。言其状，须似其景。语须天海之内，皆入纳于方寸。"（第147页）这是说从四季景物中"随时生意"，此与"以心击物，深穿其境"，实际是由此及彼，只是触动的先后不同罢了。如上文所及的见图诗为由此及彼，而闻笛诗则是互动关系，然主要还是"心击其物，深穿其境"。至于《九江口作》此类行役写景之作，就是典型的"随时生意"。再如《琴》的"意远风雪苦，时来江山春"，由风雪酷冷，忽而变成春满江山，全是音乐不同旋律引发的一种想象，故谓之"意远"。《诗格》所引《送别》的"醉后不能语，乡山雨雾雾"，《登城怀古》的"林薮寒苍茫，登城遂怀古"，《客舍秋霖呈席姨父》"黄叶乱秋雨，空斋愁暮心"，以及《河岳英灵集》品藻所引"长亭酒未醒，千里风动地"，都可以看作情意相兼的名句，都能"以心击物"，或者心通其物，而有"意发兴生"之感，同时也体现了清峭峻拔的审美境界。

综上对勘比较，王昌龄五古追求清峭峻拔的诗境，而《诗格》在创作论上主张保持"神清气爽"，才能进入"兴发意生"的最佳状态，方能成"奇逸"之作；《诗格》不提倡诗中"皆有怨刺"，在王昌龄贬斥诗中只见高朗清爽，而很少有哀怨乃至于"怨刺"的情绪；王诗写景，往往透出一种人格化的境界，散出清刚的精神，而《诗格》亦主张景物中要有"安身处"，景与意相兼；又指出要"以心击物，深穿其境"，善于从景物"取思"。王诗亦重视对景物的选择与把握。由以上四点看，王昌龄五古与《诗格》的创作论，一一吻合，并无些微参差错迕。

三　雄杰清奇的风格与《诗格》审美主张之比较

王昌龄《诗格》在诗境上除了对尚"清"、"情意相兼"重视外，还推重雄杰清奇的诗境与审美风格。《诗格》说："诗有杰起险作，左穿右穴。如'古墓犁为田，松柏摧为薪'，'马毛缩如猬，角弓不可张'，'凿井北陵隈，百丈不及泉'，又'去时三十万，独自还长安。不信沙场苦，君看刀箭瘢'，此为例也。"（第 144 页）首例为《古诗十九首》其十四，其前两句为"出郭门直视，但见丘与坟"，墓为田，松成薪，触目惊心，说得怕人。第二、三例为鲍照《出自蓟北门行》与《拟古》其四发端，前者把酷冷夸张得异常奇险，后者发调奇警深险。末例即王昌龄的《代扶风主人答》，被殷璠称为"惊耳骇目"。总之，发调要"杰起"，继之则"险作"，要追求雄杰奇险的境界与风格。他论诗强调过"奇逸"、"新奇"①，"意须出万人之境，望古人于格下"（第 140 页），另外，在《诗有三不》其二即"不奇则不新"（第 150 页），而追求"杰起险作"自是题中应有之意。讲到诗的立意又说："凡诗立意，皆杰起险作，旁若无人，不须怖惧。"（第 147 页）

那么如何做到"杰起险作"，则言："学古文章，不得随他旧意，终不长进。皆须百般纵横，变转数出，其头段段皆须令意上道，却后收还初意。"（第 147 页）又言："诗不得一向把，须纵横而作。不得转韵，转韵即无力。落句须含思，常如未尽始好。如陈子昂诗落句云：'蜀门自兹始，云山方浩然'是也。"（第 148 页）以上所言，一首诗不能顺着一个思路或一个角度一路写来，要纵横交错，景理间见，要有变化；其二，段段要围绕一意，即"令意上道"，不要旁逸斜出；其三，欲求雄杰有力，不换韵；其四，结句不仅"收还初意"，而且要有言外之音，好像没有结束，此即"含思""未尽"之意。以上前二端亦即"绪密而思清"的特征。

体现雄杰清奇风格的，首先是他的五古边塞诗。篇篇之意显明又有棱角，不交叉，不重叠，不含蓄，这是"清"的一面。他总以深刻的观察，以强烈的关怀和热情为将士们"代言"与"请命"，情感来得更为直接，中间无须思考的过渡，显得更为清劲无碍。加上篇制不长，没有连续片段性联结，或者片段性的夹叙夹议，也不注重边塞景象块状铺叙，这样命意就更"清"。加上语言描写英风雄气扑人，故有雄杰清奇的特征。如《变行路难》：

---

① 王昌龄《诗格》："凡作文，必须看古人及当时高手用意处，有新奇调学之。"

"向晚横吹悲，风动马嘶合。前驱引旗节，千里阵云匝。单于下阴山，砂砾空飒飒。封侯取一战，岂复念闺阁。"近处的笛声、马嘶，远处的旗帜，密布的战云，从视听远近不停转换。而写到敌人，"单于下阴山"是简单不过的叙写，而"砂砾空飒飒"，只言沙石疾飘而来，而单于铁骑随狂风沙石驰骤立至，此二句真可谓是"险作"。眼看一场恶战开始，却于此打住。而末尾两句既是临阵自励语，也是诗人为奋力一战的将士们的代言。

　　特别是《塞下曲四首》采用组诗形式，把对边塞问题的思考都组织进去，一言战事没有终期，二言战争之残酷，三则请命把宫厩之马赐边，四言功高反遭贬黜。涉及问题之多在边塞诗中颇为罕见。前两首均可称为在"杰起险作"中，构建雄杰清奇的风格。其一言："蝉鸣空桑林，八月萧关道。出塞复入塞，处处黄芦草。从来幽并客，皆向沙场老。莫学游侠儿，矜夸紫骝好。"（见图68）以边塞萧条唤醒幽并少年从来都是老死于沙场的现实。其二说："饮马渡秋水，水寒风似刀。平沙日未没，黯黯见临洮。昔日长城战，咸言意气高。黄尘足今古，白骨乱蓬蒿。"此则以气候异样引发今昔对比，揭示战争的残酷。两诗发调苍凉，从景物局部与整体结合角度，描写简洁，气氛悲凉，然一和叙述性的议论结合，雄杰清奇的整体风格感人至深。特别是其一的发端与其二的结尾，或兴起思发，或发人感慨，都渗透强烈的感情力量。其中的"出塞复入塞"，至简的叙写，"出"与"入"的呼应，"塞"之反复，所看的是"处处黄芦草"，萧条与单调到广远无际；而"平沙日未没"的黄昏，没有晚霞，没有温馨，只是"黯黯见临洮"，远城灰暗一点。颜色的黄与黑，都在这里有提魂摄魄的作用，情感处于震颤中，可谓"险作"。其三采用大刀阔斧的对比："奉诏甘泉宫，总征天下兵。朝廷备礼出，郡国豫郊迎。纷纷几万人，去者无全生。臣愿节宫厩，分以赐边城。"如此触目惊心的结果，出征时是那样庄重，可又如此惨败，确实爆发出极为震撼的作用，则与艺术的雄杰清奇的力量分不开。其四以抽泣般的笔墨倾泻出来："边头何惨惨，已葬霍将军。部曲皆相吊，燕南代北闻。功勋多被黜，兵马亦寻分。更遣黄龙戍，唯当哭塞云"朝廷赏罚颠倒昏妄，与士兵的愿望背道而驰，全诗充斥血与泪，也包含怨怒与不平。"惨惨"的气氛与赏罚不公的悲愤透贯全诗，力量的震撼不言而喻，确属"杰起险作"的佳构。而《塞上曲》末尾"功多翻下

图 68　清代　任伯年　花鸟册页

　　四个知了抱着树枝，密集在梢头，它们高声"合唱"，似乎可以听见，不！或者甚至说震耳欲聋。王昌龄《塞下曲》其一发端即言："蝉鸣空桑林，八月萧关道"，萧关为关中西北大门，位于塞北，天寒于内地，所以桑林为之一空；而"空桑林"，可使"蝉鸣"无阻碍地驰骋，鸣声之响，可以聒耳，故此发端惊挺，就像在此画里"听"到的那种震鸣一样。

　　狱，士卒但心伤"，好像是对此诗的呼应，但意脉没有如此集中显明，艺术上稍逊一筹。以上四诗均采用八句，主题不同，结构亦随之变化，而整体风格还是一致的，都呈现雄杰清奇的统一风格。

　　《从军行二首》以厌战、思乡为归趣，以写边塞艰难困苦为主。前首把时间压缩在黄昏："向夕临大荒，朔风轸归虑。平沙万里余，飞鸟宿何处？虏骑猎长原，翩翩傍河去。边声摇白草，海气生黄雾。"在远望中展开辽阔的景象，每两句构成一个苍凉画面，用笔刚劲清肃，句式不停变化。简洁的白描，多维度构成充斥动态的总体大画面：荒凉平沙荡漾种种战争气氛。故后半言："百战苦风尘，十年履霜露。虽投定远笔，未坐将军树。早知行路难，悔不理章句。"范晞文说："怨其有功未报也。岑参云：'早知逢世乱，少小漫读书。悔不学弯弓，向东射狂胡。'悲其所遇非

时也。意虽反而实同。"① 反衬手法都是采用现身说法，然王昌龄未从军，
而为人代言，写得感同身受，表现了对将士的关注与同情。如此反跌，苍
劲而有余味，回应了开头"向夕临大荒，朔风轸归虑"，在黄昏远望中引
发的思考。后一首也以黄昏为主："军气横大荒，战酣日将入。长风金鼓
动，白露铁衣湿。四起愁边声，南庭时伫立。断蓬孤自转，寒雁飞相及。
万里云沙涨，平川冰霰涩。"没有接着"战酣"去描写战斗过程，而只写
氛围中的景物。"云沙涨"忽见万里沙漠中风暴使沙梁骤然涌高，"冰霰
涩"见雪粒击面之苦，都像写战争"长风金鼓动，白露铁衣湿"那样简
洁！王昌龄边塞诗每以黄昏为焦点，而《诗格》曾对一日的早中晚时的景
物，有审美理想的把握：

> 旦日出初，河山林嶂涯壁间，宿雾及气霭，皆随日色照著处便
> 开。触物皆发光色者，因雾气湿著处，被日照水光发。至日午，气霭
> 虽尽，阳气正甚，万物蒙蔽，却不堪用。至晚间，气霭未起，阳气稍
> 歇，万物澄静，遥目此乃堪用。至于一物，皆成光色，此时乃堪用思。
> （第146—147页）

此对黄昏胜景的抉发，明显受到初唐元兢《古今诗人秀句序》的启发。不
过在他看来，黄昏不仅堪用于写景与"用思"——即抒情，而且把理论上
的发现施之于诗，这也是其诗饶多"清奇"的原因之一。

《少年行二首》风格雄杰高朗。其一云：

> 西陵侠少年，送客短长亭。青槐夹两道，白马如流星。闻道羽书
> 急，单于寇井陉。气高轻赴难，谁顾燕山铭。

此诗好像把曹植《白马篇》压缩起来，只是剪掉了铺排性描写与议论，行
之以简洁的白描式叙述，而"青槐"两句的描写，很得曹植《名都篇》
"斗鸡东郊道，走马长楸间"用笔飞动的精神，只是把后一句分作两句，

---

① 范晞文：《对床夜话》卷四，上册，中华书局1983年版，第432页。

且"青槐"与"白马"色彩对比又是何等鲜明。他的诗很少用比喻,他的《诗格》也不提倡"假物",主张直接描写事物[①],这里的"流星"之喻,动感、色感、对比感顿出。结尾较《变行路难》"封侯取一战,岂复念闺阁"又高出一境界,呈现"义勇"(沈德潜语)之精神。此诗语调紧促遒劲,前四句叙写,至第五句始出其意,意刚乍出,又紧以高亢的议论作结,显得清刚劲爽,此正是雄杰清奇的本色。

五古长诗《代扶风主人答》也是一首边塞诗,以对话组织结构,带有叙事性质,与崔颢《邯郸宫人怨》机杼仿佛。其中"扶风主人"自述:"十五役边地,三回讨楼兰。连年不解甲,积日无所餐。将军降匈奴,国使没桑干。"接云:"去时三十万,独自回长安。不信沙场苦,君看刀箭瘢。"如此慷慨悲愤地陈词,"义勇"形之于色,情景如在眼前,确实有"惊耳骇目"(殷璠语)的作用,风格亦显得雄杰清奇。

除了边塞诗外,他的山水、咏怀、咏史甚至连一些闺怨、闺情诗在内,亦具雄杰清奇之风格。《小敷谷龙潭祠作》起首即言:"崖谷喷疾流,地中有雷集。百泉势相荡,巨石皆却立。跳波沸峥嵘,深处不可揖。"(见图69)写得水怒石惧,郁勃跳荡,笔力雄杰,清奇之气袭人,同样具有"惊耳骇目"的震发魅力!咏怀诗《长歌行》发端言:"旷野饶悲风,飕飕黄蒿草。系马倚白杨,谁知我怀抱。"(见图70)不可名状的悲愤遍地而起,独立于萧萧白杨之下,似在仰天长啸,按捺不住悲天悯地之怀喷薄欲出。而《悲哉行》的"北上太行山,临风阅吹万。长云数千里,倏忽还肤寸。"竖立山头,迎风感慨,亦为激发人意。《听弹风入松阕赠杨补阙》描写琴声:"寥落幽居心,飕飕青松树。松风吹草白,溪水寒日暮。声意去复还,九变待一顾。空山多雨雪,独立君始悟。"骨清神峻,造语取境亦复清奇;既能得琴声之妙,且有弦外之音。即使闺怨题材,亦往往涉笔清

---

① 王昌龄《诗格》说:"诗有天然物色,以五彩比之而不及。由是言之,假物不如真象,假色不如天然。如'池塘生春草,园柳变鸣禽',如此之例,皆为高手。中手倚傍者,如'余霞散成绮,澄江静如练',此皆假物色比象,力弱不堪也。"又言:"凡高手,言物及意,皆不相依傍。如'细柳夹道主,方塘涵清泉',……又'青青河畔草','郁郁涧底松'是其例也。"故其诗比喻亦少,如《放歌行》的"冠冕如星罗",《宿灞上寄侍御玙弟》的"兵粮如山积,恩泽如雨需",《为张偾赠阎使臣》的"犹畏谗口疾,弃之如埃尘",《送韦十二兵曹》的"县职如长缨,终日检我身"、"富贵如埃尘",《箜篌引》的"为君百战如过筹",以及名句"一片冰心在玉壶",寥寥无几,如此而已。

图 69　清代　张崟　春流出峡图

王昌龄诗所写的龙潭："崖谷喷疾流，地中有雷集。百泉势相荡，巨石皆却立"崖谷急流，声如雷集，百泉相荡，巨石退却。跳波沸腾，岩壑争流。如此景象，可于此图得其分明，并可观其气势。此图原本为许浑"巴国雪消春水来"所作的诗意图。画面以山为主体，以"深远"法构图，俯视中春江从左上奔流至近山的中部。江中山石错落，急流撞击的喧声似乎"充溢"画面。右边支流穿桥而流入主流，两山夹持，城邑屋舍可见。近景树木茂密，掩遮江流。两水交汇处，有船只顺流而来。位于中心的大山被弥漫的白云遮断，远景只从白云处露出几座山巅。再远则是山峰林立，隐约可见。静动实虚与江山树屋以及白云，配合得紧凑生动。水中石形成的节奏感，使江水产生了强烈的音乐效果。

奇，甚至雄杰。如《越女》的"摘取芙蓉花，莫摘芙蓉叶。将归问夫婿：颜色何如妾"，巉刻崭绝，劲直不挠，设想清奇，雄杰逼人。《初日》："初日净金闺，先照床前暖。斜光入罗幕，稍稍亲丝管。云发不能梳，杨花更吹满。""净"与"照"、"暖"，状出旭日的光亮度与色调；而"入"与"亲"，见出晨日移动之快，尤其"亲"字描摹出逐渐照亮的过程，颇为新奇。末两句，更是一番奇景：如云之秀发其所以"不能梳"，梳了后又落了一头的杨花——柳絮，实是未经人道之奇观！而《失题》："奸雄乃得志，遂使群心摇。赤风荡中原，烈火无遗巢。一人计不用，万里空萧条。"[①] 用笔非

———————————

①　此诗最早见于殷璠《河岳英灵集》卷中论王昌龄的评语中，殷璠评语所引昌龄诗均为摘句，此六句当非全璧，《全唐诗》的编者则题以"失题"。

图70　清代　任伯年　寒林牧马

图中山崖寒林斜立，两马低头，正在觅食。旁站一人，仰面穹空，表情慨然，心中似有一股浩然之气，欲喷薄而出。马无鞍缰，故谓之牧马。干枯的树枝都朝右伸着，显示强劲的北风穿过，人物亦迎面似乎浩叹。秋气之肃穆浩渺，人物情怀之急切感慨，则和王昌龄《长歌行》发端所写的旷野悲风、黄草飕飕，以及"系马依白杨，谁知我怀抱"的景况，略为仿佛，可以作为读此诗之参照。任伯年未作过诗，但他的画里往往具有浓厚的抒情意味，尤其是人物画更为显著。此幅构图呈现侧倒的△，人与马都置于三角形的顶端，特意突出一种静态中的"动态"，即为情感所聚的焦点，所以滋发出强烈的诗意。

常简括，特别是在乱象与灾难中楔进"一人计不用"，犹如书法中的"主笔"，全局为之一振，挺拔雄杰，有扛鼎之力！《唐诗归》卷十一谭元春说："高达夫'惆怅孙吴事，归来独闭门'，妙在闷气不语；此诗'一人计不用，万里空萧条'，妙在开口明怨。"昌龄诗"绪密而思清"，"明怨"正是"思清"风格的体现，而这里就显得"清奇"了。"天宝中，安禄山身兼平卢、范阳、河东三镇节度使，峙兵积谷，盛为逆谋，而玄宗昏聩拒谏，乱兆日显，有识之士莫不寒心。借咏史以寄殷忧，昌龄深意或在于此。要非乱起以后写实之作。"① 这就像杜甫登慈恩寺塔所说的"泰山忽破碎，泾渭不可求"、"惜哉瑶池饮，日晏昆仑丘"，忧愤剀切，最见关心时

---

① 　说见李云逸《王昌龄诗注》，上海古籍出版社1984年版，第87—88页。

局之目光深远①。

他的酬赠、行旅、题咏诗写景往往措语无多，然亦清奇可观。《山行入泾州》的"微雨随云收，蒙蒙傍山去"，以"傍"与"去"两个常见动词，把云散雨止的动态表现得微妙如见，而且措辞自然全不费力。《同从弟销南斋玩月忆山阴崔少府》："高卧南斋时，开帷月初吐。清辉淡水木，演漾在窗户。"月光如水，夜景空明，树影摇曳如水之荡漾，写来如在眼前，清气沁人心脾。《秋兴》的"日暮西北堂，凉风洗修木"，后句则从陶诗"微雨洗高林"化出，雨洗林已经生新，而风亦可"洗"，就更显得清奇过之。《风凉原上作》的"风凄日初晓，下岭望川泽。远山无晦明，秋水千里白"，明澈清爽，清气透人胸襟。《裴六书堂》的"闲堂闭空阴，竹林但清响。窗下长啸客，区中无遗想"，从静中觉出动来，竹木之"清响"，也显得那样的清奇，难以忘怀。《途中作》"坠叶吹未晓，疏林月微微"，早行视听的异样，写得清警动人。殷璠所引的"芦荻寒苍江，石头岸边饮"，"长亭酒未醒，千里风动地"，虽着笔无多，劲爽清切，触人心怀。清奇之气扑面而来，成为他写景的基本风格，从中也微微透出一种雄杰刚劲之风味。

由上所知，《诗格》主张"杰起险作，左穿右穴"，追求"新奇"，"落句须含思"。王昌龄的边塞诗正体现出清奇刚健的风格，采用组诗来"左穿右穴"；另外以黄昏为焦点，来写边塞艰难困苦，而《诗格》则在景物审美上对黄昏胜景的抉发，亦主张清奇过人的风格。王昌龄诗的风格与《诗格》的审美主张，亦极为合拍，未有错连之处。

四　王昌龄五古的发端、句法与《诗格》诗法之关系

王昌龄非常讲求诗法技巧，他对初唐诗歌作法一类著作非常熟悉，也很留意初唐诗的技巧。可以说他是杜甫、岑参以前最讲究诗艺的诗人。而《诗格》中的《十七势》就专论开头、结尾与句式结构，推敲至为细密。

---

① 王昌龄在《宿灞上寄侍御玙弟》言及边事则说："若用匹夫策，坐令军围溃。"与此诗所言，亦为一致。

而且每一"势"的抉发，多以己诗为证，现身说法，他是把理论与创作紧密结合在一起的，而且结合得很成功。也就是说他的作诗之法，很具有理论性与实践性价值，由此可见，作诗的精心。所谓"势"，就是句与句之间的布局与安排，包括单句在内，实际讲的是局部的微型结构。在他之前的初唐诗格，主要以对偶、声律的研究为核心。他的《十七势》与《论文意》等，可以看出有明显长足的发展，而且理论意义明显深入而广阔。

前六势均就发端条分缕析，如："第一，直把入作势者，若赋得一物，或自登山临水，有闲情作，或送别，但以题目为定，依所题目，入头便直把是也。皆有此例，昌龄《寄欢州》诗入头便云：'与君远相知，不道云海深。'又《见遣至伊水》诗云：'得罪由己招，本性易然诺。'又《题上人房》诗云：'通经彼上人，无迹任勤苦。'又《送别》诗云：'春江愁送君，蕙草生氤氲。'又《送别》诗云：'河口钱南客，进帆清江水。'又如高适诗（《同群公题郑少府田家》）云：'郑侯应栖遑，五十头尽白。'又如陆士衡诗（《赠顾交址公真》）云：'顾侯体明德，清风肃已迈。'"（第130页）连举己诗五例，并及昔哲今贤。所谓"入头便直把"，即开门见山。王昌龄诗学崇尚清奇、清峭、清切，清发感人，故对"入头便直把"特别看重，他的五古也多用此法。如《少年行》其一的"西陵侠少年，送客短长亭"，《越女》的"越女作桂州，还将桂为楫"，《听弹风入松赠杨补阙》的"商风入我弦，夜深竹有露"，《猴氏尉沈兴宗置酒南溪留赠》的"林色与溪古，深篁引幽翠"，《秋山寄陈谠言》的"岩间寒事早，众山木已黄"，《宿灞上寄侍御玙弟》的"独饮灞上亭，寒山青门外"，《次汝中寄河南陈赞府》的"汝山方联延，伊水才明灭"，《巴陵别刘处士》的"刘生隐岳阳，心远洞庭水"，《洛阳尉刘晏与府县诸公茶集天宫寺岸道上人房》的"良友呼我宿，月明悬天宫"，《江上闻笛》的"横笛怨江月，扁舟何处寻"，《赵十四兄见访》的"客来舒长簟，开阁延清风"，《过华阴》的"云起太华山，云山互明灭"，《大梁途中作》的"怏怏步长道，客行渺无端"，《山行入泾州》的"倦此山路长，停骖问宾御"，以上诸诗发端，均据题目，开门见山，一开头便直奔题目而来，加上以上涉及的《同从弟销南斋玩月忆山阴崔少府》、《裴六书堂》、《九江口作》、《小敷谷龙潭祠作》、《初日》，在他68首五古中，开门见山的开头几占三分之一。

　　第二则为"都商量入作势者，每咏一物，或赋赠答寄人，皆以入头两句平商量其道理，第三、第四、第五句入作是也。皆有其例。昌龄《上同州使君伯》诗言：'大贤奈孤立，有时起丝纶。伯父自天禀，元功载生人。'（是第三句入作）。又《上侍御七兄》诗云：'天人俟明略，益、稷分尧心。利器必先举，非贤安可任。吾兄执严宪，时佐能钩深。'（此是第五句入作势也）"（第131页）如把"直把入作势"称作直入，则此可谓缓入，先两句、三句甚至四句题前盘旋蓄势，然后接句再扣住题目，大有盘马弯弓、引而不发之势，滋生厚积薄发效果。前边的盘旋，多出于议论或写景句。《送韦十二兵曹》："县职如长缨，终日检我身。平明趋郡府，不得展故人。故人念江湖，富贵如埃尘。"前四句先就己之繁忙为反衬蓄势，至第五句用顶真锁住"故人"，因"念江湖"而别，始见出将要送别意。《留别武陵袁丞》："皇恩暂迁谪，待罪逢知己。从此武陵溪，孤舟二千里。"前两句叙写相逢之因，三、四句才言"留别"。而《别刘谞》："天地寒更雨，苍茫楚城阴。一尊广陵酒，十载衡阳心。倚仗不可料，悲欢岂易寻。相逢成远别，后会何如今。"因为是贬中之贬，客中之别，故感慨盘折六句，至第七句才推出留别。此类缓入法，只宜于较长的诗。它如《留别岑参兄弟》，及上文提及的《长歌行》等。这与直入法，缓急各有其用。

　　第三则为"直树一句，第二句入作势"。"直树一句者，题目外直树一句景物当时者，第二句始言题目意是也。昌龄《登城怀古》诗入头便云：'林薮寒苍茫，登城遂怀古。'又《客舍秋霖呈席姨夫》诗云：'黄叶乱秋雨，空斋愁暮心。'又：'孤烟曳长林，春水聊一望。'又《送鄠贲觐省江东》诗云：'枫桥沿海岸，客帆归富春。'又《宴南亭》诗云：'寒江映村林，亭上纳高洁。'"（第131页），此可称为先染后点法，先描写一句，出其景象气氛，然后叙明事由，于开头最为经济得法，也最容易情景紧密结合。谢朓的"大江流日夜，客心悲未央"，《观朝雨》的"朔风吹飞雨，萧条江上来"，其所以为人著称善于发端，原因即在于此。又如王维《观猎》的"风劲角弓鸣，将军猎渭城"，亦为人称美。王昌龄所举五例，前四均为佚诗。它如《塞下曲》其一"蝉鸣空桑林，八月萧关道"，其四"边头何惨惨，已葬霍将军"，《塞上曲》"秋风夜渡河，吹却雁门桑"，《从军行》其一"向夕临大荒，朔风轸归虑"，《岳阳别李十七越宾》的"相逢楚水寒，舟在洞庭驿"，《送刘昚虚归取宏词解》的"太清闻海鹤，游子引乡眄"，《宿裴氏山庄》的"苍苍竹林暮，吾亦知所投"，《大梁途中作》的"怏怏步长道，客行渺无端"，均属此类，此类亦多名句。

第四的"直树两句，第三句作入势"，以及第五的"直树三句，第四句入作势"，实同第二势的"都商量入作势"，"皆以入头两句平商量其道理，第三、第四、第五入作是也"，只是把开头的"商量"即议论，换作"直树景物"而已。其五古中还有《从军行》其二的"秋草马蹄轻，角弓持弦急。去为龙城战，正值胡兵袭"，前两句描写，第三句点题。《古意》："桃花四面发，桃叶一枝开。欲暮黄鹂啭，伤心玉镜台。"前三句春景，第四句推出闺怨之人来。《赠史昭》："东林月未升，廓落星与汉。是夕鸿始来，斋中起长叹。怀哉望南浦，眇然夜将半。"前四句写景起叹，第五句方出怀人意。《代扶风主人答》的"杀气凝不流，风悲日彩寒。浮埃起四远，游子弥不欢。依然宿扶风，沽酒聊自宽"，前四句先行渲染出悲愤气氛，第五句才剔出题目中的"扶风"。《留别伊阙张少府郭大都尉》："迁客就一醉，主人空金罍。江湖青山底，欲去仍裴回。郭侯未相识，策马伊川来。"前四句就"留别"言，第五句才进一步醒透出"郭侯"。《东京府县诸公与綦毋潜李颀相送至白马寺宿》："鞍马上东门，裴回入孤舟。贤豪相追送，即棹千里流。"第三句点醒题意。《送东林廉上人归庐山》："石溪流已乱，苔径人渐微。日暮东林下，山僧还独归。"前三句写景，第四句方为僧归。

第六为"比兴入作势"，"遇物如本立文之意，便直树两三句物，然后以本意入作比兴是也。昌龄《赠李侍御》诗云：'青冥孤云去，终当暮归山；志士杖苦节，何时见龙颜。'又云：'眇然客子魂，倏铄川上晖。还云惨知暮，九月仍未归。'又：'迁客又相送，风悲蝉更号。'又崔曙诗云：'夜台一闭无时尽，逝水东流何处还。'又鲍照（《代别鹤操》）诗云：'鹿鸣思深草，蝉鸣隐高枝。心自有所疑，傍人那得知。'"（第132页）此类当属赋而兼兴式的开头，即所写景物虽是实景，然意涵比兴。以上六条，均就开头立法。

至于结尾则立两法：第十的"含思落句势"与第十七的"心期落句势"。所谓"落句"即指结句。前者言："含思落句势者，每至落句常须含思，不得令语尽思穷。或深意堪愁，不可具说，即上句为意语，下句以一景物堪愁，与深意相惬便道。仍须意出成感人始好。昌龄《送别》诗云：

'醉后不能语，乡山雨氛氛。'又落句云：'日夕辨灵药，空山松桂香。'又、'墟落有怀县，长烟溪树边。'又李湛诗云：'此心复何已，新月清江长。'"（第133－134页）他在《论文意》曾举陈子昂《西还至散关答乔补阙知之》"蜀门自兹始。云山方浩然"，此种结尾法，即以景句为结，有言已尽而意无穷的效果，滋生言外之意与味外之味，可想而不可说，袅袅然而有余音。所举己诗三例均为佚诗，而李湛诗亦不见于《全唐诗》与《全唐诗补编》。王昌龄七绝《从军行》其二的"撩乱边愁听不尽，高高秋月照长城"，就是"妙在即景以托之，思入微茫，魂游惝恍，似脱实粘，诗之最上乘也"①。其实这也是盛唐诗一大法门，如李白《夜泊牛渚怀古》"明朝挂帆席，枫叶落纷纷"，《以诗代书答元丹丘》"长望杳难见，浮云横远山"，《金乡送韦八之西京》"望望不见君，连山起烟雾"，《哭晁卿衡》"明月不归沉碧海，白云愁色满苍梧"，几成一种模式。王昌龄的五古结以景，则如《塞下曲》其二"黄尘足今古，白骨乱蓬蒿"，《同从弟销南斋玩月忆山阴崔少府》"千里其如何，微风吹兰杜"，《别刘谞》"行当务功业，策马何骎骎"，《秋兴》"或问余所营，刘琴就寒谷"，《何九于客舍集》"此意投赠君，沧波风袅袅"，则均属此类，亦颇得他自己看重。

　　第十七的"心期落句势者，心有所期是也。昌龄诗云：'青桂花未吐，江中独鸣琴。'（言青桂花吐之时，期得相见；花既未吐，即未相见，所以江中独鸣琴。）又诗云：'还舟望炎海，楚叶下秋水。'（言至秋方始还。此送友人之安南也。）"（第136页）此两例均为佚诗。今存五古，则如《古意》的"清筝向明月，半夜春风来"，清筝对月，含有望月期待之意。《听弹风入松赠杨补阙》的"空山多雨雪，独立君始悟"，言独立静听琴曲，雅洁清幽得就像静山泠泠然覆满了白雪，含有期待的审美境界。《秋山寄陈谠言》的"思君苦不及，鸿雁今南翔"，以"鸿雁"代指寄诗，也期望能有回音。《宿灞上寄侍御玙弟》的"不应百尺松，空老钟山霭"，期待能有所大用。《山中别庞十》的"琼树方杳霭，风兮保其贞"，期勉友人高蹈遗俗，能保其本真。

　　《十七势》的第三类则言句与句的搭配组合方式，属于两句或四句的局部结构。第八的"下句拂上句势"，即"上句说意不快，以下句势拂之，

---

①　黄叔灿：《唐诗笺注》卷八，乾隆三十年刻本。

令意通。古诗云：'夜闻木叶落，疑是洞庭秋。'昌龄诗（《山行入泾州》）云'微雨随云收，濛濛傍山去'。又（《缑氏尉沈兴宗置酒南溪留赠》）云：'海鸥时独飞，永然沧洲意。'"（第133页）此讲两句的呼应，或者两句一意相贯，合写一种事物，这正是汉魏五古最基本的句法。它和两句分写显得更为紧凑集中，有写景句，也有议论句。后者如王昌龄佚诗《见谴至伊水》的"得罪由己招，本性易然诺"，又佚诗《上同州使君伯》的"大贤奈孤立，有时起丝纶"，又"一人计不用，万里空萧条"，《代扶风主人答》的"老马思伏枥，长鸣力已殚"；写景句如佚诗"墟落有怀县，长烟溪树边"。《从军行》其一的"虏骑猎长原，翩翩傍河去"，《塞上曲》的"遥见胡地猎，鞴马宿严霜"，《缑氏尉沈兴宗置酒南溪留赠》的"久之风榛寂，远闻樵声至"，无论动静，实都写清寂，故"诵之肌骨俱冷，不独心意也"（谭元春语）。《岳阳别李十七越宾》的"湖小洲渚联，澹淡烟景碧"，《留别岑参兄弟》的"长安故人宅，秣马经前秋"，"岑家双琼树，腾光难为俦"。（见图71）王昌龄此种句法，颇为经心，以下句紧跟踪上句，上句为叙述，下句则为描写，描绘或叙述具体景观或人事；上句是议论式的结论，下句则讲出原因。总之两句配合得紧密，间不容发。此种经营，不容许下句再另起一端，所以他的五古的对偶句也就减少得多了。

第十一为"相分明势"："凡作语皆须令意出，一览其文，至于景象，恍然有如目击。若上句说事未出，以下一句助之，令分明出其意也。如李湛诗云：'云归石壁尽，月照霜林清。'崔曙诗云：'田家收已尽，苍苍唯白茅。'"（第134页）在逻辑上前后两句带有因果关系，如《宿裴氏山庄》"静坐山斋月，清溪闻远流"，《秋兰》的"苔草延古意，视听转幽独"。第十二则为"一句中分势者，（《送韦十二兵曹》）'海净月色真'。"就是当句中含有因果逻辑关系，在意义上自成呼应之势。第十三为"一句直比势"，所举例为李颀《题綦毋校书别业》的"相思河水流"。王昌龄《东京府县诸公与綦毋潜李颀相送至白马寺宿》："西风开长廊，夏夜如凉秋。"他的诗不尚比喻，故此势举示他人诗例。

第十四为"生杀回薄势"："前说意悲凉，后以推命破之；前说世路矜骄荣宠，后以至空之理破之，入道是也。"（第135页）此条未举例。昌龄诗如《放歌行》的"但营数斗禄，奉养每丰羞。若得金膏逐，飞云亦可

图 71　清代　任伯年　长安古槐（左）　石鲁　两棵大树（右）

　　画面上的古槐，特别是近处的两株，苍翠茂密，昂扬挺拔，气象不凡。王昌龄在《留别岑参兄弟》中说："长安故人宅，秣马经前秋。便以风雪暮，还为纵饮留。"岑参在长安有别业，王昌龄在此与之相聚，称美岑家兄弟："岑家双琼树，腾光难为俦。"任伯年此幅《长安古槐》与石鲁的《两棵大树》，配以此诗，再恰切不过了。而任氏的古槐，亦确具琼树腾光的气象。

俦"，《代扶风主人答》的"老马思伏枥，长鸣力已殚。少年与运会，何事发悲端"，《从军行》其一的"虽投定远笔，未坐将军树。早知行路难，悔不理章句"，《塞上曲》的"五道分兵去，孤军百战场。功多翻下狱，士卒但心伤"，《塞下曲》其二的"昔日长城战，咸言意气高。黄尘足今古，白骨乱蓬蒿"。这类句式前后运意相反，构成抑扬顿挫之势，感情张弛伸缩，跌宕起伏，易于生发慷慨激昂风致。有时可用于两句，如《无题》的"一人计不用，万里空萧条"。佚诗"物情每衰极，吾道方渊然"。有时可施之于全篇之结构，形成大起伏、大挫折。如《塞下曲》其四，前言朝廷对边塞出兵何等重视，后言"纷纷几万人，去者无全生"，极具震撼，使人惊耳骇目。或者每两句构成顿挫，前后起伏不已，如《代扶风主人答》："去时三十万，独自还长安。不信沙场苦，君看刀剑瘢。"盛唐的杜甫与高适、李颀最长于此道。高适《邯郸少年游》"未知肝胆向谁是，令人却忆平原君"，《燕歌行》"战士军前半死生，美人帐下犹歌舞"，李颀《送暨道士》"大道本无我，青春长与君"，《题少府监李丞山池》"他人骑骢马，而我薜萝心"，这类句式易生感慨，"足可歔欷，震荡心神"（殷璠语）。而在王昌龄言边塞用此者多，而言己事则较少。

第十五与十六条，讲的是"理入景势"与"景入理势"，即情景交融的另一面，议论与写景的融合。前者言："理入景势者，诗不可一向把理，皆须入景，语始清味。理欲入景势，皆须引理语，入一地及居处，所在便论之。其景与理不相惬，理通无味。昌龄诗云：'时与醉林壑，因之惰农桑。槐烟渐含夜，楼月深苍茫。'"后者则言："景入理势者，诗一向言意，则不清及无味；一向言景，亦无味。事须景与意相兼始好。凡景语入理语，皆须相惬，当收意紧，不可正言。景语势收之，便论理语，无相管摄。方今人皆不作意，慎之。昌龄诗云：'桑叶下墟落，鹍鸡鸣渚田。物情每衰极，吾道方渊然。'"（均见第135页）值得注意的是，他认为理须入景，则"语始清味"，或景入理，如一向言意，即议论过多，"则不清及无味"。只有景与理相惬，语始有"清味"，反之，则"不清"，亦"无味"。可看出景与理或理（意）与景相兼相惬，是从他尚"清"的总体审美理念出发，而决定句式之间的搭配组合。尚"清"的审美趋向，不仅及于此，且在开头的六势中亦有体现，至于强调因果思致的"相分明势"，或"一句中分势"的自见前因后果，或者"一句中直比势"，或几句中的"生杀回薄势"，都是从清爽朗澈的效果，见出尚清理念的笼罩。他对五古的尚清要求，亦和他以七绝为主的"绪密而思清"的"思清"，命意的清朗集中，亦是同一审美理念支配下，相近似的体现。

　　由上所见，《诗格·十七势》所示例证，绝大部分出自王昌龄的五古，首先，若是伪作，不会如此集中以一人诗为主。就是嫁名王昌龄的伪托，亦不会直言"昌龄诗云"，当应姓与名全称。其次，所言诸法，与王昌龄其他诸诗普遍切合，并无龃龉不合之处。再次，所论诗法，亦与他的诗学审美趋向紧密契合，亦并无矛盾抵牾之处。所以，《诗格》当属王昌龄讲授诗法之口授，措语通俗，由生徒整理成书，当无疑义。

　　综上所论，王昌龄的五古，在他的《诗格》中得到了梳理与总结；或者说，是按《十七势》与《论文意》所主张的审美理念，体现于他的五古的撰作中。所以用五古可证明《诗格》出自于他的审美思想与诗学讲述，其《诗格》的真伪则不言而喻。同时，借助《诗格》可以进一步分析把握被他出色的七绝所遮蔽的五古艺术价值与特征，使我们对王昌龄诗更具有全面而深刻的把握。

第十六章 卢象、裴迪、丘为、崔曙合论

从盛唐早期至开天之际，出身东南且生活仕历主要在其地者有不少诗人。他们主要以刻画江南山水、送别、游观寺庙诗为主，诸如王湾、祖咏、綦毋潜、刘眘虚等名家。另外还有卢象、丘为、裴迪、崔曙等，属于小名家，他们往往与大家、名家往还酬唱，其诗犹如吉光片羽，亦如"嘒彼小星"，围拱在诸大家、名家的周围，时或显现盛唐气象多样化的异彩。

一 善写亲情、乡情、友情的卢象

卢象年少以诗震耀于开元间，卒后七十三年，其孙持遗稿求序于刘禹锡，所作《唐故尚书主客员外郎卢公集纪》记载甚详，谓卢集经乱离尚存十二卷，然《全唐诗》存其诗仅 28 首，陈尚君辑校《全唐诗补编》辑佚诗三首，其中一首出自《古今图书集成》，年代过晚，且文字不类其作。

卢象（700—约 763），字纬卿。汶水（今山东泰安、曲阜一带）人。开元中登第，初为校书郎，转右卫仓曹掾。开元二十一年末至二十四年末张九龄执政期间，擢为左补阙。在张九龄罢政后，出任河南府司录。天宝三载（744）贺知章归乡，卢象有《送贺秘监归会稽歌序》，当在开天之际任司勋员外郎。不久"为飞语所中，左迁齐、汾、郑三郡司马，入为膳部员外郎"[①]。安史乱起，被劫执受伪职。至德元年（756）两京收复，贬谪

---

① 见刘禹锡《唐故尚书主客员外郎卢公集纪》，《刘禹锡集》卷十二，中华书局 1990 年版，第 233 页。

果州（今四川南充）长史，又贬永州（今湖南零陵）司户，移吉州（今江西吉安）长史。安史乱平，擢主客员外郎，赴京时病故武昌。

《卢公集纪》说："始以章句振起于开元中，与王维、崔颢比肩骧首，鼓行于时，妍词一发，乐府传贵。"其文又引崔太傅所作《墓志文》：

> 噫，公妙年有声，振耀当代。翱翔云路，不虞矰缴。盛名先物，易生疻疵。三至郎署，坐成遗壍。蹭蹬江皋，栖栖没齿，见知者恨之。

卢象早年入仕，即为京官，被张九龄擢为左补阙时，不过三十三、四岁，名声"振耀当代"。因"名胜气高，少所卑下，为飞语所中"，三为郡司马。又因安史之乱"堕胁从伍"中，两番外贬。这两次挫折，特别是早年受挫，对他刺激甚大。观其《青雀歌》："逍遥饮啄安涯分，何假扶摇九万为？"《送綦毋潜》的"出处暂为耳，沉浮安系哉"，如此低调与淡泊，可见对"气高"极为收敛。著名隐士卢鸿是他的叔父，虽然他未曾隐居，受其影响则不言而喻。在《家叔徵君东溪草堂》不无内疚地说："未暇扫云梯，空惭阮氏子。"其二又言："自惟负贞意，何岁当食薇？"所以，在他的现存诗中，语气平和，很少牢骚愤激。卢象交游广，诗友多，诸如贺知章、李颀、祖咏、崔颢、綦毋潜、丘为、王维、王缙、郑虔、怀素、崔兴宗、李白、张均，均有来往，也有酬赠[①]。刘禹锡所说"妍词一发，乐府传贵"，今观卢诗无乐府诗，歌行只有《紫阳真人歌》一篇，七绝亦仅两首，可知能唱的诗散佚甚多。

时下学界把卢象划入田园山水诗派，其实这是绝大的误解。卢象送别酬赠诗将占一半，剩余诗中写山水者并不多。至于田园诗，可以说一首也无，这是把他回家言亲友之情的四首诗看作田园之作。其中之一是写于早年的《乡试后自觉还田家因谢邻友见过之作》：

---

① 宋孔延之《会稽掇英总集》卷二收卢象《紫阳真人歌》，即送贺知章辞官归乡诗。其序有"余与真人相知，不以年，不以位"语。李颀有名作《寄司勋卢员外》，王维《与卢员外象过崔处士兴宗林亭》亦为名作："绿树重阴盖四邻，青苔日厚自无尘。科头箕踞长松下，白眼看他世上人。"同咏者有卢象、裴迪、王缙、崔兴宗。还与诸人同有《青雀歌》。《封氏闻见记》卷十"赞成"条：谓卢象赠郑虔诗云："书名《会粹》才偏逸，酒号屠苏味更醇。"李白有《赠卢司户》，怀素《自叙》言卢象赠己诗有"初疑轻烟淡古松，又似山开万仞峰"句。李华又是卢象的外甥。

鸡鸣出东邑，马倦登南峦。落日见桑柘，黯然丘中寒。邻家多旧识，投暝来相看。且问春税苦，兼陈行路难。园场近阴壑，草木易凋残。峰晴雪犹积，涧深冰已团。浮名知何用，岁晏不成欢。置酒共君饮，当歌聊自宽。

此诗不过把回家诗与山水诗结合起来，因家本田家，故提及"桑柘"、"春税"、"园场"。其实"桑柘"犹言桑梓，只不过是家乡的代称而已。"落日见桑柘"等于说赶黄昏时已看到了树木围绕家乡。此诗最动人的还是至家邻居来看望参加乡试的诗人这几句，诗人也问候"春税苦"，也"兼陈行路难"，进入上层社会之不易，即回答问候乡试之情况。又因家近山丘，故以下"阴壑"四句写景，末四句发以感慨。诗的中心是"谢邻友见过"之问候，主意在于发抒对乡邻的感念，景色描写倒主要不是田园风光。如果要把它视为田园诗，那么未曾又不是山水诗？这就像杜甫《自京赴奉先县咏怀五百字》与《北征》言至家后的农村苦况，不能称作田园诗，道理是一样的。冬寒之中温暖的乡情写得生动，也很感人，写景只是起陪衬作用。

与此诗相近的，还有《八月十五日象自江东止田园移庄，庆会未几，归汶上，小弟幼妹尤嗟其别，兼赋是诗三首》，也是回家诗。其一云：

谢病始告归，依然入桑梓。家人皆伫立，相候衡门里。畴类皆长年，成人旧童子。上堂家庆毕，愿与亲姻迩。论旧或余悲，思存且相喜。田园转芜没，但有寒泉水。衰柳日萧条，秋光清邑里。入门乍如客，休骑非便止。中饮顾王程，离忧从此始。

从"自江东"看，约作于吉州长史任谢病告假归家后。诗人大概自举进士没有回家，家人如迎大宾，伫候门前。当年时辈都成了老头，眼前的成人都是当年的儿童，村里和亲戚的老人存亡引起悲喜交集。由于正处于安史大乱期间，田园荒芜萧条又引发惆怅。作了会儿"客"，过了中饭便踏上王程。三、四句虽与陶渊明《归去来兮辞》的"乃瞻衡宇，载欣载奔；僮仆欢迎，稚子候门"叙写相近，然欢聚的叙旧絮语，亲切而陌生的温暖亲

情，久违家乡的激动与感慨，都以平实、雅素的语言一一叙述，显得亲
情、乡情更为温暖感人，同时蕴涵贬官的不快与时代的不幸。明人邢昉
《唐风定》故谓之"凄苦中何其温茂"。此诗如此，尤不能称为田园诗，又
犹如杜甫《羌村三首》不当作田园诗，属于同样道理。这诗亲切至极，就
像我们自己回家，同样有许多相同的感触。以下两首写弟与妹，也很动
人。其二说：

> 两妹日长成，双鬟将及人。已能持宝瑟，自解掩罗巾。念昔别时
> 小，未知疏与亲。今来识离恨，掩泪方殷勤。

从身高与弹瑟、掩巾细节，说明两妹已长大成人。复以今昔离别时两妹离
恨之有无，对比出今日"掩泪"之深情，写得真挚感人。其三写小弟：

> 小弟更孩幼，归来不相识。同居虽渐惯，见人犹默默。宛作越人
> 语，殊乡甘水食。别此最为难，泪尽有余意。

观"越语""殊乡"两句及题目"田园移庄"，可知《唐才子传》本传所说
"携家来居江东最久"，即本此。此小弟盖为庶母弟，故"不相识"。生活
一段稍为习惯，但见人还不大多话。说话已如越语，习于异乡水土。离别
小弟最难为情，幼孩可塑性强，满口越语，因还有些陌生而沉默，写得简
略而逼真，童稚情亲之可爱，最为感人，情感倾溢纸面。这种表抒手足亲
情别弟妹诗又怎能归入"田园诗"呢？以日常骨肉亲情形之歌咏，质朴自
然，浑厚晓明，于常语实话中，不作任何雕饰，对以后杜甫《北征》、《月
夜》中写儿女部分与陈师道《别三子》、《示三子》，不能说没有影响。卢
象的"妍词"至今无见，倒是这三首真朴的亲情诗留存下来，可惜尚未引
起时下论者足够重视，文学史家又放在"田园诗"框架中，与王孟田园诗
对比的错位，自然就要减价。

　　还有《送祖咏》也被划入"田园诗"中。其诗云："田家宜伏腊，岁
晏子言归。石路雪初下，荒村鸡共飞。东原多烟火，北涧隐寒晖。满酌野
人酒，倦闻邻女机。胡为困樵采，几日罢朝衣？"末两句颇费解，"罢"似

应作"被",表示同情与希望:为什么要被采樵劳作所困,什么时候才有入仕的机会?祖咏开元十三年(725)进士及第,历时二十年没有授职机会,屈居荒村,生活窘迫,故于同情中带有不平之意。想象中沿途的荒冷萧瑟与家居的简朴枯燥与辛苦,也是他艰难生活的写照。送别诗与山水结合起来,是唐人习用的手法。因是失意归田,故点缀"村鸡"、"邻女机",视为"田园诗"依然显得勉强。虽以写景为主,仍可见出友情之深厚。如果和王维《赠祖三咏》诗对读,就更能显示出长于言情的看家本领。

他的送别酬赠诗往往写得情深意长,充满着熨帖温厚的友情。如《寄河上段十六》:"与君相识即相亲,闻道君家住孟津。为见行舟即借问,客中时有洛阳人?"(见图72)关怀亲切之友情,贯注于字里行间。再如《送綦毋潜》:"夫君不得意,本自沧海来。高足未云骋,虚舟空复回。淮南枫叶落,灞岸桃花开。出处暂为耳,沉浮安系哉!如何天覆物,还遣世遗才。"綦毋潜曾落第,中进士后,出仕又曾弃官还江东,后又出仕。王维有两首诗送他,一是落第还乡,一是弃官归江东。观卢诗起首四句,可知是送其人落第还江东。前四句婉言试不得志,高足未骋,虚舟空回,暗示归家虔州(今江西赣县)之因。淮南为路经之地,以"枫叶落"与"桃花开"对比,似婉言归途落寞,繁华的京都不能有所作为。"出处"两句抚慰对方勿以及第与否为怀,"如何"两句质问天不睁眼,使世遗其才,为其大鸣不平。末尾则说:"离筵对寒食,别雨乘春雷。会有徵书到,荷衣且漫裁。"祝他一路看好,将来朝廷定会征聘,不要绝望地去作隐士。落第的失意,归路的冷落,出处的安慰,对朝廷不用的谴责以及将来必然时运大转的鼓励,把这些复杂不同的情感表达委婉周到,既温煦人心,又鼓动人希望。王维《送綦毋潜落第还乡》属于名作,其中有"既至金门远,孰云吾道非","吾谋适不用,勿谓知音稀",虽为安慰,语亦温和,然情感远不及卢诗的关切备至。只是"远树带行客,孤城当落晖"的景句带情,发端"圣代无隐者,英灵尽来归"说得有气象,亮出了门面话而已。

另外,卢象送别酬赠诗不仅善言友情,且识见高远,"雅而不素,有大体,得国士之风"(殷璠语),从以上两诗已见端倪。又如《送赵都护赴安西》的结尾说:"上策应无战,深情属载驰。不应行万里,明主寄安

图72　当代　徐义生　秋水泛舟

唐诗有大量的友情诗，见出唐人的开朗热情。卢象是言情能手，友情诗写得情深意长，如《寄河上段十六》言与人一见如故，分别后老惦念着他。知道他住在孟津，所以一见行舟，就打听是否有洛阳人，把想念的心情，说得呼之欲出。徐义生先生原为陕西师范大学美术学院院长，早年师从石鲁、何海霞，又是李可染的高足。擅长山水，善于用墨敷彩，风格丰腴华滋，构图丰满而富有山水灵气。此图高山临江，江上两船相连，生活气息更浓。亦和储诗"为见行舟即借问，客中时有洛阳人"的情事很有些接近，可开拓出读此诗的艺术思维之空间。

危。"不以攻城略地为勋，而以不战为上，这在当时以开边扩土为务中确属远见。《赠程秘书》谓其人在朝"殷勤拯黎庶，感激论诸公"，然而"将相猜贾谊，图书归马融"，降为无实权的秘书。最后说："顾余久寂寞，一岁麒麟阁。且共歌太平，勿嗟名宦薄。"此诗可能作于初为校书郎时，人已共勉，不以升降为怀，有大体与国士之风。如此胸襟气度亦见于他诗。《寒食》诗一般用来写景，他却颂美介子推："四海同寒食，千秋为一人。深冤何用道，峻迹古无邻。"并批评君主不用直臣："可叹文公霸，平生负此臣。"不无一定的现实意义。《贺幸温泉》该是颂圣了，连李白、王维也不例外，他却写道："细草终朝随步辇，垂杨几处绕行宫。千官扈从骊山北，万国来朝渭水东。"万国朝拜行宫，千官离京扈从，气象看似煊赫，然不无劝谏意味；至于细草垂杨随风趋奉，讥讽意就更明显了。结尾的"此日小臣徒献赋，汉家谁复重扬雄"，讽意更显，大唐皇家只摆豪奢谁还理会重用人才，针砭之意就不言而喻了。《杂诗》其一写老将征战一生，"死生辽海战，雨雪蓟门行"，出生入死，艰苦备尝，然而"诸将封侯尽，论功独不成"，对陟罚不公表示愤慨。《追凉历下古城西北隅，此地有清泉乔木》的"故人皆得路，谁肯念同袍"，对世态炎凉，亦有不满。

卢象山水之作也值得一提。《峡中作》的"云从三峡起，天向数峰开"（见图73），烘染出蜀山的雄奇。《竹里馆》的"柳林春半合，荻笋乱无丛"，刻画出草木生机蓬勃的景象。《追凉历下……》的"蝉鸣秋雨霁，云白晓山高"，雨后天高气爽豁人心胸。殷璠称道的"吴越山多秀，新安江更清"，疏朗清远，境界秀爽。《永城使风》发端"长风起秋色，细雨含落晖"，气势博大，景象万千，都是值得称道的。

图73　现代　乔玉川　蜀道所见

卢象以写亲情、乡情、友情见长，山水诗不多，然亦有佳句。他的《峡中作》"云从三峡起，天向数峰开"，即可窥见蜀山雄奇之一斑。乔玉川先生以人物画见长，而山水之作亦值得一观。此图从下往上分四段布局，山与建筑均成静态，近处右下角树亦复如此，然借助布局的不停变动，特别强调动态感，加强了画面的气势。其原因采取了九十度向右倒置的Ｖ形结构，加上上方两段山势向右倾斜，动态气势顿出，大有"天向数峰开"的视角感。而建筑直竖与右下角的树木，则又加强中心的稳定感。留白分上中下三处，亦左右参差，"云起"感亦强，此为计白当黑，无画处有画。

二　裴迪的骨重与丘为的清倩

孟浩然、綦毋潜、卢象、裴迪、丘为、崔兴宗都是王维的诗友，其中关系最密切者为裴迪。

裴迪，长安人。开元二十五年（737）与孟浩然同为荆州长史的幕佐，天宝中，隐居终南山，与王维、王缙、崔兴宗、卢象、储光羲交游酬唱。天宝后期任尚书省郎。安史乱起陷贼中，乱后任蜀州刺史，与杜甫相唱和。存诗29首，其中与王维同以辋川景点为题唱和的五绝就占了20首。他的山水诗与崔国辅的女性诗，为盛唐五绝小诗名家，春花秋月，各有特色。

裴迪是王维的诗友兼道友，诗风相近，亦笃好佛学。不多的诗中就有三首关于寺庙与禅师之作。其中游感化寺一首结末说"浮名竟何益，从此愿栖禅"，恐非一般泛语，但也不能太作真。他在《椒园》就说过："幸堪调鼎用，愿君垂采摘。"这如同在《与卢员外象过崔处士兴宗林亭》有"逍遥且喜从吾事，荣辱从来非我心"，但在《青雀歌》却说"动息自适性，不曾妄与燕雀群。幸忝鹓鸾早相识，何时提携致青云"，以荣辱为心，而且跂足以待。这诗可能作于天宝后期任尚书省郎时，如果比较诸人同咏，就更有趣。王维曰："青雀翅羽短，未能远食玉山禾。犹胜黄雀争上下，唧唧空仓复若何。"寄托"无可无不可"观念；王缙曰："林间青雀儿，来往翩翩绕一枝。莫言不解衔环报，但问君恩今若为？"属于等价交换的意识；卢象曰："啾啾青雀儿，飞来飞去仰天池。逍遥饮啄安涯分，何假扶摇九万为？"这是十足的隐士选择。崔兴宗曰："青扈绕青林，翩翩陋体一微禽。不应常在藩篱下，他日凌云谁见心！"此则为入世进取姿态，然与裴迪仰人系援的心理大有区别。在这小小的山水诗人交游圈内，他们的观念与思想并不那么相同，故呈现多元化的选择。小小的青雀，展现了天宝后期士人不同的精神面貌。这比登慈恩寺诗与早朝诗的同咏，更见出各如其人的个性，体现了咏物诗的特殊功能。

裴迪好佛与性好山水大有关系，他对山水的兴趣，也集中而单纯地体现于诗中，使他成为纯粹的山水诗人。由于思想取向的多元，并不一味淡泊，所以他选择的景物总是明晰、多方位的，而且用笔厚重，缺乏恬淡与空灵，景物分散而不集中，境界中心不够突出。《青龙寺昙壁上人院集》显示出厚重清晰的刻画景物的能力："自然成高致，向下看浮云。迤逦峰岫列，参差闾井分。林端远堞见，风末疏钟闻。吾师久禅寂，在世超人群。"青龙寺位于乐游原，为长安城内的最高地。"林端远堞"的二维空间的叠合，明显取法王维①。"自然成高致"与"在世超人群"，隐约透出隐士养望待时的观念。《游感化寺昙兴上人山院》的"入门穿竹径，留客听山泉。鸟啭深林里，心闲落照前"，景物就显得分散而不融合。《夏日过青龙寺谒操禅师》的"鸟飞争向夕，蝉噪已先秋"，骨重神动，劲爽有力。最具代表性的，还是《辋川集》20首五绝。其中《华子冈》说：

落日松风起，还家草露晞。云光侵履迹，山翠拂人衣。

日落风起，露滋云生，行走其间，就会有种异样的感觉。此诗亦受王维《阙题》其一的启发："荆豀白石出，天寒红叶稀。山路元无雨，空翠湿人衣。"王诗自然，裴诗不免费力。裴迪《木兰柴》可相匹敌：

苍苍落日时，鸟声乱溪水。缘豀路转深，幽兴何时已！

山沟小溪，鸟声乱鸣，引人沿水寻幽。山转水绕，愈走愈深，不觉落日染红山尖，兴致依然健旺。三句实写，一句虚写，伸向幽深处的小溪，使人神往。王诗同题诗描绘秋山余照，飞鸟相逐，斜阳把绿山染成亮眼的"彩翠"，红和绿那样的"分明"，山岚浮动，不知要飘到何处。整体的恬静，色彩的斑斓，光线与色彩丰富，融注了他的绘画才能，似乎折射出那个多元化的蓬勃多彩时代。然而看到的只是眼前，缺乏引人入胜的幽深。《宫槐陌》描写一条山道，同样通往清幽之境：

门前宫槐陌，是向欹湖道。秋来山雨多，落叶无人扫。

---

① 远景与中景叠合，是远望的一种错觉，往往具有特殊的美感，王维是表达这种陌生美的的高手。《奉和圣制御春明楼……》的"商山原上碧，浐水林端素"，两句均具错位感。《瓜园诗》的"林端出绮道，殿顶摇华幡"，《送崔太守》的"雾中远树刀折出，天际澄江巴字回"，《登辨觉寺》的"窗中三楚尽，林上九江平"，《汉江临泛》的"郡邑浮前浦，波澜动远空"，《奉和圣制与太子诸王……》的"苑树浮宫阙，天池照冕旒"，《游感化寺》的"郪邑云端迥，秦川雨外晴"，《晓行巴峡》的"水国舟中市，山桥树杪行"，《送杨少府贬郴州》的"青草瘴时过夏口，白头浪里出溢城"，《北垞》的"逶迤南川水，明灭青林端"，捕捉这种诧异的美，王维对此是十分敏感的。与之唱和的裴迪，耳濡目染，自会受此启发。

两边宫槐夹道，漫步在落满秋叶的松软山道，无人打扫，有些寂寞冷落，也显得清净无染，保持原始状态。岁时已秋，然幽静得几乎凝固。乱叶铺满的小路，斜通到前边湖旁，它引发一种兴会不远的欲望，又渲染出幽静清峭的气氛。王维诗则写窄径宫槐，绿台幽荫，一道童匆匆"迎扫"，看样子是"畏有山僧来"。两家"迎扫"与"无人扫"的区别，相映成趣。

裴迪五绝骨重神峭，笔端清劲，景物分布四句，余味减少，显得悠远不足。《临湖亭》："当轩弥溰漾，孤月正裴回。谷口猿声发，风传入户来"，视听觉从窗间先出后入，境界未免显得逼窄。《欹湖》："空阔湖水广，青荧天色同。舣舟一长啸，四面来清风。"如果把前后两句倒置，情景似可拓展些。《南垞》："孤舟信一泊，南垞湖水岸。落日下崦嵫，清波殊淼漫。"先叙后写，境界与情怀就有了伸展。《栾家濑》："濑声喧极浦，沿涉向南津。泛泛鸥凫渡，时时欲近人。"景中生趣，动态可掬，使人情怀撩拨。《辛夷坞》："绿堤春草合，王孙自留玩。况有辛夷花，色与芙蓉乱。"《茱萸沜》："飘香乱椒桂，布叶间檀栾。云日虽回照，森沉犹自寒。"（见图74）都能把众花交错、浓树重荫之状置于眉睫，仿佛置身花间林中。裴迪主要就题命意，故用力于刻画繁杂景物；王诗多于题外生想，故空灵而多有余味。两家清幽之境，都充斥生机，均无苦寂枯瘦景况，与贾岛、姚合凄寒冷峭迥异，这正是时代审美的思潮所致。即使幽静的小诗，也能显示盛唐旺盛的活力。

如果裴迪诗骨重神峭，代表北方山水诗人的审美追求，那么丘为清倩淡雅的诗风则显示出南方山水诗人艺术情趣。

丘为（702？—797？），嘉兴（今属浙江）人。与高适、李白、王维大略同时。早年累举进士不第，王维《送丘为落第归江东》有"怜君不得意"、"还家白发新"，在盛唐有范进式的不幸。归山读书数年，天宝二年（743）方进士及第。累官太子右庶子，以左散骑常侍致仕。卒年96，是唐代诗人最长寿者。然《全唐诗》存诗仅13首，其中3首尚属"一作他人所作"。敦煌卷子有诗5首[①]，从内容看，大多为早年所作。佚诗《幽渚云》

---

① 见王重民《补全唐诗》，《中华文史论丛》第三辑。又收入陈尚君《全唐诗补编》，中华书局1992年版，第26—27页。

图 74　当代　徐义生　椒花坠红

裴迪与王维相互唱和，合成《辋川集》，各 20 首绝句。裴诗骨重神峭，清劲幽峻。其《茱萸沜》的"飘香乱椒桂，布叶间檀栾。云日虽回照，森沉犹自寒"，就很能见其风格之一斑。此图红色的椒花显亮于山顶山坳的丛林杂树间。树林与山石的暗处出之以浓墨积墨，衬托红色椒花愈加鲜亮。画面布局丰满，然画面之三角都留有空白，略加烘染，更显凝重厚实，同时也很接近裴诗"森沉犹自寒"的境界。徐先生的山水画设色鲜艳，华滋丰润；构图饱满，且具山水云树之灵气。山斜树直，近景与中景山势朝向有别，都拧成一种"合力"。

为在京应试时所作：

　　　　漠漠云在渚，无心去何从。青连晚湖色，澹起秋烟容。渡水上下白，归山深浅重。来为巫峡女，去逐葛川龙。勿为长幽滞，当飞第一峰。

从颜色、动态与传说故事之关系描写，有境界，有情意，而且寄托了胸襟的高远。他的《寻西山隐者不遇》为选家所重，其中写景"草色新雨中，松声晚窗里"，议论则"虽无宾主意，颇得清净理"，着景不多，幽静清澈的气氛顿出，把访人不遇说得淡宕深微，洒脱而不败兴。起调"绝顶一茅茨，直上三千里"，结以"兴尽方下山，何必待之子"，起结老健，"上"、"下"自成格局。《登润州城》则见出刻画景物的能力：

　　　　天末江城晚，登临客望迷。春潮平岛屿，残雨隔虹霓。鸟与孤帆远，烟和独树低。乡山何处是？目断广陵西。

把残雨将过天气乍晴、迷茫中带有清晰的复杂景象，刻画得逼真，起结叙述与言情，布局井然，疏密相间。

《题农父庐舍》则把山水诗与田园诗结合一体："东风何时至，已绿湖上山。湖上春已早，田家日不闲。沟塍流水处，耒耜平芜间。薄暮饭牛罢，归来还闭关"，写得清老流利，"绿"字动用，简洁起色，生动有神，给后人不少启发。第三句的"湖上"叠上句，又"田家"句与上句构成流水对，且转入以下农事，偶对流动。沟塍流水，耒耜平芜，状出江南水田劳作景象，亦为简净。结尾传递出全诗的宁静气氛。《泛若耶溪》山水与田园的结合亦同上诗，展现江南水乡村居生活的全部景观：

> 结庐若耶里，左右若耶水。无日不钓鱼，有时向城市。溪中水流急，渡口水流宽。每得樵风便，往来殊不难。一川草长绿，四时那得辨。短褐衣妻儿，余粮及鸡犬。日暮鸟雀稀，稚子呼牛归。住处无邻里，柴门独掩扉。

按照农村生活的节奏，间杂反复，简朴流利地叙述日常的一切。诸如钓鱼、进城、划船、放牧，以及妻儿的短褐、喂养的鸡犬，还有四面环水的茅庐，满川的绿草，一一络绎叙来，"说得逶迤而不闲散"（钟惺语），而且富有水乡生活气息，为田园诗开一新面。

他的咏物诗重视寄托，除了《幽渚云》外，还有《竹下残雪》与《左掖梨花》，前者结尾说"已能依此地，终不傍瑶琴"，写得有身份。后者曰："冷艳全欺雪，余香乍入衣。春风且莫定，吹向玉阶飞。"此为和王维诗而作。王维时任给事中，可能是乾元元年（758）再任此职所作，则丘为当时亦在长安任京官。王维同题说："闲洒阶边草，轻随泊外风。黄莺弄不足，嗛入未央宫。"皇甫冉同咏题作《和王给事禁省梨花咏》，诗曰："巧解迎人笑，还能漏蝶飞。清风时入户，几片落朝衣。"三诗相较，丘为诗还是有身份，有寄托，飘荡出得意之情。

丘为诗的题材以南方为主，风格清老流利，朴雅淡素，涉及水的诗篇较多，带有清倩的南方风味。

三 情兴悲凉的崔曙

崔曙①早先孤贱，沦落定居宋州（今河南商丘市）。早年志趣疏旷，不应荐辟，择交于方外，在少室山隐居苦读。直至开元二十六年进士及第，授河内（今河南沁阳县）尉，次年（739）即卒。与薛据友善，存诗仅 16 首。还有王昌龄《诗格》引其佚诗两首凡六句。

崔曙一生寂寞而不幸，早年孤贫，无意仕途。晚年终于进士及第，然仕仅黄绶而不及一年即卒，实在是悲剧的一生。殷璠《河岳英灵集》卷下说："曙诗言词款要，情兴悲凉，送别登楼，俱堪泪下。"然其性疏爽旷达，贫寂的一生，对他似乎并未有多大的影响，所以他的诗在言志写景上旷朗清拔与悲凉慷慨往往交织在一起。《送薛据之宋州》在概述身世中透出一种悲凉："无媒嗟失路，有道亦乘流。客处不堪别，异乡应共愁。我生早孤贱，沦落居此州。风土至今忆，山河皆昔游。一从文章事，两京春复秋。君去问相识，几人今头白？"可见他的应试，非一举而成，是直到白头，方为及第，应有范进式的经历。《古意》亦可能是晚年之作："绿笋总成竹，红花亦成子。能当此时好，独自幽闺里。夜夜苦更长，愁来不如死。"似乎为言志之作，末两句凄苦崭绝，固可见处境之悲凉。

然而他的写景之作，往往旷爽清朗，总有一种孤洁高拔的境界。《早发交崖山还太室作》："东林气微白，寒鸟急高翔。吾亦自兹去，北山归草堂。仲冬正三五，日月遥相望。萧萧过颍上，晼晼辨少阳。川冰生积雪，野火出枯桑。独往路难尽，穷阴人易伤。伤此无衣客，如何蒙雪霜。"虽有无衣蒙雪之感伤悲凉，但发端以寒鸟出林高翔起兴，颇有陶渊明鸟喻兴象的孤高意味。《山下晚晴》："寥寥远天净，谿路何空濛。斜光照疏雨，秋气生白虹。云尽山色暝，萧条西北风。故林归宿处，一叶下梧桐。"在清爽明净的景物中，似乎有一种淡泊疏散的情调。这是晚归，写晓出则有

---

① 崔曙，《河岳英灵集》卷下作"署"，《国秀集》卷下、《唐诗纪事》卷二○、《全唐诗》、《全唐文》皆作"曙"。

《途中晓发》："晓霁长风里，劳歌赴远期。云轻归海疾，月满下山迟。旅望因高尽，乡心遇物悲。故林遥不见，况在落花时。"云轻月满的清朗，旅途的寂凉，同时也交织在一起。所有景物中处处见出旅人的远望，晨晓物象的特征，以及跋涉者困苦的心情。以上数诗，亦可想见其一生的奔波孤寂。

他和祖咏一样，都是以省试诗得名。《奉试明堂火珠》云：

> 正位开重屋，凌空出火珠。夜来双月满，曙后一星孤。天净光难灭，云生望欲无。遥知太平代，国宝在名都。

《封氏闻见记》卷四《明堂》云："开元中，改明堂为听政殿，颇毁彻，而宏规不改，顶上金火珠迥出空外，望之赫然。省司试举人，作《明堂火珠诗》，进士崔曙诗最清拔。"由于珠在殿顶，迥出空中，故曰"凌空"而出。又喻为夜多一月，天亮后仍一星高悬。无论天晴清净，还是覆被于云中，其光彩隐跃不减。此诗正大光明，从高与光两层着眼，故高朗俊拔。对偶精工，全用天象陪衬，所以又很得体，故被选为当年"状头"。且此诗不纯咏物，也寄托着一种境界。

无独有偶，同样和祖咏又一样的是，最出彩的诗是唯一一首七律《九日登望仙台呈刘明府容》：

> 汉文皇帝有高台，此日登临曙色开。三晋云山皆北向，二陵风雨自东来。关门令尹谁能识，河上仙翁去不回。且欲近寻彭泽宰，陶然共醉菊花杯。（见图75）

葛洪《神仙传》卷八记载：汉文帝好黄老之术，延请河上公讲授《老子》，事毕，河上公仙去。文帝乃于西山筑台望祭，称"望仙台"，台在陕州陕县西南。此诗起调悠缓疏朗，"曙色开"，气象旷爽，使"登台人久抱抑郁，情思忽得一畅"（金圣叹语）。次联写景分明，以方位为骨干，以春秋三晋、二陵事为缅想，河山形胜尽收眼底，气象宏阔。三联叙事，用典慷慨。以上句之宾衬下句之主，两层微微澹荡中透出历史杳渺的苍茫之感。末联就题中"明府"生发，且切"九日"赏菊，以明所呈之意：望刘明府

图 75　清代　任伯年　霜崖远眺

重九登高，崔曙诗的"云山"、"风雨"、"关山"、"河上"，切其时其地，彭泽醉杯，关乎秋菊。全诗肃爽疏朗，心境开阔。任氏此图，三段结构，下为枯树，枝杈短促，树干与山石空白处，显示出"霜崖"的节候特征。崖上一人勒马远眺，此为中段。上段雁阵横空，似乎传出阵阵的长鸣。若附近有朋友，他也一定会想到讨杯菊花酒喝。任伯年无论人物还是花鸟，善于大条幅构图，而且变化多方。这类同题材就有多幅，结构布局却是每画模样各异。此狭窄的条幅却容纳了广阔的空间，似乎把宽广的横向"挤压"成条幅，画面寒凛的深秋初冬气象，合其形成强烈的时空感，同时滋发了浓郁的抒情意味，可谓"画中有诗"。

相邀而共醉。全诗八句而七句即境即时即人用典，句句贴切，而通体匀称，风韵潇洒，兴象玲珑，且一气转合，就题有法，融成一片，浑然无迹。几无瑕疵，故被黄生《唐诗摘抄》推为唐人"七言律压卷"。此诗旷朗疏爽，亦较清拔，正是崔曙诗最为本色的特征。而这一特色，少了些新时代的宏阔气象，这和他交游不广、题材单纯、终生处于困境有关。他的省试诗有"曙后一星孤"，适逢次年去世，且仅留一女名星星，"始悟其谶也"，这也是缺乏祖咏《望蓟门》那样激动人心的原因。清人丁仪说："（崔曙）集中所载，殊非脱齐梁排偶之习，与王翰同工，远逊孟云卿古朴。"[1] 也有一定道理。这也是我们把他们放在一起合论的理路缘由。

崔曙存诗仅15首，失题两首各二句，但以较为显明的艺术个性而为盛唐小名家，显示出北方诗人"情兴悲凉"的特色。

---

① 丁仪：《诗学渊源》，1930 年铅印本。

第十七章　论高达夫体

在繁花似锦、烈火烹油般的盛唐诗中，高适诗同样具有高迈雄浑的时代特色。然而他的诗直抒胸臆，好发议论，且以议论为主；正缘于此，其诗最追求跌宕起伏的审美形式，表达激奋不平的观念与情绪，故风格雄健沉实，激荡豪迈；至于写景，却极为粗犷简略，不作精细描绘，只是轮廓式的把握，仅仅作为议论的陪衬或气氛的渲染。而且涉笔春景者极少，却对秋冬特别予以青睐。因此远望与俯视，加上黄昏时段的选择，形成北方诗人加边塞诗人高适的特殊视角。其诗高昂而沉重，雄迈而黯淡，好议论而富有变化，形成"高达夫体"的个性特征。这与兴象明丽、感情热烈的"盛唐之音"，不仅存在着共性与个性间的显明差异，而且与时下看重的岑参，差距显得更巨。深入"达夫体"，不仅对高适诗可以多维度把握，且对"盛唐之音"的特性，有多样化理解。

在大家耸峙、名家林立的盛唐诗中，高适呈露出与众不同的风格与个性。他对建安诗风豪迈雄健、质朴悲凉付出极大的努力，超出同时代的诗人。所形成独树一帜的诗风，以直抒胸臆的议论为主，以逸气贯注的雄浑悲凉为宗，始终不懈地追求跌宕起伏、波澜壮阔的飞动美。在尚情主景的盛唐诗风中，却呈现极为理性的控制，没有浪漫式的夸张，不刻意雕饰，写景无多却黯然萧索，以拒绝明丽的方式抒发深愤，甚或以粗服乱头的风貌去追求豪旷雄迈。豪雄与李白稍近，却沉重而不飘逸；他是杜甫以议论为诗的先行者，而与王、孟、李颀、岑参迥然有别，拔戟自成一队。在繁花似锦的盛唐，而特多胸臆，尚质主理，犹如饥鹰突出，奇矫无前地展示出"高达夫体"的独特的艺术个性。

一　以直抒胸臆的议论为主

严羽《沧浪诗话·诗体》"以人而论"，把盛唐诗人分为少陵体、太白体、高达夫体、孟浩然体、岑嘉州体、王右丞体。但在该书的《诗评》中，又似乎把已经分开的高适、岑参"一锅煮"："高、岑之诗悲壮，读之使人感慨。"或许是在强调其间的共性，然毕竟与高、岑的分体论前后抵触。

其实，高岑诗风泾渭分明。盛唐后期诗论家殷璠认为："（高）适性拓落，不拘小节，耻预常科，隐迹博徒，才名自远。然适诗多胸臆语，兼有气骨，故朝野通赏其文。至如《燕歌行》等篇，甚有奇句，且余所爱者，'未知肝胆向谁是，令人却忆平原君'，吟讽不厌矣。"又谓："（岑）参诗语奇体峻，意亦造奇。至如'长风吹白茅，野火烧枯桑'，可谓逸矣。又'山风吹空林，飒飒如有人'，宜称幽致也。"① 就把高、岑区分得至为显明。"胸臆"一词，最早见于杜佑《通典》。一般指一己的观念、见解。殷璠作动词用，当为议论义。"多胸臆语"，即多议论语。殷璠谓高适诗以议论为主，以今日看，当属主观性诗人。岑参则为客观性诗人，以描摹景色为多。从殷璠所举两家的诗句，亦可见出议论与写景的显明区别，高适"甚有奇句"，岑参语、意俱奇，在尚奇方面，两家有相同处。此虽就开元时的诗而言，然大体符合两家诗的整体风貌。

高、岑确有许多相近处：首先，代表作都是以边塞诗为主，表现了热烈的建功立业的热情，因而他们被粘接得极紧，成为边塞诗最主要的诗人。其次，都乐于借助民歌反复与顶真的手法追求流畅的节奏，包括结尾反复使用各自钟爱的"模式"，风格有近似的一面，更促成这种"粘接"的难以分割的特性。然而被人们认同和欣赏的殷璠的评价的正确性，在于非常鲜明的彰示两家的泾渭分明的个性。对于以语意俱奇、体亦峻奇来写景的岑诗，属于"形而下之"，似乎更容易认识与把握，故殷璠所论常被

---

① 殷璠：《河岳英灵集》卷上，分别见于李珍华、傅璇琮《河岳英灵集研究》，中华书局1992年版，第 181、187 页。

视为"经典评论"。然而高适的"多胸臆语",更多属为"形而上之",每多被人误解或忽略。所以岑诗边塞诗的奇异风光,常采用夸张性的技巧,技巧容易时获激赏;而高诗"多胸臆语",每遭淡漠,充其量视为"抒情诗人",这不仅属于似是而非的误解,而且他的"边塞风光",不雕饰,不夸张,甚或拒绝想象与精雕细刻的描写,只是囫囵吞枣般地感觉描述。他拒绝技巧,而且看到的只是一种粗具轮廓的景物或气氛。这和专力描写景物地域特性的岑诗,简直大异其趣。论者往往据此判断两家高下,抑高扬岑之说几乎已成定论。这对高适形成绝大误解,不仅在学理上障蔽了对高适诗的主体特征的发现,而且不适当地把两种不同风格放在同一标准的视角下判断,也阻碍了研究的深入发展。

高适在盛唐诗人中,始终保持着健旺的建功立业理想,故论诗取法建安。在《淇上酬薛三据兼寄郭少府微》中激赏"纵横建安作"(见图76),在《宋中别周梁李三子》看重的也是"感激建安时"。建安诗慷慨任气,高适亦尚气而奔逸。论诗论人,常用"逸气"、"逸思"、"逸词"、"逸足"、"逸翮",或者"雄词"、"雄笔"等语汇。在建安群英中,他敬重的是"逸气刘公干"[①],对于踵武建安的"左思风力",他同样具有蓬勃的兴趣以自喻:"京洛多知己,谁能忆左思!"[②] 建安的"风骨"与左思"风力",并不仅体现于粗疏的写景上,而在于理想的发抒,即慷慨的议论,左思一复如之。高适论诗强调体现自己个性,个性则见于深刻的内容和刚健有力的语言,《答侯少府》说"性灵出万象,风骨超常伦",只有真性情,才能具有超伦绝群之"风骨",至于"万象"的描摹则在其次,"唯取昭晰之能"而已。他的"逸气"、"雄词",主要体现于"永怀吐肝胆"[③]的直抒己见的议论上,或者见于"净然见胸臆"[④] 上,他要把"肝胆"和"胸臆"全亮出来。如此审美趋向,舍议论而能有其他吗?很显然这和尚景主奇的岑诗取径不正是大异其趣吗?

---

① 《奉酬睢阳路太守见赠之作》,见刘开扬《高适诗集编年笺注》,中华书局 1981 年版,第210 页。
② 《宋中别周梁李三子》,见刘开扬《高适诗集编年笺注》,中华书局 1981 年版,第 131 页。
③ 《真定即事奉赠韦使君二十八韵》,第 20 页。
④ 《酬庞十兵曹》,第 13 页。

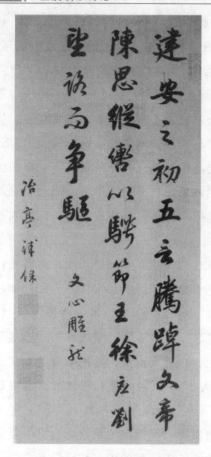

图 76 清代 铁保

《文心雕龙·明诗》语

铁保为清代乾嘉时期书家，他与成亲王永瑆于满族书家差可比肩。楷书宗法颜真卿，草书法二王，功力深厚，然缺乏自家面目。此书用笔沉实，结体丰腴，然提按缺少变化，骨力稍乏。建安文学的最大特征是："慷慨以任气，磊落以使才；造怀指事，不求纤密之巧；趋词逐貌，唯取明晰之能"，高适诗全从建安风骨一路走来，岑参诗多法六朝，高适直抒胸臆，慷慨悲凉；岑诗长于写景刻画，奇丽雄壮。"高实岑超"（刘熙载语），二家具有鲜明区别。但岑诗豪迈乐观，高诗悲壮慷慨，都与建安风骨密切相关，大概缘此，常把高、岑并提。他们都是边塞诗中的"大师"级的人物，高近于左思，岑诗近于鲍照，同时也受到前盛唐王翰、王之涣的感召。

高适诗尽量体现他尚气主理的"永怀吐肝胆"的主张，在他 250 多首诗中，无论边塞、怀古、行役，还是送别、投赠、酬和，都非常重视内容的充实饱满，真情实感的倾泻，尤其是对社会各方面各层次矛盾的揭示与担忧，以及壮志难酬报国无门的愤慨的发抒，其广度和深度，盛唐前期只有李白对上层社会的揭露，稍为接近；后期的杜甫可视为全方面知音，其余则难以比肩。高适诗超迈的风骨，从诗艺看，主要得力于"多胸臆语"的议论。时下和以往的文学史家，常把高适看成是一个抒情诗人，视"直抒胸臆"为感情的直接发抒，直以"胸臆"等于感情，这对"高达夫体"来说，是障蔽性莫大的误解。"胸臆"属于理念范畴，是见解、观念的同位语，带有强烈的主体性质，而"感情"只是一种普泛化的概念。"直抒胸臆"的过程，就是直接议论的体现。当然，唐诗的热烈和宋诗的冷静不同，议论常带有充溢的感情，高适尤为如此。读其最称杰作的《燕歌行》，最为感发我们的不是"拟金伐鼓"、"旌旆逶迤"的壮阔军容，亦非"少妇断肠"、"征人回首"的抒情描写，至于"大漠穷秋"、"边庭苍茫"的边塞风光，只是粗略的感觉而已。然而，"战士军前半死生，美人帐下犹歌舞"的叙述性的议论，或者是"相看白刃血纷纷，死节从来岂顾勋"的以叙带议，会有难忘的感受。尤其是结末："君不见沙场征战苦，至今犹忆李将军"，是那样的震撼，那样的激发，那样的引人深思。殷璠谓此诗"甚有奇句"，则非此莫属。而他的叙述、描写、抒情，都是为他那种带呼号性的沉至悲愤服务的，这首诗其所以高亢悲壮，亦和这些沉痛的议论分不开。

高适诗"多抒胸臆"最擅长的方式，是夹叙夹议，如《燕歌行》那样，偶散交错，以散驭偶。用对偶描绘或叙述，散句议论，疏宕起伏，加上以常用的大幅度对比来安排结构，使诗充斥骨力，情感激荡。这主要体现在七言、杂言歌行与五古中。歌行体如作年最早的《行路难》二首、《古歌行》，以及《别韦参军》、《古大梁行》、《邯郸少年行》、《赋得还山吟赠沈四山人》、《留别郑三韦九兼洛下诸公》、《送浑将军出塞》、《崔司录宅燕大理李卿》、《人日寄杜二拾遗》、《送田少府贬苍梧》、《送蔡山人》等，均夹叙夹议。其中《封丘县》最为有名，单数联为散句，偶数联为偶对，张弛相间，疏密交错；看似夹叙夹议，实则除了"归来向家问妻子，举家尽笑今如此"，余皆为议论。如脍炙人口的名句："拜迎官长心欲碎，鞭挞黎庶令人悲"，似乎在叙述，实是直发小邑难为的胸臆，这和《同颜少府旅宦秋中》"不是鬼神无正直，从来州县有瑕疵"的议论，批判的精神如出一辙。加上虚词"乍可"、"宁堪"、"乃知"、"转忆"等虚词的斡旋，就更疏荡流转，愈见"高达夫体"浑灏厚朴之特色。盛唐诗人留别送别诗每多借景言情，如李白就很典型。高适诗则擅长以议论来发抒自己复杂心理与见解。如《别韦参军》首段几句，回顾西游长安时"屈指取公卿"的自信，以及揭露豪贵专权："白璧皆言赐近臣，布衣不得干明主"，遭受冷遇而受挫。中段四句言及归家后的困苦无助。以下转入留别：

世人向我同众人，唯君与我最相亲。且喜百年有交态，未尝一日辞家贫；弹棋击筑白日晚，纵酒高歌杨柳春。欢娱未尽分散去，使我惆怅惊心神。丈夫不作儿女别，临歧涕泪沾衣巾。

对于友人的情谊与留恋，这里没有用描绘的景句言情，几乎全以议论表达自己深挚的谢意和浓郁的惜别之情。"弹棋"两句以美词腴句稍作渲染，其余皆出之质朴。前人言："高岑豪壮感慨，人所共知。其清疏瘦劲处，罕有知者，如此种是也。"① 高适七言歌行确有沉雄与质朴两种风格，而谓此诗"清疏瘦劲"亦无不可，然则其所以如此者，全在于以质朴的议论为主，至于沉雄者，亦莫不如此，这正是高适独具个性的本色所在。

好以浓烈的感情发为议论的高适，除了夹叙夹议，还有通首议论，不着一点色相。如《赠任华》："丈夫结交须结贫，贫者结交交始亲。世人不解结交者，唯重黄金不重人。黄金虽多有尽时，结交一成无竭期。君不见管仲与鲍叔，至今留名名不移。"同样的质朴，同样都是议论，不同的是用了反复与顶真，关键词"结交"与"黄金"以及相反的"贫"，分别出现四次与两次，使全诗一气流转，读之使人感慨悲凉。孙钦善先生以此诗约作于天宝初期出仕之前②。刘开扬先生说："杜甫有《贫交行》，梁权道编在天宝十一载，诗云：'翻手为云覆手雨，纷纷轻薄何须数？君不见管鲍贫时交，此道今人弃如土！'高适此诗正与杜诗意同，结句以君不见及管鲍为言，或为同时所作。此诗纯出议论而不觉其泛，较之张谓《题长安主人壁》为愈。其后李白有《箜篌谣》，与高、杜之诗主题相同而更为生动。孟郊《结交》、《择友》、《审友》等诗亦受诸人影响。"③ 这种纯出议论的诗，从初唐至此，可算是一新品种，而出之好议论的高适，亦为必然。高适生年颇有歧义，一般采用孙钦善先生考定的武后长安元年（701），天宝八载（749）举有道科中第，授封丘尉。按此，高诗当作于杜甫《贫交行》之前。如此，李白、杜甫以及孟郊应均受高诗沾溉，亦见于高诗的议论的新鲜与引人注目。

除了歌行，高适亦用七律与七绝来议论。近体诗在杜甫以前多不议

① 邢昉：《唐风定》，贵阳邢氏思适斋影明刻本 1934 年。
② 孙钦善：《高适集校注》，上海古籍出版社 1984 年版，第 160 页。
③ 刘开扬：《高适诗集编年笺注》，中华书局 1981 年版，第 242 页。

论,而以写景为常规,高适亦欲于此有所开辟。七律《同颜六少府旅宦秋中之作》:

> 传君昨夜怅然悲,独坐新斋木落时。逸气旧来凌燕雀,高才何得混妍媸。迹留黄绶人多叹,心在青云世莫知。不是鬼神无正直,从来州县有瑕疵。(见图77)

图77　现代　高剑父　雄鹰红叶

高适诗说:"逸气旧来凌燕雀"、"心在青云世莫知",分明是以鹏程万里的雄鹰自比。影响到他的诗友杜甫,也对雄鹰有特殊的爱好,就像喜欢高适诗的议论一样。达夫体尚气,特别追求"逸气",他的"逸"不是飘逸,而是道逸、雄逸、劲逸,时时会爆发出不歇气的冲击力。故其诗读来,首首让人热血沸腾,与王维那种不激不厉,已相距甚远。他不在技巧上追琢,视角上似乎给人一种少却的诱惑。他是鹰派铁性人物,高剑父这幅未展翅的雄鹰,两翅高耸,脖颈俯伸,下视无碍。构图以斜线把画面分成两三角形,从而焕发出一种由倾斜引发出的动态,增加了画面的"力度",透出一种即将爆发的冲击力。确实画出了"凌燕雀"的"高才",也具有同样的英雄精神。

除首联叙写点明题目,以下三联全发为议论。本来额联写景最为习见,也容易出色,于此亦派作议论的用场,这对于视友人高才而不见用,更多了一层的感慨。以下两联亦用跌宕手法,盘旋转折出几番不平。如此律诗,虽然少却原本习以为常的装饰,不写景,不涉任何色相,纯以友人怀才不遇,全然发为议论,然独能别开生面。此诗作于客居梁宋的前期,为杜甫、韩愈以议论为律诗开了发端。至于七绝《玉真公主歌》二首，亦全为议论。此两首不见于高集各本，或许未留意"高达夫体"的主要特征就在于议论。其一云："常言龙德本天仙，谁谓仙人每学仙。更道玄元指李日，多于王母种桃年。"句句含讽，亦可见出高适议论的批判锋芒所指之广。

歌行、七律、七绝在高适集中所占比重不大，然成名代表作多出于其中。这三体原本最长于设色描写，而其名作却多以夹叙夹议为主。正是这些议论，最足以表现"高达夫体"慷慨悲壮的本色。其中的名句，亦多为议论。如"未知肝胆向谁是，令人却忆平原君"①，读之"吟讽不厌"（殷璠语），使人感慨。《行路难》其二的"一朝金多结豪贵，万事胜人健如虎"，《古大梁行》的"白璧黄金万户侯，宝刀骏马填山丘"，《送浑将军出塞》的"李广从来先将士，卫青未肯学孙吴"、"意气能甘万里去，辛勤动作一年行"，《送田少府贬苍梧》的"丈夫穷达未可知，看君不合长数奇"，《送蔡山人》的"丈夫遭遇不可知，买臣主父皆如斯"，莫不慷慨任气，磊落豁达，直抒胸臆。"高达夫体"其所以与"岑嘉州体"有所不同，正在于肝胆照人、胸怀尽见的议论。而议论的精神焕发，英气四射，在盛唐诗人中，除了后之杜甫，似乎当时只有李白差可比肩。

二 议论的动荡与顿宕

高适诗不仅以议论见长，而且他的议论奔荡飞动的气势，往往以顿宕开合之法组织其间，宜于表现复杂的心理，呈现波澜起伏的格局，风骨充沛，富有情感和思想的张力。这不仅在最为擅长的七言歌行中最见突出，而且在数量最多的五古中亦不逊色。高适与李白的人格与诗风都有接近之处，不好近体，古风为多，只是李好乐府，高乐五古罢了。

高适的律绝共90多首，仅占其诗的1/3稍多；其余160首均为五、七言古诗，七古和歌行只有25首，其余135首全为五古，超过全诗一半还

① 岑参五律《客舍悲秋有怀两省旧游呈幕中诸公》尾联："不知心事向谁论，江上蝉鸣空满耳。"首句从高适诗脱出，后句写景固然是律诗的一种章法需要，然高岑主理与主景之别，亦判然分出。

多。其中的七言歌行和七律每被人看重，因其名作多聚于此，而五古每被人忽视。欲进一步探究"高达夫体"的议论特征，舍此则难以深入下去。

高适《酬裴员外以诗代书》开首即言："少时方浩荡，遇物犹尘埃。脱略身外事，交游天下才。"胸襟如此，眼光本高，议论自多。《旧唐书》本传说他"喜言王霸大略，务功名，尚节义。时逢多难，以安危为己任"。《新唐书》本传又言其诗"以气质自高"，所以高适的好议论就在所难免。他其所以带有复古倾向地选择五古这一古老体裁，意即在于斯。

高适边塞诗七言没有几首，表现最得心应手的还是他所钟爱的五古。五古长短自由，伸缩随心，可以不对偶，不修饰，不夸张，语言一般质朴，故最宜于议论，直抒胸臆。初唐魏徵的《述怀》已开其端，陈子昂则大展其体。高适看重的刘桢、左思①，则借送别、咏物、咏史等题材大加议论。"纵横建安作"亦以五古为主，高适则发展了这一体式，把议论和边塞结合起来，展现自己独特风貌，形成"高达夫体"的重要一面。其边塞诗《塞上》、《蓟门五首》、《自蓟北归》、《睢阳酬别畅大判官》、《登百丈峰二首》、《自武威赴临洮谒大夫不及因书即事寄河西陇右幕下诸公》、《同吕判官从哥舒大夫破洪济城回登积石军多福七级浮图》、《同吕员外酬田著作幕门军西宿盘山秋夜作》等，贯穿在东北与西北的三次出塞中。作于早年北游燕赵时的《塞上》，集中表达了他对边事的看法：

> 东出卢龙塞，浩然客思孤。亭堠列万里，汉兵犹备胡。边尘涨北溟，虏骑正南驱。转斗岂长策，和亲非远图。惟昔李将军，按节出皇都。总戎扫大漠，一战擒单于。常怀感激心，愿效纵横谟。倚剑欲谁语，关河空郁纡！

对于边塞风光，只有粗略的"边尘"两句。作者的兴趣明显不在于自然景物有何异样，而是急不可待地关切"边尘"如何结束。如同他的歌行，采用夹叙夹议，一气翻转直下。中间"转斗"两句与末四句为议论，而"惟昔李将

---

① 如《奉酬睢阳路太守见赠之作》的"逸气刘公幹，玄言向子期"，虽称美对方，也表示了共同的审美趋向；而《宋中别周梁李三子》的"京洛多知己，谁能忆左思"，就直接以尚气而好发议论的左思来自喻。

军"四句，借李牧以言主张养兵待战，战则一捷，实则寓议论于叙述之中。全诗 16 句，只有开端四句叙述。篇首的"浩然客思孤"与结末四句贯穿一气，大有长气浩叹之感。"感激"和"纵横"、"浩然"，是高诗乐用的跳荡性极强的关键词。全诗充斥"欲语"无门的苦闷，如同陈子昂《感遇》与《登幽州台歌》一样的"伟大孤独"。第三、四句与末尾两句，用意顿宕。通观全诗，苦闷与孤独在跳荡奔涌，翻腾着顿宕飞动的沉郁悲愤的情调。

作于同时的《蓟门五首》，更尽力贯注这种愤懑，涉及边塞多种问题。诸如将不识兵，卒不饱食，而战则奋不顾身，重用胡人，却难以胜敌，漫无归日。其二云："汉家能用武，开拓穷异域。戍卒厌糟糠，降胡饱衣食。关亭试一望，吾欲涕沾臆。"前四句与后二句倒置，这是幅度极大的顿宕结构，意在强调弥天漫地的怅恨，轻启边衅，胡汉衣食不均，势必潜藏重用胡人的隐患。其四似乎概括了一次惨战：

> 黯黯长城外，日没更烟尘。胡骑虽凭陵，汉兵不顾身。古树满空塞，黄云愁杀人。

观其首尾，这又是一次"关亭试一望"，诗中充满悲飒气氛与"吾欲涕沾臆"的苦衷。全诗以前后的描写包裹至为简括的叙述，虽然没有详叙惨败场面，而作者似乎把所有的议论沉入于"愁杀人"的"黄云"中，弥天漫地，无法收拾。可以说这是把所有议论寄托在视野中。笼括性的景物，无处不是关塞一望萧然之感，无处不动荡着一种起伏不定难以抑制的情怀。对于这组诗，域外学者有云："比起其他任何诗人，陈子昂更明显地为高适早期诗作的模式：两人都是京城诗的局外人，都转向古风和'胸臆语'。李白盯上了陈子昂的《感遇》，高适却为陈子昂的边塞诗所吸引。……高适题为《蓟门》的五首诗，与陈子昂的著名组诗《蓟秋怀古》具有相同的形式和风格。两组诗都采用了六行体：古风不仅积极地界定自己，试图重现古代的风格，而且还对抗格律形式。六行诗是短篇古风的理想形式，因为它避开了两种最常见的格律诗体，八行律诗和四行绝句。"① 发现带有敏锐的文学史意

---

① 宇文所安：《盛唐诗》，生活·读书·新知三联书店 2004 年版，第 175—176 页。

识。高适"六行诗"还有《宋中十首》、《东平路作三首》、《鲁西至东平》、《苦雪四首》，凡23首，几占其诗的1/10，确实反复采用了这种"独立的形式"。然若说以此"对抗格律形式"，恐不尽然。岑参边塞诗擅长于奔放而热烈的歌行，而高适更多使用五言律诗、排律、绝句，数量远远超过了他自己的歌行。古风和"格律形式"的近体，在高适手中似乎有一种"亲和力"和渗透性。清人毛先舒就说过："达夫五言律多似短古，亦是风调别处。"① 其所以有"风调别处"，亦盖源于议论多的缘故。

高适近体边塞诗形式多样，先言五律。《部落曲》写于第三次出塞的哥舒翰幕府："蕃军傍塞游，代马喷风秋。老将垂金甲，阏支著锦裘。雕戈蒙豹尾，红旆插狼头。日暮天山下，鸣笳汉使愁。"此诗一反"达夫体"以议论为主的风格②，全幅描摹，不着议论。故前人讥为"此殊钝置，非常侍之佳作"③。又有谓曰："自然有体气，开元诗人大略如此。"④ 由此可见"达夫体"的主调与"开元体气"应是有区别的。他的《送白少府送兵之陇右》、《河西送十七》均夹叙夹议。《独孤判官部送岳》、《别冯判官》、《送蹇秀才赴临洮》、《送董判官》，或首尾或前半或后半发为议论，鼓励行者或留者，以壮行色。其中《送李侍御赴安西》颇有声价：

行子对飞蓬，金鞭指铁骢。功名万里外，心事一杯中。虏障燕支北，秦城太白东。离魂莫惆怅，看取宝刀雄。（见图78）

除首联叙写外，这里只有边塞地理位置的悬拟和雄迈乐观的鼓励，写景几乎被置之度外。胡应麟说："颔联与李白名句'人分千里外，兴在一杯中'甚相类。然高虽浑厚易到，李则超逸入神。"⑤ 胡震亨则言："似皆从庾抱之'悲生万里外，恨在一杯中'来，而达夫较厚，太白较逸，并未易轩

---

① 毛先舒：《诗辩坻》卷三，见《清诗话续篇》第一册，上海古籍出版社1983年版，第53页。

② 盖因此诗有异于高适诗一贯作法，故《全唐诗》又作马逢诗。

③ 纪昀：《瀛奎律髓刊误》卷三十，均见李庆甲《瀛奎律髓汇评》下册，上海古籍出版社2005年版，第1321页。

④ 同上。

⑤ 胡应麟：《诗薮》内编卷四，上海古籍出版社1979年版，第68页。

图 78　清代　王铎

高适《送李侍御赴安西》

胡应麟《诗薮》说："五言律，高如'行子对飞蓬'、'逢君说行迈'、'绝域纱难路'、……皆一气浑成，既未可以句择，亦未可以字求也。"胡震亨《唐诗癸签》："太白'人分千里外，兴在一杯中'，达夫'功名万里外，心事一杯中'，似皆从庾抱之'悲生万里外，恨起一杯中'来。而达夫较厚，太白较逸，并未易轩轾。"此诗不着景观，只是叙述与议论，精悍奇迈，风骨凛然，正是高诗本色。王铎行书苍劲，书此诗正得其宜。整体上行齐而字不齐，次行"心事一"均处于首行两字之间；起行"功名万里"均左斜，且右之行距稍宽，但以下七字端直，其余三行垂直，似把次行的弯斜"夹直"。其中位于行中的"金"、"外"、"北秦"皆为濡墨后的重笔，突出了中心。第三行末字"魂"因空间不多而特小。首行"指"缺一短横，似乎移到次行"外"字之下。

轻。"① 所谓浑厚与超逸之别，高适与李白所由分。高适是就彼此合言，彼则功名志在万里，然而己则期待友人成功之意尽在于眼前一杯之中。一议论一言情，语意转折而情意"浑厚"；李白就空间之遥与离别在即对比，专以别情而言，故显"超逸"。高适此诗"语语陡健，却又浅深"（明人周明辅语），每联句与句之间语意顿宕起伏，不停跳荡转动，而又语浅情深，一气浑成。

以五言排律来作边塞诗，在高适诗中数量亦为可观。如《赠别王十七管记》、《同李员外贺哥舒大夫破九曲之作》、《酬河南节度使贺兰大夫见赠

---

① 胡震亨：《唐音癸签》卷十一，上海古籍出版社 1981 年版，第 107 页。

之作》等。非边塞诗者有《古乐府飞龙曲留上陈左相》、《留上李右相》、《东平旅游奉赠薛太守二十四韵》、《真定即事奉赠韦使君二十八韵》、《奉酬睢阳路太守见赠之作》等。以上无论涉及边塞诗与否，都用作投赠酬答，均有社交工具的性质，故庄重精雅，用典过多。但其中也不乏力作。如早年所作《信安王幕府》，不仅典雅精工，且不乏疏荡之气。胡应麟说："盛唐排律，杜外，右丞为冠，太白次之。常侍篇什空澹，不及王、李之秀丽豪爽。而《信安王幕府》二十韵典重整齐，精工赡逸，特为高作，王、李所无也。"① 另外，《奉酬睢阳李太守》亦为高适五言长律之力作。末了说到自己，从整饬一变而为顿宕：

> 穷巷轩车静，闲斋耳目愁。未能方管乐，翻欲慕巢由。讲德良难敌，观风岂易俦？寸心仍有适，江海一扁舟。（见图79）

说自己隐居吧，却"耳目愁"得寂寥；出仕吧，然无治天下之才能。回过头看还是觉得隐居为好。注家谓此"十二句则自述本志，在于江海，未敢有所冀于李少康也。此乃谦辞"②，把一怀心意说得微妙摇曳，泛泛"谦辞"也表现涟漪起伏顿宕有致。

在其他题材诗中，顿挫开合运用得更为多种多样。《宋中十首》其九说："常爱宓子贱，鸣琴能自亲。邑中静无事，岂不由其身？何意千年后，寂寥无此人。"宓子贱为政宽简，颇得高适看重，屡见于歌咏③。高适50岁以前长期坎坷于社会下层，又有极强的用世之志，后来为政亦宽简为怀。此诗末二句以今之缺少宓子贱其人，与上四句古今对照，掀起一大波澜，而"邑中"二句扬而又扬，实为全诗波澜中的又一抑扬顿挫。细看后二句，千年后该应有此人，而今却无，这不是又一次顿挫？一首小小的"六行诗"，如此顿宕，不仅显示对世事抱有热烈的关怀，且有不尽之慨

---

① 《诗薮》内编卷四，上海古籍出版社1979年版，第77页。
② 刘开扬：《高适诗集编年笺注》，中华书局1981年版，第116页。
③ 高适有组诗《登子贱琴堂赋诗三首》，其一即云："宓子昔为政，鸣琴登此堂。琴和人亦闲，千载称其才。"《观李少府翥树宓子贱神祠碑》："吾友吏兹邑，亦尝怀必公，安知梦寐间，忽与精灵通。"又《酬裴员外以诗代书》的"所思在畿甸，曾是鲁宓侪"，在诗中常常想起这位不给百姓制造麻烦的地方小官。

图 79　当代　钱松嵒　古石头城

　　高适《奉酬睢阳李太守》是长达六十四句的五言排律，谓友人辖地，"郡邑连京口，山川望石头"。钱老此图描写金陵石头城，颇有气势，可补高诗仅作叙述，而缺少描写之不足。胡应麟《诗薮》说："盛唐排律，杜外，右丞为冠。太白次之。常侍篇什空澹，不及李王之秀丽豪爽。"所言甚是。

　　然，正显示"达夫体"以议论为主而又多波澜的特色。刘熙载说："高常侍、岑嘉州两家诗，皆可亚匹杜陵，至岑超高实，则趣尚各有近焉。"[1] 如说高适接近杜甫，那么，关怀现实，诗多顿挫，此两点最为切合。注目现实必然"实"，"高实"在于直面世事，故多感慨，多议论，多波澜，涌起于现实的长河中。"岑超"者在于写景的夸张与想象之浪漫。二者的"趣尚"还是有泾渭之别的。

　　对于抑扬顿挫，刘熙载说："抑扬之法有四，曰：欲抑先扬，欲扬先抑，欲抑先抑，欲扬先扬。沉郁顿挫，必于是得之。"[2] 前两点属于对比，后两点为升进与跌进，总其四法，都处于变化动态中。高适的酬赠送

① 刘熙载：《艺概·诗概》，上海古籍出版社 1978 年版，第 61 页。
② 刘熙载：《艺概·经义概》，上海古籍出版社 1978 年版，第 181 页。

别诗130多首，超过其集一半以上。他的性格又喜欢"永怀吐肝胆"，所以这些应酬诗每每可见他的襟怀与胸臆，抑扬顿挫的表现形式每见其中，而且多出之于发端。《酬司空璩》起首即言："飘摇未得意，感激与谁论！昨日遇夫子，仍欣吾道存。"一半牢骚，一半客套，写得阴惨阳舒，欲扬先抑，顿挫得体，也有真情实感。《酬李少府》发端出之于两层感慨："出塞魂屡惊，怀贤意难说。谁知吾道间，乃在客中别！"此为欲抑先抑，连续跌出许多悲凉，以下再言对友人的思念与寄希望于对方。《淇上酬薛三据兼寄郭少府微》："自从别京华，我心乃萧索；十年守章句，万事空寥落。"同样为连续跌进，发抒十年漫长的寂寞。《别韦五》张口即道："徒然酌杯酒，不觉散人愁。相识仍远别，欲归翻旅游。"以酒解愁却"不觉"，故曰"徒然"，此一顿挫；初交"相识"本应共游同欢，然仍远别，又一顿挫；原本"欲归"而事不由己，反而又要"旅游"，复一顿挫。句与句之间，单句内部，几乎处处涌动着感情的波浪。《寄孟五少府》："秋风落穷巷，离忧兼暮蝉。后时已如此，高兴亦徒然。"前两句用加倍写法，后两句再跌进；就是"高兴"也是白搭——一心想把苦闷全告诉友人。两处顿挫，荡漾出满怀不快。《宋中别李八》："岁晏谁不归，君归意可说。将趋倚门望，还念同人别。"两句间各有一次抑扬，加上"归"字反复，"将"、"还"呼应，作为送别，颇能慰解人意。《哭单父梁九少府》以哭开篇："开箧泪沾臆，见君前日书。夜台今寂寞，犹是子云居。"生前与死后两层连跌，抑而又抑，悲痛似乎浸含在不可遏止的抽泣中。据《集异记》载旗亭画壁事，乃截此四句为绝句短章，而有"言短意长，凄凉万状"的悲凉。《宋中别周梁李三子》以抑郁发端："曾是不得意，适来兼别离。如何一樽酒，翻作满堂悲？"前两句先是欲抑先抑，后则转折顿束，"一意而反言之"（刘开扬语），亦是两层跌宕，富于变化。《涟上别王秀才》发端由己及人："飘摇经远道，客思满穷秋。浩荡对长涟，君行殊未休。"客中送别，彼此相形，生出一层欲抑先抑的顿挫，关怀之意尽在其中。《饯宋八充彭中丞判官之岭外》开端迸发："睹君济时略，使我气填膺。长策竟不用，高才徒见称！"感慨难以遏止，全由陡起猛伏构成。管世铭说："岑嘉州独尚警拔，比于孤鹤出群。陶员外、高常侍沉着高寒，亦不与诸君一律。"① 陶翰诗"既多兴象，复备风骨"（殷璠语），而高适诗"多胸臆语，兼有风骨"，故两家有接近处。然其间亦存在不同，高少兴象，即景语不多；而"沉着高骞"、"复备风骨"，当谓议论多，而且沉雄高迈，并带有不少悲凉。盛唐诗高华流丽，或明丽雄浑，以议论而"多胸臆语"的高诗实与盛唐大别，不与同时诸家同为一律。杜甫《奉简高三十五使君》正看出"达夫体"与盛唐风调的不同："当代论才子，如公复几人。骅骝开道路，鹰隼出风尘。"认为与时辈不同，开辟出一种新风格，走出了一条新道路。高诗沉雄悲凉，顿宕起伏，亦与杜甫沉郁顿挫为同调，故杜甫深有所感，并非泛泛的一般谀词。

杜甫还称赞高适诗："意惬关飞动，篇终接混茫。"② 高适除了对顿宕起伏的飞动美特别钟爱以外，还有一个特别喜爱的"模式"——精心打锻结尾。在他大量的投赠送别之作中，无论在任何环境与心态中，大都发为昂扬自信或高朗雄迈的豪壮之言，情调从不衰飒，很少低调与悲观。以振拔之调高唱，龙腾虎跃，回振全篇，读来同样使人感慨。如《别韦参军》：

> 欢娱未尽分散去，使我惆怅惊心神。丈夫不作儿女别，临歧涕泪沾衣巾。

此诗先言西游长安碰壁，干谒无成，次言回归梁宋，困穷寂寞，在世态炎凉中感到"唯君于我最相亲"，情谊交好，而且"未尝一日辞家贫"，比如："弹棋击筑白日晚，纵酒高歌杨柳春"，全诗质朴，忽来此骋妍敷腴的美句，友情的热烈推向沸点。结尾忽然跌入"惆怅惊心"的告别，至此似可以结束，然而遽然陡转，涌上"不作儿女别"的"大丈夫"的豁达高迈的潮头，把男儿有泪不轻弹的壮语，在临别时发挥得酣畅尽致③。曹植《赠白马王彪》说对于离别，丈夫当以四海为邻，忧思则"无乃儿女仁"。

---

① 管世铭：《读雪山房唐诗序例·五古凡例》，《清诗话续编》第三册，上海古籍出版社1983年版，第1545页。

② 《寄彭州高三十五使君适虢州岑二十七长史参三十韵》，见《杜诗详注》卷八。

③ 敦煌：《唐诗选》残卷，此诗题作《送韦参军》，《文苑类华》作《赠别韦参军》。

《世说新语·方正》记周谟外任将别，"涕泗不止"，其兄周嵩恚曰："斯人乃妇女，与人别唯啼泣。"王勃的"无为在歧路，儿女共沾巾"，把兄弟别转入送别友人，情感的自控，显示出初唐时代和年轻诗人的蓬勃朝气。把曹植四句压缩成两句，以律诗转化古诗，采取"子母句"的散文句式："在歧路无为儿女共沾巾"，语意未免平衍。高适却把王勃的五言拉长付之于歌行体，处理不好，则舒缓乏力，壮采俱失。然只楔进曹植用过的"丈夫"一词，扩充单音词而成"涕泪"、"衣巾"复音词，自成七言，且摇荡顿挫，张弛间弹出一种张力，把王勃的告诫变为己与友的共同抒发，而这两句的顿挫，又与前两句形成一层大波澜，而振拔全诗。从中可见盛唐诗比初唐更为成熟与浑厚。《酬庞十兵曹》属于酬答，故结尾言："世情恶疵贱，之子怜孤直。酬赠感并深，离忧岂终极？"前两句意同上诗"世人向我同众人，唯君与我最相亲"，同样对比，一样波澜，然语意狠重，故"感深""岂终极"，就有了感情的分量，而非一般的客套。此类单发友情的结尾，在高诗同类之作中不占主体，主体则是相互鼓励豪言壮语。《酬李少府》的"君若登青云，吾当投魏阙"，可谓豪士快语，壮怀披豁。即使失意时，亦不作沮丧悲飒语。如《赠别王十七管记》："浩歌方振荡，逸翮思凌励。倏若异鹏抟，吾当学蝉蜕。"此诗为北游燕赵不遇而作。说自己本想展翅凌空，不料事与愿违，便当翩然远去。由豪迈转入飘逸，隐约透出北行失意，然无丝毫沮丧语。四句前后形成转折顿宕。其他经过顿宕盘折出豁达豪迈者，诸如：

长歌增郁快，对酒不能醉。穷达自有时，夫子莫下泪！（《效古赠崔二》）

莫怨他乡暂离别，知君到处有逢迎。（《夜别韦司士》）

莫愁前路无知己，天下谁人不识君！（《别董大》其二）

寄意燕雀莫相忌，自有云霄万里高。（《见人臂苍鹰》）（见图80）

良时正可用，行矣莫徒然。（《送韩九》）

有才无不适，行矣莫徒劳。（《送柴司户充刘卿判官之岭外》）

离魂莫惆怅，看取宝刀雄。（《送李侍御赴安西》）

少年无不可，行矣莫凄凄。（《送裴别将之安西》）

图 80　现代　徐悲鸿　雄鹰

高适诗多次写过雄鹰，或示志，或喻人。他还有一篇《苍鹰赋》和《鹖赋》，对于志在高远的猛禽有着特别的钟爱。前者有云："凌紫气而蔽日，下平皋而覆草。……夫其庶类之呈能，未若兹禽之为鸷"；此诗所说的"寄言燕雀莫相忌，自有云霄万里高"，都可见出高适"云霄万里"之精神。徐悲鸿此图亦给我们视角与精神的英雄精神与气象，可与高诗的豪气相媲美。画面构图分作上下两截，下部秋草高长，上端雄鹰两翅分别伸向两角，扭头直视远方，两腿直伸，两爪张开。背景留空，更为突出鹰的雄姿。徐悲鸿喜作奔马、猛禽，都有一股英气透出纸面，读来使人神旺。

以上八例都带有否定副词"莫"，用于句首或句中，见于前句或后句，无论何种形式，前后两句都形成起伏的顿挫形态，跌宕激发出一种冲刺性张力，高昂奋发，激扬蹈厉，都挟带龙腾虎跃高蹈阔步的昂扬向上精神。其精气神无不饱含浸透着"达夫体"的"丈夫"色彩与伟壮精神。还有与"莫"义相近的"岂不"、"不"、"无"、"那"、"谁"，亦用于结尾，焕发同样的气度与神采。如《同房侍御山园新亭与邢判官同游》的"谁为久州县，苍生怀德音"，房琯久历县令，他说谁能安于沉沦风尘小吏，然而百姓都怀念您的惠政。安慰语得体，所言亦为得当。《登垅》的"岂不思故乡，从来感知己"，语呈张弛，胸臆豁达，感慨中挟带激昂与亢奋。《同鲜于洛阳于毕员外宅观画马歌》："纵令剪拂无所用，犹胜驽骀在眼前"，言画马虽不能奔驰，然如他的《画马篇》所言"马行不动势若来，权奇蹴踏无尘埃"，飞驰之势给人鼓舞，胜过疲怠的真马。两句语势伸缩，意态飞动。《送田少府贬苍梧》："丈夫穷达未可知，看君不合长数奇。江山到处堪乘兴，杨柳青青那足悲！"高适送别诗"每以慰藉语作结"（刘开扬语），然这种慰藉语不仅洋溢盛唐人的自信，且激荡"达夫体"慷慨、热烈、豪迈的活力。《东平留赠狄司马》："知君不得意，他日会鹏抟。"亦同此类，伸缩跌宕出振作之势，总给人鼓动与激励。它如绝句《送桂阳孝廉》就充满热情与期望：

> 桂阳年少西入秦，数经甲科犹白身。即今江海一归客，他日云霄万里人！

似乎是预开的"空头支票"，然而热诚与鼓舞又似乎把"未知命题"慰解为已知，以他日之希望消释今日之落榜。甚至不避企求富贵功名之语，同样毫无顾忌地流淌于结尾：

> 男儿争富贵，劝尔莫迟回。（《宋中遇刘书记有别》）
> 惆怅春光里，蹉跎柳色前。逢时当自取，有（义同"在"）尔欲先鞭。（《别韦兵曹》）
> 离别未足悲，辛勤当自任。吾知十年后，季子多黄金！（《别王彻》）
> 世情薄疵贱，夫子怀贤哲。行矣各勉旃，吾当挹余烈。（《宋中别李八》）
> 高价人争重，行当早著鞭！（《河西送李十七》）
> 不叹携手稀，恒思著鞭速。终当拂羽翰，轻举随鸿鹄。（《酬鸿胪裴主簿雨后睢阳北楼见赠之作》）
> 料君终自致，勋业在临洮。（《送蹇秀才赴临洮》）
> 爱君且欲君先达，今上求贤早上书。（《赠别晋三处士》）
> 家贫羡尔有微禄，欲往从之何所之？（《平台夜遇李景参有别》）

重视道德观念的宋人说："古人赠答多相勉之词。苏子卿云：'愿君崇令德，随时爱景光。'李少卿云：'努力崇明德，皓首以为期。'刘公干云：'勉哉修令德，北面自宠珍。'杜子美云：'君若登台辅，临危莫爱身。'往往是此意。有如高达夫《别王彻》：'吾知十年后，季子多黄金。'金多何足道，又甚于以名位期人者。此达夫偶然漏逗处也。"① 其实并非高适疏于检束，这种不加控制的发露，在边塞诗人中，如岑参、王昌龄、崔颢、李颀等，就很少不言功名富贵。高适不过最为突出，甚至艳羡他人"光光弄印荣"，歆慕过"武侯腰间印如斗"②；虽然曾冷静理智地意识到"一生称意能几人"，然依然还说："圣代即今多雨露，暂时分手莫踌躇。"③ 而被近时论者讥为"粉饰现实"，实际上这只是一种鼓励语，作真不得。追求功名富贵，应当说是盛唐的流行观念，开放的标志。就连当时名隐"孟夫子"也有"端居耻圣明"的"求仕瘾"，此与高适的"圣代雨露"并无多少区别。

高适功名之心强烈，属于鹰派式的进取人物。他不乐意把自己的胸臆蕴涵起来，也不愿意控制自己的感情，降压到温和的水平线上，就像王维后期那样。他的前后诗风并没有多大变化，只有数量多少之别。他的诗悲凉而沉雄，苍放而热烈，气势与感情总处于跌宕的动态中。郁勃顿挫、跌宕起伏的艺术规律，最宜于他的理念与感情的奔泻，因而成为"高达夫体"审美追求的重要形式。

三 春天里的"冬天"和秋天与冬天

自西晋太康群英以后，写景好像成了诗人的天职，无论玄言诗、宫体诗似乎都离不开景物刻画，更不用说山水诗与田园诗了。借景抒情或者融情于景逐渐成为诗人习用手法，从齐梁以至初唐写景的句法与表现手法日臻丰富多样，到了盛唐则进入情景交融的境界。无论李、杜、王、孟，还是岑参、李颀、崔颢、王昌龄，名诗杰作无不多与写景相关，只有高适算是一个例外。

高适诗尚气重理，以意为主，故好为议论，"多抒胸臆"，所以写景无

---

① 严羽：《沧浪诗话·诗评》，见何文焕辑《历代诗话》下册，中华书局1982年版，第700页。
② 以上两句，分见《酬河南节度使贺兰大夫见赠之作》、《同河南李少尹毕员外宅夜宴时，洛阳告捷遂作春酒歌》。
③ 以上三句，分见《题李别驾壁》、《送李少府贬峡中王少府贬长沙》。

多，且粗略笼括，绝不作精细刻画，只是表达气氛或感觉而已。对秋冬似乎还多少有些兴趣，至于初盛唐诗人兴致盎然的春天，他却极为冷漠。这和其诗大量涌现数量极为可观的虚词，简直成了阴差阳错的两道特别"风景线"，又一次展露了"达夫体"的个性特征。

　　涉及春天，高适诗只有十多首。只作"扫描式"的叙述，极少铺叙与描写。《同房侍御山园新亭与邢判官同游》该是写景诗了，全诗十韵，中间正式写景只有"忝游芝兰室，还对桃李阴。岸远白波来，气喧黄鸟吟"，20句诗中仅此两三句，这是他诗里唯一带来欢乐的春天！他有两首绝句，写到春天。一是《田家春望》，看题目，该有乐景可观了。然而却说："出门何所见，春色满平芜。可叹无知己，高阳一酒徒。"至简的"春色"，只作为无有知己的冷漠世界的陪衬，"平芜"摇宕的只是尴尬的寂寞与孤傲。另首《闲居》说："柳色惊心事，春风厌索居。方知一杯酒，犹胜百家书。"作者的"心事"在于用世，标志时光转换的"柳色"使人一"惊"，不得见用的寂寞者，连春风都带来些嫌弃，料峭春寒而觉酒比什么都好。如此春景，未免有些惊心动魄！《送杨山人归嵩阳》："夷门二月柳条色，流莺数声泪沾臆"，夷门是战国侯嬴隐居处，也是有所为处。隐居与入世，历史与现实，在春天送别时感发出一种复杂情怀，这是借春天拂荡自己的心事。《东平别前卫县李寀少府》首联云："黄鸟翩翩杨柳垂，春风送客使人悲。"与上诗写法相近，是简而不能再简的情绪化"春色"！《同李司仓早春宴睢阳东亭》是他唯一完整的春景诗："春皋宜晚景，芳树杂流霞。莺燕知二月，池台称百花。竹根初带笋，槐色正开牙。且莫催行骑，归时有月华。"描写并无别致处，似乎拒绝描摹的技巧，只有"竹根"两句略有些意味，而如此逼近的描写，仅此一见。全诗则泛泛而流于一般。

　　最值得注意是《苦雪四首》其一，看题目谁也想不到要写的是春天：

　　　　二月犹北风，天阴雪冥冥。寥落一室中，怅然惭百龄。苦愁正如
　　此，门柳复青青。

倘若没有篇首"二月"的提示，以及末句的柳色"青青"，只能以为是"冥冥"之冬了。不，应该说是春天里的"冬天"！显示出对秋冬的特殊的

敏感与关注，甚至在春天里能发现冬天的情绪与感受。岑参"忽如一夜春风来，千树万树梨花开"，把冬天写得如春天般的热闹，是冬天里的"春天"。互为颠倒的两种不同眼光，判然不谋的两种世界。有人说盛唐开放，同样说愁，李白愁得"白发三千丈"，杜甫愁得"白头搔更短"，李白愁得白发长得发疯，杜甫愁得白发短得可怜。这是盛唐诗人的浪漫，高岑冬春的颠倒，一复如此。

高适诗中主要写春天都在这里了，他的春天阴冷压抑给人不快，甚至和秋天没有区别，因为秋冬对他来说，未免有些钟爱。他曾经说过"秋兴引风骚"[①]，写到秋天诗约有 40 多首，加上写冬的近 20 篇，合共是写春天诗的 6 倍。看来他对秋冬似乎有特别兴趣，对自然物象的选择，是以悲凉为主。即便是春天，在他笔下，并没有欢悦，这也是他的诗悲壮慷慨的重要原因之一。

即使对于秋冬，高适也不作大块性的铺叙，夸张、拟人、比喻以及颜色之类的描写与对比关系等技巧极少见于景物描写中。景物的远、中、近的层次，也很难见到。至于景物之间的相互关系，局部的细致刻画，同样很难在他的诗中遇到。高适写景，如同他的夹叙夹议，多采用"夹写"，或夹叙夹写，或夹写夹议。集中笔墨写景，除前文已言的《同李司仓早春宴睢阳东亭》，另一首是《同薛司直诸公秋霁曲江俯见南山作》[②]，其余就罕能见到。他的景句不讲究句式，也不留意于"诗眼"动词的锻炼[③]，至于多层景物之远近关系，很少见到。局部的微观刻画，几乎阙无。像岑参喜用的拟人、夸张、想象，也很难遇到。比喻倒不少见，但常见于叙述与议论中。用于写景者，如《金城北楼》的"湍上急流声若箭，城头残月势如弓"，似乎以军人特有的视听观察物象。它如"胡天白如扫"，"千旗火生风"，主要见于边塞诗，故特别用力。如果单纯由此和主景好奇尚巧的岑参相较，高适则黯然失色，而论者往往由此而判决高岑之轩轾，甚或扬

---

① 见《同崔员外綦毋拾遗九日宴京兆府李士曹》。

② 此诗 20 句，其中 14 句写景，这在高诗中算是最多，而且连写成为一片，亦为罕见。

③ 比如高适《同崔员外綦毋拾遗九日宴京兆府李士曹》的"绛叶拥虚砌，黄花随浊醪"，"拥"字就很有表现力，然次句的"随"字意味无多，有偏枯之弊。《陪窦侍御灵云南亭宴诗》的"新秋归远树，残雨拥轻雷"，次句"拥"又有别一番风味。然而如此用法，很难在高适诗中找出其它例句来。

岑抑高。奇巧者易见，浑沦者难知，且以岑之长较量高之短，这未免不是一种错位的视角所引起的误解。高适写景之粗略单一虽不能与岑诗相较，但在兼备风骨、营造气氛、抒发感情、悲壮浑厚风格之形成，自有其特点，甚或有岑诗所不及处。

另外，高适写景善于从整体把握，力图借助粗略而笼括的景物，渲染出悲愤壮烈的气氛或情怀，从而散发出弥天漫地的强烈气势。视野辽阔坦荡，以广远的空间，容纳重量级的感情"体积"，属于巨量性的悲壮美。如同他的跌宕慷慨的议论，同样使人感慨。

其二，把简括的写景与议论或叙述结合，径直把写景当作抒情或议论的背景衬托，形成两层夹写，极具震撼的悲愤。如《宋中十首》其一，前四句言梁王昔盛，今唯残一高台，结末言："寂寞向秋草，悲风千里来。"面对荒台秋草，巨大的古盛今衰的悲凉笼罩千里。此诗其二写刘邦藏匿芒砀，而今则"时清更何有？禾黍遍空山"，又是一种巨大的寂寞，充斥历史和现实撞击所形成的压力。此诗其三为眼前梁苑的荒寂，结末又言："九月桑叶尽，寒风鸣树枝"，如此写景，带有强烈的议论色彩，简直是一种形象的议论，其抒情也是不言而喻的。《寄孟五少府》开端即景："秋风落穷巷，离忧兼暮蝉"，用景物叠加，多层烘托，奠定全诗悲凉气氛。《涟上别王秀才》发端说："飘摇经远道，客思满穷秋。"引发客中别客的许多感慨。《途中寄徐录事》："落日风雨至，秋天鸿雁初。"谭元春谓此起首二句"清光纷披"，一年之秋与一日之夕，加上风雨交至，未尝不是百感交集，心绪骤至，牵动以下种种悬念。《蓟中作》前叙后议，中夹写"边城何萧条，白日黄云昏"，昏暗的景物蕴涵不少难言的感慨。《河西送李十七》前后均为议论，中间插入设想友人跋涉的"出门看落日，驱马向秋天"，沿路的辛苦与寂寞，以及作者的关照都在其中。它如《别耿都尉》、《送韩九》、《赠别褚山人》、《送董判官》均用此手法，写景惜墨如金，然在诗中却具有重要作用，与叙述或议论融为一体。

其三，善于从辽阔广远着眼，使景物从眺望中得到整体把握，创造出一种动荡人心的震撼气氛。《酬司空璲》前大半夹叙夹议，末节说：

惊飙荡万木，秋气屯高原。燕赵何苍茫，鸿雁来翩翩。

一切都融入视野中，一切都呈现在摇落萧瑟的动态中，空间的辽阔又投注了多少感慨。正如结末所言："此时与君别，握手欲无言。"《途中酬李少府赠别之作》通篇夹叙夹议，又在议论中夹写一道景观："驱马出大梁，原野一悠然。柳色感行客，云阴愁远天。"景物至为简单，没有任何描写细节，没有显明的刺激性颜色词，旷野上仅有粗略的明暗互陈，然而似乎蕴涵弥天的心绪。《效古赠崔二》共28句，起首推出：

十月河洲时，一看有归思。风飙生惨烈，雨雪暗天地。（见图81）

雨雪笼罩天地，一切黯淡，寒风强劲，惨烈得"一看"而"有归思"，这种叙述性景物，因为缺乏具体刻画，显得格外的粗略，只求物象能烘托出气氛。然而这种气氛却极为强烈，挟带着一种悲痛的冲击力，撞击激荡，使人悲凉。近人宋育仁《三唐诗品》认为高适诗的开头，接近谢朓的感发性。"有如河州十月，一看归思；舍下蛩鸣，居然萧索；载酒平台，赠君千里。发端既远，研意弥新。在小谢之间，居然一席。"[①] 宋氏所说的另外两例，一是《酬岑二十主簿秋夜见赠之作》的开端："舍下蛩乱鸣，居然自萧索。"一是《别王彻》中间所写："载酒登平台，赠君千里心。浮云暗长路，落日有归禽。"此并非用在开头。然高适诗开头确有能"发端既远"，从辽阔境界中迸发强烈情绪，感慨激发人，有"研意弥新"的特点。高适更接近小谢开端用远望或登高眺望的"平远"手法，然"平远"较"高远"、"深远"的伟岸则显得平和静谧，易滋生凝神默思之遐想。元人倪云林一河两岸的构图，即以"平远"在山水画中独树一帜，典型地表现了隐者恬静的心态情怀。但高适却把"平远"，一下子"划然变轩昂"，顿成悲从天降哀由地生的慷慨淋漓之境，使人感发不已。这种悲慨式的"平远"，爆发一种难以抑制的震荡，极有激发读者的特殊魅力，读来使人悲慨，这正是"达夫体"最见个性的地方。如《蓟门五首》其二结末："关

① 宋育仁：《三唐诗品》，《古今文艺丛书》本。

图81　元代　吴镇　**芦花寒雁图**

宋育仁《三唐诗品》谓高适诗："才力纵横，意态雄杰。……有如河洲十月，一看思归；舍下蛩鸣，居然萧索；载酒平台，赠君千里。……苍放音多，排崇骋妍，自然沉郁。骈语之中，独能顿宕，启后人无限法门。"所言大体甚是。吴镇此图，萧索空阔，秋气无尽，大有"十月河洲时，一看有归思"的诗情画意。元末四大家均宗桃董北苑平远之法，吴镇好为长条幅，他的《洞庭渔隐图》、《双桧平远图》即与倪瓒构图相似，不过有自家挺拔清健之风格。此图布局平衍简易，湖水占去大半，远处几抹丛山，而与湖中三段小景，构成四条平行线。但下部的两排水草中，一渔人仰望第二排水草上湍之鸿雁，则打破了平行结构。画面萧索，平静的湖面飘动着浓郁的抒情气氛。

亭试一望，吾欲涕沾臆。"因前四句写了"汉家能用武，开拓穷异域。戍卒厌糟糠，降胡饱衣食"，故关亭一望后连任何景物都省掉了，而出之"涕沾臆"，同样使人悲从中起。其四景物分置首尾，开头说："黯黯长城外，日没更烟尘。"结尾言："古树满空塞，黄云愁杀人。"（见图82）把中间的叙述"胡骑虽凭陵，汉兵不顾身"前后包裹起来，悲愤充塞荒阔旷远的空间。它如：

　　大漠风沙里，长城雨雪边。云端临碣石，波际隐朝鲜。（《信安王

图82　清代　任伯年　故土难忘

此图以边塞为题材，一军人于塞外思念家乡，望故乡而遥拜，旁边战马低头觅食。高林耸立，黄云遮住树腰。很使人容易想起高适《蓟门》其四所说："古树满空塞，黄云愁杀人"的景象。高适诗苍凉悲壮，而以边塞诗耸动人耳目，秋与冬的萧风往往激发他悲凉的情怀。任伯年精于人物、花鸟，题材多样。而且同一题材而有各种不同构图。此图占了画面一半的树木全向右斜出，中有被寒云遮断，而人物亦向左（当为南向），呼应紧密，似亦象征家乡之远隔，而坐骑之马又朝着主人，亦呼应密切。苍凉气氛充斥画面，散发出悲凉的抒情意味。

幕府诗》）

　　苍茫眺千里，正值苦寒节。旧国多转蓬，平台下明月。（《宋中别李八》）

　　峥嵘缙云外，苍莽几千里。旅雁悲啾啾，朝昏孰云已。（《宋中送族侄式颜……》）

　　茫茫十月交，穷阴千里余。弥望无端倪，北风击林梢。白日渺难睹，黄云争卷舒。（《苦雨寄房四昆季》）

　　峥嵘大岘口，逶迤汶阳亭。地迥云偏白，天秋山更青。（《送蔡少府赴登州推事》）

　　驱马蓟门北，北风边马哀。苍茫远山口，豁达胡天开。（《自蓟北归》）

　　东入黄河水，茫茫泛纡直。北望太行山，峨峨半天色。山河相映带，深浅未可测。（《自淇涉黄河途中作》其五）

　　立马眺洪河，惊风吹白蒿。云屯寒色苦，雪合群山高。远戍际天

末，边烽连贼壕。(《自武威赴临洮⋯⋯》)

弥望中的景物有：大漠、雪海、洪河、秋山、云端、风沙、转蓬、白蒿、旅雁、长城、黄河，雪山、边烽、远戍，没有不带有苍凉的气氛。一切都处于千里平远之中，然无不笼罩悲愤的情绪。这里没有恬静与平和，只有激荡与慷慨。巨大的空间，充塞重量级"情绪体积"，使人悲慷淋漓。此为视线与景物平行的"平远"，以下为俯视下的"平远"：

　　一登蓟丘上，四顾何惨烈。来雁无尽时，边风正骚屑。(《酬李少府》)

　　北上登蓟门，茫茫见沙漠。倚剑对风尘，慨然思卫霍。拂衣去燕赵，驱马怅不乐。天长沧洲路，日暮邯郸郭。(《淇上酬薛三据兼寄郭少府微》)

　　相逢梁宋间，与我醉蒿莱。寒楚眇千里，雪天昼不开。(《宋中遇刘书记有别》)

　　商丘试一望，隐隐带秋天。地与辰星在，城将(义同"与")大路迁。(《宋中别司功叔各赋一物得商丘》)

　　徘徊顾霄汉，豁达俯川陆。远水对秋城，长天向乔木。(《酬鸿胪裴主簿雨后睢阳北楼见赠之作》)

　　秋风昨夜至，秦塞多清旷。千里何苍苍，五陵郁相望。(《同诸公登慈恩寺塔》)(见图83)

俯视的"平远"与以上平视的"平远"，只是在视角的立足点略有区别而已。景物均处于远望中，不作切近的描写。视阈辽阔，广袤的空间，给苍莽豪放的感情提供了奔驰的用武之地。为此，高诗喜用粗犷的"千里"，如"逸足望千里"，"苍茫眺千里"，"怅望日千里"，"携手望千里"，"千里犹在眼"，"千里犹眼前"，以上句中的"望"或"眺"或"在眼"，提掇显明；另有"苍茫几千里"，"悲风千里来"，"飘蓬千里来"，"飘摇千里来"，"穷阴千里余"，"芜湖千里开"，"千里何苍苍"，"塞楚眇千里"；还有表情式的"千里"，"平生感千里"，"谁谓千里疏"，"赠君千里心"，"别易小千里"，"千里忽携手"，"迢递千里游"，"俱为千里游"，"何意千

图 83　明代　唐寅　函关雪霁图

高适气雄才杰，胸襟开张，诗中每多慷慨悲凉之语。加上发迹甚晚，阅历丰富，甚至隐迹博徒，是典型北方型诗人。"诗多胸臆语，兼有气骨"（殷璠语），意态雄杰，每多顿挫，风格沉雄。至于沉郁悲凉，与杜甫最为接近。观以上所例举，无不使人悲从心起。函谷关是追求功名者来往两京必经之地，观此图，愈加想见高诗所描写诸种北方苍凉峻伟之景象。唐寅山水画一般构图饱满，多画高山巨石，天地留空无多。他有《华山图》，此图亦为秦中山水之杰构。函谷关为关中东大门，图中大山坡石的雪景给人印象极深。近处车马，中景山脚下的屋舍历历清楚。画中树木不见积雪，设色亦为显亮，以示"雪霁"之意。

里心"，"放心今夜思千里"，"千里黄云白日曛"，用量在 30 多次以上。或许与此相关，钦敬他的杜甫喜用扩而大之的"万里"，以与"百年"偶对，成为"杜家模样"的经典模式。

其四，除了广远的空间外，高适还喜欢黄昏落日的"特殊时间"，于此时远望，更别有一种苍凉意味。黄昏在时间上富有"包孕性"特征，特别是秋天和落日之时，它使人回顾逝去之此日、此年及过去，又虑思未然之将来，特多激发心绪之作用。自《诗经》的《君子于役》的"日之夕矣"的依门望归之后，至建安曹植有较多的注意，潘岳、鲍照亦有涉及，特别是谢朓最多描写黄昏的明丽柔和静谧①。至盛唐则演进为通行题材，王孟山水田园诗中亦为习见，王之涣的"白日依山尽"，似乎可看作流行的标志，高适是他的诗友，风格亦复相近。落日与日暮景观在高适诗中多

---

① 魏耕原：《谢朓诗论》，中国社会科学出版社 2004 年版，第 70—91 页。又见《谢朓山水诗审美空间的拓展》，《文学遗产》2001 年第 4 期。

至四十多首，占到总数的1/6，可算是一大宗，成为一道感慨的特别风景线。他的日暮落日不同的是集中在秋冬，往往还交集寒风雨雪，并且与远望或登高结合在一起，更能挥发悲壮慷慨的审美精神。他说过"壮心瞻落景"，也说过"暮天摇落伤怀抱，抚剑悲歌对秋草"①。落日与日暮成了悲壮的"达夫体"的关键词。除了以上涉及的以外，尚有：

> 登高临旧国，怀古对穷秋。落日鸿雁度，寒城砧杵愁。（《宋中十首》其五）
>
> 出门尽原野，白日黯已低。（《宋中遇林虑杨十七山人因而有别》）
>
> 大漠穷秋塞草衰，孤城落日斗兵稀。（《燕歌行》）
>
> 凉风吹北原，落日满西陵。露下草初白，天长云屡滋。（《宋中别周梁李三子》）
>
> 载酒登平台，赠君千里心。浮云暗长路，落日有归禽。（《别王彻》）
>
> 索索凉风动，行行秋水深。蝉鸣木叶落，兹夕更愁霖。（《东平路作》其一）
>
> 落日登临处，悠然意不穷。（《同群公登濮阳圣佛寺阁》）
>
> 惆怅落日前，飘摇远帆处。北风吹万里，南雁不知数。（《自淇涉黄河途中作》其十一）

这里没有"落日熔金"的灿烂晚霞，没有明丽的色彩，没有柔和的黄昏光感，没有惬意的恬静，连"落日"也失去了应有的光彩。拥有的只是穷秋、凉风、鸿雁、鸣蝉、浮云、白草、原野、长天、寒城，以及惆怅、愁绪。一切都是黯淡的，冷凉的，动态的，散发出悲凉慷慨，或者惆怅感伤，或者悠然不尽的思绪。写法同样是粗略的，笼括的，与其说是写景，毋宁说是抒情，甚或是情绪化的议论。作者原本意不在景，如同他的远望一样，只是情绪或者心感的倾泻，或者是观念的暗示。它们原本在诗中，也只作议论的"配角"，控制它们过多的"露脸"。所以，杜绝技巧，杜绝明丽的色彩，甚至杜绝想象与浪漫，不惜多样写景的牺牲，而形成"达夫

---

① 以上三句，分见《留上李右相》与《古大梁行》。

体"的一种"模式"。这在高华朗丽的盛唐诗中,不能说不是一种特殊的风景线,然而却铸就高适悲壮风格重要的一面。如果拿精心打造奇景异观的技巧诗人岑参以此较量高低,对高适来说,不能不说又是一种绝大的误解。高适诗当然也有明朗的一面,但同样写得豪迈震荡,热烈笼括,如《九曲词三首》(见图84)、《画马篇》、《送李侍御赴安西》、《送董判官》、《塞上听吹笛》等,均为边塞诗。从豪迈热烈看,也有与岑诗相近的一面。但写景是笼括的,而非岑诗的铺排性。

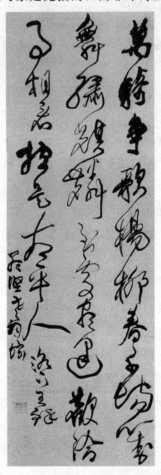

图 84 清 王铎 高适《九曲词》其二

高适《九曲词》其二:"万骑争歌杨柳春,千场对舞绣麒麟。到处尽逢欢洽事,相看总是太平人"。其三还说:"铁骑横行铁岭头,西看逻逤取封侯。青海只今将饮马,黄河不用更防秋。"这是太平盛世的颂美之声,颂美之声原本都是相同的,但高这两首,气势昂扬,骨力内充,还是具有自家个性的,这从其三看,则最为鲜明。前者以高华流美之词,情辞丰腴。二者都展现了盛唐气象的高昂精神。王铎此书前三字墨饱笔酣,出之涨墨。以下"歌杨柳春千场对"、"舞绣麒麟"、"到处尽逢"等字群,全为一笔书,极为淋漓恣肆,与诗意的欢畅节奏,配合得非常默契。单字独立者只有首行"争字,或七字相连,或两字相连,形成若干节奏,然行气却直泻奔下而无停留感,而且行势笔直,这确实是一道奇观。中行"麟"与"到"笔断而意连。在一笔书中有牵丝带线的长笔,也有极短而不易觉察的短丝,如首行"柳"与"春",末行的"太平"中间用两长点相连,都是善于变化处。

第十八章　高适诗论发微

高适虽然和盛唐其他诗人有切合点，而且始终保持着进取的昂然情绪，但他的直抒胸臆，在盛唐之音中毕竟是一种异样的别调。这和他的论诗主张息息相关，首先是取法建安，以尚气为核心，追求逸气、逸词、逸韵；其次主张以议论为主导的审美趋向，此为最具鲜明的个性特色；再则抒情言志，追求"波澜壮阔"的飞动美，对于跌宕起伏的审美动态，显示出特别的钟爱与追求。他的诗论导向，决定了其诗必然呈现以议论为主的理路，成为不与盛唐全然一律的理性化的尚意诗人。高适以边塞诗而著名，他的诗文与赋，并没有完整的论诗篇章，甚或缺乏与之相关的独立片段。因而诗学史、文学批评史，无一例外地没有高适的一席之地。虽然他的诗论属于片言只语，散见于诗中，然而整合这些零金碎玉，勾勒其诗论主张和审美倾向，不仅可丰富唐人诗论，而更有助于探讨"高达夫体"的诗学特征与艺术个性，亦可补充30年来的140篇研究高适的论文，尚无高适诗论的缺憾。

一　以尚气为核心的审美精神

自大小谢描山摹水成功以后，从初唐至盛唐，没有诗人不涉笔山水，无论初唐的应制诗，还是盛唐王、孟、储的山水田园诗，以及岑参、王昌龄等边塞诗无不以自然景物为重要的观照对象，即便是主观诗人李白，更以"兴酣落笔摇五岳"名震诗坛。高适、岑参为边塞诗卓出代表，岑诗以异国风光著称，而"边塞大师"高适却很少逼真的景句，即便是寥寥无多的模糊景物，却明显带有议论或粗略叙述的色彩，这在盛唐诗里不能说不是个诧异而罕见的现象。个中原因，可以从他的诗论中看出其中审美端倪。

高适论诗注重"风骨"，《答侯少府》说"性灵出万象，风骨超常伦"，强调景物万象要能见出自家性情，"风骨"须高迈有力，超出时俗。而他的"风骨"又指什么？《同观陈十六史兴碑》至少回答了这个问题的一部分："作歌乃彰善，比物仍恶讦。"就是扬善惩恶，具有鲜明的切实内容和爱憎观念。早年所作《淇上酬薛三据兼寄郭少府微》说："故交负灵奇，逸气抱謇谔。隐轸经济具，纵横建安作。"赞赏友人薛据推重建安诗风，主张以正直奔逸之气，发为慷慨悲凉之作。薛据诗尚气而风骨凛然，"造句往往追凌鲍、谢"（辛元房语）。殷璠《河岳英灵集》卷下说："（薛）据为人骨鲠，有气魄，其文亦然。"[1] 高适在《宋中别周梁李三子》中又说："梁生多逸词，……感激建安时。《白雪》正如此，青云无自疑。"认为是真正的《阳春》、《白雪》，应如感慨激昂的建安之诗。诗末亦言"京洛多知己，谁能忆左思"，且以建安嗣响左思自喻。左思诗以气胜，拔出太康群英之上。议论奇伟，逸气干云。"多摅胸臆，质由中出，不假雕润。"[2] 高适对建安风骨反复推重，鲜明地体现他的诗学趋向。《奉酬睢阳路太守见赠之作》称言对方赋诗："江山分想像，云物共葳蕤。逸气刘公干，玄言向子期。"称美其诗能得江山之助，尚气而富有哲理，有逸荡之气而近于刘桢。钟嵘《诗品》谓刘桢诗："仗气爱奇，动多振绝。真骨凌霜，高风跨俗，但气过其文雕润恨少。然自陈思以下，桢称独步。"[3] 向秀曾注《庄子》，《晋书》本传谓"发明奇趣，振起玄风，读之超然心悟"。至此可知，高适论诗主气尚理，不仅崇尚建安风骨，重视体现力度的气势，而且看重富有气势的议论。而"气"与"理"都与"奇"有关，即凌风跨俗，具有振荡世俗的精神。

对于建安诗风的特征，《文心雕龙·明诗》有经典的揭示："慷慨以任气，磊落以使才；造怀指事，不求纤密之巧；驱词逐貌，唯取昭晰之能。"其《时序》又言："观其时文，雅好慷慨，……并志深而笔长，故梗慨而

---

① 李珍华、傅璇琮：《河岳英灵集研究》，中华书局1992年版，第197页。
② 陈延杰：《诗品注》，人民文学出版社1980年版，第28页。
③ 曹旭：《诗品集注》，上海古籍出版社1994年版，第110页。

多气也。"其精神以慷慨激昂、尚气高亢为主调，言情叙述以疏朗明畅为尚，用语不以纤密细巧为能。自陈子昂倡导"汉魏风骨"之后，建安风骨得到盛唐诗人普遍认同。即便是目空一切的李白，虽然高唱"自从建安来，绮丽不足珍"，然仍追踪谢朓的"清发"，近于鲍照的"俊逸"。所以大多数盛唐诗人对汉魏与南朝诗风并重，王维《别綦毋潜》则言"盛得江左风，弥工建安体"，杜甫《偶题》亦言"永怀江左逸，多病（一作'谢'）邺中奇"，岑参取法亦侧重于六朝。（见图85）高适却与众不同，更为偏重建安时的"纵横建安作"。虽然《苦雪》其二偶然提到"惠连发清兴"，谢惠连《雪赋》以高丽见奇闻名，此为因雪而及。这组四首雪诗并未有什么描绘，只是苦于贫寒而已，所以于其下特意声明："余故非斯人。"于此可窥见他对南朝诗人尽力描写自然景物，并没有多少兴趣。对建安七子则看重"气过其文"的刘桢，即便是"七子之冠冕"的王粲，也认为有"扬雄词为讷，王粲体偏柔"的不足。

图85　清代　翁方纲

论书（陕西师范大学图书馆藏）

　　翁方纲为乾嘉时四大书家之一。此帖论书云："《兰亭》，篆法也。在唐贤得之于正书，则《化度》、《醴泉》；于行书则《晋祠》、《万年》二铭；而平原'三稿'，亦得其神力。"此帖结字紧密，横画含蓄凝炼，竖画较为伸展，故显姿态紧凑。起首的"兰"、次行的"书"，以及第三行的"万年"，形体大而用笔重，有振起全幅之作用。唐人楷、行、草书，均取法《兰亭》，故初唐诗亦效法江左。至盛唐则"盛得江左风，弥共建安体"（王维诗），采用双管齐下，兼收并蓄。而高适诗则以尚气为主，专从建安一路奔来。强调逸气、逸思、逸韵、逸词、逸翰，一言以蔽之，即追求逸荡不群、慷慨磊落的沉雄悲壮风格。

　　对于建安文学的"慷慨任气"，高适极为赞赏。《旧唐书》本传言其诗格调"以气质自高"，在朝"负气敢言，权幸惮之"，"喜言王霸大略，务功名，尚节义，逢时多难，以安危为己任"，"义而知变"。高适为学，《旧唐书》本传言"语王霸衮衮不厌"，为人"以功名自许"，发之于诗，自有磊落不群的气象。加上五十岁以前，遭受种种挫折阻碍，历尽坎坷，阅世多矣。早年西游长安，北游燕赵，以登蓟门，后又东征襄贲（今江苏涟水），以至于济南，对社会有广泛的了解，入世雄心始终蓬勃。正如《淇上酬薛三据兼寄郭少府微》所言："酒肆或淹留，渔潭屡栖泊。独行备艰险，所见穷善恶。永愿拯刍荛，孰云干鼎镬！"胸襟气度如此，其为诗怎能不趋向于慷慨激昂一路呢？这也是他在酬和贺兰进明诗时所说"感时尝激切，于己最忘情"的原因。

正因如此，他的诗每每高倡"逸气"，推重"逸气刘公干"，称赏薛据诗"逸气抱謇谔"，怀抱雄迈奇逸之气，持正直謇谔之秉性，以经世济民之才具，诗发慷慨悲凉之音。而且，《同颜少府旅宦秋中》还说："逸气旧来凌燕雀，高才何得混妍媸"，这种汲汲以求建功立业"心在青云"的"逸气"，亦即《奉和鹘赋》所说的"气雄而逸"，"心倏忽于万里，思超摇于九霄。岂外物之能慕，曷凡禽之见邀"。又赞美鹰隼勇猛无畏："豁尔胸臆，伊何凌厉以爽朗，曾莫蚤介（蒂芥），岂虞险艰而怵惕"，称美其"雅节表于能让，义心激于效诚"，以及"若肝胆之必呈"的雄逸精神。

"逸"字在高适诗句凡14见，除了"逸气"五见之外[①]，还有：

　　高谈悬物象，逸韵投翰墨。（《酬庞十兵曹》）

　　高才擅《白雪》，逸翰怀青霄。（《睢阳酬别畅大判官》）

　　周子负高价，梁生多逸词。周旋梁宋间，感激建安时。（《宋中别周梁李三子》）

　　伊人今独步，逸思能间发。永怀掩风骚，千载尚矻矻。（《同观陈十六史兴碑》）

　　逸思乃天纵，微才应陆沉。（《淇上别刘少府子英》）

　　浩歌方振荡，逸翮思凌励。（《赠别王十七管记》）

---

①　有四例已见上文。另外一例是：《东平旅游奉赠薛太守二十四韵》的"晋公标逸气，汾水注长流"。

高踪激颓波，逸翮驰苍穹。（《酬秘书弟兼寄幕下诸公》）

逸足望千里，商歌悲四邻。（《过崔二有别》）

逸足横千里，高谈注九流。（《奉酬睢阳李太守》）

前四例的"逸韵"、"逸翰"、"逸词"、"逸思"，均就诗歌创作而言，后五例的"逸思"、"逸足"，则就才具能力而言。明显可见，高适论诗主张要有逸荡不群之气韵，或者卓尔挺拔之气势，即奔着"纵横建安作"而来。上承尚气的建安文学，中法激昂高亢、仗气求奇的左思与鲍照。横向共时看，与李白的"飘逸"接近而有别，虽飘然不足，却具沉雄厚重本色；尚奇与岑参相类，然岑诗描摹风光造句措辞每取法六朝，集中有明标"效齐梁体"便是显证。五言尤甚，每多微观或夸张描写。高诗尚气主理，而以感慨激昂的议论见长，专奔建安诗风一路。若从总体风格来看，则与陈子昂的《感遇》最为相近。即使边塞诗，也写景无多，常从远望中的宏观作极为简略的扫描，亦与建安"不求纤密之巧"的理路息息相通。若从实质看，则与杜甫诗最具关联，可以说高诗是沉郁顿挫风格的先行者，且均趋于以议论为诗一路。虽然高、杜思想有别，但矢志不移的入世精神颇为一致，这正是感慨而多议论的基础。总而言之，高适的"逸"，不是"飘逸"、"俊逸"地奔泻。从上举后五例看，便是这种主体性诗人的才具显示，同时所体现出的气质秉性，也间接透出"奔逸"、"纵逸"的风格。这种"逸"不是着力于描绘客观事物的景致，而是在豁达胸臆肝胆必呈中展露，他必然以雄词劲句勃发壮怀激烈的胸襟，体现喜尚功名，追求英雄主义的审美趋向。

总之，高适论诗尚气，其所以追趋建安风骨，即导源于"逸气"说，由此对构思措辞提出"逸思"与"逸词"的要求。所谓"逸韵"，与气韵稍近，但却突出奔荡之气，则谓超逸的诗作，强调诗的强度与张力，这些都是对建安风骨的发扬蹈厉，亦和"逸翮"、"逸足"的才性论相一致。

二　以议论为主导的审美趋向

说起议论，我们在唐诗中首先想到的是杜甫，其实此前的高适则是导夫前路的先行者。

高适性格拓落，经历有些传奇色彩。殷璠说他"不拘小节，耻预常科，隐迹博徒"①。他的建功立业的欲望极为健旺。历尽坎坷，年近知命始入仕途，而上诗求谒不加选择。他的《留上李右相》，就是希望得到李林甫的"吹嘘"与"提握"，以"未为门下客"为遗憾，奉上不少好听言语，虽然属于干谒时的例行谀辞；而《李云南征南蛮》诗，实际上是给举荐李宓的杨国忠说好听的，李、杨是权倾内外的巨奸，高诗亦多美言，看来他的去就亦不拘形迹，颇有些纵横家的色彩。然而，如同早期北上、西游一样，并没有什么实际效应，故其心中每多感慨，发之于诗则每多议论。这也就是殷璠所说的高适诗"多胸臆语，兼有气骨"的原因。后者前已言之，至于"胸臆语"，殷璠则证以"甚有奇句"的《燕歌行》，以及"未知肝胆向谁是，令人却忆平原君"，说是可使人"吟讽不厌"。《古邯郸行》这两句大有四顾茫茫世无知音之感慨，这种"奇句"其所以使人"吟讽不厌"，就在于能发不尽之感慨，颇能激荡读者的心潮。不用细看，属于议论的魅力。《燕歌行》的"奇句"，殷璠没有明示，若按对"未知肝胆"这两句的评价，不消说，不是其中的写景句，当是"君不见沙场征战苦，至今犹忆李将军"，或如"战士军前半死生，美人帐下犹歌舞"之类，让人吟讽慷慨不已的议论句。

高适论诗或待人接物，主张敞开襟怀，豁达胸臆，肝胆必呈。在早年所作的《酬庞十兵曹》就说："同人洛阳至，问我睢水北。遂尔款津涯，净然见胸臆。"认为与朋友交谈理想，彼此应当畅所欲言，怀抱披呈。《送蔡山人》说："东山布衣明古今，自言独未遇知音。识者阅见一生事，到处豁然千里心。"赞美友人把自己远大理想豁然对人的豪爽。《真定即事奉赠韦使君二十八韵》说："方欲呈高义，吹嘘揖大巫。永怀吐肝胆，犹惮阻荣枯。"则以一怀肝胆吐出为快。《遇卢明府有赠》："我行挹高风，羡尔兼少年，胸怀豁清夜，史汉如流泉。"清夜谈心，则欣赏朋友倾吐胸怀。所以杜甫《奉简高三十五使君》就很称美他"披豁对吾真"的胸臆敞开的

---

① 参见殷璠《河岳英灵集》卷上，李珍华、傅璇琮《河岳英灵集研究》，中华书局 1992 年版，第 180 页。

性格。待人如此，立朝亦然。高适升任侍御史，《旧唐书》本传言玄宗之制称他"立节贞峻，植躬高朗。感激怀经济之略，纷纶赡文雅之才"，"谠言义色，实谓忠臣"。其行事勇于"负气敢言，权幸惮之"。可见他为人敢言无所避忌。他在《酬河南节度使贺兰大夫见赠之作》的"感时常激切，于己即忘情"，感时论事，激切敢言，不顾一己之得失利害，亦可看作他自己的夫子自道。

高适为人拓落，豪爽高朗，"负气敢言"。他对文学创作的要求也是如此，主张一腔热怀尽吐于文字之中。他在《信安王幕府诗》中说自己"作赋同元叔，能诗匪仲宣"，东汉辞赋家赵壹字元叔，所作《穷鸟赋》、《刺世疾邪赋》，无论咏物论世，都能激发其怨愤不平之气，直刺无避，愤世嫉俗之意发泄无遗。高适则以其人风格自任。而王粲的诗，"文秀而质羸"（钟嵘语），气势弱而不足。而高适才力豪健，故"能诗匪仲宣"，并不见得是纯然的自谦语①。欣赏看重直抒胸臆，正是高适论诗的本色。对此，还可在《奉酬睢阳李太守》中得到佐证，其中有云："扬雄词为诮，王粲体偏柔。"扬雄口吃不能剧谈，曹丕《与吴质书》亦言王粲"体弱，不足起其文"。至此可清晰见出，高适看重像赵壹《刺世疾邪赋》那样指斥时局的骂世议论赋，倡导议论时世，直抒胸臆，风格必须豪健有力，气势酣畅。这正是他诗论最为明显主张。

杜甫是高适的至交，亦是最投合的诗友。酬赠与涉及高适的诗多至12首，其中论及高诗者有云：

> 昔我游宋中，惟梁孝王都。……忆与高李辈，论交入酒垆。两公壮藻思，得我色敷腴。（《昔游》）
>
> 海内知名士，云端各异方。高岑殊缓步，沈鲍得同行。（《寄彭州高三十五使君……》）
>
> 当代论才子，如公复几人？骅骝开道路，鹰隼出风尘。（《奉简高

---

① 高适《答胡少府》："吾党谢王粲，群贤推郗诜。"《送浑将军出塞》："远别无轻绕朝策，平戎早寄仲宣诗。"论者据二诗，认为"高适是很推崇王粲的"（罗宗强：《隋唐五代文学思想史》，上海古籍出版社1986年版，第94页），其实此二诗酬答、送人，都多少带自谦与恭维人的语气，与《信安王幕府》自荐时的自负应有区别。

三十五使君》）（见图86）

总戎楚蜀应全未，方驾曹刘不啻过。呜呼壮士多慷慨，合沓高名动寥廓。（《追酬故高蜀州人日见寄》）

今日朝廷须汲黯，中原将帅忆廉颇。（《奉寄高常侍》）

图86　现代　徐悲鸿　**奔马**

骏马、雄鹰、宝刀，常见于高适诗中。高唱"未知肝胆向谁是，令人却忆平原君"，慷慨磊落之气喷薄而出。他的诗胸臆直抒，肝胆毕呈。正如他所说的"感时常激切，于己即忘情"，所以杜甫称他"壮藻思"、"呜呼壮士多慷慨，合沓高名动寥廓"。又说"当代论才子，如公复几人。骅骝开道路，鹰隼出风尘"。高适诗确实如鹰如隼，如奔逸之骏马。如用徐悲鸿的画马比喻唐人之诗风，激切慷慨、奔腾激荡的高适就再合适不过了。

杜甫是最善于汲纳别人长处的诗人，比高适小约12岁，几近于后辈，且诗风有许多接近之处，又在诗论上别具只眼。故其论高诗，颇值得重视。所称美高适与李白的"壮藻思"，是说辞藻与情思伟壮，属于雄迈一类；骅骝、鹰隼之喻，当言诗风飞动，质朴坚苍，气骨遒劲。认为可同行于沈鲍，即以沈约喻岑参，则就写景用词密丽而言；不消说以鲍照指喻高适，则从接近鲍照的"骨节强"而"驱迈疾"（钟嵘语）而言。至于"方驾曹刘"，曹植"骨气奇高"，刘桢"仗气爱奇"，议论凌霜跨俗，尤与高适为近。"壮士多慷慨"，亦就高诗议论激发高亢而言，高适"负气敢言，权近侧目"，则视为汲黯；才兼将帅，故喻为廉颇。杜甫论高适涉及为人与诗风的各个方面，其中特别突出尚气与议论两点，这正是高适诗最见个性的地方。

高适每被人看重的边塞诗，若就建功立业的豪情壮志来看，确与岑参极为相近，故合称"高岑"。然高之揭示前线各种矛盾的广度与深度，非岑所及；而岑描摹异域风景，"语奇体峻，意亦造奇"（殷璠语），亦非高能所比。然而论者往往从描写技巧方面，轩轾抑扬高岑，而忽视高适最见主体精神的一面：慷慨激愤的议论。殷璠所说的"适诗多胸臆语"，似乎被人们看作情感的直接发抒："第一，他的诗是真情的流露，意胜于辞"；"第二，诗人披露胸襟，抒写怀抱，皆率直无隐，不假雕饰，且往往采用写实手法，不多作夸张、想象"；"第三，高诗不常使用寓情于景的表现方法，而多以饱含感情的语言，夹叙夹议"；"第四，'直抒胸臆'并不等于随口说话，高适许多诗句，是经过精心的提炼和加工的，有很强的感染力"[①]。以上对高适"直抒胸臆"特征的四点阐释，且不论其一的"真情的流露"，其三的"饱含感情的语言"，是就感情的直抒而言。即使其四对语言的提炼加工，亦非针对议论而言。只有第二点，似乎涉及议论。总体合观所论，把"直胸臆语"主要视为直抒真实的感情，这也是代表着学界流行的观点。

这或许多少受到域外汉学家的影响，1992 年初版后又再版的宇文所安《盛唐诗》就曾说："殷璠的'胸臆语'意译为'表达有力豪壮情绪的语言'，直译为'从胸中流出的语言'。它指的是抒情的语言，但所涉及的情绪具有不同的性质，派生自敏感的、被动的'情'，'情'较接近于英语的'感情'。"[②] 把"多抒胸臆"看成直抒真情，或直抒豪情，未免有些似是而非。

---

① 参见乔象钟、陈铁民主编《唐代文学史》上，人民文学出版社 2000 年版，第 393—394 页。

② 宇文所安著、贾晋华译：《盛唐诗》，生活·读书·新知三联书店 2004 年版，第 172 页。

"胸臆"，最早见于刘知己《史通·书志》："斯则自我作古，出乎胸臆，求诸历代不过一二者焉。"此"胸臆"当指臆测，即一己之私见，属于贬义词。而殷璠的"胸臆"，当指胸中的见解，而"多胸臆语"，即好发议论；"直抒胸臆"则近于直发议论。不过"抒"字未免挟带些情感意味，故可看作好发带有强烈情感的议论。需要说明的是，裁断事物的议论是这句话的主体核心，强烈情感只是作为议论的辅助。若一颠倒，虽然差之毫厘，恐怕亦有谬之千里之嫌。

如果再看让殷璠"吟讽不厌"的名句："未知肝胆向谁是，令人却忆平原君。"如果属于单纯的抒情，恐怕缺乏如此震撼的魅力。它的感慨悲壮不正是从带有强烈感情的议论中爆发出来的吗？四顾茫然，旷世无一知音，只能在杳远的历史上空振荡出一种悲壮的回响，而播发出弥天漫地的悲凉，实际上这是与陈子昂《登幽州台歌》震荡着同一浩叹式的议论。至于例举的《燕歌行》，其主题的深刻与复杂，就凭着议论支撑描写，以夹叙夹议展示主题。向来被认为是边塞诗的杰作，其中借议论所揭示的广泛问题，应是最重要的基础与前提，如前所言，这也是岑参边塞诗所欠缺的地方。

高适其所以认同赵壹赋作，就在其代表作《刺世疾邪赋》全以议论为主，充斥犀利雄劲的力量。赋尾挟带的两诗亦全发议论，在赋中无疑属于议论中的议论。这种充斥感情的议论，对以体物为能事的赋，是一种革新。正缘于此，故高适说"作赋同元叔"。高适赋今存三篇，而《奉和鹘赋》最见个性与风格，其中逐层每节都以高朗雄肆的议论为中坚。高适的诗更带有愤世嫉俗的"赵壹精神"，因而对于常颂曹操为"圣王"的王粲诗，就以"体偏柔"，而有"能诗匪仲宣"的取舍了。

高适去世以后，杜甫称其人其诗"壮士多慷慨"，觉得"鄠杜秋天失雕鹗"。高适确如盛唐诗中一只搏击碧空的雕鹗。如其《奉和鹘赋》所言"心倏忽于万里，思超摇于九霄"。不循常格，"耻预常科"，故其诗取向慷慨议论一路，如饥鹰突出，风骨凛然，质朴豪壮。少雕饰，不夸张，尚气主意，以气运理，故其议论高迈健举，肝胆必呈，胸臆显豁。把诗歌看作诗人内在实质的展现，是自我胸襟的张扬，是自我价值期待被认识的载体，也是揭示社会矛盾的利器。他尚气而重感情，更看重感情激荡的议论。他的理性被感情鼓动起来，所以常用"感激"、"感叹"、"慷慨"、"慨然"、"意气"、"高兴"、"横行"、"纵横"、"豁达"、"惆怅"、"萧条"、"萧索"、"飘摇"、"飘然"、"飘荡"、"苍茫"、"茫茫"、"莽莽"等词，这些语汇感情浓烈或情绪贯注，多带有理念性的强烈动态。

除此而外，正因为高适特多议论，所以喜用大量的虚词，盘旋其间，尽量酣畅其理，淋漓其意。无论虚词的种类或用量都多得让人惊讶！对此，他似乎具有特别的兴趣。原本活跃在议论文的虚词，同样跳荡在他的主气尚理的诗里，乐此道而不知倦。使用十次以上的有："君"131 次，"何"120 次，"相"108 次，"自"97 次，"此"81 次，"然"77 次，"我"53 次（"吾"39 次，"余"11 次，"予"6 次），"之"、"莫"52 次，"所"50 次，"谁"、"已"46 次，"欲"44 次，"更"、"犹"41 次，"还"36 次，"忽"35 次，"岂"33 次，"以"31 次，"夫"、"尔"29 次，"乃"28 次，"兹"26 次，"亦"24 次，"者"24 次，"即"23 次，"于"、"矣"、"唯"21 次，"皆"、"纵"20 次，"堪"、"转"、"尚"19 次，"宁"17 次，"嗟"、"斯"14 次，"焉"、"那"、"敢"、"须"11 次，"极"、"盖"10 次。虚词的数量与使用次数，除去后起之杜甫，在初盛唐诗人中，大概够得上叹为观止。

其中值得注意的，人称代词用量极高，平均不到两首就有一个第二人称"君"字，常常带有提示呼告性质。其中表达强烈语气的"君不见"就用了 8 次。第一人称代词"我"、"吾"、"余"、"予"共 109 次，两首稍多即可见到一次。屈原《离骚》用了 70 多次，陶诗、李白诗用例亦多[①]。这是主观性诗人用词最具明显的标志性特征，高适诗尚理主意，好为议论，此又为一大佐证。岑参诗 419 首，是高诗的 1.7 倍，而用"我"20 次，"吾"33 次，"余"与"予"无用例。第一人称代词共用 53 次，平均每 8 首诗方用一次。高尚理，岑主景，主观性诗人与客观性诗人，于此所由分。

另外，表反诘语气的"谁"、"何"、"岂"等，与含"料到"、"认为"义的动词的"谓"、"意"或与其他动词、副词组成的复音词，常见于句

---

① 参见魏耕原《论陶渊明诗的散文美》，《文学遗产》2008 年第 6 期。

首。如"谁谓"：

> 谁谓纵横策，翻为权势干！（《东平留赠狄司马》）
> 谁谓行路难，猥当希代珍。（《答侯少府》）
> 永怀一言合，谁谓千里疏。（《送虞城刘明府……》）
> 谁谓岁月晚，交情尚贞坚。（《途中酬李少府赠别之作》）
> 谁谓万里遥，在我樽俎中。（《酬秘书弟兼寄幕下诸公》）

使用多达 11 次，无论议论或抒情，强烈的反诘语气确实使人感慨。除此还有"亦谓"、"始谓"、"勿谓"、"将谓"，亦有接近的作用。"何意"用了 8 次，与"谁谓"同样都置于句首，一般多贯下两句：

> 何意千里心，仍求百金诺。（《和崔二少府登楚丘城作》）
> 何意寇盗间，独称名义偕！（《酬裴员外以诗代书》）
> 何意构广厦，翻然顾雕虫！（《酬秘书弟兼寄幕下诸公》）
> 何意薄松筠，翻然重菅蒯！（《赠别王十七管记》）
> 何意千年后，寂寞无此人！（《宋中十首》其九）

这同样使两句滋生无尽之感慨。然"何意"与"谁谓"在主景尚巧的岑诗却无一例，实在算得上泾渭分明。另外还有"何用"、"何幸"、"何啻"、"何必"、"何如"、"何事"，以及"如何"、"奈何"、"何以"、"何有"、"何能"、"何限"、"何之"、"何所以"等，其作用亦不减于"何意"。"孰云"与"谁谓"义同，出现 6 次，还有"孰辞"、"孰慢"、"孰知"，而岑诗只用"孰知"一次。反诘语气极强的"岂"，置于高适五言句中者 18 次，位于句首而组成复音词者有"岂论"、"岂顾"、"岂不"、"岂无"、"岂知"、"岂辞"、"岂有"、"岂伊"等。就唐代而言，只有初唐陈子昂在句首反复用过表反诘的"宁知"、"谁知"、"谁言"、"谁识"。高适追踪过陈子昂的"六行诗"（宇文所安语），虚词的使用更是有过之而无不及。

转折连词"而"在诗中不习见，用于句首者更少。陶诗"结庐在人境，而无车马喧"，"孰是都不营，而以求自安"，算是罕见得出色。盛唐则崔颢、储光羲偶或用之，显得生硬或一般①。只有李颀《题少府监李丞山池》的"他人骑骢马，而我薛萝心"，流畅有意味。高适凡四例，三例置于句首。《遇卢明府有赠》："回轩自郭南，老幼皆马前。皆贺蚕农至，而无徭役牵。"《宋中十首》其十："终古犹如今，而今安可量。"《登百丈峰》其二："而今白庭路，犹对青阳门。"还见不出有什么不自然。此后在诗中好发议论的元结、韩愈，更善此道，或许受了陶渊明与高适的影响。然岑参无一用例。议论多寡与否，主观与客观之别，于此亦有所分别。

　　肝胆必呈，胸襟开张，是高适性格拓落处。其论诗与诗艺亦复如此，显示出他是尚气主意的理性化诗人。他的诗好发议论，乐此不倦，呈现以议论为主的倾向。然以豪迈热烈的感情浇灌其中，加上流畅质朴的语言的精心经营，而使以议论为主的特征反而感觉不出，从而蔽而不彰。我们认同高适诗尚气主理，却忽视了以议论为主的最重要的表现特征，未免有知其然而不知其所以然的缺憾。而对这位理性诗人的理解，不是终隔了厚厚一层！

三　对跌宕起伏的飞动美的追求

　　高适论诗不仅强调"永怀吐肝胆"、"净然见胸臆"的议论，而且对如何发抒感情也非常重视。所谓"肝胆"、"胸臆"，简言之，即真情实意。高适主张以抒情的语言表达自己豪迈悲壮的胸襟，这从他的诗论中同样会得到显明感受。

　　他在《和贺兰判官望北海作》中的"缘情韵骚雅，独立遗尘埃"，是说作诗就要像《诗经》的《雅》和《离骚》一样，不仅具有鲜明的政见与思想，而且须具有执着浓烈的感情，要有一种独立而不同流俗的风格与个性。《同崔员外綦毋拾遗九日宴京兆府李士曹》又说"晚晴催翰墨，秋兴引风骚"，指出即使平日应酬，或者留连风景，也当祖《国风》、《离骚》，

────────────

①　参见钱钟书《谈艺录》，中华书局1984年版，第72—73页。

要有一种"风骚"精神，须具鲜明的情感与思想。《同观陈十六史兴碑》亦言："伊人今独步，逸思能间发。永怀掩风骚，千载尚矻矻。"此诗序称赞陈章甫所作碑文"善恶不隐，盖《国风》之流"，其中焕发"逸思"。千载以来，不断有人孜孜致力赶超"风骚"。可见"风骚"是作为文学创作之标的，追求之偶像。《同河南李少尹……》的"故人清词合风骚"，也表达了同样的意思。不过，所提出的"清词"，颇值得注意。这一审美思想也同样反复出现于高适诗中。

《苦雪四首》其二说："惠连发清兴，袁安念高卧。"高适向往建安风骨，对南朝诗人罕言，这是仅见的一次。谢惠连《雪赋》以高丽见奇，意境开阔，风格整密。高适称其"清兴"，盖就其风格清朗高旷而言。早年所作《蓟门不遇王之涣郭密之因以留赠》，称其"才华仰清兴，功业嗟芳节"。中年的《和窦侍御登凉州七级浮图之作》亦有："清兴揖才彦，峻风和端倪。"其义当指清超高朗，与之相关的"清词"、"清论"亦屡见其诗。这些大概均与高适对清畅疏朗的风格看重有关。如果和他喜欢用的"逸气"、"逸思"、"逸词"结合看，则可看出他对疏朗高迈的审美风格的追求，也和他重视发愤以抒情的风骚精神是一致的。

对于如何发抒豪情畅发高论，他提出两点：一是要有雄词健笔，一是要波澜壮阔。对于前者，早年北游燕赵所作《赠别王十七管记》的"故交吾未测，薄宦空年岁。晚节踪曩贤，雄词冠当世"，就表示对雄词壮语的追求。《奉酬北海李太守丈人夏日平阴亭》的"盛烈播南史，雄词豁东溟"，表示了对李邕文章的雄伟气势与英风豪兴的钦敬。（见图87）《送蹇秀才赴临洮》的"倚马见雄笔，随身唯宝刀"，见出要求建功立业的边塞之作须付之于雄笔豪兴。《和窦侍御登凉州七级浮图之作》又认为登高可以"雄眺赏"，空间阔远可激生峻风豪气。由上可见，"雄词"是对语言的要求，要求措语选词豪健有力；"雄笔"则须英风豪气，峻迈高朗。"雄词"与"雄笔"的结合，则是豪言与猛气的合而为一，属于阳刚的壮美范畴则不言而喻。

至于波澜壮阔，则是语言运用与气势的表抒所形成的句与句之间语意表达的跌宕形式，或篇章结构的经营，需要大起大伏，不能平静而缺乏力量。他认为建安之作其所以激切慷慨，就在于意致纵横跌宕，充斥着跳荡

图87　唐代　李邕　麓山寺碑

高适在奉酬李邕的诗中赞美对方说："出身侍丹墀，举翮凌青冥"，"盛烈播南史，雄词豁东溟"。李邕直言敢谏，曾在丹墀之上，厉声顶撞过武则天，以正直名闻天下。他又是著名的大书家，以丰健的行草书碑，书风如"华岳三峰，黄河一曲"，力度外扬，高适诗与李邕书法，分别达到了各自的高峰。李邕结字上紧下伸，以拗峭得势，"气体高异，所难尤在一点一画皆如砖落地"（刘熙载语），方之于诗，犹如高适诗以风骨力度驰骋。李书仪态激昂，笔无松懈，力可穿石。二者均属盛唐珍品！

的力量。他在《陪窦侍御灵云南亭宴诗得雷字》说过"连唱波澜动，冥搜物象开"，"常吟塞下曲，多谢幕中才"。"冥搜"谓搜奇探胜地作诗，两句说在物象呈露于笔下时，要写得"波澜动"。而波澜起伏般的豪情壮志，最易在军事题材如《塞下曲》之类中表抒。"常吟"表示了高适对边塞诗的钟情所至。在《奉寄平原颜太守》又说："赋诗感知己，独立争愚蒙。金石谁不仰，波澜殊未穷"，称美知己颜真卿品质坚如金石，诗作才气纵横，豪情起伏淋漓。其诗序称颜真卿"与余有周旋之分，而于词赋，特为深知"，故"波澜殊未穷"是称美颜，亦是夫子自道语。

　　然而，这种"波澜动"、"波澜殊未穷"的表现方式，并未体现于"常吟塞下曲"或其他诗作的写景之中，而是常见于激切悲愤的议论中。可以说波澜起伏奔涌于开阖振荡的大议论中，诉诸"所思积深衷"的大感慨中，纵横激发于那些"永怀吐肝胆"一类的诗作中。

　　豪气凛然的七言歌行，是高适最能驰骋"波澜动"、"波澜殊未穷"的诗体。高集今存最早之作《行路难二首》，前首以六句铺叙"长安少年"的豪奢，结末二句"安知憔悴读书者，暮宿灵台私自怜"，陡转且猛一顿束，大起大伏之后戛然而止。其二前十句亦铺写"富家翁"的豪贵，结尾四句反跌出"东邻少年"的"席门穷巷"的不平之鸣。两首都以大起大伏形成强烈的对比，以"波澜阔"的大幅度对比组合结构，激发了不尽的愤懑！《邯郸少年行》前六句极写邯郸少年恃富任侠而无好士遗风。后半全发议论，以"未知肝胆向谁是，令人却忆平原君。君不见今人交态薄，黄金用尽还疏索"，古今并作一大对比，波澜顿起，慨叹世态浇薄，重财轻义。这种两段局结构，前铺叙者舒缓，后议论者峻急，缓急间波澜突起，正是这种起伏结构所营造出兀傲奇横的特色。《古大梁行》结构分成现在——过去——现在的局势，先写古城之荒芜，再以"忆昨"领起昔日雄都之辉煌。前后八句对照鲜明。复以"全盛须臾那可论"转入又一层古今的种种对比。全诗夹叙夹议，骈散相间，每四句先散后骈，隔联间以对偶，以散驭骈。前后分三层，连续两次转折，反复感叹。前后形成三大波澜，最后一层几乎每两句一转，又带出好几层小波澜。把这种波澜起伏结构，运用得变幻莫测，是他的名作《封丘县》，亦用隔句对偶。无论整散，大多两句即形成一层"波澜"。"乍可狂歌草泽中，宁堪作吏风尘下"，此为对比性波澜；"只言小邑无所为，公门百事皆有期"，此为转折性波澜；"拜迎官长心欲碎，鞭挞黎庶令人悲"，此为递进性波澜。"归来向家问妻子，举家尽笑今如此"，此为反跌性波澜。其余以此类推，无不处在波澜起伏中。全诗浑灏流转，感情的波澜一浪赶一浪地不停涌动，呈现内心复杂而激烈矛盾，确实达到了"波澜殊未穷"的艺术效果。

　　高适所说的"波澜动"，实际上是指语意情感抑扬顿挫，结构上的开阖起伏。它使句与句或联与联之间起伏不定，也使结构层次之间构成动态性的波澜变化。这是高适诗最擅长的地方，也是他的诗读了使人感慨的原因。这种"波澜法"，可用以写景与叙述，更宜于议论。他的边塞诗其所以以议论见长，而不以写景出彩，原因亦缘于此。《燕歌行》感人至深的不在"拟金伐鼓"或者"少妇断肠"的描写，而在"战士军前半死生，美人帐下犹歌舞"，寓议论于波澜起伏的对比描写中，前人谓此为主题的

"主中宾";"相看白刃血纷纷,死节从来岂顾勋",以叙带议,把叙述糅于议论之中,此为转折性波澜;末尾"君不见"两句,跌进一层议论,反跌出种种波澜,正是全诗的主题的"主中主",正是这些不同形式的议论,使全诗的主题达到其他边塞诗人难以企及的高度。如果抽掉它们,激发读者感慨悲凉的魅力就会遽减,则不言而喻。

杜甫为高适的文章知己,对"波澜殊未穷"表达方式亦最为赞同。杜甫《追酬故高蜀州人日见寄》称道高适"文章曹植波澜阔",这和早年初露沉郁顿挫的《奉呈韦左丞丈二十二韵》的"赋料扬雄敌,诗看子建亲",犹声之回响,如出一辙。《敬赠郑谏议十韵》又言:"思飘云物外,律中鬼神惊。毫发无遗憾,波澜独老成。"思飞云外,波澜老成,是杜诗沉郁顿挫的主要特色。正缘于同一审美的主调的追求,杜甫多次赞美高适的诗。《寄高三十五书记》即言:"叹息高生老,新诗日又多。美名人不及,佳句法如何?"此"佳句法",当指高适诗句与句之间所形成的"波澜动"之法。杜甫反复看重此特征,《赠高士颜》说:"自失论文友,空知卖酒垆。平生飞动意,见尔不能无。"《寄彭州高三十五使君……》又说:"意惬关飞动,篇终接混茫。"又在《奉寄高常侍》中说:"汶上相逢年颇多,飞腾无那故人何!"以上的"飞动"、"飞腾",以及前举喻高诗为骅骝、鹰隼,都指出高诗极具飞动之势的特征,这些和"波澜独老成"应为同义语。王世贞有云:"高岑一时不易上下,岑气骨不如达夫遒上,而婉缛过之。选体时时入古,岑尤陡健。歌行磊落奇峻,高一起一伏,取是而已,尤为正宗。"[①] 近人宋育仁亦曰:"高适达夫,其源出于左太冲,才力纵横,意态雄杰。……七古与岑一骨,苍放音多,排奡骋妍,自然沉郁,骈语之中,独能顿宕,启后人无限法门,当为七言不祧之祖。"[②] (见图88)一起一伏"、"独能顿宕",正是指波澜老成,最见高适诗个性的地方。总之,高适的"波澜殊未穷"与杜甫的"沉郁顿挫",在审美趋向上具有相近的同一性。被严羽称为悲壮感慨的"高达夫体",正是以议论见长而且尚理主意的诗体。确如杜甫所言"骅骝开道路"那样,为盛唐诗提供了一种新风

---

① 王世贞:《艺苑卮言》,见丁福保《历代诗话续编》,中华书局1983年版,第1006页。
② 宋育仁:《三唐诗品》,古今文艺丛书本。

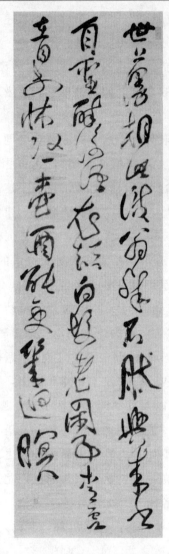

图88 清代 傅山 高适《醉后赠张九旭》

高适这首五律中说："世上谩相识，此翁殊不然。兴来书自圣，醉后语尤颠。白发老闲事，青云在目前。床头一壶酒，能更几回眠。"此帖首行第四、五字"此识"，本为"识此"；第三行末了一字"暝"，应为"眠"，均为误笔。傅山主张书法"宁拙毋巧，宁丑毋媚，宁支离毋轻滑，宁真率毋安排"，实际非仅论书。其书雄奇宕逸，生气郁勃。所以书写高适此诗，一来与张旭同是书家，二则可能也很赞赏高诗的沉雄奔逸。此帖以单字草为主，前两行有两字或三字的一笔书，整体如龙蛇奔走，狂态可掬！次行的"醉后语尤颠"，左冲右突，颇有"醉态"，其中"尤"字更甚。起笔的"世"字笔画凝敛，很有些隶意；末尾的"暝"结体阑珊，字形特大，有意无意遥与"世"字形成对比。傅山书整体气势见长，但局部往往不修边幅，而用笔松驰。把大条幅的行气贯注直下，整体又呵成一气，是其杰出处。书中生气郁勃，笔力雄奇，"宕逸浑脱可与石斋觉斯伯仲"（马宗霍语）。

格。它质朴豪健，甚或粗犷悲凉，给高华流美的盛唐之音平添高亢激愤之调。悲愤之飞动，"殆出常表"，甚或视为"殆侠徒也"（明人徐献忠语），或许有感于高适诗的议论起伏跌宕、波澜老成有别于盛唐诸公而言。

综上所论，高适诗论取法建安，以尚气为主，必须趋向主理一路，尚气主理原本相辅相成。其所以没有奔向以文为诗之途，在于能够控制议论言语的松散，时刻充斥着感情的弹性，虽以议论为主，但顿宕多变且能浑然一体；粗服乱头的骈散交错，却条理井然有序。另外，在语句与结构上，追求波澜起伏的动态气势与结构，甚或化铺叙为议论，姿态横生，豪宕感激，形成显明"高达夫体"的个性特征，不仅与刻意锻炼的岑参风格迥异，而且成为以议论为诗之先驱①，所以他获得了杜甫不遗余力的礼赞。

———————————
① 翁方纲《石州诗话》卷一有云："高常侍与岑嘉州不同，……然高之浑朴老成，亦杜陵之先鞭也，直至杜陵，遂命诸公为一手耳。"见人民文学出版社 1998 年版，第 32 页。

第十九章 崔颢诗的艺术追求

崔颢存诗 42 首，仅比张谓多了 4 首。在盛唐小名家中，拥有不少亮点。虽然与早期高适以及孟浩然、王昌龄同样"名位不振"，然而飞扬的个性与俊逸的才华，以及在诗艺上的锐意进取，而诗名甚著。不仅几与盛唐名家如高适、岑参、王昌龄并肩，而且精品之作至今家喻户晓。由于作品数量不丰，论者始终把他看作边塞诗中小名家而已，或者多注意于声价响亮的《黄鹤楼》，或停留在一般内容分类的评价上，如文学史写法那样。这对于崔颢在盛唐诗上的贡献，不仅距离很大，而且实处于一种隔膜状态。

一 奇逸俊爽的艳情乐府歌行

在他的 42 首诗里，五言古诗 11 首，七言歌行 13 首，五言律诗 11 首，五言排律 4 首，七律仅 2 首，五绝 1 组 4 首，七绝仅 1 首。前三体诗 31 首，看来他长于五七言古诗与五言律诗。如果换个角度，从句数多少看，特征更能突出。五言 16 句与七言 14 句以上诗，凡 13 首，占其诗将近四分之一，而且这些泱泱大篇遍布于他的边塞、闺怨、宫怨诗，以及咏怀、题咏诗，除了律诗与绝句的名篇外，几乎囊括了绝大部分佳构。另外不仅包括早期的妇女题材，也有后期的边塞之作。这些长篇大作的为数之多，除了李杜高岑以外，很少有人和他堪可一比。明人徐献忠说："颢诗气格奇俊，声调蒨美，其说塞垣景象，可与明远抗庭。然性本靡薄，慕尚闺帏，集中此类殊复不少，竟以'少妇'之作取弃。高贤疏亮之士，直取为心流之戒可尔。李白极推《黄鹤楼》之作，然颢多大篇，实旷世高手，《黄鹤》

虽佳，未足上列。"① 然而这位"旷世高手"的"大篇"之制，正复多有
"闺帏"之作。崔颢描写妇女的诗共有 15 首，而大篇就有 4 首：《代闺人答
轻薄少年》、《卢姬篇》、《行路难》、《邯郸宫人怨》。后者为崔颢诗中最长
的一篇，凡 52 句，364 字。《乐府诗集》列入"新乐府"，属于自制新题。
据诗中开头的"邯郸陌上三月春，暮行逢见一妇人。自言乡里本燕赵，少
小随家西入秦"，以及"一旦放归旧乡里"，当作于及第后在相州任职时②，
其时约为 20 岁③。应属早年作。全诗可分四大段，首段铺叙邯郸女才艺与
年俱长，显系追模《孔雀东南飞》手法。接叙待字闺中与入宫受宠情景：

> 我家青楼临道旁，纱窗绮幔暗闻香。日暮笙歌驻君马，春日妆梳
> 妾断肠。不用城南使君婿，本求三十侍中郎。何知汉帝好容色，玉辇
> 携归登建章。建章宫殿不知数，万户千门深且长。百堵涂椒接青琐，
> 九华阁道连洞房。水晶帘箔云母扇，琉璃窗牖玳瑁床。岁岁年年奉欢
> 宴，娇贵荣华谁不美。恩情莫比陈皇后，宠爱全胜赵飞燕。瑶房侍寝
> 世莫知，金屋更衣人不见。

这是全诗最为铺排的一段，亦是最为俊美藻绮的部分。四联偶句，辞藻都
较丰茸，中间被"岁岁年年"两句隔开，以求疏朗。然上比卢照邻、骆宾
王以及刘希夷、王翰，下较白居易、元稹，虽然有些靡丽，然毕竟俊爽得
多了，既无卢、骆那样的绮缛，也没有元白那样艳丽，这也是盛唐歌行不
同于初唐与中晚唐的地方。初唐与中晚唐七言歌行，大量使用顶真、反
复、双拟对以及叠音词，在这首诗里也极少见。而是直陈情事，不刻意声
色绮丽的渲染。这与盛唐李杜、高岑、王维、李颀、张谓等七言歌行的情

---

① 徐献忠：《唐诗品》，见吴文治主编《明诗话全编》第三册，江苏古籍出版社 1997 年版，
第 3018 页。

② 参见赵昌平《盛唐北地士风与崔颢李颀王昌龄三家诗》，《赵昌平自选集》，广西师范大学
出版社 1997 年版，第 95 页。

③ 崔颢开元十一年（723）及第，卒于天宝十三载（754）。生年无考，闻一多《唐诗大系》
推测约为长安四年（704），万竟君《崔颢诗注》则上推至 700 年左右，因为 20 岁左右中进士已很
年轻，18 岁中进士未免小了一些。又据诗末"少年去去莫停鞭"，回应篇首"暮行逢见一妇人"，
那么此"少年"则指作者无疑。若生年依准 704 年，则作此诗时为 20 岁，就此诗看，闻先生的推
断是有道理的。

况大致相同。

此诗在结构上段与段转换明快自然，这正是他俊逸风格的一个方面。如待字闺中的"不用"、"本求"两句刚完，即突然出现"何知汉帝好容色，玉辇携归登建章"；入宫得宠刚铺叙到高潮，忽然出现"谁言一朝复一日，君王弃世市朝变"；当写到放归再嫁时，接着的却是"念此翻覆复何道，百年盛衰谁能保"。这些接隼句，内容是突然的转换，叙述却是自然的。每句句首的"何知"、"谁言"、"念此"，似乎给读者预先打了招呼：下边要转入另外的情事。初唐的歌行以铺排为主，盛唐则转化为叙事与抒情。前者一般都分作今昔对比两部分，结构比较简单，后者的叙事歌行就复杂得多了。卢照邻的《长安古意》末尾转到今衰，再转到个人式的"寂寂寥寥扬子居"几句，就不够圆融自然。而此诗对元白的影响，是显然可见的"何知汉帝好容色"，与《长恨歌》起句相近，"瑶房侍寝"、"金屋更衣"，语汇亦更相近。至于铺叙得宠的手法之相同，就更不言而喻。

此诗除了入宫后铺叙的四联偶句，而在其余三部分则是直陈情事，不求藻绮，只用了两联偶句。崔颢于七言对偶是冷淡的，他的七律只有两首，而《黄鹤楼》一首还特意减少了一联偶句，原因正在于此。这也是和盛唐其他诗人有所不同，而和他气味相投的，大概只有李白了。

此诗借宫女的遭遇宣扬人生富贵无常、命运难于把握的思想。有人推测也可能是讥刺杨贵妃兄妹。然距作此诗至少十年后的开元二十三年，杨玉环才册封为寿王妃，二十八年度为道士，天宝四载（745）封为贵妃。所以诗中的"兄弟印绶皆被夺，昔年赏赐不复存"，则与杨贵妃兄妹无关。此盖初入仕时，上层社会权势的变迁对少年时的崔颢有所触动，而引发此诗。

胡应麟说："崔颢《邯郸宫人怨》叙事几四百言，李、杜外盛唐歌行无赡于此，而情致委婉，真切如见。后来《连昌》、《长恨》皆为兆端。"[①]这是具有文学发展史的眼光，颇有见地，惜乎仍未引起论者对崔颢这类大篇的注意。

《代闺人答轻薄少年》，就题目看，非早年之作莫属。此诗的结构非常

---

① 胡应麟：《诗薮》内编卷五，上海古籍出版社 1979 年版，第 51 页。

有趣，如果只看中间部分，容易滋生一种错觉：

　　　儿家夫婿多轻薄，借客探九重然诺。平明挟弹入新丰，日晚挥鞭出长乐。青丝白马冶游园，能使行人驻马看。自矜陌上繁华盛，不念闺中花鸟阑。花间陌上春将晚，走马斗鸡犹未返。三时出望无消息，一去那知行近远？（见图89）

图89　清代　何宝林

金勒马嘶芳草地，玉楼人醉杏花天

　　画面上河两边柳树泛绿，一人骑马回头，好像召唤后面的随从童子。河对岸杨柳深处，露出一座高楼。楼上一妇人倚栏而望，似乎发现她的丈夫，就是那位骑马者，扭头低垂，伤心起来。画的构图，由一道宽阔的长河斜流过画面中心，上下各分割成相对而错位的两三角形。茂密的柳树占据了上一三角形的绝大位置，具有浓郁的抒情性；右下的三角形，只有一二株柳树，两株桃花，河面上只露出小桥一端。骑马者与已到桥头与挑担人顾盼生恣，而对楼上人无任何关注。画上题识："金勒马嘶芳草地，玉楼人醉杏花天。"王昌龄《代闺人答轻薄少年》的"儿家夫婿多轻薄，……日晚挥鞭入长乐。青丝白马冶游园，能使行人驻马看。自矜陌上繁华盛，不念闺中花鸟阑"，诗意与此画相合，值得参观对看。

　　全诗共20句，中间这12句好像在写"少年行"或"游侠歌"，并非是什么"闺怨诗"！而此诗首尾各是四句，又如两首绝句，分作首足。前者云："妾家近隔凤凰池，粉壁纱窗杨柳垂。本期汉代金吾婿，误嫁长安游侠儿。"后者说："桃李花开覆井栏，朱楼落日卷帘看。愁来欲奏相思曲，抱得秦筝不忍弹。"我们这才明白，原来写的是"闺人怨"。中间主体部分，不过是反宾为主，然后借"主"衬"宾"而已。如此宾主倒置的写法，确实是大刀阔斧的特殊处理，显得非常奇逸！增大了写"轻薄少年"的部分，又缩小了"闺人""相思"的内容，而不像一般闺怨诗如乔知之《和李侍郎古意》那样，以详细描写闺妇相思的心理为主。而乔知之《绿珠篇》亦纯写女性心态，全篇12句，却被洪迈《唐人万首绝句》分作三首绝句。崔颢此诗首尾写法，可能受此影响。

而乐府艳情诗《卢姬篇》更见奇逸：一是句句押韵，即所有单数句均押韵；二是非如曹丕《燕歌行》那样通篇一韵到底，而是每两句即换韵；三是几乎全诗都写卢女因新宠而骤然"人生今日得骄贵"，用了13句作尽意渲染，描写"绿鬓红唇桃李花"的卢女，如何在"水晶帘箔绣芙蓉"的金堂玉室，又怎样"鸣环佩玉生光辉"的娇贵，而直到末尾却突然冒出一句——"谁道卢姬身细微"，前边所有富丽骄贵犹如冰山消融，或如烟飞云散。这种n∶1的结构，犹俗语四两拨千斤，迅急机巧，睿智奇险。全诗风调由艳丽舒缓变为遒丽劲爽，主题遽然为之改观。前人论及崔颢边塞之作，每言"可与鲍照并驱"（殷璠语），"可与明远抗庭"（徐献忠语），"不减明远"（丁仪《诗学渊源》）。实际他的艳情乐府歌行亦取法鲍照，著名的《拟行路难》前三首，绝大半篇描摹女性如何被金屋藏娇，而末尾却连连反驳推倒，一则曰"不见柏梁铜雀上，宁闻古时清吹香"，一则曰"如今君心一朝异，对此长叹终百年"，一则曰："宁作野中之双凫，不愿云间之别鹤"，鲍诗末尾的反拨往往是两句或四句为一意，而崔颢此诗只用了一句，其风格的俊爽由此可窥一斑。

又有论者或据诗中"卢姬少小魏王家"、"君王日晚下朝归"，以为似是讥讽杨贵妃的承宠骄贵①。此诗题为新制乐府，《乐府诗集》引《乐府解题》曰："卢女者，魏武帝时宫人也。……七岁入汉宫，善鼓琴。至明帝崩后出嫁为尹更生妻。"②此诗当与《邯郸宫人怨》为同时之作，因崔颢开元十一年

---

① 见万竞君《崔颢诗注》，上海古籍出版社 1982 年版，第 23 页注一。又见乔象钟、陈铁民主编《唐代文学史》上册，人民文学出版社 1995 年版，第 399 页。

② 郭茂倩：《乐府诗集》，中华书局 1979 年版，第 1038 页。

及第，十三年冬在相州①。即今河南安阳。而安阳距魏武之邺都——即今河北临漳，不足六七十里，触地生情，故有此作。至于杨妃事如上所言，距此尚后推十多年。

另外他有首乐府七言歌行《行路难》，凡20句。描写宫中两类宫女，一类是被遗弃的，一类是得宠的，然而无论是"笑"还是"泣"，她们都很寂寞，甚至无聊。诗中连缀了许多宫殿名：建章宫、四宝宫，昭阳宫、长信宫。还有可能出于杜撰的朝云殿，这是得宠女人住的"热宫"，遗弃者则住在"冷宫"——长信宫。两个世界是这样联系的："建章昨夜起春风，一花飞落长信宫。"那些冷置的女人又怎样呢："长信丽人见花泣，忆此珍树何嗟及。我昔初在昭阳时，朝攀暮折登玉墀。只言岁岁长相对，不悟今朝遥相思。"被遗弃者的叹息告诉我们那些"热宫"里的得宠者，将来也会与长信宫人一样，必定也要遭到遗弃"冷处理"。诗的结尾是含蓄的，虽然主题是传统的，然而具有永恒的魅力。豪华的宫中住着孤独可怜的小女人，她们是让人同情的，开元诗人则致力于"探索了隐藏的诗歌魅力"（宇文所安语）。崔颢还要在短诗里，反复付出追求含蓄的艺术效果。

崔颢的女性题材诗，均作于早年。距其时不远的殷璠，在《河岳英灵集》卷下说："颢年少为诗，属意浮艳，名（一作"多"）陷轻薄。晚节忽变常体，风骨凛然；一窥塞垣，说尽戎旅。"辛文房《唐才子传》亦本此说。都把他的创作分作两期，显然是可信的。

二　名陷轻薄与其他艳情诗

在名位不振的盛唐诗人中，崔颢和王昌龄最为不幸。崔颢性格豪迈不羁，与王翰、李白为近。《旧唐书·文苑传》本传说："登进士第，有俊才，无士行，好蒱搏、饮酒。及游京师，娶妻择有貌者，稍不惬意，即去之，前后数四。"《新唐书·文艺传》记载亦同。还说："初，李邕闻其名，虚舍邀之，颢至献诗，首章曰'十五嫁王昌'。邕叱曰：'小儿无礼！'不

① 参见傅璇琮主编《唐才子传校笺》，中华书局1987年版，第197—198页。

与接而去。"此事先见载于中唐李肇《国史补》,当属可信。李邕是著名学者李善的儿子,协助修订过父亲的《文选注》,又是笔力扛鼎的大书法家。其实他本人也是个豪荡不羁的狂士,曾直谏顶撞过武则天,这要冒生命危险。但他对担心的同僚讲,不狂不能得大名!他书碑的润金之高是空前的,所书的"碑版照四裔"。又喜交结文士,因此杜甫就曾夸张过"李邕求识面",显然视之文坛宗领。李邕乐意为朋友大把花钱,所以名声更响。崔颢年轻时放纵声色,择貌易妻的放浪,绝似后来中唐的李益。李益有"妒男"的恶名,崔颢名声也就好不了!加上文坛宗领与狂士双重身份的李邕厉声痛斥他"小儿无礼",算是给他宣判了道德上的死刑。本来唐代对于情爱就很开放,为什么老狂士还要骂小狂士,这似乎把唐人熟悉的"立身先须谨慎,文章且须放荡"(萧纲《诫当阳公大心书》)有些颠倒:立身可以放荡,文章且须谨慎。崔颢持艳诗呈人,很可能冒着挨骂想得"狂士"之名,不狂就没有大名,表面看好像是恶作剧①。从初唐陈子昂、员半千、王冷然,到盛唐的王翰、陈章甫、梁锽等都有各种不同的狂士行为。那么惹李邕上火的是怎样一首诗呢?

> 十五嫁王昌,盈盈入画堂。自矜年最少,复倚婿为郎。舞爱前溪绿,歌怜子夜长。闲来斗百草,度日不成妆。

诗的题目是《王家少妇》,《文苑英华》作《王家小妇》,是很撩拨人的②,此诗写得倒是"不恶",虽然仍是一座富丽的大房子有个小女人的老题材,然人物的娇痴个性,轻盈的风姿,矜持的神态,都写得活灵活现。她性格活泼,喜欢跳舞、唱歌、游戏。有时未免寂寞,时光和心思便都用在化妆上。末句耐人寻绎,她是豢养在笼子里的小鸟儿,也有她的苦恼。这诗并没有见不得人的地方,也能显示出他长于刻画女性的才能。贺裳说:"写娇憨之态,字字入微,固是其生平最得意笔,宜乎见人索诗,应口辄诵。

---

① 宇文所安《初唐诗》说:"崔颢的无礼,并不在于写这样的诗,而在于把它献给重要人物。此外,崔颢几乎不可能不知道这一礼节,因此这一事件与其说是不检点,不如说是恶作剧。"生活·读书·新知三联书店 2004 年版,第 73 页。

② 唐汝洵《汇编唐诗十集》:"不至读诗,命题便见轻薄,北海安得不骂!"

然不闻北海……此老平生好持正论，作杀风景事，真是方枘圆凿。"① 崔颢此诗本来为艳诗所习见，并没有什么过分的地方，却让他背上放荡"无礼"的恶名。唐人所编《搜玉小集》，诗题则是《古意》，或许是后来他自己所改，意在指明作意有所本源。

崔颢在个人生活上放荡，所以对女性题材拥有非常的兴趣。又在年未至二十登进士第，有过和王维一起出入京都宗室李范府第的经历，也是岐王的座上客，熟悉上层社会妇女的生活，看他《岐王席观妓》就可以知道。所以特别喜欢宫怨诗，除了前所涉及的《卢姬篇》、《邯郸宫人怨》、《行路难》，还有《长门怨》："君王宠初歇，弃妾长门宫。紫殿青苔满，高楼明月空。夜愁生枕席，春意罢帘栊。泣尽无人问，容华落镜中。"开头很省净，点明事由与环境，以下全写长门宫的寂寞。"青苔满"言冷宫无人，"明月空"言夜晚更加寂寞。晚上辗转不眠，到了春天还把门窗关了起来，有时禁不住流泪，呆呆地对着镜子，发现容颜已经衰老。全诗没有哀怨字眼，全从环境的空寂与心理、行为动作的叙写中，刻画出许多哀怨。诗的末尾写得凄凉而含蓄，构思巧妙，体现瞬间人物心理的巨大变化。善于经营结尾，追求暗示与含蓄所带来的悠然不尽的余味，应是崔颢诗的一个显明特点。同一题材的《杂诗》，写一玉堂美女，住居如何豪华，如何对镜上妆，罗衣熏香。而结尾则说："妆罢含情坐，春风桃李香"，精神上却十分空虚无聊。此诗就此打住，再没有往下写去，好让读者自己再去寻思，这也正是他追求的含蓄手法之一。

除了宫女，还有其他不同性格的女性都出现在崔颢的诗中。他有两首用对话来写女性，有长有短，对读起来非常有趣。先看五言排律《相逢行》：

> 妾年初二八，家住洛桥头。玉户临驰道，朱门近御沟。使君何假问，夫婿大长秋。女弟新承宠，诸兄近拜侯。春生百子殿，花发五城楼。出入千门里，年年乐未休。

全诗除了"使君何假问"一句叙述，余皆为"年初二八"的女性之回答性

---

① 贺裳：《载酒园诗话》又编，《清诗话续编》第一册，上海古籍出版社 1983 年版，第 308 页。

对话。开头没有叙述什么人物，全靠题目"相逢行"三字交代，实际上重演了一场《陌上桑》式的故事。对话采用了藏问于答的技巧。开头四句是回答使君的发问：多大年龄？住在何处？诗之后七句，回答的是：愿意嫁过来吗？故事写得极为干净明透，题目中的"相逢"与唯有一句的叙述，配合得异常灵动巧妙，好像交代了故事的整个全过程，就在于安置在最恰当的枢纽位置上。位于两段对话中间的"使君何假问"，而且处于单数句，既明显交代了上文的对话，又是对偶逢的使君问话的回答，且能下射无碍。枢纽性位置，使此素材的叙述，精光四射，照彻全篇。由此可断然下一结论，崔颢诗在结构上极为精心，布局或是大刀阔斧性的对比，或是经营暗示性的结尾。于此则采用"画外音"的叙述，而又简之不能再简，让对话成为主体之主体。"临驰道"与"近御沟"的地段显要，夫婿、女弟、诸兄的一连串排列，"大长秋"、"新承宠"、"近拜侯"的种种夸耀，"春生"与"花发"的辉映，"百子殿"、"五城楼"、"千门里"的炫惑，以及"出入千门里"与"家住洛桥头"的前后呼应，展示了经典式罗敷性格又一都市形象，从桑间移至都市，显得更切合人物性格；把夸婿改作成夸一家，如何样的幸福美满，而且对话的话筒始终全由女性掌握，使之更充满喜剧性的幽默感。答者娇矜的口气充斥始终，语意流转，圆美如弹珠，且如珠玉之光彩四射。全诗如一口气娓娓娇嗔道来，很难觉察它是除却首尾而句句对偶的五言排律，而且语言的俊爽清丽又一次得到流利展现。这首诗长期以来，可惜尚未引起人们些许留意，然实在是崔颢诗俊逸蒨丽本色的重要表现。

无独有偶，另一由对话组成的《长干曲》却选用最短的五绝，分成四首。其一云：

> 君家何处住？妾住在横塘。停船暂借问，或恐是同乡！（见图 90）

这又是一个"相逢行"，属于陌生人之间的对话。不过不是都市，而移至水乡，不是官与民[①]，而纯属民间性的。与《相逢行》见过都市世面的矜

———————

①　在《相逢行》里炫耀一家之官职，应当是一种夸张。

图90　当代　戴敦邦

崔颢《长干行》诗意图

　　崔颢《长干行》写江南水乡儿女各自行船，偶然邂逅相遇，以对话展开了一个小故事，用最小的四首五言绝句连缀成一见钟情的几层小浪花。诗无达诂，丹青家也有自己的理解：一条船上，两位陌生年轻人，各自背、提着行李，好像是出门人在异乡渡口偶然相遇，他们表情陌生而热切，丰富了诗的内容。

持有异，而是开朗而无所顾忌的小家碧玉。这第一首是女子的问话，她不等男子回答，就立即先行作了自我介绍。为何如此直率，喷薄而出了一种热望——"或恐是同乡"，也交代急口要问的原因。"既问君家，更言妾家，情网遂凭虚而下矣"[1]。男子未应一声，她就说了这么多，性格之活泼可爱，天真无邪的纯洁，就像船边的水一样清澈。面对如此热情，谁都会答话的：

　　　　家临九江水，来去九江侧。同是长干人，生小不相识。

用词反复，见出语气匆迫与心理的紧张。九江水把他们联系起来，"长干人"使他们亲切起来。男子的答词也逐渐亲切起来，热切起来。末了的"生小不相识"，与上首末句一样，都带有开释性，不过前者热情，后者有些不好意思的抱歉。两首诗写了三番对话，也只用了一句叙述："停船暂借问"，同样洁净极了，不需要再作任何交代，就好像站在山头的男女对歌，看似直来直去，然而缓问急答，摇曳有势。王夫之说："论画者曰'咫尺有万里之势'，一'势'字宜着眼。若不论势，则缩万里于咫尺，直

①　俞陛云：《诗境浅说续编》，上海书店出版社1984年版，第14页。

是《广舆记》前一天下图耳。五言绝句，以此为落想第一义，唯盛唐人能得其妙，如：'君家何处住，……'墨气所射，四表无穷，无字处皆其意也。"① 第二场戏是由第三首拉开帷幕："下渚多风浪，莲舟渐觉稀。那能不相待？独自送潮归。"宛然是老熟人的口气，这是邀请，也是"撒娇"，亦是埋怨，娇嗔的口气里流露出情感需要进一步交流。使人不由自主地想起秦腔《三滴血》"虎口缘"一折戏里，那位遇救的姑娘要求打虎的小伙子留下陪她，娇嗔可爱的性格，则与此仿佛。男子则回答："三江潮水急，五湖风浪涌。由来花性轻，莫畏莲舟重。"小伙子答应陪她回归，然预先予以解释：晚潮水急浪涌，一块行船难免碰碰撞撞，可不要怪我有什么鲁莽哟！末尾两个比喻，借水放船，水乡儿女的聪秀，洋溢纸上。直叙中有蕴藉，"字字入耳穿心"（徐增语），余味无尽。

这四首诗一气呵成，或者简直可以说，把一首长诗拆开为四首。四首只有一句叙述，余皆问答之辞，则此与《相逢行》有异曲同工之妙。管世铭说："读崔颢《长干曲》，宛如舣舟江上，听儿女子问答，此之谓天籁。"② 结构上可分可合，以小诗连缀为组诗，是对南朝乐府民歌《子夜四时歌》等篇的效法，也或许受到初唐崔国辅五绝的启发，因他本身就是取法江南民歌的先行者。

崔颢是汴州（今河南开封）人，在登进士后至天宝初二年中（723—744），外任与游幕使他足迹遍布大江南北，熟悉江南风光民俗，有《入若耶溪》、《舟行入剡》、《游天竺寺》山水诗留存。江南儿女也吸引了他的兴趣，除了《长干行》外，还有《川上女》也写得清新可读。他所写女性的诗凡15首，在他不多的诗里，数量极为可观。然而其中只有个别诗多少带有齐梁色彩，而绝大部分是清新活泼的。殷璠所说的："颢年少为诗，属意浮艳，名陷轻薄。"其实这些诗中包括略带有齐梁之风的在内，"浮艳"偶或有之，却并没有什么"轻薄"，因他择貌易妻的行为，给他的早年所写的女性诗作如此结论，实是因人废诗。相反的是，这些诗正是崔颢艺术经营的一个重要方面。首先塑造不少不同性格的女性人物，盛唐诗人除李

---

① 王夫之：《姜斋诗话》卷二，人民文学出版社 2000 年版，第 61—62 页。

② 管世铭：《读雪山房唐诗序例·五绝凡例》，见《清诗话续编》第三册，上海古籍出版社 1983 年版，第 1560 页。

白、王昌龄外，很少有人可与之比肩。其次，显示了经营结构的艺术才华，几乎一首诗采用一种结构，使之达到了一定的艺术高度。犹如长安画派石鲁的绘画，一画有一画之结构，千变万化，幅幅不同，予人印象至深。再次，干净明晰的用语与含蓄的结尾，均富有个性特色。最后，诸体兼用，五古如《杂诗》，七古如《代闺人答轻薄少年》、《行路难》、《七夕》、《卢姬篇》、《邯郸宫人怨》，五律如《古意》、《岐王席观妓》、《长门怨》，五言排律如《相逢行》，五绝如《长干行》。特别是七古中脉络分明、婉转流媚的几首大篇，把初唐艳体歌行的铺排渲染转向叙事与抒情转化，张说、王翰，特别是崔颢，可以说："在卢骆体向长庆体的发展的历程中作出重大推进。"①

三　"说尽戌旅"的边塞诗

殷璠论诗推崇风骨，看重神采、气采、情采，所以把崔颢分作前后两期，谓其早年写女性的诗浮艳轻薄，"晚节忽变常体，风骨凛然，一窥塞垣，说尽戌旅"。实际上他的戌旅边塞诗充其量不过七首，尚包含《送单于裴都护》、《送梁州张都督》两首送别诗在内。其数量尚不及妇女题材诗的一半，而在很长一段时间给我们留下边塞诗人的印象。然而这些不多的边塞诗确实"风骨凛然"，与前期宫怨，闺怨诗相比，洵为两个世界，大有"忽变常体"之感。《赠王威古》共 18 句，是他的边塞诗最长的一首，叙写一位"三十羽林将，出身常事边"的年轻将军献身边塞的经历，艰苦卓绝的紧张战斗生活描写，在唐人边塞诗中堪称非常翔实：

> 春风吹浅草，猎骑何翩翩。插羽两相顾，鸣弓新上弦。射麋入深谷，饮马投荒泉。马上共倾酒，野中聊割鲜。相看未及饮，杂胡寇幽燕。烽火去不息，胡尘高际天。

---

① 赵昌平：《盛唐北地士风与崔颢李颀王昌龄三家诗》，《赵昌平自选集》，广西师范大学出版社 1997 年版，第 95 页。

王将军和他的士兵负羽背箭，在春风摇百草的草原上驰猎。全副武装的翩翩飞奔，豪气冲天。或者追逐猎物于险峻的深谷，或者小憩于荒原而饮马。他们在狂奔的马上仰天高举酒壶，又在野林中割撕猎物以做午餐。大家欢呼着刚举起酒杯，忽闻敌人进犯，又像狂风一样急赴战地。一路烽火处处点燃，敌人的战尘卷上高天。将士们不顾一切"长驱救东北，战解城亦全。报国行赴难，古来皆共然"，终于击退敌人，边城获得安全。全诗没有直接描写战斗的过程，也没有像一般边塞诗渲染酷冷的气候，而是速写般描述驰猎、入谷、饮泉、倾酒、割鲜、赴难等紧张的一系列战斗生活情节与细节，如一闻敌讯，"相看未及饮"，就赴难驰去。这些都给人留下深刻的印象。首尾极简，开头的"出（献）身"与结尾的"报国"就是他们的目的。献身的勇敢精神，都是在间不容息的动作中完成。而《古游侠呈军中诸将》（见图91），犹如一篇激励战士的"动员报告"，描写了一个游侠少年和他的两个场面，一是义不容辞地投入偶尔遇到的护城保卫战："杀人辽水上，走马渔阳归。错落金锁甲，蒙茸貂鼠衣。"殷璠谓此四句与《赠王威古》的"春风吹浅草，猎骑何翩翩。插羽两相顾，鸣弓新上弦"，"可与江淹并驱也"。四句两疏两密，疏者明快迅急，密者写渔阳归来，金甲破散驳落，见出辽水之战的激烈艰苦，人物形象鲜明；后四句以气运文，前两句略施点染，后两句如铁线白描，充斥弹性的强力，人物虎虎而有生气。后一场面是：

> 还家且行猎，弓矢速如飞。地迥鹰犬疾，草深狐兔肥。腰间带两绶，转昐生光辉。顾谓今日战，何如随建威！

前一场面有动有静，勇武豪迈，壮丽生辉。此言还家飞鹰走犬，弓矢如飞；顾盼转昐，英气逼人。特别是"顾谓"两句，在"转昐生光辉"的映照下，神采焕发，意气飞扬，于阿堵中传神写照。而"转昐"句又在"腰间带两绶"的陪衬下，神情气色轩举入云，确为写生高手。此篇成功地塑造边塞侠少形象，笔力别开生面，英姿飒爽，风骨凛然。突破了边塞诗人物笼括的写法，鲜明的人物个性，可以和李颀笔下的狂士一比，各有照人之风采。

图 91　清代　任伯年　秋郊射禽

　　画面上骑者持弓回顾仰望，身后的随从两手高举，作仰面欢呼状，说明刚才射禽已中，从空中正坠落下来。不过，这些都没有画出，只是从两人呼应的动作表示出来。构图的指示性极强，背景枯林表明秋天，大片空白促人遐想。王昌龄《古游侠呈军中诸将》："还家且行猎，弓矢速如飞。地迥鹰犬疾，草深狐兔肥。……顾谓今日战，何如随建威。"似乎也可以在这幅画中联想此人，从前线归来，秋风骏马，雄风不减当年。

　　《赠轻车》简洁叙写与边将昔别今逢，"忆昨戎马地，别时心草草"，因战事紧张，"平生少相遇，未得展怀抱"。现在"今日杯酒间，见君交情好"。完全用"战友"的热情与语言，抒发聚散不定的友情。《辽西作》则描述了边塞行军的艰苦："露重宝刀湿，沙虚金甲鸣。"气候反常，刀衣俱湿。踩沙陷足，用力行进则金甲响动，如此身之所历的描写为他人边塞诗中所无。而且"寒衣著已尽，春服与谁成"，用设身处地的语气，表达了对将士的深切同情。《雁门胡人歌》犹如一幅边塞风俗连环画："解放胡鹰逐塞鸟，能将代马猎秋田。山头野火闲多烧，雨里孤峰湿作烟。闻道辽西无斗战，时时醉向酒家眠。"三个画面：飞鹰奔马的秋猎，把"野火"和"峰烟"当作烽火的时时紧张，无事后的醉酒，都充满了异样的民情风俗的生活气息，字里行间体现出对边地胡人友好的关注，也是一首难得的边塞诗。

崔颢边塞诗与众不同的是，善于刻画边将、边地侠少等人物形象，借助描写紧张的情节与场面，使人物形象更加突出鲜明。另外用个中人的语气，叙写军人的友情与行军的艰苦，显得亲切逼真。特别是以友好的目光关注边地胡人的生活状况，异地民俗风情写来如画。总上三端，他的边塞诗虽然缺少高岑那样的七言大篇，但在取材上呈现多样化，叙写简洁生动，而且全用五言，追求明快迅急刚健劲利的风格，不用铺张渲染的歌行体。每篇结构多有变化，即便短制也显得容量较大。所描写内容如荒泉饮马，野地割鲜，金甲驳落，沙漠行军等，补充了唐人边塞诗的内容，使之更为丰富多彩。所以殷璠说"一窥塞垣，说尽戍旅"，盖着眼于此。虽然与描写女性的诗相较，顿有如出二手之感，然在结构追求变化与语言明畅上则有相通之处，这正说明他是一位富有才具的多面手。

四　感讽世事的歌行与歌行化的写景律诗

崔颢的七言歌行，除了宫怨、闺怨诗外，还有感慨讽世之作，涉及主题重大，艺术性亦强，且同样有泱泱大篇，在崔颢诗里占有重要地位。

《长安道》属于萧梁以来的乐府旧题，全都写汉京都的豪华富贵。崔颢是唐人最早采用此题的，并且第一次改变了传统的主题，成为度越前代的名作：

> 长安甲第高入云，谁家居住霍将军。日晚朝回拥宾从，路傍拜揖何纷纷。莫言炙手手可热，须臾火尽灰亦灭。莫言贫贱即可欺，人生富贵自有时。一朝天子赐颜色，世事悠悠应始知。（见图92）

此诗当是入仕以后所作，具体时间可能与玄宗朝政昏妄腐败相关。权势富贵的消长变迁与世态冷热的趋炎附势，是盛唐诗人自开天之际后讥讽世事的热题。杜甫的《贫交行》、《醉时歌》，李白的《行路难》其二、《答王十二寒夜独酌有怀》，都是同类之作。高适《行路难》其二说："君不见富家翁，旧时贫贱谁比数。一朝金多结豪贵，万事胜人健如虎。"《邯郸少年

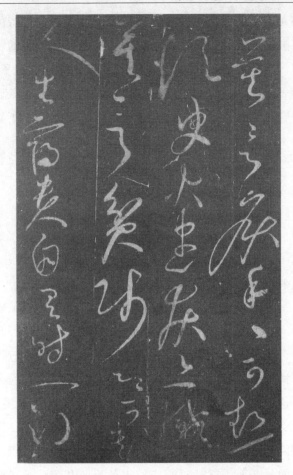

图92　宋代　无名氏　崔颢《长安道》（局部）

四行草书释文为："莫言炙手手可热，须臾火尽灰亦灭。莫言贫贱即可欺，人生富贵自有时。一朝"这是崔颢奔波于长安道上，终于对社会有了明确的认识。用草书来写酣畅的七言歌行，可谓得体。

行》又说："未知肝胆向谁是，令人却忆平原君！君不见即今交态薄，黄金用尽还疏索。"李颀《放歌行答从弟墨卿》亦为此类，其《缓歌行》又说："结交杜陵轻薄子，谓言可生复可死。一沉一浮会有时，弃我翻然如脱屣。"张谓《题长安主人壁》："世人结交须黄金，黄金不多交不深。纵令然诺暂相许，终是悠悠行路心。"盛唐诗人充满进取心，虽然也尝到挫折与失败，冷遇与不幸，但是并未熄灭充斥幻想的理想与自信。崔颢在长安这条功名的大道上，自信富贵有时，时来运转是必定可待的，就像李白所说的"乘风破浪会有时"一样，分明是浪漫而且是幻想的。他一再借助歌行体的反复，两"莫言"四句，用否定之否定，强烈表达了肯定的自信，这正是盛唐诗普遍的社会心态。崔颢的自信发抒更为热烈坚毅，明透慷慨，对比与跌宕更为强烈。实际上也给这一传统旧题赋予了新的内容，在类似的感慨中也不失为一首名作。

"长安道"对他是充满强烈吸引力的磁场，《渭城少年行》就直露地表达了豪华富贵对他的诱惑：

> 长安道上春可怜，摇风荡日曲江边。万户楼台临渭水，五陵花柳满秦川。……斗鸡下杜尘初合，走马章台日半斜。章台帝城称贵里，青楼日晚歌钟起。贵里豪家白马骄，五陵年少不相饶。……可怜锦瑟筝琵琶，玉台新酒就君家。小妇春来不解羞，娇歌一曲《杨柳花》。

春光与豪奢争奇斗胜，整个都市都沸腾起来，挥霍与欲望到处横流漫延，字里行间充斥按捺不住的向往，甚至连卢骆《长安古意》、《帝京篇》淡薄的少年忧患，这里都不需要，需要的只是很快投入这个高消费的大潮中。以轻扬婉媚的文字，表达这种醉心的向往，恐怕也是促成"属意浮艳，多陷轻薄"的原因之一。

渴望富贵的另一面，就是对豪华幻灭的反复思考。《江畔老人愁》与《长安道》主题较为相近，却用了长达38句的歌行体，表示他并没有仅仅停留在浮艳的向往与描写上，也有自己的深切思考。观其开篇即言"江南年少十八九"，以及末尾"君今少壮我已衰，我昔年少君不睹"，此处的"江南年少"则与《邯郸宫人怨》的"少年"均同指作者。此诗当作于早年的江南之游，即今南京一带。江畔老人历叙梁陈的富贵豪华，然而"直言荣华未休歇，不觉山崩海将竭。兵戈乱入建康城，烟火连烧未央阙。衣冠士子陷锋刃，良将名臣尽埋没。山川改易失市朝，衢路纵横填白骨"，此诗亦与《邯郸宫人怨》同一机杼，以隋灭陈而引起富贵权势的沧海桑田历史巨变，叙写江畔老人一家的昔盛今衰的经历，见出崔颢至建康遇地触发，思考了江山易改贵贱更替的重大问题，这和《邯郸宫人怨》因"一朝太子升至尊，宫中人事如掌翻"性质接近。说明早年崔颢不仅有《渭城少年行》表示对富贵的艳羡，同时也思考富贵权势的更替变迁，也说明他对社会与人生还是有比较清醒的认识。此诗的"人生贵贱各有时"的归结，与《邯郸宫人怨》的"人生万事由上天"，结论也是一致的，显示人生命运难以把握的无可奈何的感喟，属于少年人的感慨。

崔颢还有《孟门行》，为自制题目的新乐府，规劝当权者不要听信谗言，要始终如一地信用人才。全诗通篇议论，以黄雀衔花报恩反遭弹射起兴。末尾则言："北园新载桃李枝，根株未固何转移？成阴结实君自取，若问旁人那得知？"首末都像两首绝句，写法也较别致。

综上所论，崔颢妇女题材与感喟世事之作都是早年之作，涉及人生与社会的重大问题，在艺术上的成就则更为显著，特别为歌行体的发展作出贡献。其中的叙事歌行均为大篇，对元白长庆体的叙事诗具有明显重要的影响，另外还在铺叙渲染、抒情、议论为主的手法上，都有全面的体现。这才是崔颢诗的主体部分，他在歌行体上的成就实际超过边塞诗，应当予以足够的重视。

五　近体山水诗

崔颢山水诗，除了五言古诗《游天竺寺》与《入若耶溪》以外，主要集中在五律、五排与七律上，凡11首。其中以七律两首最为著名，特别是《黄鹤楼》，被严羽推为唐人七律第一：

　　昔人已乘白云（一作"黄鹤"）去，此地空余黄鹤楼。黄鹤一去不复返，白云千载空悠悠。晴川历历汉阳树，芳草萋萋鹦鹉洲。日暮乡关何处是？烟波江上使人愁。（见图93）

七言歌行是崔颢的拿手诗体，而反复又是歌行最习见的手法，此诗前半"白云""黄鹤"反复两次。而且打破颔联对偶的制约，可谓变体律诗或歌行体律诗。七律原本从歌行体发展而来，所以此诗的前半好像回了"娘家"一趟，流利鲜活，显得格外亲切自然，"不嫌其复，不觉其繁"（《山

图 93　明代　安正文　黄鹤楼图

　　崔颢一首《黄鹤楼》诗，在七律中，赢得了绝大声誉，也使黄鹤楼名震千古。此图楼阁高耸，气象雄伟，人物众多。从画中可以想象到，登高临眺之邈远。诗和画在这里可以得到相互补充。

满楼笺注唐诗七言律》语），然后专从律体看来，就觉得"不拘对偶，气势雄大"（方回语），或者"超然不为律缚，此气昌而有余也"（《七修类稿》卷三一语），因而"滔滔莽莽，有疏宕之气"（刘后村语），其实专就题面生发，先从怀古角度盘旋，原本登高临远，应以所观之景或与所登之楼本身描摹，然此四句全从虚处写起，"意得象先，神行语外"（沈德潜语）。而以歌行之气势运于律体，在初唐七律建构时，姜皎《龙池篇》就有："龙池初出此龙山，常经此地谒龙颜。"两句连用三"龙"字。沈佺期同题诗更加推演："龙池跃龙龙已飞，龙德光天天不违。池开天汉分黄道，龙向天门入紫微。"四句五"龙"字，四"天"字，两"池"字，然前人却言："诗之奇岂在叠字？《龙池》、《黄鹤》俱以歌行风调行于律体之间，故有翩若惊鸿，婉若游龙之态，而千秋绝调也。"① 其实"叠字"——于此应谓反复，如前所言，本是歌行体一大法门，只是从结构看，"所谓'章法之妙，不见句法，句法之妙，不见字法'者也。"（《说诗晬语》语），实则与播弄"龙池"、"天"字分不开的。然崔诗浩浩莽莽，疏宕雄浑，更有云起鹏飞之势。特别是"白云千载空悠悠"，把往古与现在融化无迹，且复从古悄然回到眼下，过渡得非常自然，"不嫌其突，不觉其生"（《山满楼笺注唐诗七言律》语）。以下四句所见所感，全从实处写来。颈联出句远景，对句近景。"晴川"与"鹦鹉洲"，"汉阳树"与"芳草"，交错穿插成犄角对偶。天晴故远树之"历历"可见，"芳草"距离近，故其香气闻见分明。下句句内句外尚有许多言语，"鹦鹉洲"为东汉名士祢衡葬地，而其地名又以所作《鹦鹉赋》命名，此为句内之意；而句外之意，一代名士不仅怀才不遇，且遭非命之不幸，就不由得让人触景生情，深有所慨。末尾"江上"点明楼与眺望者之地点，"烟波"又使"乡关"无限渺远，加上"日暮"之苍凉，抒情意味就特别浓郁。上句倒置，把顺说的"日暮何处是乡关"的"乡关"提置于前，强调了思乡情绪。二句自问自答，然而答了等于没答，"烟波"渺渺，亦即情感袅袅，自有无尽的言外之意。如此渺茫之"烟波"，清迥凄怆，唯有惆怅而已。丁仪谓崔颢："善为乐府歌行，辞旨俊逸，不减明远。《黄鹤楼》诗尤脍炙人口，为唐人拗律半格之始，实则晋宋七言歌行之变体也。"② 比明人精深的清人则指出："在崔实本之《龙池篇》，而沈佺期之字句虽本范云，调则自制，崔一拍便合，当是才性所近。"（屈复《唐诗成法》）

　　崔颢如李白，不喜作七律，仅有两首，而另一首《行经华阴》亦为名作：

────────────

　　① 张世炜：《唐七律隽》，稿本，引自陈伯海主编《唐诗品汇》上册，浙江教育出版社1995年版，第219页。

　　② 丁仪：《诗渊辩体》，1930年铅印本。

岩峣太华俯咸京，天外三峰削不成。武帝祠前云欲散，仙人掌上雨初晴。河山北枕秦关险，驿路西连汉畤平。借问路旁名利客，何如此处学长生？（见图94）

图 94　当代　石鲁　华山下棋亭

此图表现出华山的雄秀与险峻，积点为皴，所以显得很苍润。白云缭绕，仅露出山峰的顶端，棋亭所在山峰很小，更衬托出远处山势的险峻，从画中能看出，崔颢所说"天外三峰削不成"的气势。

此诗前四句言经华阴之所望，后四句写经过之所感，风格雄伟壮阔，清刚净炼。起句孤峭巍峨，次句翻过一层，奇峭险峻。两句俯仰之间，写出华山之险。"俯"字言其高而想象俯视所望之远，囊括以下除次句外的六句。

而次句从仰视角度写出，属于山前所经的实写。然"削不成"跌进一层，即原本谓太华三峰如削，今反言连刀削斧凿也"削不成"。华山以道教与险峻著称，颔联则从汉武帝神祠与仙人掌着眼，"云欲散"与"雨初晴"都从远望中写出，且彼此呼应。祠在县内，故为平远，接句为仰望，呼应首联。同时这两句为尾联伏线，颈联"河山"与"秦关"以"枕"结连，"驿路"与"汉畤"以"连"字相接，华山特殊的地理位置与关中平原之平阔，都从俯视中写出。意脉回应起句的"俯咸京"，而"秦关"、"汉畤"又"包含多少兴废在内，方逼出七、八意"（《唐诗成法》语）。华阴是通往长安的必经之地，尾联借道教长生高于进京求功名。此诗句句就华山的高险与人文景观及地理环境说来，移不到它处，可谓抓住了华山的"个性"。特别是颔联，从华山面临的西与北两方向下辽阔的关中平原，衬托出华山的伟壮。金圣谓称为"真如象王转身，威德殊好"，即今所说的侧面描写，属于旁衬手法。此诗确能显示盛唐气象的伟壮雄浑。胡应麟认为此诗与"李白《送贺监》，贾至《早朝》，岑参《和大明宫》、《西掖》，高适《送李少府》，祖咏《望蓟门》，皆可竞爽"[1]，只是结尾过于粘着，有些拖泥带水，"语似中唐"（顾璘语），显得不够健旺，并不觉得像前人所说的那么高超。崔颢五律九首，题材比较多样，整体艺术感染力弱于七言歌行与七律，大约和他的五古相当。然其中的《题潼关楼》可与他的两首七律相比：

> 客行逢雨霁，歇马上津楼。山势雄三辅，关门扼九州。川从陕路去，河绕华阴流。向晚登临处，风烟万里愁。（见图 95）

潼关地当黄河、渭河、洛水会合之处。位于秦、晋、豫三省交界，是进入关中的要道，通往长安的咽喉，地理位置天造地设，长河大关，控扼险要。此诗首尾呼应，起调平平。"雨霁"则登临可见"风烟万里"，此景象亦复雄阔，远近在目，可谓兴来，情来，神来，笔力雄健清劲。中四句主语山、关、川、河，可谓高山大河，雄关险道，四

---

[1] 胡应麟：《诗薮》内编卷五，上海古籍出版社 1979 年版，第 85 页。

图95　当代　徐义生　**大河上下**

潼关为关中东大门，历来是兵家必争之地，依山傍河，地势险要，是诗人们常常歌咏的对象。崔颢此诗简洁地描绘出潼关位置的特殊性。此图采用俯视，且具深远，描摹出黄河磅礴的气势。在潼关俯视黄河，与此颇为接近。

险具备。注家谓"川"指黄河，似误。当指川道峡谷，即古称天险一丸可塞的峡谷险道函谷关，此为咽喉中的咽喉，颔联的"雄"与"扼"，雄杰横出，两句构成的大境界，可谓以大手笔辅之，气势宏壮，声势雄亮。颈联虽与其地形相副，然气势稍弱，过于质实，缺少些其地所特有的政治军事意义上的揭示。所以屈复说"五六呆写近景，遂令通篇减色"，并且指出"或写情如少陵《岳阳楼》，或写出长安兴废，则得之矣"[1]，纪昀则谓："气体自壮，然壮而无味，近乎空腔。"[2] 二家说法实出一理。如此登高临远诗，能得地理之势，却少了自家性情。此诗结尾，固以言情出之，但可移至他处，与所见景物虽有相连，然自家本性却落不到实处，未免肤廓空泛，固然从章法看较为浑融。这虽是崔颢这首名诗的不足，然亦是盛唐诗人与盛唐气象的

---

① 屈复：《唐诗成法》，乾隆八年弱水草堂刻本。
② 见方回选评，李庆甲集评《瀛奎律髓汇评》，上海古籍出版社1986年版，第1413页。

不足。对于升平时代的安宁繁华景象，要穿透一层，只有具有强烈的忧患意识，始终不渝地关注时局者，方能具有超前的眼光，就像杜甫那样！

崔颢之律诗，虽然题材丰富，然仍以写景为主，而其中四句却不全用来描摹景观，颔联往往出之叙述，写景只有颈联两句。他凭着雅静明洁的语言才能，以惜墨如金对待写景，在他颇为自信。他是汴州人，而在《晚入汴水》归乡诗里不能没有些激动：“客愁能几日？乡路渐无多。晴景摇津树，春风起棹歌。”这是中间对偶四句，近乡的按捺不住的欣慰使他采用叙述的形式，是为前两句。后两句写景，前句言在天晴日丽中，倒映在河中的树影随波摇动，光影闪灼，如此复杂的景物，只用“晴景摇津树”就够了，而下句“风”不仅飘起了棹歌，荡漾出兴奋，同时也回应了出句的“摇”。由此可见出崔颢诗的雅洁精深的一面。《发锦沙村》结构与写景亦复如此。《上巳》算是写景用力的一篇：“巳日帝城春，倾都被禊辰。停车须傍水，奏乐要惊尘。弱柳障行骑，浮桥拥看人。犹言日尚早，更向九龙津。”这首五律圆润“精能”（《围炉诗话》语）。颈联状难写之景如在目前，写来如画。而“障”与“拥”状态精密，末尾“犹”与“更”呼应紧凑。然颔联把本应描写的景观，却变成带有推断的理性叙述，景象就不够鲜明了。《寄卢八象》写法亦为略同：“客从巴水渡，传尔溯行舟。是日风波霁，高唐雨半收。青山满蜀道，绿水向荆州。不作书相问，谁能慰别愁。”景物全从想象中写出，“青山”两句瞻前顾后，写出行程的寂寞。《舟行入剡》的“青山行不尽，绿水去何长”，意亦仿佛。总之，崔颢五律，与他的七言歌行与七律及五古边塞诗相较，就逊色多了。

第二十章　开天之际名家:陶翰、薛据与常建论

盛唐开天之际，陶翰、薛据、常建，散落在李白、王维、杜甫、高适、岑参诸大家、名家周围，往往被人淡忘，久而形成陌生的面孔，至于他们的艺术个性，亦有湮没不彰之势。陶翰诗文双美，诗风接近高适。题材广泛，边塞诗尤为出色，把边塞风光与人物描写结合起来，似对李颀人物诗的呼应。文以送序为主，短小精悍。薛据诗雄劲悲凉，以议论为绝句，写景好从大处着眼，气势磅礴。常建在盛唐之音中显出别调的风采，特别讲究诗艺的技巧，独辟一境，用语幽玄，写景"幽深无际"，音乐诗喜以侧面烘托，风格幽僻清冷。他的边塞诗多"哭声"，具有特殊个性。

在李白、王维、高适所处的开元、天宝时期，他们身边有一批如上所言的小名家诗人，虽然诗作不多，但和大诗人一起开辟了盛唐气象的鼎盛时期。他们就像散落的群星，围绕在月亮与大星座的周围，也闪动着各自的光芒，显得盛唐之音是由那么多的多重复调构成宏亮的大合唱。亮丽的色彩，不单来自那些大家和名家，还有这些小名家，使盛唐诗歌的彩虹更加璀璨。而盛唐大诗人何以那样集中，其原因亦与这些小诗人分不开。

一　陶翰诗的慷慨与诗笔双美

与李白、王维、高适同时活跃在开天时期的陶翰、薛据，他们的风格接近慷慨悲壮的高适，但却以五言古诗展示自己的风采，而非高适以七言歌行见长。

陶翰原本润州丹阳（今属江苏）人，与《河岳英灵集》的编者殷璠同

里。据其《晚出伊阙寄河南裴中丞》所说："退无偃息资，进无当代策。冉冉时将暮，坐为周南客。前登阙塞门，永眺伊城陌。……家本渭水西，异日同所适。"可能自小离开故里，居于秦中渭水之西，中年则在伊阙一带作客①。开元十八年（730）进士，以试《冰壶赋》得名，犹如开元前期祖咏所试《望终南余雪》、崔曙《奉试明堂火珠》，而获声价一样。又于天宝年间拔萃登科，授华阴丞。曾任大理评事、太常博士，官至礼部员外郎。与孟浩然、房琯为友，鲍防等曾得其奖掖。大约卒于天宝末年。《全唐诗》收其诗17首，其中11首已见于《河岳英灵集》，即均为天宝十二载前所作。《全唐文》卷三三四录其文20篇，长于赋序，大多为赠别送人之作。从其诗看，他曾北出萧关，南游江淮一带，足迹也较广泛。

《河岳英灵集》卷上说："历代词人诗笔双美者鲜矣，今陶生实为兼之。既多兴象，复备风骨，三百年以前，方可论其体裁。"所谓"三百年以前"，指晋宋以前，即建安、正始时期，亦即陈子昂所倡导的正始之音与建安之作。殷璠谓高适诗"多胸臆语，兼有气骨"，谓"（薛）据为人骨鲠，有气魄，其文亦尔"。可见陶翰、薛据与高适在风骨气象上比较相近。

陶翰诗主要以五古为主，亦长于此体②。而且题材广泛，边塞、酬赠、怀古、行旅，皆有灿然可观者。其中边塞诗四首，两首为乐府旧题。《古塞下曲》云："进军飞狐北，穷寇势将变。日落沙尘昏，背河更一战。骅马黄金勒，雕弓白羽箭。射杀左贤王，归奏未央殿。欲言塞下事，天子不召见。东出咸阳门，哀哀泪如霰。"此诗明快，流畅，劲朴，遒紧，由豪壮转入悲哀，"淋漓痛快，怒骂涕哭，一齐并至"（周敬语）。诗分三层，似一气呵成，又像由三首绝句合成。中四句对偶自然，似乎缺少不得。其中后两句为流水对，犹如首尾八句，一句赶着一句，续续相生，一气流走。既豪壮痛快，又悲愤淋漓，结尾四句则倾情无限，把忠于边事而功多见疑的处境叙写得至为明晰。欲言无门，唯有对天长叹，读来使人悲愤。他的《燕歌行》同样借汉指唐，以一汉将"大小百余战，封侯竟蹉跎"，有功不赏。而且"归来灞陵下，故旧无相过"，老年寂寞失意，化用李广

① 说见傅璇琮主编《唐才子传校笺》卷二，中华书局2002年版，第280页。
② 顾况《从礼部员外郎陶氏集序》："行在六经，志在五言，尤精赋序。……綦毋著作潜、王龙标昌龄，则其劲敌。"

事，同样揭示功高不赏，终生失意。诗意透达世情，亦让人悲愤无限。

他的《出萧关怀古》写得很别致，一来把怀古与边塞融为一起，二来似乎把王昌龄的《出塞》其一"秦时明月汉时关，万里长征人未还"扩充为一首较长的五古："驱马击长剑，行役至萧关。悠悠五原上，永眺关河前。北虏三十万，此中常控弦。秦城亘宇宙，汉帝理旌旗。刁斗鸣不息，羽书日夜传。五军计莫就，三策议空全。大漠横万里，萧条绝人烟。孤城当瀚海，落日照祁连。怆矣苦寒奏，怀哉式微篇。更悲秦楼月，夜夜出胡天。"（见图96）前四句叙述缴清题目的"出萧关"，亦似一首五绝。以下16句分作两层：前八句言自秦至汉战事不息，始终是国家一大症结。后八句言大漠孤城萧条苦寒，士兵怀归而不得。诗就秦汉而发是为怀古，其中"秦城亘宇宙，汉帝理旌旗"，以及"更悲秦楼月，夜夜出胡天"，似乎均用王昌龄《出塞》字面。此诗偶散兼行，明快中浸透一种历史与现实交融的厚重苍凉之感。篇幅虽长，然节奏鲜明，层次清晰，可以看出作者善于组织结构的能力，始终保持豪迈而又悲愤的本色。叙述、议论、抒情、写景，间见互出，组织得法，洵如殷璠所言"既多兴象，复备风骨"。唐汝询说："此因明皇喜边功，而托汉以讽也。"[①] 虽与前两首诗主题不同，而用意则一。末尾以情带景，道尽"士卒怀归，望明月而起室家之叹"的情怀，用意深而用情厚，耐人寻味。

《赠郑员外》则把酬赠与边塞以及人物刻画结合起来，在边塞诗中，可称为别开生面：

驄马拂绣裳，按兵辽水阳。西分雁门骑，北逐楼烦王。闻道五军集，相邀百战场。风沙暗天起，虏骑森已行。儒服揖诸将，雄谋吞大荒。金门来见谒，朱绂生辉光。数年侍御史，稍迁尚书郎。人生志气立，所贵功业昌。何必守章句，终年事铅黄。同时献赋客，尚在东陵傍。

此诗涉及战斗，好像只开了个头，没有描写过程。只叙写了郑员外儒服前

---

① 唐汝询：《唐诗解》卷三，河北大学出版社2001年版，第30页。

图96　清代　任伯年　关河一望萧然（右）　　当代　石鲁　过河（左）

　　　　这两幅画把大西北的空旷、荒寂、神奇，都展现在眼前。《过河》画的是现代人劳动，然由此可以推想往昔的寥廓与冷寂；任氏画更促人想象。陶翰诗的"悠悠五原上，永眺洮河前。大漠横万里，萧条绝人烟"，如此景况，却可在这两画中得到一种共鸣与遐想。诗与画都有一种震撼力，都能促使感情跳动、起伏、感慨!

线，雄谋镇边，以及功成归来，朱绂生光。然后倡言建功立业，不以章句铅黄为务。雄健豪迈中充满了对未来的自信，这正是盛唐士人普遍的从军热情，与对理想热情的憧憬。此诗亦偶散间见，同样体现了无论对偶或散行，节奏总持以明快风格。特别是下句转动快疾而又自然，这是陶翰五言诗最为显著迥异于人的个性特征。

　　陶翰诗的议论，亦为透晰明爽，于遒劲中有旷然劲逸之气。如《赠房侍御》写于房琯贬外之时，开头即以议论安慰："志士固不羁，与道常周旋。进则天下仰，已之能晏然。"末尾则言："倚伏聊自化，行藏互推迁。君其振羽翮，岁晏将冲天。"无论抚慰或勉励，运语自然，从心所欲，犹如他的赋与送人之序，总是明净流走，爽然自如。

　　《送朱大出关》则采用叙议结合，亦写得转动自然，如行云流水，而慷慨高亢："楚客西上书，十年不得意。平生相知者，晚节心各异。长揖五侯门，拂衣谢中贵。丈夫多别离，各有四方事。拔剑因高歌，萧萧北风至。故人有斗酒，是夜共君醉。努力强加餐，当年莫相弃。"此诗转动迅疾，每以互为顿挫抑扬的两句，渗透于叙议之中。悲凉之中，慷慨之气不衰。

相比较而言，他的行旅写景诗，稍较冗缓，也见不出景物时地的特征，较王湾、祖咏简净清奇就逊色多了。

陶翰文与赋凡 20 篇，赋两篇，判词两篇。文以送序为主，凡 16 篇。一般都比较简短，叙述、议论、抒情结合。往往在短序篇末描写送别时景观，景中带有浓烈情感，很有些艺术小品的味道，或者散文诗的风神，体现了盛唐散文诗化的倾向。例如《送田八落第东归序》：

> 田子行于古而志于文，雅多清调，将有新律，锋镝甚锐，将来者其惮之。勿以三年未鸣，六翮小挫，则遂有青豁白云之意。夫才也者，命在其中矣；屈也者，伸在其中矣。将子少安，吾以是观德。灞亭柳绿，昆池草青。于何送归，无易咏歌。

文仅 160 字，有揄扬，有希望，有鼓励，有送别时地景观。句式大多为短句，抒情意味非常浓厚，见出作者抚慰的殷勤，而行文又言简意赅，极为精悍。所分层次，又极为可观。措语明爽，风格劲健，可作精雅小品来读。而《送王大拔萃不第归睢阳序》，同是送人不第而归，同样短小，然变化极大：

> 才格可得而仰也，文章可知而畏也，故往年有公连之捷矣。九流之学日盛，三鼓之音未歇。今兹有天官之厄矣，天将启子于世，故命以才，授子于亨，故先以屈，屈伸理也，才位时也。子姑感激毫翰，增修词律，冲天之举，吾倚而待焉。欢洽岂常，离言实早。河岳西别，悠哉镐京，庭闱东瞻，谁谓家远。草色将变，云天浩然。诗而咏言，将以述志。

同样是鼓励下次再考，而此则先发之议论，出之以事实，希望来年再战。次言屈伸之理，有所屈则必有所伸，以望增润才质。末言惜别情景，其中亦含不少宽慰。全文骈散间见，情意益然。读此一序，失意者精神不能不为之一振。

陶翰诗"既多兴象，复备风骨"，而其文约略仿佛，可以谓之既多风骨，复备兴象。他是以诗运文，情理兼备。无论议论、叙述、写景，均以情运之，故有浓厚的抒情色彩。所以殷璠称他"诗笔双美"。

二 薛据诗的雄劲悲凉

比陶翰稍晚的薛据，如前所言，崇尚气质风骨，诗风亦与陶翰相近。家居河中宝鼎（今山西永济市北），与王维同一故里。据杜甫寄赠诗，可知晚年曾客居江陵。大约于开元十九年（731）进士及第，曾任永乐（今河北省满城）主簿、涉县（今属河北）令。后游齐鲁、梁宋及吴越等地。天宝十一载（752）任大理司直。肃宗乾元二年（759）为司仪郎，官终水部郎中。其生年约在大足元年（701）前，卒约在大历二年（767）以后。基本上与王维相始终。《全唐诗》存诗 12 首，其中《题鹤林寺》应为綦毋潜所作①。10 首见于《河岳英灵集》，均约 52 岁前所作，作于天宝十二载之后者未见。陈尚君《全唐诗补编》之《续补编》卷三收薛据七律《泛太湖》，出自《古今图书集成·山川典》二八二《太湖部》。全为写景，风格亦与薛诗不类。早年好隐居求道，然以进取功名为务。

《河岳英灵集》卷中说："据为人骨鲠，有气魄，其文亦尔。自伤不早达，……怨愤颇深。至如'寒风吹长林，白日原上没'，又'孟冬时暮短，日尽西南天'，可谓旷代之佳句。"《唐才子传》卷二亦谓"造句往往追凌鲍、谢"。与王维、高适、杜甫、储光羲、崔曙、孟云卿、刘长卿、岑参均有交往，颇得时人称美。高适《淇上酬薛三据寄郭少府微》称薛据"故友负灵奇，逸气抱塞谔。隐轸经济具，纵横建安作"，可见与高适同一声气。杜甫赠诗亦云："大雅何寥阔，斯人尚典型。""文章开突奥，迁擢润朝廷。"又云："赋诗宾客间，挥洒动八垠。乃知盖代手，才力老益神。"② 刘长卿《送薛宰涉县》也说："雄辞变文名，高价喧时议。下笔盈万言，皆合

---

① 说见佟培基《薛据生平及其作品考辨》，《中华文史论丛》1983 年第一辑。

② 杜甫：《秦州见敕目薛三据授司议郎毕四曜除监察与二子有故远喜迁官兼述索居凡三十韵》与《寄薛三郎中琚（据）》，分别见《杜诗详注》卷八、卷十八。

古人意。"虽出于友人赞誉，然可见在当时声响颇高。

薛据诗与陶翰相同，以五古为主。虽早年隐居，实极具功名进取之雄心，30 岁及第，此前可能有多次折翅。他在《怀哉行》里尽情发泄出来：

> 明时无废人，广厦无弃材。良工不我顾，有用宁自媒。怀策望君门，岁晏空迟回。秦城多车马，日夕飞尘埃。伐鼓千门启，鸣珂双阙来。我闻雷雨施，天泽罔不该。何意斯人徒，弃之如死灰。主好臣必效，时禁权不开。俗流实骄矜，得志轻草莱。文王赖多士，汉帝资群才。一言并拜相，片善咸居台。丈夫（一作夫君）何不遇，为泣黄金台。

诗分三层，前四句谓有材必用，即李白"天生我材必有用"意。中十句说到京都并未如愿，后十句说世情轻视草莱，一言拜相，片善居台，只是一种幻想。此诗全以鲍照《代放歌行》的层次为骨架，议论与描写分布亦同。然鲍诗言夷世难逢，贤君爱才，劝人出仕，但正言若反，实际讽刺人才没有出路。此前半亦似正若反，直接揭露弃才不用的原因是流俗骄矜，轻视草莱。把正言反说与反言直说结合起来，把士人的理想与上层社会的拒绝展露无遗。同时鲍诗的"夷世不可逢，贤君信爱才"、"明虑自天断，不受外嫌猜"、"一言分珪爵，片善辞草莱。岂伊白璧赐，将起黄金台。今君有何疾，临路独迟回"，其措辞用意都在薛据此诗中得到"回响"，而且对京都的豪贵云集的描写亦为仿佛。但此诗把自信、失望、抑郁、愤懑、悲痛，表达到更为悲愤淋漓，而且笔力雄健，气势充沛，驰骋纵横，显示了盛唐士人的急于建功立业的时代精神，以及浪漫理想一经现实挫折而引起对社会的深刻思考。对这一普遍规律的揭示，超出了一己之悲哀，更具有触动人心的艺术力量。此诗既见出薛据早年的才华，也可显示盛唐气象的丰富与深刻。

写于未进士及第前的，除了《怀哉行》，还有《古兴》两首以及《早发上东门》。《古兴》分作长短两首，长者前后分作两层，前边描写京城达官显宦的豪奢，后边指出权力有更替，宦海会沉浮。结尾则言："丈夫须兼济，岂能乐一身。君今皆得志，肯顾憔悴人？"带有干谒求援性质，境界不及《怀哉行》。短者一首说："投珠恐见疑，抱玉但垂泣。道在君不举，功成叹何及。"殷璠所说"自伤不早达"，"怨愤颇深"，就此看来其言甚是。此诗语气急切，直言士之不举而在于君主不用，足见其人之骨鲠。《落第后口号》亦为"自伤不早达"：

> 十五能文西入秦，三十无家作路人。时命不将明主合，布衣空惹洛阳尘。① （见图 97）

图 97　清代　任伯年　人物册页

长安与洛阳在唐代为两京，制举也常在洛阳举行。薛据大约三十岁后中进士，并不算晚，然进取心强，常"自伤不早达"，而且"怨愤颇深"（殷璠语），故多感慨悲凉之句，如"君今皆得志，肯顾憔悴人"，"时移多谗巧，大道竟谁传"，"怀策望君门，岁晏空迟回"，以及此诗的"时命不与君主合，布衣空惹洛阳尘"，道尽当时栖迟两京道上举子们的坎坷。此图中人与驴的迟疑，就很形象地显示了失意者的彷徨与苦闷。

---

① 此诗《河岳英灵集》卷下题作《落第后口号》，并言"一本作綦毋潜诗"。《文苑英华》、《唐诗纪事》、《全唐诗》，并作綦毋潜诗，题作《早发上东门》。綦毋潜诗清秀幽冷，不作直抒胸臆语。此诗明快爽劲，应属薛据。另外可详参佟培基《薛据生平及其作品考》，见《中华文史论丛》1983 年第一辑。

由此可见薛晚年往返奔波长安、洛阳，蹭蹬落第则不止一次，加上生性骨鲠，故"怨愤颇深"，"自伤不早达"，成为他的主要题材，便为情理中所应有的了。

薛据咏怀诗雄劲明快，慷慨悲凉，而写景诗亦不作细致刻画，好从大处着眼，以叙写整体气氛为务，这些特征均与高适为近。《登秦望山》前半写景极为雄阔壮丽："南登秦望山，目极大海空。朝阳半荡漾，晃朗天水红。谿壑争喷薄，江湖递交通。"秦望山在浙江绍兴，秦始皇曾登临以望海，此诗则把旭日东升霞光满天，写得光照耀眼，实际带有一定的想象。而《西陵口观海》亦笔力雄健，使人身心振荡：

> 地形失端倪，天色溃潝漾。东南际万里，极目远无象。山影乍浮沉，潮波忽来往。孤帆或不见，棹歌犹想像。日暮长风起，客心空振荡。

大海无有边际，光色晃动，山形浮沉的视象错觉，孤帆若有若无，船歌缥缈得犹如在想象，一切都处在潮波奔涌的振荡之中。抓住动态的总体感觉，使人身心不由自主地振荡起来。其他所写景物，总处远望之间，便于从整体上把握景物所引起的感受。

> 回首望城邑，迢迢间云烟。（《初去郡斋书怀》）
> 散漫余雪晴，苍茫季冬月。寒风吹长林，白日原上没。（《出青门往南山下别业》）（见图98）
> 云开天宇静，月明照万里。早雁湖上飞，晨钟海边起。（《泊震泽口》）
> 门带山光晚，城临江水寒。（《题丹阳陶司空厅壁》）
> 日中望双阙，轩盖扬飞尘。鸣珮初罢朝，自言皆近臣。光华满道路，意气安可亲。（《古兴》）

以及佚诗："穷冬时短暑，日尽西南天"，都是在放目望断中刻画景物，无论迷茫，明净，苍凉，清爽，都在力图寻找一种整体的把握，一种

图 98　明代　陆治　**幽居乐事图·晚鸦**

　　薛据的"寒风吹长林，白日原上没"，既像两个分镜头的组合，又是同一氛围的共时景物，合起来有很大的迸发力与扩散力，空旷、萧瑟、摇落、寂凉而有一种不可挽回的消逝感。它和岑参两句一意贯穿的名句："山风吹空林，飒飒如有人。"或两句两景而合为一意："长风吹白茅，野火烧枯桑。"都有刺激性的爆发力，一下子让人震栗起来，惊耸得竖起耳朵，心神为之一振。或许岑参"可谓逸矣"或者"宜称幽致"（殷璠语）的名句，原本就受到比他年长 20 岁的薛据的启发。此图原为多幅中的一幅，所写"乐事"，看它的荒寞，似可与薛据诗合观。

整体的气氛，一种整体的感觉，一种精神的整体贯穿。正如他自己在《出青门往南山别业》所说的"兴来亦因物"，或者《泊泽震口》所说的"苍茫万物开"，要把大自然引发的"兴来"，投注于自然，在万物为开的苍茫景物中，他用自己的感情去笼罩视阈的尽头，或者说景物中有他的气魄情兴在荡漾。这正是盛唐诗人最具豪兴的"欲穷千里目"的追求，透露出一种奋发向上的精神。杜甫其所以认为他的诗是"寥阔"的"典型"，能够"挥洒动八垠"，甚至于"才力老益神"，就是认为有一种精神存在其中；而高适认为薛据诗有一种"灵奇"和"逸气"，可以看出其中"謇谔"，即"骨鲠"的性格。这些说法并非全都是友人的过情之誉，正是在他的诗中体现了一种盛唐气象的主体精神。虽然这种精神在他单纯的题材里尚未得到充分的体现，还没有全面达到"纵横建安作"的那种企盼，但他的趋向与追求正是朝此而来，而且或许与我们只看到他的诗仅有 11 首而有关。总之，他的风格与高适接近，有豪壮，也有悲凉；有直抒胸臆的议论，也有

神来兴来对景物的远眺，这些都是极为相似的地方。相对来说顿挫少于高
适，也没有高适那样激荡慷慨，题材更没有高适的广阔。可惜他和高适、
杜甫、岑参、储光羲同登慈恩寺塔的诗失传，使后来读者对这一次高水平
的诗歌盛会，只知道他处于"失语"地步，否则，我们对他会有更亲切的
发现。

三　盛唐之音始变的常建

犹如盛唐前期小名家有豪迈的王翰与王之涣，也有清幽的王湾、祖咏
一样，开天鼎盛时期有风骨兴象兼备的陶翰、薛据，也应出现常建、卢象
这样宁静清淡的诗人，盛唐之音应当具备多种嗓调，盛唐气象的彩虹也应
是多种颜色构成。

常建生卒占籍均不详，开元十五年（727）与王昌龄同登进士。天宝
年间曾官一尉，或即盱眙尉。仕不如意，遂放浪琴酒，往来太白、紫阁诸
峰，有隐居之志。后寄居鄂渚，大约卒于天宝末年。存诗58首，获大名于
当时，殷璠《河岳英灵集》以之为首，看来对他颇为重视。

常建诗主要为送别、边塞、咏史、音乐、行旅、山水诗，题材还比较
多样，以五古为主。写寺院的只有两首，而其中《题破山寺后禅院》为他
赢来极大的声誉：

清晨入古寺，初日照高林。曲径通幽处，禅房花木深。山光悦鸟
性，潭影空人心。万籁此都寂，但余钟磬音。（见图99）

破山寺即破山兴福寺，在今江苏常熟市虞山北麓之破山。《河岳英灵集》卷
上说："建诗似初发通庄，却寻野径百里之外，方归大道。所以其旨远，其
兴僻，佳句辄来，唯论意表。"例举即有此诗颈联，以为"可称警策"。禅房
为僧人居所，诗写寺内后院，即僧人花园式的居所，是按照时间的流程与空
间移步换形来写，并没有什么新奇。首句入题即"初发通庄"，开门见山。
接写禅院竹径通幽，花木幽深，山光清爽，鸟鸣欣然，潭水澄澈，使人心境

图 99 清代 石涛 山水册页

画上一条蜿蜒山道伸向山腰，有人拾级而上。转弯的山林深处，露出寺庙一角。构图特别强调空间感，而峰回路转的光景显得极为幽静。常建诗则"极幽玄，读之使人泠然如出尘表"（《诗薮》语），他写破山寺的名诗就旨远兴僻，写得极为幽静。石涛这幅画就好像只画出了"清晨入古寺，初日照高林"，甚至还少了"初日照"。至于诗的其他光景，就由人想象了，然而这正是此画的佳处。

如洗。这四句写景幽静而细微，可谓之"却寻野径百里之外"，结尾点出寺院则属于"方归大道"。首尾叙写参观寺院始末，中间写寺院幽景，这本来为正常的一般格局，也是五律通常作法。殷璠激赏的是开门见山之后，大概是写景幽细，尚能小中见大，且大小景观都那么静谧。殷璠所论为常建诗整体风格，把此诗则视为代表作之一。就内容看，也不过是一般寺院光景，然而平常景物却写得清新、宁静，以及心境的愉悦如洗，都悄然流泻出来。正如当代游者所言："愚尝与友同游，实平常寺庙也。然常尉一游，竟有如此光耀之诗，唯有赞叹而已。"又言："此是神来之笔，不可仿佛，如崔颢之作《黄鹤楼》诗也。"① 此诗开头犹如王昌龄《诗格·十七势》的第一种法"直把入作势"所说："若赋得一物。……但以题目为定。依所题目，入头便直把是也。"即开头直奔题目，点明时地与游览之始，以平静的叙述淡入。次句描写晨曦照亮树梢，一股清亮新鲜的爽晨光景，也透澈全诗。这两句平起而略加渲染，犹如国画的兼工带写，清韵宜人。再加上采用流水对的形式，好天气正是游览的好时光，心情之愉悦，则不言而喻。"曲径"一作"竹径"或"一径"，论者言："都不如'曲径'有遮蔽视线的趣味，中国园林用照壁、回廊、假山都是避免一览无余，而'曲径'也是如此，才能与下面的'幽径'互相照应。"② 其实遮蔽美与照应美，"竹径"同样略为具备，并平添一种景观。问题在于"曲"与"幽"有一种清韵和弦的味道，并且涵有淡淡的哲理，而有更强的挥发性与联系性，还带有一种暗示性的魅力，即审美的规律性。而"通"一作"遇"，而"遇"只是一般游览的描述，缺少引发力，更缺乏寻求胜境的延伸心理，减却遥想"曲径"前边的胜况的吸引力。"禅房花木深"即曲径所通之"幽处"，"深"字把花木围绕禅房描写得有层次感和陪衬美，且"幽"意浓郁，加上"初日"沐浴，鲜亮而宁静。此两句舍弃对偶，因为首联已对偶，前人谓之"换柱对"或"偷春格"，其目的在于要把通过幽径，禅房花木乍出于眼前，风光一亮，景外有景的感觉写出来。如果作"花木深禅房"以求偶对，则乍见的新鲜感就少了，且流动感也减少了。颈联均为句内倒装句，其意本是"鸟性悦山光，人心空潭影"，倒装后变成使动句，突出了"山光"、"潭影"的魅力。而"山"之"光"，"潭"之"影"，俱从"初日"之"照"而来，山光水影，不仅可使"鸟悦"，亦可使游人心中一"悦"，且为之一"空"，俗虑澹荡一净。晨鸟出林，遇日照高林，山光焕发，鸣声自然宛

---

① 孙琴安：《唐五律诗精品》，上海社会科学出版社 1991 年版，第 91 页。
② 葛兆光：《唐诗选注》，浙江文艺出版社 1999 年版，第 138 页。

转,故可见其"悦"之如何。"悦"字传出了鸟鸣之欢欣,而欣然之唱,更为禅院平添一种特殊的宁静,而"鸟鸣山更幽"的静谧,全都融化于此,就不用说了。"潭影"容纳万象,白云,山光,花木,游人,山光树影都澹荡其中,初日照潭水之澄澈清净与莹亮明润,使人眼明神爽,身心为之一"洗",俗情烦虑淘涮一空,只有清境幻思而已。这是从小处见出大景,从微处渗透心脾,至于听觉与视觉、物象与主观都溶化其中,所以兴象深微,处处超然。从入寺至此,可称得上神来、兴来、情来,古寺的一片清净,物物可见,处处可感。故"万籁此俱寂"回光返照全篇,而"但余钟磬音",则又于静中生动,动中开发出又一让人神往的清净境界。钟声悠悠,磬音泠泠,音音入耳,声声透心,幻思油然而起。杜甫《游龙门奉先寺》结尾处所说的"欲觉闻晨钟,令人发深省",也都包含在"但余钟磬音"中,——此处不说等于说了。正如此诗"但写幽情,不着一赞美语,而赞美已到十分"(屈复《唐诗成法》语)。人在尘世中终日忙忙碌碌,一当清境,不觉万虑皆空,游观风景胜地这种通常感觉,于此都融入"钟磬音"所引发的深思静观的体悟之中。

由此可见,常建是非常讲究技巧性的诗人,似乎要在当时的雄浑豪健或浑厚质朴或高华流美或清新自然的盛唐风格外,另辟一境。以灵心慧性,体察幽微,加之以语言精洁洗练与构思巧妙缜密,追求一种幽深清远的空灵玄妙境界,兴僻旨远,欲从齐梁与建安诗风中开凿出不经人行的"野径",所以运思刻苦,唯求神采外映的意表。与刘眘虚较为接近,而刘取境空明清爽,常则幽深精微。他们的趋向,亦和杜甫、岑参在技巧追求大方向有一致处,既与盛唐前期不同,也给中晚唐带来不少启迪。常建此诗与韩愈谒衡庙诗其所以为唐代寺庙诗之佳制,其原因亦与此有关。常建诗用语幽玄,写景"幽深无际"(胡应麟语),读之使人泠然如出尘表。除了破山寺诗,他的《宿王昌龄隐居》就同样清幽孤洁:"清溪深不测,隐处唯孤云。松际露微月,清光犹为君。茅亭宿花影,药院滋苔纹。余亦谢时去,西山鸾鹤群。"以"孤云"、"清光"、松间微月、花影、苔纹这些高远幽微的雅洁意象,烘托象征王昌龄骨鲠清高之人格,借环境衬托出隐居者的精神,所以是"王昌龄一幅小像"(谭元春语)。诗境清澈泠然,灵悟幽玄,确实如出尘表。"为"字不仅说林月"灵妙"(同上),而且见出所期望的人来。《赠三侍御》发端写景道："高山临大泽，正月芦花干。阳色薰两崖，不改青松寒。"视野开阔，然兴僻旨远，思苦警策。所体现的瘦硬风格，被贺裳认为是"东野意趣"，就是说在清幽之外，他还有清冷孤峭的一面，对中唐孟郊或许有些影响。

琴声清幽，韵远而兴长，常建对此具有特别兴趣[①]。他有 4 首音乐诗，都是专门写琴曲和筝声的。然而描写方法也很特别，不直接刻画乐曲本身，全部采用侧面烘托描写，即专写乐曲的效果，只写客体，而不写主体，不仅与当时李颀不同，亦与后之白居易、李贺、韩愈迥异，专走背面敷粉的幽僻野径，具有迥出尘外的个性特色。《江上琴兴》可视为其中的代表作：

> 江上调玉琴，一弦清一心。泠泠七弦遍，万木澄幽阴。能使江月白，又令江水深。始知梧桐枝，可以徽黄金。（见图 100）

音乐语言虽然可听可感，然而无形无色，只能诉诸听觉以引发感受与联想，故通常采用以声拟声或以物拟声来描写，以赋体最为该备。王褒《洞箫》、马融《长笛》、嵇康《琴》、潘岳《笙》赋直接描写乐声，无不从拟声拟物两道出发。盛唐以前的音乐诗，由于受诗体篇幅的限制，一般写得笼括，如梁代丘迟、陈代沈炯、贺澈、江总，初唐陈叔达、杨师道、刘孝孙、王绩、李峤、董思恭、刘允济、郑愔，以及盛唐张九龄、王湾，多采用五律、五绝、五言短古形式，写得简略而缺乏动人的艺术魅力。嵇康《琴赋序》言：音乐"可以导养神气，宣和情志，处穷独而不闷者，莫近于音声也。……赋其声音，则以悲哀为主；美其感化，则以垂涕为贵。……众器之中，琴德最优。"在描写琴音也以拟物拟声为主，如"状若崇山，又像流波，浩兮汤汤，郁兮峨峨"，"远而听之，若鸾凤和鸣戏云中；迫而察之，若众葩敷荣曜春风"。赋体文学于此积累了丰厚的描写经验[②]，然五言短篇却派不上这些用场。如张九龄《听筝》："端居正无绪，那复发琴筝。纤指

---

① 参见陶文鹏《论常建诗歌的音乐境界》，见所著《唐宋诗美学与艺术论》，南开大学出版社 2003 年版。

② 东汉傅毅、马融、蔡邕、东晋成公绥都有《琴赋》；东晋殷仲堪、王珣、刘宋谢惠连都有《琴赞》。

图100 清 华嵒 万壑松风图

音乐感人心神，而属于抽象的"音乐语言"，使人激发情感的波动，而滋生许多想象。特别是琴音，幽雅、澄澈、清静、悠扬等诸种感觉，使长于侧面描写乐声的常建，由江上的琴音，从"泠泠七弦遍"，而想到了"万木澄幽阴"的景象，由听觉转而诉诸视角。如此景象，犹如此图松林茂密，叶繁枝曲，一片幽阴，一片滋润。松风阵阵，也似乎是一种音乐。此图上题："不必天风起，松多自有声"，诗歌、音乐、绘画在此融成一片。画面两山崖相距不远，中有谿水流过；两崖松树连成一片，构成画面主体。虽呈一沟，然"万壑"是由占据画面大半的松树暗示出来。浓郁的松林还传出阵阵"涛声"，它本身就是大自然的"音乐"。

付新意，繁弦起怨情。悠扬思欲绝，掩抑态还生。岂是声能感，人心自不平。"算是写得较好的一篇，只写了弹法与悠扬与掩抑两种不同的乐调，然如此描写全可移到其他乐声中，就是因为太概括，缺乏直接性的描写，显得缺少个性。王珣《琴赞》说："穆穆和琴，至至愔愔。如彼清风，泠焉经林。"常建诗正是因琴音清泠特征，而有"清心"的效果，从此生发，言可使万木改色，使幽荫澄净，江月为之一白，江水为之更深。泠泠清音，可使山河万物为之一变，变成内外清明幽深洞澈的境界。描写琴音只有"泠泠"一词，其余全从审美效果来写，而又不直接描写听感，只从外物改观传递出听者的心感，"清心"的作用也不直接道来。经过了两番曲折，真是曲径通幽，把音乐净化心神的作用，表达得令人神往，而生屏思企足的欲望。这里有夸张而不失真实，音乐的动态全由静态表现，而幽静中无处不充斥着乐声，清泠处无不浸透乐律的净化境界。末了又盘旋说：
这才明白琴以良木梧桐为质料，值得以黄金为琴徽。全诗深静清幽，虽未
从琴音着笔，只写琴声之乐理，而泠泠清音，欲满人耳。其写法亦如殷璠
所说的"初发通庄，却寻野径百里之外，方归大道"。

在《张山人弹琴》中，言"朝从山口还，出岭闻清音"时，接着写
道："了然云霞气，照见天地心。玄鹤下澄空，翩翩舞松林。改弦扣商声，
又听飞龙吟"（见图101），把琴音的效果与多种变化，通过一连串的拟物
拟声的比喻来表达：清亮的琴音，如东方绚丽的朝霞照亮了天地之"心"，
高亢悠扬的琴音，则如黑鹤从澄净的晴空盘旋飘入松林而翩然起舞；当改
弦更调奏起商音，又如深沟大壑飞龙的哀啸长吟。霞色、鹤飞、龙吟成了
音乐语言变化的具象描述。"天地心"的被"照见"，即琴音在人心中的美
感效应。这些喻象都和深山弹琴的环境吻合，也再现了琴音的幽雅清澈，
视觉与听觉被融合在一起，同时体现了幽深清隽泠然如出尘表的审美个
性。《听琴秋夜赠寇尊师》的"寒虫临砌急，清吹袅灯频"，以秋夜室外寒
虫急鸣比喻琴声的轻疾，又以秋风中的灯火忽微忽亮的摇曳，描写了琴音
的高低起伏，视听觉也构成通感交互使用，特别是"袅灯"之喻，确实有
"属思既苦，词亦警绝"的个性特征，使人恍若置身秋夜琴声之中。《高楼
夜弹筝》的结构用意近于他的破山寺诗：

> 高楼百余尺，直上江水平。明月照人苦，开帘弹玉筝。山高猿狖
> 急，天静鸿雁鸣。曲度犹未终，东峰霞半生。（见图102）

描写琴音只有两句：如夜猿于高山急鸣，如鸿雁在静静地夜空中长唳，而
"高楼"、"江水平"、"明月"、"开帘"、"东峰霞生"，都属弹奏的环境。特
别是结末"曲度犹未终，东峰霞半生"，赋而兼比，既是实在的具象，又
兼兴象，坚质内涵，神采外映，可和钱起《省试湘江鼓瑟》结末的"曲终
人不见，江上数峰青"媲美。不过，这里更多了些孤高幽僻而灵慧清雅的
空明净化境界，把大自然融化在音乐之中。

常建诗对幽雅孤洁的追求，对琴筝与钟声的喜爱，还体现在送别、山
水等诗的结尾上：

图101　当代　钱松喦　**山岳颂**

　　常建诗说早晨一进山口，刚转过一座山岭，就听到琴的"清音"。这种深山琴音，悠远清雅，使天地之"心"为之一动，就像晨霞白云一样，照亮了天地、山峰与树木。这样形容琴音，真是魅力无限，使人如陶如醉。把那种沉浸在优雅净亮的音乐感，借助视角转化出来，就像观赏钱老此画一样，使人心神旷远高亮，而且充满了绚丽与光明。所以，听琴感到"了然云霞色，照见天地心"，既是天地云霞的山水景观，又是"音乐语言"的再现。

　　回轸抚商调，越溪澄碧林。（《送李十一尉临溪》）
　　毕景有余兴，到家弹玉琴。（《白湖寺后溪宿云门》）
　　前溪遇新月，聊取玉琴弹。（《宿五度溪仙人得道处》）

圆月逗前浦，孤琴又摇曳。泠然夜遂深，白露沾人袂。(《西山》)
寻空静余响，袅袅云溪钟。(《第三峰》)

图 102　明代　张路　**听琴图 (下)**　当代　钱松喦　**万木霜天 (上)**

　　常建《高楼夜弹筝》描写哀感嘹亮的乐曲，如"山高猿狄急，天净鸿雁鸣"，这是铮铮的筝曲，而非泠泠的琴音。特别是这种铮亮的乐调还未结束时，而全然已有"曲度犹未终，东峰霞半生"，音乐感似乎把山顶染红。钱起写听琴曾说："曲终人不见，江上数峰青"，描摹琴音出之"数峰青"。常建于此言筝音谓之"东山霞半生"，一红一绿，酷似两种不同音乐感。钱起名句比常建响亮，然而原本或许受到常建此句的魅力，而滋生一种启发，这也是中唐人承受盛唐遗产的福分。钱老此画，山头红枫，如霞如染，使我们想到了描写音乐的"东峰霞半生"景象，既诉诸视觉，亦可付诸听觉乐感，仿佛听到张路画中的琴声。

　　常建终生仕仅一尉，"遂放浪琴酒，往来太白、紫阁诸峰"。又隐居鄂渚，且遍游江南一带，与山林和音乐有不解之缘。有时描写大自然的各种近似乐声的音响，同样体现了音乐净化的审美作用。如《湖中晚霁》的"迟回渔父间，一雁声嘹唳"，《潭州留别》的"望君杉松夜，山月清猿吟"，《燕居》的"啸傲转无欲，不知成陆沉"；或者是一种歌声，《晦日马镫曲稍次中流作》的"扣船应渔父，因唱沧浪吟"；或者一阵微动，《梦太白西峰》的"恬目缓舟趣，霁心投鸟群。春风又摇棹，潭岛花纷纷"，《空灵山应田叟》的"白水可洗心，采薇可为肴。曳策背落日，江风鸣梢梢"。他总是以"恬目霁心"，捕捉音乐、歌声以及大自然近于乐律的声音，表达净化的心灵，用作构筑幽静境界的结尾。

　　常建诗幽深无际，情景沉冥，用思既苦，以求警绝，风格未免幽僻清冷。所以贺裳视之为盛唐之音的别调，"唐风之始变"："吾读盛唐诸家，虽浅深浓淡，奇正疏密，各自不同，咸有昌明之象。独常盱眙如去大梁、吴楚而入黔、蜀，触目举足，皆危崖深箐，其间幽泉怪石，良非中州所有，然亦阴森之气逼人。"但他也看到"常诗名胜处，几于支、许清言，即刻划林泉，亦天然藻缋。"[1] 即亦有时代风气所熏染处。严羽《沧浪诗话·诗评》以大历为界把唐诗分为盛晚两期，认为"盛唐人诗有一二滥觞晚唐者，晚唐人诗，亦有一二可入盛唐者，要当论其大概耳"。常建诗幽冷清奇，即可视为滥觞中晚唐者。

　　常建还有九首边塞诗，据其临吊之作《昭君墓》与《吊王将军墓》，

---

　　① 贺裳：《载酒园诗话》又编，见《清诗话续编》第一册，上海古籍出版社1983年版，第324页。

似乎到过边塞。他的边塞诗主要抒发对防边的见解与感慨，不着意于战事与异地风光的描写，风格苍凉悲怨。《吊王将军墓》被殷璠认为"一篇尽善"，"能叙悲怨"：

> 嫖姚北伐时，深入强千里。战余落日黄，军败鼓声死。尝闻汉飞将，可夺单于垒。今与山鬼邻，残兵哭辽水。

傅璇琮《唐代诗人丛考·常建考》谓王将军即武后时的王孝杰。万岁通天年契丹反叛，孝杰率兵18万于东峡石谷遇敌甚众，以精锐逼敌出谷，布阵将战。后军总管畏敌而遁。事见《旧唐书》本传。此诗借汉指唐，赞美王将军英勇战斗的精神，又悲悼牺牲的将士，并愤慨使战争失败的畏敌溃逃的罪魁。此诗疏壮浑朴，悲愤黯淡。谓鼓声不震为"死"，比起李贺"霜重鼓寒声不起"，更为险奇警绝。末尾的"哭辽水"极为悲痛，引人深思。"哭"与"死"呼应，幽奇清冷。此与《昭君墓》发端"汉宫岂不死，异域伤独没"，结尾"共恨丹青人，坟上哭明月"，"死"与"哭"同样前后照应，亦同样冷奇。

《塞上曲》则为反战之作："翩翩云中使，来问太原卒。百战苦不归，刀头怨明月。塞云随阵落，寒日傍城没。城下有寡妻，哀哀哭枯骨。"百战不归，连刀头的寒光都在埋怨月光的惨淡。只有塞云寒日伴随前线的艰苦，直到老死疆场，又使多少孤儿寡母，在城下哭悼她们的亲人。"刀头怨明月"造语冷奇生新，而"怨"字又是一篇之中心。"塞云"、"寒日"两句苍茫阴冷，悲凉寂寥，末句的"哀哀"哭声，回笼全篇，刺人肌骨。而与慰问使者之"翩翩"，一经呼应对照，更为发人深省。《塞下曲四首》有两首与此主题相同：

> 北海阴风动地来，明君祠上望龙堆。髑髅皆是长城卒，日暮沙场飞作灰。（其二）
>
> 龙斗雌雄势已分，山崩鬼哭恨将军。黄河直上千余里，冤气苍茫成黑云。（其三）

都写边地阴风惨烈、人怨鬼哭景象,诅咒耀武邀功、穷兵黩武者必然罪孽深重。战争之惨烈,尽情揭示:阴风动野,白骨遍地,日久飞扬成灰,鬼哭人怨,冤气冲天,凝成黑云,笼罩沙场。常建诗多哭声,《塞上曲》的"哭枯骨",《吊王将军墓》的"哭辽水",《昭君墓》的"哭明月",以及此诗的"山崩鬼哭",故可谓之"长于写哭"(沈德潜语)。他希望和平,该诗其一首先表示"昌明博大"的期望:

> 玉帛朝回望帝乡,乌孙归去不称王。天涯静处无征战,兵气销为日月光。

他诅咒战争惨酷,所写的哭声一片,为盛唐边塞少见①。而所写的化干戈为玉帛的升平景象,雄浑博大,沐日浴月,句亦吐光生辉,语炼气旺,风骨内敛,神采四射,光表无穷。贺裳说:"唐三百年,《塞下曲》佳者多矣,昌明博大,无如此篇,出自幽纤之笔,故为尤奇。"②他写边塞的阴惨,正是为了渴求太平的光明。

常建七绝无论写景言情多以尚意为主,亦开中唐风气。然亦有声情摇曳之作。如《送宇文六》:"花映垂杨汉水清,微风林里一枝轻。即今江北还如此,愁杀江南离别情。"从杨柳枝轻见出春色未歇,而往江北者不复再睹,生发出一段清爽悲惋的别情。《三日寻李九庄》:"雨歇杨林东渡头,永和三日荡轻舟。故人家在桃花岸,直到门前溪水流。"(见图103)平平一路直写,溪流一碧,直到门前,情趣天然,真率语中自有一段情致。

七律不见于常集,七古也仅两首。《古意》带有神话色彩,近于游仙,风格幽玄杳冥,光怪艳丽,开启后之李贺诗风。《古兴》写一女性论婚之年而闺中寂寞,后四句说:"石榴裙裾蛱蝶飞,见人不语鬈蛾眉。青丝素丝红绿丝,织成锦衾当为谁?"闺房刺绣,开奁检点,三"丝"字处于一

---

① 王昌龄边塞诗多言战地的惨凄,只是略加点示,如《塞下曲》其二:"黄尘足今古,白骨乱蓬蒿。"其四:"更遣黄龙戍,唯当哭塞云。"《从军行》其二:"夜闻汉使归,独向刀环泣。"并不多作渲染,也没有常建诗这样阴惨。

② 贺裳:《载酒园诗话》又编,见《清诗话续编》第一册,上海古籍出版社1983年版,第324页。

图 103　明代　蔡元勋　常建《三日寻李九庄》诗意图

　　明代对唐诗特别推崇，诗学为之张扬，作诗一味模拟，无须再说，只要看蔡元勋的一百多幅唐人诗意画，以及那么多的明代书家所书写的唐诗，二者由黄凤池编成《唐诗画谱》，就可以知道对唐诗怀有多少敬意！画上船头人回头张望，正表现的是："故人家在桃花岸，直到门前溪水流。"景况颇为生动，贴切诗意。船旁此岸杨柳低垂，对岸丛木围绕一户人家，不正是所要寻找的李九的庄园吗？

句，琐屑光景，娓娓话头，心中却有无限情思，亦可见出题材比较多样。

　　综上所述，常建无论山水、音乐、边塞诗，幽玄清冷，则为其主调，构思尚奇，造语往往警绝。在王孟山水、高岑边塞诗之外，各辟一境，显示了盛唐诗风之变化的端倪，而对李贺、孟郊均有影响，似乎就是由盛唐向中唐过渡的轨迹的证实。

第二十一章 储光羲诗的质朴与大气

　　盛唐之音以雄浑、高华、刚健、悲壮为主，附之以质朴、幽奇、清丽，组成多重复调的时代强音。一般认为，孟浩然、王维、储光羲以山水田园诗而著称，陶渊明成为他们追踪的偶像①，包括卢象、王昌龄在内，都有尽力模拟的地方②。其中储光羲不仅从题材与风格的质朴上效法陶诗，且与王、孟宗陶有别的是，特别看重陶诗的议论，所以他似乎成了盛唐中最喜用诗讲述伦理的诗人。这必然使他的诗有些黯淡，少却了难与同时诗人相比较的光焰，然亦成就了与人迥不相同的自家面貌。

一　对田园题材的开拓

　　在盛唐田园诗人中，储光羲算是最用力气的。他的田园诗包括隐逸诗在内，约有50多首，数量亦为同时人之首。涉及田园的农事，亦为多样而具体。所写田园人物，也各种各样。而且经营了不少组诗，如《同王十三维偶然作十首》、《田家八首》、《田家即事答崔二东皋作四首》。还把农村

---

　　①　沈德潜《说诗晬语》说："陶诗胸次浩然，其中有一段渊深朴茂不可到处。唐人祖述者，王右丞有其清腴，孟山人有其闲远，储太祝有其朴实，韦左司有其冲和，柳仪曹有其峻洁，皆学焉而得其性之所近。"沈氏在《唐诗别裁集·凡例》中亦有大致相同的议论。
　　②　卢象的《八月十五日象自江东止田园……》说他乍回家的欣慰与陌生："家人皆伫立，相候衡门里。畴类皆长年，成人旧童子。上堂家庆毕，愿与亲姻迩。论旧或余悲，思存且相喜。田园转芜没，但有寒泉水。衰柳日萧条，秋光清邑里。"就可看出《归去来兮辞》的影子，语言质朴冲和，也很接近陶诗。还有《叹白发》："我年一何长，鬓发日已白。俯仰天地间，能为几时客。"也颇近陶诗风调。至于王昌龄学陶与孟浩然，胡应麟《诗薮》内编卷四就说过："王昌龄'楼头广陵近'、'遥林梦亲友'二首，甚类浩然。"

的樵夫、渔父、牧童、采莲女、采菱女、猎人等，写了七首"某某词"，题目整齐划一，事先有所规划，亦如同组诗。这些都标志着对陶诗的追踪①。《田家即事答崔二东皋作四首》全为五言"六行诗"，此前陈子昂《蓟丘览古赠卢居士藏用七首》与高适《宋中十首》均为六行诗，他可能受此启发，把别人用在写边塞诗的形式，用到田园诗里，抑或受王维《田园乐七首》六言绝句启发，而与此前的田园诗相较，形式总是创新的。七律庄重而讲究辞藻，宜于交际中的酬赠、送别，或者咏史，长于此体的五律用来写田园风光，如《寒食城东即事》、《辋川别业》、《积雨辋川庄作》。储光羲224首诗里只有一首七律，在盛唐名家里最少，也用来写田园诗，题作《田家即事》，显然效法他的诗友王维。仅从以上组诗、六行诗、七律三点看来，力求在田园诗里开拓出一片艺术天地。

他的田园诗内容广泛，诸如喂牛、耕地、耘禾、锄瓜、牧羊放牛、树桑种麻、菜园除草、织布、饷田、渔猎、采菱、采药、卖畲等，以及农时节气，暑夏繁忙间隙的聊天，夏夜高柳下的乘凉，农忙时村里的寂静，田圃洋溢的兴奋，抱哄儿孙的欢乐，亲友的来往，农家酒的畅饮，夜里的串门，都一一写入诗中，比起陶与王、孟的田园诗内容明显有所拓展。另外，他的田园诗上承陶诗的议论，又采用了寄托、对比、比兴等方式，扩大了议论的形式，虽然尚与田园叙述结合得不够自然融洽，有些还未免显得迂腐，但也看出多方面的努力。加上语言的质朴，所以前人认为"真朴处胜于摩诘"（施补华语），或者以为与王为"敌手"而"争得一先"（贺贻孙语）。虽其诗远不及王，但也看出他的田园诗具有自家风格，是具有个性的诗人。

《田家杂兴八首》可以看作他田园诗的代表作，首篇从田园的愿望言起，末首叙写衣食有余之乐，大致前后照应。然中间六首的议论与描写似无严密安排，这可能与题目"杂兴"所示有关。其八言田家乐，渲染与叙述都较成功：

---

① 按三首一组计，陶渊明组诗凡8组72首，超过其诗总数的一半。其中田园诗有《归园田居》五首，还有《饮酒》二十首，《咏贫士》七首，都包括不少田园之作。见魏耕原《陶渊明组诗艺术》，《河南师范大学学报》2010年第3详参所著《陶渊明论》，北京大学出版社2011年版。

种桑百余树，种黍三十亩。衣食既有余，时时会亲友。夏来菰米饭，秋至菊花酒。孺人喜逢迎，稚子解趋走。日暮闲园里，团团荫榆柳。酩酊乘夜归，凉风吹户牖。清浅望河汉，低昂看北斗。数瓮犹未开，明朝能饮否？

诗分两层，前八句先言桑黍田亩，衣食有余，有酒饭款待来会的亲友。中四句言日子兴旺，主妇笑迎来客，孩子们也高兴地跑在前面招呼，一片欢乐气氛；后八句言黄昏时左邻右舍围坐在树下闲聊，夜晚凉风越窗而来，这才醉醺醺地归去，抬头看着银河北斗，确实夜深，回头兴致勃勃预邀送者：我家有几瓮好酒尚未打开，明天能来聚饮吗？又是一片农闲时的欢乐！质朴的语言，热烈的感情，日常农家琐事，散缓的叙述，欢快的节奏，确实很像陶诗。不同的是，带有叙事性质，写得更为细致。陶诗《移居》其二，只是说春秋佳日，"过门更相呼，有酒斟酌之。农务各自归，闲暇辄相思。相思则披衣，言笑无厌时"，注重情怀舒展，饮酒言笑点到即止。储诗好像把陶诗前后四句扩展起来，而把过程作为叙写的节奏，虽然简洁不如陶诗，也缺乏"衣食当须纪，力耕不吾欺"的与官场相较的体认深度，只就田夫一日的家常絮絮道出，田家快乐与农人彼此无间的情谊洋溢纸面，读来确实让人心开神爽。末尾两句与孟浩然"待到重阳日，还来就菊花"很有些接近，然在此轻轻带出，预告出明天又是快乐之一日，很使人神往。此组诗其一言农夫心理："既念生子孙，方思广田畴。闲时相顾笑，喜悦好禾黍"，道出生儿抱孙需要土地的愿望，只要收成好，就是可以开怀的好光景，又确实是地道的"田家语"与"农民意识"。其二则以加入农夫行列为安为乐：

众人耻贫贱，相与尚膏腴。我情既浩荡，所乐在畋渔。山泽时晦暝，归家暂闲居。满园植葵藿，绕屋树桑榆。禽雀知我闲，翔集依我庐。所愿在优游，州县莫相呼。日与南山老，兀然倾一壶。

不奢求物质的"膏腴"，也就没有州县的纷扰，这似乎是开元二十一年（733）辞官归隐的话头。储在开元十四年中进士后，三历县佐，历时不过三年，"山泽"两句似就初次辞官归家而言，表达了不以贫贱为耻，甘于畎渔的情怀。当时诗人大约二十七八岁，故有"我情既浩荡"之语，而不屑于为刀笔小吏，这也是盛唐文士的流行观念。观其"优游"、"兀然"，颇有些养望待时的心理。其三的发端说："逍遥阡陌上，远近无相识。落日照秋山，千岩同一色。"则和王绩《野望》的"树树皆秋色，山山唯落晖"、"相顾无相识"有些近似[①]。其四的前半则俨然为一幅描写农村风光的"田居图"：

> 田家趋垅亩，当昼掩虚关。邻里无烟火，儿童共幽闲。桔槔悬空圃，鸡犬满桑间。（见图 104）

农忙时各家门户虚掩，村里一片宁静，只有儿童闲玩，桔槔高悬在寂静的菜园。恬静的画面，犹如今日导演拍农村影片的精心设置，把我们带进了农忙的田野村庄。以下接写："时来农事隙，采药游名山。但言所采多，不念路险艰"，又略略见出生活的不易，仅种地尚不能度日。末二句使我们想起白居易《观刈麦》的"力尽不知热，但惜夏日长"。不仅如此，其五把农夫兼营副业与讽谕诗结合起来，更是白居易新乐府一再追踪的典范。此诗前半先写农夫进城卖畚："平生养情性，不复计忧乐。去家行卖畚，留滞南阳郭。秋至黍苗黄，无人可刈获。稚子朝未饭，把竿逐鸟雀"，颇有点如今农民进城打工，只留下儿童守护家里。接写由城市世界下来的人物：

> 忽见梁将军，乘车出宛洛。意气轶道路，光辉满墟落。安知负薪者，咥咥笑轻薄。

力图用对比把两个不同世界的差异揭示出来，末尾负薪者的讥笑，带有明显的讽谕意味，这正是中唐诗人新乐府诗孜孜以求的表达方式。白居易的

---

① 论者有言："王维《归嵩山作》'落日满秋山'似乎把这两句并成了一句，而储光羲《田家杂兴》之三'落日照秋山，千岩同一色'则仿佛把这两句又重新排列了一番变成了另外两句。"说见葛兆光《唐诗选注》，人民文学出版社 2007 年版，第 3 页注 3。

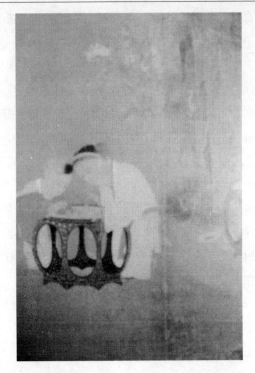

图 104　宋代　苏汉臣　秋庭婴戏图（局部）

农家儿童嬉戏，是田园诗的一道风景线，最早由储光羲简括地写进诗中。他的《田园杂兴》其四的"田家趋垅亩，当昼掩虚关。邻里无烟火，儿童共幽闲"，就是这样的景致。北宋画院待诏苏汉臣以风俗题材见长，画面两童弯腰俯首围围拱园杌，神情专注，容貌惟妙惟肖，眼神聚集于"推枣磨"的游戏，也很能显现储诗的"儿童共幽闲"的诗意。

《买花》、《卖炭翁》，以及元稹的《田家词》，张籍《野老歌》、王建《田家行》，都与此诗主题与手法相差无几。其所以能作为中唐田园诗的蓝本，引起普遍的回响，说明其思想深度与视野的广阔，已超出王、孟田园诗的范围。

《同王十三维偶然作十首》是把隐居的杂感与田园诗合在一起，因王维原作六首本是如此。其二以松柏与蒺藜起兴，言隐居于"南山陲"。其四回忆"迢递别东国，超遥来西都"的不如意而思归。其六以水流东西起兴，又以邯郸女歌舞得宠一时，不久恩爱断绝，似乎亦有所指。其十以丰屋、卑室起兴，有"恨不居高秩"的遗憾，然又有"荣早衰复疾"的顾虑，涉及仕隐的矛盾与徘徊。其中有田园诗三首，描述田园情事与细节，亦为前此所缺无。其一说仲夏干旱，草木将枯，挥锄东皋，"顾望浮云阴，往往误伤苗"，因盼雨误除掉禾苗，捕捉不被人注意也不一定入诗的细节，显示久旱盼雨的焦急心理与望眼欲穿的神态。其三则言野老冒暑锄瓜，一畦未终，卧树下避热。有一不相识的挑筐老者也来息肩，他们"不复问乡墟，相见但依然"，便"高话羲皇年"，——说起过去与现在庄稼行的话来。这种过路絮语，在农村时或遇到。三十多年前，正当上高中、大学的年龄而只能回乡务农，便每遇到田头陌生人热切话语，至今每一忆及，便有温馨无隔的热气从心底升起。没有冷漠，只有温煦的世情，即使在那样"史无前例"的时代却还在乡间留存。在王、孟田园诗看到的是风光美丽与乡间静逸，而在储诗感受到的是乡间的人情。

《吃茗粥作》与《行次田家澳梁作》都与上诗的题材相近，后者说他暑天行路，遇到不相识的田家邀请避热："田家俯长道，邀我避炎氛。当暑日方昼，高天无片云。"随即带出夏日乡间景观：

> 桑间禾黍气，柳下牛羊群。野雀栖空屋，晨昏不复闻。

蓬勃的农作物，在热气蒸升中散发出一种浓味。牛羊聚集于高柳下，麻雀热得不飞出屋子，晨昏酷热与午间无别。陶与王、孟都乐写田园春、秋、冬之日，盛夏却在储诗得到补足。《晚霁中园喜赦作》真实记录因受安史伪署而后于乡间遇到大赦的兴奋，把田园诗与纪事结合在一起。时在宝应元年（762），属于晚年之作。前半写江南霪雨引起的忧苦，烘托政治挫折的郁闷不快："五月黄梅时，阴气蔽远迩。浓云连晦朔，菰菜生邻里。落日烧霞明，农夫知雨止。几悲衽席湿，长叹垣墙毁。"以下则以天宇放晴，家人鹊跃，发抒获赦的激动的兴奋与欣喜：

> 曤朗天宇开，家族跃以喜。涣汗发大号，坤元更资始。散衣出中园，小径尚滑履。池光摇万象，倏忽灭复起。嘉树如我心，欣欣岂云已。

家族大喜心情如久雨突晴，忽然天开地朗，眼前所有物象都染上一层异样兴奋的光彩。池光闪灼，息而复起，犹如年号的更始，将会万象更新。嘉树的摇拂和欣然欢快的心情，好似同样的激动。对他来说，过去的阴霾一扫而光，又怎能不欢欣鼓舞呢！

王维用六言绝句写了《田园乐七首》，储光羲则有《田家即事答崔二东皋作四首》六行诗，都带有创新争长的性质。其一写春种："玄鸟双双飞，杏林初发花。煦媮命僮仆，可以树桑麻。清旦理犁锄，日入未还家。"其四前四句写亲自劳作："依依亲陇亩，寂寂无邻里。不闻鸡犬音，日见和风起。"较五古田园之作简洁得多，语言仍旧质朴，然从中同样可看出善于表现田园幽静的气氛。

他还写了田园中一组人物：樵父、渔父、牧童、采莲女、猎人，如在田园农事中好发议论，这些人物诗同样用隐居口气大发议论，每个人物都罩上了自己的影子。如《樵父词》写"诘朝砺斧寻，视暮行歌归"，"清涧日濯足，乔木时曝衣"，特别是后两句，细节颇为生动，然末尾戴上了隐士的语头："终年登险阻，不复忧安危。荡漾与神游，莫知是与非。"则完全脱离人物的身份，借别人的影子说自家的话。《渔父词》中的"静言念终始，安坐看沉浮"（见图 105），以及末尾的"非为徇形役，所乐在行休"，同样脱离人物，直露地表达自己的观念。其他几首莫不如此，好像都带上了隐士的面具，有损诗的生动与完整，亦与不注意经营结构而出现松散的缺失相关。

殷璠《河岳英灵集》说："储公诗格高调逸，趣远情深，削尽常言，挟《风》、《雅》之迹，得浩然之气。"就开拓田园题材上看，确实呈现出新面貌。然殷璠看重风骨，注重思想内容，未免评价过高，把好议论，好讲并不深刻甚或迂腐的伦理，看作格调高逸、情趣深远，甚至于"得浩然之气"，就显出审美与评价的偏差。储诗厚中有细，朴中藏秀，远中含澹，正是对王维的一种补充，颇具自家面貌，在盛唐田园诗中别出手眼，还是值得肯定的。

图 105　清代　任伯年　春江渔夫

自《楚辞·渔父》以后，至唐代蔚为专门题材，李颀、高适、岑参等均有所作。高诗言"曲岸深潭一山叟，驻眼看钩不移手"，岑诗曰"竿头钓丝长丈余，鼓枻停留无定居"。储光羲则把渔父理念化，所谓"静言念始终，安坐看沉浮"，实际讲的是人生处世之大道，借渔父说教。醉心唐诗的元代人，便把渔父请进画中，元末四大家的吴镇，就有不少同类题材制作，借以抒发隐逸情怀。任伯年此图人物以焦墨点眼，加上面容的赭色与须眉白色的陪衬，精神十分专注。因钓竿伸向画外，"驻眼看钩"的神态可掬，画面切割成三个直角三角形，上下两三角形留出两片空白，上天下水，中间所画主体又为一直角三角形，以稳定感衬出人物的精神聚集与安详。又把花鸟画的花草遮住禽鸟的一部分，移到人物画上，画面的空间便有了层次感，渔翁的环境就更显明了。

二　简略大气的山水诗

储光羲的山水诗，如果包含登临、行役、探寺访观之作在内，约有40 多篇。总体成就略逊于他的田园诗，然亦具个性，有自家别具一格的审美趋向。此和他的田园诗有两点相近，一是好在山水里发议论，其道理亦不超出隐居超俗范围；二是乐于经营组诗。他的山水诗完整佳美的名篇不多，甚至还赶不上一般小名家。唯有《咏山泉》与《钓渔湾》，犹如山水画中小幅或册页小画，然均能小中见大，可在狭小空间中开辟出一片大天地，泂然蕴涵一种"浩然之气"，而且还如殷璠所说的"格高调逸，趣远情深"，并且写人不经见的景物，"削尽常言"，别有一番气象。先看《咏山泉》：

> 山中有流水，借问不知名。映地为天色，飞空作雨声。转来深涧满，分出小池平。恬澹无人见，年年长自清。

所写山间小泉，向来不为人知，问当地人也"不知名"。然而观赏这无名小泉，所聚集的一泓清水能把偌大的天光云色倒映其中，激流溅射的水珠飞沫洒向空中，就像雨点一样刷刷作响。泉水顺着山石转来转去，涌满山涧，一会就把小池涨溢得饱满。虽然它"恬澹"而不喧嚣，也没有震人耳目的壮观，但却长年累月保持着清澈光莹，洁净鲜亮，使人驻足徘徊，流连忘返。所用语言仍然保持一贯简朴的风格，刻画也不追求精致细巧，却把小泉写得水满气旺，神完势足。虽然控制着好发泛论的嗜好，然明显感到作者持着高尚自洁的隐士情怀来描写它。就像柳宗元的《小石潭记》渗入了遭谪被弃的抑郁，透露出孤寂悲哀的心境，这无名小泉也充溢着诗人崇高独立自洁之人格①。说不准高明的柳文或受此小诗之启发。这首五律

---

① 清人顾安所辑《唐诗消夏录》就曾说："以'不知名'说出流水，如此奇特，如此功用，如此孤洁，人乎，水乎？"

颔联声色俱见，而不加雕琢；颈联山回水转而无声无息。"分出"是显出的意思，"小池平"的"平"是涨满义①，与出句"满"对文而义同。若看作平静义，不仅与"转来深涧满"脱节，还与"分出"语气不贯，更重要的是显示不出小泉的神旺气酣。中四句描写，首尾叙述言情，这本是初盛唐之际五律常见的艺术结构，但此诗简朴，起调带民歌风味，特别是不易发觉它是一首律诗，这种以古运律的努力，正是孟浩然追求打破初唐五律应酬应制的僵化板滞的趋向②。由此看来，储诗的真朴"与王右丞分道扬镳"，而与孟浩然的闲远更为接近。此诗把无名小泉写得精神抖擞，神气活现，使我们想到了当代花鸟画家潘天寿的名作《小龙湫下一角》，几块高低大小不同的乱石，一汪涧水流泻过来，中心聚集小潭，四周无名小花野草繁盛。画面取景真是小小"一角"，然气象阔大，周遭石头尽量向四面扩张，特别是正面前边突起的大石撑出了画面。潘先生曾言："荒山乱石间，几枝野草，数朵闲花，即是吾辈无上粉本。"又言："一峦半岭，高低上下，敧斜正侧，无处不是诗材，亦无处不是画材。穷乡绝壑，篱落水边，幽花杂卉，乱石丛篁，随风摇曳，无处不是诗意，亦无处不是画意。有待慧眼慧心人随意拾取之耳。"③储诗与潘画在同一题材显出共振同鸣。潘先生能诗，是否读过此诗，而有所兴会，不得而知。但诗与画的相通，小题材见出大景象来，二者则是相通的。潘画把花鸟画与山水画结合起来，储诗用咏物诗兼写山水，二者亦为相同（见图106）。

与《咏山泉》的浑朴不同，《杂咏五首》其四《钓鱼湾》却以清丽幽细见长："垂钓绿湾春，春深杏花乱。潭清疑水浅，荷动知鱼散。日暮待情人，维舟绿杨岸。"柳宗元《渔翁》末句说"独钓寒江雪"，此起首即言"垂钓绿湾春"，"春"与"雪"都可"钓"，构思措语别致。储本润州丹阳郡延陵（今江苏丹阳）人，早年诗如同诗友綦毋潜一样，都显示出当时吴

---

① 参见魏耕原《全唐诗语词通释》"平（三）"条，中国社会科学出版社2001年版，第216—218页。

② 清人吴瑞荣《唐诗笺要》说："储君五律独往独来，落拓于声色形影之外，于诸家中另是一种。"

③ 潘天寿：《听天阁画谈随笔》，见卢炘选编《潘天寿论艺》，上海书画出版社2010年版，第167页。

图 106 当代 潘天寿 小龙湫下一角

　　储光羲《咏山泉》所描写的"不知名"的小山泉，"映地为天色，飞空作雨声"，泉虽小而气势极大；尽管"恬澹无人见"，却"年年常自清"，体现"转来深涧满，分出小池平"的独特风采。把一个无名小泉写得气象不凡，特别是"恬澹"二句，予以人格化，同时也是作者怀抱的寄托。潘天寿有两幅类似同题材的名画，一是此画，一为《灵岩涧一角》。画面都是无名小花围绕无名小泉，却显得气象万千。诗与画在以小见大上展现了同一规律，显示出各自不同形式的别有洞天的风采。古与今、诗与画有不少相通的地方，特别益人神智。

　　越诗风清丽，均从齐梁入手。谢朓《游东田》"鱼戏荷叶动，鸟散余花落"，以及《将游湘水寻句溪》写水之清的"杂石下离离"、"戏鲔乘空移"，似均为此三、四句所本，但知觉判断的表达方式，缺乏小谢直接写来得自然。"春深杏花乱"，是杏花乱发，还是绿水漂满了杏花，虽无明说，却更具天趣。末二句忽然界入"待情人"，见"垂钓"者意不在鱼，意致推出境外，别开出一层，而又以"维舟绿杨岸"切断，戛然而止。前后两"绿"字呼应成一片，显得趣远情深，清新活泼。大约作于同时的《同武平一员外游湖五首》也显示出精致清丽的早年风格。其二说："青林碧屿暗相期，缓楫挥桡欲赋诗。借问高歌凡几转，河低月落五更时。""暗"与"缓"点明夜游，显得精心。二、三句叙述，首尾以景呼应，均极自然。一、二、四句都呈句内对，且起调整饬而流动，均见精巧之运思。其四写道："朦胧竹影蔽岩扉，淡荡荷风飘舞衣。舟寻绿水宵将半，月隐青林人未归。"景物朦胧，"荷风"带来阵阵清香，月光被青林遮住，以及在风中飘动的舞衣，一切都带有静夜的梦幻，然而四句对偶整齐却不见板滞，而有飘动的灵气。其五也全对偶："花潭竹屿傍幽蹊，画楫浮空入夜溪。芰荷覆水船难进，歌舞留人月易低。""楫浮空"见水之清，"船难进"反衬夜晚在芰荷中穿行之愉悦。全诗流动自然，清丽中透出幽静与灵动。《寄孙山人》亦属此类，但风格清朗疏荡："新林二月孤舟还，水满清江花满山。借问故园隐君子，时时来往住人间。"借助民歌的反复与问答，流荡出一种生活气息。这些七绝小诗，见出早期诗的江南风光与取法齐梁的吴越诗的清丽精致。

储光羲自二十多岁及第后，仕历主要见于北方，这时写的山水诗远多于早期的江南之作，风格亦为之大变。由清丽精雅一变为质朴粗略，善于从广角镜头抓大景观，不加刻画，纯粹细琢的景句不再出现，而且常和议论交错纠葛在一起，显得结构松散，缺乏凝炼，完整的佳制甚少，但篇中往往有一二句能抓住北方高山大川的特征，加以整体的把握，显见出大景观、大气象，而有股浩然之气融贯其间：

深林开一道，青嶂成四邻。……云归万壑暗，雪罢千崖春。（《终南幽居……》其二）

卜筑青岩里，云萝四垂阴。虚室若无人，乔木自成林。时有清风至，侧闻樵采音。（同上，其三）

渭水收暮雨，处处多新泽。宫苑傍山明，云林带天碧。（《秦中初霁献给事》其一）

云开天地色，日照山河春。（同上，其二）

路出大江阴，川行碧峰里。（《贻袁三拾遗谪作》）

林晚鸟雀噪，田秋稼穑黄。（《晚次东亭献郑州宋使君文》）

和风开阴雪，大耀中天流。（《送丘健至州敕放作时任下邽县》）

太华色莽苍，清渭风交横。（《次天元十载华阴发兵……》）

摇摇芳草岸，屡见春山晓。清露洗云林，轻波戏鱼鸟。（《巩城南

河作……》)

　　细草生春岸，明霞散早天。(《洛潭送人观省》)

　　青山隔远路，明月空长霄。(《重寄虬上人》)

　　还有殷璠所称道的《述华清宫》其五"山开鸿濛色，天转招摇星"，都具有广阔的视野，高朗或厚重的情致。总之，秦岭的千山万壑，关中平原的广袤无际，华山的苍莽，渭水的萧瑟，都给予生于秀丽明媚的江南诗人的新鲜与惊讶，一变早年清丽精致的吴越诗风，而代之为笼括性大笔挥抹，从感觉和氛围作大景观的简括性轮廓式描绘，犹如绘画中的大写意，不再出现早年的工笔细描，从而有大景观、大气象，需需然有浩然之气充斥其中。他到长安后，伟大的京都时见于篇章。《终南幽居……》其一说："暮春天气和，登岭望层城。朝日悬清景，巍峨宫殿明。"《夏日寻蓝田唐丞登高宴集》："山河临咫尺，宇宙穷寸眸。是时春载阳，佳气满皇州。宫殿碧云里，鸳鸯初命俦。良辰方在兹，志士安得休。"拓宽了眼界，胸襟为之一开。又在《苏十三瞻登玉泉寺峰……》说过"朝沿霸水穷，暮瞩蓝田遍。百花照阡陌，万木森乡县。涧净绿萝深，岩暄新鸟转"，无论京城郊县，无不受到感动。他解褐初仕时的《赴冯翊作》，来到关中东部的今日大荔县，就被广阔的渭河平原所震撼："西出太华阴，北走少梁地。葱茏墟落色，泱漭关河气。"以惊叹语气描绘高山大河与关中一望无际的气象。《同诸公秋霁曲江俯见南山》："天静终南高，俯映江水明。有若蓬莱下，浅深见澄瀛。群峰悬中流，石壁如瑶琼。鱼龙隐苍翠，鸟兽游清泠。"当时天下最大的皇家苑林，使他进入仙境一般，山光水色的倒映景观，滋生了巨大的错位。这已远非昔日所见无名小泉或钓鱼湾所能比似。正是以京洛为中心的阅历，不仅使他开拓眼界，也可能对以往的诗风予以改弦更张。

　　另外，对于开头也颇为经营，同样从大处着眼，莽莽苍苍，气势迎面而来，振动全篇，使人精神为之一振。如《夜到谷口入黄河》的"河洲多青草，朝暮增客愁"，《登商丘》的"河水日夜流，客心多殷忧"，取法谢朓发端"大江流日夜，客心悲未央"，先景发情，轩举感发。《奉别长史庾公太守徐公应召》的"烈风起江汉，白浪忽如山"，一句叙，一句夸张，气势震撼。《山中贻崔六琪华》的"恍惚登高岭，裴回看落日"，极言山之高峻，且引发出多少感慨。《贻阎处士防卜居终南》的"春风摇杂树，言别还江氾"，《洛潭送人觐省》的"清洛带芝田，东流入大川"，《临江亭五咏》其二的"山横小苑前，路尽大江边"，其四的"古木啸寒禽，层城带夕烟"，其五的"京山千里过，孤愤望中来"，或先景后叙，或两句夹写，或使人心驰神往，或景在目前，都能大气包举，感发人心。虽然描写山水的大篇完美者无几，但这些气象轩句的灵光片羽，颇引人注目。

三 题材的嫁接与咏物及五七言绝句

储光羲不仅把田园诗付之少见五言六行诗与七律，而且在题材上也有新的组合嫁接，他的《效古二首》就是把自然山水的描写掺入对社会灾难的叙述，起到强烈的陪衬作用，这和李白把山水诗与送别、咏怀、游仙诗结合在一起，都显示出盛唐诗人的创新与拓展。其一起首所写邯郸一带的大旱，就是采用描写自然的手法："晨登凉风台，暮走邯郸道。曜灵何赫烈，四野无青草。"以下展示了更为惨烈的人间世象：

> 大军北集燕，天子西居镐。妇人役州县，丁男事征讨。老幼相别离，哭泣无昏早。稼穑既殄绝，川泽复枯槁。

按内容本为反战题材，与杜甫《兵车行》相近，然而天子不顾遍地酷旱，川泽为竭，仍然穷兵黩武征讨扩边，造成妇女役于州县，丁男尽上前线，天灾人祸的双重摧残，使百姓处于水深火热之中。此为天宝九载（750）奉诏出使范阳，路经邯郸的纪实之作。干旱惨象描写，反衬出"西居镐"的唐玄宗同样惨无人道。其二则展现旱情的漫延："东风吹大河，河水如倒流。河洲尘沙起，有若黄云浮。赪霞烧广泽，洪曜赫高丘。"当时旱灾涉及相当于今日的黄河流域的河北、河南数省，造成民不聊生，诗人耳闻目睹到"野老泣相语，无地可荫休"，由此想到自己"独负苍生忧"，而有"中夜起踯躅"的不安，应该"思欲献厥谋"，但是"君门峻且深，跬足空夷犹"，只有深重的焦虑，而不会得到理会。反映了天宝后期玄宗的荒怠，与自己忧念苍生急切的叹惋。殷璠《河岳英灵集》全选了这两首诗，又谓储诗"挟风雅之道"，即具有敢于讽谕朝政乃至君门天子的批判精神。在关心民瘼疾苦上，储光羲可以说与杜甫忧国忧民精神是相同的，这也是之所以把山水诗与纪实诗结合的原因。

他的《猛虎词》被《乐府诗集》收录，题作《猛虎行》。先前曹丕、陆机、谢惠连都有同题之作。自陆机以来，均言远行"不以艰险改节"。从储光羲开始则作为咏物诗，以喻能征惯战的"爪牙雄武臣"，并告诫"君能贾余勇，日夕长相亲"。此诗亦为《河岳英灵集》所选，必作于天宝十二载前，或许为王忠嗣因劝阻玄宗勿攻石堡城几致死罪而发①，故有"贾余勇"、"长相亲"之语。《野田黄雀行》亦为乐府诗，始发轫者曹植有两首，一为宴会诗，一为咏物式的禽鸟寓言诗，隋人萧悫亦有同题咏物，都带隐喻性的寄托。储诗踵武前辙而又别开一新面貌，先以咏物领起一层："啧啧野田雀，不知躯体微。闲穿深蒿里，争食复争飞。"以此作为起兴，又引出一层："穷老一颓舍，枣多桑树稀。无枣犹可食，无桑何以衣。萧条空仓暮，相引时来归。斜路岂不捷，渚田岂不肥？水长路且坏，恻恻与心违。"则与前田雀"争食"形成对比，反映当时农民无衣无食之苦况。明人桂天祥《批点唐诗正声》说："至'穷老'始归正意，转归本旨，盖言士虽穷困，以正自守，终不为斜路渚田，枉己从人耳。"此诗实为"穷老"而发，不一定涉及自己。因次层议论采用比喻，故易滋生主题的多意性。这是把咏物诗与民生穷苦的写实结合起来。《同诸公登慈恩寺塔》本为游览诗，描写临远的景物："冠上阊阖开，履下鸿雁飞。宫室低逦迤，群山小参差"，结尾则提出"尃为非大厦，久居亦以危"的忧虑与忠告，虽无杜甫同题诗的深刻剀切，但同样表示对天宝末年荒政的忧虑，也同样把景物描写和关注政局结合起来。这和《观范阳递俘》结尾所说的"大邦武功爵，固与炎皇殊"的讽刺针砭，都显示出忧国忧民的意识和对时局观

---

① 《旧唐书》本传说，王忠嗣"居节将，以持重安边为务"。天宝四载"佩四将印，控制万里，劲兵重臣，皆归掌握"。玄宗欲攻石堡城，忠嗣以"边死者数万"以对，故玄宗不悦。六载，因攻城不克，李林甫嫉其权重而进谗，几陷极刑，贬汉阳太守。七载为汉东郡太守，次年暴卒。储此诗"高云逐气浮，厚地随声震"，当为王忠嗣而言，诗作于天宝六七载。

察的远见。

他还采用组诗来咏物,《杂咏五首》分咏松、藤、鹤与鱼湾、幽居,每首都注重寄托,非仅客观描摹。(见图107)如《池边鹤》结末言:"江海虽言旷,无如君子前。"寄托出处选择的用意。《架檐藤》则言:"得从轩墀下,殊胜松柏林。生枝逐架远,吐叶向门深。何许答君子,檐间朝暝阴。"同样表达应有与人为善的境界,都属于道德素养性质。至于《蔷薇》以鲜花衬托美人,无甚用意,辞藻华艳,当属少作。

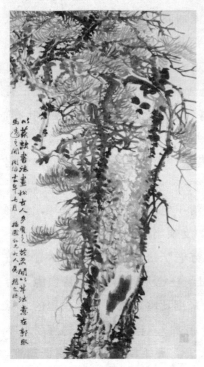

图107 清代 赵之谦 墨松图

储光羲《杂咏五首》其一《石子松》说:"盘石青岩下,松生盘石中。冬春无异色,朝暮有清风。"可以看作一首五绝,倒还不错。然其后还有两句——"五鬣何人采,西山旧两童",意在升华主题,却不见有何深刻。五鬣,当即"五粒松",谓一枝五条松针。不过"冬春"二句,本身就蕴含一种寄托,人生价值观即存乎其中。赵之谦此松,挺拔矗立,精神抖擞,枝叶间带有清风阵阵,可昭示"冬春无异色"的特征。构图只取大松上部,不见根梢,顶天耸立,拔地而起,气势雄峻伟岸。赵氏长于大篆与隶书,题款即言:"以篆隶书法画松,古人多有之,兹更间以草法。"储诗从陶诗走出来,故特为拈出,以作对读对看之助。

储诗长于五古,以之作田园山水、咏物,取得了一定的成功。他的五绝凡16首,也有特色,并且多采用组诗,一题多作,见出对此体的娴熟与钟爱。从内容看,多属早年所作。其中《江南曲四首》以熟悉的故土江南水乡为题材,人物情态生动活泼,风格清丽,犹如一串鲜艳的花絮。其一言:"绿江深见底,高浪直翻空。惯是湖边住,舟轻不畏风。"用民歌语言表达了对水上生活的习惯与热爱。其二像他的田园诗善于撷取细节一样,用慢镜头表现水乡儿女的生活情趣:"逐流牵荇叶,缘岸摘芦苗。为惜鸳莺鸟，轻轻动画桡。"在水上嬉戏时，遇到鸳鸯便轻轻地划过去，怕惊扰了它们。其三为情歌：

日暮长江里，相邀归渡头。落花如有意，来去逐船流。

这大概是渔郎与采莲女劳动结束后的约会，渡头的僻静处是预定地点。后两句借水放船，以落花逐船漂流，喻情爱之深，此当男子所歌，花则喻女性，构思吸收民歌清浅情长的双向比喻，运思极为巧妙。《洛阳道五首献吕四郎中》当是两次应进士举失利，于开元十三年（725）入洛阳东都太学期间所作，洋溢着少年人对东都繁华的欣羡。其一说："洛水春冰开，洛城春水绿。朝看大道上，落花乱马足。"其三："大道直如发，春日佳气多。五陵贵公子，双双鸣玉珂。"都显示了都市的繁华对少年诗人的吸引与诱惑。《长安道》二首当与《长安道》作于同时，内容大致相近，为都市豪奢繁华所触动。其一说："鸣鞭过酒肆，袨服游倡门。百万一时尽，含情无片言。"其二言："西行一千里，暝色生寒树。暗闻歌吹声，知是长安路。"两诗以声色歌舞，显示长安是娱乐豪华的销金窟，同《洛阳道》的用意一致。

其七绝共10首，亦有两篇组诗，其中《游湖五首》已见于前文，《明妃曲四首》亦值得留意。其一说："西行陇上泣胡天，南向云中指渭川。脆幕夜来时宛转，何由得似汉王边。"言出塞与到匈奴以后对汉家的思念，对比刻画了人物的心理。其二紧承上首："胡王知妾不胜悲，乐府皆传汉国辞。朝来马上箜篌引，稍似宫中闲夜时。"胡王设法体贴安慰，心中略有些抚慰，这是前人没有写过的情节。清人黄叔灿《唐诗笺注》谓后二句，与"王偃'一双泪落黄河水，应得东流入汉宫'，白居易'君王若问妾颜色，莫道不如宫里时'，写意皆妙"。三家分别用了比较、夸张、跌进手法，各出手眼，均有新意。其三最为出色："日暮惊沙乱雪飞，傍人相劝易罗衣。强来前殿看歌舞，共待单于夜猎归。"只叙"易罗衣"一个细节，黄昏大雪，要换去汉家罗衣穿上皮衣，一曰"傍人相劝"，又曰"强来"，衬托出满腔的委屈与不快，郁郁不欢又能向谁诉说，憔悴伤神尽在不言之中。以一细节写出异域不欢的处境，比只作言情语更为感人。

他还有几首自传性的纪实诗。安史乱中，储光羲陷贼，受伪署，后来设法脱身，逃归肃宗行在，却被囚禁入狱。两京收复，受伪署者分等论罪，因他能自归朝廷，从轻处分，贬往岭南，而卒于贬所。当时受惩处的有三百多名官员，只有他留下了大乱中的全部经历，写了6首自传性的纪实诗。虽然艺术性不甚突出，但却真实叙写了突如其来的大乱，以及遭遇的痛苦与忧虑的心理。尽管赶不上杜甫的诗史，却合共反映那暴风骤雨的灾难时代。至德元载（756）秋月叛军入长安房百官送洛阳，未至一两月，储光羲即脱身西归。《登秦岭作时陷贼归国》说他从洛阳脱身，只能南走秦岭山区，登上山顶："回首望泾渭，隐隐如长虹。九逵合苍芜，五陵遥瞳矇。"想象到："鹿游大明殿，雾湿清华宫。网罗蠛蠓时，顾齿熊罴锋。"此节描写即与杜甫《北征》"凄凉大同殿，寂寞白兽闼"，均出于同样的忧国心情。言逃归的惊忧则说："失途走江汉，不能有其功。气逐招摇星，魂随闾阖风。"他希望早日平息叛乱："惟言宇宙清，复使车书同。"亦与《北征》的"都人望翠华，佳气向金阙"，出于同样的迫切期望。同时还在《奉别长史庾公太守徐公应召》看到从江汉运往行在粮船，心中则充满恢复的希望。《同张侍御宴北楼》兴奋地说："期君武节朝龙阙，余亦翱翔归玉京。"他奔走秦岭时是秋天的"林木被繁霜，合沓连山红"，《狱中贻姚张薛李郑柳诸公》说"中夜囹圄深，初秋缧绁久"，一到凤翔行在即被下狱。诗之开头即言"直道时莫亲，起羞见谗口"，可见遭人迫害。对于此番不幸，他说："哀哀害神理，恻恻伤慈母。妻子垂涕泣，家僮日奔走。书词苦人吏，馈食劳交友。寒服犹未成，繁霜渐将厚。吉凶问詹尹，倚伏信北叟。鬼哭知已冤，鸟言诚所诱。"他在安史乱前曾任监察御史，可能遭人忌恨而有此始所不料。

大概在出狱之后，写下了《上长史王公责躬》，委婉说及入狱之因："自咎失明义，宁由贝锦诗"，"顾已独暗昧，所居成蒺藜"，以及"惕惕愧不已"的内疚，末了表示要酬德报慈，这位王公当有所援救。至德二载（757）九月收复长安，十二月对陷贼官以六等定罪，储被判处外贬。在贬所写下了《晚霁中园喜赦作》已见于上文。诗中有"五月黄梅时"、"菰菜生邻里"，可知贬地或在南方①，最后死于贬所。

---

① 说见傅璇琮主编《唐才子传校笺》，陈铁民校笺，中华书局2002年版，第221页。

　　储光羲的晚年是不幸的。杜甫从沦陷的长安脱身至行在，由看守兵器的胄曹参军擢为左拾遗；王维同受伪署，却因一首小小的题凝碧池诗和其弟缙官位已显，而宽宥免罪。然而储光羲《登秦岭》等诗所表达的忧国忧患与希望平叛的热切祝盼，更比王维明显，何况冒险从贼中逃归，却无人理会，尚下狱以致贬死。与王维有同样经历的郑虔，还有杜甫《送郑十八虔贬台州司户伤其临老陷贼之故……》，以表同情与理解。然而储光羲却留下了历史的遗憾。而且他的喜赦之作写得又是那样的兴奋，不久去世，这不又是一悲剧吗？

第二十二章　被淡忘的盛唐诗人:张谓

张谓是被文学史淡忘的盛唐诗人。他的歌行体题材多样,边叙边议,关注社会人生,与杜甫诗有些呼应。他生年较晚,故对盛唐七律有重要的变革,引向了对日常生活的描写,似与杜甫亦有联系。他的五律清利流老,每多清朗流丽之句。绝句则面貌各异,可以看出兴趣的多样化。张谓有两次从军经历,诗的诸体大备,却不写盛唐诗人热衷的边塞诗,而率先为中晚唐诗风发出新声,与风格不同的常建具有同样的导向中唐的作用。

盛唐诗坛繁花似锦,烈火烹油,大家林立,名家繁星满天,而小名家好像患了"失语症",很难让文学史家忙中偷闲地予以关注,只能悄然于"灯火阑珊处",被人淡忘。实际上盛唐诗缺席了他们,尽管大家、名家如林密布,然而林下缺少小草野花,原始生态就失去了不少新鲜、活力与平衡。被现当代论者久违了的张谓,就是其中最值得关注的小名家。

一　被淡忘的原因

张谓,字正言,河南(今河南泌阳)人。约生于玄宗开元前期,天宝二年(743)进士及第,大约卒于大历十二年(777)后。其诗数量不多,《宋史·艺文志》著录一卷,到了元代辛文房《唐才子传》尚云"今有集传于世"。然而到明代就再没有见到他的别集,清人所编《全唐诗》聊且集为一卷,仅有40首又二联,数量至少。又生年恰逢李白、王维、高适等先后诞生之时,论者自然就无暇顾及,此其一。其二,在他不多的诗篇中,有不少篇章的著作权尚属别见。其中七言歌行《赠乔琳》,《全唐诗》

谓"一作刘眘虚诗"，而《唐文粹》直作刘眘虚诗。五律《送杜侍御赴上都》，《全唐诗》兼收于孙逖集。《同王征君湘中有怀》在《全唐诗》中亦属两见，在严维集中亦收。《早春陪崔中丞浣花溪宴得暄字》，《全唐诗》亦两见，又别录于岑参集中，题作《早春陪崔中丞同泛浣花溪宴》。还有《登金陵临江驿楼》又两见，另见于岑参集，题作《题金城临河驿楼》[①]。七律《辰阳即事》在《唐三体诗》、《唐诗百名家全集·随州集》题作《感怀》，皆作刘长卿诗。倘若除去以上六首，仅余34首，数量之少如此，当然不会引人注意，加上两属别见是非之多，谁也不乐意去惹这些麻烦。以上重出两见诗的一半，如《赠乔琳》、《送裴侍御归上都》、《同王征君湘中有怀》，每见明清的选本，都是有些声响之作，倘若去掉，张谓的光辉就更有些黯然了。其三，诗人声誉地位，原本不全和数量多寡相关。如张若虚诗仅两首，而大篇《春江花月夜》，却享有"孤篇盖全唐"的极誉。王之涣存诗六首，而《登鹳雀楼》、《凉州词》响彻人口，虽然唐人芮挺章《国秀集》说前者是处士朱斌所作，但他的《凉州词》名气也不小，所以谁也不理什么朱斌。这说明出色的绝句和七言歌行大篇，而容易获誉得名，然这两项均非张谓的长项。本来他的七言歌行不错，但乏长篇大制。这样就很容易让他在当时失去像王之涣那样"传乎乐章，布在人口"（唐人靳能为王之涣所作墓志铭语）的机会；也不会有明人看重张若虚《春江花月夜》，就像发现新大陆那样的惊喜！鉴于以上三端，虽然明清人对他有所留意，时隔代移，而现当代文学史家就势必淡漠以至于忘怀，那怕有一小段的评述，或者三五句地一掠而过，然而于他均付之于缺无。因为盛唐太"盛"了，大家、名家都忙乎不过来，谁还会想到"灯火阑珊处"的小名家呢！

二　张谓七言歌行与盛唐气象

　　盛唐气象如果只有李杜、王孟、高岑，固然不失盛唐诗之大气象、大景观。然而若无王昌龄、崔颢、储光羲、李颀这些名家，而盛唐大家、大

---

　　① 　参见陈文华《张谓诗注》各诗注1，上海古籍出版社1997年版。

名家之所由挺出，就会或多或少看不出其间相互影响的原因，盛唐诗的交响乐将会失去种种不同音调，而不会显得那么丰富多彩与"幽音变调忽飘洒"的多重音响；至于陶翰、薛据、常建、张谓、卢象、祖咏、王湾、崔曙、綦毋潜、刘眘虚这些小名家如果退出盛唐诗歌的历史舞台，那繁音齐响、杂曲臻鸣的景象亦不复存在！盛唐气象原本是五色缤纷与五音俱响的，我们要重视大家与名家，而对那些各有所长的小名家，也不应长久地忽视。

那么张谓诗有何艺术个性，而对盛唐气象有什么贡献呢？张谓诗剔除最为明显的他人所作的两首：《早春陪崔中丞浣花溪宴得暄字》与《登金陵临江驿楼》[①]，仅余 38 首又二句。其中七古 4 首、五律 18 首、七律 6 首较为生色，余为五古 2 首、七绝 5 首、五排 3 首亦有可观。其中以七言歌行最为出色。

张谓七言歌行四首，占其诗近 1/9，数量虽不多，然而题材多样，写法也比较别致。其中最值得注意的有《代北州老翁答》：

> 负薪老翁往北州，北望乡关生客愁。自言老翁有三子，两人已向黄沙死。如今小儿新长成，明年闻道又征兵。定知此别必零落，不及相随同死生。尽将田宅借邻伍，且复伶俜去乡土。在生本求多子孙，及有谁知更辛苦。近传天子尊武臣，强兵直欲静胡尘。安边自合有长策，何必流离中国人。

此诗代为负薪老翁立言叙说，叙述朝廷穷兵黩武，无休无止的征役制度给百姓带来家破人亡的灾难。老翁家住北州，即边塞所在地，故受兵役之灾最深。按理此诗应属"边塞诗"，起码应当是准边塞诗。就像"田园诗"被认为是写田园风光的，而陶渊明归隐田园所叙写的饥寒冻饿，很少人能看作是"田园诗"。张谓"至少有两次从军生活。第一次是玄宗天宝十三、四载前后，在安西节度副大使封常清幕。……第二次是代宗宝应元年（762）前后"[①]，所以对前线及兵役制是熟悉的，然而除去回忆军营生涯的

---

① 陈文华：《张谓诗注·前言》，上海古籍出版社 1997 年版，第 1—2 页。

《同孙构免官后登蓟楼》，则无一首"标准的边塞诗"。无论此首是否属于边塞诗，而它的内容却是边塞诗所没有的。此诗当作于天宝十三、十四载首次从军期间。元结曾说："张公往年在西域，主人能用其一言，遂开境千里，威振绝域，宠荣当世。"后在淮南幕府"逡巡指挥，万夫风从"[1]，可见张谓知兵懂军事。然而他对天宝末年的开边扩土并不赞成，这从此诗可以明显看出。诗中所说的"近传天子尊武臣，强兵直欲静胡尘"，这和杜甫《兵车行》"边庭流血成海水，武皇开边意未已"的主旨是一致的，批判的矛头都指向好大喜功的唐玄宗。"尊武臣"而"强兵"的开边政策，这和诗人希望的"安边"自然背道而驰，必然会酿成"流离中国人"的灾难现实，这正是诗人所不愿看见的现象，所深恶痛绝的恶果！正如李颀《古从军行》所说的"年年战骨埋荒外，空见蒲桃入汉家"。轻启战端的开边结果，对外流血成海，对内人民流离，以如此巨大的灾难，只换得"蝇头微利，蜗角虚名"，这正是诗人们谴责上层统治者的原因。

老翁三子，两人已战死，而幼子又将要在开边中"零落"，生灵如此涂炭，必然造成倒挂反常的社会心理："在生本求多子孙，及有谁知更辛苦。"这和杜甫《兵车行》指出的"信知生男恶，反是生女好；生女犹得嫁比邻，生男埋没随百草"，又是何等的一致！在开天盛世，张谓和杜甫一样，洞察到繁华似锦的表层所隐伏的巨大社会矛盾。所以唐汝询说："夫三男子而丧其二，其一犹恐不免，唐室几无民矣，奔蜀之难不亦晚乎？"[2] 这也正是此诗可以和《兵车行》、《古从军行》媲美的地方，其思想价值的重要性与显明性，还是值得我们珍视的。

对于讽刺唐玄宗穷兵黩武，李颀借汉指唐，杜甫自制新题，张谓借北州老翁来叙述。李颀以胡汉相同的反战情绪推出主题，杜甫在送兵的场面中以问答对话展开叙事。张谓则借老人自述与质问，上承骆宾王《艳情代郭氏赠卢照邻》与《代女道士王灵妃赠道士李荣》的代言手法。因为是借老翁叙说，故诗之用语粗浅而如口语。然"垂戒千古"的大主题，"妙在从老人口中说出，才是诗中好光景"（钟惺语）。崔颢的《代闺人答轻薄少

---

① 元结：《别崔曼序》，《全唐文》卷三八一，第二册，上海古籍出版社1990年版，第1714页。
② 唐汝询：《唐诗解》卷十一，河北大学出版社2001年版，第255页。

年》亦是承骆宾王而来，而《江畔老人愁》同是"从老人口中说出"，特别是《代扶风主人答》则与张谓此诗构篇如出一辙。张谓此诗叙述简括，用语恺切通俗，如面聆人哀叙，前后呜咽凝成一气，具有强烈动人心魄的艺术魅力，使人触耳惊心，闻之震颤！杜甫《垂老别》、《新婚别》即用当事人语气叙述，就讥讽黩武与老翁丧子而言，又"与老杜《石壕吏》相似"（沈德潜语）。所以此诗对老杜诗在主题、结构、语言等有多方面的影响。杜甫写于天宝十载的《兵车行》，或许对张谓此诗有所启发。由此可见盛唐大家与小名家相互影响、相辅相成之关系！

《湖上对酒行》是首饮酒行乐诗，应为盛唐时代的"流行歌曲"：

> 夜坐不厌湖上月，昼行不厌湖上山。眼前一尊又长满，心中万事如等闲。主人有黍百余石，浊醪数斗应不惜。即今相对不尽欢，别后相思复何益？茱萸湾头归路赊，愿君且宿黄公家。风光若此人不醉，参差辜负东园花。（见图108）

图108　清代　任伯年　**游艇吟啸**

李白《泛沔州城南郎官湖序》说他在流放夜郎途中，在今勉县遇到张谓出使夏口，"舣于江城之南湖，乐天下之再平也。方夜水月如练，清光可掇，张公殊有胜概，四望超然，乃顾白曰：'此湖古来贤豪游者非一，而枉践佳景，寂寥无闻。夫子可为我标之嘉名，以传不朽。'白因举酒酹水，号之曰郎官湖，亦由郑圃之有仆射陂也。……乃命赋诗纪事，刻石湖侧，将与大别山共相磨灭焉"。其诗云："张公多逸兴，共泛沔城隅。……四座醉清光，为欢古来无。郎官爱此水，因号郎官湖。"张谓此诗，要比李白的好，在这里小诗人战胜了大诗人。任伯年此画与此诗内容相近，值得一观。

此诗起调用两"不厌"，两"湖上"，且用偶句发唱，反复翻腾，流畅高朗。言湖山月色足可留连，又遇主人热情款待，故饮兴大发，放言旷达，沉着痛快，以豪言快语边叙边议，不假修饰。殷璠《河岳英灵集》特意拈出此诗与《代北州老翁答》，以为"在物情之外，但众未曾说耳"，意谓无论讥讽黩武还是遇酒豪饮，其见解其情致均高出时流，而他人不曾说出，故谓"在物情之外"。同时也可见出诗人于世事于己怀，均无所顾忌。"眼前一尊又长满，山中万事如等闲"，"即今相对不尽欢，别后相思复何益"，真盛唐人语！它和李白的"人生得意须尽欢，莫使金樽空对月"，"主人何为言少钱，径须沽取对君酌"，同一豪言，同一时代旋律。酒与盛唐，酒与唐诗，酒与唐人的开放，成了解不开的情结。杜甫酒中《八仙歌》也好，李白《将进酒》也好，王维《少年行》"相逢意气为君饮"与《送元二使安西》"劝君更进一杯酒"也好，还是王翰《凉州词》的"醉卧沙场君莫笑"也好，盛唐人豪兴与高华流美的盛唐诗所焕发出的盛唐气象，都是用浪漫的理想与饱和的情感，加上使人豪兴淋漓的酒浇灌出来的。唐诗是醉人的，张谓此诗就写得醉醺醺的，读来如饮佳醇美酿！它所挥发出的酒气，正是盛唐之酒的精神！它和前诗共同标志与显示那个时代负阴而抱阳的两个方面。

《赠乔琳》是酬赠，亦是咏怀，与《湖上对酒行》同样豪迈而感人：

> 去年上策不见收，今年寄食仍淹留。羡君有酒能便醉，羡君无钱能不忧。如今五侯不爱客，羡君不问五侯宅。如今七贵方自尊，羡君不过七贵门。丈夫会应有知己，世上悠悠何足论。

这是一首落第挫折歌，也是对自尊人格的颂歌；是对世俗的否定，也是对怀抱奇才的肯定；是对朋友的鼓励，也是自我胸臆的发泄。开头只两句去年与今年略叙，便发出一大篇议论："连用四'羡君'，如花飞雪滚，令人猝难应接。极形磊落，可想其人。"[①] 从第三至第八的六句，两个"能"字，四个"不"字，对比如何斩截，那么多的"不"字，把爱憎又说得多么分明！胸中透辟如此，故脚下稳当，"兀傲气如见"（沈德潜语）。此诗

---

① 吴瑞荣：《唐诗笺要》，乾隆二十四年刻本。

末句，明人快语，前人谓"读此可愧狐媚狗趋者"（明人叶羲昂语），可为胁肩谄媚狗苟蝇营者下一针砭，不过是此诗的侧枝或副主题而已。崔颢《长安道》专讽俗世之炎凉："日晚朝回拥宾从，路旁拜揖何纷纷。"并且两用"莫言"："莫言炙手手可热，须臾火尽灰亦灭。莫言贫贱即可欺，人生富贵自有时。"而且结尾与张谓此诗极为相似："一朝天子赐颜色，世事悠悠应始知。"这两诗好像互为声气，一直抒磊落超然之胸臆，一直讽趋炎附势之世风，一刺一美，爱憎分明。都采用对比与往复回环的修辞手法，一唱三叹而慷慨顿挫。

另首《邵陵作》为怀古诗，歌颂虞舜"只为苍生不为身"，然今日"昔时文武皆销铄，今日精灵常寂寞"，似有所指。此诗有感于大唐开国至今的昔盛今衰，特别是经过安史之乱后，一蹶而不振，故措辞幽渺忧伤，一寄所怀。其结尾云："遥望零陵见旧丘，苍悟云起至今愁。惟余帝子千行泪，添作潇湘万里流。"其凄凉孤寂似由抚今追昔而引发。

张谓七言歌行虽仅四首，然题材多样，较多关注社会，写法上采用边叙边议，直抒胸臆，慷慨悲凉之中，不乏高亢宏亮之音。它们体现了诗人对开边的讥讽，对朋友的关注，对理想的自信，以及对人生未来的豪迈宏壮的胸襟与时代变迁所引发的感伤。语言剀切精练，感情热烈率真，思想深刻，"多在物情之外"，而且他人所未曾言说，颇有高致。在风格上接近高适、崔颢，也体现了与同时诗作相互借鉴。故清人贺裳说："张正言诗，亦倜傥率真，不甚蕴藉，然胸中殊有浩然之趣'眼前一樽又长满，胸中万事如等闲'，有此风调，固宜太白与之把臂。"[①] 以此观照他的七言歌行，最为恰切得当。在盛唐气象之中，焕发了自家声响与光彩。即使与并时大家名家之作相较，也显得并不怎么逊色！

三 对盛唐七律庄严重大的变革

张谓七律凡六首，仅比李颀少了一首，而且如同七言歌行一样，精品

---

① 贺裳：《载酒园诗话》又编，见《清诗话续编》第一册，上海古籍出版社 1983 年版，第326 页。

较多。唐诗七律在诸体中出现最晚，亦最难作。胡应麟说："近体之难，莫难于七言律。五十六字之中，意若贯珠，言如合璧。其贯珠也，如夜光走盘，而不失回旋曲折之妙；其合璧也，如玉匣有盖，而绝无参差忸怩之痕。綦组锦绣，相鲜以为色；宫商角徵，互合以成声。思欲深厚有余，而不可失之晦；情欲缠绵不迫，而不可失之流。肉不可使胜骨，而骨又不可太露；词不可使胜气，而气又不可太扬。"又言七律讲求高华、雄大、圆畅、变幻，"一篇之中必数者兼备，乃称全美。故名流哲匠，自古难之"①。七律难以在对偶中做到情意流走贯通；须装饰华美且具风骨的内涵，气势又不能如七古那样张扬，而且要声律协畅，中规中矩，故限制多而要求高，在约束与矛盾中要达到高华流利、雄大变幻之美，则确属不易。

　　张谓七律为日常生活而作，不像七言歌行的主题那样重大，主要见于送别、酬赠、家庭生活、时令景物描写，并没有高华流美、雄大变幻之作，所以可视为盛唐七律的别调。但开拓了七律题材，"格度严密、语致精深"（辛文房语），风格流利清老，往往有奇景之句，与当时流行的庄严雄浑有别，开大历以后之先声。先看《别韦郎中》：

　　　　星轺计日赴岷峨，云树连天阻笑歌。南入洞庭随雁去，西过巫峡听猿多。峥嵘洲上飞黄叶（一作"蝶"），滟滪堆边起白波。不醉郎中桑落酒，教人无奈别离何。（见图109）

　　大历二年（767），张谓任潭州刺史，曾言"巨唐八叶，元圣六载，正言待罪湘东"②，说明此番是因罪放外任。获罪之由，元结《别崔曼序》说是"遭逢猜疑"，具体事由不明。可见他此时心情是不开朗的。观首句与"南入洞庭随雁去"句，当是将赴潭州，即"己适楚，韦适蜀"（《唐诗别裁》语）③。两人分赴外任，且均为地方官员，故不张皇使大，亦"不作奇

---

① 　均见胡应麟《诗薮》内编卷五，上海古籍出版社1979年版，第82页。

② 　张谓：《长沙土风碑铭并序》，见《全唐文》卷三七五，上海古籍出版社1990年版，第1685页。

③ 　宋宗元：《网师园唐诗笺》说"此应始送韦由楚入蜀之作"，则把"南入洞庭"的主语视作韦。韦为郎中，入蜀则不经洞庭。还是以张谓南入为妥。

图109 当代 石鲁 丹岩映碧流

长江三峡，往往是贬谪者常经之地。张谓此诗挂念朋友："西过巫峡听猿多"，又说："滟滪堆边起白波"。石鲁先生的山水画构图险要别致，此幅采用俯视角度，刻画了两岸夹江、水流湍急的境况，湍急的江流弯曲得几乎是等要三角形的两边，占据了画面的"核心位置"，江中三船长楫划动，顺流直下。夹江大山分作三处，下两山亦呈三角形状，前边的船将到转弯水急处，形势险急。上边的两大山只见山跟，中景之山仅露出一角，下边山亦复只见部分，夹江之势至为显明。衬托水流之急愈见险要。赭褐色加上焦墨皴擦是为"丹岩"，淡青细线勾勒是为"碧流"，对比极为强烈。也和张谓此诗"滟滪堆边起白波"情景相合。

事丽语，以平调起之，却足一唱三叹"（王世贞《全唐诗说》）。起二句全从韦说起，"云树连天"暗念潭州、蜀中两地。故中两联上两句均言己之恓惶，下两句均言韦之凄凉。写景中点染"雁去"、"听猿"、"飞黄叶"、"起白波"，一一绾合彼此地域之景观。时为秋季，愈见感伤，故末二句说：不醉则无以为别。从上句见出此为留别诗，是韦郎中以桑落酒送别。如此则己先行，韦郎中为后"赴岷峨"，故题曰"别"而不曰"送"，而清人论者有言："张正言奉使长沙，不必与郎中同时。篇中单言送别，不必扭作相别而送之也。"① 则不如"正言尝奉使至长沙，疑此时韦郎中亦有蜀

---

① 吴烶：《唐诗选胜直解》，康熙刻本。

中之命，故临别而有是作也。"（唐汝询《唐诗解》语）

因是韦之饯别，故先从韦言起，"计日"谓因钦限所迫，故使车应须速发。"云树连天"言分隔之远，为全诗染上一层渺茫落寞的情调。而五个地名：岷峨、巫峡、滟滪堆与洞庭、峥嵘洲，愈见"云树连天"之辽远，愈感"阻笑歌"之不欢。高适名诗《送李少府贬峡中王少府贬长沙》中二联以二人贬地分叙，恰好切中两地事物："巫峡啼猿数行泪，衡阳归雁几封书。青枫江上秋天远，白帝城边古木疏。"然地名均冠于句首，不如此诗之灵动多变。另外此诗针线细密，脉络活通："云树连天"与颔联"南入"、"西过"连为一气；颈联呼应"阻笑歌"，而随雁听猿、叶飞波起，摇摇缓缓，均从"西"与"南"叙写。而尔我之客愁，于颔联情见于景，于颈联景融于情，俱从两地分别对偶，不觉其复，只觉往复之间情境缠绵，一唱而三叹也。辛文房谓其诗"格度严密，语致精深，多击节之音"，观此则确然可知也。

他的另一首为人称道的七律《杜侍御送贡物戏赠》说："铜柱朱崖道路难，伏波横海旧登坛。越人自贡珊瑚树，汉使何劳獬豸冠。疲马山中愁日晚，孤舟江上畏春寒。由来此货称难得，多恐君王不忍看。"题目虽曰"戏赠"，而讽劝之意严肃。杜侍御身为朝廷法官，却借奉使广西之便，诛求搜括珍奇异物，水陆兼程，舟车劳顿，贡奉君王，沽恩贾宠，未免劳民伤财。这种逢迎人主的行径，与东汉马援征抚越人，越人折服自贡珍宝，则大相径庭，故末句"多恐君王不忍看"的讽意甚明。此诗同样针线细密。首句"铜柱朱崖道路难"，一来与颈联"疲马山中"与"孤舟畏寒"相呼应，二来"道路难"与尾联"此货称难得"的两"难"字遥相呼应。结构前后对比分明，前三句言马援征抚得方而越人自贡，后三句言杜一意求宠，折腾得人哀民怨。"自贡"与"何劳"，语气盘旋，是非对比分明，此言其不必。"疲马"之愁"日晚"，"孤舟"之畏"春寒"，此言其不堪。劳民伤财如此，故有"此货难得"与"君王不忍看"之结论，此与顾况《露青竹杖歌》"圣人不贵难得货，金玉珊瑚谁买恩"用意亦同。钟惺谓此诗"题中'杜侍御'有笔法，'戏赠'二字严甚。风刺之体，深厚而严，立言有法。'自贡'、'何劳'字，惭惶杀人。（三四）二句动人羞恶，（五六）二句动人恻隐，末句说得贡献人败兴"。（《唐诗归》）颇得此诗肌理意脉与作意。而屈复却责其"太显露":"题是'戏赠',诗是毒口痛骂。讽刺须有含蓄,明骂有何味?"(《唐诗成法》)谓此诗为明讽尚可,谓之"明骂"倒不见得。讽刺有含蓄,亦有厉骂,厉骂未尝不可为诗,屈氏未免把温柔敦厚的诗教看得过重!此诗通体讽刺,亦庄亦婉,在盛唐诗高华雄大之外开一新境界,推出一新题材,展现出新面目!另一首《送皇甫龄宰交河》题材有接近处,口气亲切,语意流走。末尾则言:"今日相如轻武骑,多应朝暮客临邛。"司马相如为武骑常侍,非所好而辞。后游梁而归,曾受到临邛令的冷遇。此用其事,暗示日后可能去职客居交河,希望那时能受到皇甫龄的关照。用事含蓄明畅,透晰无碍,亦可见张谓诗用典的灵活与明晰。

他的《春园家宴》与《西亭子言怀》,都是用庄重的七律来写日常生活的琐屑微事。前者中二联:"竹里登楼人不见,花间觅路鸟先知。樱桃解结垂檐子,杨柳能低入户枝。"把花鸟竹树围绕楼屋与低垂屋檐伸向窗间,以及曲径通幽与林木掩映的园林般院子,描写得幽静宜人。首尾点缀出自家中的人物:"大妇同行少妇随"与"山简醉来歌一曲",全家祥和安乐的气氛洋溢。以七律作如此题材,只有杜甫在入蜀以后方有。而张谓此诗描写得如此精巧细密,确实与盛唐七律典丽庄重、高华雄大风格异样,所以陆时雍说是"小巧家数"(《唐诗镜》),则从盛唐庄严正大气象的固定模式的角度批评。因而钟惺感慨地说:"七言律,诗家所难。初、盛唐以庄严雄浑为长,至其痴重处,亦不得强谓之佳。耳食之夫一概追逐,滔滔可笑。张谓变而流丽清老,可谓善自出脱。刘长卿与之同调,俗人泥长卿为中唐,此君盛唐也,犹不足服其口耶?且初唐七言律,尽有如此风调者。因思气格二字,蔽却多少人心眼,阻却多少人才情!"[1] 正是从打破盛唐庄严雄浑的格调,看出张谓诗的变化出脱。所谓"初唐七言律尽有如此风致",只不过指明此诗从初唐七律中脱出。初唐七律应制写皇家园林或公主山庄,每多如此写法,而张谓却写自家日常生活,二者还是有性质上的区别。贺贻孙《诗筏》称赏张谓七律"多奇警之句",最爱"樱桃"、

---

① 钟惺、谭元春:《唐诗归》卷一六钟惺语,吴文治主编《明诗话全编》第七册,江苏古籍出版社1997年版,第7346页。

"杨柳"一联，也正看出这种写法在盛唐诗中的新鲜性。如此精巧奇警的描写，也为中晚唐和宋人提供了一种启示，宋人吴曾就指出林逋"屋檐斜入一枝低"即本此二句而来[1]。而《西亭子言怀》也同样体现"清丽流老"的风格："数丛芳草在堂阴，几处闲花在竹林。攀树玄猿呼郡吏，傍溪白鸟应家禽。青山看景知高下，流水闻声觉浅深。官属不令拘礼数，时时缓步一相寻。"这是写官家衙门的后院景观，颈联景中有公余漫步的人在，见出一片宁静。"从官廨簿领中写出羲皇桃园在目"（钟惺语），以官邸公余生活为诗料，也是张谓对盛唐七律的一种出脱。金圣叹从前四句看出："全是一人指指点点，申申夭夭于其间"，"便自见所谓尽是此人闲心妙手，并非西亭有此印板景致。然则前解正是写人"。谓后四句："看景知山，闻声识水，二三属吏，尽捐町畦，则不知山水之为我，我之为山水"，"然则后解乃写人无其人"，这是从"前解写境，后解写人"，却看出别一番景象，自负为"乃我独有神解此诗者"[2]，体察洵为深刻细致，也正指出此诗把日常生活予以诗化的妙处。

总之，张谓七言律，扩大了七律的题材，延伸到日常生活细琐实境之中，有意识在雄放高华之外别寻一径。风格也起了相应变化，清爽流丽，严密精深，老成练达，而形成了自家独特的面貌。胡震亨曾把张谓《别韦郎中》，贾至《春苑瞩目》，崔颢《行经华阴》，祖咏《望蓟门》，崔曙《九日望仙台》，并称为盛唐小名家七律的"最著"者，然从风格看，张谓与后四家的张皇使大还是有区别的！

四　流利清老的五律

张谓五律18首，占其诗将近一半，于诸体中为数最多。其中9首为寄赠送别，另一半为宴会题咏写景之作。如果说张谓七律流利和婉、严密精深，变革盛唐一味雄浑，以轻便流雅而开大历轻清风气，"声情意境，渐

---

① 吴曾：《能改斋漫录》卷八《沿袭》"屋檐斜入一枝低"条说："唐张谓诗'樱桃解结垂檐子，杨柳能低入户枝'，乃悟林和靖梅诗'屋檐斜入一枝低'之句所本。"
② 《金圣叹评点唐诗六百首》，浙江古籍出版社1997年版，第90页。

入中唐"（邢昉《唐风定》），那么他的五律题材与七律相近，风格亦为近似，用典使事，似比七律为多。唐人五律成熟较早，然此体的个性特征倒不如后起七律之分明。胡应麟说："五言诗，兆自梁陈。唐初四子，靡缛相矜，时或拗涩，未堪正始。神龙以还卓然成调。沈、宋、苏、李合轨于先，王、孟、高、岑并驰于后，新制迭出，古体攸分，实词章改变之大机，气运推迁之一会也。"论其风格则言："五言律体，极盛于唐，要其大端，亦有二格：陈、杜、沈、宋典丽精工，王、孟、储、韦清空闲远，此其概也。"①张谓似乎介于二者之间，清爽精工，流动灵秀，时透清雄之气。其中以《同王征君湘中有怀》为最著：

八月洞庭秋，潇湘水北流。还家万里梦，为客五更愁。不用开书帙，偏宜上酒楼。故人京洛满，何日复同游？（见图110）

图110　五代　李升　岳阳楼图

看此图，与今日之岳阳楼，大相径庭，气势之宏伟，非所能梦见。元代夏永曾模拟过此图。张谓此诗说："八月洞庭秋，……偏宜上酒楼"，可和此图参看。

————————————

① 以上两条并见胡应麟《诗薮》内编卷四，上海古籍出版社1979年版，第58页。

此诗起调苍茫清壮，似取法谢朓最为轩举的发调："大江流日夜，客心悲
未央。"小谢以景带情，两层夹写。此则全以景起，情含景中。观湘水莽
然北流，而思归京洛之意，尽在不言之中。"水北流"掀起一篇情思，以
下全从此顺流直下。故"还家"一联直接承上，这两句原本为旅况常语，
清爽中带出几层意思：一是衔负使命而身不由己，二是梦飞还家尚有万里
之遥，三是梦断五更仍然"为客"，家乡还在"万里"之外。全是实情，
却从空间与时间两层夹写，说得入骨入髓。颈联虚写，谓如此情怀，只宜
饮酒解愁，谁还能枯坐读书！尾联推出本意，以回京为盼，以"同游"回
应题目酬和之意。黄生说："尾联见意。起意浑峭，以后但一直扫去。此
如欧阳永叔作《醉翁亭记》，起语凡数易，终不惬意，忽得'环滁皆山也'
五字，后便振笔疾书，一挥而就。想作者亦当尔尔。"①此诗结构洞达，脉
络贯通，全从次句照拂中生发。

　　《送裴侍御归上都》结构上亦用思精深："楚地劳行役，秦城罢鼓鼙。舟
移洞庭岸，路出武陵溪。江月随人影，山花趁马蹄。离魂将别梦，先已到关
西。"此诗当与上诗作于同时，是为湘中送客。前四句的"楚地"、"秦城"、
"洞庭"、"武陵"络绎而来，先行交待裴侍御归京行程，全从题目的"归"
字写出。前二句为送别与到达之地，后二句是北上所经之地。"劳行役"言
奉使职事，"罢鼓鼙"点出两京收复的时代气氛。"舟移"、"路出"言其车马
劳顿。"江月"句承上"舟移"，"山花"句承上"路出"，言其归途匆匆，日
夜不停。故末尾两句说归心似箭，人未到京而梦已先至。"透过一层，更觉
得思曲而笔妙"（胡本渊《唐诗近体》语），而且回应首联。此"关西"与上
四地名连成一片。全诗不言惜别，全从赵侍御之"归"上生发，一路行程亦
全从为友人设想出来，惜别之情尽在不言之中。中二联一叙述，一描写，特
别是颈联的"随"与"趁"，匆匆行色似乎全从眼中看出北去背影，想得逼
真，情亦随之，故成名句。全诗洞达贯通，思致缜密。周珽称道："烹炼极
融，针线不漏，送别诗之最上品。"（《唐诗选脉会通评林》）而《送韦侍御赴
上都》同一题材，同一别地，写法却别出手眼："天朝辟书下，风宪取才难。
更谒麒麟殿，重簪獬豸冠。月明湘水夜，霜重桂林寒。别后头堪白，时时镜

---

① 　黄生：《唐诗摘抄》卷一，《黄生全集》第三册，安徽大学出版社 2009 年版，第 41 页。

里看。"前四句言韦侍御完成巡察吏治、简拔能吏的使命，而后还京复职。后四句先言归途辛苦，次言别后己情。结构采用倒叙，与上诗不同。

《别睢阳故人》也颇值得注意："少小客游梁，依然似故乡。城池经战阵，人物恨存亡。夏雨桑条绿，秋风麦穗黄。有书无寄处，相送一沾裳。"劈头先从故地重游写起，看次联方知起二句为以今衰昔盛取势。睢阳在安史之乱中遭受巨大破坏，守城将士与百姓死亡惨重，战后城池残破、人口锐减的景况还在。后四句言桑绿麦黄，时令照常运行，然而别后要给此地其他友人寄信存问却是不可能了，故有临别"沾裳"的哀伤。此诗借告别来写时事的巨大变迁，主题重大，而非一般告别诗写法。

张谓五律的写景每多清爽流丽之句，如《道林寺送莫侍御》的"薜萝通驿骑，山竹挂朝衣"，《郡南亭子宴》的"柳枝经雨重，松色带烟深"，《题从弟制官竹斋》的"竹里藏公事，花间隐使车"，《题故人别业》的"落花开户入，啼鸟隔窗闻。池净流春水，山明敛霁云"，以及五言排律《同诸公游云公禅寺》的"长空净云雨，斜日半虹霓。檐下千峰转，窗前万木低。看花寻径远，听鸟入林迷"，均能捕捉不同状况的景观，善于把握景物瞬间与空间中的微妙变化以及人和景物之关系；都能以清爽简疏与流丽明净的语言，状难写之景如在目前。措语省净，景物层次感强。

他的五律在使典用事上，明晰透彻，表情达意，运用从心。《寄李侍御》："柱下闻周史，书中慰越吟。近看三岁字，遥见百年心。价以吹嘘长，恩从顾盼深。不栽桃李树，何日得成阴？"几乎句句用典，"竹下史"、"越吟"、"三岁字"、"吹嘘"分别见《史记·张丞相传》之司马贞注、《张仪列传》、《古诗十九首》其十七、《后汉书·郑太传》，然情意表抒随心如意，而且语气流走，清爽流利。特别是末二句用刘向《说苑》卷六事：春秋时代的阳虎栽培多人，却得不到回报。赵简子说："唯贤者为能报恩，不肖者不能。夫树桃李者，夏得休息，秋得食焉。树蒺藜者，夏不得休息，秋得其刺焉。"此把树桃李而夏得休息，出之反问，似为反用，实际上正话反说，意谓如果李侍御广树桃李，自己就会获得荫护。把熟典运用得耐人寻味，而且语深情长。再如《寄崔澧州》："共襆台郎被，俱褰郡守帏。罚金殊往日，鸣玉幸同时。五马来何晚？双鱼赠已迟。江头望乡月，无夜不相思。"由于彼此都是由郎官外任为刺史，故用《晋书·魏舒传》

"襆被"、《后汉书·贾琮传》"褰帏"事；"罚金"出自《尚书·吕刑》，言己待罪湘东，"鸣玉"出自潘岳《西征赋》，此句喻有幸同时出入宫禁；"五马"借剌崔刺史，语出《陌上桑》，"双鱼"见汉乐府《饮马长城窟行》，此句言己寄此诗已迟。此诗只有末两句未用典，然全诗运意宛转，中两联顿挫张弛，或反复跌宕，抑扬有致，足见用事之娴熟练达。宋庄季裕《鸡肋编》卷下收录张谓残句"家无阿堵物，门有宁馨儿"，均出《世说新语》，对偶工稳，语意抑扬盘旋，亦称名句。张谓对史书熟悉，有《读后汉逸人传二首》，以及经传内典，驱遣笔下，纷然杂披，见于其诗，而未有艰涩不畅之嫌，说明在语言熔炼上是非常精心的。

五　面貌各异的绝句

张谓七绝只有五首，亦可留意。《送卢举使河源》："故人行役向边州，匹马今朝不少留。长路关山何日尽？满堂丝竹为君愁！"前两句先言明分别事由，后两句先预设一问，推宕到将来，末句又收缩到眼下，且出之描写抒情句，就显得通体灵动摇曳。前三句不着声色，而末句声情俱现。第三句出以问句作枢纽，牵动首尾，则是唐人绝句一大法门。"匹马"与"长路关山"分置两句，两层跌宕，则"满堂丝竹"反而逼出"为君愁"。唐汝询说："鲍照诗'丝竹徒满座，忧人不解言'，化鲍照语，以'愁'字着'丝竹'，妙，妙。四语韵胜，有龙标手段。"（唐汝询《唐诗十集》）

他的五首绝句，每首各出心眼，就题别构，迥不犹人。《题长安主人壁》："世人结交须黄金，黄金不多交不深。纵令然诺暂相许，终是悠悠行路心。""黄金"与"交"交错反复出现，分明是七言歌行手段；"纵令"与"终是"的假设与转折，盘折跌宕出绝大的炎凉世态，感慨就特别怆然了。此诗全议论，全以气胜，以落落豪气讯切世情俗态，本是失意事却写得不沮丧。张谓中年方及一第，此当为早年求试滞留京都所作。以议论施诸绝句，且用歌行句调，均见其别出手眼之匠心。

咏物诗《早梅》又是别一面目："一树寒梅白玉条，迥临林村傍溪桥。不知近水花先发，疑是经春雪未销。"（见图111）此犹一幅扇面小景，末两句却奇警动人，意外中道出一种"陌生美"来。唐汝询说："宋延清遇雪应制云：'不知庭霰今朝落，疑是林花昨夜开'，此蹈宋作。"（《唐诗十集》）虽有模拟之痕，然却别是一番景象。

图 111　明代　蔡元勋　张谓《早梅》诗意图

　　明代人对盛唐诗特别钟爱，不仅在诗论上推崇，而且在书法绘画的传播上有许多作品。此图见于《唐诗画谱》，采用单线白描，便于木刻。明代的版画非常兴盛，也推动了唐诗的传播。此图与诗意结合紧密，可谓诗中有画，而画中有诗。

　　另外两首绝句，都带有游戏性质。《长沙失火后戏题莲花寺》："金园宝刹半长沙，烧劫旁延一万家。楼殿纵随烟焰去，火中何处出莲花？"莲花象征佛家的清洁，而此寺又以此命名，故末两句说：佛寺楼殿于烟焰中化为灰烬，为何在火海中不出现莲花？莲花生于水中，为何佛家就没有那点法力——以水浇灭火灾。此诗看似幸灾乐祸，实则是对佛教蔓延的冷嘲热讽，这从首句"金园宝刹半长沙"就已看得出来。题目的"戏赠"有寓谐于庄之意。另首《赠赵使君美人》说："红粉青蛾映楚云，桃花马上石榴裙。罗敷独向东方去，漫学他家作使君。"无论是《陌上桑》的罗敷，拒绝使君，以随所谓的"东方千余骑，夫婿居上头"而去，还是所用本事的罗敷拒绝赵王，终归其夫邑人王仁。他们都不羡富贵，不别情他移。而眼前这位"红粉青蛾"佳人，丽容华服，娇艳盛妆，却移情"他家"，执意去"作使君"的夫人，简直让人莫名其妙！看诗题，原本是自己情愿赠赵使君美人，却怪美人于旧主未有任何留连，故戏谑一番。立意并不庄重，却写出一番特别微妙的心理。

综上所论，张谓为数有限的诗歌，却没有顺着生逢其时的盛唐高华流美、雄浑豪迈的审美趋向沿波逐流，而是追求自己的理想，以清爽练达，明朗流走的风格，构筑自家艺术个性。而且他并非风尘小吏如李顾，所以他的追求带有显明的革新性质，率先为大历以降的中晚唐发出新声。这种艺术上的超前性，本身带有不合时宜的性质，故往往被论者淡忘。他曾两次从军，却不愿去写当时极为流行的边塞诗，而仅借北州老人发出反对扩边的呼声。他的诗诸体大备却没有五绝与乐府诗，看来他在题材与诗体上都有所取舍，而追求自己的境界，不随时流，执意锻造独特的风格，所以他有自己的艺术个性。在盛唐广阔的诗坛上，应当还他一席之地！而学界迄今至目前仅有一二篇关于其人的交游，生平考证文字，此章所言，或可慎缺憾！

第二十三章　岑参边塞诗的创新与贡献

岑参边塞诗无论在盛唐，还是在有唐一代，或是在整个诗史上，就像一片摇曳奇花异草的原野，开凿出前所未有的冰冷而沸腾、火热而豪迈的壮烈境界。不仅展现了盛唐边塞诗最后的耀眼光芒，而且也兆示了后盛唐向中唐诗之审美的变革轨迹。在边塞诗的题材与诗体融合上，是对唐诗集成性的继承，也是独具个性的创新。从纵与横多维度的拓展性探索，或许会提供新的启迪与发现。

一　岑参在初盛唐边塞诗史上的位置

岑参先后两次出塞，一是自天宝八载（749）冬，至十载六月还京；二是自十三载（754）四月，至肃宗至德二载（757）夏至行在凤翔。先后随从名将高仙芝与封常清，前后两次包括往返将近五年。初出塞不到两年，凡作边塞诗31首，再出塞三年稍多，有边塞诗45首。加上两次出塞之间隙与再次出塞归后，所作五首送人赴边以及与之相关的赤骠马歌与芦管歌，共计83首，占其诗402首的20%，数量不能说不多。

逐人逐篇检点初唐边塞诗，凡得87首，加上唐太宗的3首，不过90首，也就是岑参边塞诗数量接近初唐诗人同题材的总和。就每人数量而言，初唐袁郎、窦成、杨师道、李义府、孔绍安、王宏、庾抱、陈子良、辛常伯、来济、郭元震、张敬忠、张易之、张昌宗、乔知之、员半千、张宣明，人各1首而已；刘希夷有2首、郑愔4首；虞世南、崔湜、沈佺期各5首，崔融、卢照邻、杨炯各6首，骆宾王9首；陈子昂11首。其中以陈子昂与骆宾王数量最多，他们都曾身历边塞，吃过风沙之苦，故其多可谓事出有因。岑的数量是两家平均数的八倍还多。

再从诗体来看，初唐边塞诗除七律外，其他诸体具备。其中数量多者，五律和五言长律 40 多首，相当总数的一半。即使数量不少的五古，其中也往往充斥着连续性的偶句。其中六首歌行体更不例外。可以说，初唐边塞诗是主要用对偶组织起来的。就题目看，只有唐太宗、骆宾王、陈子昂全部或者主要因事制题，其余绝大多数人全部或者主要采用乐府旧题，自制题者不过偶尔可见。乐府旧题多见者，如《饮马长城窟行》、《出塞曲》、《从军行》、《出塞》、《陇头水》、《战城南》等。然而岑之 83 首边塞诗竟无一首旧题，在将近五年的边塞阅历，且正值 35 至 40 岁出头的年龄，他怀着"今王道休明，噫世业沦替"的反差感，以及"出入二郡，蹉跎十秋"的仕途阻涩感，还有"国家六叶，吾门三相"与"昔一何荣矣，今一何悴矣"的家庭责任感，以及此前天宝二载（744）进士及第而在内率府兵曹参军之微职，而滋发急于建功立业的迫切感，奔赴西域，乃至李白的出生地碎叶城。奇异的地理风光，酷冷酷热的反常气候，紧张而又激烈的战斗岁月，往返长途的寂寞跋涉，无不焕发热烈奋发、艰苦卓绝或者念乡思家的种种情感，遇地而发，随事生题，而且综合了初盛唐边塞诗与长于抒发感情的歌行体，创制出适宜于边塞题材的许多成功的新题目。我们看他题目中，"初过陇山"、"经陇头分水"、"过燕支"、"过酒泉"、"经火山"、"宿铁关西馆"、"碛中作"、"早发焉耆"、"题苜蓿峰"、"武威春暮"等，犹如一部西行日记。题目中涉及的地名，也就是该诗所作地。除以上外，还有敦煌、银山碛西、碛外、碛西头、安西、凉州、河西、临洮，此为首次出塞。见于再次出塞不复见者，如金城、贺延碛、轮台、走马川、北庭西郊交河郡、瀚海亭、玉门关、天山、热海等，至于诗中的地名以上还未涉及。他几乎走遍了西域的军事要地，地经足至，景由目见，事则身历，有多少新奇事物为之激发，使他成为大漠、雪海、火山、热海的歌手。而初唐边塞诗，绝大多部分为想象之词，只有极少数地名点缀诗中，只是作为一种流行题材而偶尔染指而已。

再看盛唐边塞诗。其中名家，高适有 42 首，其中以五古与五律为主，七绝 5 首，七言歌行仅有 2 首，仅及岑的十分之一，总数不及岑之一半。

就诗体看，还是顺着初唐的路子。但是题目只有三首属于乐府旧题，且首创的《蓟门行》与《九曲词》成为新乐府题，而被后人沿用。李白边塞诗有 28 首，其中五古 18 首，七言歌行 6 首，五绝 3 首，五律 1 首。七言歌行明显增加，五律急剧下降。自制题五篇 8 首，绝大部分则为乐府旧题。（见图 112）在安史之乱前曾到幽燕，探察安禄山活动，而有几篇写实之作，其余亦为关注性的想象之作，此亦符合他的创作个性。王维于开元二十五年（737）秋天出使塞上，并留在河西为节度判官，将近一年。有 20 首边塞诗，其中有四分之一写于边地，其余为少年之想象与后来送人赴边、应制、挽歌。其中五古 2 首，七言歌行 4 首，五律 8 首，五言排律 1 首，七绝 5 首。他本是五律与歌行诗的高手，这在边塞诗里得到同样的反映。王昌龄曾漫游过西北，由萧关出塞外。有边塞诗 24 首，其中五古 11 首，七言歌行、五律、五绝各 1 首，七绝多到 10 首。他以七绝边塞诗赢得世人的注目，是具有艺术个性的边塞诗人。崔颢边塞诗共 7 首，五古 4 首，五律 2 首，七言歌行 1 首。在进士及第后的开元十年左右至天宝初，漫游南北，最后到了东北，他和高适都是雁门、辽西边塞的歌手。李颀往往被视为边塞诗人，而其实只有 4 首，另外《古塞下曲》与于鹄互见，宋人和明人则定于于鹄[①]。但《古从军行》与《古意》均为七言歌行，思想深刻，影响甚大。另外著名者如王翰，有七言歌行《饮马长城窟行》与七绝《凉州词二首》，尤以后者著名而传遍人口；王之涣存诗仅 6 首，而七绝《凉州词二首》其一，亦为经典之作。

张谓有边塞诗 3 首，其中七言歌行 2 首，七绝 1 首。祖咏虽只有《望蓟门》1 首，然其声价甚响。以隐士出名的孟浩然，用世之心并不弱于人，有边塞诗六首，其中五古、七绝各 2 首，均为送人赴边之作。对于其中七绝《凉州词二首》，因他一生未过邠宁，其集亦无其他乐府旧题之作，故似非其作。储光羲边塞诗 4 首，3 首自制题均为五古，《关山月》为五绝。陶翰边塞诗 4 首，全为五古，乐府旧题和自制题各半。常建有边塞诗 6 首，其中七绝《军城早秋》颇为引人注目。贾至边塞诗两首，歌行体与七绝各 1 首，均为乐府旧题。唐玄宗有边塞诗 4 首，均为自制题目，其中 2 首为

---

① 《文苑英华》卷一九七，季振宜《全唐诗》稿本，均作于鹄。

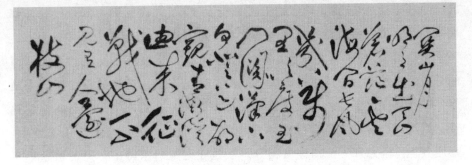

图 112 明代 祝允明 **李白《关山月》**

　　李白《关山月》的"汉下白登道，胡窥青海湾。由来征战地，不见有人还"，
此与王昌龄的"万里长征人未还"，都深刻揭示了同样的道理。然而李诗开头的
"明月出天山，苍茫云海间。长风几万里，吹度玉门关"，又是那样的辽远而神秘，
那样地引发人向往。而有许多像岑参那样"侧身佐戎幕，敛衽事边陲"，又像王维
那样发出"孰知不向边庭苦，纵死犹闻侠骨香"的壮语。艰苦与功业在唐人眼中，
不是矛盾，而是因果，这正是国力强盛所形成的观念。祝书只书写了以上八句，
此诗结尾还有四句未写。此诗像由三首绝句组成，故如此处理。祝书豪迈雄强，
尚能配合原诗的内容。

　　送大臣赴边。张说边塞诗 6 首，均为自制题目，其中五古 4 首，五律与七
言歌行各 1 首。总上除岑参外的唐代诗人 18 家，边塞诗凡 181 首。另外，
胡皓、刘庭琦、张明宣、殷遥、贺朝、万齐融、孙逊、崔国辅、李昂、杜
颀、万楚各一首，共 12 首，连前共计 193 首。合共是岑参诗的 2.2 倍。或
者说在盛唐边塞诗总数 275 首中①，岑诗 83 首占到将近三分之一，又是高
适 42 首的二倍。

　　如此数据，如此比例，不能不让我们感到惊讶，岑参边塞诗的数量在
初盛唐诗中居然占有如此显赫的位置。就是与之并称的高适，也要瞠目其
后。或者把王昌龄、李颀、崔颢、王翰、王之涣与高适合在一起总数 84
首，才抵得上岑之数量。盛唐边塞诗精华集中在七言歌行与七绝上，七言

---

　　① 据陈铁民《关于文人出塞与盛唐边塞诗的繁荣》一文统计，有"71 位盛唐诗人，今存
边塞诗 440 首"。见《文学遗产》2002 年第 3 期。陈文把刘长卿、钱起、郎士元、皇甫冉、刘方
平、柳中庸，以及贺知章、张若虚、员半千等均计算之内，再加上计数比较宽泛，故人数与诗
篇数量均多。

歌行除过岑参凡 20 首，而岑之七言歌行共 19 首，而且绝大部分代表作都聚集此一体中。盛唐诗人五绝边塞诗 5 首，七绝 23 首，其中最多者为七绝圣手王昌龄 10 首；岑之五绝 8 首，七绝 17 首，合共 25 首，与盛唐边塞诗的总数恰好相等。由此可得出如下结论：一是岑参边塞诗数量在盛唐中最多，即便是仅次于他的高适，数量仅及岑的一半。初、中、晚当亦作如是观，则不用赘言；二是在最能体现盛唐气象的七言歌行与七绝边塞诗中，盛唐其他诗人总和方能与岑参相等；三是在七绝边塞诗中，岑参虽远远不及王昌龄，甚至没有王翰、王之涣的名声响亮，但他的七言歌行边塞大篇，迥出于盛唐诸大家名家之上，即便是和他并称的高适，也仅有 2 首歌行边塞诗，只有《燕歌行》1 首和岑参大篇相媲美。

岑参如此突出地挺拔于边塞诗中，未尝不是一种奇迹。他所浇灌的这片奇花异草，自然滋生于特定的时代土壤之中。初唐自贞观之治后国势强盛，文治武功骎骎乎度越西汉。贞观四年大破突厥，生擒颉利可汗，自此西北诸番咸尊唐太宗为"天可汗"。贞观九年五月大破进犯的土谷浑，十四年平西昌而置安西都护府，国威大震。虽自十九年伐高丽而不克，然大局稳定。文治上以《秦王破阵乐》为宫廷音乐。又亲自作了边塞诗 3 首：《饮马长城窟行》、《执契静三边》、《伤辽东阵亡》，其佚句尚有"雪耻酬百王，除凶报千古"。在国家选拔官员的大考中，试题亦有《出塞》。沈佺期集中有《被试出塞》（一作"出塞被试"），或许是他在高宗上元二年（675）考进士的题目。初唐已显示了尚武精神的流行。影响所致，初唐近百年宫廷诗人始终把边塞诗作为不可忽略的题材，像虞世南这样的宫廷重臣都有 5 首边塞诗。即便是武后的面首，不识文墨的张易之、张昌宗，也要请上官婉儿代作《出塞》与《少年行》。杨师道《陇头水》的"映雪峰犹暗，乘冰马屡惊"，虞世南《拟饮马长城窟》的"前逢锦车使，都护在楼兰"，"云昏无复影，冰合不闻湍"，《出塞》的"雾锋暗无色，霜旗冻不翻"，崔融《西征军行遇风》的"北风卷尘沙，左右不相识。飒飒吹万里，昏昏同一色"，都给盛唐诗人留下了不可忽略的借鉴，对岑参、王维、高适的影响尤巨。在强大国威激发下的豪言壮语，亦为可观。辛常伯《军中行路难》的"昔时闻道从军乐，今日方知行路难"，"但令一被君王知，谁惮三边征战苦"。发为悲壮之音者，有孔绍安《结客少年场》的"若使三边定，当封万户侯"，然亦有王宏《从军行》的"从来战斗不求勋，杀身为君君不闻"的慷慨，这还是来自隐士的声音。乔知之《苦寒行》的"由来从军行，赏存不赏亡。亡者诚已矣，徒令存者伤"，刘希夷《将军行》的"将军辟辕门，耿介当风立。诸将欲言事，逡巡不敢入"，思想之深刻，则显而易见。至于骆宾王《宿温城望军营》的"投笔怀班业，临戎想顾勋。还应雪汉耻，持此报明君"，则把建功立勋的理想与捍卫边疆忠君报国的壮志结合起来；为人熟知的杨炯《从军行》的"宁为百夫长，胜作一书生"，已先发盛唐之宏响。

到了盛唐，玄宗前期重视边备，开元六年（718）张说以右羽军检校幽州都督，入朝以戎服相见，玄宗大喜。开元十年（722）遣兵部尚书张说巡边朔方，玄宗率百官钱别并亲撰《送张说巡边》诗，当时官员能诗而应和者，有源乾曜、张嘉贞、宋璟、卢从愿、许景光、韩休、徐知仁、崔禹锡、王翰、苏晋、王光庭、袁晖、席豫、张九龄、徐坚、崔日用、贺知章，还有胡皓、王丘，并结集。命贾曾作序，其序说："朝倾多士，巷无居人。接盖阴衢，扬袂风野。羽觞遽进，列坐酣而不哗；清铙间发，将士激而愈厉。……景列穹都，风腾漠野。西域轻郅支之使，东胡息冒顿之虞。"[1] 像如此由皇帝亲自率领的庞大"军事文学沙龙"，本身就已接近边塞诗，而对边塞诗以及送人赴边的影响就异常明显了。玄宗还有《钱王晙巡边》、《旋师喜捷》，又在《平胡》中不无自负地说："武功今已立，文德愧前王。"推崇武功的雄心并不逊于唐太宗。上有所好，下必甚之，盛唐半个世纪以来从上到下都笼罩激昂慷慨的尚武重侠精神。连士子们都怀有一种英雄情结，漫游东北、西北，赴边从军、建功立业，成了不亚于进士及第的另一条康庄大道，弃文尚武呈现了多样化的理想选择。开元前期陇西有壮士常言："大丈夫不继（似当为'系'）单于颈，不碎颜良军，曷以答圣朝之休美，绍先人之鸿业。"[2] 这正是盛唐恢弘昂扬气象与热烈的社会

---

① 贾曾：《钱张尚书赴朔方奉敕撰序》，附见张说《张燕公文集》卷四，上海古籍出版社1992年版，第23页。开元中，张孝嵩出塞，胡皓、张九龄、韩休、崔沔、王翰、贺知章撰送行诗，号《朝英集》。

② 崔珪璋：《唐故左领军卫执戟李公墓志铭并序》，见周绍良等《唐代墓志汇编》下册，上海古籍出版社1992年版，第1376页。

思潮所形成的流行观念之一。循循守儒的杜甫，在《前出塞》其三不是也说过："丈夫誓许国，愤惋复何有。功名图麒麟，战斗当速朽。"即使隐士孟浩然，也在《送告八从军》中说："男儿一片气，何必五车书。"情绪温和的王维，在《送赵都督赴代州得青字》说："忘身辞凤阙，报国取龙庭。岂学书生辈，窗间老一经。"《少年行》其二说："孰知不向边庭苦，纵死犹闻侠骨香。"无不体现英雄精神的鼓荡，建功立业理想的激发，浪漫情调的澎湃。

就是在这种昂扬慷慨的时代思潮中，岑参两次奔赴西域，由此也发现了他"好奇"的审美趋向的用武之地。在"飒飒胡沙迸人面"的银山碛西馆，发出"丈夫三十不富贵，安能终日守笔砚"；在武威则高唱"功名只向马上取，真是英雄一丈夫"，以及"功业须及时，立身有行藏。男儿感忠义，万里忘越乡"，这是建功立业与英雄精神的焕发。在此地欢呼："花门楼前见秋草，岂能贫贱相看老。一生大笑能几回，斗酒相逢须醉倒。"在轮台则喊出"古来青史谁不见，今见功名胜古人"，无不激荡豪迈慷慨的兴致与自信；在"平沙莽莽黄入天"的边陲，他说自己由一介书生，锤炼成"并州儿"式的英雄："何幸一书生，忽蒙国士知。侧身佐戎幕，敛衽事边陲。自逐定远侯，亦著短后衣。近来能走马，不弱并州儿。"在从军的前后五年生涯中，特别是首次出塞中，他也反复地想家，想得流泪，甚至连做梦都在思念家园。在大漠像军人一样奔驰，又像一般人一样想家流泪，这并不矛盾，反而真实，把人人共有的多重情怀逼真而尽意地宣泄出来。正是这种真情实感，加上尚奇而敏感的审美眼光与出色的描写与记录，使他展现了西域万里一幅又一幅奇异的画面，达到边塞诗史上豪迈慷慨热烈悲壮的顶峰。

二 先唐边塞诗的发展

回顾边塞诗史，自《诗经》以来，《秦风·无衣》与《小雅·采薇》就以第一人称发轫。前者"岂曰无衣？与子同袍。王于兴师，修我戈矛，与子同仇"，已发同仇敌忾英壮迈往之先声，而被视为"边塞诗之祖"，初现西北秦俗尚武之精神；后者既有"戎车既驾，四牡业业。岂敢定居，一日三捷"的紧张战斗，又有"曰归曰归，岁亦莫止"的思家之念，以及"靡室靡家，玁狁之故"御敌卫国之呼声。还有《小雅·何草不黄》是对"经营四方"而发"哀我征夫，独为匪民"的反战情绪，虽然简略笼括，然已涉及边塞诗重要主题内容。特别是都以第一人称发出呼吁与哀叹，还是真切感人的。汉乐府的《战城南》用第一人称与第三人称交换的手法，显然比先秦初民描写逼真得多。这首战争诗，不一定属于边塞诗，然却为后之边塞诗留下母体性的原型。

　　三、四、五、七言杂用，本是汉乐府普遍特点，以及景色描写，均对以后影响甚大。《饮马长城窟行》原本秦时民歌，见于文人之作者以蔡邕为早，属于闺怨诗。建安时陈琳《饮马长城窟行》汲取民歌而有"君独不见长城下，死人骸骨相撑拄"的描写，同样形成边塞诗的另一母题。"君独不见"引发鲍照的"君不见"的出现，而成为后来歌行体与边塞诗的常用语。曹植《白马篇》叙写"幽并游侠儿"的"扬声沙漠垂"的事迹，把游侠题材渗入边塞诗，以叙事手法与铺排描写结合刻画人物，是最早的边塞人物诗的范型。结尾的壮语"弃身锋刃端，性命安可怀？父母且不顾，何言子与妻。……捐躯赴国难，视死忽如归"，发抒的捐躯报国的忠勇精神，成为以后边塞诗经典性的话语。而且大多单数句与偶数句用韵，应当视为最早乐府五言歌行体边塞诗。最早的乐府七言歌行体见于曹丕《燕歌行》，原本正如《乐府解题》说："言时序迁换，行役不归，妇人怨旷无所诉也。"[1] 属于闺怨诗，中经魏晋、刘宋、萧梁而未变，然由南入北的王褒、庾信因南北诗风的融合，渗入边塞诗的成分。到了盛唐高适、陶翰、贾至的手里，再变为俨然的边塞诗，虽然在高诗里还能看到"玉箸应啼"、"少妇断肠"两句蜕变的痕迹。边塞诗最常见的题目是《从军行》，最早于王粲《从军行五首》，此为边塞诗最早的组诗，主要歌颂曹操征伐的武功，其五也反映了当时军阀割据造成的社会灾难："四望无烟火，但见林与丘。城郭生榛棘，蹊径无所由。"魏文帝黄初中，左延年《从军行》凡两首，一为五言六句的"从军苦"，一为五言四句的"从军乐"，二诗发端即是主

----

① 　见郭茂倩《乐府诗集》卷三十二所引，第二册，中华书局 1979 年版，第 468 页。

旨"苦哉边地人"、"从军何等乐",形成显明对比。以后此题即成为边塞诗经典题目,而最为常见。阮籍《咏怀》其六十一有言:"挥剑临沙漠,饮马九野坰。旗帜何翩翩,但闻金鼓鸣。"亦可视为边塞之作。边塞诗在建安邺下与曹魏形成第一个小小高潮,但他们所写或带有类型化,如曹植《白马篇》,或在军阀的羽翼下以颂美为主,如王粲《从军行》。然抒发的豪情壮志与战乱荒凉,包括所采用的乐府题目,均对后世有很大的感发作用。西晋末年刘琨《扶风歌》以奔赴国难抗御外敌的经历,发为凄戾感恨之词,酸楚动人。其中"据鞍长叹息,泪下如流泉。系马长松下,发鞍高岳头"等语,无不一一为身之所历,如笳声嘹戾,使人感慨呜咽。自此后"扶风"便成为边塞诗专有名词,后来鲍照亦有同题之作。

到了刘宋,出现了第一个边塞诗大家鲍照。他的《代东武吟》讲述了一个退役老军人今不如昔的故事,用第一人称"仆",实则是代言体。故事本身则启发了王维少作《老将行》。代表作《代出自蓟门行》为边塞诗名作,题目来自曹植《艳歌行》首句"出自蓟北门"。《乐府解题》谓"其致与《从军行》同,而兼言燕蓟风物,及突骑勇悍之状"①。行军与气候酷冷的峻健遒劲的描写,为唐人所祖,尤对岑参影响甚巨。结尾的壮语取法曹植。《扶风歌》明显受刘琨启发。七言歌行《行路难》其十三叙写从军者念家之情怀,属于"边思"主题。其十四以"君不见"发端,以少年从军白首不归的感慨为主,诗体与发端给唐人边塞歌行提供了范式。《拟古》其三叙写朝游雁门,暮宿楼烦,与上诗同样笼括。又创建了《建除诗》,单数句首以"建除"等12字领头,凡24句,以写"建旗出敦煌,西讨属国羌"的边塞战事,然内容无甚可取,属于文字游戏。《代陈思王白马篇》结末言"但令塞上儿,知我独为雄",写景如"薄暮塞云起,飞沙被远松",在边塞诗中亦有可取之处。《代苦热行》主要渲染南方炎热,结言对将士赏轻恩薄,亦属于边塞诗。鲍照凡有边塞之作九首,属于此前产量最多者,这与刘宋一度强盛有关。

南齐谢朓《隋王鼓吹曲十首》其七《从戎曲》五言十句,萧衍《边戍诗》五言四句,齐梁之际的虞羲《咏霍将军北伐》,后二者当为最早的自

---

① 见郭茂倩《乐府诗集》卷六十一所引,第二册,中华书局1979年版,第891页。

制题，但就内容来说，仍然与此前乐府边塞诗想象之作没有区别。沈约《从军行》、《饮马长城窟行》，以上三诗分别出现了"瀚海"、"交河"、"轮台"地名。沈约后者为五言六句，似为残诗；《白马篇》则径直模拟曹植同题之作，《出重围和傅昭诗》为五言六句，亦似残诗。何逊《学古诗三首》其一"阵云横塞起，赤日下城圆"，当为王维"长河落日圆"所本。其三"日隐龙城雾，尘起玉关风"，偶对整饬，已接近唐人边塞律句。《边城思》为五言四句小诗，言因边城春动思家。其二为一般送别诗。萧梁王训《度关山》为乐府旧题，诗中点缀陇坂、关山、秦川、上郡、云中、辽水、榆关等地名。多用散句，语气流畅。结言"谁知出塞处，独有汉飞名"，亦引人深思，作者年二十六而卒，诗亦为想象之词。吴均诗尚奇而清拔，在《赠别新林》言"仆本幽并儿"，少年仗气任侠，以功业自许。齐明帝建武中，曾到过当时前线寿阳八公山一带。梁武帝天监四年从军北伐，为此留下不少边塞诗，成为鲍照之后又一边塞名家。有《战城南》三首，《入关》、《从军行》、《胡无人行》、《渡易水》，均为乐府五言边塞诗。还有自制题《答柳恽》、《赠别新体》与组诗《边城将》四首。另有《古意》，其一亦为边塞之作，凡 14 首，是南朝边塞诗最多的诗人。刘峻《出塞》五言八句，已属准律诗。王僧儒《白马篇》、《古意》，徐悱《白马篇》、《古意酬别长史溉登琅玡城》，均多排句。萧子显《燕歌行》、《从军行》均为七言或五、七杂言。褚翔有乐府五言《雁门太守行》，属于此题最早转入边塞之作。刘孝威《陇头水》、《骢马行》、《结客少年场行》、《骢马驱》，均为乐府五言边塞之什，亦多偶句。刘孝仪有《从军行》五言。简文帝萧纲《从军行》两首，一为五言，一为五、七杂言。《陇西行》三首，《雁门太守行》五言三首，《度关山》五、七杂言一首，这位宫体诗的宗领，而在边塞诗上居然有九首之多。其中虽不乏"沙飞朝似暮，云起夜疑城"（《陇西行》其三）、"风急旌旗断，涂长铠马疲"（《雁门太守行》其一）的描写，然均为想象之辞，缺乏完整之佳制。梁元帝萧绎多乐府题诗，《关山月》、《紫骝马》、《燕歌行》本可写成边塞诗，却处之闺怨、离别之类。另有《骢马行》单写白雪黄云之景，勉强可视为边塞之作。同时的戴暠《从军行》为五言，《度关山》为五、七杂言。后者发端的"昔听陇头吟，平居已流涕。今上关山望，长安树如荠"，结末的"且决雌雄眼前利，谁道功名身后事。丈夫意气本自然，来时辞第已闻天。但令此身与命在，不交烽火照甘泉"，都对唐人边塞诗与山水诗影响甚大。车鼙《陇头水》五言八句边叙边议，末四句"雪冻弓弦断，风鼓旗竿折。独有孤雄剑，龙泉字不灭"，已发唐人之先声。

北魏刘昶为宋文帝之子，兵败奔魏，在道慷慨，发为断句："白云满障来，黄尘暗天起。关山四面绝，故乡几千里。"颇近边塞之作。王肃仕南齐，亦奔魏，有《悲平城》："悲平城，驱马入云中。阴山长晦雪，荒松无罢风。"亦有慷慨悲凉之气。北魏名士温子升有《敦煌乐》、《凉州乐歌二首》，均言边城之乐。北齐祖珽《从北征》言："祁山敛雾雾，瀚海息波澜"，"方系单于头，歌舞入长安"，豪迈之气亦开唐人先声。

由南入北的王褒，是北齐第一个边塞诗大家。多用乐府旧题，如《军行二首》、《饮马长城窟行》、《出塞》、《关山月》，以及《关山篇》均为五言，《燕歌行》则为七言，作于萧梁，引发梁元帝与诸文士和之，凡八首，多能"妙尽塞北苦寒之言"，"而竟为凄切"（《北史》本传语），史家认为是不祥的亡国之音。北周宇文招，诗法庾信，其《从军行》为七言四句，全然写边塞之景："辽东烽火照甘泉，蓟北亭障接燕然。水冻菖蒲未生节，关寒榆荚不成钱。"似乎是一首七言歌行的开头。

庾信入北后，有边塞诗10首。《出自蓟北门行》的"关山连汉月，陇水向秦城。笳寒芦叶脆，弓冻纻弦鸣"，王昌龄的"秦时明月汉时关"似从前两句透出消息（见图113），末句对岑参似有启发。歌行体《燕歌行》前为边塞之风光，后为闺妇之思怨，实为南北诗风之结合，高适同题当有所取法。与人酬和的《军行》、《从军》诗均以写塞外之景为主。著名的《拟咏怀》的其八、十二、十三、十五、十七、二十六等均为边塞之作，其十七堪称名作："日晚荒城上，苍茫余落晖。都护楼兰返，将军疏勒归。马有风尘气，人多关塞衣。阵云平不动，秋蓬卷欲飞。闻道楼船战，今年不解围。"苍凉悲壮，沉郁顿挫，对初盛唐均有影响。庾信是融合南北朝诗风的大家，也是北朝边塞诗一大家。已近五律的《陇头水》2首、《关山月》、《紫骝马》、《雨雪曲》、《饮马长城窟行》，亦多感慨之言。《星名从军诗》说："将军定朔边，刁斗出祁连。高柳横遥塞，长榆接远天。井泉含冻竭，烽火照山烧。欲知客心断，危旌万里急。"气象阔大荒凉，布局严整，已

图 113　当代　钱松嵒　**古塞驼铃**

对同一题材，绘画可以用不同构图，显得千变万化。任伯年的苏武与钟馗，钱老的万里长城，均属这方面的杰作。此图大山迎面而起，占去了画面绝大空间，它山与驼队只占上下左右边地，顶端远山伸出画外，长城蜿蜒于山顶。画面下端，白云遮住山根，长长的驼队顺着画的底边络绎向前。构图险要，可谓大刀阔斧。驼队之小，位置之低，愈显主峰大山的雄伟壮阔，气势磅礴。在这里"马有风尘气，人多关塞衣"，高山、大关、长城，成了边塞诗永恒的歌颂对象。除此图，钱老还有同题之作，合观则另有一番兴味。

开初唐五律边塞之音。其边塞诗十首，风力不弱，可称名家。

到了南朝陈代，沈炯《赋得边马有归心》与《咏老马》，均以咏物为边塞之词，已开杜甫写战马之先河。顾野王仅有《陇头水》，纯为写凄凉之景。诗风奇巧的张正见，其五古《关山月》的"马倦思衔草，人疲屡看城"颇有情致。《战城南》的"旗交无复影，角愤有余声"，为人所未言。另有五古《君马黄》二首，其二的"唯腾渥洼水，不饮长城窟"，亦善言情。陈叔宝善状边塞之景，多为新体五律。《陇头》的"惊风起嘶马，苦雾杂飞尘"，《陇头水》其二"落叶时惊沫，移沙屡拥空"，《关山月》其二"寒光带岫徙，冷色含山峭"，虽为想象之词，然写景精致与张正见风格相近。另有《雨雪曲》、《饮马长城窟行》，凡八首。宫体诗作手徐陵，亦不乏边塞之制。有《骢马驱》、《陇头水》二首、《关山月》二首。特别是《出自蓟北门行》发端的"蓟北聊长望，黄昏心独愁"，结尾的"溃土泥函谷，接绳缚凉州。平生燕颔相，会自得封侯"，悲凉豪壮，竟与其宫体诗如出二手。观陈叔宝、张正见与徐陵的边塞诗，题目多有相同，可能出于君臣同题之共作。傅缚的《走马引》，陆琼《关山月》，陈暄《紫骝马》，谢燮《陇头水》、《雨雪曲》，阮卓《关山月》，均为五言，而不足观，所存诗亦无多。江总为陈后主之狎客，善为艳情之制。有《关山月》、《陇头水》二首、《骢马驱》，过于修饰。《雨雪曲》的"天寒旗彩坏，地暗鼓声低"，可称名句。苏子卿《紫骝马》的"嘶从风处断，骨住水中寒。飞尘暗金勒，落泪洒银鞍。抽鞭上关路，谁念客衣单"，所言无人恤念的从军之苦，在南朝边塞之制中颇不多见。贺力牧五律《关山月》的"雾暗迷旗影，霜浓湿剑莲"，把霜雾与剑旗交错刻画，凝重而精练。伏知道《从军五更转》五首，首次以五言四句组诗写边塞。其四云："四更星汉低，落月与云齐。依稀北风里，胡笳杂马嘶。"写军营之夜听觉的异样特别真切，作者可能有营垒生涯的经历。独孤嗣宗与李燮各有《紫骝马》，均超出前人。江晖《雨雪曲》颇值一观："边城风雪至，游子自心悲。风哀笳弄断，雪暗马行迟。轻生本为国，重气不关私。恐君犹不信，抚剑一扬眉。"前景后情，意气豪迈，疏朗高亢。陈代只有 32 年，但边塞诗得到陈后主自作的导向，数量可观，名家篇数亦多。

至隋，卢思道有七言歌行《从军行》，以偶对为主，末了，出之"从军行，军行万里出龙庭，单于渭桥今已拜，将军何处觅功名"，夹一三言句一变，气局开张，为唐人歌行开一法门。何妥《入塞》言战胜归来："回旌引流电，归盖转行云。待任苍龙杰，方当论次勋。"与卢诗都显示了隋初对国势强大的自信，而与南朝之作显然有别。杨广《饮马长城窟行》

为五言大篇，以示从征群臣。其中"山川互出没，原野穷超忽。拟金止行阵，鸣鼓兴士卒"，首句为杜甫《北征》"岩谷互出没"所本。《白马篇》格局则追摹曹植同题之作。杨素曾带重兵平定北齐，诗多风霜之气，他的《出塞二首》颇具自家感慨。其二的"汉虏未和亲，忧国不忧身。握手河梁上，穷涯北海滨。据鞍独怀古，慷慨感良臣"，以感慨发端，中言行军所见，结言"风霜久行役，河朔备艰辛。薄暮边声起，空飞胡骑尘"，均以气势悲凉见长。薛道衡亦有和杨素《出塞二首》，其一云："高秋白露团，上将出长安。尘沙塞下暗，风月陇头寒。转蓬随马足，飞霜落剑端。凝云迷代郡，流水冻桑乾。"偶对整饬，气力充足。结末言："受降今更筑，燕然已重刊。还嗤傅介子，辛苦刺楼兰。"宏拔豪迈，而有别于杨素。《渡北河》结末的"雁书终立效，燕相果封侯。勿恨关河远，且宽边地愁"，亦出之同一声气。另一名家王胄《白马篇》亦追摹曹植，然迈出杨广。虞世基酬和杨素《出塞二首》其二后半言："雪暗天山道，冰塞交河源。雾烽黯无色，霜旗冻不翻。耿介倚长剑，日落风尘昏。"其中"霜旗"句即为岑参名句"风掣红旗冻不翻"所本。隋祚运短，边塞诗数量不多，但多佳制，非南朝面壁虚构可比，且多河朔贞刚之气，对唐人影响更为直接。

综上可见，从《诗经》到晋代，边塞诗共 21 首；宋齐 10 首，萧梁 50 首，北朝 25 首，陈代 50 首，隋代 12 首，以上先秦两汉魏晋南北朝合总 168 首。从先秦至魏晋可视为缓慢的萌芽期，宋齐为过渡期，梁陈隋为发展期，为 112 首，加上北朝一部分，至少在 120 首以上。萌芽期边塞诗题目出现《战城南》、《从军行》、《白马篇》、《扶风歌》等，过渡期主要是鲍照的《出自蓟北门行》、《行路难》、《东武吟》、《代苦热行》，发展期有转入边塞之苦的《饮马长城窟行》、《燕歌行》，以及《度关山》、《出塞》、《雁门太守行》、《陇头水》、《陇西行》、《骢马行》、《结客少年场》、《骢马驱》、《雨雪曲》、《走马行》、《紫骝马》、《入塞》等。绝大多数为乐府题目。从诗体看，以五言古诗为主，鲍照《拟行路难》其十三、十四采取七言歌行，以后还有萧子显《燕歌行》，以及五、七杂言的《从军行》，萧纲亦有与后者同题同体之作与《度关山》，总共八首。萧衍《边戍》属于最早的五言古绝，还有何逊《边城思》；最早使用组诗者，萧梁萧纲《陇西行》、《雁门太守行》各为 3 首，吴均有《战城南》3 首，陈代伏知道有

《从军五更转》五言古绝 5 首。张正见有两篇各由 2 首组成，隋代由 2 首为一组的有杨素、薛道衡、虞世基，均为《出塞》，属于同题共作。从内容来看，绝大多数为想象之词，以备言边塞艰苦为主，主题比较单纯。创作数量多者，鲍照 9 首，吴均 14 首，萧纲 9 首，王褒 8 首，庾信、张正见各 10 首，陈叔宝 8 首。梁陈隋三代都有皇帝参与，作品总数之多与此亦有重要原因。

三　岑参首次出塞诗的个性特色

岑参的出塞诗其所以能在大家名家林立的盛唐展现奇光异彩，而跨跃中国边塞诗的顶峰，首先在于以满怀的理想与热情投入了荒漠广阔的西域，把自己的汗水与泪水洒向蒸沙砾石乱飘扬的大沙漠，把一己之我全方位融入"三军大呼阴山动"的多年军人生涯中。他用第一人称热情洋溢悲壮慷慨地记录了五年多的战斗生涯的所见所闻，所感所想，构筑了又一部崭新而热情激昂的"大唐西域记"。他像一位随军记者，忠实地报道了前线的一切！不，在行军中奔驰的自己也是记录的对象。或者准确地说，更像一部军人的自传，或如西域的战斗史，包括奇异风光与特殊民俗的地域史，她是大唐西域战争与人文及地理的总和。在唐诗千花怒放的大苑林中，他开辟了自汉代张骞凿空西域后的艺术领域，弥补除了政治、经济、军事进展的诗歌艺术的不足，令人耳目一新，而且心情澎湃，壮烈激昂！在唐代边塞诗中大放异彩，给盛唐气象带来了奇特的激奋人心的浓墨重彩的耀眼光华。其次，岑参两次出塞，前后五年多，他的八十多首边塞诗，犹如随军日记，一时一地，一草一木，无论火山热海，还是大漠雪山，或者轮台、北庭、交河、酒泉、玉门关，或是敦煌、银山、铁门关、碛中、安西、临洮，均为身之所历，目之所见，无不具有切肤的感触。这和初唐以前绝大多数"纸上谈兵"的边塞诗属于两个不同的世界。即就诗中所涉的地名，远要比前此的总和要多。不仅迈越了此前想象的"备言边塞之艰苦"，而且展现出前人匪夷所思的种种奇异风光，豪情壮志亦超逸前人。再次盛唐在传统上全面汲取了建安风骨与齐梁的清丽，形成宏阔时代的审美气度。岑参在对传统的双向选择上，与高适一味取法建安慷慨悲壮之一途相较，显然高出一筹。清人何焯曾言："嘉州五言宗仰鲍照，不屑为齐梁衰飒之语。若时无李、杜，则碧海鲸鱼，当归巨手。"[①]岑参山水、送别之作的描写景物拟人手法，即受大、小谢的启发。至于梁陈边塞诗之众多，潜在引发当不在鲍照影响之下。岑诗虽缺乏高适边塞诗在思想内容上的深沉，然往往获得更多青睐。特别值得注意的，岑参在诗学审美上追求尚奇追险，倾向于壮丽一面。这在一般的山水诗上容易在修辞或动词选择上出现模式，而在西域奇异的地理环境中不仅激发了旺盛的创作热情，因而留下了大量篇章，并且使尚奇壮丽审美理念焕发出耀眼的光辉。

岑参边塞诗的创新与贡献，首先闪烁在西域特异风光的真实而不无夸张的描写上。从《诗经》以至盛唐的边塞诗大约五百多首，其中先唐为 168 首，初唐 83 首。除岑参外，盛唐 193 首，合共约 446 首。岑参几近五分之一。如果加上高适，则几近三分之一。高适边塞诗主理尚质，思想深刻而以充满热情的议论见长。岑参以描写壮丽峭拔的奇异风光见长，加上乐观、豪迈的精神，使他的边塞诗充斥浪漫热烈的精神。所以，岑参的边塞诗贡献主要见于对于边塞诗奇异风光的描写上。他的出塞抱着建功立业的目的，正如《初过陇山……》所说："万里奉王事，一身无所求。也知塞垣苦，岂为妻子谋！"如有所求，则如《送李副使赴碛西官军》所说的"功名只应马上取，真是英雄一丈夫"，这正是盛唐英雄主义思潮的涌动。当然进取中亦挟带像李颀、李白那样对追求功名富贵坦率的自白。《银山碛西馆》说："丈夫三十不富贵，安能终日守笔砚！"不讳言追求富贵，如同尚武精神一样，正使唐人少却了多少拘囿。也是在这种精神的鼓荡下，上诗把边塞艰苦——"银山峡口风似箭，铁门关西月如练。双双愁泪沾马毛，飒飒胡沙迸人面"——乐观精神与迸面沙如箭风所带来的"愁泪"形成相反相成互为因果的价值理念，热血可以融化西域冰雪，激情可以化解无休止的风沙之苦，酷冬可以绽放暖春的鲜花，于冰天雪地里看到的是——"忽如一夜春风来，千树万树梨花开"！（见图 114）理智的中唐想象中含泪的杨贵妃，

---

①　见李珍华、傅璇琮《河岳英灵集研究》附录，汲古阁刻本何焯批语，中华书局 1992 年版，第 252 页。

图114　当代　乔玉川
千树万树梨花开

乔玉川是陕西人物画名家，许多历史人物都在他的画笔下得到生动展现。此幅即为岑参《白雪歌》名句所作。画面以树林为主体，墨绿色为主色调。巨大的强风从右上而来，树枝与人物的衣袖都向左下弯折或飘动。繁密的小雪点散布于上下，人物侧面仰视，眼神矍铄，神情健旺，透出惊喜。飘然的白须与紧握的长杖，更为突出内心的兴奋。人物虽占画面不大，然白发、白须、白袍与树木墨绿色形成强烈的对比，人物显得非常突出。从上到下的泼彩墨绿，浪漫而富有诗意地体现了"忽如一夜春风来，千树万树梨花开"的景象与境界。岑参作此诗时只有41岁，与白须老者差距甚大，可以看出同样是以浪漫的画笔展现诗的浪漫精神，而特别合拍。

就像"一枝梨花春带雨"；盛唐人气魄要大得多，可以把悬隔极大而相反对立的物象融于一体。盛唐如此滚烫的激情，真能把可怖可畏的事物变得可亲可爱，这种浪漫而激荡的热情，正是盛唐气象形成的原因之一。岑参所写的似箭刺骨的"风"，飒飒进打人面的"胡沙"，是在"银山峡口"感受到的，包括"泪沾马毛"，是那么真切而不隔，就像刀箭扑打在身上与脸上。描写得逼真生动，不是"看出来的"，而是具有"亲身感受到的"穿透力。"月如练"本来亮丽柔和，但一进入"铁门关西"，却又是那样的惨白，甚至冷寂阴森，而三十功名富贵的炎炎大言，又是那么自信，甚至是眼前的必然，而非漫无边际的将然。而这种决然正是追求奇异而又具有乐观甚至浪漫精神的岑参风格，亦是盛唐气象蓬勃精神的鼓荡，也是盛唐气象一道瑰奇的风景线。这时正值 35 岁，未退却的少年幻想，青年澎湃的冲动，将届中年的进取，全都跳荡在冷风劲沙的军旅憧憬中。

首次出塞在高仙芝军幕并不如意，所作 32 首边塞诗充斥浓厚的思家情绪。当他刚进入陇西，就在《西过渭州见渭水思秦川》说："凭添两行泪，寄向故园流。"伤心的《逢入京使》即作于赴安西途中："故园东望路漫漫，双袖龙钟泪不干。马上相逢无纸笔，凭君传语报平安。"《宿铁门关西》说夜晚见月别是一番念家情怀："那知故园月，也到铁关西。"《过酒泉忆杜陵别业》说："阳关万里梦，知处杜陵田。"诸如此类思家、思长安，几乎贯穿于首次出塞的三十多首诗里。这些话是真切的，然而说得多了，便成了"思家模式"。还有"思京模式"，《过燕支寄杜位》说："长安遥在日光边，忆君不见令人老。"《忆长安曲二章……》其一说："东望望长安，正值日初出；长安不可见，喜见长安日。"只要看到东出的"长安日"，就好像回家一趟，黯然之伤神则不消说。其二说："长安在何处，只在马蹄下。明日归长安，为君急走马。""明日"犹言他日。后两句为假设之词，预支回家的"空头支票"，设想归京的兴奋，亦见思念的深切。就是飘来一阵东风，似乎都可满足思家忆京的愿望，《安西馆中思长安》发端即言："家在日出处，朝来喜东风。风从帝乡来，不异家信通。"末尾则以夸张式的幻想说："乡路渺天外，归期如梦中。遥凭长房术，为缩天山东。"他在杜陵有别业，故乡与京华对他来说是合二为一的，"帝乡"有双重价值，思家念京属于同一想往。西域的艰苦环境，对首次出塞更有强烈的刺激。加上军幕中的"寂寞不得意"，使他对地理物候的异样更增加特别的敏感。还有尚奇的审美追求，使他边塞诗的内容、题材、诗体、语言都有新的巨变。几乎把所有耳目所见异样的事物都付诸诗中。举凡风、沙、草、石、雪、月、日、阴晴，以及雪海、火山、烽火、行军、战争、舞蹈、风俗，都全面地展现在他的边塞诗中。在他入塞后第一首诗《初过陇山途中呈宇文判官》说："十日过沙碛，终朝风不休。马走碎石中，四蹄皆流血。"这是途中听人所述，尚非目之所接，不歇止的风与无休止的碎石使马蹄流血，已给人留下刀劈斧凿般的深刻印象，以后的风沙则为自己所亲见。到了武威西北的燕支山（今甘肃山丹），他看到了一切都在大动："燕支山西酒泉道，北风吹沙卷白草。"（《过燕支寄杜位》）这是迎面吹来的。《过酒泉……》则感到静得让人慌恐："黄沙西际海，白草北连天。"《过碛》说置身于茫茫无际的沙海就好像比天尽头还远："黄沙碛里客行迷，四望云天直下低。为言地尽天还尽，行到安西更向西。"沙远、天低、地尽，成为好多天的感觉："寻河愁地尽，过碛觉天低。"（《碛西头……》）到了酒泉则成了白草的世界："酒泉西望玉关道，千山万碛皆白草。"（《赠酒泉韩太守》）黄沙、白草，望不到尽头；还有吹沙卷草的北风，扑进人面。

第一次经火山，看到一种让人惊骇的奇异景观。《经火山》说："赤焰烧虏云，炎氛蒸塞空。不知阴阳炭，何独燃此中？我来严冬时，山下多炎风。人马尽汗流，孰知造化功！"他诗中的黄沙、白草、北风，过去的边塞诗写得很多，但没有他那样使人身临其境，就像读者自己看到感到那样逼真，压抑人，刺激人！而他所写的火山，却未经人道。火焰能"烧"红白云，腾热的空气"蒸"熟了天空。时为严冬，犹且炎风汗流，反差与对比充斥对自然造化的惊讶！简直是用"炭"烧红的山！让人可异可畏，可惊可奇。加上"火山今始见"、"我来严冬时"，以第一人称目睹的亲见亲感与"意亦造奇"的反问与感叹，尚奇的审美在此特殊题材上最为突出。火山简直成了西域的象征，在其他诗里也往往提到，如《武威送刘判官赴碛西行军》的"火山五月行人少，看君马去急如鸟"，《送李副使赴碛西官军》的"火山六月应更热，赤亭道口行人绝"，以及《武威送刘判官赴安西……》的"热海亘铁门，火山赫金方"，而且三诗都置于发端。火焰山只是热得出奇，无草无木无鸟，也不可能提供更多的遐想，故不能成为岑参边塞诗一流之作，但毕竟打开了奇异的窗口，扩大了边塞诗的题材与内容，新人耳目，为前此边塞诗所未有。他在边塞诗贡献与创新，而与凿空西域的张骞同样具有可歌可泣的探险精神，打开了边塞诗域的宽广奇异的通道。

长年的军旅生涯，又地处遥远的西域，在他的边塞诗反映了这些早晚朝夕，日日夜夜。《早发焉耆怀终南别业》说："一身虏云外，万里胡天西。终日见征战，连年闻鼓鼙。"《寄宇文判官》的"终日风与雪，连天沙复山"，《武威送刘判官赴碛西行军》的"都护行营太白西，角声一动胡天晓"，军营每天的开始，从相当于军号的拂晓角声就紧张起来。而《安西馆中思长安》所说的"弥年但走马，终日随飘蓬"，日复一日都在行军之中。看到无多的春光都笼罩着杀伐与郁邑："片云过城头，黄鹂上戍楼。塞花飘客泪，边柳挂乡愁"，丝毫没有春意宜人的喜悦。《河西春梦忆秦州》说"边城细草出，客馆梨花飞"，"凉州三月半，犹未脱寒衣"，春草春花只是带来季节错位的异样。至于秋天，《武威送刘判官赴碛西行军》说"白草磨天涯，胡沙莽茫茫"，即使夏天，也是《临洮客舍留别祁四》所说的"三年绝乡信，六月未春衣"。这种季节晚到的诸种错位，始终具有强烈的异样刺激。

他的《题铁门关楼》并非名作，而一下子带入特异处境："铁关天西涯，极目少行客。关门一小吏，终日对石壁。桥跨千仞危，路盘两崖窄。试登西楼望，一望头欲白。"（见图115）没有他善于使用的奇巧的动词，白描式的描写亦极为简朴，然苍凉冷寂的铁门关如在眼前，就像处在"终日对石壁"环境中，我们心里枯寂得也有了"一望头欲白"的弥天之愁。有次乘车翻越秦岭，中经一加油站小憩，抬头高山面壁，环视丛岭围聚。虽然树葱山绿，空气清爽，然小小一片空地，没有一户人家。心想：终年处此，那又是一种何等境况！读岑参此诗不由得想起那个小地方，而铁门关不知还要冷寂到多少！

岑参首次出塞诗，以五律与五七绝为主，大篇无多。七言歌行仅2首，一为《送李副使赴碛西官军》，只有八句；另有《敦煌太守后庭歌》，先言太守使民沙里种田的政绩，以下铺写了一个场面："城头月出星满天，曲房置酒张锦筵。美人红妆色正鲜，侧垂高髻插金钿。醉坐藏钩红烛前，不知钩在若个边？为君手把珊瑚鞭，射得半段黄金钱，此中乐事亦已偏。"这里只叙写"藏钩"猜寻的游戏。置酒张筵，男女杂坐，无论猜中与否，都是一片欢笑。这大概是"后庭歌"以后的节目，此前则可能是"侧垂高髻"红妆美女的歌舞。发型与游戏方式都具有西域风情的民俗特色，为岑参诗平添了一道亮丽的异域风采，亦为前此边塞诗所无有。此诗体格峻奇，句句用韵，最后以散行三句收束。刘开扬先生说："此诗每句用韵，凡十五句，三句一段，共分五段。杜甫有《饮中八仙歌》，凡二十二句，每段三、三、四句不等。亦用先韵，不详作年。北宋黄庭坚有《武昌松风阁》诗，凡二十句，每句用韵，亦用先韵，似有意效岑、杜之诗。陈师道

图115　当代　徐义生　峨眉山下

　　岑参有三首诗写到铁门关，一是《银山碛西馆》，开头说："银山峡口风似箭，铁门关西月如练。"自银山碛西行约300里至焉耆镇，再西行50里方过铁门关，位于今库尔勒市城北，这里写远望中想象之景。安西都护府设在龟兹，即今新疆库车县。铁门关是通往安西的必经之道。控扼孔雀河14公里峡谷的出口，也是进入塔里木盆地的孔道。晋代已设关，因其险要，故称铁门关。峭壁徒立，地势险要，关旁绝壁有磨崖石刻隶书"襟山带河"，属于军事要冲。岑参《题铁关楼》的"桥跨千仞危，路盘两崖窄"，属于真实的描写。他的《宿铁门西馆》说到了这里就好像到了"地角""天倪（边）"。徐义生《峨眉山下》并非画的是铁门关，画上一桥高耸于两山之间，十分险要。与"桥跨千仞危"很为相似，亦可作为读此诗之一助。

有《答黄生》诗十九句，《寄滕县李奉议》诗十六句，亦同。"[1]　若从句意

---

①　刘开扬：《岑参诗集编年笺注》，巴蜀书社1995年版，第169页。

看，三句一段则有损于上下句之联系，分作五层更显零碎。其余所言甚是。可以看出岑参特意尝试用峻奇之体来打锻特异之题材。诗中的"若个边"表何人处，结末的"偏"表多义，以及上文提及的"白草磨天涯"与"边柳挂乡愁"等都体现在语言与诗体、结构与押韵创奇求变的趋向①。《八仙歌》一般认为作于天宝五年，早于岑诗三年。亦见杜、岑在尚奇求变上互为声气，影响至中唐尚奇诗风的大变。写于首次出塞最长的诗——《武威送刘单判官赴安西行营便呈高开府》，尚奇求险之趋向更为明显：

> 曾到交河城，风土断人肠。寒驿远如点，边烽互相望。赤亭多飘风，鼓怒不可当。有时无人行，沙石乱飘扬。夜静天萧条，鬼哭夹道旁。地上多髑髅，皆是古战场！

此诗五十句，先把热海、铁关、火山特异风光与同事行历、送别融在一起，其中"白草磨天涯，胡沙莽茫茫"，"孟夏边候迟，胡国草木长。马疾过飞鸟，天穷超夕阳"，劲削的"磨"，朴狠的"长"，"马疾"与"天穷"两句的夸张，则与"扬旗拂昆仑，伐鼓震蒲昌"出师之盛况，形成显明对比。特别是交河古城的冷寂与夜鬼白骨的阴森景象，以及远驿如点，飘风鼓怒，沙石飞扬，措语奇峻，意亦造奇。接着却别出一境况："置酒高馆夕，边城月苍苍。军中宰肥牛，堂上罗羽觞。红泪金烛盘，娇歌艳新妆"，热烈的酣歌醉舞，又与交河城的冷森形成对比。多层次对比，多次的大跌宕，以及语言的奇峭、狠猛的夸张与极意的铺叙，充分显示岑参在边塞诗上求奇创变。而这种尚奇求变的审美趋向，在二次出塞诗显得更为瑰奇，更为雄劲，更为亮丽耀眼，更为激动人心！

四　再次出塞诗的新奇瑰丽的巨变

如果说岑参首次出塞诗苍凉，在不断思家的情绪中，流露出低沉的悲

---

①　参见葛晓音《论天宝至大历间诗歌艺术的渐变》，见所著《诗国高潮与盛唐文化》，北京大学出版社 1998 年版。

凉，那么二次出塞的幕主则是首次出塞的同事，关系的融洽使他建功立业的抱负得到鼓舞，诗风趋向热烈雄壮、豪丽瑰奇，大放异彩，名作佳制络绎不绝，特别是七言歌行大量出现，而成为盛唐气象中一道璀璨亮丽的奇特风景线；奇情壮彩成为后盛唐诗高峰的标志之一。

再次出塞为时三年多，时间是前者的二倍，有诗 46 首，比前者多出 14 首。其中七言歌行 12 首，为前次的六倍，另外出现七言绝句组诗，均属诗体上的新变。《凉州馆中与诸判官夜集》可以看出此番出塞的处境与情绪的高涨："河西幕中多故人，故人别来三五春。花门楼前见秋草，岂能贫贱相看老。一生大笑能几回，斗酒相逢须醉倒。"显然与前次出塞的"寂寞不得意"有别。虽然在乍出塞时几首诗里还有思家情绪，诸如《发临洮将赴北庭留别》的"勤王敢道远，私向梦中归"，《临洮泛舟……》看到别人归京，而有"醉眠乡梦罢，东望羡归程"的想法；甚至在《日没贺延碛西作》说："沙上见日出，沙上见日没。悔向万里来，功名是何物！"但很快就被昂扬激烈建功立业的自信所代替。他在《北庭西郊候封大夫受降回军献上》中说："何幸一书生，忽蒙国士知。侧身佐戎幕，敛衽事边陲。自逐定远侯，亦著短后衣。近来能走马，不弱并州儿！"这在前次出塞诗中是看不到的，他把自己融入了敛衽走马的军营骑士之中。《北庭贻宗学士道别》："君有贤主将，何谓泣途穷？时来整六翮，一举凌苍穹！"励人亦是励己，岑参犹如大漠苍穹上的雄鹰将要展翅高飞了，要在事业上，起码在边塞诗的用武之地上飞翔了。他为封常清作了一系列的七言歌行，均为精品，集中展现了这位大漠歌手的才华。《轮台歌奉送封大夫出师西征》先写战事乍起，战争一触即发。接言："四边伐鼓雪海涌，三军大呼阴山动。虏塞兵气连云屯，战场白骨缠草根。剑河风急雪片阔，沙口石冻马蹄脱。"鼓声、呼喊声振动阴山，连雪海也涌动起来，热血沸腾的高昂斗志融化了奇寒酷冷。"誓将报主静边尘"与"今见功名胜古人"的乐观精神与英雄意志充斥全诗。此诗分三层，首层六句言战事将起，中层八句叙写出师，末尾四句预先祝捷。"前十四句，句句用韵，两韵一换，节拍甚紧。后一韵衍作四句，以舒其气，声调悠扬有余音矣。"① 显然在上次出塞的

---

① 李瑛：《诗法简易录》，清道光二年刻本。

《后庭歌》的尝试基础上，变化更大，押韵与内容结合更为紧密，格法森严，为七言歌行创一变格。而且结构严整，节短势险，语言壮健。时距安史之乱只有两年，唐军在西北还持有强大之势，岑参的诗正反映了当时的情况，可谓光焰照人。《走马川行奉送出师西征》可视为上诗的姊妹篇，尤称名作。三句一转，又句句押韵，节节换韵，声促语紧，更是诗格上一大变，奇格奇调，奇情奇景，"奇才奇气，风发泉涌"（方树东语），大军急行之情景如在眼前。发端"君不见走马川（行），雪海边，平沙莽莽黄入天"，以呼告长句莽莽荡荡奔来，把静景写得极有动态；而"轮台九月风夜吼，一川碎石大如斗，随风满地石乱走"，则字字飞动，飞沙走石迎面扑来。势险节短，精悍逼人，于边塞诗中独辟一大特异景观。然后再点明出师，接言夜行："将军金甲夜不脱，半夜行军戈相拨，风头如刀面如割"，"戈相拨"的细节，如"刀"似"割"的感觉，没有军旅经历者很难想出。双层比喻迸发出间不容发的"割"，真有刺骨切肤之痛！特别是日间行军："马毛带雪汗气蒸，五花连钱旋作冰，幕中草檄砚水凝"，急行军时汗气蒸腾的"热马"，一会儿变成雪与汗冻结的"冰马"，又是非目睹而不能见诸于笔端，不，简直是匪夷所思！末节的祝捷语，虽与上诗无异，却是送师出征少不了的。但格调之奇创却超乎其上，最能见出创变求奇之风格。

岑参诗把歌行体与送行结合起来，可能受到李颀歌行体送别诗的影响，但李颀重在叙述刻画人物的经历与形象，岑参一旦施入边塞诗，犹如李光弼将郭子仪军，旗帜一新，精彩顿出。他的送别诗亦以描写边地风光精悍动人，脍炙人口的《白雪歌送武判官归京》描写大雪："北风卷地白草折，胡天八月即飞雪。忽如一夜春风来，千树万树梨花开。"这真是冬天里的春天，而且应是热烫的激情化冬为春，这是岑诗最亮丽的音符，不仅跳动英雄主义精神，也是盛唐昂扬奋发精神的体现！其中跳荡着一种憧憬，绽放着灿烂的希望，奔放着乐观的豪情壮志！"中军置酒饮归客，胡琴琵琶与羌笛"，饯别只有这两句，军乐合奏的热烈，似乎是王翰无谓语句"葡萄美酒夜光杯"的回响，都不需要动词，而这里只有乐器的排列，无需动词，也不需再作任何修饰渲染，乐声顿出，这是盛唐人才能具有的气魄，它的旋律豪迈而热烈，昂扬而激荡。军营帐外，"纷纷暮雪下辕门，风掣红旗冻不翻",当他们携手出帐,冰冻的红旗一点儿也不翻动,此固然出自虞世基《出塞》"霜旗冰不翻",但看上诗的"冰马",则"冰旗"则固为亲见目睹,比虞诗更为摇撼人心。结尾四句为送别:

> 轮台东门送君去,去时雪满天山路。山回路转不见君,雪上空留马行处。(见图 116)

这俨然是一首七绝,即在盛唐绝句中亦可视为上品。顶真与反复使四句环环相扣,一气流转,而又一往情深。把七绝渗入歌行,李颀诗常用此法,他的《古从军行》似由三绝句组成,《送刘昱》则由五绝和七绝各一首构成,《送郝判官》前八句为五言,后四句犹如七绝。岑诗更具出蓝之色,而且两"雪"字以景带情,"天山路"的拆合,更与前之飞雪绾合一片,奇情逸发。末两句悠然不尽,可与李白"孤帆远影碧空尽,唯见长江天际流"媲美,而浑然一体,不露痕迹。他的《天山雪歌送萧治归京》同样为七言歌行,末尾四句说:"正是天山雪下时,送君走马归京师。雪中何以赠君别,惟有青青松树枝。"寄寓岁寒后凋而饶有风骨情韵。亦有异曲同工之妙,同样可以看作一首绝句。

这类歌行送别诗,是岑参热衷的题材与最佳选择。《热海行送崔侍御还京》似乎由四首七绝组成。特别是前半写得奇异可骇:"侧闻阴山胡儿语,西头热海水如煮。海上众鸟不敢飞,中有鲤鱼长且肥。岸旁青草常不歇,空中白云遥相灭。蒸沙烁石燃虏云,沸浪炎波煎汉月。"有疏有密,有散有骈。其水"如煮",鸟不敢飞,鱼却"长且肥",其旁草色常绿,其上云却不常有。动词"蒸"、"烁"、"燃"、"煎",作形容词用的"沸"与"炎",一经与沙、石、云、浪、波、月组合,一片热浪翻滚沸腾的热海如在目前。观首句知岑参并未足及热海,凭借"阴山胡儿"所言,加上想象与夸张,把寒而不冻的热海写得像火山一样,可畏可爱,可歌可颂,瑰丽雄奇,填补了"古今传记所不载"(许顗《彦周诗话》语)的空白。岑参不仅是大漠、飘风、飞雪、白草的写生高手,而且开凿了热海、火山的奇异世界。《火山云歌送别》与《与独孤渐道别长句兼呈严八侍御》,亦属此类,都具有一种新奇风格。以歌行体描写西域歌舞风情,岑参前次出塞的

图 116　清代　袁江　雪景山水图（局部）

　　袁江属康乾扬州画派一系中的"界画"大家，他的山水楼阁，工整细致，设色秾丽。上法大小李将军，下取明人仇英，凝劲雄厚，精工妍丽，艳而不俗。其山水画多有殿台楼阁，用笔精细，一丝不苟，布局壮观，气势磅礴。此图为局部，处于全图下端，仅占 1/3。被略去的 2/3 为一主峰耸立，周围群峰环绕。最下端底部尚有河流高桥，亦被略去。亭盖、巨石、大山的覆雪寒气袭人。亭中四人向右观望，各具神态。亭旁两匹马，静静站立于枯树之下。可能不大一会儿，或许同归，或者分手，如是后者，就会有岑参《白雪歌送武判官归京》所写的景象："轮台东门送君去，去时雪满天山路。山回路转不见君，雪上空留马行处。"或如《天山雪歌送萧治归京》："正是天山雪下时，送君走马归京师。雪中何以赠君别，唯有青青松树枝。"当然这只是读画的联想，而画本身却并非一定如此。亦可谓画者未必然，读画者未必不然。

　　句句押韵的《敦煌太守后庭歌》，已可见出他边塞诗题材的广泛，以及审美尚奇求变的趋向。二次出塞有两首大篇，写得更为精彩。《玉门关盖将军歌》意不在刻画人物，酣畅淋漓地铺写异域歌舞场面："暖屋绣帘红地炉，织成壁衣花氍毹。灯前侍婢泻玉壶，金铛乱点野酏酥。紫绶金章左右趋，问着只是苍头奴。美人一双闲且都，朱唇翠眉映明眸。清歌一曲世所无，今日喜闻凤将雏。可怜绝胜秦罗敷，使君五马谩踟蹰。野草绣窠紫罗襦，红牙镂马对樗蒱。玉盘纤手撒作卢，众中夸道不曾输。"无论地炉、壁衣、野酏酥，还是男奴女婢与歌妓的服饰，无不带有异域风俗，都是过去没有上过诗的，为我们打开了异域风情的窗口。以赞美的情怀描写，显示出盛唐人宏阔的审美眼光。另首《田使君美人如莲花舞北旋歌》描写由胡转入唐的如莲花舞，谓此曲"世人有眼应未见"，"诸客见之惊且叹"，显示了两种文化的融合。形容靓妆妙舞的变化多姿："回裙转袖若飞雪，左旋右旋生旋风。琵琶横笛和未匝，花门山头黄云合。忽作出塞入塞声，白草胡沙寒飒飒。翻身入破如有神，前见后见回回新。"旋转甚急，看来是一种健武，带有明显的西域特色。对杜甫《观公孙大娘舞剑器行》与白居易《胡旋舞》当会带来一定启发。还有《酒泉太守席上醉后作》："琵琶长笛曲相和，羌儿胡雏齐唱歌。浑炙犁牛烹野驼，交河美酒金叵罗。"如果与首次出塞诗相比，明显看出诗人以融入西域日常生活观念留下了这些可贵记录，也给边塞诗带来了鲜活的内容。

除了歌行体以外，在五律、五古、七绝中也有异域风物习俗的描写。《轮台即事》谓其地"三月无青草，千家尽白榆。蕃书文字别，胡俗语音殊"，节候、植物与口语、文字都很异样。《北庭贻宗学士道别》说："平沙向旅馆，匹马随飞鸿。孤城倚大碛，海气迎边空。四月犹自寒，天山雪濛濛。"单调的大漠，无多的飞鸟，节候的迟到，处处都有异样之感。甚至于在《登北庭北楼呈幕中诸公》看到"大漠无飞鸟，但见白龙堆"，《奉陪封大夫宴》的"座参殊俗语，乐杂异方声"，不同民族的语言与音乐融合在同一宴会上。《首秋轮台》说："秋来唯有雁，夏尽不闻蝉。雨拂毡毛湿，风摇毳幕膻。"作此诗在"轮台万里地，无事历三年"之时，熟悉西域民族住居，故对蒙古包的帐居风摇雨湿描写逼真。汉武帝时乌孙公主歌有："庐为室兮毡为墙，肉为食兮酪为浆。"故论者谓岑参"毡墙"出自此歌，"不得为新语"（纪昀语）。其实乌孙公主是出于闻听，岑诗生活于斯，战斗于斯，因有此如在其中的逼真生动的写法，一片全新。就像前诗以西域酒器"金叵罗"入诗一样。此外，还有《北庭西郊……》的"胡地苜蓿美，轮台征马肥"，"橐驼何连连，穿帐亦累累"（见图117），这些都是新语言，展现了边塞诗的新面貌。他还有首很特殊的咏物歌行《优钵罗花歌》，其花生于天山，异香袭人。其序说："亦何异于怀才之士，未会明主，摈于林薮耶？"诗之发端两用三三七句式，过去论者谓此诗作于西域，以为这种句式可能受敦煌俗曲的影响。此诗作于天宝景申，即丙申十五载，此前李白《襄阳歌》、《白云歌》等诗曾多次用过这种句式，对岑参自会有影响，《盖将军歌》亦用同样句式发端。诗中说："夜掩朝闻多异香，何不生彼中国兮生西方。""耻与众草之为伍，何亭亭而独芳！何不为人之所赏兮，深山穷谷委严霜。吾窃悲阳关道路长，曾不得献于君王。"杂用散文句式，风格亦与李白诗相近，其中亦有寄托。花名是梵语的音译，意谓青莲花或红莲花，佛典中多用来喻佛。无论题材和内容与形式，都显示了岑参尚奇的趋向。

在诗体上，岑参边塞诗还采用组诗的形式。以组诗作边塞之词，王昌龄有七绝《从军行七首》、五古《塞下曲四首》等，高适有五言六行古诗《蓟门行五首》、七绝《九曲词三首》等。这些组诗大多各首之间内容不相连属。岑参《献封大夫破播仙凯歌》凡"六章"，一作"六首"，或因此组诗内容相互衔接，故称之为"六章"。前四首后两句对结，风格沉雄壮丽，遒劲瑰奇。如其二："官军西出过楼兰，营幕傍临月窟寒。蒲海晓霜凝马尾，葱山夜雪扑旌竿。"以七律凝重的偶句对结，似与杜甫七绝手法接近。胡应麟说："自少陵绝句对结，诗家率以半律讥之。然绝句自有此体，特杜非当行耳。如岑参《凯歌》：'丈夫鹊印摇边月，大将龙旗掣海云'、'洗兵鱼海云迎阵，秣马龙堆月照营'等句，皆雄浑高华，后世咸所取法，即半律何伤？"[①] 其实这种"半律"式的七绝，正是杜甫七绝的一种新变，犹如他所擅长的七律，自天宝后期逐渐出现白话七律。岑参往往与杜甫同声相求，互相呼应，在创新求变上的联袂追求变革，所以后世"咸所取法"。

总之，岑参边塞诗在前后两次出塞中呈现明显区别。前者以写实为

---

① 胡应麟：《诗薮》内编卷六，上海古籍出版社1979年版，第115页。

图 117　清代　华嵒　天山积雪图

岑参边塞诗中的白雪与天山，以及骆驼等都给人留下深刻印象。诸如"橐驼何连连，穹帐亦累累"，"雨拂毡墙湿，风摇毳幕膻"，属于一种新语言，新景象。骆驼极少见于古画，现当代亦寥寥无几。康熙时扬州画派华嵒自号戎衣生，他有好几幅即以西域天山白雪与骆驼为题材的画。他的《天山积雪》两座山峰几乎占据整个画面，人与骆驼位于下端不到 1/3 的位置，骆驼仰头鸣叫，红衣人驼客亦仰首望天，左上角一只大雁独飞，呼应紧密而有趣，显现出空山寂寥。雪以留白表示，前面雪山不作任何皴法亦不皴擦，背后一山略加洪染，亦无皴笔，相互对比，显得寒气逼人。暗黑的天空与人物大红长袍与骆驼的黄色，形成冷暖色强烈的对照，更加散发出积雪的寒气逼人。还有《漠帐驼惊雁》，亦属此类。今人吴作人以画骆驼著名，他的《任重道远》的蜿蜒的驼队，就更展现"橐驼何连连"的景象。钱老古塞驼队有好几幅，结构变化很大，皆为精品。看这样的画，会给读岑参边塞诗提供"补充的营养"。

主，以简略而逼真的描写，体现耳目所见，几乎是一地一诗，如实道来，很少有过分的夸张铺叙；后者描写往往采用铺张扬厉的渲染，而且尽量予以热情洋溢的夸张与瑰奇峻峭的铺叙描写。前后相较，前质实而后超迈。其次，从情感上看，前者意绪悲凉，每有思家念京之言，几乎见于每诗的结尾，这与在军幕的冷凉与寂寞有关，故呈幕主高仙芝仅有一首《武威送刘单判官赴安西行营便呈高开府》；后者因与封常清关系融洽，而送出师、候迎、奉献、祝捷、陪侍的诗多至十二首。二者相较，前冷后热，有如意与否之区别。再次，从题材看，前次诗依西进历程排列，呈现陇头—渭州—燕支—敦煌—火山—银山—铁门山—安西—焉耆，然后又是返回路城，一地一诗，或一地数诗；后者只有前六首为沿路所作，其余大部分作于北庭。随地而咏的诗主要是地理风光之描写，题材比较单纯；而北庭与轮台诗则题材多样。如《轮台歌》、《走马川行》为送师出征，《白雪歌》、

《天山雪歌》、《热海行》、《火山云歌》为送人归京。另外还有描写歌舞、异域风情与叙写人物的诗，题材之丰富远远超过前者。复次，从诗体看，前者多为五古、五律与七绝；后者除此几体外，更以长篇七言歌行为主，押韵上或句句押韵，或一韵到底，或两句、四句一换，或二者分置于首尾。在分节上或三句一节，或四句一节，极尽变化之能事。而且名篇集中于斯。由上可见，再次出塞不仅时间长而且诗篇数量多，诸体具备，题材广泛，质量显著提高。其原因大概主要在于再次出塞的情绪高昂，以积极乐观的精神投入边塞诗创作，并且始终持以健旺豪迈而浪漫情调。当然，首次边塞诗也为之提供了必要的创作经验。

综上合观，岑参边塞诗的贡献创新，一是全部使用第一人称，全为两次赴西域的所见所闻所经，故而真实感人，而与一般的使用第三人称的想象之词缺乏真切的体会有别。二是高适、王昌龄、李颀、王翰、崔颢等人的边塞诗，大多是对边事的概括叙述，如高适《燕歌行》与李颀的《古从军行》、崔颢《古游侠呈军中诸将》与《辽西作》等莫不如此，而岑诗则就一时一事，或某地某人具体描写叙述。诗中地名，在他人是象征性或标志性，带有泛化性质。而岑参则是具体的真实的，而且感人的。三是盛唐边塞诗大多采用五古、五律与七绝，叙述描写一般简略，不作过多刻画铺叙，即使七言歌行亦是如此。岑参则诸体具备，而以七言歌行与五古大篇为主，极意铺张渲染，加上尚奇的追求与想象的张力，使他边塞诗精神百倍，神采焕发，淋漓尽致，而在异域的艰苦荒漠中绽放出一片又一片的奇葩！四是此前及盛唐边塞诗是习见的传统的，题材与内容具有一定的限度；而岑诗题材不仅丰富多样，而且是新鲜的、广泛的，带有边地生活的原汁原味，散发诱人的魅力；五是他人边塞诗的语言是规范的、传统的、常见的；岑参则尽量汲纳新的词汇，是鲜活的、异样的，具有陌生美的吸引力。总之，在大家名家林立的盛唐，岑参以他边塞诗取得了引人瞩目的地位，不仅与高适并称，且有骎骎乎其前之势，凌凌度越前此诗人，为盛唐气象增加了耀眼的光彩，而且与杜甫联手共同担负起创奇求变的导向作用，影响深远，不止一代。

第二十四章　岑参人物诗论

　　岑参除了奇景壮采的边塞诗，以及善于刻画景物的五律五古以外，还有二十多篇人物诗，且多为大篇，不仅继承盛唐早期李颀人物诗的特点，还在结构经营上采用倒叙，以叙写人物经历，用来刻画人物，而且于不同经历的衔接处常用勾勒，所以每个时段起始分明；也汲取李颀的人物形象刻画，特别是边塞人物，写得虎虎而有生气。又重点刻画人物的各种才能，或者借助环境描写、场面渲染等侧面手法，突出人物形象。还间或插入景物描写，或者议论，以之揭示人物的内心世界。另外，采用七绝连章体或组诗刻画一人，则是他人物诗的创新，扩大了七绝的容量，也开启中晚唐以大量的七绝组诗写人物或宫怨题材的导向。

　　岑参的边塞诗极负盛名，不仅数量多，艺术性亦最高，尤其歌行体边塞诗最为出色。他的七律和山水诗声价亦不低（见图118），前者为盛唐七律高、岑、王、李四大家之一。后者颇能见出受到杜甫的影响，极力讲求技巧，显示出向中唐过渡的痕迹。他的二十多首人物诗，虽然为数不足他的边塞诗的1/3，在他的403首诗中显得微不足道，然而都是洋洋大篇，并且不乏生动篇什。但自古迄今，这些人物诗久被他的边塞诗的光芒所掩，蔽而不彰，湮没无闻。讨论他的人物诗，对岑参风格的多样性，会更有全面的把握，而且从其中也可以发现他对盛唐早期李颀人物诗的继承与发展。

一　以人物经历组织结构

　　在他的二十多首人物诗中，七言古诗为5首，五言古诗为15首，还有两篇由多首绝句构成的连章体或组诗。无论是七古还是歌行，或者五古，他的人物诗主要是以叙写人物经历为主，颇近于人物传记。往往选取人生的几个阶段的重要经历，连续在一起。从表现方法来看，李颀人物诗切取几个片断，然后连缀组合成篇。岑参诗经营结构的手法，很明显受到李颀诗的启发与影响。但李颀的片段以描写为主，故人物有生气。而岑参则以叙述为主，人物之生动固然不能相比，但却加强了议论与叙述的交错，故多感慨。虽然总体成就比起李颀来有所逊色，但也有自己的特色与个性，而且在总体质量上不低，绝大多数具有一定的艺术价值。

图 118　明代　陈淳

岑参《奉和中书舍人贾至早朝大明宫》

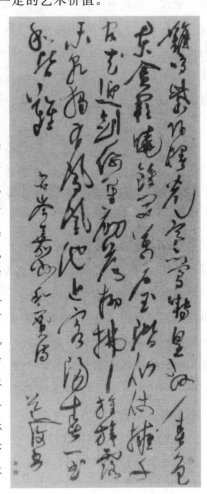

岑参此诗云："鸡鸣紫陌曙光寒，莺啭皇州春色阑。金阙晓钟开万户，玉阶仙仗拥千官。花迎剑佩星初落，柳拂旌旗露未干。独有凤凰池上客，阳春一曲和皆难。"胡应麟《诗薮》说："岑通章八句，皆精工整密，字字天成。颈联绚烂鲜明，早朝意宛然在目。独颔联虽绝壮丽，而气势迫促，遂至全篇音韵微乖。不尔，当为七言律冠矣。"徐渭说："道复花卉豪一世，草书飞动似之。盖余当见闻楚壮士裘马剑戟，则凛然若熊黑；及解而当绣刺之绷，亦颓然若女妇可近也，非道复之书耶？"陈淳草书豪纵率意，书岑参此诗，可见出明人对盛唐庄严华美的七律的特别钟爱。此书布局讲究，飞行笔直，与落款构成三段节奏，所书法一气呵成此为一大段，落款"右岑嘉州和贾诗"为一段，左下角"道复书"为一段，三段布局分明，又浑然融为一整体。书体以单字草为主，间以二字或三字一笔法，上下配合协调。首行"光"与中行"拂"字的末笔，特意加长，呈为"亮相"处。

首先，如上所言，从所要刻画的人物身上，选取有价值的片段，组成人物经历的连续性的全过程,人物精神面貌自然可见。在经历片断连接的地方,每用表时间或"忆昔""忆昨"、"前日"予以勾勒,这样就可以采用倒叙、插叙等手法,打破顺序的平稳,而更能突出人物的形象。如写于早年的《冀州客舍酒酣赠王绮寄题南楼》,这是他最早的一首人物诗。据题下自注"时王子应制举欲西上",可知在结构上变化极大。全诗 32 句,可分五层。首先从西上应举叙起:"夫子傲常调,诏书下徵求。知君欲谒帝,秣马趋西周。逸足何骎骎,美声实风流。学富赡清词,下笔不能休。"这是从眼下叙起,顺便言其富有文才,以及叔、伯父为官显赫。然后用倒叙手法,再叙写过去的交往:"忆昨始相值,值君客贝丘。相看复乘兴,携手到冀州。"这四句追忆过去在贝州与王绮相遇,同游冀州。全诗则采取倒叙形式,先叙现在,再追叙过去。由此四句再观下文"前日"云云,则贝丘之遇记述的是过去的过去,故用"忆昨"提缀勾勒,眉目至为清晰。以下则详写最近:

> 前日在南县,与君上北楼。野旷不见山,白日落草头。客舍梨花繁,深花隐鸣鸠。南邻新酒熟,有女弹箜篌。醉后或狂歌,酒醒满离忧。主人不相识,此地难淹留。(见图 119)

这节描写,是全诗最精彩的部分。言说他们登楼远眺,饮酒狂呼。中间点缀写景四句,"野旷不见山,白日落草头"两句,极为疏爽,一望无际,写临眺贝州所在的今山东西北高唐县一带平原,虽然简括,然景象逼真。"客舍梨花繁,深花隐鸣鸠",点明早春景况,"隐"字把梨花之"繁"描绘得又极为精细。两句视听兼至,见出春光荡漾之光景。以上四句写景一大一小,一疏一密,转换迅速自然。复由"客舍"转至"南邻",南邻女的弹箜篌,引起他们的特别兴趣,他们痛饮狂歌,醒后却充斥一种人与人之间的陌生感,而怅然离去。这是全诗最精彩的一段,从中可以看出岑参写景的才能。据陈铁民先生《岑参年谱》,此诗作于开元二十七年(739),岑参 25 岁漫游河朔一带,先由长安至邺后而往邯郸,然后抵贝丘,暮春又至冀州①,故题中有

---

① 陈铁民:《岑参年谱》,见陈铁民、侯忠义《岑参集校注》,上海古籍出版社 1981 年版,第 473 页。

图 119 清代 董邦达

山水（陕西师范大学图书馆藏）

岑参此诗"客舍梨花繁，深花隐鸣鸠"。叙写了漫游时生活经历的场景。此图景观大略仿佛。董邦达号东山，浙江富阳人。雍正十一年（1733）进官至礼部尚书。篆隶能得古法，擅长山水，取法元人，善于枯笔，勾勒皴法颇多逸致。此图分作三段，以下段主体。五六株梨树，繁花满枝，中有绿叶杂树穿插其间相映生色。坡石后，两树直伸中段。下端树丛后台榭位于两山夹流之溪上，榭内一人朝溪流前方望去。台榭曲折，掩映树丛之后，布景得法，依山弯曲折向前。梨树顶端为中景，两屋后一高亭耸然，两人对桌交谈于亭内。亭之前后白云缭绕。亭后群山高耸，峰间云飘雾遮，露出房屋两座。全图用笔细劲，山石点苔亦细，特别是树木枝杈向上，最见精神。三段之间以白云连接，亦具章法。也与岑参人物诗章法连接有异曲同工之妙。

"冀州客舍"。这首诗有三点值得注意：一是长于写景，在早年之作中已露出端倪，已如上言；二是特别善于经营大篇结构，两番倒叙，组织得极有层次，然后回到现在与将来："吾庐终南下，堪与王孙游。何当肯相寻，澧上一孤舟。"这种倒叙结构，很有点接近小说家的笔法，莫泊桑的名作《米勒老爹》就是如此组织结构，采取倒叙，先从战争结束的和平年代写起，再叙老爹杀敌负伤而被发现，然后叙写最初杀敌人与连续杀敌的每一经过，最后回到和平年代的现在。而岑参人物诗的结构都比较复杂，虽然他并不想讲一个什么故事，而只是想通过变化多端的结构，叙清人物的经历，而使人物生动起来。这是岑参人物诗最见个性的地方，即使比起李颀的人物诗，在结构上亦具出蓝之色；三是在叙写不同时段时，注意时间的交代，采用勾勒、提缀的手法，如此诗的"忆昨"与"前日"，把两番倒叙勾勒得至为眉目清秀；而且在开头一节，先言其人，次叙家世背景，则用了"夫子"与"君家"分别引出两小节，这是不加勾勒的勾勒，显得更为自然巧妙，亦足见出作者经营结构细心如发。勾勒原本是宋词的手法，周邦彦词即长于此道。蒋捷《虞美人》："少年听雨歌楼上，红烛昏罗帐。壮年听雨客舟中，江阔云低，断雁叫西风。而今听雨僧庐下，鬓已星星也。悲欢离合总无情，一任阶前点滴到天明。"就用"少年"、"壮年"、"而今"一一勾勒，楚河汉界至为分明。我们说岑参这一手法，对宋词亦有影响，也不为过，这也是他人物诗多大篇的原因之一，亦是与李颀人物诗不同的别具个性之处。

他的《送王著赴淮西幕府作》，亦属倒叙，同是 32 句，亦分五层。先用起兴从眼前送别写起，次叙过去交往，言其人则曰："湛湛万顷陂，森森千丈松。不知有机巧，无事干心胸。"而且"早年抱将略，累岁依幕中"，谓其人涵养深厚，高洁磊落，而且文武兼备，但早年不遇，以上为略述其人概况。接着再倒叙，从头正式详叙：

　　　　昨者从淮西，归来奏边功。承恩长乐殿，醉出明光宫。

"承恩"二句为对偶句，在上呼应"湛湛"两句对偶，以下引出八句对偶。岑参喜欢用人名、地名、建筑名偶对，于此可窥一斑。王著从淮西来奏边功，而返回时则有路途辛苦："逆旅悲寒蝉，客梦惊飞鸿。发家见春草，却去闻秋风。月色冷楚城，淮光透霜空"（见图 120），这里的景物描写与行者的感觉的叙写，就非常注重对动词的选择锤炼。虽然均置于句

图 120　当代　戴敦邦　张祜《题金陵渡》诗意图

　　岑参诗的"月色冷楚城，淮光透霜空"，在送别诗中为朋友设想的旅程情景，寂寞冷凉。诗中所写江淮夜景，可借此图合共参看。图中弯月西沉，夜色浓郁，景况凄寞。"月色"之"冷"，"霜空"之寒，水光之"透"天空，均可概见。

　　中，而用法却具有使动与施动的变化。特别是"淮光透霜空"的"透"字，谓月光照临淮水所反射的寒光直穿秋夜的冷空，就用得很生新。何焯说："嘉州五言宗仰鲍照，不屑为齐梁衰飒之语。若时无李、杜，则碧海鲸鱼，当归巨手。"[①] 说得未尝没有道理，然岑参亦问津于齐梁沈、谢、阴、何。末尾言："各自务功业，当须激深衷。别后能相思，何嗟山万重。"则与开头的"燕子与百劳，一西复一东。天空信寥廓，翔集何时

　　　① 《河岳英灵集》何焯批语，见李珍华、傅璇琮《河岳英灵集研究》附录，中华书局 1992年版，第 252 页。

同。"一作呼应，缴清送别友情与勉励之意。

岑参人物诗除了倒叙以外，还采取顺序手法，把对方的重要经历从过去入手，一直叙至现在，中间的各个片断，——勾勒清楚，而且详略亦有选择安排，突出了人物的精神面貌。这种辨彰源流的写法，属于顺流直下，具有"潮平两岸阔"的气象，平稳中见出自然，详略中显出人物风度。《送张秘书充刘相公通汴河判官便赴江外觐省》，亦为32句，前后可分四层。前两层详略特别分明：

> 前年见君时，见君正泥蟠。去年见君处，见君已风抟。朝趋赤墀前，高视青云端。新登麒麟阁，适脱獬豸冠。刘公领舟楫，汴水扬波澜。万里江海通，九州天地宽。

因张前年不得志，如龙在泥淖，故略言。去年则如大鹏"风抟"，扶摇直上，故详叙。"朝趋赤墀前，高视青云端"，道尽鹏程万里的风光，接言张由御史转至秘书省任职。"刘公"四句，意谓又随转运使刘晏为判官，足迹遍布万里江海，九州千里。以下为后两层，第三层言借便省亲："昨夜动使星，今旦送征鞍。老亲在吴郡，令弟双同官。鲈鲙剩堪忆，尊羹殊可餐。既参幕中画，复展膝下欢。"此言这趟远行，公私两便，双得其美。由前至此，从"前年"叙至"去年"，亦复由"去年"叙到现在的"昨夜"，沿路"风正一帆悬"，款款道来，不着景色描绘。除了顺叙、白描以外，此诗与上二诗不同处，即在加强议论，使所写人物空中生色，特意留出最后一层，用1/3还多笔墨，以议论作渲染：

> 因送故人行，试歌《行路难》。何处路最难？最难在长安！长安多权贵，珂珮声珊珊。儒生直如弦，权贵不须干。斗酒取一醉，孤瑟为君弹。临歧欲有赠，持以握中兰。

张从去年始做京官，春风得意没有几天，由御侍转至秘书，又由秘书外放为已经罢相的转运使刘晏的判官，宦海沉浮，如此突然多变，所以感慨：长安行路难，权贵不须干。耿直的儒生只能遭到排挤，故为张鸣不平。篇末的"行路难"带有一定的概括性，具有鲜明的社会意义。岑参在代宗宝应元年（762）已在京任职，直至大历元年（766）方离京入蜀。此诗作于广德二年（764），时年 50。故目睹友人仕途之多艰，洞悉上层社会之不平，因发浩叹。就写人物来说，则烘托了遭遇的不幸。反过来说，权贵的黑暗使正在展翅欲飞的友人折翅蹭蹬，使诗的主题由个人问题而具有了重要的社会意义。

岑参人物诗的另一种写法，就是在每一段经历中，加强铺叙。他本是歌行体高手，长于铺张渲染。这种步步渲染的手法，层层生色，使人物时时处于浓烈的抒情气氛之中，从而使形象与精神比较丰满，非仅仅停留在一般的叙述上，人物扁平，而立不起来。结构亦显得丰腴，骨气开张，确有一定的感人力量。这类诗一般都见于七言歌行，如《与独孤渐道别长句兼呈严八侍御》，凡 36 句，可分六层。起首先言送别地点时间，宛如一首绝句[①]：

> 轮台客舍春草满，颍阳归客肠堪断。穷荒绝漠鸟不飞，万碛千山梦犹懒。（见图 121）

作绝句固然好看，但这与要写的人物有何关系？这须要看他在第二层又要怎么叙述方能明白：

> 怜君白面一书生，读书千卷未成名。五侯贵门脚不到，数亩山田身自耕。兴来浪迹无远近，及至辞家忆乡信。无事垂鞭信马头，西南几欲穷天尽。奉使三年独未归，边头词客旧来稀。

至此我们明白，这位白面书生，读书千卷，但科场失意。又不愿干谒，而曾乘兴漫游过西南一带，不计远近，然往往思念家乡。这次又来漫游西北，恐怕就更要怀乡情切，故此诗开首即言"归客思断肠"。而此为鸟飞不至、梦亦不到的边荒，归念怕更要迫切之至了。"奉使"二句就己而言，

---

① 　此种开头，在岑诗中不是偶尔的，却是一种特别的经营。如《送费子归武昌》发端："汉阳归客悲秋草，旅舍叶飞愁不扫。秋来倍忆武昌鱼，梦著只在巴陵道。"亦如一首绝句。

图 121　当代　石鲁　沙丘驼队

　　岑参诗所说的"穷荒绝漠鸟不飞，万碛千山梦犹懒"，可以在此图中看到
这种景象。石鲁的画构图豪旷高迈，而且变化多端。另外，他的画中总渗透
着一种西北精神，是长安画派的典型代表。此图绝大部为沙梁，沙梁上驼队
和苍黄的天相接，气氛空旷。

谓与独孤偶然相遇。在这词客本少的边塞荒远的地方，分外感到亲切，则
不言而喻。接叙道：

　　　　借问君来得几日，到家不觉换春衣。高斋清昼卷罗幕，纱帽接䍦
　　慵不着。中酒朝眠日色高，弹棋夜半灯花落。冰片高堆金错盘，满堂
　　凛凛五月寒。桂林蒲萄新吐蔓，武城刺蜜未可餐。

这一层以借问领起，全由想象生发，纯属节外生枝文字，然而又铺叙渲染
得至为详密，这对刻画又有何用？实际上采用了人物画的"背面敷粉法"，

在结构上呼应上层"兴来浪迹无远近，及至辞家忆乡信"两句，这在"鸟不飞"、"梦犹懒"的地方，刻画思家急切的心情，或者说用预想回家以后的温馨自在，反衬出"好出门不如歹在家"的归心似箭的境况与心理。如果说上一层叙述闲淡，那么此一层风格则秾丽。闲淡是写在家的自在，而秾丽在写念家的迫切，以下转入送别与思念两层：

> 军中置酒夜挝鼓，锦筵红烛月未午。花门将军善胡歌，叶河蕃王能汉语。知尔园林压渭滨，夫人堂上泣罗裙。鱼龙川北盘溪雨，鸟鼠山西洮水云。

前四句言饯别的殷勤与隆重，后四句猜想友人念家之心切。两种环境，两种气氛，目的在于以前衬后。而后者写得如在眼前，岑参诗善于造境，长于想象，于此亦可窥见。鱼龙川、鸟鼠山两句，把附近风物与渭北园林连成一片，就好像回到家乡，已呼吸到那里的新鲜空气一样。诗的结末说："台中严公于我厚，别后新诗满人口。自怜弃置天西头，因君为问相思否？"虽然就题目"兼呈严八侍御"而来，艳羡独孤能归家之意亦在其中。如此看来，这第六层也不是节外生枝。这首诗犹如泼墨人物，只见水墨淋漓蓊郁烘染渲淡的痕迹，却不见勾勒人物的形貌，只写其境遇、心理，以及生活方式与处处不同心情，都展示无遗，所以人物还是能"活"起来，这也是明清选家其所以看重此诗的原因。特别是此诗六层，不用明显的勾勒提缀语，而用"怜君"、"借问"、"知尔"、"台中"，都是兼有叙事性质的，而且层间跳荡迅速，如"军中置酒"紧接预想其人回家之后，忽入别时境况，且写得淋漓尽致。所以沈德潜《唐诗别裁集》说："此诗硬转突接，不须蛛丝马迹，古诗中另是一格。"这在岑参人物诗的结构处理上亦为"另是一格"。

总之，在结构安排上，岑参人物诗的手法是多样的。《北庭贻宗学士道别》、《送费子归武昌》、《北庭西郊候封大夫受降回军献上》、《送青龙招提归一上人远游吴楚别诗》等，均采用倒叙手法，这是岑参人物诗在结构经营时最常用的一种方法。这种结构容易跌宕生姿，或先声夺人，或对比性较强。另外，他的人物诗往往层次多、片段多，这就需要在结构上多加经营，岑诗于此也做了极大努力与创新，这也成为他的人物诗最显而易见的特征。

二　刻画人物手法的多样化

岑参的人物诗，除了在结构上善于经营以外，还采用了多种手法刻画人物，如形貌描写、才能叙述、动作刻画、环境衬托、侧面渲染等。

首先，注意对人物形象的刻画。李颀的人物诗最长于肖象速写，所写人物往往须眉皆动，特别是对眼神的刻画，很见精彩。如《别梁锽》的"回头转晌似雕鹗，有志飞鸣人岂知"；《送陈章甫》的"陈侯立身何坦荡，虬须虎眉仍大颡"，"醉卧不知白日暮，有时空望孤云高"，简洁而又生动，给人留下深刻影响。作为后盛唐一位大诗人，岑参也汲取了这一手法。《送费子归武昌》写道："吾观费子毛骨奇，广眉大口仍赤髭。看君失路尚如此，人生贵贱那得知！"人物形貌奇伟，写来如画，有呼之欲出之感。《太白胡僧歌》："闻有胡僧在太白，兰若去天三百尺。一持《楞伽》入中峰，世人难见但闻钟。"这是为人物出场蓄势。接言："窗边锡杖解两虎，床下钵盂藏一龙。草衣不针复不线，两耳垂肩眉覆面。此僧年几那得知，手种青松今十围。心将流水同清净，身与浮云无是非。商山老人已曾识，愿一见之何由得。"（见图122）相貌奇古的僧人，带着一身传奇色彩，呈现在我们面前。《玉门关盖将军歌》开门见山地推出人物："盖将军，真丈夫，行年三十执金吾，身长七尺颇有须。"人物英姿飒爽，可谓先声夺人。《北庭贻宗学士道别》叙写的亦为两度从军的书生，沧桑的岁月使他成了坎坷不遇的老将。把人物形象的刻画与经历叙述交错起来："十年只一命，万里如飘蓬。容鬓老胡尘，衣裳脆边风。……今且还龟兹，臂上悬角弓。平沙向旅馆，匹马随飞鸿。"虽然只写了装束，略点了一下苍老的容鬓，然而我们仿佛看到了他满脸的风霜，以及奔驰在沙漠中的背影。岑参人物诗对形貌的刻画，并不很多，但凡涉笔，人物精神即可抖擞纸上。

其次，借助叙写人物的各种才能来刻画人物的形象、精神、气质乃至形貌，似乎都可约略可见。《东归留题太常徐卿草堂》本是题咏，却睹屋思人，而且刻画的人物凛凛而具生气："不谢古名将，吾知徐太常。年才三十余，勇冠西南方。顷曾策匹马，独出持两枪。虏骑无数来，见君不敢

图 122　现代　王福庵　杜甫"水流心不竞，云在意俱迟"

　　王氏为民国时期篆刻大家，新中国成立后共和国玉玺，即出其铁笔。所刻"水流心不竞，云在意俱迟"，为杜甫《江亭》的名句。纵分三行，前四字笔画少，占一行；后六字分作两行。"在"字笔画少，故只占左边"迟"字的一半；末行"意俱迟"各字笔画匀称，分布略相当。整体布局整饬中有变化。岑参《太白胡僧歌》："心将流水同清净，身与浮云无是非"，把相同的意思出现在几首诗中。而这两句和杜甫的名句很接近，他们俩原本就是互相尊重和学习的。

　　当。"一位双枪将军仿佛毛发俱动，持缰勒马地矗立面前。这是借英勇善战来刻画人物，而《送祁乐归河东》则以绘画才能展现人物。此诗先写献赋得不到召见，转而从军：

　　　　前月还长安，囊中金已空。有时忽乘兴，画出江上峰。床头苍梧云，帘下天台松，忽如高堂上，飒飒生清风。

　　唐人朱景玄《唐朝名画录》曾著录过祁岳，杜甫《奉先刘少府新画山水障歌》曾说："岂知祈岳与郑虔，笔迹远过杨契丹。"画家祁岳大概即此祈乐。对超凡的绘画才能的描写，想见其富有才具而倜傥不羁。接着又言：

　　　　五月火云屯，气烧天地红。鸟且不敢飞，子行如转蓬。

这位"挺身出河东"的祈乐，至此给我们留下深刻的影响。他不仅画技超逸出群，而且挥鞭马上的功夫极好，就像诗人在《北庭西郊候封大夫受降回军献上》说自己"自逐定远侯，亦著短后衣。近来能走马，不弱并州儿"，是位文武兼具的人才。《送张献心充副使归河西杂句》写将门之子未满三十，因边功而腰间金印赫然，接云：

> 前日承恩白虎殿，归来见者谁不羡。箧中赐衣十重余，案上军书十二卷。看君谋智若有神，爱君词句皆清新。澄湖万顷深见底，清冰一片光照人。

这里从军事才能、诗风清新、禀赋素质三个方面刻画人物，虽然于其形貌不着一字，然其人风采宛然可见。另外借助经历的叙述，突出人物性格。《送费子归武昌》先叙从军而无成："曾随上将过祁连，离家十年恒在边。剑锋可惜虚用尽，马蹄无事今已穿。"行伍生涯的磨砺，是其人性格豪放的原因："知君开馆常爱客，樗蒲百金每一掷。平生有钱将与人，江上故园空四壁。"两种不同经历，使人物性格就更丰满突兀。

再次，借助环境描写，或场面刻画，或功业叙述等侧面手法，刻画人物个性。如《寄青城龙溪奂道人》从和尚奂道人所居寺庙的青城山景观，来刻画其人与道术的高明："五岳之丈人，西望青嶝嶝。云开露崖峤，百里见石稜。龙谿盘中峰，上有莲华僧。绝顶小兰若，四时岚气凝。身同云虚无，心与溪清澄。诵戒龙每听，赋诗人则称。杉风吹裂裓，石壁悬孤灯。"说他诵经，也能作诗，而直接描写的，只有"山风吹裂裓"一句，其余则以山水景光衬托他的精神境界。"身同云虚无，心与溪清澄"则与上文已提及的《太白胡僧歌》的"心将流水同清净，身与浮云无是非"，句意雷同。岑参诗往往不能超越自己，诗中构思、用词、运意每有相同之处，这可称为"岑参模式"。李肇《国史补》论及唐代诗风，指出"天宝之风尚党"，所谓"尚党"，就是尚同，存在模式化。盛唐诗延及后期，模式化较为突出。岑参之不足，即此一时代之通病也，非仅岑参一人为然。以叙述功业写人，主要用于奉献干谒诗中，这些诗主要为职高位显者说好话，描写他们悠游自在生活，或夸饰他们的事功，人物的性格并不突出。

由于诗人把诗歌当做政治交往的工具，所以失去了诗歌的活力，如《左仆射相国冀公东斋幽居同黎拾遗所献》、《过梁州奉赠张尚书大夫公》等。特别是后者，所恭维者乃名将张守珪之子张献诚，安史乱中降安禄山，受伪官。宝应元年（762）归朝，受到肃宗重用，迁至工部尚书，兼梁州刺史，大历元年兼剑南东川节度使。此年岑参入剑南两川节度使杜鸿渐幕府，二月滞留梁州，故有此诗以奉献。诗中尽力奉称，所谓"自公布德政，此地生光辉"云云，极尽铺张扬厉之能事，就没有多大意义了。

值得一提的是《玉门关盖将军歌》，此诗一起手，就直写其人形貌，已见于上文。以下简叙镇边而无事，接写"军中无事但欢娱"时的豪饮、歌舞、狂赌场面：

> 暖屋绣帘红地炉，织成壁衣花氍毹。灯前侍婢泻玉壶，金铛乱点野酏酥。紫绶金章左右趋，问着只是苍头奴。美人一双闲且都，朱唇翠眉映明眸（一作眸）。清歌一曲世所无，今日喜闻《凤将雏》。可怜绝胜秦罗敷，使君五马谩踟蹰。野草绣窠紫罗襦，红牙镂马对樗蒲。玉盘纤手撒作卢，众中夸道不曾输。

屋内异样装饰，异样的餐具与饮食，还有异样装束的男奴，以及光彩照人而异样的歌女，一切与内地均为两样。不仅歌女"绝胜秦罗敷"，而且盖将军与他的部下豪饮、狂欢、滥赌，男女错杂，无有顾忌。诗人身列其中，受到强烈感染，也加入了欢呼之中："为君取醉酒剩沽"，而且兴奋得"醉争酒盏相喧呼"！唐自玄宗以降，边将多用胡人。这位盖将军大概亦属少数民族，他英勇善战，威震一方，故"军中无事"，但有欢乐。作者只借助夜饮的场面的详细刻画，为我们展示了豪兴淋漓"人绝不曾说"（顾璘语）的酒会景象，以及异地的别样风情，同时也侧面刻画了盖将军的豪迈性格。以下则又是侧面写法："枥上昂昂皆骏驹，桃花叱拨价最殊。骑将猎向城南隅，腊日射杀千年狐。"此借马借驰猎衬托盖将军的英姿。这样两层侧面烘托，再加上开头的直接描写，盖将军形象也就生动起来，即使与李颀的人物诗相较亦可谓别开生面。

《武威送刘单判官赴安西行营便呈高开府》为长达 50 句的大篇，天高地阔，然对赴边的刘单并未有多少直接的描写，简略的叙述也夹在对异地风光三番五次的刻画中。而岑诗原本"语奇体峻，意亦造奇"（殷璠语），是描写异域奇特景观的高手，此诗充分发挥了这一特长。一上手先不言刘单，而推出：

> 热海亘铁门，火山赫金方。白草磨天涯，胡沙莽茫茫！

先言热海、火山炎热与沙漠无际，意在突出刘单"男儿感忠义"，要求"功业须及时"的从边英勇行为，以及兑现"中岁学兵符"的才能。其中的"磨"字用得非常出奇，沙漠之无垠，远望白草直接天上，即在地平线与天相交接处摇曳，露出岑参尚奇的趋向。以下接写到了前线以后：

> 孟夏边候迟，胡国草木长。马疾过飞鸟①，天穷超夕阳。

这是说刘单上了前线，就等于英雄有了用武之地。观"马疾过飞鸟"句，可知意即在此。此用快镜头捕捉，显现其矫健的身影。以下则叙写随都护出师作战的经过，接言：

> 曾到交河城，风土断人肠。塞驿远如点②，边烽互相望。赤亭多飘风，鼓怒不可当。有时无人行，沙石乱飘扬。夜静天萧条，鬼哭夹道旁。地上多髑髅，皆是古战场。

这 12 句铺张描写，极言沙漠之空旷，人烟之稀少；风沙之强烈，乃至沙石

---

① 岑参《武威送刘判官赴碛西行军》："火山五月行人少，看君马去疾如鸟。"后句则与此"马疾过飞鸟"又同一语意。亦是"岑参模式"之一斑。

② 岑参经常用"点"来描写远望中物体的微小，如《入蒲关先寄秦中故人》的"秦山数点似青黛，渭水一条如白练"，《早秋与诸子登虢州西亭观眺》的"树点千家小，天围万岭低"，《五月四日送王少府归华阴》的"仙掌分明引马头，西看一点是关楼"，《送李明府赴睦州便拜觐太夫人》的"手把铜章望海云，夫人江上泣罗裙。严滩一点舟中月，万里烟波也梦君"。看来，"点"成了他的"关键词"之一了。而《巴南舟中夜书事》"近钟清野寺，远火点江村"的"点"用作动词就显得更有意义了。

飘扬；夜晚遍地鬼哭，处处白骨，此即昔日战场之所在。这节写景的惨烈酷冷，包括上文至此，全都是从想象中写出，从送别诗来说，都是为友人设想；从人物诗来说，三次写边塞景况，都是为了衬托赴边的刘单判官，见出英雄无畏而艰苦卓绝的不怕牺牲的精神。尽管借气候异常炎热与酷冷，以及战争的惨烈作陪衬，人物精神依然可以突出。回头看全诗，实写其人的却没几句，人物照样生动可见。岑参曾在开元二十七年漫游河朔，又在天宝八载（749）初次出塞，越二年自安西至武威，作了此诗。这时他对边塞风物是很熟悉的，对战事已有了解，所以写此诗他可以凭着自己的耳闻目睹来对刘判官设想一番，而使自己笔下的人物虎虎而富有生气。

三　人物诗的诗体拓展

岑参除了用五古、七言歌行写人物诗，还开创了用七绝组诗与连章诗来刻画人物，打破了此前以单篇七绝写人的体制，扩大了七绝的容量，使之成为更适于写人的体裁。

在此以前，李颀人物诗主要采用五古与七古，篇制较大，便于对人物采用多维度刻画，他的精品也集中于此，尤其是七古尤为出色。偶然亦用七绝刻画人物，如《野老曝背》："百岁老翁不种田，惟知曝背乐残年。有时扪虱独搔首，目送归鸿篱下眠。"人物的生活方式，独特的动作，眼神的刻画，以及由此带出的内心世界，都容纳在一首小诗里。曾作过岑参顶头上司的著名理财家刘晏在《全唐诗》存诗两首，其中的《咏王大娘戴竿》写一杂技女演员，描写得很别致："楼前百战竞争新，唯有长竿妙入神。谁谓绮罗〔翻〕（番）有力，犹自嫌轻更著人。"题材异常，写得亦生动有趣。刘晏作此诗时以神童为秘书正字，方10岁，为应口而作。或许他早就读过玄宗的《傀儡吟》。开天之际的李白、王维、杜甫都用七绝刻画过人物，王维的《少年行四首》刻画了一组人物，其三云："一身能擘两雕弧，房骑千重只似无。偏坐金鞍调白羽，纷纷射杀五单于。"人物形象就很鲜明。高适的《营州歌》："营州少年厌原野，皮裘蒙茸猎城下。房酒千钟不醉人，胡儿十岁能骑马。"也给人留下深刻影响。杜甫《少年行》

就写活了一个粗豪而无忌惮的贵介子弟。至于用七绝组诗来写人叙事，王昌龄的宫怨、闺怨以及边塞诗已发其端，但不是集中笔墨去刻画某个人物。而崔颢的《长干行四首》，则在写一对水上儿女邂逅相逢的爱情故事，亦非着意于专写一人。用几首七绝去刻画一个人物，从不同角度，轮番去写，横岭侧峰地去刻画，当自从岑参开始。李白用 10 首绝句专门夸耀永王李璘的水军或许亦与此有一定联系。

岑参对先前人物诗，既有继承，也有发展，而在诗体的选择与拓展上，似乎更为显见。他首先采用七绝的连章体，集中笔墨去刻画一个人物，就等于把几首绝句变成一首七言古诗一样，这样必然扩大了容量，天高地厚，就多方面描写来说，自然也就有了用武之地。他的《献封大夫破播仙凯歌六章》，实际上用六首绝句组成，每首各自为韵，就像七古的换韵一样，在转韵时单数句还押韵。而绝句的首句入韵，与此则如出一辙。其一首先点明题目，言西戎已破，捷书先奏，天子开阁以待。以下五章，倒叙破敌经过。其二云："官军西出过楼兰，营幕傍临月窟寒。蒲海晓霜凝马尾，葱山夜雪扑旌竿。"此言冬天作战之寒冷，战士极为艰苦。其三言此战告捷，其四写敌人面缚出城："日落辕门鼓角鸣，千群面缚出蕃城。洗兵鱼海云迎阵，秣马龙堆月照营。"最后两首叙写这次战争的尾声：

> 蕃军遥见汉家营，满谷连山遍哭声。万箭千刀一夜杀，平明流血浸空城。（其五）
> 暮雨旌旗湿未干，胡烟白草日光寒。昨夜将军连晓战，蕃军只见马空鞍。（其六）

其五所描写的血肉横飞，空城流血的局面，血腥味迎面扑来，似乎带有一种嗜杀的意味，犹如他对高官显宦豪贵的描写不无露出艳羡一样，未免没有节制，这和他追求尚奇一面也有关系。如此描写，大有目不忍睹之感！其六则用"蕃军只见马空鞍"的暗示手法，说敌人已经全部歼灭。这六首绝句，封常青并没有露面，只是叙写了在他的指挥下战斗胜利的过程，仅仅间接写人，充其量是准人物诗，因为见事不见其人。但毕竟尝试了用几首诗组成的连章体刻画一次战争，距离写人就不远了。题材上或许与王昌龄五言古诗《塞下曲四首》有联系，诗体上则受到王昌龄绝句组诗《从军行七首》的启迪。

岑参的《冀国夫人歌词》，见于敦煌残卷，为其佚诗。就是用七首绝句合成的一首古诗，集中笔墨写一贵族女性——冀国公裴冕之妻。这首诗就内容看，并没有什么重要意义，但用七绝组诗去刻画一人，不能不说没有耳目一新的开拓作用。其一先言裴夫人受到封诰，以下四首写她的春游、出猎及歌舞：

> 柳暗南桥花扑人，红亭独占二江春。为爱锦波清见底，时时罗袜踏成尘。（其二）

此为春游，以下写出猎：

> 锦帽红缨紫薄寒，织成团襦钿装鞍。翩翩出向城南猎，几许都人夹道看！（其三）

她又有能歌善舞的才能：

> 歌声一发世间希，数片青云不肯归。弱腕醉□□扇落，误令翻酒污罗衣。（其四）

其五再言歌声动人与人生价值取向："翠羽珊珊金缕裙，清歌时音世间闻。比来不向巫山住，厌作杨（阳）台一片云。"[①] 末两句说她风采照人，但却不像巫山神女那样苟且。其六说她有安定三军的才能："甲士千群若阵云，一身能出定三军。仍将玉指调金镞，汉北已东谁不闻！"其七说她喜欢相府夜间的歌舞生活，却瞧不起巫山神女阳台寂寒的生涯。七首诗写了其人种种生活方式，以及人生价值的选择，全为一人传神写照，犹如一幅长

---

① 《四部丛刊》岑集此首缺四字，此据徐俊《敦煌诗集残卷辑考》补足。

卷，或如今日的连环画。从诗体选择与组合上看，不能说不是一种创新。惜乎题材的选择，并没有多大意义，不过由此看到盛唐上层妇女的开放罢了。

岑参的单首绝句，也有对人物的刻画，题材也很别致。《赵将军歌》写道：

> 九月天山风似刀，城南猎马缩寒毛。将军纵博场场胜，赌得单于貂鼠袍。（见图 123）

每两句写一片断：一是城外出猎，似刀之风冻得马毛缩起来，将军豪气已约略可见；二是夜晚赌博，场场见好，此番又赢得"单于貂鼠袍"，兴高采烈的豪纵亦可想见。两层合写，这位将军就有些神气活现了。

最后附带一提，岑参对人物的刻画也有速写性质，在一些非人物诗里，如行旅、咏怀等，把自己所见的人物，用寥寥一两笔描写，给人留下深刻的印象。犹如当代画家叶浅予的人物速写一样，非常生动可爱。如《邯郸客舍歌》中所说："客舍门临漳水边，垂杨下系钓鱼船。邯郸女儿夜沽酒，对客挑灯夸数钱。酩酊醉时月正午，一曲狂歌垆上眠。"还有《临河客舍呈狄明府兄留题县南楼》："黎阳城南雪正飞，黎阳渡头人未归。河边酒家堪寄宿，主人小女能缝衣。"又如上文已提及的《冀州客舍……》："客舍梨花繁，深花隐鸣鸠。南邻新酒熟，有女弹箜篌。醉后或狂歌，酒醒满离忧。"挑灯数钱不避客人的当垆卖酒的邯郸女，河边酒家能缝衣的小女，以及冀州客舍的弹箜篌女，虽都着墨不多，却都具有极浓郁的生活气息，极简的速写，却给人留下鲜明生动的印象。

总之，岑参人物诗的总体成就，虽然赶不上他的律诗，与他的七言歌行体边塞诗相较，就更为逊色，然毕竟刻画了不少面貌各异、性格有别的人物，而且这些人物多带有写实性，丰富了作者的题材，也为盛唐诗后期增添了特别的风采，有些可与他的边塞诗甚至登临诗合观，就会更有全面了解。（见图 124）其次，特别是对人物各段不同经历，组织成各种不同的结构。这些为数不少的人物诗，也是对人物诗大家李颀的呼应与发展，也说明盛唐早期诗人对后期诗人的影响。再次，岑参刻画人物时，非常注重

图 123　当代　戴敦邦　王维《观猎》诗意图

　　唐代诗人写了不少的将军出猎诗，王维诗最为有名："风劲角弓鸣，将军猎渭城。草枯鹰眼疾，雪尽马蹄轻。忽过新丰市，还归细柳营。回看射雕处，千里暮云平。"调雄语捷，一气浑成，起调突出，结则勒马回想，如飘风急雨，使人兴旺。王诗用五律，写得很精悍。而岑参此诗写城南出猎只有两句，似乎刚开了个头，就结束了，因刻画赵将军其人，故最少需写两个片段，此时很像"赵将军之一日"类的题目。而写打猎两句，却给读者留下丰富的想象，就像戴先生这幅画一样，只画了一个奔驰场面，同样留下大段的艺术空白，让人追想思索。诗和画在这里似乎用了同样的艺术构思。

以描写景物作为陪衬，由李颀一两句写景，扩展到四句，乃至12句，这也是岑参诗发挥长于写景的个性处。复次，岑参诗除了用五古、七言歌行，还扩展到绝句与绝句组诗，不仅开拓了以小诗写人的空间，显示了创新性的发展，也对中晚唐动辄以百首绝句写宫词的现象，如王建；或写歌女，如罗虬，都起了导向作用。最后，岑参人物诗结构带有小说性的倒叙手法，或可能汲取了散文与传奇的叙事手法，起码可以说，它从侧面已预示出，诗歌尚且如此，以叙事为己任的传奇，就会有一个蓬勃的发展高潮即将来临，使中唐文学激增一种盛唐难以比拟的光彩！

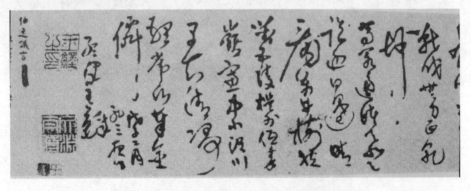

图 124　清代　王铎　岑参《登总持阁》

岑参《登总持阁》："高阁逼诸天，登临近日边。晴开万井树，愁看五陵烟。槛外低秦岭，窗中小渭川。早知清净理，常愿奉金仙。"总持寺在长安，故诗言"近日边"。中四句写景为岑诗长项。特别是颈联两句虽然取法大小二谢，但居中的形容词都作使动用，气势顿增。颔联出句的"开"字有生发力，对句则与"开"具呼应之势。然结尾属于见寺说佛的套版思维，只要看看他的登慈恩寺诗的结尾，就知道它属于"岑参模式"的一种。王铎此书原为一长卷，与王维《观猎》、《过香积寺》与杜甫《宿江边阁》等，合书在一起，属于狂草一路。前五行均向左逐渐倾斜，至末两行方才端直，然整体上尚能浑然一体。起手的"高"字并不大，而第六行的"净"大到两字的空间。与"高"字形成显明对比。诗末的"仙"字末笔一竖占取两字空间，特殊处理在于加强行气。第三行的"看"字特大，似与"净"字呼应。此为原诗"开"的误书。第四行首字"对"亦为"看"的误书。第四行"五陵"下缺书"烟"字。此为长卷，至此未免精神松懈。落款布局变化大，本为三小行，"铎"字大而分散，径直与右两小行特意贴在一起，很具艺术之个性。

第二十五章　岑参诗尚奇引发的犯复与模式化

从出生年份看，在后盛唐诗人中，岑参是最后一位名家[①]。除了诗风
"奇之又奇"的李白，岑参诗的"尚奇"可能闪耀最为耀眼的光彩，虽然
为此付出了最为"犯复"的代价，然而对中唐的韩孟诗派却具有深远广泛
的影响。同时在他身上既闪动盛唐诗光华灿烂的一面，也体现了"天宝之
风尚党"的不足一面。

一　由岑参诗"尚奇"言起

岑参在诗学主张与审美理想上，没有像李白、王维、杜甫那样有专门
发布与讨论，但在他的诗歌中，多少流露出一些端倪。这主要见于对别人
称美的送别诗中，从中亦可摸索出他的审美兴趣与趋向。在《送魏升卿擢
第归东都……》中说："问君今年三十几，能使香名满人耳？君不见三峰
直上五千仞，见君文章亦如此。如君兄弟天下稀，雄辞健笔皆若飞。"以
华岳三峰喻其文高超迥拔，以"雄辞健笔"的飞动称美其诗风格。此前的
《送魏四落第还乡》有云："莫令别后无佳句，只向垆头空醉眠。"此"魏
四"当即上诗的魏升卿，亦可见是诗人，其诗文今不存。岑之送人擢第而归
的诗不少，未见轻易许人，从中亦可见对峻拔飞动的热衷，以"雄辞健笔"
为期许，此亦"岑公三昧语"（顾璘语）。此诗作于天宝十二载（753），时年

---

① 岑参与李华、刘晏、柳载（浑）同生于开元三年（715），此年李颀 26 岁，王昌龄约 18
岁，李白、王维 15 岁，高适约 13 岁，较晚的杜甫也已 4 岁。崔颢、王翰虽确切生年不详，然都
要比杜甫和岑参早。

岑参 39 岁，他的诗风已经形成，所以如此称许，在一定程度上无疑具有夫子自道的意味。在《敬酬杜华淇上见赠兼呈熊曜》说："忆昨癸未岁，吾兄自江东。得君江湖诗，骨气凌谢公。"此诗开头即言"杜侯实才子，盛名不可及"，杜华为杜鸿渐之远侄，其诗亦不存。"癸未岁"即天宝二载（743），其时岑参为 29 岁，正是早期用力于山水诗之时。此诗以谢灵运为比较，谓其诗有"骨气"，亦为岑参所称道与取法。在《酬成少尹骆谷行见呈》说："亚尹同心者，风流贤大夫。荣禄上及亲，之官随板舆。高价振台阁，清词出应徐。"应场、徐干名列"建安七子"。他从"清词"、"骨气"角度，主张取法建安与六朝，这也是盛唐诗人普遍观念。《送张献心充副使归河西杂句》有言："看君智谋若有神，爱君词句皆清新。澄湖万顷深见底，清水一片光照人。"同样看重"清新""照人"的风格。我们在他的诗里发现的只有这些，然而这些吉光片羽大致可以勾勒出他的审美趣向：一是具有骨气的高峻迥拔的壮美，追求"雄词健笔"的飞动气势，此属"尚奇"的一面。然在他诗里很难找出"奇"字一类的关键词反而就像他颇为效法的陶诗以"平淡"为极致，却在不多的诗文中，用了 16 次"奇"字一样。二是看重语言"清词"、"清新"，清光照人。所以他的长篇思路清朗，结构层次异常清晰。主奇尚清，应当是他认准而追求的两个方面。尚奇主要体现在大量的边塞诗里，求清则体现数量不少的山水诗与送别酬赠诗之中。

如果从当时人对岑诗评价着眼，亦可看出对他的诗的论断，亦包含着他自己的审美趣味。杜甫是他的诗友，也在政治上志同道合。在《渼陂行》说"岑参兄弟皆好奇，携我远来游渼陂"，这和王昌龄《留别岑参兄弟》的"岑家双琼树，腾光难为俦"用意不远。又在《九日寄岑参》说："岑生多新诗，性亦嗜醇酎"，指出他性格豪爽而且不断有新诗。《寄彭州高三十五使君……》说："高岑殊缓步，沈鲍得同行。意惬关飞动，篇终接混茫"，谓高适、岑参诗风接近沈约、鲍照，运笔从心，气势飞动，风格苍茫浑厚。《寄岑嘉州》称他为"谢朓每篇堪讽诵"，说他的诗接近风格清丽的谢朓。杜甫从"飞动""混茫"的气势与境界，看到既具有建安的刚健风骨，也有沈约的"清怨"、鲍照的"遒劲"（钟嵘语）与谢朓的清丽。这和岑参对友人的称许，是非常吻合的。他看到别人诗风与己相同或相近的一面，即加赞赏，原本是极自然的事，所以可看作他本人的期许，或者对自己风格的夫子自道，是不会有什么错连的。

特别是殷璠《河岳英灵集》卷中对岑参的评价，向来被视为权威的话语：

> 岑诗语奇体峻，意亦造奇。至如"长风吹白茅，野火烧枯桑"，可谓逸才。又"山风吹空林，飒飒如有人"，宜称幽致也。（见图125）

图125　清代　任伯年　**人物册页**

岑参诗以"尚奇"名著盛唐，他的《暮秋山行》"山风吹寒林，飒飒如有人"，就被殷璠视为语意"幽致"的佳句。他的更为著名的边塞诗，殷璠没有选入。任伯年此画，一阵山风吹得树林似乎嗦嗦作响，行于山道的老者，回身扭头看去——以为有什么人在那里走动。画面右上角只出现两树的枝条，枝条全向右倾斜，带出一股"风声"。画外必然有一片树林，此画虽简，可称得上"画外有画"，而且颇有诗意，似乎也能传递出岑诗这两句的意味与心理活动。

殷集编于天宝十二载，岑参39岁，诗作未过今存诗半数。自天宝八载至十载三月在安西，首次入塞之作，并未选入。所选7首，多为早年之作。

而其边塞名作都集中在十三载二次出塞之后，为殷璠选诗所不及见。虽然仅从岑之早年之作着眼，但他已洞悉这位当时尚属年轻诗人的发展趋势。即就移作此后岑诗之评价，也还是极为妥当的。由此不能不叹赏他犀利的艺术眼光。特别是发现岑参尚奇的主要特征，认为运意措语出奇。"体峻"之"峻"，有险峭义，于此实为"奇"的同义语。那么"体峻"即诗之体制亦奇。这对《走马川行》、《白雪歌》那些二次出塞的边塞诗不是太适合不过了吗？殷璠在批评上的"先见之明"，于此显得最为昭著，确实抓住了岑诗审美趣向的主体精神，似乎也预见出必然朝此发展。因为早年对奇山异水的"好奇"，必然会对异域风光发生特殊的兴趣。

为他编集的杜确在序文中亦有引人注意的论断："属词尚清，用意尚切，其有所得，多入佳境，迥拔孤秀，出于常情。"所谓"用意尚切"，不仅指工于巧似，而主要指的在构思上不同凡响。"出于常情"，不正是对殷璠的"尚奇"说最为明晰的肯定么？"迥拔孤秀"，不仅是对清切的阐释，更是对"尚奇"的描绘。以上两家似乎是对杜甫"好奇"的呼应，都能抓住岑诗最为"腾光"的特征。

南宋严羽《沧浪诗话·诗评》说："高岑之诗悲壮，读之使人感慨。"把杜甫合论高岑重新发扬，"悲壮"说到后来特别引人瞩目。实际上这只是主要就两家边塞诗而言。高诗确实"悲"而且"壮"，使人感慨不平；而岑诗则"壮"而不那么"悲"，就边塞诗而言，亦是如此。特别是二次出塞的那些名作，更是如此。倒不如"尚奇"或者奇壮，更能囊括岑诗的诸体众作。

高棅《唐诗品汇》的"岑嘉州之奇逸"，边贡《刻岑诗成题其后》甚至说："夫俊也，逸也，奇也，悲也，壮也，五者李杜弗能兼也，而岑参诗近焉。"① 实际上把殷璠和严羽所论合总起来。

后之论者，则承前人余绪，多以"奇峭"论岑诗。如翁方纲说："嘉州之奇峭，入唐以来所未有。又加以边塞之作，奇气溢出，风会所感，豪杰挺生，遂不得不变出杜公矣。"② 谓岑之"奇峭"是从唐诗转运"风会"

---

① 边贡：《刻岑诗成题其后》，见刘开扬《岑参诗编年笺注》，巴蜀书社1995年版，第918页。
② 翁方纲：《石洲诗话》卷一，人民文学出版社1981年版，第31页。

中所由出，又谓其本源出自杜甫，则颇具文学发展史眼光。杜、岑两家的变化对中唐影响至为深远。

综上所见，岑之奇峭壮丽可为不刊之说。岑之生当后盛唐诸家之后，欲出人制胜，不得不变。他似乎从杜诗之变中领略到变化的一点消息。如果说壮丽尚承盛唐诸家之余绪，那么"奇峭"则是锁定思变的审美理路，而且刻意务求而为之。把这种颇具鲜明艺术个性施之于边塞诗，便大放异彩，奇气喷涌，使他获得绝大成功。于盛唐诗中，或边塞诗中，均如异军苍头特起，甚至让同一题材的擅长者高适也瞠乎其后。然而把它发挥在体制不大的五律，一味的逞奇驱异，好像在斗室坚壁中舞剑器或作浑脱舞，不仅不能尽情施展所能，还处处受到阻碍，不能像歌行体那样纵横驰骋，反而易生积弊。陆时雍曾指出其中之原因："诗之所以病者，在过求之也，过求则真隐而伪行矣。然亦各有故在，太白之不真也为材使，少陵之不真也为意使。高岑诸人之不真也为习使，元白之不真也为词使，昌黎之不真也为气使。人有外藉以为之使者，则真相隐矣。"① 在盛唐诸家中，岑参可算是最为"过求"者，一味求奇求切求峭，在"语奇体峻，意亦造奇"上，势必会出现悖论的局面。运意措语在描摹山水上，其或在大放异彩的边塞诗，"过求""奇峭"，必然会出现"真隐而伪行"的模式化，它是过度地反复使用同一运意或相同词汇造成的。后盛唐诗人成绩卓出，但也存在"天宝之风尚党"（李肇语）的不足，其中岑诗"为习使"可算是最为突出。

二　尚奇新变的发轫者与急先锋

盛唐前期诗人的山水诗追求意境的浑融，感情的渗入，不强调对景物作过于细密的刻画，孟浩然可为其中代表。盛唐后期诗人表现手法多样，注意景物之间的关系，兴象超迈，在整体美的基础上，往往佳章秀句涌出，王维可为其中代表。无论前期还是后期，都没有把过多的注意力集中

---

① 陆时雍：《诗镜总论》，丁福保辑《历代诗话续编》下册，人民文学出版社1983年版，第1417页。

放在动词、形容词等的锤炼上。即使其中有佳句的动词等方面让人瞩目，也还没有形成审美思潮与风气，未发展到一种普遍现象，只不过是偶然为之而已。到了后盛唐之后的杜甫、岑参则起了一种变化，显示出向中唐诗发展变化的趋向。

杜甫入川后日常生活化的七律山水诗，在川北所作《闻官军收河南河北》，在夔州作为应酬的《又呈吴郎》等，还有大量幽默拟人化的七绝，明显和他前期同体诗有显著区别。杜诗题材丰富，诸体兼备，手法多样，他的能力足以走向大刀阔斧的新变。比如前期五七言绝句很少，后期则显著增多，而且以之叙事，用作文学评论，风格显然与李白、王维、王昌龄迥别，甚至大量用律诗的手段去作绝句，而被视为"别调"。他把盛唐七绝的"主气"，转化为"主意"，已着中唐之先鞭。另外大量的组诗与洋洋大篇亦多见于后期，亦给中唐诗人无限启示。总之，杜诗在求新求异的新变中，由于思大气厚才能雄杰，很少显现重复雷同的不足。前人曾言"大"字是老杜家畜，但如此类的犯复，却不多见。岑参与杜甫声气投合，如果说杜甫是新变的主帅，岑参则为急先锋。岑之新变主要出自"好奇"的审美个性，所以从早年伊始就毫不犹豫地投入其中，从开元二十二年（734）他20岁后，早期山水诗已显示出这方面的努力。杜甫之新变从最早来说，恐怕以安史乱起才能算起，起码比岑参少了将近20年。所以，盛唐诗后期的转化上，杜甫应是受了岑参的启发，从称美岑参"好奇"、"多新诗"，"飞动"、"混茫"看，我们结论不会大谬。杜甫《奉答岑参补阙见赠》说："故人得佳句，独赠白头翁。"又在上引的《寄彭州高三十五使君……》说"更得新诗对属忙"，再结合以小谢称许岑参，说明杜甫已明确指出岑参在二次出塞以后，把主要精力放在五律山水诗上，并且不遗余力地打锻"佳句"。

岑参的"尚奇"并非独力孤行。在盛唐诗人中，殷璠《河岳英灵集》就指出：李白诗"奇之又奇"，刘眘虚"思苦词奇，忽有所得，便惊听众"，王季友"爱奇务险，远出常情之外"，高适"甚有奇句"，可使人"吟讽不厌"。盛唐前期只有刘眘虚一人，余皆属盛唐后期。李白即可称为"尚奇"大师，他的歌行大篇《蜀道难》、《西岳云台歌送丹丘子》、《鸣皋歌送岑徵君》、《梦游天姥吟留别》都作于岑参二次出塞以先，不能说对岑参的歌行边塞没有任何启发。至于高适《塞上》、《蓟门五首》、《营州歌》、《燕歌行》、《画马篇》均作于开元末年，比岑之首次出塞要早16年，其间的影响则更是毋庸置疑。"爱奇务险"的王季友，岑参有《潼关使院怀王七季友》怀念他。他的诗质朴得接近白话，求奇的个性却很鲜明。《寄韦子春》的"雀鼠昼夜无，知我厨廪贫"，可与孟郊名句"借车载家具，家具少于车"，逆向性的运思如出一辙。《杂诗》："翳翳青桐枝，樵夫日所侵。斧声出岩壑，四听无知音。岂为鼎下薪，当复堂上琴。"比兴与对比的手法，亦与孟郊相近。《代贺若令誉赠沈千运》叙写人事变迁："相逢问姓名亦存，别时无子今有孙。山上双松长不改，百家唯有三家村"，"平坡冢墓皆我亲，满田主人是旧客。举声酸鼻问同年，十人六七归下泉"，全为口语，然触目惊心，撕心裂肺，展示了安史乱后的巨变，引发了大历诗人不少的共鸣。《观于舍人壁画山水》美其画如真，从真山水的角度揭发了不少错觉，造成强烈的陌生感，在幽默中显示"爱奇务险"的倾向。岑之另一诗友阎防，其《百丈溪新理茅茨读书》："荒庭何所有，老树半空腹。秋蝈鸣北林，暮鸟穿我屋。"荒凉景象距贾岛已为不远。还有被殷璠所引的"警策语"："熊踞庭中树，龙蒸栋里云。"就很迹近韩愈诗的怪诞。至于《宿岸道人精舍》的"秋风剪兰蕙，霜气冷淙壑"，遒劲的动词就属于韩孟诗派的盘空"硬语"了，亦和岑参在动词的打锻出于同一用意。苏涣《赠零陵僧》描摹怀素草书，谓"走笔如旋风"，有"忽如裴旻舞双剑，七星错落缠蛟龙。又如吴生画鬼神，魑魅魍魉惊本身"的形容。又谓笔画钩连，如"倔强毒蛇争屈铁"，还有"西河舞剑"、"孤蓬自振"等比喻，就和前盛唐李颀《赠张旭》迥然两样，而与韩愈怪诞厌张的《石鼓歌》则极类似。年寿高而与杜甫约略同时的秦系，天宝十三载（754）举进士，天宝末避乱剡溪，后客泉州隐居终老。他的七律完全是隐士生活的描写，《山中奉寄钱起……》的"稚子唯能觅梨栗，逸妻相共老烟霞"，《耶溪书怀……》的"偶逢野果将呼子，屡折荆钗亦为妻"，以接近白话的语言叙写日常琐事，就和杜甫入川后律诗非常相似，此为七律的新变，属于时代风气所致。七绝《秋日送僧志幽归山寺》的"磬声寂历宜秋夜，手冷灯前自衲衣"，《题僧明惠房》的"入定几时将出定，不知巢燕污袈衣"，此类的细节描写在此前的七绝，就很少能够见到。

对于盛唐末期的诗风变化，论者有云："中唐诗变的三大重要特征，即注重内在感觉以表现印象，古体诗的苦涩险怪以及口语、俗语入诗的白话化倾向，都可以从天宝、大历诗坛找到端倪。这种变化是由于多种因素的相互制约而造成的，诸如诗歌艺术自身发展的规律，生活语言的发展，文人儒者境遇的改变所带来的审美观的变化等等。杜甫只是集中地体现了这种变化而已。"① 这种看法无疑使我们需要进一步指出的，在这一诗运转关中，岑参领风气之先（见图126），杜甫的新变对中唐的影响虽然远非岑参可比，然而杜甫受到岑参的启发，似乎无可置疑，这也正是杜诗其所以转益多师而具有海涵地负不可企及的魅力之所在。然而竭力新变的岑诗却为此付出了极大的代价，不歇止地把尚奇性的多样创新，反复多样地犯复，再三再四的重复，画地为牢，限制了他的诗歌发展，也为后人有所诟病。

三 山水、送别、酬赠叙写的极度犯复

在诗歌的表现技巧上，岑参不仅是"边塞诗大师"，而且也是"技巧的大师"（宇文所安语）；不仅"是开、天时代最富于异国情调的诗人"（郑振铎语），而且对大自然山川草木的物候变化充满了高度的热情与浓厚的兴趣。他的奇情异采的边塞诗赢得古今论者高度的赞美，而数量比边塞诗还多的山水诗与送别酬赠诗，却偶然引发出些微的批评声音。他捕捉大自然美的技巧不亚于王维，也像王维一样长于把不同空间的景物复杂而微妙的关系，予以特殊而准确的把握，达到精微的程度。特别在句式与动词、形容词的选择打磨上，极具匠心。这一切都表示了盛唐诗到了后期，技巧达到了丰赡成熟的地步。然而，由于对尚奇与清切的过度追求，以至于嗜奇成癖，蚌珠成泪，甚至出现嗜痂成癖的严重弊端。他善于凭借打磨的动词与形容词，去捕捉山水景观异样的风采，这是他的长项与爱好。然

---

① 葛晓音：《论天宝至大历间诗歌艺术的渐变》，见所著《诗国高潮与盛唐文化》，北京大学出版社1998年版，第428页。

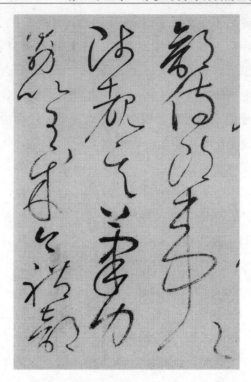

图 126　唐代　怀素　自叙帖（局部）

　　比岑参小了十岁的怀素，一般归入中唐。盛唐结束，杜甫去世时，他已45岁，书风已经形成，也就是说，他处于盛中唐之际。后盛唐李白、高适尚奇，到岑参就更推进一步。盛唐大草书家张旭的狂放，就是尚奇审美在书法中的体现。怀素继承张旭变肥为瘦，化方转为圆转，以细线圆转形成骤雨旋风般的飘舞，以狂继颠，故有"颠张醉素"的并称，旭肥怀瘦之别，显示出盛中唐审美趋向的演变。从前盛唐李邕、张旭行书草之奇，一变而为怀素，与诗之尚奇由李白发展到岑参一样，诗书联袂并进，同一节奏，同样体现了相同发展趋向。上图释文："（故吏）部侍郎韦公陟，睹其笔力，勖以有成。今礼部（侍郎张公谓，赏其不羁，引以游处）。"

　　而一经成功，就反复无休止地出现。顾影自怜地重复得意的发现与成功，在他的山水诗里成为一个普遍现象，因而使他成为重复率最高诗人，而成为"天宝之风尚党"典型的代表者，大自然异样风采的发现者与搔首弄姿极意矜持地重复自己，二者合在一起，才是一个完整的"大师"。

最早发现岑参之不足的是明人陆时雍，其言有云："岑参好为巧句，真不足而巧济之，以此知其深浅矣。故曰：大巧若拙。"又言："子美之病，在于好奇。作意好奇，则于天然之致远矣。"陆氏论诗主张自然，反对"每事过求，则当前妙境，忽而不领。古人谓眼前精致，口头言语，便是诗家体料"[①]。他似乎对盛唐后期诗风好尚、世风转移的变化所引发的不足有所发现，抓住变化的主要趋向，但对其间的不足言之还不甚详。许学夷好像接过他的发现而继续说："五言律，高语多苍茫，岑语多藻丽；然高……气格似胜，岑则句意多同。"又言："盛唐五言律，惟岑嘉州用字间有涉新巧者，如'孤灯然客梦，寒杵捣乡愁'，'涧水吞樵路，山花醉药栏'，'寒花飘客泪，边柳挂乡愁'，大约不过数联。然高岑所贵，气象不同。学者不得其气象，而徒法其新巧，则终为晚唐矣。"[②] 所举数联，却极为今之文学史家与论者的普遍赞赏。到了清初的叶燮，话说得就更为清楚："盛唐大家，称高岑、王孟。高岑相似，而高为稍优，孟则大不如王矣。高七古为胜，时见沉雄，时见冲澹，不一色，其沉雄直不减杜甫；岑七古间有杰句，苦无全篇，且起结意调往往相同，不见手笔。高岑五七律相似，遂为后人应酬活套作俑。如高七律一首中叠用'巫峡啼猿'、'衡阳归雁'、'青枫江'、'白帝城'；岑一首中叠用'云随马'、'雨洗兵'、'花迎盖'、'柳拂旌'，四语一意。高岑五律如此尤多。后人行笈中，携《广舆记》一部，遂可吟咏遍九州，实高岑启之也。总之，以月白风清、鸟啼花落等字装上地头，一名目则一首诗成，可以活版印就也。"[③] 许氏谓岑之五言律"句意多同"，叶氏则言岑之七古"起结意调往往相同"，七律中"四语一意"，而且"五律如此尤多"，讥讽为带上地图即可作"活版印就"的律诗。话语如此尖刻，引起他的弟子薛雪的极为不满："前辈论诗，往往有作践古人处。如以高达夫、岑嘉州五七律相似，遂为后人应酬活套，是作践高岑语也。"[④] 许、叶两家均认为岑诗五律"句意"或者"语意"相

---

① 以上三条分别见陆时雍《诗镜总论》，丁福保辑《历代诗话续编》下册，中华书局 1983 年版，第 1412、1415、1416 页。

② 分别见许学夷《诗源辩体》卷十五，人民文学出版社 1987 年版，第 157、158 页。

③ 叶燮：《原诗》外篇下，人民文学出版社 1979 年版，第 65 页。

④ 薛雪：《一瓢诗话》，人民文学出版社 1979 年版，第 109 页。

同，虽然还不恰切，但基本切中其弊，至于叶氏所举七律两例，言之甚确，而不免有以偏概全之嫌，于岑尤其如此，故引起弟子的反讽。但以上两家的发现，不能不说别具慧眼。

岑之五律的"句意多同"，主要体现在关键词的反复使用上。五律的写景一般集中在中间四句上，多以每句的第三字或末字为焦点位置，谓之"诗眼"。岑参专从此道一意穿凿。许氏所举均为岑之五律山水、行役之作。作于天宝初的"孤灯然客梦，寒杵捣乡愁"，确能见出造句的诗意化的天才，不仅把客舍的"孤灯"与"客梦"用"然（通燃）"字联结，而且把远处秋夜的"寒杵"声与"乡愁"用"捣"字搭接，动词的精心选择，显示出奇巧的才能。这和盛唐诗直接明朗单纯的刻画所触发的物象，确然有很大的不同，打破了盛唐诗在艺术上追求主客体交融的平衡，"艺术表现的各种奇变也就随之萌生，……进一步深入内心世界，强化主观感觉。单纯明朗的抒写情兴渐转为直觉、幻觉、错觉等内在感觉乃至于潜意识的捕捉；精确勾勒物象形貌特征的客观描绘逐渐被诗人对事物最突出的印象甚至内心的幻象所替代"[1]。岑诗这两句把将眠未眠的恍惚的"直觉、幻觉、错觉"所引发的"潜意识"的幻想捕捉住，把内心的乡愁客梦带有具形具象"然""捣"出来，"开后来诗眼之派"（纪昀语），"遂开纤巧之门，贾长江奉为衣钵"（查慎行语）。或又认为此二句是"'客梦'时'孤灯然'，'乡愁'时'寒杵捣'，句法却以倒装见奇。此等句式不识唐人倒装之法，鲜有不入魔者矣"[2]。这样的诗句好像今日之魔方，顺看惊讶动词奇巧，倒装看则句法奇特。而作于早年的《高冠谷口招郑鄂》就有"涧花然暮雨，潭树暖春云"，如果说此"然"是在南朝沈约到盛唐王维等诗中经常出现的，那么作于稍后的上引前一"然"，则是岑之创新，而且显得更为奇峭。在《早春礼泉杜明府……》又重复了一次"朱绶夺花然"。岑参与杜甫同样求变，也同样转益多师。

许氏所举后两例"涧水吞樵路，山花醉药栏"，"寒花飘客泪，边柳挂乡愁"，前者题为《初受官题高冠草堂》，后者为《武威春暮……》，分别

---

① 葛晓音：《论天宝至大历间诗歌艺术的新变》，见所著《诗国高潮与盛唐文化》，北京大学出版社 1998 年版，第 411 页。

② 黄生：《唐诗矩》，周氏师古堂所编书本。

作于天宝三载与十载。都以拟人化的动词，把心里的直觉或错觉形成的幻化感刻摹出来。言夏天涧水洪溢淹没了山道而用"吞"，花朵葳蕤下垂而谓之"醉"，既言物之状态，又见出"内心的幻象"感（见图127）。后者的花飘泪、柳挂愁，启导杜甫"感时花溅泪，恨别鸟惊心"，以及《赠王二十四侍御》的"晓莺工迸泪，秋月解伤神"。而"挂"字则取法綦毋潜《题灵隐山顶禅院》的"塔影挂清汉，钟声和白云"，而李白作于岑诗之后的"遥望瀑布挂前川"，则似与岑参相关。因岑参对此颇为得意，在七绝《虢州后亭……》中又重复了一次"西原驿路挂城头"，不仅无形的愁可挂，有形的路也可挂。"吞"字还见于五古《太一石鳖崖口》的"石门吞众流，绝岸呀层峦"。与之相连的"吐"也能用于拟人，见于五古《宿东谿王屋李隐者》的"霜畦吐寒菜，沙雁噪河田"，《上嘉州青衣山中……》的"江雪入袈裟，山月吐绳床"，《出关经华岳寺……》的"月轮吐山郭，夜色空清澄"；见于五律的《江行夜宿龙吼滩……》的"水烟晴吐月，山火夜烧云"，《送颜评事入京》的"江柳秋吐叶，山花寒满枝"，如此多的"吐"，原本所具有陌生异样美，在频频出现中会由奇异变得就不那么新鲜了。杜甫的名句"四更山吐月"，则吸纳了岑诗原创的新鲜的一面。

　　岑诗描绘景物的犯复不仅如上所示，而且诸如动词"摇"、"惹"、"悬"、"压"，形容词动用的"冷"、"黑"、"低"、"大"、"小"，以及量词"点"等，都一而再再而三地重复出现，到了不厌其烦的程度。先看"摇"：

　　　　酒影摇新月，滩声聒夕阳。（《梁州陪赵行军龙冈寺……》）

　　　　药碗摇山影，鱼竿带水痕。（《春寻河阳陶处士别业》）

　　　　清摇县郭动，碧洗云山新。（《与鄠县源少府泛渼陂》）

　　　　窗影摇群木，墙阴载一峰。（《题山寺僧房》）

　　　　色向群木深，光摇一潭碎。（五古《终南山双峰草堂作》）

　　　　远峰带雨色，落日摇川光。（五古《林卧》）

　　　　丈夫鹊印摇边月，大将龙旗掣海云。（七绝《献封大夫破播仙凯歌》其四）

　　以上未注明诗体者均为五律，前二例酒杯与药碗的"摇"极为相似，

图127　清代　吴昌硕　秋菊图

岑参五律特别讲究句腰动词的锤炼，刻意避熟，求新求奇。终南山之高冠瀑布所在就有他早年的别业，于早期就有"涧水吞樵路，山花醉药栏"，"吞"字见水势漫溢，"醉"字则更为生动，把硕大花朵低垂倚偎在栅栏上的状态刻画得颇为生动。吴昌硕的花卉，常以此"细节"作为题材与构图的设想，这幅采取惯用的大刀阔斧式对角线构图，把菊花的葳蕤低垂姿态，刻画得非常生动，颇有"醉"意。中间的尖形山石显露画中，暗示出位于山庄的背景。这样就和岑参的诗意天然结合，虽然此画原本非诗意图。

以下五例则扩大到湖中、窗口、官印，构思用意并没有多大区别。如果单看每一例，无不觉其新奇可爱；如果拢在一起合观，就像李白诗结尾好以流水喻友情之长，而形成模式，可送给每个朋友，原来都是一个样儿。再看"惹"字：

晓随天仗入，暮惹御香归。（《寄左省杜拾遗》）
朝回惹御香，台寒柏树绿。（《送裴侍御赴岁入京》）
只怪偏凝壁，回香欲惹衣。（《咏郡斋壁画片云》）

三句用意完全相似，前两例句式亦如出一辙。何逊《九日侍宴乐游苑》"晴轩连瑞气，同惹御香芬"，当为岑诗所本。其次为"悬"字，《北庭西郊候封大夫……》的"西郊候中军，平沙悬落晖"，《寄青城龙谿奂道

人》的"杉风吹裂裳，石壁悬孤灯"，以上为五古。《出关经华岳寺……》
的"长廊列古画，高殿悬孤灯"，《寻少室张三人……》的"春云凑深水，
秋雨悬空山"，《春日礼泉杜明府承恩五品宴席上赋诗》的"邑里雷仍震，
台中星欲悬"。王湾名诗《次北固山》的"潮平两岸阔，风正一帆悬"，当
为岑诗所脱胎。复次为"压"：

县楼压春岸，戴胜鸣花枝。吾徒在舟中，纵酒兼弹棋。（五古
《敬酬杜华淇上见赠……》）

曾上月楼头，遥见西岳祠。沙苑逼官舍，莲峰压城池。（《冬宵家
会……》）

突兀压神州，峥嵘如鬼工。（《与高适薛据登慈恩寺浮图》）

野店临官路，重城压御堤。（《沪水东店送唐子归嵩阳》）

道书谁更开，药灶烟遂灭。顷来压尘网，安得有仙骨？（《下外江
舟怀终南旧居》）

知尔园林压渭滨，夫人堂上泣罗裙。（七古《与独孤渐道别……》）

除了第五例，其余"压"都是坐落或位于之义，一用"压"字则加强了心
理种种不同感觉。或言其高，或言其重其大。韩愈《咏雪赠张籍》"日轮
埋欲侧，坤柱压将倾"，全然为想象中的压迫感，或许从岑诗这类用法中
脱出。以上为动词的犯复，至于形容词，先看"冷"字：

湖烟冷吴门，淮月衔楚山。（《青龙招提归一上人远游吴楚别诗》）
月色冷楚城，淮光透霜空。（《送王著作赴淮西幕府》）
溪月冷深殿，江云拥回廊。（《闻崔十二侍御灌口夜宿报恩寺》）
秋风冷萧瑟，芦荻花纷纷。（《楚夕旅泊古兴》以上均为五古）
豂逼春衫冷，林交宴席寒。（《礼泉东豂送程皓元镜微入蜀》）
江楼黑塞雨，山郭冷秋云。（《凤翔府行军送程使君赴成州》）
水驿楚云冷，山城江树重。（《送张升卿宰新滏》）
山驿秋云冷，江帆暮雨低。（《祁四再赴江南别诗》）
瓯香茶色嫩，窗冷竹声干。（《暮秋会严京兆后厅竹斋》）

"冷"字表现气氛的效力强，但意义的滋生力却很薄弱，所以这些"冷"字无论用作动词还是形容词，意思都无多大区别。初唐崔信明佚句"枫落吴江冷"，其所以给人留下深刻印象，就因了"冷"字似乎具有辐射的放大作用，前盛唐的綦毋潜《题鹤林寺》的"松覆山殿冷，花藏溪路通"，以及岑诗当均出于此。其次为"黑"，亦为瘦硬字眼：

> 山店不凿井，百家同一泉。晚来南村黑，雨色和人烟。（《宿东谿王屋……》）
>
> 江上云气黑，暝山昨夜雷。（《梁州对雨……》）
>
> 桥西暮雨黑，篱外春江碧。（《西蜀旅舍春叹……》）
>
> 平明地仍黑，停午日暂赤。（《入剑门作……》，以上为五古）
>
> 习战边尘黑，防秋塞草黄。（《虢州送天平何丞入京市马》）
>
> 江楼黑塞雨，山郭冷秋云。（《凤翔府行军……》）
>
> 海树青官舍，江云黑郡楼。（《送扬州王司马》）
>
> 雨过风头黑，云开日脚黄。（《送李司谏归亲》）
>
> 张掖城头云正黑，送君一去天外忆。（七古《送张献心充副使归河西杂句》）

大多数用在单数句之末，与颜色"碧"、"赤"、"黄"、"青"偶对，色彩对比强烈，很有油画厚重刺激的风格。如果说"冷"字陪伴他创作的全历程，用得奇峭险要，似乎很能满足他"好奇"的审美心理。那么，岑诗对"黑"字特别嗜好，似乎杜甫也受到了他的影响，《梦李白》的"魂来枫林青，魂返关塞黑"，《秋兴八首》其七的"波漂菰米沉云黑，露冷莲房坠粉红"，"黑"字都带上感情化，属于心理化的色彩，把梦幻和回忆变得神秘迷茫。至于"低"、"大"、"小"，均很正常，岑参使用时尽量发挥奇峭的效力，聊举数例示意：《登总持阁》的"槛外低秦岭，窗中小渭川"，两形容词作使动与意动用，以高山大河为低小，大有"登泰山而小天下"之感；《晦日陪侍御泛北池》的"水云低锦席，岸柳拂金盘"，"低"字使自然变得有亲和感；《雪后与群公过慈恩寺》的"竹外山低塔，藤间院隔墙"，则把几种景物远近高低勾勒得如在眼前；《东归晚次潼关怀古》的"暮春别乡树，晚景低津楼"，见出登高临远的"晚景"尽收眼底;《江上阻风雨》的"云低岸花掩,水涨滩草没",远望中两岸花草被云雾笼罩起来;《送薛播擢第归河东》的"雨气醒别酒,城阴低暮曛",城暗处使夜幕早早降临;《早秋与诸子登虢州西亭视眺》的"树点千家小,天围万岭低","点"与"小","围"与"低",都把俯视中的远树人家、群山万岭压"低"变"小",如"点"如"片",后句简洁,而"一片孤城"蕴涵其中;特别是《碛西头送李判官入京》的"寻河愁地尽,过碛觉天低",一望无际,天与地接,地远天低之感顿生眼前;它如《西亭子送李司马》的"盘崖缘壁试攀跻,群山向下飞鸟低",《澧头送蒋侯》的"饮酒溪雨过,弹棋山月低",《送李郎尉武康》的"山色低官舍,湖光映吏人",都给人异样或新鲜感。至于"小"与"大",则更为别样;《酬成少尹骆谷行见呈》的"峰攒望天小,亭午见日初",高峰簇围,望天为之变"小";《酬崔十三侍御登玉垒山思故园见寄》的"旷野看人小,长空共鸟齐",凭高临远,而旷野又与人相对比,"小"字迸发出极大的震撼力,使人心为之一颤;《送梁判官归女几旧庐》的"老竹移时小,新花旧处飞",此"小"唤起回忆,还有惦念它现在模样是否"大"了;《送绵州李司马秩满归京因呈李兵部》的"剑北山居小,巴南音信稀",想告诉朋友此处不仅寂寞,而且生活不那么方便;关于"大"字,则有《虢州酬辛侍御见赠》的"门柳叶已大,春花今复阑"(见图128),我们只觉得芭蕉叶大,柳叶原本细小,早春叶更小,言其"大"则全然为心理感觉,意在迸发出时不待人、光阴迅转之感慨;《东归发犍为至泥溪舟中作》的"七月江水大,沧波涨秋空",使人想起他的前辈孟浩然的"八月湖水平,涵虚混太空",都属于夸张,孟显得温和平静,岑则张皇使大,刺激性强烈。这些最为习见的通俗字眼,用得精神抖擞,神气倍出,充斥活力。亦可见他对俗语常见字的特别爱好,似乎要变盛唐的高华精雅之风气,也反映了后盛唐之末的时代审美时潮与风气,因为杜甫的入川后诗也有同样的特征。

岑诗对远望中景物的异样特别敏感,所以对远物常用"点"刻画。杜甫《送张十二参军赴蜀州》的"两行秦树直,万点蜀山尖",以及上引岑诗"树点千家小,天围万岭低",还有王维的"大漠孤烟直,长河落日圆",论者谓"使具象的景物集中在抽象的构图中,都突破了写实的传统构图方式,运用线、点等抽象的线条来夸张诗人内心对景物的直觉感受。……但王维重在客

图 128 现代 钱松嵒 春风杨柳万千条

此为毛泽东诗句所作的诗意画。一株柳树占了画面的主体，勾勒烘染的绿色与柳枝的线条，显示出一片郁郁葱葱。特别是枝条上的繁密大点，显示出柳叶的"大"来。画面顶端染出桃林的一边。如果看岑参诗"门柳叶已大，春花今复阑"，则与此画反倒更加相配，因为画面特别强调了"叶大"与"花阑"。虽然画者未必然，而读者却未必不然。

观勾勒景物的轮廓，杜、岑笔下则是为强调主观感觉而经过抽象变形的景物，二者的区别是显而易见的。"① 我们看初唐李昭道《明皇幸蜀图》未尝

---

① 葛晓音：《论天宝至大历间诗歌艺术的渐变》，见所著《诗国高潮与盛唐文化》，第411页。

不把蜀山画成"万里蜀山尖"的险要，不过与"两行秦树直"的平如掌的秦川一经对比，蜀道难的心理"直觉感受"就遽然扑来。岑诗的众山围绕的虢州虽带夸张，但还是俯视中的写实，不过他采用了"千家小"到"万岭低"的跌进法，便把压抑感逼出来了。这与王维"客观勾勒"广阔"景物的轮廓"，大与小不等，险与坦有别，内心感受的强与弱、平静与震撼自然有别。就像对"黑"字一样，岑参对"点"字也有持久不衰的爱好，一再展现他"好奇"的审美嗜好：

> 寒驿远如点，边烽互相望。（《武威送刘单判官赴安西行营……》）
> 秦山数点似青黛，渭上一条如白练。（《入蒲关先寄秦中故人》）
> 仙掌分明引马头，西看一点是关楼。（《五月四日送王少府归华阴》）
> 严滩一点舟中月，万里烟波也梦君。（《送李明府赴睦州……》）
> 火点伊阳村，烟深嵩角钟。（《自潘陵尖还少室居……》）
> 近钟清野寺，远火点江村。（《巴南舟中夜市》）
> 草头一点疾如飞，却使苍鹰翻向后。（《卫节度赤骠马歌》）
> 西掖重云开曙晖，北山疏雨点朝衣。（《西掖省即事》）

前四例作量词用，言驿所、关楼、山、舟远望如点，极言视野之辽远。后四例均作动词用，就火、草、雨言，均有微小或快速义。但二者都带浓厚的心里直觉感，包括发现惊讶的审美感，或是有感于旅途的遥远，都有鲜明的陌生感在内，都在心里引起一阵波动与翻腾。无论草原还是沙漠，无论平原还是江中，无论江村还是京华，总是保持着一种新鲜的发现，经久不褪的异样色彩。究其原因，一是与尚奇的审美观分不开，二是不避付出犯复的代价，这二者都共同体现了岑参诗的正负两面互为一体的艺术个性。

域外理论家认为："艺术的目的是为了把事物提供为一种可观可见之物，而不是可知可认之物。艺术的手法是将事物'奇异化'的手法，是把形式艰深化，从而增加感受的难度和时间的手法，因为在艺术中感受过程本身就是目的，应该使之延长。"[①] 又有论者认为："诗歌语言应是显得奇

---

① 什克洛夫斯基：《散文理论》，刘宗次译，百花文艺出版社1997年版，第10页。

怪而难懂，甚至要晦涩一点，以吸引读者，使之有一种别样的感觉。"①
"形式的艰深化"，"从而增加感受的难度和时间的手法"，或者"奇怪而难
懂，甚至要晦涩一点，以吸引读者"，那只是属于诗歌中的一二品种，而
且是为了追求新变而付出的负面代价，韩愈的艰深与李商隐的晦涩就是这
样努力的。而岑参诗同样具有"将事物'奇异化'的手法"，而与韩、李
就此有些相近，然没有丝毫的"艰深化"，"奇"而不"怪"，没有"感受
的难度"，不"难懂"，也不"晦涩"。但他把自己发现的"奇异"，反复地
使用，导致对"奇异化"的过分追求，使他几乎付出了与韩、李同样大的
代价，这似乎成为追求新变必须付出的"学费"。

四　岑参诗的模式化

岑诗的犯复，不仅体现在用词的反复上，而且在修辞、抒情、叙事存
在着种种模式。这些模式虽然与用词的反复相关，然而词语的反复，可以
表达种种不同的情感或气氛。而反复同一词或不同词而表达同样的意思，
就比用词更为严重，而形成千词一律的模式。天宝诗人的尚同性与自同
性，是造成岑参这类模式的重要基因之一。

动词与形容词的拟人化，已见于上文。而岑参还把他擅长的拟人化不加
控制地酿成"欢迎模式"，这主要集中在对"迎"字活用的反复上，诗体仍
然以五律为主。如《汉川山行呈成少尹》的"山店云迎客，江村犬吠船"，
《送刘郎将归河东》的"山雨醒别酒，关云迎渡船"，《送胡象落第归王屋别
业》的"野花迎短褐，河柳拂长鞭"，以拟人化的"云迎"、"花迎"反衬山
行与落第的荒寂或落寞。以下为正面烘托《奉和杜相公初发京城作》的"野
鹊迎金印，郊云拂画旗"，以"鹊迎金印"，恭维人官高位显。《送宇文舍人
出宰元城》的"县花迎墨绶，关柳拂铜章"，《陪使君早春东郊游眺》的"谷
口云迎马，黏边水照人"，《河西太守杜公挽歌》其三的"塞草迎军幕，边云

① 达维德·方丹：《诗学——文学形式通论》引奇科罗夫斯基语，刘宗次译，百花文艺出版
社 1997 年版，第 89 页。

拂使轩"，《送郑少府赴滏阳》的"春草迎袍色，晴花拂绶香"，《奉和中书舍人贾至早朝大明宫》的"花迎剑佩星初落，柳拂旌旗露未干"，《奉和杜相公发益昌》的"山花万朵迎征盖，川柳千条拂去旌"，《献封大夫破播仙凯歌》其六的"洗兵鱼海云迎阵，秣马龙堆月照营"，这些拟人化以"花迎"、"草迎"为主要两种形式，而且不避多次与"柳拂"偶对，主要用来恭维人官高位显，或者给风尘之吏说好听话。总上两种哀乐不同语境，然都以拟人化方式表达，构思又多么一致，都可以成为"欢迎模式"。

在岑诗的恭维话语中还有一种摇笔即来的"印绶模式"，这主要见于送别酬赠，成为一种"套板反应"，同样以五律为多。《过梁州赠张尚书大夫公》的"门传大夫印，世拥上将旗"，《冬宵家宴饯李郎司兵赴同州》的"贺君关西掾，新绶腰下垂"，《送颜平原》的"骊马辞国门，一星东北流。夏云照银印，暑雨随行辀"，《送李郎尉武康》的"潘郎腰绶新，雪上县花春"，《送张郎中赴陇右觐省卿公》的"弱冠已银印，出身唯宝刀"，《送楚丘麹少府赴官》的"青袍美少年，黄绶一神仙"，《送李别将摄伊吾令……》的"行间脱宝剑，邑里挂铜章"，《送张卿郎君赴硖石尉》的"草羡青袍色，花随黄绶新"，《送江陵黎少府》的"悔系腰间绶，翻为膝下愁"，《送秘省虞校书赴虞乡丞》的"花绶傍腰新，关东县欲春"，《春日礼泉杜明府承恩五品宴席上赋诗》的"青袍移草色，朱绶夺花然"，《送李宾客荆南迎亲》的"鹊随金印喜，乌傍板舆飞"，《送炎黄门拜御史大夫再镇蜀川……》的"春草连青绶，晴花间赤旗"，《送张献心充副使归河西杂句》的"未至三十已高位，腰间金印色赭然"，如此多的朱绶金印，真是不厌其烦。还有见于上文的"野鹊迎金印"、"县花迎墨绶，关柳拂铜章"。唐人不讳言功名富贵，人人理想远大，不乐意明府、少府之类的职务。上诗有不少送给县令与县尉的，所谓"黄绶"、"铜章"即指这类"风尘下"（高适语）的县令、县尉，殷璠曾惋惜过李颀"惜其伟才，只到黄绶"。无论是朱绶金印，还是墨绶铜章，然在岑参诗中未尝不是一种美词。至于无节制地如此夸耀，则于尚奇无涉，而是缘于不避犯复的创作观念，而形成了一种"欢迎模式"，这和前盛唐李颀诗中"金殿"、"丹墀"、"彤庭"类四处泛滥出于同一理念。

岑参的边塞诗是出彩的，然而这位"边塞诗大师"的边塞诗模式更多，一是流泪思家，二是梦里想家，三是其他忆家模式。先看前者。首次出塞并不得志，感伤之词溢于篇章，"流泪思家"在这阶段的诗中，举目可见，大都见于结尾。《西过渭州见渭水思秦川》的"凭添两行泪，寄向故园流"，《逢入京使》的"故园东望路漫漫，双袖龙钟泪不干"，《题苜蓿烽寄家人》的"苜蓿峰边逢立春，胡芦河上泪沾巾。闺中只是空思想，不见沙场愁杀人"，《武威春暮……》的"塞花飘客泪，边柳挂乡愁"，《送韦侍御先归京》的"客泪题书落，乡愁对酒宽"。即使在二次出塞中亦或出现，如《送崔子还京》的"送君九月交河北，雪里题诗泪满衣"。在二次出塞时，上级封常清原为首次出塞的同僚，所以"流泪思家"模式降了一格，变成"梦里想家"。见于首次出塞的有《初过陇山途中呈宇文判官》的"别家赖归梦，山塞多离忧"，《过酒泉忆杜陵别业》的"阳关万里梦，知处杜陵田"，《宿铁关西馆》的"塞迥心常怯，乡遥梦亦迷"，《安西馆中思长安》的"乡路渺天外，归期如梦中"，《早发焉耆怀终南别业》的"故山在何处，昨日梦清溪"，《河西春梦忆秦中》的"别后乡梦数，昨来家信稀"。二次出塞出发前的《送人赴安西》即言"万里乡为梦，三边月作愁"，以后则更多。如《发临洮将赴北亭留别》的"勤王敢道远，私向梦中归"，《临洮泛舟赵仙舟自北庭罢使还京》的"醉眠乡梦罢，东望羡归程"，《敬酬李判官使院即事见呈》的"新诗吟未定，昨夜梦东还"，《送四镇薛侍御东归》的"梦去湖山阔，书停陇雁稀。园林幸接近，一为到柴扉"，《酒泉太守席上醉后作》的"三更醉后军中寝，无奈秦山归梦何"（见图129）。身处艰苦的西域，又与京华长安的反差那么大，如此多的梦恐怕水分不多，流了那么多泪或更接近真实，而且其中不乏上乘之作，也颇具动人之力量。然合观起来，动人的魅力恐怕要有减损！

还有不流泪不做梦的其他思家模式，如《宿铁关西馆》的"那知故园月，也到铁关西"，《碛中作》的"走马西来欲到天，辞家见月两回圆"，《碛西头送李判官入京》的"汉月垂乡泪，胡沙费马蹄"，此为见月思家；《忆长安曲二章寄庞漼》其一的"东望望长安，正值日初出。长安不可见，喜见长安日"，《日没贺延碛作》的"沙上见日出，沙上见日没。悔向万里来，功名是何物"，《过燕支寄杜位》的"长安遥在日光边，忆君不见令人老"，思友与思家实为一问题的两个方面，此为见日思家思人。《安西馆中

图 129　当代　石鲁　**秦岭山麓**

　　此图原本为秦岭留一"肖像",丛林中一条小道伸向山中。秦岭之终
南山下有岑参的别业,在感情上把它看做"家园",他在出塞至酒泉"三
更醉后军中寝"时,则梦回家园,醒后即有"无奈秦山归梦何"的遗憾。
石鲁所画"肖像",或即诗人梦中所想的秦岭形貌。

思长安》的"家在日出处,朝来喜东风。风从帝乡来,不异家信通",《早
发焉耆怀终南别业》的"晓笛引乡泪,秋冰鸣马蹄",此为见风闻笛思家。
《逢入京使》的"马上相逢无纸笔,凭君传语报平安",《碛西头送李判官
入京》的"寻河愁地尽,过碛觉天低。送子军中饮,家书醉里题",《送韦
侍御先归京》的"先凭报亲友,后月到长安",《临洮客舍留别祁四》的

"三年绝乡信，六月未春衣"，《送张郎中赴陇右觐省卿公》的"幕下多相识，边书醉懒题"，否定的话建立在肯定的想法上。《送祈乐归河东》的"君到故山时，为谢五老翁"，《送楚丘麹少府赴官》的"单父闻相近，家书早为传"，劝别人也能看出自己在思家。《赴北庭度陇思家》的"陇山鹦鹉能言语，为报家人数寄书"，以上为写信传话思家。《题金城临河驿楼》的"古戍依重险，高楼见五凉。……忽如江浦上，忆作捕鱼郎"，《玉门关盖将军歌》的"醉争酒盏相喧呼，忽忆咸阳旧酒徒"，此为触景缘事思家。

　　总之，他思家有多种多样的方式，有流泪，有做梦，有望月，有见日，有写信，有传话，有触景生情，有缘事而发，有劝人如劝己。还有借思友而包含思家，如《与独孤渐道别长句兼呈严八侍御》的"台中严公于我厚，别后新诗满人口。自怜弃置天西头，因君为问相思否"。另外，还有很特殊的"缩地"模式，葛洪《神仙传·壶公》说："（费长）房有神术，能缩地脉，千里存在目前宛然，放之复舒如旧也。"岑参便借此神仙故事发抒急切思家之念。《题井陉双溪李道士所居》"唯求缩却地，乡路莫教赊"，《失题》"何当遇长房，缩地到京关"，《安西馆中思长安》"遥凭长房术，为缩天山东"，无论语词用事都没有二致而出于一律。他的边塞诗充斥如此多的思家模式，这在边塞诗人中确实罕见。思家是每个人的正常情怀，然以多种模式轮流交换反复发抒，则与他创作理念相关，因为他不回避犯复的。

　　在唐代凡是出塞者，人人都想建功立业，性格爽朗的岑参当然也不会例外，不过，他又以此作为模式，反复出现在他的边塞诗中，其中有励己也有鼓动友人或夸耀上司的，而且往往为人所看重：

　　　　万里奉王事，一身无所求。也知塞垣苦，岂为妻子谋！（《初过陇山途中……》）

　　　　丈夫三十未富贵，安能终日守笔砚！（《银山碛西馆》）

　　　　功业须及时，立身有行藏。男儿感忠义，万里忘越乡。（《武威送刘单判官赴安西……》）

　　　　功名只向马上取，真是英雄一丈夫！（《送李副使赴碛西官军》）

　　　　小来思报国，不是爱封侯。（《送人赴安西》）

白发轮台使，边功竟不成。云沙万里地，孤负一书生。（《临洮泛舟……》）

早知安边计，未尽平生怀。（《登北庭北楼呈幕中诸公》）

悔向万里来，功名是何物！（《日没贺延碛作》）

以上是言己。以下对人：

可知年四十，犹自未封侯。（《北庭作》）

亚相勤王甘苦辛，誓将报主静边尘。古来青史谁不见，今见功名胜古人。（《轮台歌奉送封大夫出师西征》）

虏骑闻之应胆慑，料知短兵不敢接，车师西门伫献捷。（《走马川行奉送出师西征》）

汉代李将军，微功今可哈！（《使交河郡……》）

天子预开麟阁待，只今谁数贰师功！（《献封大夫破播仙……》其一）

对人或颂美边功，或期许其功名不远。言己也以功名为中心，"奉王事"，"思报国"，实际上与建功立业互为一体。其间的懊悔，亦不过是反激之言。无论是对人对己，都是为围绕功名而发豪言壮语。叶燮所说岑诗七古"起结意调，往往相同，不见手笔"，其实还应包括五律、五古，结尾雷同。从这种"边塞功名"模式看，是他不避犯复的又一种体现，而且还体现在其他题材中。

在送别应酬诗里，遇到擢第归乡者，都要用赞美祝贺的专有词"战胜"，而且例外很少，可称得"战胜擢第"模式：

故人适战胜，匹马归山东。（《送魏升卿擢第归东都……》）

当年最称意，数子不如君。战胜时偏许，名高人共闻。（《送王伯伦应制授正字归》）

战胜真才子，名高动世人。工文能似舅，擢第去荣亲。（《送严诜擢第归蜀》）

时辈似君稀，青春战胜归。名登郄诜第，身著老莱衣。还家马若

飞，称意人皆美。（《送薛彦伟擢第东归》）

去马疾如飞，看君战胜归。新登郄诜第，更著老莱衣。（《送蒲秀才擢第归蜀》）

归去新战胜，盛名人共闻。（《送薛播擢第归河东》）

十年自勤学，一鼓游上京。青春登甲科，动地闻香名。（《送许子擢第归江宁拜亲因寄王大昌龄》）

橘怀三个去，桂折一枝香。（《送滕亢擢第归苏州拜亲》）

凡八首送人擢第荣归，只有后两首未见"战胜"，但却有"登科"、"折桂"一类熟语。而且第四、五都用"郄诜第"、"老莱衣"，语句也很雷同，犯复的程度真够让人惊讶！盛唐名家送人落第诗一般都写得富有情感。岑诗这类诗多鼓励语，很少说凄凉话。然亦有犯复现象，如《送魏四落第还乡》结尾说"莫令别后无佳句，只向垆头空醉眠"，在《送严维下第还江东》结尾又说"江皋如有信，莫不寄新诗"，似乎把重复同样的话当作一种才能，把犯复看成特别的嗜好。

岑集里有不少游观寺庙诗，都在结尾要说些皈依佛门崇信佛法的话头，同样很少例外。这种现象在盛唐诗中不少，但没有像他这样的形成一种套路与模式。如同登慈恩寺塔，杜甫诗只说了"方知象教力，足可追冥搜"，且就建筑本身而言。高适也只有两句放在开头："香界泯群有，浮图岂诸相。"而岑参描写技巧可以力敌杜甫，此诗佳句似凌出其上，如言远望："秋色从西来，苍然满关中。五陵北原上，万古青濛濛。"苍莽雄浑，超出同人众作。然而结尾却说了不少认真的随时应景的话："净理了可悟，胜因夙所宗。誓将挂冠去，觉道资无穷。"自入仕后从未挂过冠，也没有去当和尚，连居士也没当过，这些都不过是游寺的门面话而已，这等于给和尚们开"空头支票"。在他的《冬夜宿仙游寺……》结尾同样重复了与挂冠相同的意思："愿谢区中缘，永依金人宫。寄报乘辇客，簪裾尔何容？"诸如此类的话头，在《寄青城龙豀奂道人》、《登嘉州凌云寺作》、《登千福寺楚金禅师法华院多宝塔》、《上嘉州青衣山中峰题惠净上人幽居……》、《登总持阁》，都要讲上一通，读来未免让人生厌。

综上所论，岑参尚奇的审美趣向，使他的边塞诗大放异彩，他的山水诗由此也有一定艺术个性，在盛唐名家占有重要地位。然由此引发把使用得出色拟人化的动词与形容词，不断地重复，得意地反复再现，从而形成犯复之弊；又由犯复而导致了种种模式化，遍布于言情议论叙写中，包括他的边塞诗充斥的模式更多，甚或几个模式合见一诗。以致漫延到送别寄赠、山水各种题材，而成为盛唐诗人模式化最多的一家，同时也显示了"天宝之风尚党"在他的诗中体现得最为突出。

第二十六章 "天宝之风尚党"论

　　盛唐诗歌，向来被视为中国诗歌的巅峰，盛唐气象基本由此凝结而成为经典的偶像。所以，关于李肇《国史补》对元和体风格的定位，以及对大历、贞元、元和诗风的概括，均持之以认同，甚至视为经典切当诗学结论，而唯独对"天宝之风尚党"持有疑虑而置若罔闻。"尚党"即尚同，实际则谓盛唐诗歌的天宝时期，存在着严重的雷同与模式化。如果从理想与精神的互同性，批判精神的互同性，表现形式与风格的异质同构，这三方面切入，"天宝之风尚党"这一惊世骇俗之论应当是符合实际的，它深入到后盛唐诗歌负面的实质。使我们对盛唐诗歌与盛唐气象，会具有更全面深刻的把握。

　　域外小说家说，幸福的家庭是相同的，不幸的家庭各有各的不幸。社会的变迁，使诗歌出现不同的时代风格，与小说家所言的世俗人情颇为相似。藩镇割据、宦官跋扈、中央政权危而不振的中唐，弊病丛生，犹如"不幸的家庭"，中唐诗的流派则以个性差异极大的语言诉说种种不幸。文学史上极为称誉的盛唐气象，从开元盛世伊始起步，发展到天宝时代，确实属于一个昂扬向上的"幸福的家庭"，后盛唐的天宝年间，其成就远远超出前盛唐的开元时代（见图 130）。前盛唐只有一个孟浩然，而王维、李杜、高岑的主要成就则在后盛唐，特别是杜甫与岑参，几乎全属于此。这犹如盛唐 50 多年仅是初唐的一半，然二者成就的差异，则至为悬殊。这里存在"文变染于时序"与"积累与发展"的区别。后盛唐诗可以说是盛中之盛。然而盛中有衰，盛中有同，却成了后盛唐不可或避的问题与不足。

图 130　清代　苏六朋

李白《清平调》图

唐玄宗于兴庆宫沉香亭赏牡丹，对妃子之舞姿，又有国手李延年伴奏，然缺歌唱的新词，即诏李白。李白当时醉中一气挥写了《清平调》三首。此图即绘这种一流的音乐家、一流的舞星、一流的观赏家场面。画面人物与景物配合紧凑，人物的视线聚焦在李白身上。左边三宦官在窃窃私语，右边两宫女也好像交口称赞。中间是伏案的李白与坐着的唐玄宗，大小有些失调，如果调换一下，中心更为突出。苏六朋为清代中期人物画家，亦工山水。他的人物画可分两路，一是工笔重彩，如此图，一是简笔写意，如达摩图之类，此类与黄慎较近。此图亭与太湖石环绕绕，人物分布呈∧状开合，坐在"焦点"的唐玄宗俯视，左下方伏案挥笔者为李白，其他宫女宦官十几人均为"观众"，人物神态各异，各分三、四组，纷纷啧啧称叹。

一　理想与精神的互同性

中唐史学家李肇曾"叙时文所尚"说："元和已后，为文笔则学奇诡于韩愈，学苦涩于樊宗师。歌行则学流荡于张籍，诗章则学矫激于孟郊，学浅切于白居易，学淫靡于元稹，俱名为元和体。大抵天宝之风尚党，大历之风尚浮，贞元之风尚荡，元和之风尚怪也。"[①] 这一段诗论，往往引起

---

① 李肇：《国史补》，上海古籍出版社 1979 年版，第 57 页。

论者特别注意。凡一时代之末的论者言说本时代的诗风,真切感常提供理论的准确性。如陈子昂之论初唐、殷璠之论盛唐诗、严羽之论宋诗,莫不视为圭臬。体现"元和体"的流荡、矫激、浅切、淫靡,正说明中唐多事之秋的诗歌多样性,"不幸的家庭"却激发了个性化特征。其次,所论天宝等四个时代的趋向是尚党、尚浮、尚荡、尚怪,均属于贬义词。大历以下的浮、荡、怪,曾引起论者热情的关注与共鸣,然而"天宝之风尚党"却罕有论者予以注意①。

党,《说文》释为"不鲜也,从黑尚声"。段注说:"新鲜字当作鱻。屈赋《远游篇》:'时暧暧其曭莽',王注曰:'日月晻黮而无光也。'然则党、曭古今字。"认为"党"的古字为"曭",意谓"不鲜"即不鲜亮的意思。《广雅·释诂三》:"党,比也。"则为不鲜亮的引申义。比,《说文》释为"密也"。段注说:"其本义为相亲密也。余义俌也,及也,次也,校也,例也,类也,择善而从之也,阿党也,皆其所引申。""类"有同义,故"尚党"犹言尚同,看重相同,不避雷同的意思②。如果把"天宝之风尚党"的"尚党",释为崇尚朋党,一来与大历以下的"尚浮"、"尚荡"、"尚怪"的排列语例不类,二来以此解天宝诗风亦不妥,三来这里的"风"非指风气、社会观念,而是谓诗风、诗歌审美的趋向,四来这段文字在书前目录里就题做"叙时文所尚",而非时风世情所尚。所以,"天宝之风尚党",即批评天宝诗风存在严重雷同的一面。

天宝之诗风,应是盛唐气象的一部分。天宝属于后盛唐,而且是体现盛唐诗歌最为辉煌的时期,向来被视为中国诗歌的黄金时代与顶峰,却遭到李肇尖锐激烈的批评。盛唐后期著名文学批评家殷璠《河岳英灵集》把开元至天宝十二载的诗作为选择对象,天宝只剩余最后两年,基本是盛唐

---

① 截至目前,只见到了张安祖、杜萌若《天宝之风尚党》一文,见于《文学评论》2005年第6期。然该文目的正如副标题《论盛中唐之交诗坛风气的转移》所示,主要从诗论角度讨论盛中唐诗风变迁。认为"尚党","显然取朋党之义,指斥天宝时期的文坛有集团趋向化倾向,千人一面,作家创作的个性不鲜明",颇有可取之处。然天宝之风如何"尚党",则非该文兴趣所在,未免惋惜。

② 《汉语大词典》"党"字条,释义12项,有类义而无同义。而在"尚"字条,又未收"尚党"一词。却在"党"之第3义"朋党;同伙",例证南宋陈鹄《耆旧续闻》卷十:"大抵天宝之风尚党。"陈著为杂采钞录汇编。此句则录自李肇《国史补》。党之同义,尚党之尚同义,应是该词中应有之义。

比较完整的选本，且给予盛唐诗极高的评价，而为人所熟知，并得到普遍认同，常被人们引重。对于李肇这种极为相反的声音，就不免感到诧异，持以沉默而不置可否，实质无异于对他的批评的否定。

那么李肇的"尚党"说，在学术研究上到底有无意义？是正确的，还是错误的？如果说是错误的或不恰当的，但他对元和体的解析，对大历、贞元、元和诗风的定位，却得到论者一直赞同接受，而唯对"天宝之风尚党"却又一直置若罔闻，这又是为什么呢？径直言之，"盛唐气象"长期横亘心中，李杜、王孟、高岑诸家经典与偶像带有的双重内涵，长期以来形成了绝无异词的凝固观念与拒绝批评的僵化思维，模糊了我们的眼光，磨钝了我们辨析的锐觉。对"尚党"说，到了引起我们注意的时候。应该正视、分析，寻求此种观念之所以存在的现象与意义。

要明晰天宝诗风"尚党"尚同的现象，先须注意天宝时期的政治背景，天宝政治风气是否有尚同现象，它对诗歌的发展又有着怎样的影响，则是值得关切的问题。天宝政风是从开元末年政局变化发展而来，由乱政变为腐政、败政。论起唐代政治，往往以开元二十四年（736）张九龄罢相为唐代治乱的分水岭。张九龄的被贬，为李林甫排挤所致，二者互为因果，是一个问题的两个方面。李林甫勾结宦官，深结武惠妃，对玄宗动静无不知之，奏对每得上悦。二十二年即由礼部侍郎擢为礼部尚书、同中书门下三品。越二年，李林甫为相。玄宗在位岁久，渐肆奢欲，怠于政事，故罢张九龄、裴耀卿相位，以李林甫兼中书令。玄宗"即位以来，所用之相，姚崇尚通，宋璟尚法，张嘉贞尚吏，张说尚文，李元纮、杜暹尚俭，韩休、张九龄尚直，各其所长也。九龄既得罪，自是朝廷之士，皆容身，无复直言。李林甫欲蔽塞人主之视听，自专大权，明召诸谏官谓曰：'今明主在上，群臣将顺之不暇，乌用多言，诸君不见立仗马乎？食三品料，一鸣辄斥去，悔之何及！'"[①] 李林甫一旦专政，即要求言官变成"立仗马"，完全作为摆设。补阙杜琎上书言事，次日即黜为下邽令。自此以后，谏诤之路断绝，出现唯奸佞李林甫之马首是瞻的"尚同"局面。以罗希奭、吉温为爪牙，罗钳吉网，屡兴大狱，公卿战栗，衣冠累息。诛杀裴

---

① 司马光：《资治通鉴》第十五册，中华书局 2007 年版，第 6825 页。

敦復、李邕等数百人。又推行重用番将策略，以绝武臣以边功为相之路，为安史之乱埋下种种祸根。玄宗信而不疑，"前后赐与，不可胜纪。宰相用事之盛，开元以来，未有其比"①。而且秉政 19 年，为时之久，极为罕见。积弊积病丛生，天下之乱孽已养成。天宝十一载（752）李林甫病死，杨国忠为相，催发安史之乱的暴起。天宝十四载（755）11 月 9 日安禄山反，12 月 12 日东都洛阳沦陷，仅用了一月多时间。当时河北郡县望风披靡，玄宗叹曰："二十四郡，曾无一义士耶！"这种"尚同"溃逃局面，是自李、杨相继专政所酿造的恶果，也是言路长期断绝而趋同的必然结果。

盛唐绝大多数名家诗人，是在开元十五年（727）后逐渐崭露头角。当时社会经济正处于最鼎盛时期，政治清明，诗人们都怀着跃跃欲试大显身手的欲望，青春的憧憬、建功立业的理想与自信，崇尚游侠、从军的英雄式幻想，以及受到挫折而矢志不回的进取精神，成为流行的社会主题。在表达理想的同时也流露对富贵的期望。即便 50 岁以前始终不遇的高适，也高唱着这几种热烈的主题曲：

> 爱君且欲君先达，今上求贤早上书。（《赠别晋三处士》）
>
> 几载困常调，一朝时运催。白身谒明主，待诏登云台。（《宋中遇刘书记有别》）
>
> 时辈想鹏举，他人嗟陆沉。……吾知十年后，季子多黄金。（《别王彻》）
>
> 一朝知己达，累日诏书徵。羽翮忽然就，风飘谁敢凌。（《饯宋八……》）
>
> 公侯皆我辈，动用在谋略。圣心思贤才，朅来刘葵藿？（《和崔二少府登楚丘城作》）
>
> 幸逢明盛多招隐，高山大泽徵求尽。此时亦得辞渔樵。……县令邑吏来相邀。（《留别郑三韦九兼洛下诸公》）
>
> 桂阳少年西入秦，数经甲科犹白身。即今江海一归客，他日云霄万里人。（《送桂阳孝廉》）
>
> 长策须当用，男儿莫顾身。（《送董判官》）

---

① 刘昫：《旧唐书·李林甫传》第十册，中华书局 2007 年版，第 3238 页。

离魂莫惆怅，看取宝刀雄。（《送李侍御赴安西》）

这些留别、送别诗，总是涌动若许希望，前路好像充满阳光与鲜花，等待他们的是云台、黄金、县令邑吏的欢迎，风飙高翔，云霄万里，总抱有挥之不去的情结，即使眼前的失望不幸也都是暂时的。《送田少府贬苍梧》面对贬往遐荒的失意迁客，仍然说："丈夫穷达未可知，看君不合长数奇。江山到处堪乘兴，杨柳青青那足悲！"以后总会时来运转，只要调整好心情，盎然的春光会使人昂扬起来。这些诗中反复说的"圣心思贤才"、"幸逢明世"、"累日诏书徵"，虽然只是憧憬或者幻想，但确实反映那个时代兴盛的气象。即使开元末至天宝时期上层集团内部开始昏乱腐败，但开元盛世留给人们的希望还持久而不愿消失。高适早年不遇，生活颠沛，甚至混迹乞丐之中，性格亦非乐天派，诗中多有悲凉，然对时代前途总是充满奢望与自信。这种前景看好的信念，亦非高适一人所独有，而是一种时代思潮流行于后盛唐热烈话语中。与高适并称但年小10多岁的岑参，他应是后盛唐年龄最小的诗人。前盛唐的鼎盛所带来的热望，对他的冲击力，按理应该弱些，然实际情况却相反：

丈夫三十未富贵，安能终日守笔砚！（《银山碛西馆》）

功名只应马上取，真是英雄一丈夫！（《送李副使赴碛西官军》）

花门楼前见秋草，岂能贫贱相看老。一生大笑能几回，斗酒相逢须醉倒。（《凉州馆中与诸判官夜集》）

君有贤主将，何谓泣穷途。时来整六翮，一举凌苍穹。（《北庭贻宗学士道别》）

逐虏西逾海，平胡北到天。封侯应不远，燕颔岂徒然！（《送张东尉东归》）

洛阳才子能几人，明年桂枝是君得！（《送韩巽入都觐省便赴举》）

这些诗同样洋溢着极为乐观的精神，与高适对理想的自信并无二致，只是多了些建功于马上的英雄主义。而且这些诗大都作于天宝后期，安史之乱不久将要爆发，开元盛世的热望还没有退潮。即便性情温和的王维，也有情绪热烫的时代狂欢。《少年行》一则曰"相逢意气为君饮,系马高楼垂柳边",二则曰"孰知不向边庭苦,纵死犹闻侠骨香",这真是盛唐时代的狂欢歌与幻想曲!就是受到挫折,在《不遇咏》中还想:"济人然后拂衣去,肯作徒尔一男儿。"即便面对折翅落第友人的《送綦毋潜落第还乡》仍言:"圣代无隐者,英灵尽来归。遂令东山客,不得顾采薇。既至金门远,孰云吾道非。"这是个沸腾的时代,人人都怀着健旺的热望,时时都涌动着美好的前景!杜甫就功名而言,属于地道的落伍者,然而"窃比稷与契",还要"致君尧舜上,再使风俗淳",理想巍峨得很!每一念及此,往往"浩歌弥激烈",对于"当今廊庙具,构厦岂云缺"的一连串的冷遇蹭蹬,在"到处潜悲辛"的处境,还想着"白鸥没浩荡,万里谁能驯"的不泄气的愿望。这与李白被逐出京都,还想着"长风破浪会有时,直挂云帆济沧海",是没有什么两样的。昂扬的时代,赋予了性格不同的诗,都是同样的高度热情。

应当说,孟浩然所说的"端居耻圣明",不甘沦落,渴望有所大作为,是这个时代的共有理念。他们虽然也有挫折和失意,以及不幸与哀怨,但面对"圣明"的时代,人人总跳荡着共同的建功立业的理想,充满蓬勃的青春般的热情与憧憬。所以,如果说"仰天大笑出门去,我辈岂是蓬蒿人",或者"天生我材必有用",带有李白个人的好浪漫爱幻想的特征(见图 131),那么《古风》其一的"圣代复元古,垂衣贵清真。群才属休明,乘运共跃鳞",则是开元之际后盛唐诗人共同的感受。他们以为赶上了"休明"的"圣代","乘运"时机可以降临每个有理想的人。"共跃鳞"是士人们共有的追求。盛唐诗其所以"文质相炳焕,众星罗秋旻",既是"圣明"时代的激发,也是高昂的理想使诗之境界达到飞扬。

审视这个"无隐者"的"圣代",盛唐诗人都处于一个"幸福的家庭",唱着共同的理想之歌。就名家而言,李杜、王孟、高岑的风格个性,互不相同,高岑各异,李杜迥然不同,王维的丰茸滢润与孟浩然清淡闲远亦各具面貌,然就他们的理想之歌,他们的自信,他们的热烈,以及表抒建功立业的语境,则是一致的,互通的,带有显著昭然的趋同性。这种"尚同"的趋向,几乎荡漾在每个盛唐诗人的观念与诗作之中,这在后盛唐显得更为浓厚,更为一致。孟浩然比李白年长 11 岁,李白赠他的诗称

图 131　无名氏　四川江油县《太白像》

　　江油是李白幼年至青年时的生活地,从古至今当地在建筑、雕塑等都有
纪念的标志,此石刻像,即其一。人物容貌丰满清腴,躯体伟壮,两手合拢,
神情祥和,两眼注视前方,显示远志在胸。旁有长跋,以交代此石刻之始末。
跋文为清代何庆恩所题,谓此拓片在咸丰九年都门厂肆于纸堆中发现,"极似
李龙眠,而款志霉损"。同治四年"除授斯邑",在青莲书院,发现"碑阴题大
观年月日";前镌"徽宗八行取士科勅旨,点画半剥蚀。像经劣工摹勒,今人
不复识庐山□□。所藏无藤杖,而须修然。意是先生壮盛时遗照"。

　　"孟夫子"而视为前辈,除此而外的大家、名家,包括崔颢、王昌龄在内,
都高弹着开元之际以来同一时代共有的旋律。由此看来,李肇"天宝之风
尚党"之论,确实言之不诬,亦不妄。他们这类昂扬振作的华章,读来使
人兴奋,心情澎湃。初唐四杰与陈子昂的期望,张说、张九龄的扶持经

营，于此结成大果，闪动永不熄灭的光芒！然而这些热烈而昂扬的歌声，却滋生在玄宗沉浸昏乱荒淫与李林甫、杨国忠长期专政的时代，他们的理想与所处时代的本质却又有多么大的距离！高适、李白还向李林甫、杨国忠、公主等人献过系援的诗章，虽然是干谒风气所趋，但毕竟非"昂扬的精神"所能范围。从另一视角看，盛唐诗的理想之歌，实质属于歌颂文学，赞美的声音是一致的。所以安史之乱的爆发，使盛唐诗人无所适从。除了杜甫，能恪尽他"穷年忧黎元"的忧世精神，对万方多难予以全面的展现外，其余诗人所习惯的颂美声调，则显得无能力，同样无可奈何地体现出相同的共性。由此说来，无论盛唐五十多年的治世与乱世，特别后盛唐的 30 年，"天宝之风尚党"是确切不移的，它的后遗症也是显而易见的。只是习惯欣赏他们的昂扬，而忘记了他们的互同罢了！

二 批判精神的互同性

如同"幸福的家庭"也有他的不幸，繁花似锦、烈火烹油的盛唐，在开放自由之外，也有他的专横、阴暗、制造败乱的一面。所以盛唐诗除了发抒昂扬理想，实际上对社会起着歌颂文学的作用外，还有由他们的挫折不幸而迸发出的讽刺与批判精神。见诸诗篇的流行主题就是"行路难"、"长安道"的诸种不平的抨击。而这类诗作，更给盛唐诗带来了最富有生命的艺术的精神。

李林甫天宝十一载病死，自开元二十二年为相至此。杨国忠接任至天宝十五载。两大奸佞专政前后达 23 年，居然与太宗的贞观之治的时间相等。唐玄宗在位凡 44 年，后大半期，"自恃承平，以为天下无复可忧，遂深居禁中，专以声色自娱，悉委政事于林甫。林甫媚事左右，迎合上意，以固其宠；杜绝言路，掩蔽聪明，以成其奸；妒贤疾能，排抑胜己，以保其位；屡兴大狱，诛逐贵臣，以张其势。自皇太子以下，畏之侧足。凡在相位十九年，养成天下之乱，而上不之寤也"[①]。杨国忠任相 5 年只是乱上

---

① 司马光：《资治通鉴》第十五册，中华书局 2007 年版，第 6914 页。

加乱，更加速安史之乱爆发。天宝二年（743），李林甫兼任吏部尚书，当时选人以万计，入选者64人，御史中丞张倚之子张奭首名入等。群议沸腾，玄宗面试，"奭手持试纸，终日不成一字，时人谓之'曳白'"①。天宝六载玄宗命通一艺者会试京师，李林甫恐士人对策斥言其奸，节节控制，而且弄到遂无一人及第，上表祝贺"野无遗贤"。杜甫就在此年落第，曾在诗中说："主上顷见征，欻然欲求伸。青冥却垂翅，蹭蹬无纵鳞。"朝政荒唐至此，到了史无前例的地步。天宝四载，册杨玉环为贵妃，仅织绣之女工专供贵妃院者700人，中外争献器服珍玩，所献精美者，可加三品，天下从风而靡，民歌乃有"生男勿喜女勿悲，君今看女作门楣"。杨国忠因裙带而得幸，与李林甫狼狈为奸，又相互倾轧。鲜于仲通曾资给并推举杨国忠，杨国忠得势便以其人为剑南节度使。天宝十载，鲜于仲通因与南诏边事摩擦大兴兵戎，士卒死者六万人，只身逃脱，杨国忠掩其败状，反叙以战功。又再征南诏，遣使分道捕人抓丁，闹得民怨沸腾，哭声震野。故又大败，开元之气大伤。安禄山又与李林甫勾结，深得玄宗信任。早在开元二十四年，张九龄曾劝玄宗杀安禄山，玄宗谓为"枉害忠良"。李林甫所擢拔户部侍郎萧炅目不识猎腊二字，朝廷一片昏乱。又重用番将，屡开边衅。"开元之前，每岁供边兵衣粮，费不过二百万；天宝之后，边将奏益兵浸多，每岁用衣千二十万匹，粮百九十万斛，公私劳费，民始困苦。"②无论朝廷内外，军政上下，昏乱至极。安禄山正是看到这种荒政，野心膨胀，起兵反叛，导致天下大乱，玄宗政权如冰山即倒，而遽起的战火一旦燃起便崩溃坍塌。

后盛唐的诗人们在安史乱前，亦受到种种挫折，李白很快被斥逐，杜甫试而不第，高适天宝八载年近50才获得封丘一尉，王昌龄为风尘小吏而连连贬黜。后盛唐诗人一边高唱着不无幻想的理想之歌，带着一定颂美性质，一边对身之所触、境之不遇的种种予以批判、讽刺与揭露。比如常建《落第长安》就说："家园好在尚留秦，耻作明时失路人。恐逢故里莺花笑，且向长安度一春。"他在开元十五年（727）与王昌龄同时及第，时年

---

① 司马光：《资治通鉴》第十五册，中华书局2007年版，第6857页。
② 同上书，第6851页。

21 岁。其落第必在开元十年以后，那么他的落第诗中没有沮丧，没有怨天尤人，只是"明时失路人"的淡淡微笑；而祖咏《送丘为下第》却为别人抱怨："沧江一身客，献赋空十年。明主岂能好，今人谁举贤？"《唐才子传》谓天宝初丘为及第，其下第当在开元末，其时正是李林甫炙手可热、杜塞贤路之时。祖咏所说上不好才、无人举贤，这就与常建感受未免距离甚远。

所以，后盛唐诗人刺世讽俗之作必然要多起来。杜甫《兵车行》所揭示的"信知生男恶，反是生女好；生女犹得嫁比邻，生男埋没随百草"，论者谓取法陈琳《饮马长城窟行》借鉴秦时民谣"生男慎勿举，生女哺用脯"云云，实际上也是对上引天宝四载民歌混合而用，更为尖锐深刻地矛头直指"边庭流血成海水，武皇开边意未已"，这种批判精神正是杜甫之所以获得"诗圣"的最重要的原因。后盛唐诗人批判性，不是像杜甫那样针对重大历史事件而发，而主要就某种社会现象与世俗人情而发，而这种社会现象的背后，无疑是当时的腐败政治。像崔颢《长安道》所反映的社会现象，就是当时流行的社会问题："长安甲第高入云，谁家居住霍将军。日晚朝回拥宾从，路旁拜揖何纷纷。莫言炙手手可热，须臾火尽灰亦灭。莫言贫贱即可欺，人生富贵自有时。"李白《古风》其二十四亦是就同类问题而发："大车扬飞尘，亭午暗阡陌。中贵多黄金，连云开甲宅。路逢斗鸡者，冠盖何辉赫。鼻息干虹霓，行人皆怵惕。世无洗耳翁，谁知尧与跖。"其四十六亦同："一百四十年，国容何赫然！隐隐五凤楼，峨峨横三川。王侯象星月，宾客如云烟。斗鸡金宫里，蹴鞠瑶台边。举动摇白日，指挥回青天。当涂何翕忽，失路长弃捐。独有扬执戟，闭关草《太玄》。"还有王维《寓言》其二："朱绂谁家子，无乃金张孙。骊驹从白马，出入铜龙门。问尔何功德？多承明主恩，斗鸡平乐馆，射雉上林园。曲陌车骑盛。高堂珠翠繁。奈何轩冕贵，不与布衣言！"又《偶然作》其四："赵女弹箜篌，复能邯郸舞。夫婿轻薄儿，斗鸡事齐主。黄金买歌笑，用钱不复数。许史相经过，高门盈四牡。客舍有儒生，昂藏出邹鲁。读书三十年，腰下无尺组。被服圣人教，一生自穷苦。"布衣之不遇与穷苦，以及由此形成的贫富对比，与京都题材连缀在一起，就和李白《古风》其十五的"奈何青云士，弃我如尘埃。珠玉买歌笑，糟糠养贤才"，在措意用语上就极为一致。这种批判性的京都题材，已经和初唐应制诗对富丽建筑风光描写的歌颂性大相径庭。上承左思《咏史》其四以王侯贵族的豪华与失意者穷居寂寞的对比，以及卢照邻《长安古意》对权贵奢侈的批判，而对天宝末年外表繁华而内部腐政弊端丛集表示强烈的不满。对悍将跋扈，中贵弄权，斗鸡者发迹，一切颠倒，妍媸不分，予以鲜明的指责与批判。玄宗政权的败坏，是当时作为布衣的诗人最为关心的问题。张谓在《赠乔琳》中倾诉了在腐政压抑下的愤懑："去年上策不见收，今年寄食仍淹留。羡君有酒能便醉，羡君无钱能不忧。如今五侯不爱客，羡君不问五侯宅。如今七贵方自尊，羡君不过七贵门。丈夫会应有知己，世上悠悠何足论。"把志士不得一用的苦闷，用正话反说的方式，对骄横不重视人才的五侯七贵包括上至天子，都予以讥讽。高适则在《别韦参军》里倾诉自己的压抑："国风冲融迈三五，朝廷欢乐弥寰宇。白璧皆言赐近臣，布衣不得干明主。归来洛阳无负郭，东过梁宋非吾土。兔苑为农岁不登，雁池垂钓心长苦。"在朝廷和近臣的欢乐豪奢世界，布衣永远得不到出路。升平时代的不平与苦闷，给后盛唐诗人极大心理负荷。李白对此表达了极大的愤慨，他在这种流行性的批判题材中，反复表示激切的愤慨，是批判性最强的诗人，代表当时最强烈的抗争。他的杰作《行路难》的"欲渡黄河冰塞川，将登太行雪满山"，"淮阴市井笑韩信，汉朝公卿忌贾生"，特别是"大道如青天，我独不得出"，代表当时士人最强烈的呼声。《梁甫吟》以自己特有的浪漫表达士人的共同悲愤。

> 我欲攀龙见明主，雷公砰訇震天鼓。帝傍投壶多玉女。三时大笑开电光，倏烁晦冥起风雨。阊阖九门不可通，以额扣关阍者怒。

这和高适"布衣不得干明主"属于同一主题，同样表达"白日不照吾精诚"的苦衷！李白于此诗所说的"世人见我轻鸿毛"，与高适《别韦参军》所说的"世人遇我同众人"，又是何等相似！上层社会的腐败与仁人志士不得出路的愤慨与苦闷，形成了两大社会主题。

第三大主题，就是对世态炎凉的社会风气的抨击。在天宝年间表面升平的时代里，士人得不到出路是相同，上层统治集团腐败是一致的，世态人心的浇薄也是相同的。"幸福的家庭"的"幸福"是相同的。诗人们也以相同的主题，或相同的语言，抨击着世态炎凉所引起的差异与不平。王维《不遇咏》说："北阙献书寝不报，南山种田时不登。百人会中身不预，五侯门前心不能。……今人昨人多自私，我应不说君应知。济人然后拂衣去，肯作徒尔一男儿！"他的性情原本温和，事态之不平也不能不使之有些愤然。高适《邯郸少年行》说："君不见即今交态薄，黄金用尽还疏索。以兹感叹辞旧游，更于时事无所求。"张谓则在寄居长安的主人墙壁上大书：

> 世人结交须黄金，黄金不多交不深。纵令然诺暂相许，终是悠悠行路心。(《题长安主人壁》)

这好像对京都世态人心的"诊断书"！而与高适所用语几乎相同，教训性的社会格言，给当时繁华世界似乎判定浅薄庸俗的性质。在这样的世界里处处充满了冷漠的拒绝，正像岑参《客舍悲秋有怀……》所说的"不知心事向谁论，江上蝉鸣空满耳！"或者如高适《邯郸少年行》的"未知肝胆向谁是，令人却忆平原君"，现实是冰冷的，温暖只存在于过去的历史。诚实忠厚的杜甫在肃宗时代更有深刻的感受，他的《莫相疑行》带有声明性："男儿生无所成头皓白，牙齿欲落真可惜。忆昔三赋蓬莱宫，自怪一日声辉赫。集贤学士如堵墙，观我落笔中书堂。往时文采动人主，此日饥寒趋路旁。晚将末契托年少，当面输心背面笑。寄谢悠悠世上儿，不争好恶莫相疑。"高适《见人臂苍鹰》也说："寒楚十二月，苍鹰八九毛。寄言燕雀莫相忌，自有云霄万里高。"这种自负，来自晚年的自达。早年感叹则更深切。其《行路难》其一说："君不见富家翁，旧时贫贱谁比数？一朝金多结豪贵，百事胜人健如虎！子孙成长满眼前，妻能管弦妾歌舞。自矜一身忽如此，却笑旁人独愁苦。东邻少年安所如？席门穷巷出无车。有才不肯学干谒，何用年年空读书？"特别是《赠任华》用盛唐最流行的七言歌行和格言形式抨击世态人心：

> 丈夫结交须结贫，贫者结交交始亲。世人不解结交者，唯重黄金

不重人。黄金虽多有尽时，结交一成无竭期。君不见管仲与鲍叔，至今留名名不移！

没有描写，也没有叙述，纯出一片议论！议论是批判的锐器，是解剖社会现象与世态人心的利刃，这也是张谓用七绝来题长安壁的原因。此诗八句，本是七律字数与格局，但律诗一半要偶对，对肆意伸缩有约束，特别是对反复唱叹有限制。反复、顶真、对比交错使用，关键词"结交"四见，"黄金"、"名"两见，"丈夫"与"世者"的对峙与对比，这一切都加深了主题和感情的激愤。此诗不仅接近他自己的《邯郸行》，而与张谓诗的主题、用语、修辞的相同，更是显而易见。而且与杜甫早年的《贫交行》颇有如出一辙的痕迹："翻手作云覆手雨，纷纷轻薄何须数。君不见管鲍贫时交，此道今人弃如土。"同一典故，同一结尾，同一议论，又何等相似！而杜诗用议论作绝句，又和张谓《题长安壁》相仿。于此可见在这一主题上，诗人们交错纵横地互同。是同样的现实刺激了同样的感慨；同样的主题必然出现相近的语言。他们是不可回避地互同，还是以互同为崇尚，似乎很难作出选择性的判断。如果再看一下李白《箜篌谣》，似乎对判断会更增加一层困惑。其诗云："攀天莫登龙，走山莫骑虎。贵贱结交心不移，唯有严陵及光武。周公称大圣，管蔡宁相容！汉谣一斗粟，不与淮南春。兄弟尚路人，吾心安所从。他人方寸间，山海几千重。轻言托朋友，对面九嶷峰。开花必早落，桃李不如松。管鲍久已死，何人继其踪？"只是多了三个历史故实，多了几层比喻。主题句"贵贱结交心不移"，以及结尾管鲍用典，则全和高适、杜甫相同。要知道李白尚奇，是充斥个性的诗人，是不屑于与人相同的，然同在相同的题材中，只是采用了五言乐府，多了些论据与比喻的渲染而已，其余则没有任何异样。

至此，我们可以说，后盛唐也有不少的不幸。"幸福的家庭"的幸福是相同，而其中的不幸也是相同的。相同的不幸必然导致表达上的尚同，而后盛唐诗人犹如共同具有理想的精神一样，也不避互同，甚至不避雷同。无论题材、主题，也无论用语与用典，都让我们想到李肇的"天宝之风尚党"的结论，是那样的透彻和精确不移！

三 自我的互同性

后盛唐诗人的重大题材的歌颂与批判的互同性,实质上展示一个时代共有的审美思潮与相同的审美趋向。他们既然不回避与他人的互同性,对于与自己本身的互同,当然更不会有什么忌讳。他同与自同,在审美思维上并没有多大区别。

每一个诗人都有自己选择题材与诗体的角度,也有自己表现方式与用语的习惯与爱好。然而在盛唐诗的高峰,即后盛唐的大家与名家身上,除了光华灿烂的不同风格,也存乎自我互同的明显倾向。比如王维以山水田园诗的精美描写,名响盛唐。他是一个善于捕捉景物的猎手,所描绘的千姿百态的大自然是那样雄伟、晶莹、丰茸、雅润!然而对于诗的结尾,却始终在同一模式思维里经营,常常采取"广告性"用语,予以千篇一律的赞美叫好。这和他多样性化的景物描写,形成了绝大的反差。名作《汉江临眺》发端与中两联写景都很有名,而结尾却不无虚与委蛇地停留在一般的叫好上:"襄阳好风日,留醉与山翁。"山简事摇笔即来,然典故所在地只在远望之中。且李白已有《襄阳歌》"笑杀山公醉如泥",《襄阳曲》"山公醉酒时,酩酊高阳下"。而且《流夜郎至江夏……》结尾的"慕陪竹林宴,留醉与陶公",亦与王维诗相似。王维《山居秋暝》明月、清泉、竹喧、莲动诸句均极出色,而结末"随意春芳歇,王孙自可留",出自敷衍,同样带广告性的叫好,但不一定就叫座。又一名诗《渭川田家》,同样以田园风光的刻画而出名,然结尾亦然是模式思维的广告语:"即此羡闲逸,怅然吟《式微》",以此地甚美结尾。《过香积寺》以"泉声咽危石,日色冷青松"赢人青睐,而结尾"薄暮空潭曲,安禅制毒龙"(见图132),只有以佛典赞美佛寺的不同,而虚笼性的赞美则同样出自一个套板模式。《清溪》亦以"声喧乱石中,色静深松里"而出名,结以"请留盘石上,垂钓将已矣"仍旧是这种模式的再现。这种模式,比起《终南别业》,同样以"行到水穷处,坐看云起时"出彩,然结尾"偶然值林叟,谈笑无还期"的意料不到的悠然不尽,艺术的差距就甚远了。

图 132　清代　王原祁　王维《过香积寺》诗意图

王原祁为清初山水画"四王"之一，四王山水画构图丰满，勾勒繁细。此幅尚属"简笔"，山寺坐落在群山夹峙深处之溪畔，近景陂陀居屋，树木林立，画面肃静，与诗意还有些切合。《过香积寺》是王维名诗，前六句写景在用力与不用力之间。"不知香积寺，数里入云峰。古木无人径，深山何处钟。"一路访寺，自自然然写来，此不用力处；"泉声咽危石，日色冷青松"，无论句式之特殊，视听之互补，则极为用心用力。末句"薄暮空潭曲，安禅制毒龙"，这是对该寺的赞美，也是见庙说神说灵的客套话，也是王维田园山水诗的模式，而且都用在结尾。

王维田园山水诗宗法陶诗，好用"闭关"等同类词，反复点缀，以示清闲淡远。一经加班使用，便成模式：

静者亦何事，荆扉乘昼关。(《淇上即事田园》)

终年无客长闭关，终日无心长自闲。(《答张五弟》)

徒御犹回首，田园方掩扉。(《送崔九兴宗游蜀》)

青箪日何长，闲门昼方静。(林园即事寄舍弟纮)

轻阴阁小雨，深院昼慵开。(《书事》)

借问袁安舍，儵然尚闭关。(《冬晚对雪忆胡居士家》)

虽与人境接，闭门成隐居。(《济州过赵叟家宴》)

迢递嵩山下，归来且闭关。(《归嵩山作》)

东皋春草色，惆怅掩柴扉。(《归辋川作》)

山中相送罢，日暮掩柴扉。(《送别》)

寂寞掩柴扉，苍茫对落晖。(《答张五弟》)

不枉故人驾，平生多掩扉。(《喜祖三留宿》)

　　无论对友对己都宣示一种闭关主义的情调，从张九龄罢相的开元末年反复出现在诗中，主要集中于天宝年间，而形成一种"闭关"模式。"荆扉"、"柴扉"似乎成为"在人境之中追求着孤独和寂寞"[①]的符号，他的半仕半隐的生活方式，说明他的思想并非是陶渊明"门虽设而常关"的彻底闭关主义者。然而与其说是"精神的逃避"，毋宁说是对开元后期以来的昏政的一种无声的否定。开元前期他也曾热情沸腾过，是非黑白在开元之际以后也并未从心中泯灭。正是这种温和的人生态度，使他长期能作为京官而不离开繁华的中心。他的水墨渲染山水画所以不是金碧式的青绿山水，而像初唐李思训那样，犹如山水诗不常用红绿色，而青与白却是他的主色调一样。出现在田园山水、送别酬赠诗的"闭关"、"掩扉"，也成为他诗艺称心的"关键词"，就像"白雪"常在他的笔下飘荡一样。比他年长十多岁的诗友孟浩然，喜欢黄昏的静谧与寺院的钟声，代表着开元时代即盛唐前期的最高成就。在当时是唯一的大诗人，其次声气较著者为李颀。如果黄昏描写是孟浩然的"模式"，李颀的人物诗诗体多样，描写也多有变化。开元时代，盛唐诗属于发展期，到了过半的十五年，"声律风

① 肖驰：《中国诗歌美学》，北京大学出版社 1986 年版，第 151 页。

骨始备"（殷璠语），这正是孟浩然、李颀等人的时代。"模式"只能出现在事物成熟以后，也就是李杜王、高岑等并现的天宝年间。所以孟浩然的自我互同，只能影响到王维、储光羲等后盛唐诗人身上，而在当时只是一种艺术个性的体现。这也是李白特别崇敬他的原因之一。

艺术的模式，既是个性风格的体现，也是创作主体的思维惯式与审美倾向的表现，是抱阳而负阴的载体，名作与不足都融入其间。开元之际以后的代表诗人，各有各的模式，合构成盛唐的模式。为人艳称的"盛唐气象"、"盛唐诗"，同时也蕴涵着"盛唐模式"。李白不仅是盛唐大家，也是"盛唐模式"最具代表性的诗人。最直接明了的证据便是"诗仙"，它和"诗圣"与"诗佛"有异。后者就创作思想与观念而言，而前者更重要的是指创作手法、风格个性而言，故与"诗鬼"含义一致。李白被称"谪仙人"，他也好以此自称。《庐山谣寄卢侍御虚舟》的"五岳寻仙不辞远，一生好入名山游"，起码是他人生一半的宣言。他的山水诗名作总把送别、留别、酬赠与咏怀、政治或现实的苦闷熔铸在一起。山水的描写总带有屈原楚辞式的恍惚与游仙诗的传统。《蜀道难》、《梦游天姥吟留别》、《鸣皋歌送岑徵君》、《西岳云台歌送丹丘子》、《远别离》等，包括这首《庐山谣》在内，无不是这种"综合模式"的反复展现，这里既有接受李颀以送别酬赠来写人物的启发，也有作为南方诗人，秉承本土文化，特别是屈辞对他的影响。他天性不受拘囿，有魄力把各种可取的形式结合起来，形成自己的东西，在这方面也颇有"集大成"的趋向，他的纵放、奔越、豪迈、兴高采烈的个性于此得到天马行空的腾跃与飞驰。即便是安史之乱的洛阳陷落，依然可以用这种"综合模式"去表现。《古风》其十九在"飘佛升天行"的游仙诗中，"俯视"到洛阳的"流血涂野草"的血与火的现实。他把兴高采烈的游山、游仙与血淋淋的叛乱战争扭合在一起，这需要大力量，大气魄，为李白所独具，别人是缺乏的，作不来的。故此为李白的艺术个性，也是他独具的模式。

在诗体的选择上，李白对乐府诗情有独钟，而且 80％都采用汉魏乐府古题，其余 20％中，还有 17 首都是从乐府旧题派生出来①。他的 149 首乐

---

① 葛晓音：《论李白乐府的复与变》，见所著《诗国高潮与盛唐文化》，北京大学出版社 1998年版，第 162 页。

府诗，为初唐的乐府诗 450 首的 1/3。而且他的乐府诗写妇女题居多，并且不避重复，有时两首或几首写同一内容。如《长干行》与《江夏行》都是以商人妇为题材，以描写分离后种种寂寞苦闷。其他思妇题材，虽与商人无关，但写法大致相同。如两首《长相思》与《夜坐吟》、《久别离》，内容大致仿佛，并无二致。甚至同一题目连作两首，而且语句绝大部分相同，这在盛唐诗人中，尤为罕见，如《白头吟》两首即如此。《长干行》两首虽辞句有变，但写法全然同一机杼。他的《战城南》是汉乐府旧题的扩写，而《陌上桑》则是旧题的缩写。乐府诗是李白艺术性得以发挥的诗体，当同时也体现了如此之多的自我互同性，可以称作李白的"乐府模式"。

李白以道家思想为主体，游仙诗是他的一大宗。他又是道教徒，道教的常用名词络绎不绝地奔驰笔下，神仙世界往往以"金"、"玉"等辉煌字面装点，而且出现在他的不少有大名气的诗作中。加上"酒"的高频率出现，以及怀念翰林时期的宫殿、金阙等类词汇闪烁，明显成为一种摇笔即来习惯套语，可以称为道教式的"游仙模式"与"高消费模式"。如《将进酒》的"人生得意须尽欢，莫使金樽空对月。天生我材必有用，千金散尽还复来"，"钟鼓馔玉不足贵，但愿长醉不用醒"，"陈王昔时宴平乐，斗酒十千恣欢谑"，"五花马，千金裘，呼儿将出换美酒"。《行路难》其一的"金樽清酒斗十千，玉盘珍馐直万钱"。《梁园吟》的"人生达命岂暇愁？且饮美酒登高楼"，"玉盘杨梅为君设，吴盐如花皎白雪。持盐把酒但饮之，莫学夷齐事高洁"，"舞影歌声散绿池，……黄金买醉未能归。连呼五白行六博，分曹赌酒酣驰晖"。《忆旧游寄谯郡元参军》："忆昔洛阳董糟丘，为余天津桥南造酒楼。黄金白璧买歌笑，一醉累月轻王侯"，"银鞍金络到平地，汉东太守来相迎"，"琼杯绮食青玉案，使我醉饱无归心"。《答王十二寒夜独酌有怀》："怀余对酒夜霜白，玉床金井冰峥嵘。人生飘忽百年内，且须酣畅万古情。"诸如此类的描写，不胜枚举，此为"高消费模式"。其中固然或包含借酒消愁的苦闷，但对玄宗后期贪图豪奢，上层统治者可称为庞大的"消费集团"，而使社会风气为之一变，并不无关系。至于"游仙模式"，为人熟知，可不加详论。其中亦每多"金"、"玉"与神仙有关字面，如"白鹿"、"青云关"、"鸟迹书"、"青童"、"清斋"、"羽翼"、"天鸡"、"银台"、"不死药"、"蓬瀛"、"众神"、"鹤上仙"、"安期（生）"、"玉液"、"王母池"、"仙人"、"笙歌"、"玉真"、"鸾凤"、"龙虎衣"、"折天"、"织女机"、"五云"，这些见于《游太山六首》，即此一斑，可窥其概。

治唐诗者皆知杜甫夔州诗多回忆，其实李白也有极浓郁的回忆情结。杜甫回忆有自己，也有对唐之盛衰之对比，见出忧国忧民的崇高境界。李白在翰林待诏两年，成为后来向人反复炫耀的一段经历。这种"回忆性的炫耀模式"，未免带有更多的向往富贵的世俗性，当然也不无对现实的批判。反复之多，成为挥之不去的情结。他在《赠崔司户文昆季》中说："惟昔不自媒，担簦西入秦。攀龙九天上，别忝岁星臣。布衣侍丹墀，密勿草丝纶。"《赠溧阳宋少府陟》："早怀经济策，特受龙颜顾。白玉栖青绳，君臣忽行路。"这是翰林经历的回忆。《流夜郎赠辛判官》的"昔在长安醉花柳，五侯七贵同杯酒。气岸遥凌豪士前，风流肯落他人后？夫子红颜我少年，章台走马著金鞭。文章献纳麒麟殿，歌舞淹留玳瑁筵。"《赠从弟南平太守之遥》其一："汉家天子驰驷马，赤车蜀道迎相如。天门九重谒圣人，龙颜一解四海春。彤庭左右呼万岁，拜贺明主收沉沦。翰林秉笔回英眄，麟阁峥嵘谁可见？承恩初入银台门，著书独在金銮殿。龙驹雕镫白玉鞍，象床绮食黄金盘。当时笑我微贱者，却来请谒为交欢。"这是对豪华富贵的翰林生活兴高采烈地夸耀。《送杨燕之东鲁》："我固侯门士，谬登圣主筵。一辞金华殿，蹭蹬长江边。"如此反复夸耀，似从当时就已开始，《朝下过卢郎中叙旧游》："君登金华省，我入银台门。幸遇圣明主，俱承云雨恩。"这是向同僚套近乎，也是一种自夸。在《还山留别金门知己》："恭承凤凰诏，欲起云梦中。清切紫霄迥，优游丹禁通。君王赐颜色，声价凌烟虹。乘舆拥翠盖，扈从金城东。……归来入咸阳，谈笑皆王公。"自此以后，便成为反复陈述而兴致大发的主题。与"夸耀模式"相关，则是想念长安的情结，也反复见于诗中，可称为"恋京模式"：

　　遥望长安日，不见长安人。长安宫阙九天上，此地曾经为近臣。
（《单父东楼……》）
　　客自长安来，还归长安去。狂风吹我心，西挂咸阳树。（《金乡送

韦八之西京》)

总为浮云能蔽日，长安不见使人愁！（《登金陵凤凰台》）

记得长安还欲笑，不知何处是西天！（《陪族叔刑部侍郎阳华……》）

回鞭指长安，西日落秦关。帝乡三千里，杳在碧云间。（《登敬亭北二小山……》）

西忆故人不可见，东风吹梦到长安。（《江夏赠韦南陵冰》）

南风一扫胡尘静，西入长安到日边。（《永王东巡歌》其十一）

长安如梦里，何日是归期！（《送陆判官往琵琶峡》）

像这样牵肠挂肚、日思夜想的"恋京"话语，还反复出现在其他不少篇章中。

李白有强烈布衣卿相、功成身退、英雄主义等观念，在创作上对大小谢、司马相如，在功业上对鲁仲连、张良、谢安，都表达仰慕崇敬，而且反复表达，形成了一个又一个的"模式"。

李白的状物、言情常用对比、夸张、比喻等修辞手法。在表达友情时又形成了"以水喻情"的模式，罗忼烈先生曾列举二十多例说："李白名满天下，交游极广，……朋友太多，灵感应付不过来，于是难免常常雷同，施于张三的也可以施于李四，几乎成了公式。这个公式，最明显的是借助于'水'作比喻，……可以归纳成一个公式，就是'友情之长等于流水之长'。"[1] 对他的名诗送孟浩然"孤帆远影碧空尽，唯见长江天际流"两句，罗先生又指出："与《送别》的'云帆远望不相见，日暮长江空自流'也没有什么分别，还是自己套自己的老调。这老套，似乎送什么人都可以派派用场。而'唯见长江天际流'、'日暮长江空自流'，又是王勃《滕王阁》诗'槛外长江空自流'剿袭而来，并不新鲜。"[2]

罗先生还指出："对朋友，用情尚不免浮泛，对古人自然更不会深入了解，所以太白许多怀古诗，也同样流于公式化。"[3] 所举证有名诗《梁园吟》、《襄阳歌》、《经下邳圯桥怀张子房》、《夜泊牛渚怀古》，"只是空洞洞

---

① 罗忼烈：《话李白》，《两小山斋论文集》，中华书局1982年版，第21—22页。

② 同上书，第23页。

③ 同上书，第24页。

地说，现在什么都没有了"。又言："太白在遣词方面也常常流于公式化。例如说到女人，爱用'云雨'、'阳台'、'独宿'等词；怀古，爱用'空余'、'惟有'、'只有'等词。……太白恭维别人，惯用'清芬'二字。"后者所举证《赠孟浩然》等5例，但这并非全部，如《赠何七判官昌浩》的"老死田陌间，何因扬清芬"，《送张秀才谒高中丞》的"英谋信奇绝，夫子扬清芬"。我们发现，酬赠县令的诗，总要把陶渊明派上用场：

> 若待功成拂衣去，武陵桃花笑杀人。（《当涂赵炎少府粉图山水歌》）
> 陶令去彭泽，茫然元古心。大音自成曲，但奏无弦琴。（《赠临洺县令皓弟》）
> 吾爱崔秋浦，宛然陶令风。（《赠崔秋浦》其一）
> 崔令学陶令，北窗常昼眠。抱琴时弄月，取意任无弦。（《赠崔秋浦》其二）
> 夫子理宿松，……何惭宓子贱，不减陶渊明。（《赠闾丘宿松》）
> 吾兄诗酒继陶君，试宰中都天下闻。（《别中都明府兄》）
> 寻仙下西岳，陶令忽相逢。（《江上答崔宣城》）
> 虽游道林室，亦举陶潜杯。（《陪族叔当涂宰游化城寺升公清风亭》）
> 陶公有逸兴，不与常人俱。筑台象半月，迥向高城隅。（《登单父陶少府半月台》）
> 陶令八十日，长歌归去来。故人建昌宰，借问几时回？（《对酒醉题屈突明府厅》）

这同样不是用陶令诗的全部！还有与隐士们打交道的诗，陶公同样也用得上，合计起来就更多了。诚如罗忼烈先生所言："诗人每有喜用的字面，本不足奇，但这样雷同不已，而且出于大家之手，不能不为盛名之累。何况所称颂的人物，出处行藏和人品各不相同，一律颂之以'清芬'，虽然说得通，也不免浮泛。"[①] 李白漫游遍天下，所到处县令逢迎，一律奉上"陶令"的美誉，同样显出这种模式化外交辞令明显的尴尬。

---

① 罗忼烈：《话李白》，《两小山斋论文集》，第28页。

　　李白的模式当然不止这些，限于篇幅，只能言之至此。至于边塞诗人，同样也有自我互通的模式。高适与李白性格略近，《旧唐书》本传说："适喜言王霸大略，务功名，尚节义，逢时多难，以安危为己任。"加上他大半生的坎坷经历，所以他的诗悲愤、激烈、苍凉，似乎心里有许多不平的话，故多直抒胸臆的议论，措辞质朴，情感雄健，读来使人悲壮。他是休明时代失意人中的壮士与英雄。他的诗在抒发种种不幸时，常常有一种气势昂扬、壮怀激烈的结尾，没有任何沮丧与低沉。《别韦参军》向朋友叙述贫穷与卑贱，而结尾说"丈夫不作儿女别，临歧涕泪沾衣巾"，好像把王勃"无为在歧路，儿女共沾巾"的话重说了一遍，但说得更明白，更酣畅，更激昂！《酬别空璩》在"惊飙荡万木，秋气屯高原。燕赵何苍茫，鸿雁来翩翩"悲凉粗犷的描写中卡住，忽然推出："此时与君别，握手欲无言。"似乎有许多话要说！虽然没说，却包含了多少慷慨激昂！带有同样性质的还有《送李少府时在客舍》："主人酒尽君未醉，薄暮途遥归不归？"《塞上》："常怀感激心，愿效纵横谟。倚剑欲谁语，关河空郁纡！"抑郁、愤懑、一怀激烈，郁集胸中喉间，就像滚烫的岩浆等待迸发！确如他自己所说的"未知肝胆向谁是，令人却忆平原君"那样的感慨。《效古赠崔二》的"长歌增郁怏，对酒不能醉。穷途自有时，夫子莫下泪"，愤懑中却充斥激昂与自信。《淇上酬薛三据兼寄郭少府微》："吾谋适可用，天路岂寥廓？不然买山田，一身与耕凿。且欲同鹪鹩，焉能志鸿鹤！"这当然是正话反说，顿挫低昂中，"鸿鹤"展翅之志不息。《赠别晋三处士》"爱君且欲君先达，今上求贤早上书"，《宋中遇刘书记有别》的"男儿争富贵，劝尔莫迟回"，《别韦兵曹》的"逢时当自取，有（犹言在）尔欲先鞭"，《送李少府贬峡中王少府贬长沙》的"圣代即今多雨露，暂时分手莫踌躇"，《酬鸿胪裴主簿雨后……》的"不叹携手稀，恒思著鞭速。终当拂羽翰，轻举随鸿鹄"，《别王彻》的"离别未足悲，辛勤当自任。吾知十年后，季子多黄金"，《东平留赠狄司马》的"知君不得意，他日会鹏抟"，《夜别韦司士》的"莫怨他乡暂离别，知君到处有逢迎"，《别董大》其二的"莫愁前路无知己，天下谁人不识君"，《河西送李十七》的"高价人争重，行当早着鞭"，以上这些结尾，还有那些边塞送别诗与题画马诗的结尾，无论对方处境的顺逆，亦不论自己情怀美恶，总是一种激昂奋进的热情和希望鼓励人、激发人。这也是一种自信与审美倾向的流露，奋发有为是高适的个性，故其诗风骨峥嵘，与这些诗的结尾具有一定的关系。这些结尾用语不同，然用意是一致的，特别在送别诗未免不是一种常套，似乎比李白以友情比流水还长的公式要高明些，然而使用成为一种习套，毕竟是昂扬的盛唐时代所赋予的必不可少的模式。

除了结尾，高适也有他的关键词，与其"多胸臆语，兼有气骨"风格相配套的，便是"慷慨"、"感激"之类振作语词，说明他的诗从建安风骨一路走来，就近则取法陈子昂。他的主议论的尚意与岑参主景的尚奇有异，岑参每多六朝的明丽而稍近于李白的浪漫。

高岑以边塞诗出名，包括其他诗在内，结尾多激发哀恸语。岑诗结尾则分两类，一为思家的感伤语，见于首次出塞；一为兴奋语，见于二次出塞。前者在岑参犯复与模式化一章有详论。

至于结尾兴奋模式，则只见于二次出塞。《凉州馆中与诸判官夜集》的"一生大笑能几回，斗酒相逢须醉倒"，《轮台歌奉送封大夫出师西征》的"古来青史谁不见，今见功名胜古人"，《走马川行奉送封大夫出师西征》的"虏骑闻之应胆慑，料知短兵不敢接，车师西门伫献捷"，《使交河郡……封大夫》的"汉代李将军，微功今可咍"，《献封大夫破播仙凯歌六章》其一的"天子预开麟阁待，只今谁数贰师功"，《北庭贻宗学士道别》的"君有贤主将，何谓泣途穷。时来整六翮，一举凌苍穹"，《陪封大夫宴瀚海亭纳凉》的"吾从大夫后，归路拥旌旗"，《奉陪封大夫宴》的"醉里东楼月，偏能照列卿"，《奉陪封大夫九日登高》的"边头幸无事，醉舞荷吾君"，以上均与封常清有关，或赞美，或预祝大捷，都属于一种"兴奋的祝颂"模式。

总之，后盛唐诗人诸大家名家，处在由开元时代所开创的盛唐气象的氛围中。相较前盛唐而言，后盛唐是"不幸的家庭"，故这些大家名家均能以自己个性展现其中的不幸，所以其诗成为盛唐之盛的高峰。若就整体而言，后盛唐天宝年间仍属于表相安然无事太平之时，外在的繁华，必然存乎"幸福的家庭的幸福是相同的"。前盛唐的发轫、拓展，至后盛唐的成熟，大家名家林立，时代风气的熏染，技巧的娴熟，必然会在每个大诗人身上出身模式化的倾向，即便是"诗圣"杜甫，也往往以千年万里、乾坤万国的大时空的对偶，而被清人讥为以"大"字为他的"家畜"，此亦为盛唐风气使然。杜甫在七古与七言歌行的结尾，为了发抒忧国忧民时局的急迫心情，常在末尾发出"安得"的呼吁或期盼，表示种种强烈的愿望。最早见于作于安史之乱时的《洗兵马》，结尾说："安得壮士挽天河，净洗甲兵长不用。"入川以后渐多，如《茅屋为秋风所破歌》之结尾，以及《石笋行》的"安得壮士掷天外，使人不疑见本根"，《石犀行》的"安得壮士提天纲，再平水土犀奔忙"，《大麦行》的"安得如鸟有羽翅，托身白云归故乡"，《光禄坂行》的"安得更似开花中，道路即今多拥隔"，《昼梦》的"安得务农息战斗，普天元吏横索钱"，还有题画诗《题壁上韦偃画马歌》的"时危安得真如此，与人同生亦同死"，《戏题王宰画山水图歌》的"焉得并州快剪刀，剪取吴吴淞半江水"，《江上值水如势聊短述》的"焉得恩如陶谢手，令渠述作与同游"，这些诗绝大部分写作时集比较集中，但也有见于安史之乱初期，如《悲青坂》的"焉得附书与我军，忍待明年莫仓促"，另外结尾还有"何当""会当"等之类。这些并非杜诗之全部，固然迸发了忧愤或强烈的愿望，但未尝不是一种"呼唤模式"，不过在杜甫不是技巧上的雷同，而是情感的真切迫急的需要。后来明代宗法盛唐诗，自然会成为模式中的模式，被人称为有腔有调而无字的"瞎盛唐诗"，因为缺少内容与感情，则是一味地顺着盛唐诗堂皇使大的路子滑下去。这当然不全是盛唐诗的过失，但并不是不存在一种明显的模式所产生易于模仿的诱惑性。由此看来，李肇提出"天宝之风尚党"，本身即具有对模式化的批判，应当是独具慧眼的。

后　记

　　唐诗常读常新，蓬勃的活力就像夏日蔚然的林木，又如含露摇曳的千花百草，诱惑着不同年龄的读者。

清代　吴昌硕
能事不受相促迫

　　在青少年之际，赶上了具有莫名之痛的十年混乱与荒芜。家中尚有祖父辈读过的王尧衢《古唐诗合解》，亲友处尚能借到高步瀛的《唐宋诗举要》。对杜诗与《唐诗三百首》尤为喜爱，自此结下了因缘。大学四年有了畅读机会，唐人集部大多浏览一过。毕业论文趁机以孟郊与杜牧七绝为中心，写了两文，不久都刊发在学术刊物上。本来可以于此做点事情，毕业后由组织分配去作本校贾则复先生的助手。当时贾老年已耄耋，才回到久别的古汉语事业。次年秋又派往教育部委托吉林大学古籍所办的"先秦文献研究班"学习，主讲为金景芳老先生，次为吕绍刚师。金老当时八十几了，每逢厚雪铺地仍授课不辍。寒假过后，大约经过半年相处与期末考试，吕师相告金老想留我在吉大，并许家属农转非与职称晋升比母校要早。实在舍不得语言文学专业，所以无动于衷。而今金老、吕师作古多年，每一念及就有寸草阳春之感。人生难得知音，何况高明如金老与吕师那样的师长！结业后又作了贾老助手，到1985年中文系扩招，才回系上任先秦两汉魏晋南北朝文学课。因唐宋文学一段人多，只能遵命，一直到去年退休之时，唐诗研究就成了一桩心愿而至夙愿。

　　还未进入新世纪前，先把《全唐诗》与《敦煌变文集》与唐人传奇摸了一遍。无论走到哪里都带着卡片，三伏天上完课就一把手巾一桌卡片，如此寒暑不辍。记得有次去新疆，两天多的火车，《全唐诗》第22册翻完了。一进招待所，就把标记过的作成卡片，然后又是23册。这些卡片最后按音序排队，地上床上凡能放下的摆满了98平方米的屋子。当把出版的《全唐诗语词通释》送给我的研究生，一位江南才子问：这些材料哪里来的？当时在家中书桌前闲谈，便顺手拉开抽屉，里面全放着按音序排列的卡片，我们都没有说话，无语中荡漾着学问的来由。当时电脑初兴，光盘尚未普及。学问要靠手工卡片积累，有了电脑就要快得多。但发现问题还得要靠手工操作。后来的《唐宋诗词语词考释》仍是以卡片为主。我曾请人把唐诗的"自"字从电脑中搜出，凡12000多条，占《全唐诗》的1/4。所以，一首一首老实查检，还是最科学的捷径。这两部书算是姊妹篇，也为后来的唐诗研究打了些基础。

由于多年上古代文学的前段课，兴趣不知不觉也就转移过来，2004年出版了《谢朓诗论》，中间插入上述的《考释》算是硬软件的调节。谢朓虽小，但对唐诗有普遍的影响，又是六朝名家，山水诗大家。《考释》结束后，便投入陶诗。小谢诗是贵族的，陶就更贴近胃口，在深与广上打通了好几种学科，开了个新局面。凡是绘画、书法、篆刻、文论、诗学、哲学、史学、批评史、比较诗学、语言统计学、古汉语语法全派上用场，特别是《陶渊明论》作于耳顺之后，以上所用尤广。此书曾获得国家社科基金后期资助，又被通知评为优秀成果，而收入《国家社会基金项目成果选介汇编》第7辑，又获得省上与教育厅一、二等奖。这也是作得得心应手的体现。

有了唐诗语言与先唐诗陶谢研究二步走的基础，该进入唐诗领域了。先前学校设置了公共选修课，才有机会开讲唐宋诗词鉴赏，听课诸生常在二百四五十人。读了多大半辈子诗词，加上每节课都讲得兴致勃勃，算是好好过了把唐诗宋词瘾。一位后来考上川大硕士唐宋文学专业的学生说，她接连三次来听完全课程。记得如此者不止其人。在新老校区，在学生食堂进餐或在图书馆前，在车站，在火车上往往遇

清代　钱松　为知者道

到类似情况。每有许多院系学生热情招呼或交谈数句。记得二十多年前一位熟识的同学说，在校园里如有学生问候老师一声好，就是对老师最大的尊敬，听了未免一阵凄凉。然在退休老师，甚至校医院医生的闲谈中，听说文学院学生的口碑好。口碑好很难量化，也进入不了什么等级，更不愿奢想什么"教学名师"。当离开家乡的讲台而进入大学之十几年，乃至三十几年，家乡的父老还怀念我们。站了四十多年讲台，由中小学生到本科生、硕博研究生，好口碑始终尾随于后。教书讲学是个良心活儿，年轻时扛麻包踩脚子板都不会省力气，上课之投入、精神之焕发就不用说了。一位原来是我的研究生后来评上副教授，去北京顶尖级大学访学一年，电话里说还是原来的课好。实际上人家是不为也，非不能也。我很钦羡中学大学讲课精彩的老师。1984年夏吕绍刚师与吕文郁博士手持金老亲笔书札遍请京都史学名流给我们研究班讲课，记得张政烺先生讲新发现四爻卦象，语速很慢，几乎语不成词，却讲出大学问。李学勤先生那时充其量五十上下，讲睡虎地竹简的发掘经过，滔滔不绝，绘声绘色，洋溢着古文字学者按捺不住的欣喜。还有杨向奎、史树青、傅振伦诸先生所讲，至今犹在耳目。"文革"前西北大学傅庚生唐宋诗词据说讲得精彩至极，只恨生之也晚，没有耳目之福！后来又为成教院中文专业上古代文学前、中段，同级或上下级旁听者甚众，座无虚席。课是讲了，然夙愿未了。

清代　文鼎　海阔天空

《陶渊明论》未结束前，便插入盛唐诗研究，习惯这样超前的"接力赛"，思维可以保持处于兴奋状态。中间还插入初、中、晚唐的几篇论文，想对盛唐上下承继渗透有些触摸。2009年便全力以赴投入。我习惯用专题论文组合成章节，不知不觉作了不少。有些章节见刊于《文史哲》、《古代文学理论研究》、《安徽大学学报》、《福州大学学报》与《陕西师范大学学报》等刊物。其中第五、第八两章，是与魏景波博士合写的。学术风气不正常旷日持久，且愈演愈烈。文章之难发甘苦备尝，然总处于始料所未及，所以很感谢这些编审。不少思路与问题久蓄心中，落笔时雄心勃勃，成文后兴致盎然，言人所未及，甚至以为凿破混沌而悄然自喜，然投出后杳无音讯，沸腾的心情终归沉寂。碰得多了，是否思路陈旧，是否观念落伍，然而看到的读物却不能否定自信。常常设身自处，如果我是编辑，发这样的文章，心情也是痛苦的。一代有一代的学问和学风，我们只能以只管耕耘不问收获淡然处之。

作为兄弟院校的特聘教授，学校乐意出资，实在难得，这当然要深深致谢科技处与文学院的领导。期间李小成教授为此作了大量极为烦琐的工作，即使《盛唐三大家诗论》，也是他去年暑假亲自送到省里，申报国家项目。他对我的工作始终抱有非常热情的关注，其间的费心与辛苦，非言语所能尽。感触满怀，只有努力完成工作，不负众望！

夙愿总算了结，多年前"两考三论"的设想，有了《盛唐名家诗论》与《盛唐三大家诗论》，也全超额了结，后者又进入国家社科后期资助项目之列，真是莫大鼓励，也有一种获得认同感的欣然。新的妄想也在多年前蠢蠢欲动，所谓"咬定青山不放松"、"任尔东西南北风"，愚者如我辈多少中了一点"邪"。干别的，百无一用！谁让我们兴趣于斯，还想终老于斯。知者谓我心乐，不知者谓我何求！

此书还有不少插图，本来可以不必多此一举，反正都是一本书。然而自宋至今，有大量的书画、篆刻传播与阐释唐诗，多年对此收集不倦。插于文中，不仅赏心悦目，而且诗中有画，画中有诗，以及书家书写唐诗，三者相互交融，也是一种探索，同时予人启发，总是一件好事，所以劳而无悔。然这事至为繁难琐碎，我在《陶渊明论》里的插图，就耗去了许多精力与时间，书成后有些后怕。现在，稿子已成，也有了原来的经验与积累，所以心里又痒痒的，舍不得原来收集的书画材料，反正此后最好不找这苦头去吃。插图工作主要是科研助理张二雄与我合作，打字主要由硕士、博士张亚玲、陶长军、马云霞、王博文、韩团结、林立坤、孙歌、王小妮、李瑞杰等合力相助。对于他们的劳作，至今感铭在怀。

谨为记。

魏耕原

2014 年 4 月 21 日于西安